JULIET LANDON

La princesa esclava

HARLEQUIN™

Editado por Harlequin Ibérica.
Una división de HarperCollins Ibérica, S.A.
Avenida de Burgos, 8B - Planta 18
28036 Madrid

© 2025 Harlequin Ibérica, una división de HarperCollins Ibérica, S.A.
N.º 84 - 22.1.25

© 2011 Juliet Landon
La princesa esclava
Título original: Slave Princess
Publicada originalmente por Harlequin Enterprises, Ltd.

© 2006 Margo Wider
La dama sajona
Título original: Saxon Lady
Publicada originalmente por Harlequin Enterprises, Ltd.
Estos títulos fueron publicados originalmente en español en 2014 y 2006

I.S.B.N.: 978-84-1074-539-1
Depósito legal: M-22783-2024
Impreso en España por: BLACK PRINT
Fecha impresión Argentina: 21.7.25
Distribuidor exclusivo para España: LOGISTA
Distribuidor para México: Distibuidora Intermex, S.A. de C.V.
Distribuidores para Argentina: Interior, DGP, S.A. Alvarado 2118. Cap. Fed./
Buenos Aires y Gran Buenos Aires, VACCARO HNOS.

Ella era una esclava, y él era su amo, pero en aquel duelo de mutua atracción los papeles estaban cambiados. La princesa britana, orgullosa y tan bella como una criatura de leyenda, tenía en sus manos el corazón y el espíritu del valiente oficial romano ahora convertido en tribuno del imperio en aquel país indómito e inexpugnable. Y a su vez, los dos eran esclavos de sus pasiones y dueños y señores del deseo que se inspiraban mutuamente.

Juliet Landon sabe desvelar toda la sensualidad de sus encuentros y toda la ternura de su historia de amor. A nosotros nos ha cautivado. Os incitamos a convertiros también en esclavos de su pluma.

¡Feliz lectura!

Los editores

Nota de la autora

Hacía muchos años que quería ambientar una historia en Bath, una de las ciudades más antiguas y bellas del oeste de Inglaterra, creada por los romanos por sus famosas fuentes termales. Como muchos otros fenómenos de la naturaleza, los manantiales ya fueron venerados por las antiguas tribus celtas, pero tras la invasión romana el lugar comenzó a conocerse por el nombre de Aquae Sulis (Aguas de Sulis, el principal dios celta). Las excavaciones arqueológicas han revelado que los romanos construyeron templos y estanques medicinales para canalizar las aguas, creando así un balneario al que acudían visitantes de lugares muy lejanos para bañarse y hacer ofrendas a cambio de toda clase de favores divinos. Debió de ser un ejemplo temprano de ciudad turística, con todo tipo de comodidades. El nombre de Minerva, la diosa romana de la sanación, se unió entonces al de Sulis (como Sulis Minerva) para no ofender a las deidades locales, de las que la diosa nórdica Brigantia es otro ejemplo.

Remontarse siglos atrás en la historia de ciudades

como Bath, Lincoln o York puede ser fascinante, puesto que la arqueología nos ha revelado un sinfín de cosas acerca de cómo vivía la gente de esas épocas. La historia social es la que me parece más interesante, en especial los diversos modos en los que la gente corriente buscaba remedios para sus dolencias a través de la naturaleza. A menudo, estos descubrimientos revelan cuánto se parecían sus necesidades y esperanzas cotidianas a las nuestras. Confío en que mi relato acerca de cómo coexistían romanos y celtas durante los difíciles tiempos de la ocupación impulse al lector a indagar en la historia de esa época.

El ejército romano hizo las maletas y abandonó Inglaterra doscientos años después de la fecha en la que se sitúa esta narración, dejando en la isla topónimos latinizados que desde entonces han ido transformándose hasta dar en los que conocemos hoy. Así, Eboracum es ahora York, Danum es Doncaster, Lindum es Lincoln, Corinium Dobunnorum es Cirencester, Aquae Sulis es Bath y Corieltauvorum es Leicester. Otros lugares que se mencionan aquí, como Margidunum, eran poco más que posadas a lo largo de la carretera principal y desaparecieron con el tiempo.

Uno

El palmoteo de unas manos sobre la piel aceitada resonó en las paredes de piedra del *gymnasium* como un tibio aplauso. Lo interrumpió, sin embargo, un gruñido malhumorado.

—¡Cuidado, hombre! Todavía me duele.

Las yemas de los dedos exploraron una cicatriz rosada que se extendía en diagonal, como una cinta, por el hombro musculoso. Estaba curando bien.

—¿Dónde, señor? ¿Ahí? —los dedos presionaron suavemente.

—¡Ay! ¡Sí, imbécil!

El esclavo sonrió y continuó su masaje.

—Si no fueras tan buen masajista, te haría azotar —refunfuñó aquella voz grave, sofocada por la almohada cubierta con una toalla.

—Sí, señor —contestó el esclavo al advertir una sonrisa en aquella fútil amenaza.

Quinto Tiberio Marcial no era ningún blando, pero tampoco era propenso a los azotes y a las palizas. Flo-

7

rian llevaba a su servicio desde los doce años, y en ese tiempo solo había recibido reprimendas por sus travesuras.

La espalda del tribuno, larga y escultural, estaba dividida por un valle con colinas y montículos de duro músculo que se alzaban a ambos lados, y sus hombros titánicos se prolongaban en unos brazos tan fuertes como ramas de árbol.

Sus compañeros, que jugaban a los dados envueltos en toallas, levantaron la mirada divertidos.

—Ya es hora de que hagas un poco de ejercicio —dijo uno de ellos suavemente.

Desde la mesa de piedra, Quinto abrió uno de sus ojos oscuros y lo miró con enfado.

—Llevo toda la mañana haciendo ejercicio, por si no te acuerdas. ¿Dónde estabas tú?

—No me refería a esa clase de ejercicio —contestó su amigo, y le guiñó un ojo a su compañero.

El otro movió una pieza del tablero y se arrebujó más aún en la toalla.

—Quiere decir en posición horizontal —comentó.

—Sí... bueno, seguramente este es el único ejercicio que voy a hacer en posición horizontal hasta que me recupere del todo —masculló Quinto, enojado.

—¡Tonterías! —su amigo se enjugó el sudor de la frente con el brazo—. Ya estás recuperado. ¿Verdad, Florian?

—En efecto, señor. Creo que nuestro viaje a los manantiales termales del sur completará la cura, pero no veo por qué el tribuno no puede...

—Ahórrate el sermón y sigue aporreándome, muchacho —replicó Quinto tajantemente—. Cada castigo a su tiempo, por todos los diablos.

—Sí, señor —Florian levantó la toalla de los fuertes muslos de su amo—. ¿Mi señor haría el favor de darse la vuelta?

Quinto se volvió, fijando la mirada en la espesa nube de vapor acumulada en la bóveda del techo. Se oían chapoteos y un eco de voces masculinas, gruñidos de esfuerzo, alguna risa lejana, el repiqueteo de pies descalzos sobre las losas de piedra y los jadeos de dos hombres que luchaban al otro lado del estanque termal. Notó el olor de los aceites de lavanda y almendra cuando Florian comenzó a masajear su pecho. Cerró los ojos, consciente de que sus dos compañeros, Tulo y Lucano, no iban a dejarlo en paz. Su hombro había respondido bien al tratamiento, pero la lesión de la rodilla, mucho más grave, había puesto fin a su brillante carrera como tribuno militar, obligándolo a dedicarse a la administración. Su habilidad como experto en el sistema imperial de archivos, contabilidad e impuestos había sido reconocida incluso antes de que se recobrara por completo, y en un plazo inusitadamente corto el emperador Severo lo había puesto a su servicio personal como procurador provincial. Como tal, rendía directamente cuentas al emperador, no al gobernador de las provincias del Norte, de cuya hospitalidad estaban disfrutando y abusando en ese instante.

Como oficial de caballería exitoso y respetado, Quinto solo había aspirado a llevar la vida de un militar, y aunque su nuevo puesto era al mismo tiempo estimulante, absorbente y lucrativo, no podía compararse con la embriagadora excitación del mando, el continuo ir y venir y la camaradería del ejército.

—Queremos lo mejor para ti, Quinto, amigo mío —dijo Lucano—. Esa expedición a Aquae Sulis llevará unos cuantos días, y ya sabes lo que ocurre cada vez que nos ofrecen hospitalidad para pasar la noche.

—Nunca, que yo sepa, te has quejado de un exceso de hospitalidad —repuso Quinto en tono malhumorado—. Si no me falla la memoria, nunca rechazas a las jóvenes que te ofrecen. ¿Cuál es el problema?

—El problema eres tú —contestó Lucano—. ¿Cuántas formas de negarte conoces? «No, gracias». «Esta noche no». «Demasiado cansado». «Me duele la pierna». «Tengo el hombro dolorido».

—Acabarás por ofender a alguien —comentó Tulo.

Sus dos amigos eran subprocuradores, administradores subalternos en la oficina de escribientes, secretarios y contables que dirigía Quinto. Algo más jóvenes que él, que contaba treinta años, no tenían previsto casarse, principalmente por el carácter itinerante de su trabajo, pero su conocimiento de las mujeres de los distintos países por los que viajaban al servicio del emperador era amplísimo. Nadie sabía mejor que ellos cómo funcionaba la hospitalidad en los viajes largos: siempre se daba por sentado que un invitado varón, si viajaba sin su esposa, necesitaría compañía para pasar la noche. Las esclavas eran un bien muy extendido y que el amo podía usar a discreción, pero a Quinto había llegado a molestarle verse continuamente agasajado de esa manera.

En sus tiempos en el ejército no le habría dado importancia, pero esos últimos meses se había visto atenazado por los dolores y por la furia que le producía aún el vuelco que había dado su vida y, aunque para recuperarse había tenido que someterse a un severo régimen de ejercicios, no se había permitido ningún capricho. Ni siquiera el vieja a Aquae Sulis tenía como único objetivo su salud: también debía hacer ciertas pesquisas.

—Ofender a los demás nunca me ha quitado el sueño —respondió. Apartó la toalla que cubría su cadera, se sentó y descolgó las piernas por un lado de la mesa, obligando a apartarse a Florian. Se pasó una mano por el pelo húmedo y oscuro y arrugó el ceño al mirarse los pies—. Me acostaré con una mujer cuando esté listo —dijo—. No pienso poner excusas al respecto.

Lucano era alto y tan ágil como una pantera, tenía la nariz bellamente aguileña, la boca grande y a menudo sonriente, y sus orígenes griegos saltaban a la vista de un modo encantador. Despojándose de su toalla, se levantó y miró a su amigo, divertido.

—No necesitas excusas para llevar contigo a una mujer —dijo—. No tiene por qué ser nadie en particular. Solo será para guardar las apariencias. Servirá con una esclava, siempre y cuando esté bien educada. Una que pueda pasar por tu concubina. Una acompañante. No hace falta que duerma contigo si no quieres. Solo tienes que dejar claro que estás bien surtido, muchísimas gracias. Se acabaron los ofrecimientos, las negativas y las ofensas. Y todos contentos.

Quinto se mordió la lengua cuando estaba a punto

de rechazar la sugerencia. De pronto comprendió que era un buen consejo. La hospitalidad a la que se refería Lucano nunca le había causado problemas en el ejército, donde las mujeres se tomaban, se pagaban y se dejaban de manera mucho más rutinaria y expeditiva que en la vida civil. Pero fuera de los acuartelamientos, cualquier hombre apuesto, soltero y rico, con rango ecuestre y amigo personal del emperador, era considerado un partido estupendo para las hijas, sobrinas y viudas de cualquier buena familia. Quinto Tiberio Marcial había atraído ya la atención de las mujeres de la corte de Julia Domna, la esposa del emperador Severo.

Era evidente que sus dos amigos empezaban a pensar que estaba sirviéndose de sus heridas como excusa, aunque lo cierto era que la rodilla le causaba más molestias de las que quería reconocer, y cuando le habían ofrecido aquel prestigioso empleo, lo había aceptado sin dudar: las exigencias de un puesto tan elevado eran de índole muy distinta a las de la cópula carnal, y Quinto no tenía deseo alguno de hacer el ridículo en un campo en el que siempre había sobresalido.

Tulo apartó el tablero, molesto, se levantó y se restregó enérgicamente el pelo castaño con la toalla. Cuando terminó, estaba muy serio y tenía la cara colorada.

—Tiene razón —dijo, mirando las largas extremidades de su superior, y se fijó en cómo se bajaba de la mesa apoyando con cuidado la pierna con la rodilla hinchada.

Aquel hombre, pensó Tulo, era un espécimen de primera. Casi en el cenit de su esplendor físico, Quinto poseía un intelecto brillante, una apostura misteriosa e insolente y una mirada fija que hacía sonrojarse y tartamudear a las mujeres. No seguiría guardando celibato mucho más tiempo, pensó Tulo.

—La emperatriz tiene a su servicio a algunas esclavas de alta cuna —comentó—. Solo tienes que pedírselo. Para el viaje de ida y vuelta a Aquae Sulis, nada más. Saldremos mañana.

—No tendré tiempo —repuso Quinto—. El emperador quiere verme esta tarde. Más instrucciones.

—¿Más? Creía que estaba todo acordado —dijo Tulo mirando hacia atrás. Estaba parado al borde de la piscina, observando sus ondas y reflejos.

—Y yo también —dijo Quinto al detenerse a su lado—. Se anda con mucho misterio, pero creo que quiere que otra persona se sume a nuestro séquito.

De pie entre ellos, Lucano refunfuñó:

—¡Por Júpiter! No será otro carcamal que necesite ir a las termas para tratarse el temblor de las rodillas. No llegaremos nunca si tenemos que escoltar a... —su protesta quedó interrumpida por un grito cuando lo empujaron al agua sin ceremonias.

Antes de que pudiera sacar la cabeza, dos cuerpos de hombre cayeron sobre él, lanzando por el suelo una ola que llegó hasta los pies de Florian. El vapor flotó en volutas alrededor de sus miembros, envolviéndolos por completo.

—El tribuno Quinto Tiberio Marcial —anunció el guardia al abrir la puerta del despacho recién encalado del emperador.

Quinto entró en la sala y arrugó la nariz al notar el olor penetrante a medicina que exudaba el emperador, un hombre de cabello blanco y porte marcial que, pese al calor de aquel día de abril, vestía un manto forrado de piel y unos calcetines a rayas blancos y marrones.

—Excelencia —dijo Quinto haciendo una reverencia, y esperó a que el soberano levantara la vista del documento que estaba leyendo.

El rollo de papiro se enrolló de pronto con un crujido.

—¡Ah, Quinto! ¿Todo listo? Muy bien —añadió sin esperar respuesta—, en ese cofre de ahí están los fondos que he apartado para ti —señaló con el rollo un baúl de madera con remaches de cobre—. Lo escoltarán dos hombres armados durante el viaje. Eso es para los gastos. Y aquí tienes la lista final de casas donde podéis hacer parada durante el viaje y los nombres de sus propietarios. Os esperan desde aquí a Lindum, Corinium, Aquae Sulis y todos los puntos intermedios, pero eres tú quien ha de decir el ritmo del viaje y dónde parar a pernoctar.

—Gracias, mi señor.

Quinto había visitado en numerosas ocasiones el despacho del emperador desde su llegada a Eboracum a principios de año y estaba acostumbrado a la austeridad de las estancias que habitaban él y sus dos hijos. Como libio que era, el áspero clima británico no era muy del agrado de Severo, pero desde su reciente visita al Muro de Adriano, que estaba aún más al norte, su dolencia de pecho había mejorado.

—¿Qué tal está hoy tu rodilla?

—Tirando, señor, gracias.

—Bien. Entonces supongo que no te importará llevar un pasajero más mañana.

Como si su séquito no fuera ya lo bastante grande, entre ayudantes, criados, esclavos, guardias y jurisconsultos griegos.

—¿Solo uno, señor?

—Bueno... no. Seguramente ella querrá llevarse también a su doncella.

Quinto gruñó para sus adentros.

—¿Una mujer, señor? ¿No será la emperatriz Julia Domna, sin duda?

Severo suspiró y apoyó el trasero en una mesa de mármol blanco con doradas patas de león. Sus ojos oscuros se dirigieron fugazmente a la puerta y luego volvieron a fijarse en sus sandalias.

—No, no se trata de mi esposa —su voz sonó sofocada. Tal vez la emperatriz no habría aprobado sus planes.

Quinto se preguntó si tendría algún sentido oponerse, pero sospechaba que no. Las mujeres siempre entorpecían los viajes, razón por la cual no había aceptado la sugerencia de sus amigos.

—Esa batalla de la semana pasada —dijo el emperador—, ¿la recuerdas?

—Desde luego, señor. Mataste al jefe. Estuvo bien hecho.

—Y si hubiera sido el único jefe, habría sido aún mejor, Quinto. Pero como sabes los brigantes son la mayor confederación de tribus de Britania, y la más

15

poderosa. Siempre andan compitiendo entre sí por dominarse unas a otras, y en cuanto quitamos a un cabecilla, surge otro en su lugar. Son como condenadas setas. Esta vez hay dos, hijos del último. Pero tomamos cautiva a la hija.

—No lo sabía, señor.

El gobernador de la provincia del Norte, donde las grandes tribus brigantianas daban tantos problemas, había pedido ayuda al emperador de Roma para someterlas de una vez por todas. Severo, sus hijos, su esposa y un enorme ejército habían llegado desde la Galia, donde habían cosechado numerosas victorias, y ya habían logrado algunos éxitos en Britania.

—He preferido guardarlo en secreto —repuso Severo—. La noche en que fue ajusticiado el jefe, una partida de nuestros hombres llegó a hurtadillas a su fortín para prenderle fuego. Regresaron con la hija y su doncella. Pero no puedo tenerlas aquí indefinidamente, Quinto. Mi hijo mayor está deseando echarlas a las fieras del circo, pero eso nos causaría demasiados problemas. Si lo hiciera, todos los brigantes se unirían contra nosotros como una manada de lobos hambrientos. Ya es bastante difícil someter a esas tribus una por una. No conviene provocarlas más. Ojalá mi hijo lo entendiera.

El encarcelamiento, Quinto lo sabía bien, no era un castigo que gozara de extenso favor entre los romanos. Los cautivos eran vendidos como esclavos o ajusticiados. Su mantenimiento era una carga innecesaria para el estado. En ocasiones, los cautivos de alto rango eran conducidos a Roma encadenados para ser exhibidos como trofeos, pero rara vez había mujeres entre ellos.

—¿Los dos hermanos no la buscarán, señor?

—Puede ser, pero no sabrán dónde está, y en todo caso estarán muy atareados resolviendo sus asuntos tras la muerte de su padre. Tengo espías de fiar en Eboracum. Después de la batalla no se les ha vuelto a ver, pero en todo caso tengo que librarme de ella ya, inmediatamente —se inclinó hacia atrás y respiró hondo—. Además, hay otro motivo.

—¿Sí, señor?

—La tribu de esa mujer recibió hace poco a una delegación de la tribu de los dobunni, en el Sur. El balneario de Aquae Sulis está en su territorio.

Quinto empezaba a comprender.

—Ah —dijo.

—El hijo de un jefe, al parecer. Me han informado de que el padre intenta formar una alianza con los brigantes. Por eso envió a su hijo, para hacer una oferta por la mano de la hija. Según parece, está prometida.

—A los dobunni.

—Sí. Con esa alianza, conseguiría alguna influencia en el Sur.

—Así que necesita la ayuda de los brigantes. ¿Es el mismo alborotador que está reuniendo un ejército rebelde por allá abajo, señor?

—Eso creo, sí. Esos jóvenes impetuosos se aprovechan de todas las ventajas que les llevamos ofreciendo casi doscientos años, de todos los atributos de la ciudadanía romana, pero se niegan a aceptar que nuestra protección tiene un precio. Un día de estos se llevarán un chasco cuando volvamos todos a Roma y les dejemos a su suerte, Quinto. Pero todo se reduce siempre al problema de los impuestos. Y ese joven renegado, según me han dicho, ha estado reclutando a jóvenes y adiestrándolos para formar un ejército insurgente.

—¡Por Júpiter!

—Exacto. Si no le paramos los pies enseguida, tendremos más problemas de los que esperábamos. No quiero verme atrapado aquí durante años, y tampoco tengo ningún deseo de acabar mis días en este país. Hemos de encontrar al cabecilla y eliminarlo.

—Entonces, ¿ha desaparecido, señor?

—Sí. Creemos que estuvo aquí hace una semana para hacer su oferta, pero ha huido, dejando que su presunta novia se consuma en su cautiverio. No parece un hombre de palabra. Evidentemente, no vio motivos para quedarse después de la muerte del padre de la chica y de la destrucción de su aldea. Puede que los dos hijos no vean con buenos ojos esa alianza. No estoy seguro.

—Entonces, ¿tenemos la certeza de que se ha ido? ¿No estará escondido, esperando una oportunidad?

—No, no la tenemos. Pero estoy convencido de que, si llevamos a la chica a su terreno, ella sin duda intentará comunicarse con él. Espero que sea ella quien nos conduzca hasta él.

—O puede que al enterarse de su paradero intente rescatarla.

—Entonces depende de ti él mantener los ojos bien abiertos y atraparlo. Tráemelo de vuelta o, si es necesario, mátalo. Nos habríamos encargado de él antes, pero pensamos que se quedaría y lucharía con ellos. Sin embargo no fue así.

—¿Y la mujer?

—Bien, haz lo que quieras con ella, muchacho. Pero quítamela de encima.

—Por las buenas o por las malas —murmuró Quinto.

Pero Severo lo oyó y, echando la cabeza hacia atrás, soltó una carcajada.

—¡Ja! No será por las buenas, eso te lo aseguro. Es la muchacha menos dócil que he... Pero, en fin, no diré nada más. Veo que la idea de llevarla a Aquae Sulis no te entusiasma, que digamos, ¿no es así?

—Preferiría llevar conmigo a un toro en celo, señor, si no os importa que os lo diga.

—Por desgracia no surtiría el mismo efecto, Quinto. Además, entre tú y yo, prefiero no tenerla cerca de mi hijo. A mi modo de ver, sus métodos para librarse de los cautivos carecen de sutileza.

Quinto asintió con la cabeza. Era demasiado diplomático para hablar en voz alta del comportamiento deshonroso de Caracalla, incluso en relación a su propio hermano.

—¿Y el otro asunto, señor? ¿El fraude fiscal?

—Hay que investigarlo minuciosamente, una vez llegues al balneario —dijo Severo—. Los oficiales encargados de los impuestos te están esperando y te prestarán toda la ayuda que necesites. Tendrás tiempo de sobra para curarte y descansar. No hay prisa. Quiero que vuelvas recuperado y listo para cumplir tu deber.

Quinto, en cambio, veía su recuperación cada vez más lejana, cargado como iba a estar por un montón de deberes que había confiado en poder evitarse.

—Gracias, señor —dijo—. ¿Alguna instrucción respecto a la mujer?

—¡Ah, ella! Bien, por lo visto se la considera una princesa, al menos según su doncella, de modo que sin duda te considerará un inferior, Quinto. Se da muchos aires.

—Umm. ¿Entiende nuestra lengua, señor?

—De momento no hemos conseguido sacarle ni una sola palabra en ninguna lengua, pero sospecho que entiende muy bien lo que decimos. Puedes quedártela en calidad de esclava, si lo deseas, o quizá prefieras vendérsela a algún comerciante cuando haya servido a nuestros propósitos. Tú decides. Conseguirás un buen precio. Sin duda tiene conocimientos de medicina y esas cosas. Esas mujeres de las tribus suelen tenerlos. Puede que incluso te sea de utilidad. En cualquier caso, llévatela bien lejos de aquí.

Quinto estaba perplejo. ¿Dónde estaba la pega? Tenía que haber alguna.

—¿No podría serle de utilidad a la emperatriz Julia Domna? —preguntó.

—No —contestó Severo, irritado—. En absoluto.

—¿Sabe montar a caballo, señor?

El emperador le pasó el rollo de papiro y se rascó la barba rizada, desarrugando el ceño. Sus hirsutas cejas blancas, que contrastaban vivamente con su piel atezada, subieron y bajaron al mismo tiempo que abría y cerraba la boca. Quinto comprendió que había estado a punto de decir algo más acerca de la cautiva y que se lo había pensado mejor. Comenzó a rebuscar entre un montón de rollos, perdiendo interés en la cuestión.

—En ese aspecto no tengo ninguna recomendación que hacerte —dijo tajantemente—. Puede que tengas que llevártela de aquí arrastrándola por el pelo. ¿Alguna vez has tenido el placer de intentar obligar a una de esas mujeres a hacer algo que no quieran?

—No, señor. Todavía no.

—Bien, muchacho, entonces pongo todas mis esperanzas en ti. Si un tribuno de rango ecuestre no lo consigue, yo me como uno de mis calcetines.

—¿Solo uno, señor?

Severo siguió revolviendo los documentos.

—Solo uno —sonrió—. Dile a alguien que te lleve a verla. Y, por favor, que yo no oiga el alboroto.

Quinto hizo una reverencia.

—¿Sabemos su nombre, señor?

El emperador lo miró con extraño desconcierto.

—Que me aspen si lo sé —contestó—. Prueba a ver si te lo dice la doncella.

Por cómodos que fuesen, los aposentos que le habían proporcionado no podían ser del agrado de la cautiva pues la gruesa puerta, cerrada con cerrojo, la confinaba entre cuatro paredes privándola del derecho de toda mujer brigantina: la libertad. Su prisión era, de hecho, generosa: tenía las paredes encaladas, suelos de ladrillo rojo, una ventana enrejada que quedaba muy por encima de su cabeza, y un catre bajo de madera con un par de mantas. Eso era todo, aparte de varios montones de cacharros de barro rotos en los rincones y un jarro de arcilla hacia el cual se agitaba un brazo esquelético, intentando llamar la atención.

—Por favor —susurró una voz débil—. Por favor...

El catre estaba pegado a la pared, debajo de la ventana, y el cuerpo acurrucado de una joven doncella yacía inmóvil en uno de sus extremos, cubierto con un rico manto. Intentando no pisarla, la princesa de la tribu de los brigantes se puso de puntillas sobre el catre para asomarse por la ventana. Al ver el sol de primavera brillando alegremente entre las nubes, comprendió que estaba varias millas al norte de Eboracum, mirando hacia su hogar. La princesa, una joven alta y esbelta de veintidós primaveras, se tambaleó peligrosamente al soltar el barrote con una mano para bajar la mirada hacia la pobre muchacha.

—Espera —susurró.

El movimiento la hizo sentirse débil y mareada, y le temblaron las piernas por el esfuerzo de empinarse. El hambre había agotado su robustez y su energía de siempre. Comenzó a descender cuidadosamente, apretando los dientes y ordenando a sus pies pisar con cuidado para no hacerse más daño. De pronto, al oír el ruido de una llave en la cerradura, soltó el barrote de la ventana y se meció como un junco, entornando los ojos, furiosa por la intromisión. Cada vez que el guardia le llevaba comida cobraba conciencia del olor repugnante a cuerpos sucios, a ratas, a enfermedad y desesperación, y la sola idea de comer casi le revolvía el estómago.

Pero esta vez el guardia se retiró para dejar pasar a un desconocido, un hombre alto y vestido de blanco, evidentemente un funcionario que frunció el ceño al ver a la joven encaramada a la cama, con su túnica verde sujeta por un cinturón y su lustroso cabello de color cobre, resplandeciente como un halo con el sol detrás. Ella abrió los labios y volvió a cerrarlos rápidamente. Su expresión siguió siendo furiosa.

Quinto, adiestrado por años de disciplina, logró refrenar su reacción inicial, pero estaba de cara al sol y la cautiva brigantina advirtió aquel primer atisbo fugaz de sorpresa antes de que sus párpados bajaran como persianas, ocultando la expresión de sus ojos altivos. Estaba claro que habría preferido que ella estuviera a su nivel, o por debajo, pero aprovechó la oportunidad para fijarse en la intrincada urdimbre de su manto verde y bermejo, con los bordes recamados en hilo de oro, en sus zapatos de tiras de cuero y en su cinturón estampado. Llevaba gruesas ajorcas de oro en las muñecas y el cuello, entre su pelo se adivinaba el brillo de granates rojos y los cordeles que envolvían su gruesa trenza estaban adornados con cuentas de vidrio de los países nórdicos, cornalinas y lapislázulis del otro extremo del mundo.

Fingiendo ignorar la precaria posición de la joven, Quinto paseó la mirada por la habitación.

—¿Qué ha pasado aquí? —preguntó al guardia, indicando los cacharros rotos.

—Es su comida, señor —contestó el hombre inexpresivamente—. Todo lo que le traigo lo tira contra la pared. A las ratas les encanta.

—¿Cuánto tiempo lleva así?

—Desde que entró aquí, señor. La doncella parece estar en las últimas. Lo único que le da es agua. Tiranía llamo yo a eso, señor.

—¿Siete... ocho días?

—Sí, señor. Mire aquí —el guardia señaló su mejilla amoratada—. Me tiró una escudilla. Por mí pueden morirse de hambre.

—Es lo que pasa cuando no se lleva casco —contestó Quinto desdeñoso. «No me extraña que el emperador quiera librarse de ella», pensó. «No querrá que se muera aquí, en Eboracum. Lejos de aquí sí, quizá, pero no aquí, bajo su techo». Una mirada a la cara de la cautiva le hizo comprender que era probable que corriera esa suerte si no se hacía algo de inmediato para impedirlo. La joven se tambaleaba peligrosamente, con los ojos entornados.

—Baja de ahí —ordenó Quinto—. Agárrate a mi brazo. Vamos.

El guardia pareció indeciso.

—No se dejará tocar, señor.

Pero la severa orden de Quinto había atravesado una fría neblina y la mano que ella extendió para sujetarse tocó algo firme y cálido que la sostuvo, impidiendo que cayera al suelo. Por nada del mundo habría dejado que un romano la tocara, y sin embargo de pronto se descubrió siendo depositada con cuidado en el suelo. Quinto la ayudó a sentarse a los pies de su doncella, que asomaban bajo el borde dorado de un manto. Sentada al borde del camastro, ella sintió que le empujaban lentamente la cabeza entre las rodillas.

—¡Dejadme! —gimió—. Estoy bien.

El guardia soltó un grito.

—¡Por los dioses! Es la primera vez que habla, señor. De veras. Todos creíamos que se había quedado muda.

—No estaría mal, tratándose de una mujer —comentó Quinto al apartar la mano de su cabeza—, pero sospecho que dentro de poco estaremos hartos de oírla —agachándose, tomó el jarro de agua del suelo y lo colocó en manos de la mujer—. Bebe un sorbo —dijo—. Luego conviene que me escuches.

Ella se negó a obedecer su orden y prefirió poner una mano bajo la cabeza de su doncella y acercar el agua a sus labios agrietados. La muchacha, cuyos ojos cerrados se hundían en sus cuencas ojerosas, solo pudo beber un trago y arrojó borboteando el resto del agua, que chorreó por su barbilla, haciéndola toser débilmente.

—Entonces, ¿vas a dejarla morir? —le preguntó Quinto—. ¿Acaso no ves que no tiene fuerzas? Puede que tú dures un par de semanas más, pero ella no. ¿Quieres ser la responsable de su muerte? Nadie hace caso de tus protestas, mujer. Estás malgastando energías para nada.

La cautiva se irguió, la espalda derecha como una vara, señal de inflexibilidad. Sus manos temblaron sosteniendo todavía el jarro. Su boca jadeó.

—Escúchame —continuó Quinto—. He venido a darte a elegir. O vienes conmigo y das a tu doncella la oportunidad de recuperarse, o la dejas morir por tu tozudez. Ninguna buena ama le haría eso a su sirvienta.

—No es como piensas, romano —susurró la cautiva—. Ese necio no sabe nada. Mi doncella no está descuidada. Es mía —posó la mano con ternura sobre la cadera de la muchacha y la deslizó luego hacia abajo para tomar sus dedos semejantes a garras. Se desesperó al comprender que, aunque débil, la aspereza de su voz, causada por el esfuerzo físico, había sido confundida con la implacable crueldad de un ama. Ya había decidido que la muerte de su sirvienta coincidiría con la suya: pensaba servirse para ello de las rejas de la ventana y de su cinturón tejido. Las lágrimas de sus ojos altaneros brillaron a la luz del sol, unas lágrimas que había reprimido durante días y noches de aislamiento, y que se limpió con impaciencia, avergonzada, con una pasada de la muñeca.

Quinto siguió presionándola.

—Te equivocas —dijo—. No es tuya. Es mía, lo sois las dos. Ahora me pertenecéis. Sí, tú también.

La mujer ahogó un grito de sorpresa al levantar la cabeza para mirarlo a la cara. Sus ojos ardieron, llenos de lágrimas de furia, como gemas de color verdeazulado. La sola idea de pertenecer a un romano le resultaba inconcebible.

—¡Nunca! ¡Nunca! —gruñó con voz ronca—. Yo no pertenezco a nadie excepto a mi padre, el jefe de nuestra tribu. Déjame, romano. ¡Márchate! —en un súbito arrebato de energía, miró a Quinto con todo el desprecio de que fue capaz. Ignoraba lo hermosa que estaba así, poseída por una furia animal, mientras el sol hacía destellar el rojo encendido de su cabello. Su piel era casi traslucida; su boca ancha y pálida; sus ojos de pestañas oscuras demasiado grandes, demasiado llenos de rabia.

Una mano frágil agarró su mano, tirando de ella suavemente.

—Por favor, ama —musitó la doncella con voz casi inaudible—. Debemos ir por el bien de vuestro padre.

—No me avergüences —replicó la joven en voz baja—. ¿Dónde está tu orgullo? ¿Crees que mi padre querría que perteneciéramos a un romano? Antes querría vernos muertas.

La mano cayó.

—No puede ser peor que esto —dijo la muchacha con un suspiro de resignación—. Acepta su oferta.

—¿Y bien? —dijo Quinto—. No voy a sacaros de aquí gritando y pataleando. Si estáis decididas a quedaros... —se volvió hacia la puerta y le hizo seña al guardia de que lo acompañara.

—No... ¡espera! —la mujer le tendió una mano—. Sálvala a ella. Llévala contigo. Puede irse. Es posible que...

—Tenéis que ser las dos o ninguna. Decídete.

—Tú no lo entiendes —contestó ella—. Yo no puedo ser una esclava. No puedo sufrir esa ignominia. Soy la única hija de un jefe.

—A mí tampoco me hace gracia llevarte adonde voy, para que lo sepas. No tengo ni tiempo ni ganas de hacer de niñera de dos mujeres empeñadas en morirse de hambre, habiendo tanta gente ahí fuera que apenas encuentra comida para sobrevivir. Supongo que crees que vuestra muerte sería un gesto heroico, ¿no es así? Pues en mi opinión sería una pérdida de tiempo cuando podéis ayudar a otros a sobrevivir. Pero eres tú quien decide. O me acompañas al sur o te quedas aquí y...

—¿Qué? ¿Al sur, has dicho?

—Eso he dicho, sí. Mañana parto hacia el balneario de Aquae Sulis. No cae precisamente de camino hacia tu casa, ¿verdad?

La princesa cautiva se levantó con excesiva brusquedad y una punzada de dolor atravesó su cabeza.

—Iré contigo —musitó, tambaleándose.

—Entonces conviene que me digas tu nombre. No puedo seguir llamándote «mujer».

Le fallaron las rodillas y el estruendo que notaba en los oídos trajo consigo una fría negrura que la envolvió por completo, ahogándola en su marea.

—Brighid —dijo.

Quinto la tomó rápidamente en brazos e hizo una mueca al notar una punzada de dolor en la rodilla.

—¿En qué demonios me he metido? —preguntó sin dirigirse a nadie en particular—. Vamos —le dijo al guardia—. Lleva tú a la criada, yo me encargo de esta.

Con el ceño todavía fruncido, miró la figura inerme que sostenía en brazos, el amasijo de cabello rojo que descansaba sobre su hombro y la cara angelical sumida en el sopor del desmayo, y se preguntó fugazmente por qué no sería una vieja arrugada e incapaz de aguantar el viaje, en vez de una diosa despiadada y altanera.

28

Dos

El carro se zarandeó sin piedad cuando Brighid intentó de nuevo ponerse otra piel curtida de oveja bajo los miembros doloridos y, agotada, cayó hacia atrás sobre el montón de cojines.

Su evidente malestar alertó a su compañero de viaje, que iba tranquilamente sentado sobre un montón de pieles, en el extremo descubierto del carro. Se volvió, se acercó a ella a gatas y se dejó caer a su lado sin ceremonias. Luego agarró un cojín, lo ahuecó y se lo puso bajo la cabeza, levantándole los hombros con el otro brazo. Era un esclavo. No importaba que la tocara.

—¿Mejor? —preguntó alegremente—. ¿Te apetece un poco más de leche?

Brighid negó con la cabeza.

—No puedo retenerla en el estómago —dijo.

—No importa —repuso él—. Algo siempre se queda. Ea, eso está mejor. Ahora intenta volver a dormirte —Florian la tapó con la manta, le arropó los pies y siguió haciendo de enfermero, como le había ordenado su señor.

La partida de Eboracum se había retrasado una hora porque habían tenido que enterrar a toda prisa a la doncellita y buscar flores para adornar su tumba. Había habido que rezar plegarias y que observar ciertos rituales. Después de aquello, no habían podido perder ni un segundo porque si no, según había dicho el tribuno con impaciencia, no conseguirían llegar a su primera parada antes de que anocheciera. Ahora, tendida en el carro, mirando la lona que se agitaba sobre ella, Brighid comprendió que la muchacha no habría sobrevivido ni a la primera parte del camino.

Su conciencia no la atormentaba en ese sentido. La muerte había sido una liberación que la muchacha ansiaba desde el nacimiento de su bebé, unas semanas antes. Engendrado por el propio padre de Brighid, el bebé era una niña y, por tanto, de nulo valor para la tribu. Antes de que la doncella, que apenas contaba catorce años, se recuperara de la fiebre, los ancianos de la aldea se habían llevado a la criatura para abandonarla a la intemperie. A la muchacha se le había roto el corazón, pero el jefe solo quería varones y su palabra era ley.

La madre se había ido debilitando, consumida por la pena, y apenas había empezado a recuperarse cuando una banda de soldados romanos había atacado la aldea mientras los guerreros estaban fuera, luchando. Habían prendido fuego a las chozas, matado a quienes huían y capturado a Brighid y a la doncella pensando que tal vez pudieran venderlas para entretenimiento del emperador.

El emperador, sin embargo, no se había mostrado satisfecho, pues Brighid era una mujer de alcurnia y, por lo tanto, un estorbo, y su doncella estaba muy enferma. Brighid poseía notables conocimientos sobre remedios medicinales para toda clase de dolencias, pero como no podía conseguir hierbas para confeccionarlos y su doncella deseaba morir, ¿qué otra forma de protesta le quedaba que no fuera negarse a comer? Al menos así tendría cierto control sobre su propia vida. Y sobre su muerte. El guardia que estaba a su cargo había intentado al principio hacerles comer por la fuerza, pero pronto había descubierto lo recalcitrante que podía ser su prisionera.

Algunas sombras se movieron más allá del extremo de la carreta: caballos que meneaban la cabeza, jinetes que cruzaban, confusos edificios de tejado rojo, las blancas tapias de un pueblo y el gran arco de una puerta. Se acercó un hombre a caballo y echó un vistazo al interior del carro. Llevaba el manto echado sobre el hombro y sus brazos desnudos se destacaban, morenos, sobre la túnica blanca. Entornó los ojos, escudriñando la penumbra. El viento agitó su cabello espeso y liso, más largo desde que había dejado el ejército. La miró fijamente a los ojos, sin sonreír. Durante unos segundos se sondearon el uno al otro con la mirada. Después, él inclinó la cabeza y se alejó con el rostro crispado, aceptando lo inevitable con evidente acritud.

—Patán —masculló ella—. Yo tampoco quiero estar aquí.

Pero tal vez saliera algo de todo aquello, pensó cerrando los ojos. Se dirigían al sur, hacia el territorio de los dobunni, la tribu a la que pertenecía Helm, y aunque su conocimiento de la geografía de Britania era muy limitado, el nombre de Aquae Sulis había salido a relucir a menudo mientras Helm negociaba con su padre, lo que la había convencido de que el balneario estaba en el país de los dobunni. De modo que si, en efecto, Helm había regresado a casa creyendo que todos sus planes se habían ido al garete, sin duda podría hacerle llegar un mensaje avisándole de que estaba cerca y no, como creía él, fuera de su alcance. Si le dejaban cierta libertad, tal vez pudiera encontrarlo ella misma.

Naturalmente, no se le había permitido trabar conocimiento con el joven guerrero. Lo que ella pensara de aquel asunto carecía de importancia y no podía repercutir en el éxito del acuerdo. De haber sido una mujer corriente de la tribu, podría haber exigido ser ella quien decidiera su destino, hasta cierto punto. Tal vez incluso le habrían permitido vivir con un hombre de su elección durante un año de prueba, antes de dar el paso final hacia el matrimonio. Y hasta en ese caso podría haberse divorciado de su marido si él la decepcionaba. Pero Brighid distaba mucho de ser una mujer corriente: era, por el contrario, una herramienta de trueque para su padre, una mujer de elevada cuna que sellaría la alianza entre dos tribus, y ella siempre lo había sabido. Ello no le había impedido, sin embargo, interesarse por el hombre que había viajado durante días o incluso semanas para comprársela a su familia y, en las pocas ocasiones en que había estado presente, siempre desde lejos, se había fijado en cada detalle con tanta avidez como cualquier otra mujer a punto de prometerse en matrimonio.

Lo que había visto la había impresionado: un joven

fornido y seguro de sí mismo, de su misma estatura, de ojos claros y voz diáfana, andar arrogante y dueño de ese aire de autoridad que siempre acompañaba a un futuro caudillo. No cabía duda de que aquel hombre podía llegar a gustarle con el tiempo, aunque sus dos hermanos mayores tenían sus reservas. «Un fantoche imberbe», lo había llamado uno de sus hermanos, y había añadido que era solo uno más de los muchos peces entre los que podía elegir su hermana.

Dadas las circunstancias, para Brighid resultaba perturbador que Helm se hubiera esfumado por completo, sin hacerle llegar ni un solo mensaje de esperanza. Tampoco sus hermanos o su padre habían intentado comunicarse con ella, ya fuera directamente o mediante algún subterfugio. Siempre podía sobornarse a algún esclavo, y un jefe tenía sus recursos. Su sentimiento de abandono había ido creciendo de día en día, y ahora se encontraba completamente sola, sin saber qué podía esperar del hombre que se creía su propietario y del que ignoraba hasta su nombre. El día anterior, el romano la había dejado en manos de unas mujeres que, al parecer, eran esclavas de la emperatriz.

El día anterior había transcurrido en medio de una confusa neblina de debilidad e impotencia. Entre los accesos de náuseas y los desmayos, se había sentido demasiado débil para decir lo que necesitaba, demasiado impotente para protestar al verse manoseada, desvestida, bañada, peinada y vuelta a vestir como si fuera una recién nacida. Había dejado de importarle cuando el esclavo llamado Florian había asumido el papel de su nueva doncella y le había dicho con desparpajo que más valía que no se diera tantos aires porque allí eran todos esclavos, incluida ella, y él era indispensable, mientras que ella era más bien lo contrario. Lo cual no había hecho nada por tranquilizarla, aunque la intención hubiera sido buena.

Las esclavas se habían encargado también de lavar a la doncellita, que se había sumido en un sueño profundo del que no había vuelto a despertarse. A la mañana siguiente estaba quieta y fría, y en paz con sus seres queridos. Brighid había llorado amargamente por ella, y de nuevo por la dulce niña a la que ambas habían querido y perdido. ¿Cuántas cosas más perdería, se preguntó, antes de ganar algo? ¿Le quedaba acaso algo más que perder?

Se había dormido, y se despertó cuando el carro se zarandeó suavemente al pisar la hierba y se detuvo entre un alboroto de gritos y órdenes. La penumbra que reinaba bajo la lona indicaba que estaba oscureciendo, que se hallaban bajo los árboles y que habían parado para pasar la noche.

—Bien —dijo Florian—. Has dormido un buen rato. Y ya no estás mareada. Ahora, algo nutritivo. Espera un momento mientras encienden el fuego. ¿Necesitas aliviarte? Toma, aquí hay un orinal. Te dejo. Matenlo cerrado. Por las moscas, ya sabes —sonrió, se alejó a gatas y saltó por la trasera del carro como un atleta.

Brighid se notó despejada y sintió hambre por primera vez desde hacía días.

Tras seguir al pie de la letra las instrucciones del esclavo, se levantó para echar un vistazo a su alrededor. Advirtió que llevaba una túnica larga de lino sin blanquear y que su ropa había desaparecido. Le habían recogido el pelo en una pulcra trenza de la que habían escapado algunos mechones durante el sueño, y no llevaba adorno alguno en el cuello, los brazos o el cabello. Sintió otra oleada de indignación por aquel nuevo expolio. Aquellas joyas lo eran todo para ella, habían sido fabricadas expresamente para ella, nunca las había llevado otra persona, y no pasaba ni un solo día sin que se las pusiera. Una horrible sensación de vulnerabilidad la golpeó como un dolor físico.

Echándose una toquilla de lana sobre los hombros, dio varios pasos vacilantes hacia el extremo del carro, decidida a averiguar qué habían hecho con sus cosas. Pero desde el fondo del carro no había visto a los dos hombres que montaban guardia a ambos lados de la entrada y, al advertir sus cascos brillantes y sus anchos espaldares metálicos, se paró en seco y comprendió que, si bien Florian podía ir y venir a su antojo, ella seguía siendo una prisionera.

Refrenó sus lágrimas de rabia y se ciñó con fuerza la toquilla cuando una brisa fresca agitó las hojas del roble que había sobre ellos. Allá fuera, los hombres descargaban con premura los carros, extendían lonas y ataban y daban de comer a los caballos, siempre los primeros en ser atendidos. Empezaron a encender hogueras con el combustible que llevaban consigo, y cada cual se dedicó a su tarea, trabajando como los engranajes de una máquina. Había otros carros que habían sido desenganchados de sus tiros y colocados formando una especie de fortaleza, y Brighid vio que, a diferencia del suyo, iban cargados de equipaje, sin espacio para que durmiera alguien dentro. Confió en que fuera todas las noches así, y en poder ver el cielo a través de la abertura de la lona.

Tres hombres pasaron junto al carro. El que llevaba el manto con reborde blanco era el que la había liberado en Eboracum, cuyo nombre desconocía. La miró al pasar, por encima del hombro y, deteniéndose, se volvió para observarla con una expresión que no dejaba traslucir nada, salvo que se estaba fijando en cada detalle de su apariencia. Hizo un gesto de asentimiento dirigido a los dos guardias y volvió a reunirse con sus dos compañeros, cuyas preguntas les hicieron reír a carcajadas a los tres. Brighid se erizó de indignación. Había tenido la oportunidad de exigir que le devolvieran sus pertenencias y no la había aprovechado.

Maldiciéndose a sí misma, dio la espalda al campamento y comenzó a ordenar su lecho doblando las mantas y colocando los cojines como siempre solía hacer su doncellita. Un recio cofre de madera, cerrado con llave, barra y cerrojo, ocupaba parte del reducido espacio del carro. Se sentó en él y esperó mientras escuchaba el trasiego de fuera y sus ojos se oscurecían a la luz mortecina del atardecer.

Era la primera vez que había podido ver con claridad a aquel hombre. Durante su primer encuentro, había estado demasiado aturdida. Ahora lo había visto en toda su estatura, vestido con una túnica corta en lugar de la larga toca cruzada por una banda púrpura que le había dado una indicación de su rango. Solo los senadores, los tribunos, los caballeros y algunas otras personas gozaban de ese privilegio. Brighid dudaba que tuviera edad suficiente para ser senador, y no creía que fuera propio de un senador acampar bajo nubarrones cargados de lluvia. Calculó que tenía menos de treinta años y dedujo que era militar por sus ceñidas calzas de piel, que se adherían a sus muslos y a sus gemelos musculosos y que le llegaban algo por encima de los tobillos. Parecía haberle sentado bien la jornada a caballo, y el espeso cabello le caía alborotado sobre la frente, sedoso y brillante como el ala de un cuervo. Era, reconoció Brighid de mala gana, mucho más apuesto que Helm. De haber sido él su pretendiente, sin duda habría aprendido rápidamente a disfrutar de su compañía y a sufrir sus manos sobre su cuerpo. Ahora, sin embargo, no había lugar en su vida para ese tipo de sentimientos, ni lo había habido desde el instante en que había cobrado conciencia de su papel político como princesa de su tribu.

Si al menos supiera lo que le deparaba el destino... Si no la hubieran despojado de sus posesiones, tal vez habría valido la pena intentar escapar. Pero sin zapatos y cubierta únicamente con una túnica de lino y una toquilla, sin ornamentos que la identificaran ni idea alguna de dónde estaba, cualquier plan tendría que esperar.

—¿Dónde está mi ropa? —preguntó tan pronto regresó Florian llevando en una mano una escudilla de caldo caliente.

El esclavo siguió sonriendo.

—Estás sentada encima de ella —contestó.

—¿Qué? —se giró sobre el cofre—. ¿Aquí dentro? ¿Y mis joyas? ¿También están aquí?

—Sí, junto con tus zapatos y tu ropa.

—Quiero ponérmelas.

—Imagino que podrás hacerlo, cuando lo decida mi amo —sacó una cuchara de dentro de su túnica, se la pasó y le dijo que comiera mientras el caldo aún estaba caliente.

Hacía más de una semana que no comía nada sólido, y Florian se quedó con ella para asegurarse de que se tomaba el caldo. Fuera, el cielo se había oscurecido amenazadoramente y la única fuente de luz era la hoguera que chisporroteaba proyectando sombras danzarinas sobre la lona del carro.

—¿Quién es tu amo? —preguntó Brighid al devolver la escudilla.

Él rebañó con la cuchara el poco caldo que quedaba y se lo dio.

—Es Quinto Tiberio Marcial —dijo con orgullo—. Tribuno de rango ecuestre, muy alto, ¿sabes?, y procurador provincial al servicio del emperador romano Septimio Severo. Y antes de que me hagas más preguntas, jovencita, más vale que sepas que he de informar de ellas a mi señor. Soy el masajista del tribuno, y me han dicho que te ofrezca también mis servicios si los necesitas.

—Gracias, Florian. Puede que sea un poco pronto para eso.

—¿Una manzana, entonces? —sacó una de su túnica, como un mago.

Ella negó con la cabeza mientras lo veía desperezarse. De pronto le recordó a un helecho en primavera.

—Esta noche va a llover. No te preocupes por la lona. No calará —paseó la mirada por el carro—. Estoy impresionado. Has estado ordenando esto. Creo que todavía conseguiremos hacer de ti una buena esclava.

—Eso es algo que no seré nunca, créeme —contestó ella con severidad.

—Entonces intenta convencer al tribuno —repuso él, dirigiéndose a la entrada—. Creo que tiene esa idea metida entre ceja y ceja. Pero ya te lo dije ayer. Buenas noches, princesa.

Le habría gustado lanzarle la manzana a la cabeza, pero una súbita oleada de cansancio se apoderó de ella y, dejándose caer en el montón de pieles de oveja, cerró los ojos y procuró olvidarse de los murmullos y las risas de fuera.

La despertó el fragor de la lluvia sobre la lona. Eso, el mortecino resplandor amarillo del interior del carro y la sensación de no estar sola. Despejada al instante, buscó con la mano la daga que siempre llevaba consigo. Pero no estaba.

—Siéntate —dijo una voz grave—. Necesito hablar contigo.

Estaba sentado sobre el cofre, la tersa piel bronceada de su cuerpo casi encendida por la luz del farol. Tenía los brazos apoyados en los muslos, los hombros encorvados y la cabeza gacha, la cara vuelta hacia ella. Saltaba a la vista que llevaba un rato observándola. De pronto se irguió y se desperezó como un gato. Llevaba calzones de lino blanco hasta la rodilla, y su cabello mojado parecía más oscuro, como si le hubiera sorprendido un aguacero. En el interior del estrecho carro, su cercanía resultaba inquietante.

Brighid agarró la manta, tiró de ella hasta la barbilla y se incorporó, apoyándose en el cojín.

—Yo no deseo hablar contigo —replicó en voz baja.

—Ya me lo esperaba. Pero yo necesito hablar contigo —repitió él.

—Sí, tú tienes que darme algunas explicaciones. ¿Cuánto va a durar este viaje? ¿Y cuándo me serán devueltas mis pertenencias?

—Yo no tengo por qué dar explicaciones a los esclavos —repuso él mirándola con insolencia.

—¡Yo no soy una esclava!

—No empecemos con eso otra vez. Florian está harto de oírlo, y yo también. El hecho es, mujer, que no tienes elección al respecto. El Emperador me ordenó que le librara de ti y me dijo que podía hacer contigo lo que quisiera. Por lo que a mí respecta, eso significa venderte al próximo comerciante de esclavos con el que nos topemos por el camino.

—¡No te atreverás! ¡No puedes hacer eso! —gritó ella.

—Te aseguro, muchacha, que puedo y quiero hacerlo. Teniendo en cuenta mi oficio, no me hacen falta princesas altaneras, y no quiero que eches a perder mis vacaciones. El viaje para ti acaba en Lindum, la siguiente parada del trayecto. Mañana a estas horas estaremos allí.

A Brighid se le heló la sangre en las venas. Aquel hombre quería librarse de ella. Brighid había visto a los comerciantes de esclavos, conocía sus sucias estratagemas, había visto a las mujeres humilladas, a los lascivos compradores cargados de dinero. Era la suerte más vergonzante que podía correr. Le castañetearon los dientes mientras intentaba conservar su dignidad, disimular su miedo. Era la hija de un jefe. No se rebajaría a suplicar. Ni siquiera en aquel caso.

—Si el emperador quería librarse de mí, romano, ¿por qué me tomó prisionera? ¿Acaso tu emperador no sabe lo que quiere? ¿No podía pedir rescate por mí?

—Sus hombres se precipitaron. Ocurre con frecuencia. Pensaron que podrías serle útil. Pero no es así. Si te hubieras salido con la tuya, dentro de un mes, más o menos, habría tenido que cargar con la muerte de una mujer de tu rango. Y no ha venido hasta Britania para crear problemas, sino para solucionarlos. Además, tampoco le interesaba pedir rescate por ti. ¿Cuánto puede valer una mujer?

En algún momento, pensó Brighid, había valido mucho. Ahora, muy poco. Se dispuso a decirle con orgullo que la tribu de los dobunni había querido comprarla y que Helm y su padre habían estado negociando hasta altas horas de la noche cuánto oro y cuántas vacas, cerdos y ovejas costaba su mano. Pero todo eso pertenecía ya al pasado, y cuanto menos supiera de ella aquel hombre, tanto mejor. Algo, sin embargo, tenía que hacer o decir para que no se deshiciera de ella hasta que llegaran al sur.

—Yo diría, romano, que tan pronto se descubra

mi desaparición se redoblarán los problemas que tanto desea evitar el emperador. Dentro de una semana o dos, cálculo yo. ¿Acaso eso no te preocupa?

—¿Por qué iba a preocuparme? Razón de más para librarme de ti lo antes posible. ¿Ha venido alguien a buscarte? ¿No has recibido ningún mensaje?

Brighid no necesitó contestar: la desesperación se pintó en su rostro.

—Dime una cosa —añadió él, inclinándose de nuevo hacia ella, y miró hacia arriba al oír un trueno—. ¿Todos los jefes de vuestras tribus enseñan a sus hijas a hablar como los romanos? Tienes buen acento. Alcanzarías un buen precio como doncella de una mujer noble.

—Los brigantes sabemos que las mujeres de alta estirpe son más solicitadas por otras tribus si hablan la lengua romana. Es de utilidad para ellos. No somos tan bárbaros como creéis, romano. Mis hermanos y yo hemos recibido una buena educación.

—¿Y a ti te han solicitado? —preguntó él en voz baja.

—Sí.

—¿Quién? ¿Estás casada?

—No. Pero haces demasiadas preguntas, señor —repuso Brighid.

—Puede que te lo parezca, pero cualquier comerciante de esclavos va a preguntarme si eres virgen o no. ¿Lo eres?

Sin darse cuenta, movida por el miedo, Brighid levantó las rodillas hasta la altura del mentón y apoyó la mejilla sobre ellas, apartando la cara de él.

—Eso solo pueden preguntármelo mis parientes —susurró.

—Puedo averiguarlo al instante —sentenció él.

—¡No... no, por favor! Nunca he tenido nada que ver con un hombre. No se me ha permitido. A otras muchachas de la aldea, a otras mujeres sí, pero a mí no. Si no, no valdría nada. Además, no había ninguno —su voz se apagó. Estaba confusa, se debatía entre el orgullo y el instinto de supervivencia.

El romano necesitaba saber qué precio conseguiría por ella en el mercado, no hasta qué punto podía serle de utilidad personalmente, como ella había pensado. Tenía que hacerle cambiar de idea, ofrecerle algo para que la conservara a su lado hasta que llegaran a territorio de los dobunni.

Suplicaría si era necesario.

—Dame más tiempo —dijo—. Hasta que esté más fuerte. Hasta que lleguemos adonde vais. No te estorbaré. No te causaré problemas.

La lluvia tamborileaba en la lona. Él no contestó hasta que, irguiéndose de nuevo, pareció haber tomado una decisión:

—Me pregunto qué aspecto tendrás vestida como una romana —dijo pensativo.

La esperanza se agitó un instante en el pecho de Brighid.

—Parecería una ciudadana romana —repuso—. Y me comportaría como tal si creyera que mi vida depende de ello. ¿Es eso lo que te preocupa? ¿Mi ropa? ¿Mi aspecto?

—¿Te comportarías como una ciudadana romana? Tengo mis dudas.

Ella levantó la cabeza estirando elegantemente el

largo cuello y, apartando las manos de las rodillas, las posó sobre la manta.

—Ponme a prueba —dijo—. Dame una oportunidad. No quiero que me vendas. No estoy preparada para ser la esclava de nadie. Haré todo lo que desees, menos eso.

—Lo que tú quieras no me incumbe, muchacha —dijo, y bostezó al levantarse—. Las cautivas rara vez están en situación de negociar su suerte, y tú no eres una excepción, seas princesa o no. Eres mi esclava. Más vale que te hagas a la idea. Estoy cansado. Decidiremos sobre este asunto por la mañana.

—Entonces más valdría que me hubieras dejado morir en Eboracum con mi doncella, romano. Así habría sido libre —apartando la manta, se levantó ágilmente para poner más distancia entre ellos.

Ese día, apenas unas horas antes, había tenido una razón para vivir: buscar la ayuda del hombre que había solicitado su mano, a pesar de que ella jamás lo habría elegido por esposo. Ahora habían cambiado las tornas y al parecer su endeble plan se había deshecho por completo.

Quinto la agarró de la muñeca con mano de hierro, haciéndola tambalearse. Furiosa, intentó empujarlo. Sus ojos relampaguearon como fuego verde.

—¡Ningún hombre puede tocarme! —gritó.

—Otra cosa a la que tendrás que ir acostumbrándote, poderosa princesa. Y si esta muestra de mal genio era tu forma de convencerme de que puedes comportarte civilizadamente, no podrías haberlo hecho peor, ¿no te parece? ¡Y ten cuidado con esa lámpara, por Júpiter! —tiró de ella, atrayéndola contra su pecho—. Una tontería más, mujer, y acabarás encadenada en la fila de algún tratante de esclavos en Lindum. Si dudas de que sea capaz, ponme a prueba. No me gustan las bárbaras con mal genio.

Brighid comprendió que había cometido un error. Irguiéndose, se tapó las piernas con la túnica de lino, que le quedaba corta, y agachó la cabeza sumisamente.

—Perdóname —susurró—. Me duele mucho lo que he perdido. Si pierdo otra vez mi libertad, esta vez para siempre, me quitaré la vida y me acogeré a la protección de la diosa Brigantia, cuyo nombre llevo. Está enojada porque no lleve ya sus joyas, y porque desde mi captura no he hecho ninguna ofrenda en su altar. No soy una bárbara con mal genio, como piensas. Lloro por mi doncella, por su hija perdida y por mi familia, pero no tengo modo alguno de aliviar esta pena, romano —con los ojos bajos, sintió que él cruzaba el colchón y se agachaba entre ella y un lado del carro, al alcance de su mano. Arriba seguían oyéndose truenos—. Está enfadada —murmuró—. Muy enfadada.

—Yo creía que las diosas eran más comprensivas. Tu Brigantia ha de ser una dama muy vengativa. ¿Tanto significan para ti tus ornamentos?

—Brigantia me los regaló cuando nací. Comencé a llevarlos cuando fui mujer —explicó—. Forman parte de mí. Si los pierdo, dejo de ser quien soy. Ese es el motivo, supongo.

—¿El motivo?

—El motivo por el que estoy dejando de ser quien

45

soy. Pronto seré propiedad de otro, dejaré de ser una mujer libre. No sé si mi espíritu podrá soportarlo. Todavía tengo que descubrirlo.

—¿Y si volvieras a ponerte las joyas?

Brighid levantó la cabeza.

—¿Lo permitirías?

Quinto parpadeó al ver su mirada fija en él. De pronto se acordó de las aguas verde azuladas que brillaban en la costa de su amada patria, Hispania. Vio el sol y el mar, los viñedos y las villas, el calor y los buenos amigos que solo pedían amistad. Lo vio todo en sus ojos, sintió su dolor como si su pena fuera también la de él.

—Las tendrás mañana por la mañana. Entre tanto, están ahí, a tu lado. Seguro que a tu diosa no le molesta tanto.

—Gracias, romano. ¡Gracias! —crispó las manos sobre el borde de la manta—. No he de llorar —susurró—. No he de llorar. Soy fuerte.

—Y quizás encontremos el modo de hacer un altar a Brigantia. Espera hasta que lleguemos a Lindum. Seguro que en el mercado habrá algo. Es terrible perder el contacto con los dioses de uno.

—Entonces ¿vas a dejar que me quede contigo? ¿No vas a venderme?

—De momento, no —bostezó, tapándose los dientes blancos con el envés de la mano—. Pero vamos a dejar una cosa clara: lleves o no los dones de Brigantia, te creas libre o no, sigues siendo de mi propiedad. Tengo órdenes de librarme de ti, y es lo que pienso hacer. Solo es cuestión de cómo y cuándo. Dudo que tu diosa lo apruebe, pero así son las cosas. Hazte a la idea cuanto antes, así tendrás mayores posibilidades de sobrevivir. Tendrás que aprender a adaptarte, princesa. No se te da muy bien, ¿verdad?

—Lo intentaré —contestó—. Puedo aprender. De veras, aprenderé, romano.

—Pues aprende a dirigirte a mí con respeto. Para ti, soy «tribuno».

—Sí. Y mi nombre es Brighid, señor.

—Te llamaré «princesa». Me conviene más —dijo lacónicamente.

«Ah», pensó ella. «Así será más fácil venderme. Como con los adornos de oro. A estos romanos les encanta hacer exhibición de riquezas. Sobre todo, en una mujer».

Él se agachó para recoger el farol, abrió la tapa y mató la llama, sumiendo el interior del carro en la más completa oscuridad. Le quitó la manta de las manos y ordenó:

—¡Túmbate! —se agachó y agarró un cojín.

—¿Qué? —gimió ella—. ¡No... no, señor! ¡No puedes quedarte aquí!

La rodeó con el brazo.

—Escucha, mujer —dijo—. O duermo yo aquí, o les digo a esos dos guardias que ocupen mi lugar. Ahora mismo están secos y calientes, y dudo que les haga mucha gracia pasar la noche aquí metidos. Tú eliges.

—Tú no lo entiendes, señor —intentó desasirse de su brazo—. Nunca he dormido con un hombre.

—Pues no duermas. Quédate despierta si lo prefieres. Otra cosa nueva que aprender. Vamos, túmbate. Conmigo no corres peligro.

Brighid tuvo que resignarse a estar a su lado. Se deslizó junto al cálido bulto que ocupaba más de la mitad del colchón y le dio la espalda. El tribuno la tapó con la manta, la apretó contra su cuerpo y apoyó el brazo sobre la suave curva de su cadera. Brighid no se sintió incómoda, pero todo su ser pareció avivarse, agitado por aquel íntimo contacto: sintió el calor del romano a lo largo de la espalda, desde el cuello a los tobillos, su olor viril y turbador, sus contornos desconocidos. Había visto desnudos o semidesnudos a los hombres de la aldea, pues en las chozas comunitarias de los brigantes no había apenas intimidad. Pero nunca había visto un cuerpo de hombre tan bellamente esculpido como aquel, afinado hasta la perfección, mimado por su masajista personal y posiblemente adorado por un sinfín de mujeres. Quinto no estaba dispuesto a cargar con una mujer de su clase, ni siquiera por la novedad de poseer una esclava brigantiana, pero Brighid tampoco había visto ni oído a ninguna otra mujer en el séquito.

—¿No tienes una mujer a la que recurrir? —masculló resentida.

—Sí —contestó él—. Ahora mismo estoy con ella. Duérmete. Tenemos que partir al amanecer si queremos llegar mañana a Lindum.

El golpeteo de la lluvia la acunó hasta adormecerla mucho antes de que pasara la tormenta. Se despertó una vez y oyó el tenue siseo de la lluvia, alargó la mano para tocar el cofre que contenía sus tesoros y volvió a dormirse. La vez siguiente solo se oía la suave respiración del hombre que dormía a su espalda. Quiso volverse, pero su túnica estaba atrapada bajo el cuerpo de él y no podía desasirla sin despertarlo.

—¿Qué ocurre? —preguntó el tribuno.

—Estás tendido sobre mi túnica. Y sobre mi pelo.

Soltó un soplido divertido al soltar su pelo y luego, antes de que Brighid adivinara lo que se proponía, tiró del otro lado de la túnica y la hizo darse la vuelta para mirarlo de frente y la rodeó con los brazos. La boca de Brighid quedó pegada a su mandíbula firme y sus piernas apretadas contra las de él. Sus pechos se aplastaron contra el gran montículo de su torso, sintió su calor a través de la tela y, cuando él se puso su gruesa trenza sobre el cuello como una bufanda, Brighid comprendió que quería que siguiera allí, durmiendo a salvo entre sus brazos.

Pero le costó volver a conciliar el sueño con la cabeza apoyada en el hueco de su cuello, la boca a escasa distancia de la suya y el brazo de Quinto rodeando su melena rojiza. Con mucho cuidado, para ponerse más cómoda, apoyó la pierna sobre la de él, invitándolo así, sin querer, a deslizar la mano libre sobre la redondez de su nalga y a lo largo de su muslo, hasta deslizarla bajo la tela para tocar su piel sedosa.

Brighid agarró su mano.

—Por favor, tribuno, no —dijo con vehemencia—. No puedo... no quiero hacer esto contigo. Has dicho que no corría ningún peligro.

Lo sintió sonreír cuando le rozó la frente con los labios.

—¿No has dicho que ibas a aprender a adaptarte? —dijo.

—Por lo que más quieras, dame más tiempo —respondió aferrando su mano.

—Suéltame, muchacha. Tendrás tiempo suficiente.

Pero ¿lo tendría?, se preguntó ella mientras oía cómo fuera empezaba a despertar el campamento. ¿Seguiría siendo virgen cuando encontrara a Helm, o la rechazaría él como a una mercancía usada, todo ello por culpa del capricho de un tribuno romano?

Tres

—Bueno, amigo mío —dijo Tulo muy satisfecho de sí mismo—. Veo que nos has hecho caso —añadió mientras masticaba con avidez un trozo de pan y buscaba en la sartén otro trozo de tocino con que acompañarlo.

—Nada de eso —contestó Quinto, y alargó su jarro para que se lo llenaran—. Si no dormía yo allí, ¿quién iba a hacerlo?

Lucano soltó una risotada.

—¡Vaya, el mártir! —bramó—. Solo tenías que pedírnoslo. Seguro que alguno se habría ofrecido voluntario, solo para ahorrarte esa molestia.

—Pues ahorraros vuestras cábalas. Esa mujer tiene que seguir siendo virgen para que el joven dobunni que la pretende siga queriéndola por esposa. Si no lo es, no nos servirá ni a nosotros ni a él. Eso será lo primero que quiera saber ese bárbaro.

Tulo hizo un gesto de asentimiento. Era el más serio de sus dos amigos, dueño de un carácter contemplativo que intrigaba a las mujeres, sobre todo

51

cuando sus ojos grises oscuros las observaban con halagüeña intensidad. A diferencia de su amigo, que poseía una agilidad felina, Tulo tenía la complexión de un púgil que tonificara su cuerpo levantando pesas, nadando y montando a caballo. Quinto los apreciaba a ambos, tanto por sus grandes cualidades como contables como por su lealtad hacia él, y soportaba sus pullas como haría un hermano mayor con sus hermanos pequeños.

—¿Todavía no sabe lo de su padre? —preguntó Tulo antes de lamerse los dedos.

—No —contestó Quinto—. Acaba de perder a su doncella, no es buen momento para decírselo.

Lucano lo miró expectante.

—Entonces, ¿se ha conformado? —preguntó.

—Nada de eso. Le he dicho que, si no se comporta, la venderé antes de que lleguemos a Aquae Sulis.

—Pero no lo harías, ¿verdad?

—Claro que no, pero ella no tiene por qué saberlo —repuso Quinto mientras rebañaba su plato de peltre con un dedo—. Tampoco podemos llevarla a casa de nuestros anfitriones vestida como una salvaje. Habría que dar más explicaciones de la cuenta. Tendrá que vestirse bien.

—¿Como una ciudadana romana? Sería interesante.

—Lo será. Para eso necesito vuestro apoyo.

—Explícate —dijo Tulo.

—Salvo uno, nuestros anfitriones no nos conocen. Y se da la casualidad de que poseo una esclava que es una princesa brigantiana.

—No es muy frecuente, pero no veo por qué no puede ser así —comentó Lucano—. Continúa.

—Bueno, eso es todo, en realidad. No pienso presentarla. Se quedará al fondo de mi habitación con Florian. Con él estará segura.

Lucano y Tulo asintieron, sonriendo al unísono.

—¿Y desde cuándo dura esa... relación? Por si nos preguntan —dijo Lucano con aire inocente.

Quinto se levantó y se sacudió las migas del regazo.

—Desde hace unos días, supongo. Pero no veo por qué tiene que enterarse nadie. En el próximo mercado le compraré algo de ropa —se quedó quieto un momento con expresión pensativa.

—¿Qué pasa? —preguntó Tulo—. ¿Dudas que vaya a aceptarla?

—Estoy convencido de ello. Buscad un barbero los dos antes de que lleguemos a Lindum. Ahora, vamos a ponernos en marcha —se alejó y empezó a gritar órdenes.

Lucano sonrió por fin.

—Casi lo hemos conseguido —dijo en voz baja.

—Pero pareces demasiado optimista, amigo mío —contestó Tulo—. Por lo que he visto, yo diría que ella seguirá resistiéndose un tiempo. ¿Qué pasará cuando se entere de lo de su padre?

—Supongo que armará un buen jaleo. ¿De verdad necesito un barbero? —Lucano se pasó la mano por la mandíbula azulada por la barba.

—Si el jefe dice que te afeites, te afeitas. Se lo debemos a nuestra anfitriona. Estoy deseando dormir en una cama decente.

—Igual que nuestro jefe. Finge que esa mujer es un fastidio, sabes, pero yo creo que le gusta.

—A mí también me da esa impresión. Parece más animado que antes.

—Tú también lo estarías, joven Tulo, después de pasar una noche con la princesa.

El contacto de una mano suave sobre su brazo la despertó de su sueño.

—Es tarde —le dijo Florian al oído—. Ya están recogiendo el campamento. Despierta o no quedará nada para desayunar. ¿Es que el tribuno te ha tenido despierta toda la noche?

Se irguió, apartándose el pelo suelto de la cara.

—No te metas donde no te llaman —dijo—. ¿Qué es todo ese alboroto?

—Casi estamos listos para marcharnos. ¿Qué toman las princesas brigantianas para desayunar? —preguntó con una sonrisa sagaz.

—Gachas de avena y una rebanada fina de lengua de masajista, si eres tan amable.

—Se nos ha acabado la lengua —repuso él—, pero puedo traerte algo de tocino si quieres.

—Sal para que me vista. ¿Dónde puedo ir a bañarme?

Florian se detuvo en la entrada del carro.

—¿Bañarte, *domina*? No te lo recomiendo. Aquí, no. A no ser que quieras tener público.

—Entonces ¿cómo voy a asearme?

—Será mejor que lo hagas aquí hasta que lleguemos a nuestro alojamiento. Espera, voy a traerte agua.

Brighid recordó los extraordinarios acontecimientos de esa noche cuando apartó las mantas y vio el hueco que el tribuno había dejado en la almohada. Quinto se había marchado sin despertarla, a ella, que siempre se despertaba al menor ruido. Pero lo más sorprendente de todo era que había abierto el cofre y que sus tesoros reposaban ahora alineados sobre sus ropas dobladas, como listos para que les pasaran revista.

Hasta para el criterio de los romanos, las joyas eran de la mejor calidad, técnicamente perfectas. La más impresionante era una gargantilla plana en forma de media luna, con un relieve de espirales con incrustaciones de cornalinas y lapislázulis y esmaltes de colores. Había también una pulsera ancha de oro batido con trisqueles, soles y lunas en relieve, y otra en forma de serpiente enroscada, con cristales de roca por ojos. Los pendientes eran delicadas cabezas de pájaro con ojos de granate de cuyos picos colgaban esferas con intrincadas espirales grabadas. Había un montón de tobilleras de oro trenzado, un cinturón con hebilla de oro esmaltada, varios broches y varios largos alfileres de pelo con remate de gemas. Recogiéndolos en su regazo, Brighid los acarició con amor.

Estaban enganchando los caballos a su carro cuando Florian le llevó las gachas de avena y un cubo de agua para lavarse, y para cuando volvieron a ponerse en camino, Brighid había conseguido quitarse de la piel el olor de aquella noche, pero solo se sintió refrescada en parte y siguió ansiando bañarse a sus anchas. Su ropa, sin embargo, estaba limpia: dedujo que alguien la había lavado y puesto a tender para que estuviera lista cuando quisiera usarla.

Se vistió, se puso los pendientes, las pulseras, las tobilleras y los broches, y se ajustó el cinturón, ciñéndoselo más que antes. Sin un espejo en el que mirarse, no sabía hasta qué punto el hambre habría enflaquecido sus mejillas, ni si los violentos acontecimientos de la semana anterior habían diluido su arrebol juvenil. Como no veía el cierre de la gargantilla bajo su mentón, le fue imposible abrochársela por delante. Pero mientras la tenía entre las manos se levantó la cortina del carro y vio aparecer primero una pierna enfundada en cuero, luego otra y, por último, unos anchos hombros.

Apartó la cara, turbada de pronto al recordar el calor de la piel del tribuno y la osadía con que sus manos habían palpado su cuerpo. Avergonzada, se dio cuenta de que apenas había pensado en otra cosa desde que estaba despierta.

—Has dormido hasta tarde —comentó él.

—Apenas he pegado ojo.

—Ya te acostumbrarás.

—No pienso hacerlo.

Quinto se echó a reír con un murmullo profundo y gutural.

—Trae, déjame a mí. Date la vuelta.

Brighid se irguió, de cara a él, y se levantó el pelo para que le pusiera la gargantilla alrededor del cuello.

—¿Y el remache? —preguntó el tribuno en voz baja.

Ella se lo dio para que lo pasara por la delicada ensambladura en forma de cola de milano, y notó cómo rozaban sus dedos su piel. Retrocedió rápidamente y estuvo a punto de perder el equilibrio cuando el carro pasó por encima de un bache.

—Gracias —dijo—. También por esto. ¿Dónde estamos?

Él se apoyó contra una de las cuadernas de madera del carro, como un coloso.

—Nuestra siguiente parada es una aldea llamada Danum. Voy a mandar a Florian a comprar algunas cosas para que te vistas a la romana y, antes de que empieces a quejarte, permíteme recordarte que has prometido adaptarte.

—No he prometido pedir la ciudadanía romana, tribuno.

—No parecerás romana mientras lleves joyas brigantianas en el cuello y los brazos, ¿no crees? ¿Cómo va a confundirte nadie con una ciudadana romana, mujer?

—Entonces, ¿qué tiene de malo mi ropa? ¿Por qué no puedo llevarla?

—Siéntate antes de que te caigas. Ahora escúchame. En Lindum vamos a alojarnos en casa de un comandante retirado de la legión y de su esposa, y no quiero pasarme la noche explicando la presencia de una cautiva brigantiana pelirroja en mi séquito cuando saben que voy camino de un balneario para recibir tratamiento. Sería un fastidio. Prefiero decir simplemente que llevo conmigo a una princesa brigantiana cuya apariencia no merezca ningún comentario.

—Pero soy la única mujer de vuestro séquito y llevo mis joyas. ¿De veras creéis que eso no dará lugar a comentarios?

—Muy bien —dijo Quinto dando un paso hacia la salida—, si no te gusta cómo suena, la solución es muy sencilla.

Brighid comprendió a qué se refería.

—¡No! ¡Detente, tribuno! ¡Por favor! No pretendía... —se levantó de un salto y cruzó tambaleándose el carro con intención de alcanzarlo—. Voy a adaptarme. Te seguiré la corriente. Da igual lo que parezca.

Quinto la agarró del brazo para sujetarla y procuró sustraerse al influjo de aquellos luminosos ojos verdes que habrían hecho olvidarse de su nombre a cualquier hombre mortal. En aquel momento, Brighid era la fiera princesa tribal a la que le estaba proponiendo un cambio de identidad, cosa a la que, naturalmente, se resistía.

—No quiero que cambies —dijo, confiando en convencerla—. Dudo que nadie pueda hacerte cambiar por el solo hecho de hacerte vestir como una romana. Pero prefiero que nuestros anfitriones crean que eres mi concubina, en lugar de una cautiva bárbara a la que llevo conmigo por alguna razón misteriosa. Tú decides, princesa. Tómalo o déjalo.

—¿Como tu concubina? Pero yo no...

—¡Pues finge! Adáptate. Has dicho que podías hacerlo.

Sus ojos verde musgo centellearon de miedo, despertando en él un desasosiego que no deseaba mostrar. Pero tenía que convencerla, debía ofrecerle un estímulo para que asumiera aquel papel, pues no tenía nada sólido con lo que amenazarla, y pese a que esa noche le había prometido que estaría a salvo, empezaba a dudar que fuera así. De pronto la agarró por los hombros y la apretó contra sí con un gruñido de súbito deseo.

—Puede que esto te ayude —dijo y, agarrando un puñado de su cabello rojo, le hizo levantar la cara hacia la suya.

Cuando la besó, Brighid sintió que una oleada la embargaba derritiendo sus miembros y llegando hasta sus muslos. Debería haberse resistido. Pero cuando el besó acabó, en lugar de gritarle que una mujer como ella no debía ser tratada de semejante modo, se quedó callada, balanceándose al vaivén del carro, con la mano sobre los labios, mientras lo veía desaparecer de un salto por las cortinas de la lona.

—Divina Brigantia —susurró—, no permitas que ocurra o no tendré ningún valor. Estoy prometida, diosa. Tú sabes que lo estoy —su cuerpo, sin embargo, no estaba de acuerdo, pues de pronto se sentía aún más sumida que antes en el sueño prohibido que la había atormentado toda la noche. Sería difícil que escapara del cautiverio, pero aún más difícil sería escapar de la esclavitud de aquellas emociones nuevas y desconocidas para ella.

Se deshizo la trenza y, tras peinarse con los dedos, se recogió el pelo en un moño y se lo sujetó en la coronilla con sus alfileres. El pueblecito de Danum estaba solo a unas millas de distancia, y bullía ya, rebosante de mercaderes entregados a sus quehaceres matutinos. Oyó el ruido cuando el carro se detuvo, y se acercó a la puerta, donde vio aparecer la cabeza de negro cabello rizado de Florian.

—Vamos a parar al borde de un mercado —le dijo él—. Tengo que ir a comprarte algo de ropa. Dudo que tengan gran cosa que ofrecer, así que es absurdo que me digas qué color prefieres. Tendré que traer lo que haya. ¿Qué tamaño de sandalias compro?

Resignada, Brighid puso un pie al borde del carro.

—Echa un vistazo. Compra lo que quieras, Florian. Tamaño, color, forma, tejido... Es igual. Pero necesito un peine. Y el tribuno ha dicho que podía tener un altarcito, de esos pequeños que llevan los viajeros. Uno dedicado a Brigantia, aunque puede que ya hayamos dejado atrás el territorios de los brigantes.

Florian la siguió con los ojos cuando se volvió. Sus ojos mostraban cierta sorpresa.

—Ay, señor —dijo compasivamente—. Sigues sin encontrarte a gusto, ¿verdad? Ve a echarte un rato, *domina*. Haré lo que pueda por ti.

Florian hizo todo lo que pudo y más, pero tardó más de lo previsto y recibió una buena reprimenda de su señor. Arrojó sus compras dentro del carro mientras este se ponía en marcha, y pasó el último paquete a Brighid con más cuidado.

—Ten cuidado con eso. Espero que sea el adecuado. Ya no puedo cambiarlo —dijo, jadeante.

Brighid notó el peso del paquete y vio el brillo metálico antes de reconocer la figurilla de Brigantia. La diosa aparecía tocada con casco como símbolo de su sabiduría guerrera, con una lechuza posada en un brazo y una lanza en el hueco del otro. Se alzaba, orgullosa, dentro de un estuche rematado en arco, con el nombre inscrito en caracteres latinos en el pedestal.

—Es de peltre pulido —dijo Florian—. Y aquí están las velas de olor para poner a los lados, y una guirnalda de flores que le he pedido a la florista del templo —se la quitó de los rizos negros y se la pasó—. Violetas, borraja y azafrán. Ahí lo tienes. Puedes ponerla donde quieras. ¿Ya te sientes mejor?

—Lo has hecho muy bien, Florian, gracias. Mucho mejor. La pondré aquí, donde no se caiga —su agradecimiento era sincero. Desde su captura, había echado enormemente de menos tener cerca una imagen de su deidad. Se había quedado huérfana de madre a los once años, y desde entonces siempre había recurrido a su diosa, en vez de a las mujeres mayores de la aldea, que la habrían escuchado más por respeto a su posición que por verdadero cariño. En su incestuosa sociedad, la amistad y la rivalidad estaban estrechamente entrelazadas, y a menudo era preferible permanecer al margen de unas y otras.

Florian estaba sacando sus compras para mostrárselas, y parecía regocijarse con cada cosa como si la hubiera comprado para sí mismo. Sacudió varios lienzos de lino mucho más fino que el que había llevado nunca Brighid: suaves y suntuosos ríos de tejido de color crema y blanco, azul verdoso y rosa pálido. Se los puso sobre el hombro para ver cómo armonizaban con su pelo, le levantó la cabeza a un lado y fue echando sobre las telas un montón de pañuelos para darles brillo, un tono más oscuro, una textura de borlas y ribetes.

—¿Sabes, *domina*? —dijo—, con esas joyas vas a estar asombrosa. Única. Nadie podrá imitar tu apariencia. Nadie.

Brighid comenzó a ver por fin lo que el tribuno había visto desde el principio. Por empeño de su padre, había adoptado otros aspectos de la vida romana: el idioma y la educación, pero nunca la indumentaria. Hasta ese momento, no se había dado cuenta de cuál podía ser el efecto. Mientras Florian seguía agasajándola con cintas y cordoncillos, un bolso de mano de cabritilla y un par de suaves sandalias abiertas, el tribuno subió al carro para ver en qué se habían gastado sus denarios, y a Brighid le dio un vuelco el corazón al ver su expresión admirada, que él se apresuró a ocultar, y al oírle comentar tibiamente que sin duda más de uno en Lindum se quedaría pasmado al verla.

—¿Eso es lo que pretendes, tribuno? ¿Que me miren pasmados? —preguntó.

—Sí, princesa. ¿Por qué no? Es mejor ser única.

Florian estuvo de acuerdo.

—Eso mismo le he dicho yo, señor. Es única.

Quinto lo miró sin sonreír.

—Sí, muchacho. Y cuando hayas acabado aquí, puedes venir a decirme cuánto te has gastado y cuántas cosas más has comprado, ya que estabas.

—Sí, señor.

—Incluyendo ese muchacho que has traído contigo. Parece creer que es un mueble. ¿Para qué es, exactamente?

Florian se puso colorado y miró nervioso las telas.

—Es... es... para mí, señor. Me ha ayudado a elegir el altar de la *domina* y me ha explicado cuál era Brigantia. Y luego nos hemos dado cuenta de que... bien, de que nos gustamos. Es muy bien hablado, señor. Y va camino de Aquae Sulis, como nosotros. He pensado que no te importaría —de pronto su expresión se volvió hosca—. Y no me gusta compartir el colchón con gente que no es de mi agrado. Y si tú vas a estar con... —miró a Brighid.

—¡Ya basta! Eres un granuja, Florian. Debería azotarte.

—Sí, señor.

—Dale algo que hacer. No quiero holgazanes en mi séquito. Puede acompañarnos hasta allí, nada más, así que no te encariñes demasiado con él. Tendrá que ganarse el pasaje.

—Gracias, señor.

—Bien, más vale que tú y la princesa hagáis algo con esas telas antes de que lleguemos a Lindum. Utiliza el verde. ¿Has comprado hilos?

—He comprado un costurero para la *domina*, señor. No tiene nada.

—Umm. Bien.

Después de que se marchara Quinto, se hizo evidente que Florian había comprado muchas más cosas de las que había dado a entender, pues el costurero contenía, además de tijeras y tenacillas, bobinas de hilo y agujas, dos espejos de latón, uno grande y otro pequeño para su bolso de mano, peines de hueso y marfil, un par de botellas de vidrio coloreado con tapón, un tarrito de bálsamo labial, dos cucharas de asta y un cuchillo con mango de hueso, dos platos y dos escudillas de peltre, un cojín de seda y un jarro de cerámica de Samos decorado con liebres, además de una cesta de mimbre con tapa para guardarlo todo.

Para las túnicas de abajo y de arriba no hizo falta cortar, pues cada pieza era poco más que un rectángulo sujeto a la altura de hombros y brazos con pequeños broches y recogido en la cintura con largas cintas que se cruzaban por encima y por debajo de los pechos de un modo sumamente seductor. Su nuevo atuendo era tan distinto al sayo informe que solía llevar, que Brighid sintió el impulso de ocultar sus turgencias bajo el vuelo de un pañuelo. Pero Florian le hizo quitárselo y le aseguró que no tenía por qué ser tan pudorosa, cuando todas las señoras elegantes de Roma exhibirían encantadas un busto como el suyo.

—Se los sujetan con fajas —dijo, admirando sus hermosos y firmes pechos— para que no se les desparramen por todos lados.

—¡Florian, por favor!

—Es la verdad. Tú tienes curvas donde tienes que tenerlas. ¿Por qué esconderlo?

Aquella idea no le resultaba del todo desconocida. En su aldea había mujeres que escondían muy poco, mujeres que de noche eran llevadas ruidosamente a la cama de su padre y de día eran vilipendiadas por sus trucos de rameras. A ella, sin embargo, su padre la había mantenido siempre a salvo de todo reproche. Allí, lejos de su influencia, no podía ni aprobar ni censurar su indumentaria. Allí, podía al fin ser una mujer. Sería como quería el tribuno y como, en el fondo, quería ella también. La idea la dejó anonadada.

Agarró el espejo más grande de cobre bruñido, que debía de haber costado una fortuna, y observó su nuevo aspecto: sus ojos verde azulados, su figura elegante y esbelta enfundada en ceñidos pliegues, las cintas con reborde dorado que subrayaban su silueta, la fina *palla* blanca que colgaba sobre su hombro.

—Muy bien, Florian —dijo con una sonrisa tímida.

—¿Te gusta?

—Todo, menos el pelo. Así no queda bien, ¿verdad?

—No. Siéntate aquí, a la luz. Lo arreglaremos en un periquete. Sostén el espejo.

Se sentó y miró cómo Florian peinaba su melena, larga hasta la cintura, y cómo sacaba de sus sienes dos finas trenzas que luego enlazaba en una gruesa trenza entretejida con cintas. Sus manos se movían hábilmente, saltaba a la vista que conocía bien el arte de peinar a una mujer y pronto la trenza estuvo enroscada y sujeta a su coronilla en un elegante moño que realzaba la longitud de su cuello.

Brighid sabía sin que se lo dijeran que, como esclava, no cenaría con el tribuno ni tomaría parte en las conversaciones. Pero todo el mundo se daría cuenta incluso desde lejos de que era su concubina, y ella había accedido a hacer ese papel, pese a lo que sufriera su orgullo. No se humillaría olvidando que era una brigantiana de elevada cuna, pues eso quería Quinto que fuera. Una princesa. Un trofeo digno de exhibirse. Propiedad suya. Envidiado por otros. Única y rara. Apenas unas semanas antes, cuando aquel hombre de los dobunni había solicitado su mano, jamás habría pensado que tendría que acceder a algo así.

Cuando se halló sola de nuevo, fijó su atención en el altar y dedicó el rato siguiente a adorar a la diosa a la que tenía la sensación de haber descuidado largo tiempo.

Exageraba, pues entre los atributos de Brigantia se hallaban no solo su gran sabiduría, sino también su dominio del arte de la medicina, la poesía y todo lo doméstico, y sin duda no había diosa mejor, más proclive a compadecerse de sus súbditos que esta deidad nórdica a la que los romanos equiparaban con su estimada Minerva.

Brighid conocía aquella relación entre las dos deidades, pero en su villorrio fortificado, más allá de Eboracum, había significado muy poco para ella. Había nacido en Imbolc, la festividad consagrada a Brigantia, el primer día de febrero, y se habían hecho grandes ofrendas en agradecimiento a la diosa. Ahora no tenía nada que ofrecerle, como no fueran las flores y su devoción.

Pareció suficiente, pues sintió de pronto que contaba con la aprobación de la diosa y, al soplar las velas, lloró y sonrió a un tiempo.

Después se sentó a meditar sobre su futuro inmediato y sobre los posibles usos que podía dar a las tenacillas.

Aquella farsa solo podía durar un tiempo, se dijo al guardarlas al fondo de su bolsito de mano.

A medida que recorrían el terreno llano y el vasto cielo, alejándola de todo cuanto amaba, Brighid empezó a añorar los altos peñascos, los eriales, los torrentes y los agrestes páramos de su hogar. El paisaje era tan monótono que se llevó una sorpresa cuando, al empezar a hundirse el sol en un horizonte violeta y anaranjado, el carro comenzó a subir lentamente por una loma, hacia una población de buen tamaño que se extendía sobre un risco, muy por encima de la llanura. Aquello, le dijo Florian, era Lindum.

—Ya has estado aquí, ¿verdad?

—Vinimos por aquí a York, *domina*. Supongo que volveremos a alojarnos en casa del legado. Es un viejecito inofensivo —los legados no eran conocidos por ser inofensivos: tenían rango senatorial y eran muy poderosos. Florian se echó a reír al ver su expresión de desconcierto—. No creo que lo veamos mucho, ni a él ni a su mujer —añadió amablemente—. Nos quedaremos entre bambalinas hasta que nos necesiten.

—¿Lindum es como Eboracum? —preguntó Brighid, intentando olvidarse de que tal vez se reclamara su presencia.

—Ahora no. Antes había una fortaleza de legionarios, pero ya no. Han reutilizado los edificios para alojar a oficiales retirados del ejército, así que ahora se sientan a cenar, a hablar de sus batallas, a exhibir sus cicatrices y a nombrarse unos a otros gobernadores locales. Son todos veteranos. Inofensivos, a no ser que uno tenga un trozo de tierra en el que quieran construir una basílica o una casa de baños. Entonces son peligrosos.

Brighid prefirió no hacer más indagaciones, pese a que le extrañó la nota de amargura que se advertía en las palabras de Florian. No pensaba quedarse más tiempo del necesario con Florian ni con su amo, así que carecía de sentido mostrarse curiosa, se dijo. Casi todos los esclavos tenían motivos para estar resentidos.

Sentada al fondo del carro, Brighid se convirtió en un objeto de curiosidad, al principio para los miembros de la caravana, intrigados por su transformación, y más tarde para las personas con las que se cruzaron en la transitada carretera que conducía a la ciudad. Quinto también estaba fascinado por aquella elegante joven cuya combinación de elementos romanos y tribales no solo resultaba extraña, sino mucho más atrayente de lo que había previsto.

Brighid, por su parte, advirtió que cabalgaba junto a sus dos amigos, justo detrás de los guardias, donde podían verla al pasar bajo el gran arco de la puerta norte. El tribuno no había expresado su opinión acerca del trabajo de Florian, pero ambos esclavos habían advertido en su mirada un intenso brillo de admiración mientras reparaba en todos los detalles. Su único gesto de aprobación fue, sin embargo, una escueta inclinación de cabeza.

Florian había descrito acertadamente al decrépito legado a cuya mansión llegaron tras atravesar trabajosamente las calles atestadas de gente. No había expresado la misma opinión, sin embargo, acerca de la esposa que, pese a ser tan anciana como el legado, había pasado largas horas intentando borrar los estragos de los años de su cara apergaminada y su ajada figura. Por desgracia, sus esfuerzos no habían surtido el efecto deseado. Lo peor de todo era la complicada peluca negra que llevaba muy calada sobre la frente y cuyos nudos se veían con toda claridad. Sus arrugas habrían formado un fascinante mapa de emociones y experiencias, de haber aparecido al natural, pero Aurelia había decidido rellenarlas con polvo confeccionado a base de plomo, y Brighid se compadeció de ella mientras Florian mascullaba en voz baja que otra vez parecía haberse caído de bruces en el saco de la harina. Aquello era muy divertido, pensó Brighid, situada muy al fondo, detrás de los dos esclavos personales del tribuno, al notar a primera vista con qué avidez miraba la dama el hermoso rostro de Quinto, acariciándolo con miradas de adoración.

—Bienvenido, tribuno —dijo Aurelia—. Y en perfecta salud, por lo que veo. Distabas mucho de encontrarte bien la última vez que te vimos. El emperador ha cuidado bien de ti. Sed bienvenidos, Tulo y Lucano.

Entraron en el atrio de la villa del legado, espacioso

y muy bello con sus columnas pintadas y su suelo de ladrillo. Un surtidor reflejaba el sol de la tarde antes de verterse en un estanque verde. Brighid estaba mirando el agua embelesada cuando Florian le dio un codazo y susurró:

—Sígueles. No te pares. Y mantén los ojos bajos.

—Ella me está mirando fijamente.

—Igual que el viejo, pero no les devuelvas la mirada.

Aurelia condujo a sus invitados a lo largo de frescos corredores y a través de puertas que antaño habían sido oficinas, hasta llegar al ala donde se hallaban las habitaciones destinadas al séquito de Quinto. Brighid procuró pasar desapercibida, pero oyó decir a su anfitriona con voz aguda:

—Arriba hay una habitación para vuestros esclavos. Podremos cenar en cuanto te hayas bañado, tribuno, y a la muchacha puedo encontrarle algo que hacer si no la necesitas más hoy.

—Gracias, mi señora —respondió Quinto—, pero prefiero que se quede conmigo —su voz tenía tal autoridad que ni siquiera Aurelia se atrevió a objetar y, levantando las cejas y mirando gélidamente a Brighid, salió de la estancia con Tulo y Lucano y dejó tras de sí un leve olor a vinagre.

Quinto se llevó la mano a la nariz, pero nadie supo si para disimular una sonrisa o para sofocar aquel olor. Miró a Brighid, sin embargo, y su expresión seria y reflexiva la hizo preguntarse qué estaría pensando y si había suspirado de alivio o de enojo.

Puesto que Quinto tenía toda la ayuda que necesitaba, ella decidió sentarse apartada, en un pequeño diván junto a la pared, y sacó su costura. Le sorprendió oír que el tribuno decía a uno de sus esclavos:

—Ve a la cocina y pide una bandeja de comida para la princesa. No va a esperar hasta medianoche para poder comer un bocado. Y pide leche fresca, no vino. Lo quiero aquí para cuando me haya bañado. Encárgate de ello.

—Sí, señor.

—Florian, tú quédate aquí con la princesa y prepara mi ropa. Tú ven conmigo, muchacho —le dijo al otro esclavo—. Tú, princesa, te quedarás en este cuarto. Nada de salir a explorar.

Brighid comprendió que había adivinado sus intenciones, pues los baños quedarían desiertos cuando los invitados fueran a cenar, y dudaba que Florian fuera a quedarse allí todo el tiempo, teniendo a su nuevo amigo esperándolo.

El nuevo amigo no quiso esperar, y encontró la habitación del tribuno poco después de que los invitados se reunieran en el espacioso *triclinium*, donde el aroma de los manjares se mezclaba con el de los bajos perfumados de las túnicas. Brighid comió con ansia, y apenas se molestó en levantar la mirada cuando oyó llamar discretamente a la puerta. Florian se levantó de inmediato, como si estuviera esperando la llamada.

—Entra, deprisa —susurró—. No puedes quedarte.

—Lo sé.

Al oír aquella voz, Brighid estuvo a punto de gritar

y, de no haber tenido la boca llena de comida, tal vez lo habría hecho. Así pues, no la habían abandonado, después de todo. Sus plegarias habían sido atendidas.

«Math», pensó. «Queridísimo hermano. Has venido a por mí».

Pero Math frunció el ceño, ordenándola callar con aquel gesto mientras Florian se volvía para presentarlo. Brighid tuvo que refrenar una sonrisa, pero la alegría y el alivio que sentía se reflejaron en sus ojos.

Cuatro

La comida que le habían servido en una bandeja y que un momento antes le había sabido deliciosa, perdió todo su atractivo cuando Brighid vio de nuevo a su hermano. Solo un año y medio mayor que ella, Math era el más joven de sus dos hermanos varones. Los tres eran de madres distintas, de ahí que Math no se pareciera a su hermana. Era un joven de temperamento amable y delicado, tan distinto de su padre que había tenido que soportar diariamente sus palizas y desprecios, y al desaparecer su hermana había sentido que la vida sin ella sería insoportable.

Brighid observó desde debajo de las pestañas a Math y a Florian y se preguntó por qué en veinte años no había llegado a la misma conclusión respecto a su hermano a la que había llegado respecto a Florian en un solo día. Allí, entre ciudadanos romanos, la delicadas maneras de Florian eran apreciadas y utilizadas, no ridiculizadas, mientras que en su aldea, en aquel fortín en las colinas, la ineptitud de Math para las hazañas viriles se consideraba una deshonra. ¿Acaso ir en busca de su hermana para devolverla a su pueblo era su modo de redimirse a ojos de su padre? Si había algún modo de lograrlo, sin duda Math lo encontraría.

—Princesa —dijo Florian al presentarlos—, permíteme presentarte a mi amigo Max. Max, esta es la princesa para la que buscaba el altarcillo.

Math inclinó la cabeza cortésmente.

—Espero que os agradara nuestra elección, *domina* —dijo.

—Es perfecto —repuso Brighid con una sonrisa, mirando sus grandes ojos marrones.

Su hermano estaba poniendo cara de romano, se dijo. Igual que ella. La túnica de lino crudo le sentaba mejor que los mantos de lana y el cuero. Tenía el pelo castaño oscuro y lo llevaba corto y limpio, sin esa horrible grasa que los hombres usaban para ponérselo de punta. A pesar de que tenía la nariz rota, seguía siendo un joven muy guapo.

—Te agradezco tu ayuda —añadió ella.

Le habría gustado decir algo más, pero Florian estaba impaciente por hablar con él, y Brighid comprendió que disponían de poco tiempo para acordar cómo verse esa noche. Dejó a un lado la bandeja y al limpiarse las manos con la servilleta estuvo tentada de desobedecer al tribuno y buscar los baños para darse un chapuzón. Estando Math allí para ayudarla, su osadía se redobló.

Estaba todavía pensando en ello cuando entró uno de los esclavos del tribuno y se dirigió a ella:

—El tribuno ordena que te presentes ante él, princesa —dijo, y miró de reojo a los dos amigos—. Debo acompañarte.

—¿Ahora? —preguntó Brighid, dejando la costura que acababa de tomar—. ¿Para qué?

—Ahora, *domina* —respondió Florian—. Cuando el tribuno manda a buscarte, vas. No preguntas por qué —se acercó a ella y la ayudó a levantarse, le tiró de los pliegues del vestido y colocó los extremos de su *palla* de modo que le cayeran por la espalda—. Date prisa —dijo.

Brighid miró con preocupación a su hermano. Sin articular palabra, Math le dijo que se irguiera y que mantuviera la cabeza bien alta, que no se comportara como una humilde esclava y que conservara su dignidad. Por suerte ninguno de los otros dos advirtió aquella mirada cuando Brighid salió de la habitación y se dirigió al *triclinium*, donde una hilera de esclavos llevaba constantemente fuentes y escudillas, jarros y vasos, como si el banquete fuera para cincuenta en vez de para veinticinco.

Las paredes estaban decoradas con frescos. Los pies de Brighid, calzados con sandalias, resonaban sobre el suelo de mosaico. Pasó junto a bustos colocados en hornacinas y mesas de maderas exóticas y dejó atrás la fuente del centro del atrio, cuyas gotas reflejaban la luz de una docena de lámparas. Oyó risas y un murmullo de conversaciones acompañadas por el rico aroma de la comida, y supo antes de llegar que aquello iba a ser una especie de demostración de su docilidad. La bárbara recién domada. Los prejuicios de aquellas gentes respecto a su pueblo serían tan trasnochados como los del propio tribuno, y Brighid se preguntó qué les habría contado Quinto sobre ella y quién habría pedido verla. Creyó adivinar la respuesta.

Había oído que a los romanos les gustaba comer reclinados en divanes, pero nunca había entendido cómo podían hacerlo sin ocupar demasiado espacio. Le costó encontrar la cara del tribuno entre tantos hombres vestidos de blanco, pero tras pasar junto a varios pares de pies cubiertos con zapatillas, se detuvo junto al extremo de un diván. La cháchara había cesado de pronto y las caras del otro lado de la mesa atiborrada siguieron su avance por el *triclinium*, observándola como halcones en busca de la docilidad que esperaban mientras echaban mano de otro manjar que llevarse a la boca.

Fue la voz aguda de Aurelia, justo antes de que se volviera Quinto, quien primero se dirigió a Brighid, con evidente intención de humillarla:

—Ah, aquí está, tribuno. ¿Cómo se hace llamar? Princesa, ¿no es cierto? Bien, qué honor.

Quinto respondió desde la cabecera de la mesa:

—Soy yo quien la llama así, mi señora. Como hija de un jefe, es su título.

—Entiendo. Entonces, por eso le permites llevar todas esas baratijas tribales. ¿Hace algo para ganarse el sustento?

Aquello provocó una carcajada, como sin duda esperaba Aurelia, y Brighid advirtió que las miradas de los invitados se fijaban en cada detalle de su apariencia.

Sintió crecer su ira y se preguntó cuánto podría aguantar sin dar una respuesta.

—Yo diría que vale su peso en oro, ¿eh, Quinto? —gritó un hombre.

—¿Te lee en voz alta? —preguntó otro.

—¿Sabe hablar?

—¿Necesita hablar?

Siguieron oyéndose carcajadas. Tulo y Lucano parecían incómodos. Los invitados eran en su mayor parte exmilitares, no diplomáticos.

Quinto se lo tomó con calma.

—Ya os lo he dicho —respondió—. El padre de la princesa educó bien a su prole. Estas gentes no son tan incultas como parecéis creer. No es una idea nueva.

Brighid no pudo seguir mordiéndose la lengua.

—Ya lo afirmaba Tácito, vuestro historiador —dijo precipitadamente, alzando la voz.

La miraron boquiabiertos. ¡Una esclava hablando sin permiso!

—No se refería a las mujeres —contestó un hombre en voz alta—. Hablaba de los hombres.

—Pero el poeta Marcial no —replicó ella—. Admiraba a la británica Claudina Rufina, a la que las mujeres de Roma tomaban por italiana, señor.

—A ti nadie te confundirá con una romana —le espetó Aurelia—, llevando esa cosa al cuello. Y con ese pelo.

—Confío en que no, mi señora —dijo Brighid con vehemencia—. Pero tal vez no debamos hablar de pelos. Al menos, el mío es mío.

El silencio fue casi tangible.

Quinto se levantó de un salto y la agarró del brazo en el instante en que un murmullo de asombro cundía por la sala, las manos se levantaban para ocultar sonrisas, se agachaban las cabezas y todo el mundo miraba de soslayo a su pálida anfitriona.

—Y mi gente, señora —añadió Brighid alzando la voz y pasando por debajo del brazo de Quinto— tiene mejores modales: jamás mandaría buscar a una mujer con el único fin de ofenderla para diversión de sus invitados.

—¡Basta! —ordenó Quinto poniéndole una mano sobre los riñones.

—Así que no está tan domada, ¿eh, tribuno? —preguntó alguien conteniendo la risa.

Quinto la empujó sin ceremonias hacia su esclavo.

—Llévatela. Luego me encargaré de ella. Y vigílala —ordenó con voz ronca.

—Sí, señor.

Pero Brighid estaba ya saliendo de la sala, donde se oía la voz chirriante de la enfurecida anfitriona diciéndoles a todos lo que haría ella con una esclava impertinente como aquella, por muy princesa que fuese. Sin mirar atrás, rabiosa y con los ojos relampagueantes anegados en lágrimas, Brighid fue sorteando a los esclavos de la cocina.

No debería haberse vestido de romana, pues había sospechado desde el principio que la mezcla de estilos despertaría un interés malsano. Se había convertido en un híbrido del que burlarse. En una atracción de circo.

Apretó furiosa los lazos que sujetaban su vestido, la *palla* que apenas ocultaba sus curvas y la fíbula de su hombro. Sintió vagamente que torcía a derecha e izquierda, que pasaba por puertas y umbrales, notó el aire de la noche y los olores del jardín.

—¡No, *domina*! ¡No es por ahí! —gritó su joven escolta.

Cegada por las lágrimas y la rabia, Brighid no le prestó atención, se despojó de su vestido verde azulado y lo arrojó a la cabeza del pobre muchacho, que chocó contra una columna, dio un grito y lo intentó otra vez:

—¡Vuelve, princesa! Es por allí, no por...

Su voz se disipó cuando Brighid dobló una esquina y notó el suelo cálido y un leve y atrayente aroma a agua y vapor. La luz de tres lamparillas de aceite se reflejaba en el estanque humeante y se rizaba, ondulante, en la bóveda del techo, invitándola a lavarse los ásperos comentarios adheridos como mugre a su piel. Su escolta no la había seguido. Estaba sola.

Sin detenerse, bajó los peldaños que se adentraban en el agua, se sacó por la cabeza la blanca camisa y la dejó flotando en el agua mientras se sumergía en el baño, tan reconfortante y reparador como el sueño. Volvió a salir a la superficie al otro lado del estanque, vestida únicamente con su collar, sus tobilleras y sus ajorcas, las trenzas del pelo oscurecidas ya por el agua. Después de las privaciones que había soportado, de la falta de libertad y de ejercicio, el cálido fluir del agua sobre su cuerpo desnudo se le antojó aún más delicioso que zambullirse en un frío arroyo.

Absorta en el placer de nadar en aquella agua tranquila, giró, rodó, hizo volteretas y se zambulló como un delfín, y solo cuando salió a la superficie junto a los peldaños del estanque, riendo y jadeando, vio dos grandes pies desnudos justo por encima de su cabeza. Pertenecían a todas luces a un hombre, pues apenas unos centímetros por encima de ellos se veía el bajo de una toga. Una toga con ribete morado. El hombre estaba agachado y le tendía una mano.

—Vamos —dijo con severidad—. Sal ya.

Su diversión había terminado. Ahora vendría la reprimenda. Pero no estaba dispuesta a renunciar tan pronto a su libertad. Recordando lo poco que había hecho él por defenderla, metió la mano bajo el agua y lo salpicó, confiando en que retrocediera. Luego, veloz como un pez, dio media vuelta y huyó. Cuando se dio la vuelta, en medio del estanque, vio horrorizada que se estaba quitando la toga, dispuesto a zambullirse en el agua.

—Has estado mirando, ¿no es cierto? ¡Márchate! —gritó.

El tribuno se irguió en los escalones, magníficamente desnudo.

—Si quieres que vengan también los otros —dijo con calma—, sigue gritando —después, sin previo aviso, se zambulló y nadó derecho hacia ella como una flecha.

Brighid buceó hacia lo hondo del estanque y permaneció escondida bajo la superficie mientras él miraba el estanque, buscándola, y parpadeaba para quitarse el agua de las pestañas. Emergió unos metros más allá, mirándolo con enfado. Quinto enfiló de nuevo hacia ella, solo para verla otra vez convertida en una sombra allá abajo, cruzando ante él.

Brighid salió a la superficie fatigada por el esfuerzo

de contener la respiración. Boqueando, vio a través de la neblina de vapor cómo relucían la cara y el pelo de Quinto, cómo brillaban sus anchos hombros cual una armadura bruñida y dura. Tenía los brazos estirados bajo el agua y la miraba con los ojos entornados.

—Márchate —dijo ella, jadeante—. No puedes verme así. No te acerques.

—Era un riesgo que corrías, princesa —repuso él—. ¿No es así?

—Si piensas castigarme, espera hasta que esté vestida. Has dicho muy poco en mi defensa ahí dentro, romano, pero no creía que tus malos modales fueran comparables a los suyos —lo salpicó de nuevo con la mano.

Quinto se acercó, pero sin la sonrisa burlona que ella esperaba.

—No hacía falta defenderte, muchacha. Lo has hecho muy bien tú sola, sin mi ayuda. Y mis modales no tienen nada que ver con esto. Un hombre puede mirar a su esclava como se le antoje.

Enfurecida de nuevo, Brighid se lanzó hacia un lado con un chapoteó y gritó:

—¡Yo no soy tu esclava! ¡Déjame! —comenzó a forcejear frenéticamente para escapar del ancho y musculoso pecho que se cernía sobre ella.

Quinto tendió las manos hacia ella. Brighid se zambulló otra vez para esquivarlo y le asestó una patada, consciente de que no la dejaría escapar aunque tuviera que estar allí toda la noche. Pero aunque la persiguió hasta el extremo del estanque y vuelta atrás, y varias veces estuvo a punto de atraparla, solo consiguió alcanzarla cuando se detuvo en los escalones, boca abajo y varada como un pez, y por fin pudo asirla por el tobillo. Le pesaba la cabeza, le ardían los pulmones y ya no le quedaban fuerzas para resistirse cuando Quinto apoyó la mano en la curva de su cintura.

—Eso era lo que necesitabas, ¿verdad, princesa? Un poco de ejercicio después de tanto encierro. Así se calmará un poco tu mal genio.

—Mi genio no tiene nada de malo —respondió ella entre jadeos—. Esa mujer me ha insultado y esos hombres...

—Son soldados, muchacha. Pocas veces se encuentran con esclavas bien educadas. No es nada personal. Para ellos, vale tanto una esclava como otra —alargó el brazo para recoger su camisa blanca, y Brighid sintió un momento el calor de su cuerpo antes de que él se incorporara para escurrir la prenda. Se habría apartado, pero le dolían los miembros y no pudo hacer nada cuando él la tumbó boca arriba, salvo arrancarle la prenda mojada de las manos para taparse como pudo. La camisa cayó sobre la parte inferior de su cuerpo, pero Quinto no le permitió estirarla: asiéndola por la muñeca, le separó el brazo mientras ella se aferraba a la tela y sentía crecer su pánico.

—Conque es así como piensas castigarme —murmuró—. Para mí es una deshonra que un hombre me vea así, señor. Por favor, deja que me levante.

—Demasiado tarde, muchacha —repuso él—. Ya va siendo hora de que empieces a ganarte tu sustento —se inclinó sobre ella y al bajar la mirada vio correr el agua suavemente sobre sus pechos, dejando una pátina plateada sobre su piel lustrosa.

Brighid apartó bruscamente la cara cuando él acarició sus exóticos pezones, que el agua había dejado tersos. Intentó aferrarse a los últimos vestigios de su pudor y luchar contra las increíbles sensaciones que despertaba en ella su mano. Al igual que un fuego devorador que entrecortaba su respiración y detenía el tiempo, derritiendo sus miembros, la mano posesiva de Quinto inició un viaje sensual por su cuerpo, deslizándose y masajeando tiernamente lugares en los que jamás se habría aventurado un masajista, acariciadora e incitante, hasta que ella comenzó a retorcerse y a gemir, levantando las rodillas.

Al volverse para mirarlo, descubrió que su cabello chorreante estaba muy cerca de sus labios y que era su boca lo que sentía sobre el pezón, lamiéndolo entre los dedos que lo estrujaban suavemente. Su instinto le advirtió que debía protestar, prohibirlo, defender su virtud. Pero era demasiado tarde, pues nada podría haberla persuadido de que aquello no era lo que quería, o de que su cuerpo no había comenzado ya a responder como si tuviera voluntad propia. Vio cómo jadeaba él, cómo se movían sus mejillas tersas, su nariz recta, sus pestañas apelmazadas por el agua. Cobró de nuevo conciencia del riesgo que corría cuando él levantó la cabeza y la miró a los ojos, como dándole la oportunidad de tomar el control.

—¿Y bien, princesa? —dijo con voz ronca—. ¿Sigues avergonzada? ¿Sufres, o advierto una nota distinta en ese gemido?

Intentando desasir su muñeca de un tirón, Brighid clavó en él una mirada furiosa, y sus ojos verdes como el agua reflejaron la luz de una lámpara cercana.

—Advertirás lo que quieras, romano, no lo dudo. Ahora que te has divertido a mis expensas, suéltame. Yo tenía razón: no eres mejor que ellos.

—Podría hacerte refrenar esa lengua tan afilada, bárbara. Podría hacerlo. Y quizá lo haga, en otra ocasión —le puso las manos bajo los brazos y la levantó.

Brighid vio entonces la hinchazón de su rodilla y lo que parecía ser una herida no muy reciente, pero todavía inflamada. Quinto la puso en pie, y al mirar su hombro ella reparó en una cicatriz rosa como una cinta en la que no se había fijado antes. Así pues, por eso iba al balneario de Aquae Sulis. Estaba herido, y se lo había ocultado hasta entonces.

Temblando, alterada todavía por lo que acababa de ocurrir, se irguió de espaldas a él y forcejeó con la camisa mojada que era lo único que tenía para cubrirse. Quinto pasó un brazo sobre su hombro, le quitó la camisa y envolvió su cuerpo en su toga seca, enrollándola hábilmente en ella antes de levantarla en brazos y sacarla de la casa de baños.

Brighid mantuvo los ojos cerrados y, aunque oyó voces, prefirió no ver la mirada furibunda de Aurelia, ni cómo sus ojos se fijaban con avidez, de un solo vistazo, en el cuerpo desnudo y reluciente del tribuno. Tampoco vio las miradas de envidia de los invitados que, movidos por la curiosidad, se habían congregado en el corredor. Tantas cosas se agolpaban en su mente que no se detuvo a reflexionar sobre el comentario del tribuno acerca de que ya iba siendo hora de que se ganara su sustento. Su hermano estaba allí, pero ¿cuáles eran sus planes? ¿La vendería el tribuno antes de que les diera tiempo a escapar? ¿O se la quedaría para convertirla en su exótica concubina y Florian lo sabía ya y por eso había empezado a llamarla *domina*, «señora»?

Envuelta en su toga, Quinto la llevaba pegada a su pecho, y Brighid sentía aún el contacto de sus manos y sus labios, que parecía desafiar todas las normas acerca del carácter sagrado de una princesa. El tribuno había violado ya esas normas sin reparar en sus sentimientos, que conocía. ¿Cuánto tiempo pasaría antes de que su plan de encontrar a Helm se volviera inútil? ¿Y qué le costaría a ella? ¿Seguiría creyendo su hermano que era virgen después de aquello? ¿Lo creería alguien?

El cambio de presión atmosférica la hizo cobrar conciencia de su entorno: la habitación iluminada por candiles, su costura sobre el diván, y el esclavo del tribuno, que entró un momento llevando su ropa y volvió a salir llevándose la camisa mojada. No había rastro de Florian ni de Math, nadie que viera como la sentaba al borde del lecho y tomaba asiento tras ella rodeándola con sus largas piernas.

—¿Qué haces? —murmuró ella.

—Tu pelo.

—Puedo hacerlo yo.

—Sí, y yo también.

Enfurecida, aguantó mientras él deshacía sus trenzas y sintió caer sus gruesos mechones mojados sobre los hombros. Quinto le hizo volver la cabeza para mirarlo.

—Deja de quejarte, bárbara —le dijo— y considérate afortunada por no salir peor parada. Yo sabía que Aurelia mandaría a buscarte y sabía cuál sería tu reacción. Pero no esperaba que la insultaras. Que exhibieras tus conocimientos sí, quizá, pero ningún esclavo ofende a una señora si quiere conservar la piel de la espalda. Si quieres salir de una pieza de esta casa, muchacha, más vale que no te apartes de mí y que hagas lo que te mande.

—Pero no puede castigar a la esclava de otro hombre.

—No seas ilusa, podría dejarte tullida para siempre de manera accidental, te lo aseguro —sus labios estaban a escasos centímetros de los de Brighid, y ella comprendió por su mirada que ansiaba su boca y que estaba a punto de aprovecharse de ella otra vez—. Y eso sería una pena —añadió en un susurro.

—¿Sí? ¿Por qué?

—Porque tenemos varias paradas más por delante, princesa, y me vendrá bien hacerte pasar por mi concubina. Por eso.

—¿Para qué? ¿Para ataviarme como un mimo y fingir que...?

—Que calientas mi cama por las noches. Ese es tu propósito. Acostúmbrate a ello —cerró la boca sobre la suya antes de que Brighid pudiera replicar y la estrechó entre sus fuertes brazos.

Desde aquel beso en el carro, el sabor de su boca se había convertido en un recuerdo fugaz, sepultado entre una multitud de experiencias novedosas a las que la mayoría de las mujeres de su edad ya estaban acostumbradas. Aun así, Brighid había empezado a darse cuenta de que no le serviría de nada seguir protestando, y de que tal vez la paciencia de Quinto tuviera un límite. Sabía que, si le causaba demasiadas molestias, el romano podía sustituirla fácilmente por otra esclava que le sirviera para el mismo propósito. Hasta que Math y ella idearan un plan, le convenía seguir mostrándose gélidamente resignada a su suerte.

Los besos del tribuno, sin embargo, la turbaban mucho más de lo que habría imaginado. Había presenciado únicamente los burdos revolcones de los amantes de su aldea y oído copular a su padre de noche en la habitación contigua a la suya, y nunca había sentido el deseo de conocer esa clase de intimidad con un hombre. Abandonó, sin embargo, esa idea, en cuanto el calor de la boca de Quinto sobre la suya borró cualquier otra sensación, sofocando sus protestas y su malestar por verse aprisionada e incapaz de moverse. Tenía claro que el tribuno estaba utilizándola, pero ¿acaso no había algo de liberador en sentirse así de indefensa, dadas las circunstancias? Libre de tener que defenderse o tomar parte activa, podía entregarse a saborear cada sensación, zozobrar en el olor cálido de su piel, saborear la dulzura de su aliento mientras Quinto besaba su boca.

Sintió que él la reclinaba y, al mirar con los párpados entornados, vio retazos de luz y oscuridad que con cada beso se fundían en un delicioso vacío. Quinto se tumbó sobre ella, envolviendo su cuerpo con el suyo, y besó su garganta y sus párpados. Al fin la apretó contra la curva que formaba su cuerpo, la espalda de Brighid pegada a su pecho, y dejó escapar un sonoro suspiro junto a su melena mojada. Brighid pensó ingenuamente que era un suspiro de cansancio y antes de quedarse dormida dio gracias a Brigantia por haber preservado su virginidad una noche más gracias a la larga toga que cubría su cuerpo.

Despertó a intervalos, y una de esas veces descubrió que Quinto estaba besándola de nuevo apasionadamente. No pudo hacer nada, salvo tomar lo que él le ofrecía sin decir nada, sin saber nada excepto que había empezado a imitar sus movimientos, a anticiparse a ellos, a ofrecerse una y otra vez a sus besos. Dudaba que él lo notara. O que le importara.

En cierto momento, movido por sus súplicas, Quinto desenrolló la toga para dejar al descubierto la parte superior de su cuerpo. Notaba agujas y alfileres en los brazos, le dijo Brighid. Él se rio mientras forcejeaba con la tela en la oscuridad, y se quedó dormido acariciando sus bellos y frescos pechos. Brighid oyó el ritmo suave de su respiración. Podría haber apartado fácilmente su mano, pero no lo hizo, diciéndose que, si lo habían decretado los Hados, ¿quién ella era para oponerse?

Los preparativos para su partida dieron comienzo al amanecer con una breve pero acalorada discusión acerca de si Brighid se pondría su atuendo romano o volvería a vestir sus propias ropas.

—No te queda otro remedio, *domina* —susurró Florian—. Tus otras cosas están en el carro. Y más vale que dejes que te cepille el pelo. Una noche movidita, ¿eh? —agachó la cabeza para esquivar el manotazo que su amo le lanzó a la cabeza. No pareció arrepentido en lo más mínimo.

—Refrena tu lengua, granuja —ordenó Quinto—. No te mantengo para que comentes el estado del pelo de la princesa. ¿Quién ha dejado aquí está bandeja con comida?

—Viene de la cocina, señor —repuso Florian—. Para la princesa, ha dicho el mozo.

—Que se la lleven —dijo ella—. Prefiero esperar.

—No puedes esperar —le dijo Quinto—. Puede que tardemos horas en hacer una parada. Come algo, al menos.

—No, tribuno. Prefiero no hacerlo. Está envenenada. Huelo la belladona desde aquí.

Quinto y Florian la miraron con asombro.

—¿Estás segura? Yo no huelo nada.

—Es lógico, señor. Pero yo estoy acostumbrada a tratar con hierbas. Y en mi opinión ahí hay suficiente veneno para matar a una vaca. Debe de haber usado toda la que tenía.

—Princesa, ¿estás segura? —preguntó Quinto—. ¿Para qué querría Aurelia la belladona?

—Las mujeres de ojos oscuros la usan para hacerlos brillar —dijo—. Por eso se la llama así, «belladona».

—Deja la bandeja allí —ordenó él— y que nadie la toque. Que la recojan cuando nos hayamos ido. Florian, ve a buscar algo para que la princesa coma por el camino. Y compra algo de leche antes de que salgamos de la ciudad.

—Sí, señor. ¿Puedes sentarte, *domina*? Tu pelo...

—No hay tiempo para eso —dijo Quinto—. Hazlo después. Salgamos de aquí. ¡Mujeres!

Brighid se preguntó si se refería a ella o a la celosa esposa del legado, pero sospechaba que era esto último, y sus sospechas se vieron confirmadas cuando Quinto le pidió que no se apartara de él hasta que llegaran al carro y estuviera a salvo. Deseó, aun así, haberse trenzado el pelo, pues las miradas que los hombres le lanzaron de reojo, incluidos los dos amigos del tribuno y su propio hermano, dejaban claro lo que estaban pensando.

—¡Hombres! —masculló.

Pronto corrió entre el séquito del tribuno la noticia de que la nueva esclava, no satisfecha con insultar a la anfitriona, se había bañado en su estanque termal, y de que el amo, lejos de castigarla, la había llevado en brazos a su cama. Una sola de esas noticias habría causado revuelo. Las dos juntas provocaron la admiración de los acompañantes del tribuno, que antes la habían considerado poco más que un estorbo, a excepción de Tulo y Lucano, que conocían los motivos de su presencia allí.

—Ahí lo tienes —dijo Lucano, haciendo volver

grupas a su montura para seguir al carro—. Sabía que no tardaría mucho. Por fin nuestro amo tiene las manos llenas.

—No eches aún las campanas al vuelo —contestó Tulo cordialmente—. Ya sabes que no conviene sacar conclusiones precipitadas, amigo mío. Yo, por mi parte, tengo mis dudas.

—¿Por qué?

—¿Que por qué? Porque él no tiene la cara de un hombre satisfecho y ella no tiene la cara de...

—De una mujer satisfecha —concluyó Lucano en su lugar—. Pero ¿te has fijado en su pelo?

—Me he fijado en el de Aurelia —contestó Tulo.

Estuvieron riéndose un buen rato, hasta que supieron por Florian del desayuno envenenado.

—Eso es grave —dijo Tulo—. Sé que esa mujer desea a Quinto, pero aun así...

Esta vez, Lucano le dio la razón:

—No es precisamente lo que teníamos en mente cuando le sugerimos la solución.

—Deberíamos haberle echado una mano para salir del apuro.

—Hay que estar más atentos.

—Conocer mejor a la princesa.

—Si él nos lo permite.

Le sugirieron a Quinto que tal vez Brighid quisiera cabalgar a la grupa, detrás de uno de ellos, pero el tribuno, que enseguida sospechó de sus motivos, acogió la idea con escaso entusiasmo.

Creía, además, que Brighid intentaría sacar partido de cualquier ocasión si bajaban la guardia, pero estuvo de acuerdo en que eran los más indicados para vigilarla de cerca.

—Nos alegra compartir los deberes, así como los placeres —le dijo Lucano—. Nos pediste ayuda. Ahora, acéptala.

—Gracias, pero no os preocupéis: los placeres podéis dejármelos a mí —repuso Quinto.

Brighid agradeció el cambio a pesar de que le impidió hablar en privado con su hermano, lo cual era urgente teniendo tantas cosas que preguntarle. Una vez fuera de Lindum, cuando salieron a la calzada que conducía al suroeste, pudieron avanzar sin tropiezos y, al cabo de dos horas de camino ininterrumpido, se detuvieron para dejar descansar a los caballos en un poblado cuyos habitantes estaban habituados a la presencia de viajeros. Varios de ellos la miraron boquiabiertos cuando la bajaron del caballo de Lucano y la escoltaron al carro, y un anciano escupió al suelo, asqueado, al ver su curiosa mezcla de atuendos romanos y bárbaros.

—Espero que ahora te des cuenta, tribuno —dijo Brighid— de que habría sido más conveniente que llevara mi ropa. Esta no parece gustarle a nadie más que a ti.

Quinto la hizo volverse, impaciente, y la sujetó contra el extremo del carro, donde los dos guardias podían oír lo que decían.

—Deja de fastidiarme, mujer. Y deja también de engañarte. La luna se convertirá en queso verde antes de que empiece a importarte un bledo lo que la gente piense de ti. Sé muy bien por qué estás tan enojada.

—¿Por qué, romano? —replicó ella.

—Porque vestida así no te compadecen y te será más difícil intentar escapar. Niégalo si puedes.

Ella bajó los ojos.

—Así que eso era lo que te proponías —musitó—. Entiendo.

—No, no era eso. Piénsalo bien.

Dentro del carro, Brighid se dio cuenta de que, después de la ternura de esa noche, el enfado del tribuno la había disgustado y, cuando su hermano pasó entre las solapas de lona de entrada, dejó escapar un sollozo y cayó en sus brazos, aferrándose a él como una lapa.

—Vamos —dijo Math, apartándola—, no pasa nada, hermanita. Tenías que saber que te encontraría.

—No lo sabía —Brighid tragó saliva—. No sabía nada. Ha sido horrible.

—¿Nada? ¿No te lo dijeron? ¿Lo de...?

—¿Qué?

—Lo de padre. No... en fin, no volvió. Lo mataron esa misma noche. Llevaron su cadáver a casa en una carreta.

Los ojos de Brighid se agrandaron, su boca formó una O perfecta.

—¿Muerto? —musitó—. ¿Es cierto eso? Entonces ¿al fin nos hemos librado de él? ¡Ah, Math! No me atrevía a tener esperanzas.

Su hermano asintió con un gesto. Sus ojos oscuros brillaron, llenos de regocijo y alivio.

—Libres —dijo—. Ahora el jefe es nuestro hermano. Estuvo de acuerdo conmigo en que teníamos que encontrarte, y te he encontrado. Quiere que vuelvas a casa, Bridie. Ya ha recibido otra oferta por ti.

Aquello era demasiado, y demasiado pronto. Más tarde pensaría en ello. Pero ahora:

—¿Dónde está Florian? —preguntó mirando hacia atrás—. ¿Te han dejado entrar aquí?

—Está fuera, masajeando el bello cuerpo de su amo —Math señaló con la cabeza—. Me han dicho que ocupara su lugar un momento, creyendo que soy inofensivo.

—Pero no es una simple conjetura, ¿verdad, Math? Es cierto que eres inofensivo —lo tomó de la mano, tiró de él hacia el interior del carro y se sentó sobre el cofre—. Ven, cuéntamelo. ¿Te alegras tanto como yo por lo de padre? ¿Verdad que era un tirano? Se acabaron las palizas para ti. Podemos volver a casa sin que su sombra penda sobre nosotros. Piénsalo.

Math se quedó pensando un momento. Luego respondió:

—Es como si me hubieran quitado un gran peso de encima. Pero tienes razón. Ellos también saben lo mío. Florian y yo nos dimos cuenta en cuanto nos vimos en el mercado. Él estaba intentando hacerse entender —se rio—, tratando de explicar lo que buscaba. Y yo le eché una mano.

—Entonces, ¿nos has estado siguiendo?

—Sí, deduje dónde estarías. Esperé y luego os seguí a pie. Corrí parte del camino campo a través, con mi hato a la espalda. No me costó acercarme a Florian.

Enseguida congeniamos. Él suele dormir cerca del tribuno, así que se alegra de tenerme aquí porque odia dormir solo. Creo que a veces le dan mucho la lata. Ahora me tiene a mí para protegerlo. Es tan niña, Bridie...

—Ha sido muy bueno conmigo.

—Sí, y estando con esta gente me he dado cuenta de que entre ellos hay sitio para hombres como Florian o como yo. No se han burlado de mí, no me han perseguido, como en casa. A nadie le importa. Puedo ser como soy. Y tú... —la miró de arriba abajo—. ¿De quién fue la idea de vestirte así? Tuya no, supongo. ¿Fue esto lo que causó problemas anoche? ¿O fue tu famoso mal genio?

No había tiempo para contarle todo lo ocurrido, era más importante dejarle claro lo que no había ocurrido entre el tribuno y ella. Math le dio una explicación sencilla y escueta de aquel fenómeno:

—Se hirió en la rodilla cuando comandaba un regimiento de caballería —dijo—. Se le cayó un caballo encima en una escaramuza, y recibió varias coces y un lanzazo. Florian dice que todavía le duele.

—¿Por eso está siempre de tan mal humor?

Math alargó la mano para tocar su mejilla.

—Nuestro padre te ató muy en corto, ¿verdad, cariño? Nada como un dolor constante y la falta de sexo para ponerlo a uno de mal humor, ¿sabes? Y si ha pasado toda la noche contigo en brazos, yo diría que está a punto de estallar.

La sonrisa de su hermano la hizo sonrojarse.

—Pero yo pensaba que había sido porque le supliqué que no lo hiciera, y porque piensa venderme dentro de un tiempo. Los tratantes de esclavos pagan más por...

—¿Y crees que eso le importa a un tribuno de rango ecuestre? Es rico, Bridie. Los tratantes de esclavos no tienen nada que ver con eso. Le harías muy feliz si le aplicaras alguno de tus remedios en la rodilla. Creo que se alegraría de tener algo que alivie el dolor de vez en cuando.

—No me interesa especialmente que esté contento, Math. Me dan más ganas de hacerle daño en la otra rodilla.

—Perdóname si no te creo —repuso su hermano—. Creo que los dos nos estamos romanizando más de lo que habría querido nuestro difunto y detestado padre. Y yo apostaría a que tus noches en el lecho del tribuno no son tan incómodas, ni mucho menos. Así que, ¿qué me dices de volver a casa? ¿Quieres que lo intentemos ya o que esperemos?

Brighid tuvo la impresión de que su hermano también tenía sus motivos para querer esperar.

—Antes de saber que estabas aquí —dijo—, había decidido llegar hasta el final del viaje si el tribuno lo permitía. Vamos al país de Helm, ¿sabes? ¿Has tenido noticias suyas?

—Solo sé que volvió a sus tierras. Confías en interesarle todavía, ¿no es cierto? En mi opinión podías aspirar a más. Todavía puedes, estoy seguro.

—Sé que nunca te ha gustado mucho, pero la suya es una tribu rica, Math.

—Y más romanizada que la nuestra. Tú encajarías

bien y él lo sabe. Pero ahora tienes otras alternativas, Bridie. Padre ha muerto y nuestro hermano es el jefe. En casa las cosas serán más llevaderas. Podrías intentar encontrar al joven Helm y arriesgarte, pero si te acepta será a cambio de nada. Dudo que le gustara el precio que le pidió padre por ti. Puede que por eso se marchara tan pronto.

—Entonces, ¿qué vamos a hacer, hermano? Puede que el tribuno no ponga mucho empeño en encontrarme si desaparezco. Ha prometido librarse de mí antes o después.

—¿Quieres marcharte? Es muy arriesgado. Y no puedes ir por el campo vestida así. ¿Dónde está tu ropa?

—En el cofre, ahí debajo. Está siempre cerrado.

Math se levantó.

—Será mejor que me vaya. Están empezando a moverse. Hablaremos después.

—Ten cuidado, tesoro. Recuerda que Florian es completamente leal al tribuno.

Después de que se marchara Math, llegó Quinto para llevarla fuera.

—Vas a cabalgar sentada detrás de Tulo un tiempo —le informó—. Pero te advierto una cosa, princesa —enlazó su cintura y la apretó contra su duro pecho como si quisiera sentir todos los contornos de su cuerpo—. No hagas planes de escapar con ese muchacho nuevo. Te irás cuando yo quiera y no antes.

—Yo no he hecho ningún plan —repuso con vehemencia.

—Entonces, ¿de qué habéis hablado tanto rato? Apenas lo conoces.

—Le he preguntado si tenía noticias de los brigantes, nada más.

—¿Y las tiene?

—Es un joven muy amable, como Florian, y solitario. Hemos hablado de lo cómodo que se siente entre tu gente. Me cae bien.

Él la estrechó con más fuerza.

—Sí, y yo elijo a todos mis sirvientes por su lealtad hacia mí. Más vale que él no sea una excepción.

—¿Como yo, quieres decir?

—Tú siempre serás una excepción, princesa. Pero no empieces a maquinar. Todavía no he acabado contigo. ¿Entendido? —de pronto la besó, inclinándola sobre su brazo.

Brighid se quedó sin palabras y sin fuerzas y, cuando se aferró a él, no se percató de que deslizaba hacia arriba una mano para acariciar su cabello suave. Solo se dio cuenta cuando dejó de besarla.

Retrocedió, llevándose una mano a los labios, pero Quinto la agarró de la muñeca, le apartó la mano y observó sus ojos bajos sin decir nada.

—Están esperando —dijo hoscamente—. Ven.

Fingieron que no había pasado nada, pero ambos sabían que no era cierto. Porque con aquel gesto de ternura Brighid había revelado más de sí misma de lo que jamás había sido su intención.

Cinco

La noticia de la muerte de su padre y sus consecuencias dieron tanto que pensar a Brighid que Tulo pronto se cansó de intentar trabar conversación con ella. Las luchas tribales eran frecuentes y siempre encarnizadas, pero su padre había parecido invencible. El emperador, sin embargo, era un militar célebre por sus victorias. Siendo así, a Brighid le parecía sumamente improbable que la noticia de su reciente triunfo sobre los brigantes no hubiera llegado a oídos del tribuno. Estaba segura de que Quinto había estado ocultándoselo, y ella tendría que hacer lo mismo o se arriesgaba a delatar a Math. Quinto ya sospechaba de su amistad con el joven recién llegado. ¿Sospechaba también de él? No, pensándolo bien quizá no: su hermano no parecía el hijo de un jefe tribal. Aun así, Brighid decidió limitar sus encuentros con él.

Después de aquello, tuvo que decidir si, al orar a Brigantia, pedía clemencia para el espíritu de su padre o daba gracias a la diosa por una liberación que jamás se había atrevido a desear expresamente. Sus pensamientos al respecto era tan complejos como el propio difunto, pues pese a haberla mantenido alejada de las atenciones de los hombres, su padre no había visto nada de paradójico en exponerla a su propia lascivia tanto de día como de noche. Sus hermanos habían desaprobado el apetito insaciable de su padre, y Brighid sabía que muchas madres habrían respirado aliviadas al conocer su muerte, pues al fin sus hijas estarían a salvo de su lujuria. ¡Cuán triste era que su padre se hubiera encaprichado de su doncellita, que la hubiera dejado embarazada siendo aún una niña y que después le hubiera negado toda compensación! No, decidió Brighid, no podía llorar la muerte de un hombre así.

Tulo, que se había resignado a cabalgar en silencio, pareció animarse cuando le preguntó si en su siguiente parada habría tiendas o un mercado.

—Creo que sí, princesa —contestó mirando hacia atrás—. ¿Necesitas algo?

—Si encuentro un herborista, podría preparar algo para aliviar los dolores del tribuno —dijo—. Supongo que por eso está de tan mal humor.

Los ojos grises de Tulo brillaron.

—Puede que tengas razón —contestó—. Pero no me sorprendería que declinara tu ofrecimiento. Creo que el tribuno preferirá a los médicos de Aquae Sulis a una curandera aficionada.

—Sí, pensándolo bien, yo también desconfiaría de mí si estuviera en su lugar. Pero en realidad no tiene por qué hacerlo. Las cataplasmas se ponen sobre las heridas, no se tragan y, aunque no mejore, tampoco se morirá por eso. Lo he hecho muchas veces, sé lo que me hago.

Lucano se reunió con ellos.

—No puede hacerle daño intentarlo. Tal vez nosotros podamos convencerlo —dijo—. ¿Qué necesitas, princesa? ¿Raíz de mandrágora? ¿Beleño?

—No, ni tampoco belladona. Ni opio. De hecho, solo necesito un par de cosas que puedo encontrar aquí, al pie el camino. ¿Veis?, hay ortigas y malvavisco allí, junto a ese terreno pantanoso, y también saúco y sauce. Acabamos de pasar junto a un acebo, y ya tenemos una buena provisión de otros ingredientes: avena, huevos, cera de abeja y vino, miel, manteca y pan. Nada venenoso, señores.

Si a Tulo y Lucano les sorprendió que quisiera aliviar el malestar del tribuno, lo disimularon muy bien, y se apresuraron a proponérselo a su jefe asegurándole que recoger las hierbas del camino no les retrasaría, ni daría ocasión a que se fugara la cautiva. Ambos se comprometieron a vigilarla de cerca.

Fue así como, tras un viaje bastante accidentado, entraron en el asentamiento cargados con un saco lleno de hojas, corteza y raíces, y Math fue enviado a comprar raíz pulverizada de sauce y malvavisco y un tarro de grasa de oveja. Daba la impresión, pensó, de que su hermana había decidido no destrozarle la otra rodilla al tribuno, después de todo. Brighid había tenido tiempo de reflexionar, y había llegado a la conclusión de que le convenía hacerse indispensable para el tribuno en la misma medida que lo era Florian.

Conocido como Margidunum, el asentamiento incluía, aparte del cúmulo habitual de casas y tiendas, una casa de postas en la calzada principal, provista de una gran hospedería en la que podían pernoctar los funcionarios y mensajeros imperiales. Las habitaciones privadas daban a balcones y arcadas con columnas, y en el centro había un patio empedrado, con romero, lavanda y siempreviva, una estatua de piedra de Mercurio, el dios mensajero, y hombres con túnicas blancas enfrascados en sus conversaciones. El posadero, un hombre campechano ayudado por un enjambre de esclavos, mostró al tribuno y a su séquito las habitaciones de la planta baja y puso a su disposición los baños, el *triclinium* y el gimnasio, además de ofrecerle compañía nocturna si la necesitaba, como añadió obsequiosamente.

Brighid había empezado a acostumbrarse a la curiosidad mal disimulada que despertaba en los demás, pues aunque se había puesto un vestido sencillo y una toquilla para viajar, hasta eso realzaba más su figura que la ropa propia de las mujeres de su tribu. Todavía no había aprendido a mantener los ojos bajos, pero ya no sostenía la mirada a los demás, como hacía antes. A la gente sus ojos verdes le parecían extrañamente distantes, y su expresión distaba mucho de ser servil, por lo que, cuando alguien explicaba en voz baja que era una princesa britana, nadie lo ponía en duda. Había tenido que dejar atrás su vida anterior, en la que estaba acostumbrada a dirigir su casa y a que le sirvieran. En su aldea no habría tenido que persuadir a nadie para que permitiera que tratara sus heridas: para cualquiera habría sido un honor que le atendiera la hija del jefe.

No lo era, en cambio, para Quinto Tiberio Marcial, a pesar de que se hallaba a todas luces dolorido tras la cabalgada de ese día. Arrojándose al diván tan pronto se cerró la puerta, hizo señas a un esclavo para que le quitara los zapatos.

—Quítale también las calzas —le dijo Brighid al muchacho—. Necesito verle la pierna.

—Mi pierna no es asunto tuyo —le espetó Quinto.

—Sí que lo es. Si te mueres por envenenamiento de la sangre, sospecharán de mí, ¿no crees? Es lógico. Por eso voy a curarte la herida.

—De acuerdo, haz lo que dice —gruñó él—. Pero si me duele...

—Va a dolerte. Tendrás que aguantarte. Apoya aquí la pierna.

Su paciente se recostó a regañadientes y apoyó la pierna desnuda en un cojín para que la examinara. Brighid se sentó junto a sus tobillos e inspeccionó atentamente la herida inflamada, cuyos bordes supuraban. Saltaba a la vista que no había recibido el tratamiento adecuado.

—¿Cuánto tiempo lleva así? —preguntó.

—Unos meses, *domina*, desde que el tribuno se hizo daño —dijo Florian—. Nunca ha curado como es debido.

Brighid palpó la hinchazón.

—Ahí hay algo dentro —dijo.

—No puede ser —contestó Quinto. Tenía los ojos cerrados y había fruncido el ceño—. Fue por culpa de una lanza metálica y de los cascos de un caballo, y el cirujano limpió bien la herida allí mismo.

—Aun así —repuso Brighid—, si estuviera limpia sanaría y no es así. Florian, ¿podéis ayudarme Math y tú a preparar una cataplasma para el tribuno? Tengo que abrir la herida, limpiarla y sacar lo que esté causando la hinchazón.

Math estaba familiarizado con las prácticas curativas de su hermana y sabía lo que necesitaba. Mientras ella hacía una infusión de hojas de malvavisco y corteza de sauce pulverizada para aliviar el dolor del tribuno, los dos muchachos mezclaron raíz de ortiga molida, manteca y miel para preparar el emplasto. Pidieron una escudilla y un cazo en la cocina, hirvieron agua en el brasero de carbón, cortaron tiras de lino y procuraron no poner mala cara cuando Brighid limpió la superficie de la herida con infusión de menta y ordenó al paciente que apurara su bebida hasta el final.

—Es raíz de sauce. Bébetela.

—¡Puaj!

—Qué niños sois los hombres.

Tulo y Lucano entraron en ese instante, llenos de curiosidad.

—Justo a tiempo —dijo Brighid—. Podéis sujetarlo mientras le pongo la cataplasma. Seguro que arma jaleo.

—Yo no necesito que nadie me sujete —bramó Quinto—. Acaba de una vez. Si sigues manoseándome la rodilla, me marcho.

Brighid hizo oídos sordos a su amenaza, pidió con una seña a Tulo y Lucano que ocuparan sus posiciones y extendió el paño fresco sobre la herida, con el emplasto de color verde pálido a su lado. No se oyó ningún grito, pero Quinto se agarró la pierna con las dos manos como si fuera a caérsele.

—Suelta la pierna, por favor, o también te vendaré las manos. Esto calmará el dolor y por la mañana la herida estará lo bastante abierta para que eche un vistazo dentro. Ahora no empieces a poner peros otra vez, por favor. De momento tendrás que prescindir de los baños. Los chicos se encargarán de lavarte —dijo Brighid en tono tranquilizador, como una madre hablando a su hijo pequeño, mientras vendaba la herida y ataba la venda.

A continuación retiró las escudillas y el paño y dio instrucciones para que prepararan otra cataplasma para el día siguiente.

—No voy a necesitarla —protestó Quinto—. No va a servir de nada.

—Haced lo que os he dicho —ordenó Brighid al ver que los dos jóvenes vacilaban—. El tribuno va a dormir un rato antes de la cena.

—El tribuno no va a hacer tal cosa —repuso él.

Pero al cabo de unos minutos estaba dormido y Brighid les dijo a Tulo y a Lucano que mandaran llevar la comida para los cuatro a su habitación en varias bandejas. Aquella era una faceta de la cautiva que ninguno de los dos había visto hasta entonces, y una faceta de Quinto que no esperaban ver. Al menos, no tan pronto.

Fue el aroma delicioso de la comida lo que despertó a Quinto, que al instante vio varias mesas cargadas con fuentes de pescado y pollo estofado, verduras y salsas, panes, quesos y frutas, nueces, dátiles y jarros de vino. Como por acuerdo tácito, Brighid se convirtió en la anfitriona, demostrando una consumada habilidad en ese terreno, como si quisiera poner en evidencia lo grosera que se había mostrado Aurelia la víspera.

Los nubarrones oscurecieron el día antes de tiempo y el buen vino hizo fluir la conversación, que pasado un rato se centró en la familia de Brighid. ¿Qué clase de hombre era su padre? Teniendo cuidado de hablar como si aún estuviera vivo, ella les contó que aspiraba a casarla con el heredero de alguna tribu rica del sur, de ahí que, en su ambición desmedida, le hubiera dado el título de «princesa». Aunque no era rey, se consideraba igual a un monarca en todos los aspectos, salvo en el nacimiento. A sus hijos varones no los llamaba «príncipes», sin embargo, pues no tenía intención de dotar a su prole de más poder del que le convenía, y el matrimonio de sus hijos no era asunto suyo.

Pero cuando Tulo le preguntó por la muerte de su doncellita, no vio nada de malo en revelarles por qué la muchacha había deseado morir, ni en decirles que tenía intención de buscar un santuario en Aquae Sulis en el que hacer una ofrenda.

—Si es que llego tan lejos —añadió—. Es el tribuno quien ha de decidirlo.

—¿Tu padre tiene varias esposas? —preguntó Lucano, rompiendo el incómodo silencio.

—Concubinas, no esposas. Su gusto en cuestión de mujeres es muy...

Esperaron cortésmente a que encontrara la palabra adecuada, pero pasado un momento Tulo sugirió:

—¿Peculiares?

Pero a esas alturas Brighid había empezado a sentir que sus revelaciones rozaban la deslealtad y, en lugar de contestar, echó mano del jarro de plata.

—¿Más vino? —preguntó con una sonrisa—. Estoy más acostumbrada al aguamiel, pero creo que vuestro vino sirve igual para soltar la lengua.

Para los tres hombres, su silencio acerca de las costumbres de su padre fue más revelador que cualquier detalle que pudiera haberles dado.

Fuera, en el patio ajardinado por el que Quinto paseaba lentamente entre Tulo y Lucano, pronto se hizo evidente para un trío de esclavas bien vestidas, a las que el hospedero empleaba como acompañantes de los huéspedes, que los tres recién llegados eran buena compañía para pasar la noche.

Se dejaron alcanzar y trabaron conversación con los desconocidos, confiadas en su éxito, aunque ninguna de ellas contaba con el ojo vigilante de Brighid. Desde la puerta de la habitación, donde los sirvientes aún estaban retirando los restos de la cena, vio lo que estaba a punto de suceder cuando el tribuno dio el brazo a una las esclavas, especialmente voluptuosa.

Cruzó rápidamente el patio hasta llegar a su lado.

—Es hora de tu medicación, tribuno —dijo con energía. Su mirada altiva y relampagueante se cruzó con la de la joven, haciéndola parpadear de asombro.

La esclava, enojada, se arrimó a su presa.

—Es la primera vez que oigo a una esclava dar órdenes a su amo —dijo en tono ronroneante, aferrándose al brazo de Quinto.

Los ojos de Brighid se endurecieron, verdes como la malaquita, y antes de que Quinto pudiera terciar entre ellas, replicó secamente:

—No soy la esclava del tribuno, soy su mujer. Ahora aparta el brazo y deja que decida él lo que quiere hacer.

Sin decir palabra, la otra obedeció y Quinto se apartó de su lado y tocó en el hombro a Lucano, que tenía una expresión divertida. Tulo pareció a punto de soltar una carcajada, pero Quinto y Brighid se alejaron juntos sin excusarse, pedir disculpas o desearles buenas noches.

Cuando la puerta de la habitación se cerró tras ellos, Quinto la detuvo asiéndola del brazo.

—¿Qué ocurre, muchacha? —preguntó—. Te preocupa que pueda acostarme con ella, ¿no es eso?

Brighid se desasió del brazo.

—En absoluto, tribuno. Acuéstate con las tres si es lo que quieres, pero espera a que se haya curado tu rodilla. No pienso malgastar mi tiempo y mis esfuerzos en curarte si no piensas seguir mis instrucciones. ¿Y qué haría yo mientras estuvieras ocupado retozando con esa fulana? ¿Esperar fuera o sentarme y mirar?

Para tener la rodilla vendada, Quinto se movió con sorprendente rapidez y la agarró de nuevo antes de que le diera tiempo a alejarse de él.

—¡Ah, no! —dijo bruscamente—. Vuelve aquí,

fiera. Contestaremos a esa pregunta cuando llegue el momento. Entre tanto, vas a tener que esforzarte por refrenar tu lengua, o puede que acabes en un sitio mucho más incómodo que este y con una etiqueta con un precio colgada del cuello. Que sea la última vez que le dices a alguien que no eres mi esclava.

—Dijiste que iba a ser...

—Serás lo que yo decida en cada momento —le espetó él—. De todos modos es lo que más va contigo, dado que cambias de humor varias veces al día. Contigo nunca sé a qué atenerme, unas veces te mueres de hambre, otras te atiborras, unas veces estás dispuesta y otras no...

—¡Alto, señor! Yo nunca he estado dispuesta.

Quinto sonrió, consciente de que sus pullas eran injustas. La estrechó entre sus brazos y su sonrisa se desvaneció cuando vio un brillo de rabia en sus ojos verdes.

—No, muchacha, puede que no, pero he encendido tu deseo, ¿no es cierto? ¿Por qué, si no, iba a importarte a quién me lleve a la cama? Y no digas que es mi rodilla lo que te importa, ahórrate la saliva: sin duda sabes muy bien que hay formas de esquivar ese problema. Seguro que esa muchacha de ahí fuera conoce media docena de ellas.

—Suéltame —dijo Brighid empujándolo—. Esta conversación es absurda.

—¿Ah, sí? Muy bien, pues ven aquí y háblame un poco más sobre esas habilidades curativas tuyas. ¿Dónde las aprendiste? ¿Qué enseñanzas sigues? —la agarró del brazo y la condujo al sillón, se sentó a su lado y la rodeó con sus brazos.

Hacía calor, una brisa avivó los rescoldos del brasero e hizo temblar la llama de los candiles, se oyó el tamborileo de la lluvia fuera golpeando el pavimento, los portazos de los invitados al marcharse, el grito de un hombre y el chillido alegre de una mujer.

—¿Y bien? —insistió él, pegado a su pelo—. Acepto eso que has dicho antes acerca de que no puedes curar a quien no quiera curarse, pero ¿tus remedios podrían haberle hecho algún bien a tu doncella? ¿Tienes remedios para todo? ¿Incluso para la mente?

Era, se dijo Brighid, un lugar tan bueno como otro cualquiera para empezar. Así pues, le contó cómo, desde que había aprendido a hablar, había mostrado aptitudes para reconocer las plantas y sus usos, y no solo las hierbas, sino también las propiedades curativas de cosas como las telarañas y el estiércol, el hollín y la clara de huevo, la cera de abeja y la sabia de los árboles, la mantequilla y hasta la orina. En la naturaleza todo tenía su uso, le dijo, y no solo los remedios naturales, sino también los planetas. Sobre todo, la influencia de la luna. La interpretación de los sueños, los fenómenos naturales como las nubes y el clima, el comportamiento de las abejas y los pájaros: todo ello tenía sus normas y encantos. No se trataba de magia, le aseguró, sino de leyes naturales cuyo significado y cuyos mensajes ofrecía la Tierra a ojos de quienes aprendían a interpretarlos. Ella siempre había sentido su fascinación y, a medida que iba aprendiendo y ayudando a sanar a los aldeanos y a curar las heridas de los guerreros, se había ido ganando el respeto de todos y había aumentado su reputación. No le dijo, sin embargo, que el precio de una mujer como esposa se fijaba conforme a sus habilidades y que el suyo había excedido, al parecer, lo que podía pagar su pretendiente de la tribu de los dobunni. O eso, o había vuelto a casa para consultar con su padre la cuestión.

—Entonces he tenido más suerte de la que esperaba —comentó Quinto suavemente junto a su oído—. Alcanzarás un precio muy alto, princesa.

—Véndeme y no tendrás a nadie que cure tus heridas.

—¡Umm! Soy procurador provincial, no creo que vaya a recibir muchas heridas. Pero vamos a echar un vistazo a mi rodilla, ¿quieres? Tengo curiosidad por ver hasta qué punto eres hábil.

—No ha pasado el tiempo suficiente para que la cataplasma surta efecto, tribuno. Hay que esperar toda la noche.

—Quítamela. Quiero verlo.

—Si insistes. Pero te advierto que tal vez tenga que hacer otra exploración.

—Entonces más vale que lo hagas sin que haya nadie presente.

Brighid ya había empezado a quitarle el vendaje.

—Prefiero aullar en privado.

Ella sabía que no haría tal cosa. El tribuno no era hombre que mostrara sus debilidades, y menos aún delante de una mujer. Lentamente, con mucho cuidado, apartó la pegajosa cataplasma. Esperaba ver escasos cambios, pues el emplasto servía únicamente para abrir la herida, no para curarla, y solo hacía efecto pasada una noche entera. Para su total asombro, sin embargo, la herida había empezado a abrirse limpiamente, lo suficiente para que viera, tras sondearla muy ligeramente con sus nuevas pinzas, la punta de una astilla hundida en la carne.

—Agárrate fuerte la pierna —dijo— y aprieta los dientes. Hay una astilla y tengo que sacarla.

Tardó veinte segundos en realizar la pequeña operación. La astilla de madera, de unos dos centímetros de largo, salió suavemente, como si estuviera esperando a que alguien la liberara. La depositó sobre el vendaje para que la examinara Quinto.

—Para eso sirven vuestros médicos del ejército —dijo—. Estas cosas pueden hacer mucho daño si se dejan dentro. Ahora quédate ahí mientras caliento la cataplasma de cicatrización que han hecho los chicos.

—¿De qué está hecha? —preguntó él, receloso.

—Principalmente de hojas de acebo cocidas, malvavisco, corteza de saúco, grasa de oveja y vino. Ayuda a la cicatrización y quita el dolor. Creo que mañana deberías viajar en el carro para descansar la pierna.

—Tengo una piel de oveja. Me taparé la pierna con ella —dijo, desdeñando automáticamente su sugerencia—. ¿Esa cataplasma es la que usabas con tu gente?

—Dependía de la herida, la época del año y lo que había disponible. Hay muchos otros ingredientes que podría usar. ¿Por esto vas camino del balneario, tribuno? Si es así, puede que tu rodilla esté casi curada cuando lleguemos, si aguantas mi tratamiento.

Quinto se tapó los ojos con una mano y se recostó mientras ella aplicaba la cataplasma caliente, y Brighid oyó que el suave siseo de su respiración recuperaba su ritmo normal cuando le cambió el vendaje. Sabía lo mucho que tenía que dolerle.

Florian apareció justo a tiempo, acompañado de dos esclavos. Prepararon entre los tres más poción de corteza de sauce para aliviar el dolor, recogieron la habitación y la prepararon para la noche llevando jarros de vino y tentempiés para cuando se despertara el tribuno; doblaron su ropa y sacaron otra limpia y por último Florian dio un masaje en el hombro y el cuello a su amo.

—¿Vas a dormir aquí esta noche? —le susurró ella cuando terminó.

Quinto abrió un ojo y contestó en su lugar:

—Tú te quedas, princesa. Deja que se vaya con el muchacho.

Florian no pudo disimular su sonrisa.

—Es lo mejor, *domina* —susurró—. Volveré al alba para ayudarte con la rodilla. Puede que tenga que sentarme sobre su pecho.

—No creas que no puedo levantarme de este diván y tirarte de las orejas, granuja —masculló Quinto—. No necesito que nadie se me siente encima. ¿Dónde está esa poción?

—Aquí —dijo Brighid—. Bébete también los posos.

—Te estás tomando la revancha, ¿eh, princesa? —preguntó haciendo una mueca.

—Podría hacerlo mucho mejor si quisiera, señor —contestó ella al quitarle el jarro.

Salieron Florian y los chicos, cerrando la puerta a su espalda, y el tribuno agarró a Brighid de la muñeca y tiró de ella para atraerla a su lado. Ella se quedó inmóvil, indecisa, con el corazón acelerado por el roce de sus dedos. A él se le cerraron los ojos y sin embargo buscó el suave calor de su brazo y deslizó la mano por su camisa de lino, hasta más abajo de sus pechos y después hasta la cintura y la cadera.

—Entonces estoy en tus manos —murmuró Quinto mientras pasaba la mano por sus nalgas.

Brighid tembló. Podía apartarse, pero estaba paralizada. «Y yo en las tuyas, mi señor, ¿no es así?».

El sueño se apoderó de él y Brighid le apartó suavemente la mano y observó cómo subía y bajaba su pecho bajo la sábana al respirar, mientras recordaba lo sucedido ese día y el dilema que la atenazaba aún. No había podido hablar a solas con su hermano desde la víspera, ya fuera por la discreción propia de Math o por la dicha, desconocida para él, de tener la compañía de Florian de día y de noche. Fuera cual fuese el motivo, su hermano no le había ofrecido ningún plan ni ninguna sugerencia para liberarla, ni inmediatamente ni en el futuro, y Brighid dio por descontado que pensaba acompañarla lo más lejos posible y ayudarla a encontrar a Helm, el único hombre del sur que podía brindarles protección.

El problema seguía siendo que con cada trecho que avanzaban hacia el sur le era más difícil esconderse, sobre todo con aquel atuendo que le impedía pasar desapercibida. Había sido una triquiñuela muy hábil por parte del tribuno, pero podía deshacerla encontrando su ropa.

Tenía, además, un problema de índole más personal que ya había empezado a minar su sentido del deber, su lealtad, su orgullo y su sentido común. No estaba tan enamorada que no pudiera, llegado el caso, dar la espalda a aquel hombre y huir, ni estaba tan subyugada por sus caricias que no pudiera quitárselo de la cabeza... con el tiempo. Su cuerpo, sin embargo, le decía algo muy distinto: ansiaba aprender más de sus manos, palpitar con aquella debilidad esquiva e innombrada que agitaba sus entrañas cada vez que él estaba cerca. Reaccionaba a su presencia como la varita de un zahorí sobre agua subterránea, sin control, erráticamente, impúdica e incapaz de resistirse como era su deber.

Su mente le ofrecía excusas, argumentos. El tribuno se desharía de ella de inmediato si le estorbaba demasiado, y entonces se convertiría en una esclava maltratada, lo cual bastaba por sí solo para permanecer a su lado. Sus frecuentes amenazas la animaban a poner más empeño en su intento de hacerse necesaria para él. Sus conocimientos médicos eran un aliado muy útil. Quinto estaba impresionado. Al mismo tiempo, ello podía suponer un peligro para ella en otro sentido, pues se daba cuenta de que había sido el dolor de la herida, y no su posición, lo que le había mantenido casto. ¿Cuánto tiempo más estaría a salvo de él? ¿Se curaría su herida antes de que llegaran a Aquae Sulis? ¿Buscaría ella en vano a Helm, a fin de cuentas? ¿Quería en el fondo que así fuera?

Mientras observaba el movimiento de sus costillas, se acordó del joven dobunni, el hijo del jefe que tan mala impresión había causado en sus hermanos y al que su padre había considerado en cambio un buen partido, si era capaz de pagar el precio de la novia. Las comparaciones carecían de sentido, pues aunque era un joven sano y bien formado, no tenía la complexión del tribuno, ni su presencia, ni su porte, aunque tal vez él creyera que sí. Su físico no la había hecho estremecerse por dentro, como le ocurría con el tribuno, y aunque para una brigantiana era una deshonra que la tocara un romano, bajo el manto de la noche el cuerpo no distinguía entre naciones.

No. Se engañaba. Habían tenido la luz de las lámparas, no podía buscar excusas.

Rezó ante el altar de Brigantia mientras Quinto dormía y, terminadas sus oraciones, se contentó con dejar su suerte en las capaces manos de la diosa. Se acostó sola en el otro diván y durmió profundamente hasta el amanecer.

El desvelamiento casi ritual de la herida, llevado a cabo bajo la mirada curiosa de numerosos espectadores, elevó la posición de Brighid a ojos de todos como ninguna otra cosa lo había hecho hasta entonces, con la posible excepción de su conducta de dos noches antes. La inflamación había remitido, empezaba a formarse tejido nuevo y el dolor se había convertido en una sorda molestia. El sueño ininterrumpido había puesto de mejor humor al paciente, que ni siquiera se enfadó cuando Brighid volvió a sugerirle que descansara en el carro durante el siguiente tramo del viaje.

—Olvídalo —contestó enérgicamente—. ¿Dónde podemos comprar otro caballo?

—¿El tuyo ya no sirve? —preguntó Tulo, que estaba observando la preparación de una nueva cataplasma en un rincón.

—Es para la princesa —respondió Quinto—. No puede seguir cabalgando a vuestra grupa. Necesita su propia montura.

—¿Sabe montar? —quiso saber Tulo.

Sus dos amigos lo miraron boquiabiertos.

—Es una brigantiana, Tulo —le recordó Lucano—. Seguramente puede, no ya montar a caballo, sino hasta volar. ¿Nunca has visto esas carrozas?

Fue así como Brighid viajó desde la hospedería de Margidunum a la villa privada de Corieltauvorum montada en una hermosa yegua cuyo lustroso pelaje armonizaba a la perfección con el color de su pelo. La yegua, todos lo sabían, tenía que haberle costado al tribuno al menos tres mil denarios, y era sin duda una recompensa por los cuidados de la princesa. Brighid la aceptó de buen grado, aunque le asombrara que el tribuno le ofreciera un medio más de escapar. ¿Tan seguro estaba de ella? ¿O era quizás aquella la solución que le brindaba su diosa, Brigantia, para resolver uno de sus problemas?

Lucano y Tulo charlaban y bromeaban a la luz brillante del sol tras haberse asegurado de que, en efecto, era posible que Brighid supiera volar, a juzgar por la compenetración instantánea que se dio entre caballo y

117

amazona, la elegancia de Brighid sentada en la silla y la presteza con que el animal respondía a sus indicaciones.

—Es un tanto arriesgado —le comentó Tulo a Quinto en un aparte—, ¿no?

—Un riesgo calculado —repuso Quinto—. Pero tiene buen aspecto.

—Cada vez mejor —convino Tulo—, pero mantente en guardia, amigo mío. Puede que la dama tenga buena planta, pero me sorprendería que no tuviera un plan escondido en la manga.

—Gracias por el consejo, Tulo, pero no lo necesito. Tengo buenos motivos para procurar que se sienta más cómoda con su nueva apariencia. Motivos egoístas, quizá, pero válidos —aguijó a su potro gris y se adelantó mientras Tulo cavilaba sobre cuáles podían ser aquellos motivos egoístas. No le pareció que fueran muy difíciles de adivinar.

Aquella nueva muestra de estima del tribuno animó mucho a Brighid, pues las mujeres romanas solían ser llevadas en palanquines portados por esclavos o caballos, y muy pocas preferían montar a caballo, aunque sus monturas fueran adornadas con jaeces bruñidos, mantas de piel de oveja, campanillas y abalorios por doquier. Acostumbrada a montar toscos ponis sin ensillar, permitió decorosamente que el tribuno la aupara a lomos de la hermosa yegua y que colocara una suave manta con la que cubrir sus piernas por ambos lados. Montar a mujeriegas no era para ella. Si así era como el tribuno quería que la vieran sus siguientes anfitriones al acabar el día, no lo defraudaría. Y esta vez refrenaría su lengua.

Esa mañana había recogido siemprevivas del patio de la hospedería y había tenido el tiempo justo de extraer el jugo a las hojas y mezclarlo con harina de avena fina, sebo de borrego y leche para formar una pasta suave y que le quedara sobrante suficiente para preparar una nueva cataplasma. De nuevo la ayuda de su hermano resultó providencial, y mientras le decía, solo para disimular, cómo hacer cosas que él ya conocía, tuvo ocasión de preguntarle en voz baja si se le había ocurrido algún modo de salir de su apuro. Era lo que sospechaba: Math lo había pensado muy poco, o nada.

—Todavía no —susurró—. Ten paciencia, hermana. Dame tiempo.

Se alejó enfadada, preguntándose si su hermano, fascinado por su nueva amistad con Florian, le sería de alguna ayuda.

—¿Y bien, princesa? ¿Te sientes mejor así que encerrada en el carro?

La voz del tribuno le hizo apartar la mirada de una garza lejana que montaba guardia como un centinela en la orilla del río. Sus rodillas se rozaron y Brighid se volvió para mirarlo. Quinto se cernía sobre ella muy serio, a pesar de que en su mirada había un brillo que podía rivalizar con el mismo sol. La brisa agitaba su pelo, abriéndolo como lienzos de seda oscura y haciéndolo ondear sobre sus ojos. El semental gris bufó a la yegua dilatando los ollares.

—El carro tiene su utilidad —respondió ella, mirando las manos del tribuno—, pero siempre preferiré esto. Mañana tal vez se me permita trotar, y pasado galopar, quizá. No, no pongas esa cara de susto, señor. No hablo en serio.

—No estaba asustado, princesa. Me estaba preguntando qué día piensas volar.

—No estoy segura de que me convenga volar, tribuno —repuso ella, sintiendo la intención de sus palabras.

—No llegarías muy lejos —añadió él con calma—. Ni siquiera montada en esa yegua.

—No.

—¿No vas a preguntarme por mi rodilla? ¿No es eso lo que hacen los sanadores?

—¿Cómo está tu rodilla, señor?

—Muy bien, gracias. Debería haberme enterado antes de tus habilidades.

—Podría haber sido contraproducente, tribuno. Antes me habría sido más difícil resistirme a la tentación.

—¿A la tentación de qué, de envenenarme?

Ella hizo un gesto afirmativo y miró su cara esperando verla ensombrecerse. Pero no fue así.

—¡Ja! ¿Y ahora? —preguntó él—. Has cambiado de idea, ¿verdad? ¿Por qué razón?

Brighid se encogió de hombros y una sonrisa furtiva levantó apenas las comisuras de su boca.

—Bueno —contestó parsimoniosamente, casi con jovialidad—, tenía las fórmulas escritas en pergaminos, pero están todos destruidos y no me acuerdo exactamente de las recetas. No sirven de nada si no

120

son exactas, ¿sabes?, y tal vez me hubiera equivocado. E imagino que en ese caso mi recompensa no habría sido una yegua alazana.

—¿Eso crees? —preguntó Quinto—. ¿Que la yegua es una recompensa?

—¿No se supone que es eso lo que he de pensar? Todo el mundo lo piensa.

—Entonces todo el mundo se equivoca. Igual que tú.

No pareció dispuesto a dar más explicaciones y, como Brighid no sentía la inclinación de indagar en sus motivos, mantuvo los labios sellados y la mirada fija en un punto lejano, mientras cabalgaban en silencio, el uno junto al otro.

Seis

A pesar de que, al igual que a sus hermanos, le habían enseñado la lengua latina, los conocimientos de Brighid sobre las leyes, la administración y las costumbres domésticas de los romanos eran de segunda o tercera mano, y habían ido siempre acompañados por la inevitable repulsa de su padre. Incluso cuando a ella la información que recibía le sonaba razonable, su padre denostaba cada aspecto de la cultura y el gobierno romanos, aunque solo fuera porque no tenían derecho a estar allí, sometiendo a los legítimos dueños de la isla. Los romanos llevaban en Britania al menos diez generaciones, y todavía había hombres como su padre que se negaban a aceptar su presencia, salvo para permitir a su prole que aprendiera a comunicarse con ellos. Su padre siempre se había negado tercamente a pagar sus asfixiantes impuestos.

De ahí que la hubieran enseñado a desconfiar profundamente y a despreciar todo lo romano, pese a lo cual abrigaba una íntima curiosidad por conocer más sobre ellos. Teniendo en cuenta que nunca le habían permitido alejarse más de dos millas de su aldea, habría sido muy extraño que no mostrara interés alguno, o incluso que se adhiriera sin fisuras al fanatismo de su padre. Aun así, el estentóreo aborrecimiento de su padre por la administración romana era demasiado potente para no haberle hecho mella. Por de pronto, era princesa y por tanto se hallaba en la cúspide del orden tribal, y cabía la posibilidad de que dentro de poco se viera despojada de la superioridad natural de la que había disfrutado a lo largo de sus veintidós años de vida.

El lujo de sus aposentos en Lindum, sin embargo, le había permitido atisbar lo que se había estado perdiendo hasta entonces: los suelos impecablemente limpios y las paredes pintadas, los delicados colores y la decoración, el baño recubierto con azulejos y provisto de suelo y agua calientes, los colchones de plumas y las sábanas limpias, los tejidos de lino que llevaban todos para uso diario... Se acordó, poniéndose a la defensiva, de las comodidades que había dejado atrás, en las colinas cubiertas de brezo de su hogar, de las fabulosas armas de bronce, de las joyas de oro y esmalte, de los cálices hábilmente labrados para la cerveza y el aguamiel. Había pieles de incalculable valor, tejidos teñidos y bordados, visitas frecuentes de mercaderes extranjeros que llevaban ámbar de países lejanos, perlas y vidrio coloreado, aves de cetrería del Norte, especias de Oriente. A cambio se llevaban perros de caza, trigo y esclavos, y de no ser por la violenta severidad de su padre, la vida podría haber sido tolerable para ella. No tanto para Math.

Cuanto más se acercaban a la siguiente parada del trayecto, más hondo se hacía el abismo entre los contradictorios recuerdos de su hogar y aquel incitante nuevo mundo de vida cómoda y civilizada, en el que hasta los arrabales más modestos tenían casas con tejas rojas y lisas paredes entre las viejas chozas de madera y bardas. Las túnicas de colores evidenciaban la abundancia de ciudadanos ricos rodeados de esclavos a su servicio, y soldados romanos de piernas morenas y enfundados en metal saludaban formalmente al tribuno y a su séquito al pasar, posando su anónima mirada sobre Brighid y su airosa yegua, que debía de haber costado una fortuna.

A las afueras de la ciudad comercial, como una costra blanca sobre un paño de cuadros verdes, se extendía una gran villa bordeada de setos recortados y lo bastante espaciosa para albergar a una docena de familias, y no solo al rico labrador, a su esposa y a su hija, que salieron a darles la bienvenida. Habían enviado un mensajero por adelantado y les estaban esperando. Mientras desmontaban, en vista de toda aquella opulencia, Brighid se preguntó si su padre habría conocido aquella riqueza y, si así era, si su rechazo hacia los romanos en general se debía a la envidia o a un verdadero patriotismo. Se daba la casualidad de que los anfitriones, al igual que sus ancestros, eran tan británicos como él. La diferencia radicaba en el método que habían elegido para sobrevivir en un mundo cambiante.

Solo le hizo falta un vistazo para percatarse de que aquella villa era muy distinta, tanto en tamaño como en magnificencia, a la casa del comandante retirado de Lindum, pues allí los edificios estaban ideados para el confort y rodeaban por tres lados un gran jardín con columnatas, galerías y escaleras que conducían a otros niveles. Más chocante aún resultó la jovial bienvenida que les dispensaron sus anfitriones, quienes parecieron entender sin ningún embarazo la posición que ocupaba Brighid, incluso cuando el tribuno la presentó como su sanadora personal. Era, pensó ella, un título de lo más ambiguo, pero la señora Sylvana y Cerealis, su marido, lo aceptaron sin pestañear. No podía decirse lo mismo de Tulo y Lucano, cuya discreción, sin embargo, les impidió mostrar cualquier signo de sorpresa.

Sylvana era una elegante mujer de mediana edad, dueña de un asombroso montón de cabello oscuro peinado en ringleras de prietos rizos que obviamente costaba una eternidad arreglar. Cargada de oro reluciente, agitaba sus dedos rematados en uñas pintadas de rojo y calzaba unas delicadas sandalias poco idóneas para recorrer largas distancias, por cuyas puntas sobresalían las uñas de sus pies, también lacadas en rojo. Brighid escondió sus manos coloradas entre los pliegues de la túnica, confiando en que nadie se fijara en ellas. La estancia que iba a compartir con el tribuno, cosa que nadie puso en duda, estaba amueblada con más gusto que ninguna de las que había visto hasta entonces. Acostumbrada al tosco interior de las casas de su aldea, se sintió sin embargo extrañamente a gusto en aquel entorno limpio y luminoso, como si aquella nueva fase de su vida hubiera estado esperando el momento oportuno para presentarse. La prudencia y el sentido común propios de las gentes del Norte le advertían que no se habituara a ello, pues no estaba convencida en absoluto de que su presunto empleo como la «sanadora personal» del tribuno fuera a garantizar su seguridad.

Después de que Quinto se bañara en la casa de baños privada y de que Florian pasara el tiempo acostumbrado ungiendo su magnífico cuerpo, Brighid le puso otra cataplasma en la rodilla y, mientras lo hacía, surgió una discusión acerca de si cenaría o no con él. De poder elegir, ella prefería comer sola.

—No eres tú quien debe decidir, sino la señora Sylvana —dijo Quinto mientras observaba cómo vendaba su articulación—. Ha pedido que estés presente y yo también lo deseo.

—Hay buenos motivos para que no vaya —repuso ella, enojada—. Para empezar, no estoy acostumbrada a vuestra forma de cenar. Yo no como recostada.

—¿Eso es todo? No es difícil. Estarás conmigo y yo te ayudaré.

—En segundo lugar, no he tenido ocasión de bañarme. Y no tengo nada apropiado que ponerme... y... En fin, es igual. Tú no lo entenderías —ató los extremos de la gasa, los remetió y se irguió.

Pero antes de que le diera tiempo a reaccionar, Quinto apoyó un pie en el suelo y la atrajo hacia sí, apretándola contra su pecho y apoyando la cabeza en su hombro de modo que sus bocas quedaron separadas por escasos centímetros.

—Te guste o no, princesa —susurró—, debes olvidar tu pasado bárbaro y acostumbrarte a un nuevo tipo de vida. Empieza ahora, mientras todavía tienes tiempo, si quieres convencerme de que puedes serme de alguna utilidad.

—Entonces, ¿el título de sanadora personal es un ascenso, mi señor tribuno? ¿O debo seguir fingiendo que soy tu mujer? Has de mantenerme informada, ¿sabes?

—Viborilla de lengua afilada... Creo que nuestros anfitriones pueden deducirlo por sí solos. Y en cuanto a que no tengas nada que ponerte, es lo que les pasa siempre a las mujeres. Es ley de vida.

Brighid volvió la cara sobre su pecho.

—No se trata solo de eso —dijo.

—Lo sé. Has visto todo ese lujo, ¿verdad? Y estás haciendo comparaciones innecesarias. No tienes por qué. Deja que Florian te arregle el pelo, ponte la túnica verde azulada y no necesitarás pintarte las uñas. Esa mujer mataría por tener unos ojos como los tuyos.

Lo miró para ver si hablaba sinceramente, pero Quinto se adelantó y la besó, haciendo que se olvidara de sus confusas emociones, de la mezcla de temores y esperanzas que la acuciaba hora tras hora. Se advirtió que no debía permitir que los besos y las caricias de Quinto se convirtieran en la solución a sus problemas, que debía buscar su propia salvación de algún modo. Pero cuando él tocó su pecho, acariciando de pasada el pezón apenas oculto por la túnica, y cubrió con la mano su redondeada suavidad, al tiempo que devoraba su boca, comprendió que sus planes estaban cambiando como arenas movedizas. En su empeño por convencer al tribuno de su valía, había empezado a convencerse a sí misma de que tenía que cambiar.

Sí, tendría que asimilar las costumbres romanas y dar gracias por que su padre no fuera a enterarse nunca.

Más tarde dio gracias, además, por que su padre no fuera a ver nunca la decoración de la villa, cubierta por todas partes con cenefas. En el suelo, estrafalarios mosaicos de cuestionable calidad artística representaban a actrices y sirenas desnudas y hombres luchando con toros y leopardos encadenados. El tema de los gladiadores resultaba un tanto chocante teniendo en cuenta la amabilidad de sus anfitriones, pero fue la hija de la pareja, una muchacha de unas diecisiete primaveras, la que le recordó a Brighid con cuánta frecuencia los hijos se niegan a encajar en el molde prescrito por sus padres. Si Math había sido una decepción para su padre, sin duda la joven Flavia lo era también para su madre.

Brighid había dedicado una hora más de lo normal a arreglarse para estar a la altura de su anfitriona. La muchacha, en cambio, parecía haberse esforzado por mostrar un aspecto austero que le daba un aire inconformista y asexuado. Para una chica tan bonita no debía de haber sido fácil conseguir aquel resultado, pero de algún modo lo había logrado. Pese a todo, pareció muy interesada en los invitados de sus padres, y en particular en Brighid, con su fascinante mezcla de elementos romanos y britanos, que realzaban sus ornamentos.

Flavia, una joven malcriada y arisca, no dejó duda alguna a sus invitados respecto al curso que quería que tomara su vida: estaba empeñada en ser una gladiatrix. Aunque el emperador Severo desaprobaba aquella práctica, seguía habiendo algunas mujeres de elevada cuna que se dedicaban a ella, mujeres que preferían el peligro y la adulación a una vida de sacrificada maternidad. La joven, larguirucha y de cabello corto, les dejó asombrados al revelarles que era su novio, un gladiador de Londinium, quien la había llevado por primera vez, sin que lo supieran sus padres, al estadio local a ver el espectáculo. Naturalmente, ellos habían hecho todo lo posible por quitarle esa idea de la cabeza, pero Flavia era su única hija y habían sido incapaces de negarle lo que ella no tenía intención de negarse a sí misma. Por sorprendente que pareciera, su padre, convencido de que, ya que estaba decidida a tomar las riendas de su vida, más valía que lo hiciera con estilo, había mandado construir un estadio cubierto en el que Flavia pudiera practicar con profesores pagados. Tanto su padre como su novio, afirmó ella con orgullo, opinaban que tenía talento para la lucha.

Reclinada junto a Quinto, Brighid lo vio sacar con cuidado un hueso de dátil de entre sus labios y dejarlo en el borde de su plato, al tiempo que rozaba con el pie cubierto con un calcetín el pie de ella y volvía a retirarlo.

El interés de Flavia por Brighid no se limitó a su apariencia y a sus múltiples habilidades: también pareció interesarle como rival. Estaba convencida de que la princesa brigantiana sabía luchar, ya fuera con la espada o con la lanza. ¿No era cierto?

Sus padres protestaron educadamente y suplicaron a sus invitados que disculparan el entusiasmo de Flavia. Pero Brighid logró excusarse sin ofender a nadie, y solo más tarde, en la intimidad de su habitación, pudieron ella y Quinto intercambiar opiniones acerca de la muchacha. Flavia no solo se lo había propuesto con toda seriedad a Brighid, sino también a Quinto, a Tulo y a Lucano.

—Como tu sanadora personal —comentó Brighid—, he tenido que prohibirlo.

Quinto bostezó ruidosamente.

—Ay, cielos. Estaba deseándolo. Pero quizá sea mejor así. No habría sabido qué cortarle primero, si la lengua o su estúpida ambición. Su padre debería darle una buena azotaina.

—Y con eso se arreglaría todo, ¿no? —preguntó Brighid con sorna—. ¿Qué has aprendido de los niños a lo largo de tu vida, mi señor?

—Lo suficiente para saber que, si una chica prefiere jugar a juegos de chicos, hay que tratarla como a un chico —repuso él en tono juicioso.

—Me parece a mí, señor, que eso es precisamente lo que están haciendo, en la medida de sus posibilidades. En todo lo demás, parece una mujer perfectamente normal.

—¿Y ese deseo de luchar, de dónde le viene a una mujer?

—Aparece sobre los trece años —contestó Brighid, dejando que el cabello le cayera sobre los hombros— y dura un par de años más. Lo recuerdo muy bien. Rebelión. El deseo de marcar mi propio rumbo. La antipatía hacia las normas. Los impulsos físicos. Las imágenes contradictorias que tenía de mí misma. Ansiaba un respeto y un reconocimiento que no procedieran únicamente del hecho de haber nacido mujer. Si es una fase pasajera, se le pasará cuando madure. Si es permanente, aunque viva poco habrá vivido conforme a sus deseos, ¿no crees? Eso ya es algo.

—Para sus padres no.

—Es una mujer, tribuno. Sus padres están tratando de guiarla, no de dominarla, y ella está muy segura de lo que quiere. ¿Tan terrible es que encuentre su camino con ellos, en vez de sin ellos? Estoy de acuerdo en que lo que ambiciona está mal visto y es peligroso, pero en un futuro, cuando mire atrás, no podrá decir que sus padres la obligaron a apartarse de su rumbo contra su voluntad. Serían unos tiranos si lo hicieran, y esa joven... —se interrumpió un instante y señaló hacia la puerta— estará mejor preparada para la vida de lo que estaba yo a su edad. Me envidia por lo que cree haber visto en mí, mi señor, si supiera la verdad... si la supiera... —le falló la voz y ahogó un gemido, embargada por la emoción.

—¿Qué? —Quinto la rodeó con los brazos y besó el cabello suelto de sus sienes—. ¿Cambiaría de opinión? Lo dudo, muchacha. En esa cabeza no cabe más que lo que ella quiere, y la vida no consiste en lo que uno quiere a expensas de los demás. Tú lo sabes. No ha pensado ni una sola vez en los deseos de sus padres. Estás molesta porque goza de una libertad que tú habrías querido para ti, pero entre mantener a una hija encerrada para que no corra peligro y dejarla que campe a sus anchas antes de tiempo hay un término medio, ¿sabes? Le han permitido que se meta directamente en el lugar más peligroso de la Tierra.

Sus labios se deslizaron por la cara de Brighid y aspiró su olor cálido mientras ella luchaba contra el cansancio y el miedo a lo desconocido.

—¿Es de la tiranía de tu padre de lo que estamos hablando? —preguntó Quinto en voz baja.

Ella asintió con la cabeza, enjugándose una lágrima.

—Supongo que sí.

—Bien, entonces ahora estás libre de ella por un tiempo, ¿no es cierto?

—No sé qué es peor, mi señor.

En lugar de responder, Quinto la tomó en brazos y cruzó con ella la habitación iluminada, en la que las sombras se perseguían y danzaban sobre las suaves mantas, el colchón cubierto de blanco y las almohadas de plumón.

—Eso está por ver —dijo al depositarla en la cama—. Yo no soy un amo tiránico, princesa, pero tengo que reconocer que tu seguridad también se ha convertido en una prioridad para mí. ¿Quién en su sano juicio no querría conservar una posesión tan rara? Sabia, además de hermosa. Valiente, lista, cultivada, deseable. Cada día revelas un aspecto nuevo de ti misma. Y esta noche has estado brillante, como si hubieras cenado así toda tu vida. Me he sentido orgulloso de tenerte a mi lado, aunque no preveía que iba a necesitar que me defendieras de una marimacho armada con una espada.

—¿Y mi recompensa, tribuno? ¿Un día más sin que me vendas a un tratante de esclavos?

—¿Eso es lo que deseas, princesa? ¿Quedarte conmigo?

—Hasta Aquae Sulis. Luego creo que deberías dejarme libre para que busque mi camino.

—Te llevaré hasta allí, pero no te dejaré libre, muchacha.

«Indispensable. Brigantia, amada diosa, ¿no fue eso lo que dije? Indispensable hasta Aquae Sulis, no más allá».

—¿Por qué no? No tienes...

—Shh. Porque me estoy acostumbrando a tenerte en mi cama de noche y a mi lado de día. Mi herida está curando, y anoche dormimos separados, así que tenemos que recuperar el tiempo perdido —apartó con ternura un mechón de su cara y deslizó la mano por su cuerpo con la autoridad de un propietario examinando sus pertenencias.

Brighid agarró su mano cuando se disponía a deslizarla entre sus muslos, bajo la suave túnica, y volvió la cabeza para esquivar su boca.

—Sí, sin duda, tribuno. Pero sigo siendo virgen, si recuerdas, y preferiría que me permitieras elegir cuándo y dónde prescindir de ese estado, y con quién. Si no eres un amo tiránico, creo que deberías demostrarlo dejando que entregue libremente lo que es mío.

—Ah, aquí estamos otra vez, debatiendo sobre quién es el dueño de cada cosa. Si quisiera entrar en discusión, diría que, tal y como están las cosas, lo que es tuyo es mío. En todo caso —añadió, volviéndole la cara para que lo mirara—, creo que se me puede permitir un poco de tiranía antes de que nos vayamos a dormir, ¿no? Si tengo cuidado de no sobrepasar cierto límite.

—¿No debería preparar primero tu medicación, tribuno? Ayudará a que cure la herida mientras duermes.

—¿Puedo confiar en ti, princesa? —susurró él junto a su piel.

—Ven a verlo. No hago nada en secreto —lo agarró de la mano, se levantó y lo llevó consigo a la mesa donde Florian había dejado los tarros y los paquetes, convencida de que el tribuno se daría cuenta si añadía algo distinto a su bebida. Así que, cuando hubo aderezado la poción habitual con una pizca de esto y una gota de aquello para mejorar su sabor, Quinto se la bebió sin vacilar y regresó al diván, bostezando de nuevo, para ver cómo ella acababa de desvestirse. Brighid se lo tomó con calma a propósito, y el tribuno se durmió mucho antes de que acabara de peinarse.

Quinto se giró varias veces durante la noche para apretarla contra sí, como si quisiera continuar un encuentro amoroso que estaba teniendo lugar en sus sueños. Pero su respiración se hacía de inmediato profunda y regular, y su boca conservó una media sonrisa hasta el amanecer, cuando Brighid se levantó para ir a la casa de baños.

Mientras acariciaba el hocico rosado de su caballo, sirviéndose del largo cuello gris del animal como pantalla, Quinto les dijo en voz baja a sus dos amigos antes de que montaran:

—No perdáis de vista al chico nuevo, el amigo de Florian. No creo que su aparición haya sido tan accidental como quiere hacernos creer.

—Ajá —masculló Tulo—. ¿Por algo en particular?

—Bueno, para empezar entiende las instrucciones que la princesa le da en su lengua. Oí una conversación muy breve entre ellos, pero no me quedó ninguna duda al respecto. Y en segundo lugar parece saber mucho más acerca de las costumbres de los brigantes de lo que cabría esperar de un habitante de York. Afirma ser ciudadano romano y que su padre es escribano, pero es extraño que sepa tantas cosas sobre cómo murió el padre de la princesa. Me pregunto si se lo habrá dicho a ella. Últimamente parece pensar mucho en su padre.

—¿No es lo lógico? —preguntó Lucano mientras veía a Brighid despedirse de sus anfitriones.

—Puede que sí, pero no me sorprendería que ese tal Math sea de la misma tribu.

—¿Crees que podría ser el joven pretendiente de los dobunni?

—No. No tiene empaque para eso, ni hablaría el dialecto de los brigantes. Además, no ha viajado nunca por esta región.

—¿Cómo sabes tantas cosas? —inquirió Tulo.

—Florian me lo cuenta todo.

—Pero yo creía...

—Sí, pero Florian sabe muy bien quién le da de comer —pasó la mano por el cuello del caballo y montó de un salto con una facilidad que habría sido imposible apenas dos días antes.

Sus amigos cambiaron una mirada elocuente.

Quinto ya había reconocido ante sí mismo, al despertar, que esa noche se había arriesgado al permitir que la princesa tomara las riendas de la situación, aun sabiendo que estaba ansiosa por conservar su virginidad. Pero no creía que fuera a hacerle daño después de haber tratado con tanto acierto su herida y necesitando que la llevara a territorio de los dobunni. Ignoraba quién era el joven Math, pero su meta parecía ser la misma, aunque siempre cabía la posibilidad de que estuviera jugando a un juego muy distinto.

Mientras se alejaban de la villa, Tulo y Lucano bromearon acerca de su encuentro con la aspirante a gladiatrix, pero Brighid parecía demasiado pensativa para unirse a ellos. Le había dado varios presentes a Florian para que los guardara en el carro: bellos tarros de alabastro con cremas para la cara y las manos, botellitas de perfume y frasquitos de vidrio con aceites dulces y ungüentos que le había regalado la señora Sylvana como recuerdo de su visita. Esa mañana había recibido por primera vez un masaje de manos de una hábil muchacha cuyos gestos había observado con todo detalle. Sería una habilidad más que añadir a su creciente lista de virtudes.

Le habría costado decir exactamente en qué sentido la había impresionado la joven Flavia, aunque pronto había reconocido en ella algunas de sus propias aspiraciones. La empatía que había sentido hacia la muchacha no había sido entendida por el tribuno, como tampoco habría sido entendida por su padre, pues ninguno de los dos había sufrido el confinamiento que ella había tenido que soportar toda su vida. A sus diecisiete años, Flavia tenía un amante y, por tanto, experiencia. Un gladiador. Célebres e idolatrados, aquellos hombres podían permitirse elegir. Los padres de Flavia también lo habían aceptado, aunque seguramente a causa de ello habrían tenido que renunciar a algunos amigos con poca amplitud de miras. Brighid había oído hablar de tales hombres, se había quedado embelesada escuchando hablar de sus hazañas y sus fechorías, con una mezcla de repugnancia y fascinación que había confundido a su mente adolescente. Y ahora allí estaba, mezclándose con personas que se codeaban con gladiadores y que le regalaban cremas y afeites a los que sin duda iba a sacar provecho.

¿Le sería fácil volver a la vida tribal cuando encontrara a Helm? ¿Había empezado a flaquear su resolución en menos de una semana? ¿Y dónde estaba Math cuando más necesitaba su ayuda?

Logró cruzar unas palabras con él a hurtadillas, pero su hermano tenía poco que decirle.

—No podemos hacer nada —susurró— hasta que lleguemos allí —se habían parado a descansar en medio de una llanura tan monótona que no se atisbaba ningún accidente del terreno que pudiera servirles como referente para saber dónde estaban.

—¿Cuándo? —preguntó Brighid como si él tuviera que conocer la respuesta—. ¿Dónde demonios estamos? ¿Cuánto falta? —se había metido en el carro para hacer tiras algunos lienzos de hilo que le había dado su anfitriona cuando ella se había disculpado por la

137

mancha rosa que había dejado en la toalla tras el masaje. Al parecer las romanas también tenían un modo mejor de solucionar aquello, y mucho más cómodo que tener que emplear trozos de musgo. Se sentó en el cofre de madera con un jarro de leche entre las manos y miró a su hermano con el ceño fruncido.

—Dentro de un día o dos entraremos en su territorio —repuso Math—. Tienes que ser paciente, Bridie.

—Y tú has de mantenerme informada, Math.

—Lo haré. Mantendré bien abiertos los ojos y los oídos. Ahora tengo que irme.

—¡Espera! Pregunta por los dobunni. Dónde vive su jefe. No nos conviene pasar de largo y tener que volver sobre nuestros pasos.

Math ya estaba en la entrada del carro.

—¿Y cómo piensas escapar exactamente?

Brighid empezaba a perder la paciencia.

—Estoy esperando a que tú planees algo, hermano. ¿De qué sirve, si no, que estés aquí? —exasperada, le dio el jarro vacío y lo vio desaparecer. Solo entonces alcanzó a ver, más allá del extremo del carro, la cabeza rizada y morena de Florian, sonriendo a su amigo como si acabara de llegar.

—Lo ha llamado «hermano» —le dijo Florian a su amo unos minutos después—. Conozco la palabra. La oí a menudo en Eboracum y en Londinium, así que no es dialecto. Y la *domina* pronuncia Math al decir su nombre, no Max, señor.

—¿Algo más?

—Nada que haya podido entender, señor, pero...

—Pero ¿qué?

—Por favor, no le hagas daño, ¿me harás ese favor?

—No tengo intención de hacerle daño, muchacho. Tú sigue vigilando y con el oído atento.

Florian continuó su masaje.

—Sí, señor —susurró—. La *domina* tiene maña con las heridas. Tu rodilla está curando a la perfección.

Silencio.

—Imagino que pronto también se encargará de tus masajes, señor.

Quinto sonrió contra la toalla al notar una leve nota de celos.

—No tienes nada que temer —contestó—. Te compré a los doce años, Florian, y me saliste muy caro. Todavía te quedan unos años para que amortice ese gasto.

—¿De veras, señor? —Florian sonrió.

Ya fuera porque se hallaba en un momento especialmente sensible o porque, al encontrarse más cerca de su destino, su ansiedad había aumentado, Brighid abandonó su prudencia habitual cuando, esa noche, en la casa en la que pararon a pernoctar, preguntó a su anciana anfitriona si sabía algo del pueblo de los dobunni. Si la dama se lo hubiera callado no habría pasado nada, pero lo sacó a relucir durante la cena como si fuera un tema de conversación perfectamente normal, y quiso saber a qué obedecía el interés de la princesa.

—¿Que por qué me interesa? Porque mi familia es de los brigantes —respondió ella, pensando que se merecía que la azotaran por ser tan estúpida— y porque sé que los dobunni tienen mucho poder en esta región. Pero no sé dónde empieza un territorio y acaba otro, ni siquiera el nuestro.

Su anfitrión, un arquitecto retirado de cabello blanco, le procuró toda la información que necesitaba: que el pueblo del que había oído hablar estaba un poco más al sur y que, si al día siguiente llegaban, como preveían, a Corinium Dobunnorum encontrarían a muchos dobunni caminando por sus calles. Sí, añadió el anciano al ver su mirada de sorpresa, hasta acuñaban su propia moneda y tenían su propio depósito de recogida de tributos. Eran una tribu muy rica y algunos de sus miembros cooperaban con la administración, aunque otros eran más solitarios e independientes. Como ocurría en casi todas partes, añadió cortésmente.

A Brighid le sorprendió un poco que el tribuno no pareciera extrañarse por que mostrara interés por una tribu tan lejana y distinta de la suya. Respetando su deseo de intimidad, Quinto no intentó acercarse a ella ni puso reparos cuando le dijo que prefería dormir en el diván de la habitación que les habían asignado. En realidad no le habría molestado que le ofreciera el consuelo de sus brazos al final del día, pero Quinto no lo hizo, y de pronto pareció que solo la necesitaba para que cuidara de su herida y para que viajara con él para mantener las apariencias.

Brighid había hecho ambas cosas con resultados espectaculares, de modo que cuando entraron en la gran ciudad romana de Corinium la atención que atrajo aquella elegante mujer de cabello rojo que montaba orgullosamente en una yegua alazana bastó para que las multitudes que atestaban las calles se abrieran para dejarle paso. Pensó fugazmente que, en caso de que quisiera perderse entre el gentío, tendría que intentar llamar menos la atención. Pero justo cuando se volvía para mirar a su hermano, que cabalgaba un poco por detrás de ellos, el tribuno se inclinó hacia delante y, sin dar explicación alguna, pasó una soga por la argolla del bocado de su yegua y la mantuvo bien sujeta a su costado. Brighid se preguntó si era por su seguridad o con el fin de retenerla.

Su estancia de una sola noche en Corinium reforzó su impresión de que los ciudadanos de aquella región eran muy ricos comparados con los que había visto hasta entonces, pero su deseo de conocer el posible paradero de su pretendiente no obtuvo satisfacción, pues no se atrevió a sacar a relucir el tema de nuevo tan pronto.

Fue a la mañana siguiente, cuando se estaban preparando para abandonar la lujosa villa de Corinium, cuando su hermano se acercó a ella y le susurró apresuradamente que tenía noticias que darle.

Animada por el repentino ímpetu de Math, logró ocultar su nerviosismo hasta que pararon para comer a mediodía.

—He descubierto —masculló su hermano mientras la acompañaba al carro— que el hijo del jefe pasa temporadas en un lugar llamado Watercombe. Es amigo del propietario. Por lo visto tu pretendiente está muy romanizado.

—¿Dónde está ese sitio? ¿Lo has averiguado?

—Cerca de Aquae Sulis, creo. Es un centro medicinal, es lo único que sé. Espera, deja que te ayude a subir. Tiene que parecer que te estoy prestando ayuda, princesa.

—A ver si puedes averiguar cómo llegar a ese sitio —respondió ella.

—Desde luego, princesa —respondió él para que le oyeran los dos guardias—. Enseguida te traigo la bebida.

Pero no fue Math quien se la llevó, sino Quinto, que fue a sentarse con ella mientras bebía y compartía con ella una fuente de mariscos recién llegados del mercado, pan blanco, albaricoques secos y pasas.

—¿Quieres viajar en el carro? —preguntó al ofrecerle una gamba que acababa de pelar.

—No, gracias —contestó Brighid aceptando la gamba—. No voy incómoda en Cliti.

—¿Dónde?

—En Cliti. Clitemnestra. Ya sabes, la esposa de Agamenón.

—Sí, eso lo sé. Lo que me sorprende es que tú lo sepas.

Brighid dejó de masticar y se volvió para mirarlo. Ese día habían hablado muy poco, y el hecho de que estuviera compartiendo su comida allí, en privado, fue como si una caricia cálida entibiara su corazón, que había empezado a helarse, lleno de dudas. Había dado por sentado que el tribuno se estaba arrepintiendo de la familiaridad que se había establecido entre ellos. La mirada de ambos, sin embargo, dejaba claro que se sentían a gusto el uno con el otro a pesar de que ninguno de los dos esperaba que así fuera y de que ambos se sentían hasta cierto punto culpables por ello. Aquello no entraba en sus planes.

Quinto no le había dado las gracias por haber curado su herida, ni ella se las había dado a él por la hermosa yegua, pues hacerlo habría supuesto un cambio en su relación de carcelero y cautiva, un cambio que ninguno de los dos estaba dispuesto a reconocer. En la penumbra del carro, sin embargo, al levantarse fugazmente el velo de sus sentimientos, la mirada de ambos expresó todo lo que era necesario expresar acerca de la posición exacta que ocupaba cada uno en la vida del otro, de modo que, cuando la voz de la conciencia de Brighid le recordó que él se había negado a dejarla libre, supo que se refería a que no estaba dispuesto a dejarla marchar de su lado. Lo cual no era lo mismo, en absoluto.

La estrategia planeada por Quinto consistía en que su cautiva entrara a su lado en Aquae Sulis a lomos de su montura y en tal esplendor que atrajera todas las miradas. Tenía la esperanza de que, de ese modo, su aparición llegara a oídos del hijo del jefe de los dobunni. Ahora, sin embargo, al zambullirse en aquellos hondos ojos verdes, el plan perdió parte de su atractivo, pues aunque tenía un deber para con el emperador, su corazón había empezado a jugarle una mala pasada.

—¿Estás segura? —preguntó.

Brighid tardó en contestar y desvió la mirada hacia la abertura triangular de la lona del carro. Asintió con un gesto.

—Sí, si puedo cabalgaré contigo, tribuno. Y puedes pasar una soga por mi brida.

Quinto sonrió al oírla.

—¿Para que vuelvas a encresparte?

—No, señor —contestó ella con calma.

Quinto sintió que se volvía de nuevo para mirarlo y oyó en medio del silencio lo que Brighid no había dicho en voz alta. De pronto el deseo que sentía por ella le desgarró las entrañas.

—Vamos, entonces —dijo con voz ronca—. Más vale que nos pongamos en marcha. Aún tenemos muchos camino que recorrer.

Siete

La ciudad de Aquae Sulis se alzaba en un valle rodeado de colinas boscosas en el que desde tiempos inmemoriales manaba un manantial natural de aguas termales. El séquito de Quinto habría avanzado más aprisa si la calzada no hubiera estado atestada de viajeros que llevaban el mismo rumbo, atravesando una campiña cubierta de flores, de verdes colinas y blancas ovejas. Era tarde cuando llegaron, cansados y hambrientos. Como de costumbre, habían enviado un mensajero por adelantado para reservar aposentos en una de las hospederías del balneario.

La ciudad palpitaba llena de gente que se dirigía al templo, al foro, a los baños o a los puestos donde se vendían ofrendas, amuletos y talismanes, y la esperanza de Quinto de que el aspecto llamativo de Brighid causara cierto revuelo resultó ser demasiado optimista, pues todo el mundo parecía demasiado enfrascado en sus asuntos para fijarse en quién iba y venía. Con todo, era la pincelada de color más brillante en medio de aquel entorno monocromático y, aunque su apariencia no causara el efecto que esperaba Quinto, los ojos del tribuno volaban hacia ella continuamente, pues Brighid también deseaba que la vieran y no había escatimado esfuerzos a la hora de arreglarse.

Enfundada en un suave lino de color azul grisáceo y albaricoque, se había colocado el velo de tal modo que se entrevieran sus adornos tribales y sus gruesas trenzas rojas, sujetas en lo alto de la cabeza con largos alfileres semejantes a dagas. Con la yegua adornada con trenzas, cascabeles y borlas, parecía punto por punto una princesa y, aunque la yegua estaba cansada, corveteaba entre el gentío como si toda aquella gente hubiera salido a la calle con el único fin de darles la bienvenida.

Cuando Brighid desmontó, sin embargo, Tulo, Lucano, Quinto, Florian y los dos guardias armados la rodearon formando un muro a su alrededor como si no quisieran dejarle ninguna duda de que seguía siendo una cautiva. Había confiado en que, en vista de que cooperaba, Quinto relajara las medidas de seguridad, pero al parecer no iba a ser así, y el guardia apostado frente a la puerta de la habitación que iba a compartir con su captor estaba allí, obviamente, tanto por ella como por el cofre colocado al pie del lecho. Aquellas precauciones no mejoraron su humor, y decidió no tomar parte en la conversación durante la cena para evidenciar su enfado. Pero cuando el tribuno sacó a relucir los asuntos de los que tenía que tratar con los funcionarios encargados de los tributos, le resultó imposible disimular su interés. Era la primera vez que Quinto hablaba de aquel tema.

—Mañana visitaremos la oficina de impuestos —

les dijo a Lucano y Tulo al recostarse en el diván del comedor.

Tulo miró con aprobación la mesa cargada de comida procedente de los puestos del mercado: empanadas de pichón, ostras y hogazas calientes, salsas de pescado, queso y salchichas, aceitunas, atún con huevos, jamón ahumado, alubias y hojas de parra rellenas.

—Bueno, ya sabrán que estamos aquí —comentó—. Solo espero que no hayan borrado todas las pistas cuando lleguemos.

—No se trata de eso —repuso Quinto, y le tendió la mano a Brighid para que se sentara a su lado—. El mensaje que recibí indica que no es un trabajo hecho desde dentro. Eso podrían haberlo solucionado ellos solos. El problema es que algunos tributos se están pagando con moneda recién acuñada, lo que indica que alguien está fabricando moneda por su cuenta.

—Pero para eso tendría que tener en su poder un montón de oro, ¿no es cierto? —dijo Lucano—. Y contar con los hombres necesarios para ello. ¿Estamos hablando de sumas importantes?

—Lo bastante importantes para que esto lleve sucediendo más de dos años. No entiendo por qué no ponen más atención cuando la gente va a pagar los tributos a la oficina. ¿Quieres probar una de estas, princesa? ¿Comes salchichas?

—No hay nada como el hambre para ensanchar el paladar —repuso ella, y agarró una salchicha caliente por el extremo como si le diera miedo tocarla. Ya había aceptado que Quinto esperaba que cenara con él, que fuera su mujer a ojos de todos, aunque no lo

147

fuera en privado. Carecía de sentido argumentar que una esclava cautiva jamás haría tal cosa.

—Puede que anden demasiado escasos de personal para ponerse a inspeccionar allí mismo. Si las sacas tienen el peso correcto, puede que algunos se larguen antes de que los funcionarios se den cuenta —comentó Lucano.

—No —dijo Tulo, desdeñando la idea—. Te equivocas, amigo mío. Se supone que tienen que contarlo allí mismo, pero con frecuencia las monedas falsas no se detectan hasta que alguien las mira más atentamente. Seguramente el error que está cometiendo ese falsificador es mandarlas siempre con aspecto de estar recién acuñadas. Es lo que más destaca. Hasta las monedas de los cambistas tienen aspecto de estar usadas.

—Yo pensaba —dijo Brighid— que estaba permitido pagar los tributos en especie, en vez de en moneda.

—Si tienen excedentes de bienes valiosos, como trigo, por ejemplo, puede permitírseles pagar en especie, a discreción del funcionario local, que envía esas mercancías al ejército para alimentar a los soldados. Pero el emperador prefiere pagar a sus tropas en oro, así que si el pagador solo tiene monedas de plata o de cobre, ha de ir al cambista para comprarlas de oro.

—Lo que sin duda le costará un ojo de la cara —comentó ella—. Yo también preferiría acuñar mis propias monedas de oro que tener que comprarlas para luego pagar los impuestos. No me extraña que mi padre se niegue a pagar.

—¿Y qué usarías para acuñar monedas, princesa? El oro no crece en los árboles.

—Haría lo que hacemos en casa cuando necesitamos oro, tribuno. Nuestros herreros funden el oro que les requisamos a nuestros enemigos. Lo tienen a montones. O hacemos trueques con mercaderes. O vamos a ríos donde lo hay.

—Umm —dijo Lucano—. Así pues, buscamos a un hombre que tiene sus propios herreros, que de cuando en cuando derrota a rivales ricos a los que les roba su oro y que dispone de un taller donde el ruido de la forja no molesta a los vecinos. O bien —añadió mientras tomaba otro trozo de empanada— tiene un río con oro o una mina escondida en alguna parte. ¿Me he dejado algo?

—Dejando a un lado ese asunto de los rivales ricos —dijo Tulo—, ¿dónde está la mina de oro más cercana en este hermoso país?

—En un lugar al que a ninguno de nosotros le gustaría ir —repuso Quinto con un ademán—. La única mina de oro que todavía está en funcionamiento está... —sus ojos se iluminaron de pronto.

Tres pares de ojos se clavaron en él.

—¿Dónde está? —insistió Tulo.

Brighid lo miró por encima del hombro.

—Por allí, en la región de colinas del Oeste —dijo Quinto lentamente—. Cambria, la llaman. Sus gentes son muy rústicas y no es fácil llegar hasta allí, pero da la casualidad de que uno de nuestros fortines está junto a una mina de oro. ¿Verdad que es interesante? —añadió en voz baja.

—Pero si esa mina está vigilada por vuestros hombres —dijo Brighid, ¿crees posible que el oro caiga en manos de quien no debe? Sin duda estará protegido por el ejército romano.

—Desde luego —convino él—, pero de todos modos habrá que investigarlo. Según tengo entendido, la mina la trabajan hombres de por allí, algunos esclavos y convictos, y también concesionarios a los que se les permite quedarse con la mitad del oro que sacan.

—¿Quieres decir que tienen que bajar a...?

—No, ellos no. Tienen cuadrillas de mineros.

—Entonces han de ser muy odiados —comentó Brighid antes de morder una hoja de vid rellena—. Y muy ricos. Y deben de tener muy pocos escrúpulos. ¡Menudos sapos!

—Así que tenemos que averiguar —prosiguió Lucano— los nombres de esos concesionarios privados que tienen participaciones en la mina. ¿Habrá entre ellos alguien de por aquí?

—No veo por qué no. A vuelo de pájaro no está tan lejos, pero el trayecto no es fácil, a pesar de que nuestros hombres han construido buenas calzadas para llegar hasta allí. Quizá debamos ir a echar un vistazo.

—Eh... no, yo no —dijo Brighid—. Seguro que prefieres que me quede aquí.

—Seguro, princesa. Tan seguro como que los cerdos vuelan —repuso Quinto.

—Eso sería de muy mal agüero.

—Desde luego que sí. ¿Más vino?

Una hora después, los tres hombres estaban sentados con su vino en crujientes sillones de mimbre con cojines. Su conversación se mezclaba con la algarabía callejera que entraba por la ventana abierta.

—Cierra la ventana —le dijo Tulo a un esclavo, con el ceño fruncido.

El muchacho luchó con el pestillo.

—No se cierra, señor —dijo.

—Creo —dijo Quinto, haciendo una seña al muchacho de que se alejara— que tendremos que buscar un sitio mejor que este. No nos servirá más que para una o dos noches.

El espacioso apartamento, muy utilizado por peregrinos, estaba cerca de los baños termales. Demasiado cerca para disfrutar de un poco de paz. Las habitaciones habían perdido su frescura, los cojines estaban sucios y deshilachados, las paredes arañadas, los muebles descoloridos, el techo ennegrecido por el hollín de las lámparas. Un rancio olor a carne y especias se filtraba por todos los resquicios.

Los dos amigos asintieron con la cabeza.

—¿Qué se trae entre manos el muchacho? —preguntó Quinto—. ¿Hay alguna novedad?

—No he oído ni visto nada —repuso Lucano—. Si de veras es el hermano de la princesa, procuran mantenerse alejados. ¿Ella está...? —miró hacia la puerta.

—Vigilada, sí. No le gusta, pero eso ya me lo imaginaba. Era lógico que la búsqueda de su pretendiente se intensificara tan pronto llegáramos aquí, por eso uno de nosotros ha de estar a su lado en todo momento. Es una carga extra, pero...

—Entonces, ¿no piensas deshacerte de ella? —inquirió Tulo en voz baja.

151

—No, todavía no.

Sus dos amigos no le pidieron que se explicara: los dos se habían percatado de que tanto los ojos de su jefe como los de la cautiva reflejaban sentimientos más profundos de lo que sugerían sus continuos rifirrafes.

—Entonces yo me ofreceré a escoltar mañana a la princesa —dijo Tulo— mientras tú y Lucano vais a la oficina de tributos. Querrá ir al templo, supongo, y seguramente a los baños. Quizás aproveche la ocasión para informarme de algún apartamento en mejor estado que este.

—Sí, gracias. Te daré algún dinero para sus gastos. Así estará ocupada hasta que volvamos.

—¿Vas a hacer averiguaciones acerca de tu amigo Alexio ya que vas allí? —preguntó Tulo—. Alguien tiene que saber algo sobre su desaparición. ¿Cuánto tiempo hace ya?

Quinto se puso en pie y Tulo tuvo la impresión de que aquel asunto era demasiado íntimo para discutirlo en público. Pero el tribuno se acercó a la ventana y contestó de espaldas a ellos:

—Un año. Lo mandaron aquí a investigar otro caso de falsificación, pero no sé si está relacionado con el nuestro. Lo vieron por última vez en los baños. Desaparecieron todas sus pertenencias. Y sus dos esclavos. Nadie ha vuelto a saber de él desde entonces. Era mi mejor amigo, un soldado y un jinete magnífico, pero no deberían haberle permitido investigar un asunto de ese tipo sin los conocimientos adecuados. Y no debería haberlo intentado solo. Voy a averiguar dónde está. No puede haber desaparecido sin dejar rastro.

—No —dijo Lucano—. Era compatriota tuyo, ¿verdad?

—De Cádiz. Tuvimos el mismo tutor. Éramos como hermanos.

—Entonces lo encontraremos —afirmó Tulo.

—No iba a pediros que os mezclarais en ese asunto —añadió Quinto al volverse hacia ellos—. Podría ser peligroso.

—Razón de más para ser tres —contestó Lucano.

—Vas a necesitarnos —agregó Tulo—. Tienes demasiadas cosas entre manos.

Quinto pasó la primera mitad de esa noche en el más largo de los dos divanes. Cuando había entrado en la habitación, Brighid ya estaba dormida en el más pequeño y duro. Despertó de madrugada, sobresaltado por algo, y la vio de pie junto a la ventana. La luna, grande y brillante, llenaba la habitación con su suave luz, iluminando su cara vuelta hacia arriba. Quinto pensó que estaba rezando, pese a lo cual al cabo de unos segundos se levantó y la estrechó en sus brazos.

—¿Qué ocurre, princesa? —preguntó—. ¿No puedes dormir?

Ella apoyó los dedos sobre sus brazos desnudos.

—Algo va mal —musitó.

—¿Dónde? ¿Fuera? Enséñamelo.

—No, fuera no —contestó con una nota de exasperación—. Me ha pasado otras veces. Es una sensación... Un terrible... —sacudió la cabeza mientras buscaba la palabra justa— un terrible presentimiento de que va a pasar algo malo. Algo horrible... oscuro... y amenazador.

—¿Te ha pasado otras veces? ¿Cuándo? ¿Cuando te capturaron?

—No, no se trata de eso. No tengo visiones claras. Fue cuando mi padre se acostó con mi doncella. Sentí romperse su corazón y comprendí que iba a morir por culpa de aquello. Y ahora lo noto otra vez, me dice...

—¿Qué te dice? ¿Hay algo aquí, en esta casa?

—No lo sé. De veras. No veo qué es, solo que va a suceder. Puede que sea este lugar. Pero creo que el peligro está un paso por delante de nosotros, esperándonos por más que tratemos de eludirlo. Creo que no podemos eludirlo.

—Princesa —la hizo volverse para mirarlo—, escucha. Estás bien protegida. Yo soy un soldado experimentado y Tulo y Lucano son fuertes e inteligentes, conocen los peligros de un lugar como este. Tú no estás acostumbrada a ciudades. Mañana nos mudaremos a un sitio mejor, tranquilo y más cómodo. Y no vas a salir sola. No permitiré que te ocurra nada malo. Ahora ven a mi cama y duerme conmigo.

—No puedo dormir. Y no debería...

—Olvídate de eso. Te quiero cerca de mí, así que vamos a ignorar las convenciones.

—Pensaba que tú...

—No pienses nada de mí hasta que me conozcas mejor.

Era improbable que eso sucediera, se dijo ella mientras yacían entrelazados, a no ser que le preguntara por su vida antes de que se separaran para siempre. Sin duda Math no tardaría en llevarle noticias favorables. Así pues, pidió a Quinto que le hablara de su juventud en Cádiz, de su sueño de convertirse en oficial de caballería del ejército romano, de su exitosa carrera militar y de su rápido ascenso a tribuno. El emperador Severo lo había mantenido a su lado durante esos últimos años, y los había enviado a él y a su amigo Alexio a la isla de Britania antes de que llegara la corte imperial. Gordiano, el gobernador de Eboracum, era un necio, masculló Quinto junto a su pelo.

Brighid no le preguntó cómo se había hecho la herida de la rodilla, pues sabía que muchos hombres se avergonzaban de verse incapacitados aunque fuera solo temporalmente. Le había hecho una cura antes de la cena y había visto con satisfacción que estaba cicatrizando rápidamente. No accedió, sin embargo, a dejarle la herida al aire, como quería Quinto.

Se quedó dormida antes de que el tribuno acabara de contarle su vida, de modo que no se percató de que Quinto se mantuvo despierto a propósito a fin de salir al paso de cualquier peligro que pudiera acecharles. No era la primera vez que se quedaba sin dormir, pero sí la primera que velaba el sueño de una mujer. No dudaba ni por un momento de que lo que Brighid había intuido era cierto.

Los inexplicables temores de Brighid se vieron aliviados al asegurarle el tribuno que no permitiría que le sucediera nada malo, lo cual parecía descartar, al menos de momento, que fuera a venderla a un mercader de esclavos. Sin embargo, y por extraño que pareciera, no era por sí misma por quien temía, sino por él. Como en la ocasión anterior, aquel presentimiento parecía referirse a alguien a quien tenía cerca y, le gustara o no, a quien tenía más cerca era al tribuno. ¿Tenía que ver con el asunto que debía investigar? Los tributos siempre eran motivo de conflicto. Los procuradores provinciales tenían poderes, y nunca habían sido del agrado de quienes estaban obligados a pagar impuestos.

—Tienes que salir a hacer averiguaciones —le susurró a Math cuando el chico echó un puñado de hojas en el cazo de agua hirviendo. La había acompañado a la cocina uno de los guardias mientras Florian daba un masaje a su señor.

Math logró hacerse oír en voz baja entre el estrépito de cacharros y el borboteo del agua.

—No puedo. Todavía no, Bridie.

—¿Por qué no?

—Florian y yo tenemos que cuidar de ti y de Tulo mientras el tribuno esté en... —se detuvo cuando el guardia se acercó a echar un vistazo.

—Cuenta hasta treinta y luego cuélalo. ¿Crees que eso sí podrás hacerlo? —le espetó en latín a su hermano.

Pensaba visitar el templo esa mañana y averiguar, si podía, dónde estaba el lugar conocido como Watercombe, donde tal vez pudiera encontrar a Helm. No sería fácil, acompañándola Tulo, Florian y Math. Pero nunca había estado en una ciudad tan bulliciosa como aquella, y Math tampoco se comportaba como cabía esperar de un oriundo de Eboracum, una ciudad el doble de grande que aquella. Así pues, cuando Tulo miró a Florian ladeando la cabeza, se hizo evidente que quería decir «No le pierdas de vista».

Así pues, Florian agarró a su amigo de la manga de la túnica y tiró de él hacia delante.

—Se supone que tienes que velar por nuestra *domina* —dijo—, no quedarte pasmado mirando los edificios. Sigue, hombre.

Los edificios eran impresionantes hasta para un habitante de la ciudad. Construidos en piedra de color claro, ostentaban elegantes pilares labrados, escalinatas y esculturas. Había paredes encaladas, arcadas abiertas y grandes bóvedas de cañón pertenecientes a las casas de baños, cubiertas con tejas rojas que relucían al sol. Por todas partes se veían peristilos con amplias explanadas más allá de los cuales la gente se congregaba alrededor de altares al aire libre y veía cómo las cabras eran llevadas a rastras hacia los sacerdotes ataviados con rojas túnicas. Los visitantes paseaban, conversaban en voz baja y se arrodillaban. Muchos de ellos, enfermos, eran llevados en brazos o en sillas de mano, usaban muletas o se cubrían el cuerpo de arriba abajo para evitar miradas inquisitivas. No había alboroto, sin embargo: solo se oía el sonido de las flautas, el lloro de algún niño asustado, los cánticos de un sacerdote a la puerta abierta del templo y el murmullo de las conversaciones de los visitantes.

Fue esa mañana, durante su visita al templo, cuando Brighid descubrió la relación entre Sulis, la diosa local del manantial curativo, Minerva, su equivalente romana y Brigantia, otra manifestación de la misma diosa. Descubrir que su diosa estaba allí, aunque fuera bajo otro nombre, era sin duda señal de que la propia Brigantia había planeado aquella visita. Estaría allí, en el pozo sagrado, esperando las palabras de Brighid. Aguardando para atender sus plegarias.

—Ahí arriba, ¿lo ves? —dijo Tulo señalando el tímpano triangular que se alzaba sobre las columnas del templo—. La cabeza de Gorgona, símbolo de la diosa Minerva —rodeada de guirnaldas, victorias aladas y monstruos marinos, la enorme talla en piedra vigilaba desde su altura a las multitudes—. ¿Deseas visitar el manantial sagrado, princesa? —preguntó.

—Sí —contestó Brighid—. Pero, por favor, permíteme entrar sola. No puedo esconderme, Tulo. Mira, si te quedas aquí, podrás verme —la entrada a través del pórtico estaba, de hecho, envuelta en vapor procedente del manantial termal, pues era allí donde el agua brotaba del suelo y era llevada mediante tuberías a las otras estancias.

—¿Acompaño a la *domina*? —preguntó Math.

—No, quédate aquí, muchacho.

Brighid no protestó. Tampoco quería que la acompañara Math.

Esperando a medias encontrarse con un pequeño pozo semejante a las fuentes de agua gélida de su hogar, quedó asombrada al ver cómo habían domeñado los romanos el manantial durante los siglos anteriores para que brotara hacia arriba y se vertiera en un estanque completamente cerrado por una alta bóveda de cañón cuya piedra relucía cubierta de limo verde. Por todas partes brotaban helechos como grandes mechones de pelo, iluminados por la luz del día, que entraba por una abertura cubierta con un arco, en la que el vapor se rizaba en volutas al salir al aire fresco. La superficie del estanque, un óvalo irregular, humeaba y ondulaba como verde vidrio fundido. Al otro lado, Brighid distinguió apenas la silueta de dos ninfas de piedra y, tras ellas, en la pared, tres aberturas por las que la gente se asomaba a mirar las aguas.

En su lado se levantaban al borde del agua tres columnas de piedra con dinteles entre las cuales había dos ninfas más cuyos pies verdes lamía el agua. Junto a ella había una familia mirando hacia el fondo del estanque, donde, cuando se despejaba un poco el vapor, podían distinguirse pequeños objetos esparcidos: oro brillante, cobre y peltre, nada identificable. A su otro lado había una mujer que contemplaba el agua ensimismada y cuyos hombros, cubiertos de lujosos ropajes, sacudía la pena. Cuando levantó una mano para bajarse el velo verde pálido, Brighid vio su muñeca adornada con oro y piedras preciosas, sus manos largas y suaves, sus pestañas mojadas por las lágrimas. Aquella mujer parecía tenerlo todo y sin embargo su angustia era palpable.

Sin pensar en cómo podía interpretarse su gesto, Brighid posó una mano sobre su brazo y, al apretar suavemente, sintió su brazo firme. La mujer, sin embargo, dio un suave respingo como si Brighid hubiera tocado una herida.

—Lo siento mucho —susurró Brighid—, no era mi intención...

La mujer se volvió, rígida, e intentó esbozar una sonrisa. Tenía los labios hinchados de tantos llorar.

—No pasa nada —dijo—. No es nada.

Brighid calculó que tenía unos diez años más que ella y vio que sus ojos enrojecidos eran grandes y oscuros. Su compasión natural la impulsó a saber más de ella, a ofrecerle consuelo, pero probablemente la dama había ido allí a resolver sus problemas por otros medios, y aquel no era lugar para que una desconocida la abordara con preguntas.

Recordando sus propios motivos para estar allí, Brighid decidió no importunar más a la mujer, se quitó una pulsera de oro del brazo y la arrojó en medio del estanque. «Ayúdame, querida diosa, a encontrar la felicidad y a ponerme a salvo antes de que me haga demasiado vieja para disfrutar de la vida. Protégeme a mí y aquellos a quienes amo». No había tenido tiempo de hacer grabar una leyenda en la pulsera, pero Brigantia sabría cuál era su ofrenda. Se quedó allí un rato antes de volver, y entonces se dio cuenta de que la dama se había marchado.

Fuera, Tulo se estaba inclinando sobre un bulto que había en el suelo cuando Brighid se reunió con él, e inmediatamente reconoció el vestido verde claro de la dama cuyo brazo había tocado.

—Se ha desmayado —dijo Tulo, agachándose a su lado—. Supongo que sucede constantemente. ¿Puedes hacer algo por ella, princesa?

—Tráela aquí —ordenó Brighid—. Tiéndela sobre los escalones. Ahora deja que le afloje el velo. Necesita aire. Florian, ve a buscar un poco de agua fría... allí, debajo del peristilo. Max, no te quedes ahí mirando, sal al patio a ver si la silla de la señora está esperando. No sé cómo se llama, muchacho. Ve a preguntar.

—Está muy pálida —comentó Tulo.

—Estaba a mi lado ahí dentro —dijo Brighid—. Pobre mujer.

Los ojos oscuros de la dama se abrieron parpadeando, mojados todavía por las lágrimas.

—Perdón —susurró—. No sé qué me ha pasado.

—Calla, mi señora —dijo Tulo—. Es el cambio de temperatura. No serás la única que se desmaye hoy. Bebe un poco de agua si quieres.

Bebió agradecida mientras observaban su cara. Era un semblante triste y encantador. Tenía ojeras de aflicción bajo los ojos y su piel clara empezaba a mostrar signos de envejecimiento alrededor de la boca. Era todavía una mujer muy guapa, con el espeso cabello castaño oscuro delicadamente plateado.

Math volvió al trote.

—Sí —dijo—, la silla de la señora está esperando junto a la puerta. *Domina* Helena Coronis, se llama.

—¿Tenías que gritarlo para que te oyera todo el mundo? —replicó Tulo mirándolo con enojo—. ¿Puedes decirme, en voz baja, dónde vive la dama?

—En Watercombe, señor —contestó Math, mirando a su hermana—. Quizá convenga que vaya detrás de la silla, para asegurarme de que llega sana y salva.

—No es necesario —dijo la dama—. No está lejos. Ya estoy recuperada, gracias. De veras, estoy perfectamente.

Brighid miró a Math y luego a la dama, que de pronto había cobrado tanta importancia para ella. No podía dejarla marchar sin entablar relación con ella. Aquello era justamente lo que había estado esperando. Si era de Watercombe, sin duda conocería a Helm. Sus plegarias habían sido atendidas al fin.

Pero Tulo tomó la palabra a la señora y, pese a que Brighid intentó convencerlo de lo contrario, se limitó a levantarla en brazos y a llevarla a la silla que la esperaba. Después regresó con aire de estar harto. Durante su breve ausencia, Brighid tuvo que refrenarse para no increpar a su hermano en su lengua haciéndole un montón de preguntas. No soportaba la idea de perder aquella oportunidad, pero estando Florian allí no podía hacer nada, salvo rabiar en silencio y confiar en que surgiera otra ocasión, tal vez al día siguiente.

Pasó el resto del día ofuscada mientras recorrían el balneario, de cuyos baños no podría hacer uso mientras tuviera el menstruo. Cuando les entró apetito, se sentaron en un banco de piedra, en una de las plazas, y comieron castañas asadas, alas de pollo y pan de queso caliente que compraron en uno de los muchos puestos. Brighid se esforzó por mostrarse amable, consciente de que Tulo estaba allí de mala gana.

En realidad, Tulo estaba muy interesado en el complejo sistema de estanques y canales que dirigía el agua bajo el suelo. A ella, en cambio, le interesó más ver cuántos vendedores se alineaban en el recinto, ofreciendo todo lo que pudiera necesitar el visitante, ya fueran joyas, talismanes y amuletos para lanzar como ofrenda al manantial sagrado, o monedas y tabletas de plomo que se grababan en el momento con el mensaje elegido y maldiciones escritas en la parte de atrás. Había escudillas de peltre y plata para hacer libaciones ante los altares, figurillas de bronce de dioses y diosas, gemas de todos los colores. Pero lo más fascinante de todo era el puesto que vendía una panoplia de exvotos de metal diseñados conforme a las características del comprador: piernas y pies diminutos, una oreja o un dedo, un pecho o una cabeza, en plata o peltre, según las dolencias y el bolsillo del comprador. El tenderete del perfumista era como un enjambre de abejas, zumbaba de excitación, apestaba a perfume y brillaba repleto de vidrio de colores, y Brighid habría gastado un poco más del dinero del tribuno si no hubiera tenido la cabeza en otra parte.

Llegaron al mercado, donde compró varias varas de lino fino con reborde bordado, madejas de hilo para coser, redecillas para el pelo, dos pares más de sandalias de cuero, lana para hacer un manto y una bolsa de piel lo bastante grande para meter en ella sus pertenencias. Cuando le llegara el momento de irse, estaría preparada y vestida para impresionar.

Tulo, por su parte, no tuvo suerte: sus pesquisas para encontrar nuevo alojamiento no dieron resultado. Al parecer, tendrían que soportar otra noche ruidosa. A Brighid, sin embargo, no le importó: seguía alterada por lo que había visto y por su encuentro con Helena Coronis, de Watercombe. Si hubiera podido hablar con la dama en privado...

De vuelta en sus habitaciones, a las que Quinto no había regresado aún, ordenó a los guardias que no dejaran entrar a nadie y, mientras se lavaba de pies a cabeza, vio con alivio que casi había dejado de menstruar.

Ya seca, se llevó las telas recién compradas a la ventana y se cubrió con ellas para ver el efecto que hacían sus brillantes colores sobre su piel. Notó que una de las piezas tenía un hilo fuera y estaba intentando volver a meterlo en la trama, con la cabeza agachada, cuando se abrió la puerta.

—¡No! —gritó—. ¡He dicho...!

Demasiado tarde.

—Sí —dijo Quinto—, ya lo he oído. ¿Puedo pasar, princesa? —ya estaba cerrando la puerta a su espalda, absorto en la visión de su espalda desnuda.

La luz le caía sobre la melena suelta, como en su primer encuentro, y así le habría gustado verla entonces: enfadada, pero desnuda. La grácil curva de sus caderas, sus muslos largos y tersos, el suave color de melocotón de su piel en contraste con los adornos de oro y las telas de colores la hacían parecer una diosa fiera y salvaje, indignada por verse interrumpida, pero temerosa de la debilidad de su posición.

—No —dijo, subiendo las telas para cubrirse—. ¿No puedes esperar, señor?

El rostro de Quinto reflejó sus pensamientos como un espejo mientras se acercaba a ella. Había tenido un día muy largo y exasperante, y le habría gustado que lo recibiera de otra manera.

—Creo que he sido muy paciente por haber esperado hasta ahora, mujer. ¿No te parece? A estas alturas, lo normal es que el dueño de una esclava ya conozca mucho mejor lo que ha comprado.

—Tú no me compraste. No... ¡No te acerques! No puedes...

—Está bien, fuiste un regalo, pero aun así eres mía. ¿Qué has estado haciendo todo el día? ¿Qué has comprado? ¿Esto? —le quitó de las manos el lío de telas y lo levantó—. Umm, has elegido bien los colores.

No le dejó modo alguno de esquivarlo. Entre ellos solo se interponían ya el fresco olor a aire libre de Quinto y el levísimo roce de su toga de lino blanco sobre los pechos de Brighid.

—No puedes verme así, tribuno —le reprendió ella tapándose con las manos, a pesar de que sintió que la reacción de su cuerpo desmentía sus palabras.

Quinto ya la había visto así, pero eso no le daba permiso para verla de nuevo desnuda.

Él la agarró de las muñecas y se las apartó, subiéndolas hasta apretarlas contra la pared, por encima de su cabeza. Las sujetó allí al tiempo que se apoderaba de su boca y bebía con ansia de sus labios, como si estuviera muerto de sed. El aliento de ambos se mezcló dulcemente y una punzada de anhelo inundó los pulmones de Brighid.

En su afán por escapar, había intentado olvidarse de aquellas experiencias físicas recién descubiertas. No podía permitirse esa distracción. Pero su cuerpo se negaba a cooperar, ardía como yesca seca a la primera caricia de Quinto, temblaba anhelante y todo pensamiento escapaba de su cabeza, convertido al instante en impúdica rendición. Cuando él deslizó la mano libre por su cadera y su muslo y siguió adelante, hasta el hueco entre sus piernas, Brighid sintió una sobrecogedora oleada de excitación antes de gemir para protestar contra sus besos.

—No... Ah, no, mi señor... No, ahí no. ¡No, por favor!

—Ya no tienes el menstruo —musitó él sin apartar la mano.

—No me he bañado. Mañana, quizá. Dame más tiempo.

—No estoy seguro de que pueda darte más, mujer —apartó la mano y la soltó con un gruñido—. ¿Esa agua todavía está caliente?

—Sí, mi señor —contestó, enfurecida por su propia debilidad.

—Entonces lávame antes de que cenemos. Ya que no puedo ir a bañarme ni puedo satisfacerme de otro modo, al menos quiero que me sirvan. Y si mañana piensas visitar los baños, hazlo temprano. Vais a venir conmigo a visitar a un ingeniero de aguas. A Tulo le interesará, y no pienso dejarte aquí —se fue desvistiendo mientras hablaba, se sacó la túnica por la cabeza, tensando los músculos y los tendones, y se desnudó ante ella con una naturalidad que daba a entender lo poco que le importaba que estuviera excitada o no.

Brighid se apresuró a ponerse su camisa y a lavarlo, consciente de que él podría haberse aseado mejor solo y de que aquel era otro modo de servirse de ella. Tuvo la sensación de que quería avergonzarla obligándola a ver esas partes de su cuerpo que aún no se habían recuperado de su breve encuentro amoroso. Aunque era un fenómeno que no le sorprendía, Brighid se sintió más ofendida que avergonzada, pues Quinto no podía haber olvidado que seguía siendo virgen y que, hasta que tuviera experiencia, el miembro que mostraba con tanto orgullo era para ella más una amenaza que un deleite.

Cuanto más tardaba en asearlo, con muy poca ayuda por parte de Quinto, más se fue enojando por su súbita transformación de cariñoso compañero de lecho en irascible dueño de esclavos. Le pidió cortésmente que se inclinara para que pudiera llegar a su cuello, buscó a tientas a su espalda el cubo de agua fría que le había llevado el mozo, lo levantó y se lo vació encima de la cabeza y los hombros.

—Ya está, mi señor —gruñó—. Creo que esto refrescará las cosas un poco.

Quinto dio un brinco digno de un atleta olímpico y, soltando un alarido, se volvió para mirarla, estupefacto.

—¡Serás... serás... bárbara! —exclamó—. ¿Por qué has hecho eso?

Brighid había soltado el cubo a la velocidad del rayo y había retrocedido medio empapada al fondo de la estancia, desde donde lo miraba como una tigresa.

—¡Por ti, pedazo de bruto! —gritó—. Llevabas días buscándotelo. Y si tienes la cara dura de pedirme que te cure la condenada herida, más vale que te andes con ojo, porque pienso cauterizártela con un hierro candente.

—Pásame una toalla, fiera descarada.

La toalla, hecha un gurruño, golpeó su oreja con fuerza antes de que acabara de hablar.

—Se dice «por favor» —le recordó ella.

—Seca esto o el agua traspasará el suelo —ordenó Quinto.

—Sécalo tú. Es tu baño, no el mío.

Se quedó mirándola.

—¡Pequeña arpía! Haz lo que te digo.

—¡Vete al infierno!

Quinto cruzó el suelo mojado, abrió la puerta de golpe y pidió a gritos que los dos mozos subieran inmediatamente. Se precipitaron en la habitación y miraron con ojos desorbitados el charco de agua en medio del cual se erguía su señor y a la *domina* con su camisa mojada. Tenían catorce años y no carecían de inteligencia. Cuando comenzaron a secar el agua del suelo, sus risillas casi histéricas se descontrolaron y pronto empezaron a correrles lágrimas por las mejillas rosadas, acompañadas por suaves gemidos. A su señor nunca le había pasado nada parecido. Pero mientras secaban el suelo y escurrían los trapos, riéndose por lo bajo y mirando de reojo a su señor, notaron que los hombros del tribuno, que se estaba frotando la cabeza con una toalla, se sacudían y que varias veces tuvo que sofocar una carcajada con la toalla.

La *domina* estaba doblando sus telas nuevas y guardándolas en una bolsa grande de cuero. Las golpeaba con furia, y la camisa mojada se le pegaba seductoramente a las rodillas. Quinto cerró la puerta cuando salieron los mozos.

—¿Para qué es eso? —preguntó, riendo todavía.

Brighid no levantó la mirada.

—Para el mercado. Voy a devolverlas. Te devolveré

tu dinero. Puedo pasar sin nada tuyo, sin tus miserables regalos. Puedo conseguir cosas mucho mejores de mi gente, y allí nadie me trataría como si fuera una criada.

—No te vayas, bárbara —dijo él en tono provocador—. ¿Quién va a ponerme en mi sitio si te vas? ¿Quién cuidaría de mis heridas? ¿Quién calentaría mi cama? ¿Quién honraría mi diván durante la cena y cabalgaría...?

—¿Quién te lavaría los pies y soportaría tus...?

—Calla, muchacha. Se acabó. Déjalo —la levantó en brazos antes de que pudiera apartarse—. No era mi intención...

—¡Claro que era tu intención! Sabías lo que hacías. Soy una princesa, romano, y no voy a permitir que me trates como a una ramera con la que poder satisfacerte después de un día de trabajo. Búscate una chica, hay un burdel en esta misma calle.

—No pienso hacerlo mientras te tenga a ti —susurró mientras la mecía en sus brazos—. No debería haberte atormentado. Ahora cálmate, fiera, y ponte una de tus túnicas nuevas. Mañana quiero presumir de ti cuando hagamos nuestra visita. Vamos, muchacha. Olvida tu enfado, ¿quieres?

—No quiero ir de visita. No me interesan los ingenios de agua.

—Ese hombre tiene un gran jardín con fuentes, y su esposa dirige un centro medicinal. He pensado que te gustaría verlo.

—Ya he viajado suficiente —¿un centro medicinal?

—No está lejos. Es un sitio llamado Watercombe y está lleno manantiales.

Brighid contuvo la respiración. Allí estaba otra vez: Watercombe, donde tal vez encontrara por fin al hombre que podía rescatarla. Allí conocían a Helm. Era un milagro. Y Helena Coronis también estaría allí. «Gracias, Brigantia».

—Iré —dijo en voz baja—, porque no quiero quedarme aquí sola.

Quinto besó con ternura su frente.

—Bien. Ahora, ponte algo decente y bajemos a cenar. Estoy muerto de hambre y huele muy bien.

Pero ¿por qué, se preguntó Brighid, si la señora de Watercombe dirigía un centro medicinal, había ido a pedir ayuda al manantial sagrado de Sulis-Minerva?

Ocho

Había caído un aguacero durante la noche y el campo estaba inundado de bulliciosos arroyos y hierba brillante, y un sol cegador se reflejaba en las paredes encaladas. Era Aprilus con sus mejores galas, ataviado para celebrar su corto viaje a Watercombe, una villa construida sobre una colina boscosa repleta de fuentes naturales.

Esa noche, Brighid había vuelto a tener un mal presentimiento, a pesar de su alegría por haber encontrado Watercombe sin ningún esfuerzo por su parte. Se había fingido reticente, pero había puesto gran esmero en su vestido y su peinado, consciente de que el tribuno pensaría que lo había hecho por él, no por uno de los muchos huéspedes que visitaban Watercombe. Si Helm no estaba allí, tendría que buscar una excusa para hacer otra visita.

Había ido a los baños esa mañana temprano. Le habían dado un masaje completo, le habían lavado el cabello, le habían aplicado afeites y tónicos para la piel, le habían hecho la pedicura y la manicura, y finalmente había hecho otra visita al santuario por si encontraba allí a la señora Helena. Incluso había preguntado si alguien la conocía, pero nadie pudo ayudarla hasta que preguntó al hombre que vendía exvotos. El vendedor levantó la mirada con una sonrisa.

—Estos exvotos se hacen en Watercombe —le dijo—, en el centro curativo de la señora Helena. Los hago yo mismo.

No había habido más explicaciones, pues Tulo se había acercado en ese momento y Brighid no quería que supiera que tenía especial interés en aquel lugar.

Ahora, al acercarse a Watercombe desde el valle de más abajo, vio que la villa era mucho más grande de lo que habían supuesto: un amplio complejo de edificios encalados, situado en la ladera de la colina, con tejados rojos que brillaban al sol y jardines dispuestos en bancales por los que los huéspedes paseaban o se sentaban junto a relucientes estanques de agua azul. Otros visitantes subían a caballo o a pie por la colina, pisando charcos llenos de barro, abrumados por el peso de la vejez y la enfermedad. El grupo del tribuno, por su parte, no tenía ese problema. El día anterior, Quinto solo había tenido que mencionar cuáles eran sus motivos de salud para visitar Aquae Sulis y añadir que sus alojamientos dejaban mucho que desear para que los hombres de la oficina de tributos le informaran de que en Watercombe podía resolver fácilmente ambos problemas. ¿Por qué no iba a hacer una visita? Cuando le habían dicho, además, que el dueño era el brillante ingeniero hidráulico que se ocupaba de las instalaciones acuáticas de la ciudad, Quinto había comprendido que Tulo querría ver la villa tan pronto fuera posible. Si la princesa no hubiera tardado tanto en arreglarse, Tulo, que también había oído decir que la villa tenía unos jardines admirables y era un centro de culto para los peregrinos, habría partido una hora antes.

El camino los condujo por un lado de la villa, pasando frente a una serie de casas de baños adosadas a un bloque de dos plantas que se alzaba en un extremo del atrio. Allí les dieron la bienvenida. O bien, pensó Brighid, el mayordomo recibía a todo el mundo con la misma efusión o, más probablemente, los habían visto acercarse desde lejos. A fin de cuentas formaban un grupo de noble aspecto, con cuatro esclavos contando a Math, y suficientes caballos para dar a entender que gozaban de una situación desahogada. El mayordomo los juzgó de un solo vistazo con sus ojos astutos y se inclinó lo justo para que su amabilidad no pudiera confundirse con servilismo.

—Bienvenidos, señores míos —dijo, habiéndose fijado en las bandas púrpura de Quinto—. Bienvenidos a Watercombe. Y bienvenida sea también la dama. ¿Es vuestra primera visita? —volvió a fijar la mirada en Quinto como si no estuviera muy seguro de qué estatus ocupaba la dama.

—Quinto Tiberio Marcial —dijo él—, tribuno. Sí, es nuestra primera visita a Watercombe –«como si lo no supieras ya», añadió para sus adentros.

—Mi señor —repitió el mayordomo, e inclinó la cabeza de propina—, nos sentimos muy honrados —chasqueó los dedos para llamar a un esclavo—. Pregúntale a la señora Helena si haría el favor de venir al atrio. Tenemos unos invitados muy distinguidos a los que querrá saludar personalmente. ¡Date prisa, muchacho! —se volvió hacia Quinto—. Si el señor me acompaña, podremos hablar más cómodamente. Ahora llevarán vuestros caballos a los establos. No temáis por su bienestar. Tenéis una yegua muy hermosa, mi señora.

—En efecto, es muy hermosa —dijo Brighid, complacida por la deferencia con que la trataba. En su hogar siempre la habían tratado así, aunque la magnificencia de aquel lugar estaba muy por encima: las tejas y las tapias encaladas de la villa resplandecían, los suelos de mosaicos y las paredes pintadas de colores brillaban, y había pulcros cuadrados de césped con grandes abetos. En el atrio había un estanque cuadrado con un surtidor central mucho más potente que los que había visto Brighid hasta entonces: desaparecía en el cielo azul como un chorro de luz brillante. Su padre se habría quedado atónito.

Satisfecho al comprobar que la dama del tribuno entendía el latín, el mayordomo indagó un poco más:

—¿Habéis venido a probar las aguas, o se trata de una visita de cortesía? Si es lo primero, puedo mandar a buscar a nuestro médico jefe para que os atienda de inmediato.

La señora Helena apareció en ese instante, ahorrando a Quinto el tener que contestar a la pregunta del mayordomo antes de haber visto lo que ofrecía la villa. Preguntar por el precio era absurdo, pues allí nada sería barato: los peregrinos que iban a pie sin duda habrían pasado años ahorrando para visitar aquel lugar. El semblante de su anfitriona no presentaba indicio alguno de su indisposición del día anterior, ni dio señales de reconocer a cuatro de los miembros del grupo. Al parecer, no quería que el mayordomo supiera que la víspera había visitado Aquae Sulis. Mientras se daban instrucciones, ninguno de ellos le preguntó si se había repuesto, pues comprendieron por su aspecto que, fuera lo que fuese lo que le ocurría, ya se le había pasado, aunque siguiera teniendo profundas ojeras. Su sonrisa casi radiante mostraba unos dientes regulares y blancos, muy raros en una mujer de sus años.

—Señores míos —dijo—, sed bienvenidos. ¿Venís de muy lejos?

Varios esclavos cargados con bandejas habían entrado tras ella en el atrio. Portaban jarros de plata y delicados frascos de vidrio con soportes de peltre agujereados. Se mezcló el vino con agua y se repartió junto con galletas y dátiles, y se colocaron escudillas con agua y un montón de servilletas para limpiarse los dedos pegajosos. Al parecer, la curación comenzaba por una buena higiene. Se sentaron a hablar en sillas de mimbre mientras Florian, Math y los dos mozos se quedaban a un lado a la espera de instrucciones. Brighid notó que la señora evitaba mirarla a los ojos y que hablaba casi exclusivamente con los hombres, hasta que Quinto le dijo que la princesa era su sanadora personal. Entonces Helena la reconoció de pronto, y a Brighid le dieron ganas de reír al ver su expresión de perplejidad.

—¿De veras eres sanadora? —preguntó Helena Coronis, mirando más atentamente a su elegante invitada—. No eres de esta parte del país, ¿verdad, princesa? —había algo en su forma de hablar, en su mirada recelosa y en su rigidez que hizo que Brighid recordara sus temores y sopesara con mucho cuidado lo que decía.

—Provengo del Norte, mi señora, pero ayer descubrí que mi diosa está representada en el santuario de Sulis-Minerva, de modo que, como veis, estoy bien guardada.

Helena Coronis sonrió amablemente, como si le impresionara el tacto del que hacía gala Brighid.

—Debemos compartir experiencias —dijo, y volvió a fijar su atención en Quinto—. ¿Has venido a resolver un problema concreto, mi señor, o solo para prevenir futuros males?

Quinto miró en silencio a Brighid antes de responder:

—Tengo una vieja herida que ahora está respondiendo al tratamiento, pero...

—Pero que se curará mejor si tomas las aguas —lo interrumpió Brighid enérgicamente, consciente de que Quinto se disponía a quitar importancia a su lesión. Y no quería que le quitara importancia. Ya que había llegado hasta allí, podía servirse de la herida del tribuno como excusa para quedarse en Watercombe. De ese modo tendría tiempo de hacer planes—. Esta misma mañana le he dicho a mi señor que le haría mucho bien nadar todos los días.

Quinto clavó los ojos en ella, y el breve silencio que se hizo antes de que le diera la razón convenció a Brighid de que había entendido el mensaje: quería quedarse allí.

—Sí, lo sé. Pensaba nadar todos los días en los baños públicos, pero no estamos satisfechos con nuestros aposentos. Hay demasiado ruido.

—Necesitas un entorno apacible, tribuno —dijo la señora Helena—. Sé cómo son esos apartamentos. Rústicos y viejos, un entorno poco aconsejable para un proceso de curación. ¿Por qué no echáis un vistazo por Watercombe? Todavía tenemos habitaciones disponibles esta temporada, y no tenéis por qué comprometeros a nada hasta que hayáis visto lo que ofrecemos. Aquí todo el mundo es bien recibido, aunque solo sea para reposar.

Su mirada se posó un momento en Tulo, y Brighid comprendió que estaba recordando que el día anterior aquellos fuertes brazos la habían llevado a su palanquín como si fuera una niña. Casi de inmediato su mirada se deslizó hacia Brighid y señaló con un ademán elegante la pared pintada de verde que había tras ellos, en donde varias hornacinas contenían figurillas de dioses y diosas con lámparas encendidas ante ellas.

—¿Veis?, nuestros lares representan a la mayoría de las deidades. Intentamos suplir todas las necesidades de nuestros huéspedes, sean cuales sean. Alimenticias o religiosas.

—¿Cuánto tiempo llevas viviendo aquí? —preguntó Tulo.

A Brighid le pareció que la señora se sonrojaba un poco antes de contestar ambiguamente:

—Unos cuantos años. Empecé con mi primer marido, pero es mi actual marido quien ha convertido esto en lo que es. Es ingeniero hidráulico, ¿sabéis? Ha construido Watercombe casi desde la nada. Bien, ¿queréis que demos un paseo? Os enseñaré primero las salas de curación, que son las que están más próximas. Por aquí.

Brighid ya había comenzado a recoger los frutos de su transformación de princesa bárbara en presunta ciudadana romana, pero de pronto vio otra faceta de su nuevo estatus como sanadora personal del tribuno. Mientras los seguía un paso por detrás de ellos, pensó que, de no estar tan decidida a encontrar a su pretendiente, no le costaría ningún esfuerzo acostumbrarse a ser la mujer de Quinto Tiberio Marcial. Esa noche había yacido de nuevo en sus brazos, quizá por última vez, y aunque él no se había aventurado más allá que otras veces, sus besos podrían haberla persuadido fácilmente de que le entregara su virginidad. Tras haberse conservado con tanto celo, solo esperaba que Helm supiera apreciar el peligro que había corrido. Y confiaba en que la espera valiera la pena.

Sin apartar la mirada de la figura marcial del tribuno, se preguntó si su angustia de las noches anteriores era un aviso de que, cuando se separaran, llevaría una vida aún más constreñida que antes. ¿Estaba haciendo lo correcto? ¿Había una alternativa mejor? ¿La conservaría el tribuno a su lado el tiempo que le conviniera y se buscaría luego una mujer de su clase, una mujer de buena familia, bien relacionada, rica y cultivada? ¿Estaba empezando a quererlo? ¿Eran imaginaciones suyas o Quinto caminaba otra vez con una leve cojera?

Interrumpió sus cavilaciones la aparición de Carina,

la hija de Helena, una niñita de cuatro años tan guapa y morena como su madre, que al instante se sintió atraída por Brighid, por sus exóticos ornamentos y su pelo trenzado, y le dio la mano como si de ese modo pudiera participar de su belleza. Un poco más tarde, cuando nadie las oía, Carina le contó alborozada que los preciosos suelos de mosaico se hacían en talleres locales, y que su mamá pensaba que las bailarinas que aparecían en ellos deberían llevar algo de ropa.

Hicieron una breve visita a la sala de curación y el templo, hablando en voz baja. Los pacientes ocupaban pequeños reservados para consultar en privado con señoras vestidas de blanco y con un anciano de cabello cano. Fuera esperaba pacientemente un nutrido grupo de gente. Los visitantes quedaron impresionados por el funcionamiento del balneario, donde todos los problemas de salud se trataban mediante la interpretación de los sueños, la hidroterapia, la meditación, la toma de medicinas, la adivinación, los masajes y los buenos consejos. Debían de emplear a numerosos especialistas, comentó Brighid.

—Sí. También tenemos un sacerdote —le dijo Helena Coronis, señalando el edificio que estaba dedicado al culto—. Y un experto en sueños. Es una fase importante de nuestro tratamiento por la que pasan casi todos nuestros huéspedes a fin de descubrir la causa de sus dolencias. Allí están las habitaciones en las que se quedan a dormir una noche bajo supervisión. En las casas de baños tenemos una sala de masajes, otra de aromaterapia y tratamientos faciales y corporales, el gimnasio, el quirófano y la sala de partos...

—Y la perfumería, mamá. Es la que a mí me gusta más —comentó Carina, agachándose para mirarse en un estanque de agua verde.

Caminaron por senderos de grava y subieron por una escalinata de piedra blanca que les llevó a los niveles superiores, donde los estanques relucían llenos de nenúfares y de peces dorados y anaranjados. Todas las fuentes tenían un diseño distinto, había cascadas que caían desde muros de contención cubiertos de helechos y Carina les señaló alegremente los diversos manantiales que alimentaban los estanques y discurrían en canales hacia las casas de baños.

—Lo ha hecho papá —dijo muy orgullosa—. Es muy listo. Lo sabe todo sobre el agua.

Lucano señaló unos tejados de tejas rojas que se veían entre los árboles.

—Oigo golpes de martillo —dijo—. ¿Qué hay allí? ¿Están levantando nuevos edificios?

—Son los talleres —respondió la señora Helena—. Para el mantenimiento. También hay un molino de agua para hacer harina, un granero y varios almacenes, un gran huerto donde plantamos nuestras verduras, un horno y secaderos para el grano. Mi marido ha hecho maravillas estos últimos años —posó distraídamente una mano sobre su brazo, el mismo brazo que Brighid había tocado el día anterior.

Mientras la señora desviaba rápidamente la cara, Brighid tuvo la impresión de que las alabanzas que dedicaba a los esfuerzos de su marido eran como un ensalmo que había aprendido a recitar cuando se le preguntaba. A su tono le faltaba la convicción de una esposa que estuviera verdaderamente orgullosa de su marido.

Pensando en lo sucedido la víspera, Brighid se dijo que Helena se esforzaba por parecer satisfecha con su bella casa y su floreciente negocio. Era indudable que el negocio debía darles dinero: todo indicaba que la familia era muy rica. La *stola* de seda azul de Helena tenía el reborde bordado con hilo de oro, y sus pendientes eran de oro y lapislázuli. Sin duda disfrutaba de grandes riquezas y comodidades materiales de todo tipo y, si estaba enferma, no podía encontrar mejor lugar que aquel para restablecerse.

Resultó que el espacioso edificio de dos plantas junto al que habían pasado al llegar albergaba los apartamentos de los huéspedes y se comunicaba con la casa de baños y el gimnasio, y la diferencia entre aquellos bellos aposentos y los que habían ocupado las dos noches anteriores era tan grande que Quinto comprendió de inmediato que el gasto extra estaba justificado. El resto de su séquito, dijo, podía seguir alojándose donde estaba, en Aquae Sulis. Ya se había percatado de la admiración con que Brighid miraba las pinturas de las paredes, la decoración en verde y blanco y los elegantes muebles. Había un sofá de madera labrada con una manta blanca y enormes cojines verdes, un piel de tigre en el suelo, un candelabro de bronce y una estufa de patas altas para caldear la habitación las noches de frío. En una mesa baja había una jarra de plata, cálices de plata y un jarrón lleno de rosas tempranas. En una hornacina se veía una figurilla de bronce de la diosa Venus con las nalgas relucientes como manzanas, puesta allí, supuso Brighid, para ayudar a las parejas que tenían problemas para concebir.

Tulo y Lucano se fueron a visitar el gimnasio, y Helena Coronis los llevó de vuelta al atrio para ocuparse del traslado de sus cosas desde la ciudad. La aparición de dos jóvenes damas tomadas del brazo atrajo la atención de Brighid. Helena Coronis las saludó con una sonrisa desde el otro lado del estanque.

—Mi hija mayor —comentó— y una de nuestras huéspedes fijas.

—¿Tu hija? —preguntó Brighid mientras veía como Carina corría hacia las jóvenes y las tomaba de las manos—. Pensaba...

—De mi primer matrimonio. Clodia tiene ya diecisiete años. La otra muchacha es Dora, diminutivo de Theodora. Se aloja aquí hasta que dé a luz. Una chica encantadora. Su esposo es amigo nuestro.

—Veo que tus hijas se llevan muy bien.

—Sí, gracias a los dioses. Son los grandes amores de mi vida —afirmó espontáneamente, y no se molestó en corregir su afirmación para incluir también a su marido, como si le importara muy poco lo que se pensara al respecto.

—Eres afortunada —comentó Brighid mientras Quinto se alejaba para hablar con Florian.

—Supongo que sí —la dama suspiró—, comparada con algunas personas desgraciadas que vienen aquí. Pero quería darte las gracias por... bien...

Brighid movió la cabeza.

—Las dos somos sanadoras —dijo—. Tal vez podamos hablar en algún momento.

—Por eso me gustaría que te quedaras aquí un rato si tu señor lo permite. Tu... eh... el tribuno todavía necesita atenciones, ¿verdad?

—Ejercicio, sobre todo. Ese de ahí es Florian, su masajista. Pero el tribuno también necesita descanso. Estará mejor en Watercombe que en los baños públicos.

Al mirar al tribuno, ambas pensaron que no le ocurría nada que no pudiera remediar un poco de ejercicio. Pero Quinto estaba enfrascado hablando con Florian y Math como si hubiera algún problema a la vista. Con los brazos en jarras, miraba airado a los dos muchachos, y Florian parecía a punto de llorar.

Brighid pensó de inmediato que Quinto estaba despidiendo a su hermano, como había dicho que haría cuando llegaran a Aquae Sulis. No debía interferir, y sin embargo ahora necesitaba más que nunca la ayuda de Math. Se acercó a ellos.

—Por favor, mi señor —suplicó Florian con los ojos llenos de lágrimas—, ¿ni unos días más? Me ha ayudado tanto... Por favor...

Quinto se volvió a medias hacia Brighid como si esperara que ella intercediera.

—Ha sido de gran ayuda —dijo ella intentando parecer imparcial—. Y Florian va a necesitar un compañero en una ciudad extraña. Quizá Math pueda ser mi ayudante personal.

—Ah, sí, señor —dijo su hermano—. Podría servir muy bien a la princesa, te lo aseguro. La protegería encantado allá donde fuera si me lo permites. Más que encantado.

—¡Ja! —exclamó Quinto cínicamente—. En ese caso tendrías que espabilar mucho, muchacho. Estás siempre en las nubes.

—Dale una oportunidad —susurró Brighid—. Solo mientras estemos aquí.

—Deja de berrear, hombre —le dijo Quinto a Florian—. Puedes quedarte con tu amigo y la princesa con su nuevo ayudante, y tú —añadió mirando a Math con enojo— más vale que te ganes tu pan o tendrás que largarte. Ahora volved a la ciudad y traed aquí nuestras cosas —pasó el brazo por los hombros de Brighid en un extraño gesto de afecto, mal visto en la sociedad romana, incluso entre las parejas casadas—. Y tú, mi bella esclava —añadió en voz baja—, más vale que también te ganes tu manutención si quieres quedarte en este sitio tan caro. No salgas por ahí con ese cabeza hueca a no ser que también os acompañe Florian. Se deshace en promesas, pero sé muy bien por qué quiere quedarse.

—¿Sí? —Brighid sintió una tirantez en el pecho.

—Por supuesto que sí. Ah, señora Helena, ya está todo arreglado. Dentro de un par de horas estará aquí nuestro equipaje.

Unos instantes después, cuando Tulo y Lucano se reunieron con ellos, se encontraron con el esposo de Helena Coronis. Iba paseando por el camino de grava, flanqueado por su hijastra y la amiga de esta. Se reían de alguna broma privada y no vieron al grupo que rodeaba a Helena hasta que estuvieron a unos pasos de distancia, de modo que Brighid tuvo tiempo de observar atentamente al hombre del que su familia estaba tan orgullosa. El hombre que era amigo de Helm.

Formaban un trío interesante. Clodia era bonita, esbelta y larguirucha, con el cabello muy largo. Su amiga Dora, en cambio, lo llevaba muy corto, lo cual era señal casi inequívoca de que era una antigua esclava. Allí había algún misterio, se dijo Brighid, pues las esclavas embarazadas no solían recibir ningún trato especial, a no ser que... ¿A no ser que qué?

Brighid había dado por sentado que el esposo de Helena sería más o menos de la misma edad que ella, de modo que se llevó una sorpresa al ver a un hombre más joven, fornido y atlético. No era tan alto como Quinto, quizá porque llevaba el pelo cortado casi al rape, y aunque tenía un aspecto severo parecía rebosar salud. Al levantar la mirada sus ojos azules calibraron de un vistazo al grupo que tenía delante, deteniéndose un momento en Brighid antes de adelantarse a sus dos acompañantes para inclinarse respetuosamente ante Quinto, cuyo rango pareció reconocer de inmediato.

—Mi señor —dijo Helena—, permíteme presentarte a mi esposo, Publio Cato Valens. El tribuno Quinto Tiberio Marcial.

—Mi señor.

—Y sus dos amigos, Lucano y Tulo.

—Señores.

—Y la princesa Brighid, sanadora del tribuno.

—Princesa —era demasiado diplomático para dirigirse directamente a ella haciendo apenas un instante que la conocía, de modo que dirigió su comentario a

Quinto—: Nuestros huéspedes vienen acompañados de sus médicos de vez en cuando, mi señor. En mi opinión, las comparaciones son siempre saludables.

—Watercombe sale muy bien parado, si lo comparamos con nuestros aposentos en la ciudad. Esto es precioso, Valens.

—Ah, entonces os alojáis en Aquae Sulis. ¿Por negocios o por placer?

—Tu esposa ha tenido la amabilidad de ofrecernos habitaciones aquí, lo cual es motivo de especial contento para mi amigo Tulo. Le interesa mucho el uso que hacéis de las aguas.

Valens clavó un instante sus ojos azules en su esposa antes de volver a adoptar una expresión de educado interés, pero Brighid sintió que Helena se tensaba ligeramente.

—Excelente —dijo él—. Entonces vais a quedaros con nosotros. Estoy seguro de que mi esposa hará que os sintáis como en vuestra casa. Conoce como nadie el arte de la hospitalidad y yo personalmente os enseñaré el sistema hidráulico cuando lo consideréis oportuno. Tal vez el tribuno nos haga el honor de cenar con nosotros esta noche antes de que empiece su tratamiento. Puede que después los médicos decidan que ha de hacer ayuno, ¿quién sabe?

Quinto sonrió.

—Mi última oportunidad, entonces. Gracias.

—¿Conoces ya a mi hijastra, mi señor? Clodia, ven aquí.

Tímida, pero deseosa de complacer a su padrastro, Clodia se dejó presentar a los nuevos huéspedes y luego fue a colocarse junto a su madre. Helena estiró entonces el brazo para atraer a la joven Dora a su lado como si quisiera proteger su barriga de la curiosidad de sus huéspedes.

—Y Theodora —dijo amablemente— se aloja con nosotros hasta que pueda reunirse con su marido. ¿Es mañana cuando llega, querida mía?

—Sí, mi señora —susurró Dora—. Eso creo.

—¿Viene de lejos? —preguntó Quinto.

Valens se apresuró a responder:

—Bien, Helm tiene sus propias reglas. Sale por ahí por asuntos familiares. Ya lo conoceréis.

¿Helm? Aquel nombre golpeó a Brighid como un mazazo, resonó en su cabeza, en medio del vacío, mientras a su alrededor la gente seguía articulando palabras que ella no oía. Sintió que un frío helador se difundía por sus miembros, por su cara, por su lengua, hasta por sus pensamientos. Helm... El marido de Dora. Su esposa. ¿Su esposa?

—Princesa —la voz de Quinto pareció llegarle desde el fondo de un túnel—, ¿te ocurre algo?

El grupo había empezado a alejarse por el camino, charlando. Empezó a sentirse mareada y a tener náuseas, pero comprendió que debía refrenarlas. Nadie debía enterarse.

—¿Qué ocurre, muchacha? Dímelo —Quinto la hizo volverse en dirección contraria y Brighid caminó a su lado como en un sueño.

Notaba un nudo en la garganta y boqueaba como un pez fuera del agua, intentando respirar.

—Dímelo —insistió él.

—No puedo. No... no puedo. No me lo preguntes.

—Te lo estoy preguntando —como ella se limitó a sacudir la cabeza, la agarró del brazo y la condujo por un sendero que llevaba a la casa de invitados. Un camino emparrado conducía a la entrada de su habitación en la planta baja.

Había tanto silencio que Brighid oyó el latido de su corazón, el crujido que hizo su mundo al girar sobre su eje. Sus planes, su futuro se habían venido abajo. ¡Qué necia había sido al pensar que podía marcar su propio destino cuando los hombres tenían siempre la sartén por el mango! Mantenerse pura para él... Viajar tanta distancia en su busca... Renunciar a su dignidad, a su identidad, a su orgullo... Sin duda a aquello se debían sus malos presentimientos.

Para eso habían valido sus plegarias.

Una cosa era segura: debía alejarse de allí lo antes posible.

Quinto cerró la puerta y se quedó allí de pie, esperando. Ella se detuvo en medio de la habitación. No quería tocar nada.

—Tenemos que irnos... No, yo tengo que irme. Tienes que liberarme. No puedo quedarme. Lo siento. No puedo quedarme aquí, de veras. Esos presentimientos estaban en lo cierto —abrió las manos y recorrió la elegante habitación con la mirada. Era por Helm por quien se había transformado, y él se había casado con una esclava de cabeza afeitada. ¡Cómo se reiría cuando la viera!

Se llevó las manos a la cara mientras pensaba frenéticamente.

—¿Qué has visto? —preguntó él—. Dime qué es. Si no me lo dices, no podré ayudarte. ¿Es por él, por Valens? ¿O es por la chica... por la esclava? ¿Porque está encinta? ¿O es por el marido, el que va y viene?

Brighid sofocó un gemido con las manos y tembló incontrolablemente.

—Deja que me marche —musitó—, por favor.

—¿Es así como se comportan las princesas de los brigantes, entonces? ¿Huyendo cuando las cosas se tuercen? ¿Tu padre se habría enorgullecido de eso?

Ella bajó las manos bruscamente al oírlo.

—¿Si se habría enorgullecido? —murmuró—. Entonces, lo sabes. Lo has sabido desde el principio y no me has dicho nada. No te importaba nada mi duelo. ¿Cómo has podido? ¿Cómo puedes ser tan insensible? —su cuerpo se tensó como un muelle, cerró los puños.

—Los sentimientos no tienen nada que ver con esto. Me pagan para que averigüe cosas. Me dedico a eso. Decírtelo no servía a mis propósitos, eso es todo.

—Eso es todo —le espetó ella. Sus ojos verdes relampaguearon llenos de ira—. ¿Cuán importante ha de ser una noticia para que te olvides de cuánto te pagan, mi señor? ¿Tienes un corazón en alguna parte de ese hermoso pecho, o lo perdiste junto con tu humanidad? —sollozando, levantó un brazo y lo señaló con el dedo—. No me lo digas, déjame adivinar. También sabes lo de Math, ¿verdad? Casi me lo has dicho cuando has permitido que se quede aquí, con nosotros. Dime, mi señor, ¿hay algo que no sepas?

Quinto se había tumbado de lado en el diván y la observaba, consciente de que tergiversaría cualquier cosa que dijera en su defensa o a modo de explicación. Brighid tenía razón, pero no estaba dispuesto a reconocerlo. Sospechaba que su padre y ella se habían tenido muy poco cariño y que su aflicción se debía más a su silencio que a lo que había perdido.

—Claro que lo sabía —contestó—. ¿Por quién me tomas? ¿Por un jovenzuelo sin dos dedos de frente?

—Entonces tienes que haberme traído hasta aquí con algún fin, no por lo que me dijiste, ni tampoco para que caliente tu cama. En ese aspecto no has conseguido gran cosa, ¿verdad? —le gritó ella.

—Baja la voz —dijo él lanzando una mirada a la puerta.

—¡No lo vas a conseguir! —bramó ella sin hacer caso de su orden—. Quieres algo por nada. ¡No! Apártate... No, ¡no! Me has estado utilizando, ¿verdad? Para que te condujera a algo... y como una tonta... —agarró la suave colcha de lana y tiró de ella, pero Quinto la atrapó y la arrojó a un lado al tiempo que agarraba la muñeca de Brighid y se la retorcía hacia atrás.

Apretada contra su pecho, sintió que la levantaba en el aire y que la arrojaba como un saco sobre el amplio diván. Sin un solo instante para recuperarse, se descubrió atrapada bajo el peso de su cuerpo y la tenaza de sus manos. La torva expresión de Quinto la hizo comprender que no podía esperar clemencia y que, tras tener noticias de Helm, su principal motivo para mantenerse casta había desaparecido. Las exigencias de los tratantes de esclavos habían dejado de ser una amenaza, pues sabía que él dominaba a duras penas su deseo y que ella misma estaba al borde de la rendición. Sujeta con tanta fuerza, no pudo hacer otra cosa que sacudir la cabeza frenéticamente y patalear como una mula furiosa. En vano.

—Ahora, bárbara, tú vas a contestar a mis preguntas —gruñó él mirándola con fiereza a los ojos—. Para empezar, puedes hablarme de ese tal Helm. El futuro padre. Es lo que más te disgusta, ¿no es cierto? Se ha casado con una esclava, así que su rango no puede ser muy alto. Háblame de él.

Para su asombro, los hermosos ojos verdes de Brighid se llenaron de lágrimas. De pronto se sintió abrumada por su indefensión. No soportaba pensar que ninguno de sus planes había salido como esperaba. Se sintió embargada por la pena y la desilusión, junto con la certeza de que había perdido el dominio sobre su destino, sobre su corazón y su cuerpo. Sí, se habría ido con Helm si él hubiera estado libre, habría preferido la seguridad a un futuro incierto. Pero ahora ya no era dueña de su corazón, de modo que no podía entregarlo. Comenzó a sollozar y el dolor del fracaso crispó su rostro.

Quinto dejó de apretar sus muñecas y, aunque Brighid no lo viera, los ojos acerados que la traspasaban se suavizaron, llenos de preocupación. Agarró su túnica de lino, le enjugó los ojos y le apartó el pelo húmedo de la cara, asombrado por la intensidad de su pena. No se lo esperaba. ¿Le había entregado su corazón a aquel hombre? ¿Era eso?

—Tengo que irme —sollozó ella—. Tienes que dejarme marchar.

—¡Shh! No vas a ir a ninguna parte —contestó con aspereza—. Esperabas encontrarlo aquí, ¿no es eso?

Ella asintió con un gesto, demasiado aturdida para negarlo.

—Fue el que pidió tu mano y luego desapareció.

Otro gesto afirmativo.

—Entonces, ¿quién te dijo que estaría aquí, en Watercombe?

—Math.

—Ah, Math. El hermano con la lealtad dividida. Bien, no te ha sido tan útil como esperabas, ¿verdad? Supongo que ese tal Helm podría reconocerlo.

—Sí. ¿Cómo sabes que... que pidió mi mano?

—Soy yo quien hace las preguntas, pero, ya que estamos, te diré que te estaba utilizando para que me condujeras hasta él. Es uno de los hombres más buscados del emperador. Ahora solo tenemos que esperar a que aparezca para visitar a su esposa. ¿Os tomasteis cariño cuando estuvo en casa de tu padre? ¿Pasasteis tiempo juntos? ¿A solas?

Si había un asomo de envidia en su tono de voz, Brighid no lo advirtió.

—No cruzamos palabra. Lo vi, nada más. Y él a mí. Mi padre no me mantenía informada —se secó una lágrima, indignada al recordar aquello—. Descuida, no nos hicimos amantes. Puede casarse con tantas mujeres como quiera, pero ningún hombre honorable toma a un princesa por segunda esposa después de una muchacha esclava. Porque salta a la vista que eso es lo que era: una esclava. Y si mi padre lo hubiera sabido, lo habría echado a patadas por su impertinencia. Nosotros tenemos nuestro orgullo, romano.

—Ya me he dado cuenta. Bien, a Helm no le hará ninguna gracia descubrir que ahora eres mi mujer, ¿verdad? Se va a llevar una buena sorpresa.

—¡Yo no soy tu mujer! —gritó ella, pero un instante después dejó escapar un sollozo.

—Eso tendré que remediarlo en un futuro inmediato —dijo Quinto—. Lo cual tengo que agradecerle al muy despreciable Helm.

—Helm no era el guardián de mi virginidad, señor —replicó ella con vehemencia.

—¿No? Entonces ha sido pura coincidencia, ¿es eso? No se te da tan bien como crees engañar a los demás, muchacha. Y si estás furiosa es porque te hayan utilizado cuando creías ser tú quien movía los hilos. Dudo que hayas derramado una sola lágrima por tu padre desde que descubriste la suerte que había corrido. No me cabe duda de que lloraste mucho más por tu doncella. ¿Me equivoco?

—He perdido muchas cosas, mi señor.

—Entonces deja de pensar en ellas y ponte a pensar en cómo podemos sacar partido de la situación —repuso él fríamente.

Dolida por su falta de compasión, Brighid volvió la cabeza.

—A ninguna mujer de alcurnia le gusta que le digan que la han utilizado —susurró—, ni siquiera cuando la han entregado en matrimonio. ¿Por qué persigues a Helm? ¿Ha cometido algún delito?

—Es hijo de un jefe y es ambicioso —contestó

Quinto, tumbándose a su lado—. Quiere poner a un rey bretón en el trono. Por eso se puso en contacto con tu padre, con la esperanza de entablar una alianza y conseguir hombres y fondos. Hay que cortarlo de raíz o dentro de poco tendremos que vérnoslas con otra revuelta.

—Entiendo —Brighid intentó apartarse al otro lado del diván, pero Quinto la rodeó con el brazo y la apretó contra sí, sujetándola de nuevo con su cuerpo.

—Así que —añadió con severidad— si estás pensando en avisarlo...

—¿Por qué iba a hacer eso? —replicó, e intentó apartarse de nuevo—. No le debo nada.

—Pero has conservado tu virginidad por él, digas lo que digas.

Se quedó quieta y lo miró a los ojos, duros como el mármol y preocupados.

—Vuelves todo el tiempo sobre lo mismo, romano. ¿Por qué no te pones a pensar cómo podemos sacar partido de la situación? —preguntó, imitándolo, y se dio cuenta demasiado tarde que él daría otro sentido a sus palabras.

Quinto deslizó suavemente la mano por su pecho, cubriendo con ella su perfecta turgencia, y Brighid sintió un estremecimiento de excitación entre los muslos.

—Excelente consejo —murmuró él.

La túnica se le había deslizado por el hombro, dejando casi al descubierto su pecho, cuyo pezón se adivinaba justo bajo la superficie como invitándolo a acariciarlo. Al arquear el cuerpo, sintió que él bajaba la tela con los dientes y que se metía el pezón en la boca como un bebé ávido. Una oleada de ardiente deseo inundó sus entrañas. Gimió, indefensa contra la fuerza de Quinto y contra aquel placer, contra su propio anhelo.

La embargó la emoción, oleada tras oleada, y gimiendo tocó su pelo, hundió los dedos en su sedosa cabellera mientras él pasaba a su otro pecho y comenzaba a chuparlo, al tiempo que deslizaba la mano entre sus muslos, hacia ese lugar que ella le había negado el día anterior. Esta vez, abrió los muslos para él sin necesidad de que la persuadiera. Todas sus sensaciones se fundieron en una, todo signo de peligro quedó en suspenso.

Quinto le exploró con los dedos, tiernamente, y esta vez ella no lo detuvo pese a saber que, después de aquello, su vida jamás sería la misma sin él. Quinto se dio cuenta de lo cerca que estaba de capitular cuando le susurró contradiciéndose a sí misma como si quisiera que la liberara de toda responsabilidad:

—No, no, mi señor... ¡no!

—Shh —dijo suavemente—. Se te ha agotado el tiempo, hermosa mía. Sé por qué te has mantenido casta y te he ayudado a pesar de que iba contra mis deseos. Pero ese hombre no te merece y yo sí. Antes de que lo veas mañana, serás mía en todos los aspectos. No voy a arriesgarme a que haya malentendidos al respecto. Ahora tenemos que ir a cenar con los demás. Hemos de hacer planes.

Retiró la mano como una cálida sombra, dejándola trémula de deseo. La besó con dureza, exigiéndole obediencia, y ella no se resistió a su determinación de resolver el problema a su modo. Seguramente, se dijo con sorna, esa había sido su intención desde el principio. No creía ni por un momento que abrigara ternura alguna por ella.

Nueve

Brighid, que tenía la sensación de haber salido de un problema para meterse en otro, fijó su atención inmediata en los nuevos aposentos en los que sus pertenencias estaban siendo desembaladas y colocadas. Comprendió que de momento no podía hacer nada salvo aceptar las circunstancias con buen humor y no dar ningún paso que empeorara las cosas. Tal vez, después de todo, había subestimado la capacidad del tribuno para hacerse cargo de todos los detalles, igual que había calculado mal la lealtad del enamorado Florian.

Quinto, en todo caso, era consciente de que en aquel momento Brighid estaba revisando la opinión que tenía de él, y que el nuevo respeto, y la confianza, que sentía ayudarían a engrasar los engranajes de su ambigua relación. Naturalmente, no necesitaba permiso de nadie para hacer lo que se le antojara con sus esclavos, pero la princesa no era una mujer corriente, como tampoco era corriente el vínculo que había entre ellos. Él, por su parte, tampoco era uno de esos hombres que tomaban

lo que deseaban de una mujer sin la debida consideración, aunque sin duda era necesaria una acción drástica
para impedir que Helm creyera que Brighid seguía
siendo un buen trofeo y pensara en raptarla. El impedir
que otro hombre desflorara a una mujer era un argu-
mento frío y calculado para hacer lo propio, pero Quinto
era un soldado y sus métodos eran los de un soldado. Si
de ese modo impedía que Brighid dejara de pensar en
lo que podía ofrecerle Helm y quedaba atada a él, el problema se resolvería en parte. Después se desharía del
muchacho conforme a las órdenes del emperador y pro-
seguiría con sus otras pesquisas.

A Dora, la esclava encinta, no podía considerársela
ni una ayuda ni un estorbo, razonó Quinto, teniendo
en cuenta que Helm no le había hablado al padre de
Brighid de un matrimonio anterior. Tal vez no estuvieran casados. ¿Quién sabía qué se traía entre manos
lejos de casa el hijo de aquel jefe tribal?

Tomaron el almuerzo al fresco, en su terraza privada, y mientras comían Quinto les dio instrucciones
sobre lo que no debían hacer ni decir, dado que la situación requería cierta cautela. Al joven Math le ordenó permanecer donde ni Valens ni Helm, cuando
llegara, pudieran verlo. El muchacho se sintió muy
avergonzado al enterarse de que el tribuno sabía desde
hacía algún tiempo que era hermano de Brighid.

—Sí, señor, si tú lo dices —dijo—. Pero iba a ser
el ayudante personal de mi hermana.

—Sí, lo sé, pero las cosas han cambiado. Ahora sé

más que entonces. Has de permanecer entre bambalinas o volver a Aquae Sulis. No quiero que te identifiquen. Solo complicaría las cosas. La princesa estará escoltada en todo momento bien por mí personalmente, bien por Tulo o Lucano, o por vosotros dos —añadió refiriéndose a los dos fornidos guardias, que asintieron con la cabeza.

—Entonces, ¿no te fías de Valens? —preguntó Lucano.

Quinto observó con los ojos entornados las figuras que paseaban por las terrazas, a lo lejos, y frunció el ceño.

—Resulta extraño que un hombre de su posición elija como amigo personal a un bárbaro, a no ser que pueda sacar algún provecho de esa amistad. Quiero saber cuál es ese provecho. Pero dudo que él vaya a brindarnos una explicación.

—¿No querrá Helm hablar con la princesa en privado cuando la reconozca? —preguntó Tulo—. Si no se lo permites, perderemos la oportunidad de descubrir qué está haciendo aquí, ¿no crees?

—Creo que querrá saber qué se trae entre manos la princesa, pero dudo que vaya a explicarle su presencia aquí, como no sea alegando que viene a visitar a su esposa. Entre Valens y él tiene que haber algo más que una simple amistad —repuso Quinto, pasándose una mano por la mandíbula—; algún negocio de la clase que sea. Una forma de averiguarlo sería sondear a la mujer a la que ha dejado encinta. Me pregunto si tú —miró a Brighid— podrías intentar conocerla mejor.

—¿De veras, mi señor? —clavó en él una mirada

fulminante—. Te gustaría que le ofreciera mi amistad, ¿no es eso? Me asombras.

Quinto le sostuvo la mirada, después miró a Florian, Math, Lucano y Tulo y acabó fijándola en los dos guardias.

—Vosotros dos, venid conmigo —les dijo, poniéndose en pie—. Quiero hablar con vosotros.

—No hace falta que os vayáis —dijo Brighid—. Ya he oído suficiente. Quedaos aquí mientras voy a preparar una cataplasma bien caliente para tu pierna.

—De acuerdo —Quinto volvió a sentarse—. Hazlo.

Math observó la airada salida de su hermana.

—Con todo el respeto, creo que has metido la pata, señor —dijo.

—¿Alguna vez ha matado a alguien con esa mirada, muchacho?

—Esa suele ser su intención, señor. Pero todavía está perfeccionándola.

—Bien, no creo que ya le quede mucho para conseguirlo, entonces.

A Brighid le habría gustado oír lo que les decía a los dos guardias. Estaba segura de que concernía al destino del hombre al que les había conducido sin querer. Bien, pensó mientras sacudía enfadada una de sus piezas nuevas de tela, a aquel granuja de Helm le estaría bien empleado. Pero, ¿dónde encontraría algo para quitar todas aquellas arrugas de la tela?

Su búsqueda la condujo a un corredor que conducía al gimnasio, los baños, el lavadero y las cocinas. Los esclavos la miraron con asombro al verla aparecer sin ninguna doncella, pero pronto encontró un sitio donde mojar la tela y colocarla bajo una prensa de torniquete. Allí se reunió con ella inesperadamente Helena Coronis.

—Deberías dejar que eso lo hiciera tu doncella, princesa —dijo la señora entre el siseo del vapor.

Esclavos vestidos de marrón se movían como fantasmas detrás de canastos de mimbre llenos de sábanas y togas, y el ruido del agua al caer en los barreños sofocaba sus palabras. Agarró un extremo de la tela y se dispuso a sacar la tela de la prensa cuando Brighid aflojó el torniquete.

—Sí, la perdí justo antes de que saliéramos de Eboracum. Tengo que arreglármelas sola —explicó ella—. La echo mucho de menos —levantó la mirada cuando acabó de planchar el lienzo—. Bueno, esta pieza ya está. Ahora, la verde .

Helena Coronis la miró divertida.

—Así se hace. ¿Lamentaste mucho abandonar Eboracum?

—En absoluto —reconoció Brighid—. No quería perderme la oportunidad de visitar el santuario de Aquae Sulis donde se venera a mi diosa.

—¿Brigantia?

—Sí —Brighid volvió a dar vueltas al torniquete—. Aquí también se la conoce como Minerva, según creo —miró a su anfitriona, pero Helena estaba todavía doblando con esmero la tela. Su pelo oscuro, que llevaba trenzado y descubierto, brillaba lleno de gotitas de vapor. Tenía las manos largas y hábiles, y las mangas de su vestido, algo subidas, dejaban ver sus muñecas desnudas, en cuya piel delicada se adivinaban tenues magulladuras azules, grisáceas y moradas. No era de extrañar, pensó Brighid, que hubiera dado un respingo cuando le había tocado el brazo. No fue por casualidad, sin embargo, que cuando sus ojos se encontraron Helena no hiciera intento alguno de ocultar sus magulladuras, como si quisiera que las viera y dedujera su origen. Solo cuando supo que Brighid las había advertido, se ajustó las mangas del vestido sobre las muñecas y siguió doblando la tela.

—Quería darte las gracias —dijo en voz baja—, no solo por lo que hiciste ayer sino por no decir nada de nuestro encuentro. Los porteadores de mi palanquín dirán que fui a visitar a unos amigos. Son muy leales.

—No tienes que preocuparte, mi señora. Tulo es la discreción misma.

—Por favor, dale las gracias en mi nombre.

—Lo haré.

—Y dile que... —miró de soslayo— mi amigo tiene amigos en la oficina de tributos.

Brighid la miró con fijeza.

—¿Amigos?

—Sí, funcionarios. Ya está, creo que hemos terminado. Si necesitas ayuda para coser, puedo mandarte a alguna chica. Te enviaría a Dora, pero está a punto de dar a luz.

—¿Por eso va a venir su marido?

—Sí, claro, sin duda —aquella respuesta dicha tan al desgaire sonó claramente a mentira.

Con el montón de telas en los brazos, Brighid estaba a punto de darse la vuelta cuando Helena la agarró del brazo, la condujo a un entrante junto a la puerta y le tapó la boca con la mano. Brighid se pegó obedientemente a la pared y aferró la tela contra su pecho al ver que varios hombres cruzaban el extremo del corredor guiados por Valens, el esposo de Helena.

—Les está enseñando los baños y las calderas —susurró Helena Coronis.

—Y no quieres que te vea hablando conmigo —dijo Brighid.

Cerró los ojos con un suspiro.

—No quiero tener que soportar un interrogatorio sobre lo que te he dicho, lo que me has dicho y por qué. Eso es todo.

—Pero soy la sanadora del tribuno —repuso ella—. He estado curando su herida.

—Bueno, de eso no me cabe ninguna duda. Seguramente por eso a veces se le olvida cojear, sobre todo cuando sube y baja escaleras.

La risa de ambas apenas se oyó.

—Era yo quien quería quedarme aquí —explicó Brighid—. Y aunque la rodilla está casi curada, necesitábamos un motivo para alojarnos en un lugar tan bonito.

—En esta época del año es cuando empezamos a recibir más visitas. Me pregunto si harías el favor de transmitir cierta información al tribuno, aunque no quiero que revele que procede de mí. Cuando le pregunten quién le recomendó Watercombe, dile que responda que fue Nonio.

—Pero dijo que había sido un hombre de la oficina de tributos quien...

—Sí, querida. Nonio es el jefe de la oficina. El amigo de mi marido.

—Entonces se lo recordaré, mi señora, descuida. Fue Nonio.

—Hasta esta noche, entonces, princesa.

—Gracias por tu ayuda.

—Lamento lo de tu doncella. Avísame si...

—Sí. Gracias.

Cuando regresó a sus aposentos la recibieron Math y Florian, que no tuvieron tiempo de borrar de sus caras una expresión frenética antes de que cerrara la puerta. Uno de los guardias estaba fuera, en el balcón con barandilla de madera, con los brazos cruzados sobre el pecho.

—¿Dónde has estado, *domina*, en nombre de Zeus? —preguntó Florian, llevándose teatralmente una mano a la frente—. Nos han ordenado encontrarte. A toda prisa.

—Por mí podéis decir que me habéis encontrado vosotros —repuso Brighid mientras depositaba con todo cuidado sus lienzos de tela—. Decid que estaba en el lavadero haciendo esto y que he vuelto como un corderito. Ahora podéis ayudarme a cortar las telas. Mis tijeras están en ese costurero, Math. ¿Dónde están los demás?

—Los han invitado a recorrer el sistema hidráulico —contestó su hermano, mirándola con sospecha—. La próxima vez que salgas, más vale que digas adónde vas o el tribuno lo pagará con nosotros.

—Es poco probable que vaya a avisaros —respondió Brighid mientras rebuscaba entre sus utensilios—. Florian, no te quedes ahí parado. Ayúdame.

Como si el mal humor de Brighid fuera de algún modo culpa de su hermano, Florian le lanzó una mirada de rencor que se transformó en sonrisa al ver la mueca grotesca que Math dirigió a la espalda de su hermana.

—Por supuesto, *domina* —dijo.

Mientras Quinto y sus amigos recorrían el balneario, Brighid acabó de coser el bajo y las costuras de la túnica violeta con reborde dorado que pensaba ponerse esa noche. Entre tanto, tuvo ocasión de meditar sobre su encuentro con Helena Coronis y en los diversos mensajes que la señora de la casa había introducido en la conversación y que parecían explicar su aflicción en el santuario.

Si su joven marido la maltrataba, era lógico que Helena mostrara signos de intranquilidad cada vez que la miraba. Otra pista era el jefe de la oficina de tributos al que, por alguna razón, Helena quería que se atribuyera la responsabilidad de haberles recomendado Watercombe.

¿Importaba quién les hubiera recomendado el balneario? ¿Y era de algún modo significativo que Valens tuviera amigos en aquella oficina?

Ciertamente, Helena parecía más inclinada a ayudar a sus huéspedes a engañar a su marido que a apoyar a este. Las dos hijas, en cambio, no habían mostrado reserva alguna en presencia de Valens. Una había paseado con él, muy risueña, y la otra había corrido a tomarlo de la mano. El afecto de una niña de cuatro años era transparente. Así pues, en ese aspecto no había ningún problema.

El recorrido por el sistema hidráulico de Watercombe dio que hablar a los hombres mucho después de que se marchara Valens, pues aunque no habían visitado los talleres, los tres sentían un interés sincero por la energía hidráulica, los sistema de calefacción y la utilización de cada gota de agua y estaban familiarizados con los ingenios que se utilizaban en otras regiones.

Impresionados por la inteligencia del propietario, tardaron un buen rato en ir a los baños y Brighid tuvo la clara impresión de que aquel sería el único tema de conversación durante la cena y hasta bien entrada la noche. Había habido una época en la antigua Grecia, tenía entendido, en que solo los hombres se reunían para cenar. No ocurría así entre los romanos, y era una lástima, le dijo a Math. ¿Qué había decidido hacer el tribuno respecto a Helm?

—Vamos —le dijo su hermana—, seguro que sabe que me lo contarás —tenía la impresión de que Math estaba distinto, más relajado, más contento. Estaba muy guapo. No era de extrañar que Florian se sintiera atraído por él.

—El tribuno quiere saber qué hace aquí —contestó Math a regañadientes—. Tienen que vigilar sus movimientos. No cree que venga solo a visitar a su esposa. Seguro que necesita dinero para sus planes, sean cuales sean.

—¿No sabes qué se trae entre manos?

—No. Padre nunca me contaba nada, ¿recuerdas?

—Es una conspiración dirigida por Helm y su tribu para levantar un ejército contra el emperador, Math. Intentan conseguir el apoyo de hombres poderosos, como nuestro padre. Por eso quería vincularse a los brigantes. Por eso pidió mi mano.

—Creía que padre estaría tan ansioso por tener a un dobunni por yerno que hasta pagaría por ello. No conocía muy bien a nuestro padre. Padre esperaba que fuera él quien le pagara. Y una buena suma, además. Demasiado para Helm. Ese tipo es un sinvergüenza, Bridie, cariño. Tienes suerte de haberte librado de él. No sé qué sientes por el tribuno, pero creo que te irá mucho mejor con él que con Helm. Hagas lo que hagas, no aceptes irte con él. En cuanto averigüen lo que quieren saber, lo matarán.

—¿Quién?

Math ladeó la cabeza hacia el guardia que esperaba al otro lado de la puerta, de espaldas a ellos.

—¿Y qué será de su mujer y su hijo?

Su hermano se encogió de hombros y sacudió la cabeza.

—Ella no cuenta para nada —contestó.

—¡Típico! —murmuró Brighid, indignada—. ¿Qué te hace pensar que estaré mejor con el tribuno, cuando le importan tan poco una mujer y su hijo recién nacido?

—¿No estarás...?

—¡Claro que no, idiota! Pero solo es cuestión de tiempo, ¿no crees?

—¿Sí?

—Sí —susurró ella, volviéndose—. Voy a bañarme. Ven conmigo.

Más tarde tuvo ocasión de transmitir a Quinto el mensaje de Helena.

—Tengo algo que decirte, tribuno. Es de Helena Coronis.

—¿Ah, sí? Entonces dímelo.

—Quiere que digas que fue un tal Nonio, de la oficina de tributos, quien te recomendó Watercombe.

Los ojos de Quinto se dilataron ligeramente, frunció el ceño y bajó un poco la cabeza.

—¿Estás seguro de que dijo Nonio? Es el jefe...

—Sí, de la oficina de tributos. Un amigo de Valens.

Sus ojos marrones oscuros parecieron absorber aquella información.

—Vaya, vaya —dijo en voz baja.

—No debes decir que te lo ha dicho ella.

—Claro que no, pero eso indica que...

—Que quiere decirte algo sobre su marido. Y hay algo más. He visto sus brazos cubiertos de moratones. Ella sabe que los he visto. No me dio ninguna explicación, pero creo que fue su forma decirme que por eso estaba ayer en el santuario, cuando nos conocimos.

—¿Cuando se desmayó?

—Sí. Me ha pedido que dé las gracias a Tulo y a ti también por no revelar que estuvo allí. Evidentemente, no quiere que su marido lo sepa.

—Pero es su marido, tiene todo el derecho a saberlo.

—A mí no me lo parece.

—¿Y qué te parece a ti?

—Que le tiene miedo.

—Demasiado grandes —musitó él.

—¿Qué?

—Demasiado grandes. Tus ojos, tu boca, son demasiado grandes. Podría comerte —había acercado la boca mientras hablaba, tenía los ojos entornados por el deseo y su mente se había alejado ya de Helena Coronis y su marido.

—Te quedarías sin apetito para la cena —respondió ella en un susurro.

—Cabe esa posibilidad —puso las manos en su cintura y la atrajo suavemente hacia él—. Así que tendré que esperar a después.

—¿Seguirás hablando de obras hidráulicas al amanecer? —preguntó ella en broma.

—¿Eso crees, princesa? Ya veremos —su cabello sedoso rozó la frente de Brighid cuando la hizo inclinarse hacia él y se apoderó de su boca en un beso tierno, pensado para recordarle sus intenciones y el ansia que sentía por ella.

Pero mientras se dirigían al *triclinium* a través de arcadas iluminadas por lámparas, el enigma del hombre llamado Nonio siguió al fondo de la mente de Quinto como un nudo que no se mantenía atado. Si la señora Helena quería tenderle una trampa a su marido, lo cual no era imposible, tal vez estuviera dándole a entender que Nonio tenía que ser la última persona interesada en que un procurador provincial husmeara por Watercombe y que, si Valens creía que había sido él quien le había recomendado el balneario, su amigo Nonio tendría muchas cosas que explicarle. A ello había que sumar la endeble excusa que les había dado Valens cuando Lucano había pedido ver los talleres.

Quinto volvió bruscamente al presente cuando Brighid le hizo notar que otra vez se había olvidado de cojear. Tras ellos, Tulo y Lucano se miraron con preocupación. El tribuno había pasado varias horas esa tarde caminando por terreno abrupto, escaleras e hipocaustos a medio construir, sin mostrar el más leve indicio de malestar.

Fue lo primero que preguntó Publio Cato Valens al observar la convincente mueca de dolor que hizo Quinto al acomodarse en el diván de honor, a la cabecera del comedor. Solícita, Brighid le colocó bien la toga sobre las piernas antes de sentarse a su lado.

—Me duele bastante después de tanto andar —dijo Quinto—, pero ha merecido la pena. No se puede permitir que una vieja herida se interponga en el camino del conocimiento. Fue una suerte que se lo mencionara a Nonio. Se empeñó en que visitara Watercombe para buscar una cura.

—¿Nonio... el de la oficina de tributos? ¿Ese Nonio? —preguntó Valens intentando aparentar naturalidad.

—El mismo. ¿Lo conoces? Calvo y atlético. Un hombre excelente. Uno de los mejores.

—Umm —respondió Vales rascándose la nariz—. No sé —sus ojos azules, duros como piedras, se suavizaron cuando los posó sobre su esbelta hijastra.

Clodia estaba reclinada en un diván, cerca de su madre, que prefería sentarse en una silla de mimbre con brazos almohadillados, en lugar de sentarse junto a su marido. Brighid advirtió la sonrisa que cambiaron Valens y la muchacha, y notó que Clodia se sonrojaba y bajaba la mirada y que los ojos de su padrastro la acariciaban con la mirada antes de sorprender la mirada inquisitiva de Brighid.

Sus ojos cambiaron de inmediato y parecieron desafiarla clavándole una mirada directa y aterradora.

—Princesa —dijo—, cuéntame algo sobre tus ornamentos si eres tan amable. ¿Son de oro macizo o son huecos? —quiso saber.

Ella sonrió como si fuera una broma.

—Dudo que pudiera haber entrado aquí por mi propio pie si fueran de oro macizo —repuso—. No, están hechos de láminas de oro batido, y las piezas más pequeñas están compuestas por hilo de oro enrollado y retorcido. No pesan mucho.

—Pero son valiosas, ¿eh?

—Para mí no tienen precio, señor .

—Umm, sí, por supuesto —se miró las uñas y luego cambió bruscamente de tema dirigiendo la conversación hacia los manjares que estaban llegando a la mesa y al excelente vino que estaban sirviendo los esclavos.

Brighid comprendió entonces que Helena Coronis se hubiera sentido atraída por la rutilante robustez de

Valens y por su infatigable energía, y tal vez también por cierta tosca brusquedad que habría irrumpido en su vida de respetable viuda como un huracán. Negándose a aceptar un no por respuesta, Valens habría tenido buen cuidado de dominar sus reacciones en un principio, y a Helena le habría tranquilizado el cariño que mostraba por su hija al borde de la pubertad, una edad difícil para que una niña aceptara a un extraño con el que tendría que rivalizar por las atenciones de su madre. Iba vestido con una voluminosa toga de lino de color crema con franjas a rayas marrones y doradas, a juego con la pátina dorada de su cabeza afeitada, y sus manos fuertes y bien cuidadas lucían varios anillos de oro. Pero dejando a un lado su atractivo físico, Brighid se preguntó qué dirección seguía el cariño de Valens por Clodia, pues había notado con cuánta frecuencia se deslizaban sus ojos sobre el quitón rosa claro anudado bajo los pechos de la joven y sobre la curva de su cadera cuando se reclinaba. Cuando el quitón le resbaló por el hombro, Helena Coronis volvió a ponerlo en su sitio, ganándose una mirada exasperada de su hija, que al parecer prefería dejarlo como estaba.

La comida puso de manifiesto la exquisitez de su anfitriona. Comida sana y sencilla, les había dicho Valens, y hortalizas y verduras cultivadas en la región. Solo los vinos y los caracoles procedían del otro lado del mar. Comenzaron con vino endulzado con miel, riñones rellenos en salsa y venado asado cortado en cubitos, con los caracoles para dar una nota de color. Delante de ellos, una baranda daba a un jardín iluminado por faroles y trémulas linternas. Tras ellos había paneles pintados con plantas, danzarinas y sátiros ansiosos, guirnaldas de flores, cintas y máscaras de expresión burlona más del gusto de su anfitrión, pensó Brighid, que de la señora de la casa.

Como era inevitable, la conversación versó sobre los cambios que había introducido Valens en Watercombe y sobre su contribución a la planificación de las obras hidráulicas. Su trabajo lo había llevado a recorrer todo el país. Conocía a la familia con la que se habían alojado por el camino y cuya hija, Flavia, quería ser gladiadora. Se le iluminó el rostro a decirlo pues aseguró, mirando con mucha intención a Clodia, que estaba decidido a que su hijastra también lo intentara.

Todos se volvieron a mirar a la muchacha, aguardando su reacción. Tal vez fuera una broma de su padrastro. Clodia tenía los ojos bajos, pero sonreía sin hacer caso de la mirada aguda que su madre lanzó a Valens suplicándole en silencio que no hablara más del tema. Riéndose del malestar que había causado, Valens echó la cabeza hacia atrás, se metió en la boca un pedazo de comida y paseó la mirada por los presentes mientras masticaba.

—Apruebas que haya gladiadoras, ¿no es así? —inquirió Quinto.

La respuesta, como era de esperar, sonó desprovista de emoción.

—Sí. Demuestra de lo que está hecha una mujer.

—Bueno —dijo Quinto sin alterar el tono de voz—, se me ocurre una docena de maneras mejores de descubrir de qué está hecha una mujer sin tener que recurrir a la violencia, amigo mío. Puede que no sean tan rápidas, pero al menos nadie sale herido en el intento. ¿La señora Helena comparte vuestro interés, Valens?

Helena Coronis empujó la comida alrededor de su plato mientras se esforzaba visiblemente por dar con una respuesta. Pero Tulo, que estaba reclinado al otro lado de Clodia, se hizo cargo de la situación y le preguntó en un tono que exigió su atención inmediata si las anguilas procedían del río cercano y si las moras de la salsa también crecían en la finca.

—Si es así, mi señora —dijo con una sonrisa—, creo que deberías escribir un libro de recetas. Son las mejores anguilas que he probado en años. Creo que tendré que lesionarme a propósito para prolongar mi estancia.

—Gracias, mi señor Tulo —repuso ella con una sonrisa agradecida—. Sí, todo el pescado procede de esta comarca, al igual que la fruta. Nuestros cocineros están enseñados a preparar comidas especiales. Algunos de nuestros pacientes están enfermos por comer lo que no debían.

Había pasado el momento de peligro, pero ni uno solo de los huéspedes había dejado de notar la tensión entre su anfitrión, su anfitriona y la hija de esta, y todos ellos habían compadecido a la señora Helena.

El temor de Brighid a que la conversación girara únicamente en torno a las obras hidráulicas resultó infundado, pues Quinto, Tulo y Lucano se esforzaron por hablar de la organización de las comidas por parte de su anfitriona, de los clientes de la casa, de los médicos y sanadores que trabajaban allí y se interesaron por conocer la opinión de Helena sobre el gran complejo de baños de Aquae Sulis. Valens pareció conformarse con hacer únicamente breves intervenciones, pero las frecuentes y prolongadas miradas que lanzaba a Brighid la hicieron ansiar que la comida llegara a su fin.

Quinto, que había notado el interés de su anfitrión, alargaba de vez en cuando el brazo para ofrecer a Brighid bocados de su plato: un buñuelo de semillas de amapola mojado en miel, un pedazo de liebre asada, que ella aceptó, pero no comió, y una empanadilla de cordero para que acompañara su ensalada. Más de una vez, durante aquel espléndido festín, Brighid experimentó sin embargo un temor inexplicable que empañó su deleite por aparecer ante los demás como la mujer del tribuno y, como Valens estaba en el diván contiguo al suyo, era prácticamente imposible que tocara a Quinto el pie sin ser vista. El calor del cuerpo de Quinto, que notaba en la espalda, le recordó no obstante que aquella iba a ser su última cena como virgen, y durante un rato al menos dejó de prestar atención a la suculenta comida.

Como había previsto, los hombres se quedaron a hablar, pero Brighid no tuvo oportunidad de volver a conversar con su anfitriona, pues Helena acompañó a su hija cuando Clodia se marchó y ella tuvo que regresar a sus habitaciones con la única compañía de Florian. No tuvo valor para negarse cuando el joven le sugirió que un masaje en la espalda podía ser justo lo que necesitaba tras un día tan ajetreado. Y tal vez, se dijo, le viniera bien para prepararse para la noche que la aguardaba, siempre y cuando el tribuno no bebiera tanto vino que se quedara dormido al instante.

Sucedió al contrario, sin embargo, pues Brighid se quedó dormida antes de que Florian acabara su masaje, de modo que, cuando entró Quinto, vio su espalda tersa y reluciente como la seda a la tenue luz de los candiles y su cabello suelto cubriendo su cara como un manto. Sus adornos de oro estaban amontonados a un lado de la mesita, donde los había dejado Florian con todo cuidado. El propio Florian estaba sentado al borde del diván, de espaldas a ella, con los brazos cruzados pacientemente. Se incorporó lanzando una última mirada a Brighid y sonrió a su amo.

—Toda tuya, señor —susurró camino de la puerta.

Quinto lanzó en broma un manotazo a la rizada cabeza de su esclavo.

—Sinvergüenza —murmuró—. Por cierto, ¿dónde está el muchacho?

—A salvo, señor. Conmigo.

Quinto asintió con un gesto.

—Mañana hay que madrugar. Voy a recibir tratamiento.

—Sí, señor —Florian volvió a fijar sus ojos brillantes y risueños en el diván—. Ya lo creo que sí. Buenas noches.

Quinto se quedó mirándola unos instante, desnuda de todo ornamento salvo de su relumbrante cabellera, algunos de cuyos mechones más finos agitaba ligeramente su respiración, como una deshilachada red de filamentos de cobre más ligera que las densas pestañas que barrían sus mejillas. Había notado cómo se la comía Valens con los ojos y había comprendido por el modo en que miraba a su hijastra que una mujer no podía estar segura al lado de aquel hombre mucho tiempo. Tal vez esa fuera la causa del conflicto con su esposa, una mujer muy bella, pero mayor que él.

El extraño afán de protección que había ido creciendo en su interior durante los días anteriores y que había procurado ignorar comenzó a dejarse sentir otra vez mientras la miraba con delectación, sintiendo el cálido aroma del aceite perfumado de Florian, el sonido tenue de su respiración, su piel sedosa y las sombras suaves que se hacían más hondas entre sus nalgas. Era magnífica. Y era él quien debía protegerla de todo daño. El destino había obrado su magia, alejando a la princesa del hombre al que trataba de encontrar y acercándola a él. Lo había sentido durante la cena, su necesidad de que la vieran verdaderamente como su mujer, prescindiendo de cualquiera farsa. Sus dedos se habían tocado y ella se había estremecido, desprendiendo oleadas de deseo y de turbación como minúsculos temblores de tierra. Al advertirla de sus intenciones, Quinto había conseguido ponerla nerviosa y alterarla como si estuviera a punto de enfrentarse a un desafío, y sabía que ella seguía teniendo dudas respecto a sus motivos para despojarla de su último y preciado tesoro. Brighid no tenía más remedio que reconocer sus derechos como propietario de su persona, a pesar de que aquel no era modo de apoderarse del bien más preciado de una princesa, a no ser que estuviera dispuesto a ofrecerle algo igual de valioso a cambio. Alargó la mano para tocar su suave cabello y se preguntó si ella consideraría su protección como una justa recompensa a cambio de su virginidad, aunque sospechaba que una mujer de su calibre exigiría algo más. Curiosamente, la idea no lo alarmó como habría hecho semanas antes.

—Romano —musitó Brighid, buscando a tientas su mano.

—Sí, bárbara. Soy yo. ¿Estás dormida?

—No. ¿Quieres que te vende la rodilla?

—Creo que estaré mejor si está sin vendar.

Ella se apartó el pelo, sonrió soñolienta y se giró para apoyarse en el codo mientras lo miraba de arriba abajo para recordarse a sí misma lo extraordinariamente atractivo que era. Llevaba una holgada túnica de lino blanco con las mangas enrolladas y encima una toga de profundo color verde bosque, con un ancho reborde azul, morado y oro adornado con una cenefa griega. Brighid levantó un brazo hacia su cara y Quinto se inclinó y la levantó en brazos como si fuera una niña.

—No quería despertarte, princesa, pero me temo que he de hacerlo.

—¿Por... por él?

—Ese era el motivo, en un principio. Ahora ya no lo es tanto.

—¿No? ¿Qué ha cambiado?

—Creo que he cambiado yo. Te quiero para mí. Es verdad que no quiero arriesgarme a que siga interesado en ti, pero esa ya no es la razón principal. No puedo pasar una noche más contigo en mis brazos sin hacerte mía.

—Llevas demasiado tiempo sin una mujer. ¿Es eso?

—No, tampoco es eso. Eres tú, exótica criatura. Eres tú.

Si a Brighid aquella explicación le pareció poco satisfactoria, no dijo nada en ese momento, pues estaba donde quería estar y se sentía relajada y demasiado soñolienta para entrar en ese tema. La luz de la lámpara de aceite cincelaba el perfil de Quinto, con el pelo peinado hacia atrás y cayéndole en ondas sobre las orejas, la bella y ancha boca firme y decidida, sin sonreír, como si acababa de tomar al fin una determinación.

No era la primera vez que Brighid lo veía desnudo, y un instante después contempló su cuerpo cálido y su piel de color melocotón a la suave luz. Sus anchos hombros se cernían sobre ella y sus brazos eran como contrafuertes que la rodeaban y la envolvían. Su pecho musculoso la hundió suavemente en el colchón y sintió contra sus pechos el latido de su corazón como un eco del suyo propio. Le ofreció sus labios, sujetándole la cabeza entre las manos con los dedos bien hundidos entre su cabello, y se estremeció de deleite al sentir su abrumadora cercanía después de la cena interminable, cuando su proximidad casi la había vuelto loca. Le daría lo que deseaba y aceptaría las consecuencias fueran cuales fuesen, pues aquella era una experiencia que ninguna mujer en su sano juicio, ni siquiera una princesa tan altiva como ella, dejaría pasar. La furia de su padre ya nunca la alcanzaría.

Haciéndole el amor como si fuera la primera vez que se tocaban, como si su encuentro en el baño no hubiera tenido lugar, Quinto recorrió su hermoso cuerpo, despertando sus sentidos y haciéndola gemir de placer y retorcerse de éxtasis bajo sus manos, su lengua y sus labios. Brighid recordó vagamente sus temores de las veces anteriores, cuando había tenido que poner coto a sus caricias, dejándolo a él deseoso y a ella con la duda de qué más habría.

Quinto, no obstante, conocía su cuerpo mejor que ella misma: ya había probado su pasión latente, su generosidad al darse, la profundidad de su deseo. Sabía con qué lentitud debía acariciarla y provocarla, cuándo ignorar la fuerza con que sujetaba sus muñecas, qué palabras emplear para someter el ardor que se mezclaba con las protestas rituales de una doncella, protestas destinadas a ponerlo a prueba, a obligarlo a silenciarla con sus besos y a prepararla para la siguiente y audaz caricia.

Brighid, que ya no tenía miedo, no vio razón para ponérselo fácil. Con su orgullo aún intacto, le haría emplear todas sus artimañas antes de darle acceso después de tantos días deseándola, y no dejaría que abrigara duda alguna de que desflorar a una princesa brigantiana era una raro privilegio. Ese era el plan. Pero Quinto tenía mucha experiencia y se impuso una y otra vez, con tierna vehemencia, a sus reservas y a sus tácticas dilatorias, aprovechándose de cada una de sus debilidades y acariciando con sus hábiles dedos lugares que ni ella misma había descubierto y que de pronto la hicieron gemir y jadear su nombre.

Levantó la cabeza de su pecho tirando del altivo pezón con los labios y fijó la mirada en su boca murmurando:

—Confía en mi, hermosa mía. Va a ser incómodo, un dolor que durará poco. Intentaré hacerlo rápido. Aguanta. Eso es... Eres muy valiente... Ahí... Shh... Ya está...

Mientras hablaba, rompió con una mano la delicada barrera, causando un espasmo de dolor que alivió con caricias rítmicas y tiernas palabras de aliento y, a continuación, con besos sobre su boca trémula.

—¿Sigo? —preguntó.

—Sí —jadeó ella—. Estoy bien. Sigue, Quinto. No es nada.

Le quitó con el pulgar, suavemente, una gota de sudor del ojo.

—Lo siento. Tendré cuidado. Levanta las piernas... Rodéame con ellas si quieres.

Hizo obedientemente lo que le sugería y gozó de su cálido peso y de la extraña intrusión de su cuerpo, que la penetró allí donde unos momentos antes habían estado sus dedos. Él apretó, esperó y empujó otra vez, llenándola por completo. Brighid oyó que exhalaba un suspiro sofocado, sintió su estremecimiento de placer y comprendió que aquello era lo que había querido de ella desde su primer y tormentoso encuentro.

Sintió que esperaba a que pasara la emoción y, al besarla él, sintió que su beso llevaba su mente a otro plano en el que no había lugar para los pensamientos

221

sino solo para el placer. No supo exactamente cuándo comenzó a moverse dentro de ella, ni le importó el malestar que le causaron en un principio las lentas y suaves embestidas que la mecían sobre el colchón. Solo sabía que aquellas sensaciones superaban todo cuanto había imaginado: sentirse penetrada en un lugar tan delicado, formar parte del cuerpo de un hombre, ser el único objeto de sus atenciones, sentirse amada, deseada, seducida y dominada por el único hombre que le importaba, el único al que había querido entregarle su tesoro más preciado. Sí, se lo había puesto difícil, a su manera puntillosa y retorcida. Para ella era una cuestión de principios que fuera consciente de su orgullo, aunque algún tiempo después sabría cuánto habría disfrutado él de su pequeño despliegue de vanidad, de su fingida reticencia.

En ese instante, sin embargo, se hallaba en un lugar de ensueño en el que él marcaba el tempo y, aunque Quinto sentía el impulso natural de dejarse llevar por una energía apenas controlada, sabía que aquella primera experiencia debía ser más satisfactoria para ella que para él.

Así que se sorprendió y se llenó de euforia cuando sus cuidadosos preparativos generaron una pasión que no esperaba tan pronto, un fiero abandono, un ardor que lo impulsó hacia un clímax que había intentado desesperadamente posponer pensando en Brighid. Gimiendo de deseo, ella clavó los dedos en su cintura y sacudió la cabeza entre un torbellino de pelo. Sus ojos verdes despedían fuego.

—Sigue, Quinto. Más, más... Te quiero entero...

Más rápido... No te pares... No tengas cuidado... No soy una niña.

—¿Estás segura de que no te estoy haciendo daño?

—Sí... No... No importa —le clavó de nuevo las uñas.

Él no necesitó más persuasión: dando rienda suelta a su pasión, se lanzó a una cópula gloriosa y sintió que el cuerpo de Brighid respondía como un caballo salvaje y desbocado. La oyó gemir mientras aumentaba el ritmo y, abandonando toda reserva, pensó solo en alcanzar el clímax, en acabar al mismo tiempo que ella en medio de un torbellino cegador que los sacudió a ambos, juntos, hasta la médula de los huesos.

Se mecieron el uno en brazos del otro, medio riendo, medio llorando de incredulidad, en el caso de Brighid porque era increíble que su cuerpo se hubiera dejado llevar por él con tanta pasión, ajeno a la influencia de su mente.

Quinto, por su parte, experimentó algo aún más extraño para él que lo impulsó a estrecharla con fuerza entre sus brazos después de dejarla exhausta y a pasar delicadamente la mano por su sexo. Cuando recuperó la capacidad de pensar, encontró un lugar en su mente que había permanecido oculto hasta entonces y en el que había comenzado a arder vigorosamente una llama, un lugar al que no pudo poner nombre, pues no era solo comodidad, deseo o lujuria, ni tampoco satisfacción u orgullo por su logro. Ni siquiera gratitud.

Los labios de Brighid rozaron amorosamente su frente.

—¿Estás bien, preciosa mía? —preguntó.

Pero ya se había quedado dormida.

Él, en cambio, permaneció despierto largo rato preguntándose qué le estaba pasando exactamente, por qué sentía aquella extraña opresión en el pecho, aquel dolor, mucho más dulce que cualquier otro que hubiera experimentado hasta entonces.

Diez

A la mañana siguiente, Florian llegó muy temprano para preparar a su señor para el día que tenía por delante.

Quinto, que acababa de tomar a Brighid en sus brazos, se enojó al oír la rápida llamada de Florian a la puerta, seguida por un torbellino de actividad que sin duda era señal de alguna crisis. Oyó que arrastraba y abría cestas de ropa, que llenaba jofainas con agua, que abría ruidosamente las ventanas. Saltaba a la vista que le ocurría algo.

—¿Se puede saber qué te pasa, en nombre de Zeus? —rugió Quinto, soltando a Brighid—. ¿Dónde están tus modales? ¿Te he dicho yo que pasaras?

Con el mentón temblando de angustia, Florian miró por encima del hombro, primero a Quinto y luego, con rencor, a Brighid.

—¡Se ha ido! —exclamó—. Yo sabía que al final se iría. No debería haber...

Quinto se levantó de la cama.

—¡Basta! —ordenó—. Deja de lloriquear. Cálmate,

225

muchacho, y dime de qué estás hablando. ¿Quién se ha ido?

Florian se limpió una lágrima con la toalla que tenía entre las manos.

—Math —contestó—. No ha estado en toda la noche... Bueno, por lo menos conmigo. Supongo que estará con ese joven...

—No, Florian —dijo Brighid—. Él no haría eso. Sé que no lo haría. Habrá vuelto por algo a Aquae Sulis.

—No, sin decírmelo no —repuso Quinto agarrando la toalla—. Ve a buscar a esos dos chicos. Pueden empezar a buscarlo mientras yo me visto. ¡Vamos! ¡Date prisa! —se acercó a la jofaina y comenzó a lavarse.

Brighid se sentó en la cama, preocupada por su hermano.

—¿Crees que le habrá ocurrido algo?

—No, claro que no. Florian está histérico, eso es todo. Es la primera relación que tiene, así que todavía se siente inseguro. Seguro que hay una explicación muy sencilla —dijo mientras se echaba agua por la cabeza.

—Puede que haya ido a Aquae Sulis —insistió ella.

—Umm. Pronto lo averiguaremos. Ponte algo de ropa, muchacha —ordenó frotándose el pelo—, antes de que entre alguno de esos chicos. Debería haberse quedado dentro, como le dije.

—Debería haber vuelto a casa, como le dije yo —masculló Brighid, y deseó haberlo dicho de verdad. Aquello era un desastre. No era modo de celebrar su nueva relación, que para él parecía tan lejana y olvidada ya como el verano del año anterior. Un acontecimiento como cualquier otro. Ella había dormido toda la noche de un tirón, sin que cambiaran una sola palabra, compartiendo la misma almohada y tal vez los mismos sueños. Unos instantes antes había estado dispuesta a decirle lo que acababa de descubrir respecto a sí misma y respecto a él. Ahora, lo primero era Math.

«Por favor, amada Brigantia, cuida de Math, por favor».

No podía parecer que estaban buscando a alguien, les dijo Quinto, porque oficialmente su hermano no estaba allí. Tendrían que inventar motivos para estar en los sitios donde buscaran: los baños, los estanques, los jardines, el granero y los tostaderos de malta. Después alguien tenía que ir a la ciudad a preguntar en su antiguo alojamiento. Él tenía que mantener sus planes, o los demás se extrañarían. Lucano y Tulo podrían buscar sin despertar sospechas. Y cuando encontraran a Math, le daría una buena tunda y lo mandaría bien lejos, aunque aquella amenaza no la hizo delante de Florian.

—Y tú, princesa —dijo— no debes ir a ninguna parte sola. Ahora pide el desayuno, haz el favor —al ver que ella fruncía el ceño, tomó tiernamente su cara entre las manos y la besó en los labios—. No te preocupes, muchacha. No habrá ido lejos. Lo encontraremos. Pero tenemos que comer, y debemos ocultar que ocurre algo.

—Sí —contestó ella—, pero tengo miedo por él.

—No es necesario. Es más fuerte de lo que parece.

—Entonces ¿crees que...?

—No, no conviene hacer conjeturas, cariño —la besó en la punta de la nariz—. Y anoche estuviste a-som-bro-sa —añadió.

Aquello la hizo sonreír.

—¿Sí? Entonces ¿tienes hambre?

—¡Un hambre de lobo! —musitó él con los ojos entornados.

El desayuno, que tomaron precipitadamente mientras hablaban de cómo y dónde buscar a Math, fue la última verdadera comida que tomó Quinto hasta el amanecer del día siguiente. Su primera visita al centro medicinal, que incluyó una exploración médica completa, una serie de pruebas para calibrar su buena forma física y una revisión de su dieta, de su funcionamiento intestinal y de sus pautas de sueño, todo lo cual le pareció innecesario, le ocupó toda la mañana, al final de la cual le dijeron que debía ayunar a fin de prepararse para la interpretación de los sueños que se llevaría a cabo esa noche.

Su primer impulso fue declinar la invitación, pues estaba deseando pasar esa noche como la anterior, en brazos de Brighid. Pero el sacerdote no aceptó un no por respuesta. Era esencial, le dijo, para una revisión física completa, ¿y para qué había ido a Watercombe, si no era para probar todas las cosas que ofrecía? Los sueños, afirmó el anciano sacerdote, eran una ventana abierta al alma. Bien interpretados, podían explicar los misterios de la conducta de un hombre y ponerlo en el camino hacia una vida más feliz, próspera y plena. El tribuno no debía negarse a sí mismo una de las mayores experiencias vitales. ¿Acaso tenía miedo?

Quinto no era ningún cobarde, pero no creía que algo pudiera competir con la maravillosa experiencia que había tenido la noche anterior, y no tenía particular interés en compartir con aquel anciano y sus colegas su vida privada a través de una ventana, fuera de la clase que fuese, y menos aún si para ello debía tomar alguna droga. Aunque no se había mencionado el uso de drogas, sabía que se administraban para inducir el sueño y causar sueños especialmente vívidos, y prefería conocer mejor al herborista antes de beberse algo que hubiera preparado.

A pesar de lo cual aceptó. Como investigador, se daba cuenta de que de ese modo tendría la ocasión de averiguar qué ocurría de verdad en el transcurso de aquellos rituales mágicos. Ayunaría, pues, para prepararse. A fin de cuentas, no le costaría mucho trabajo.

Teniendo presente la orden de Quinto de no salir sola, Brighid fue con Lucano a recorrer los grandes jardines, aparentemente para dar un paseo y hablar. En realidad, tomó nota de todos los senderos escondidos donde podía encontrar pistas sobre el paradero de Math. Había muchas personas con las que mezclarse y a las que saludar, y pudieron detenerse a menudo y observar el paisaje, las grutas más lejanas y los santuarios en los que los manantiales brotaban burbujeando de la tierra o chorreaban en regueros por las paredes. Más arriba, fuera del alcance de los peregrinos con dificultades para caminar, un estrecho sendero llevaba a las terrazas más altas que serpeaban entre bajas coníferas y en las que había bancos de piedra donde pudieron sentarse a contemplar a los huéspedes de más abajo.

Los ojos atentos de Brighid recorrieron la escena mientras Lucano miraba a su alrededor y detrás de ellos, girándose para ver el bancal de hierba de su espalda, cuyas briznas parecían aplastadas.

—¿Para qué habrá subido alguien aquí arriba? —se preguntó en voz alta—. No es un sendero, pero está claro que alguien ha pisado por ahí.

—Vamos a echar un vistazo —dijo Brighid—. Quédate detrás de ese árbol para que no nos vean. Espera, tengo que recogerme el vestido.

Con Lucano a la cabeza, siguieron la tenue vereda a través de los matorrales y cruzaron a continuación un bosquecillo de avellanos, hasta desembocar en un pequeño calvero donde había poco que ver, como no fuera una hilera de montículos herbosos de pequeñas dimensiones y distintas alturas, uno de los cuales parecía excavado hacía tan poco tiempo que la tierra aún se veía removida.

—¿Podrían ser tumbas? —preguntó Lucano.

—No hay flores, ni lápidas. Es extraño, pero podría ser. Puede que sean de bebés que no sobrevivieron al parto —se agachó, sobrecogida de repente por aquella trágica idea, acordándose de su doncella y de cómo había perdido a su hija recién nacida, sin ni siquiera una tumba o un entierro decente, ni una plegaria, ni una ofrenda por su muerte. Lucano esperó sin decir nada, adivinando el curso que habían seguido sus pensamientos. Como si estuviera segura de lo que contenían aquellos túmulos, Brighid acarició la tierra del montículo más cercano como una madre que alisara las sábanas del lecho de su hijo.

—Cosita —musitó.

Regresaron más despacio, sin hablar apenas, convencidos ambos de que habían tropezado con una especie de cementerio y de que allí, en Watercombe, la muerte también estaba presente. Brighid se alisó la túnica y se recompuso antes de seguir bajando, terraza por terraza, hacia el mayor de los estanques, desde donde Tulo les saludaba con la mano. A su lado había dos hombres vestidos con cortas túnicas blancas, enfrascados en una conversación. Uno de ellos era Valens.

Brighid se detuvo de repente y se volvió consternada hacia Lucano. Sus grandes ojos verdes evidenciaban lo que él ya había adivinado: que el otro hombre tenía que ser Helm, el hijo del jefe de los dobunni.

—¡No puedo! —susurró—. Es demasiado pronto... No creo que... No estoy preparada... ¿Qué voy a decir?

—Princesa —dijo Lucano suavemente—, para ti es un perfecto desconocido. Salúdale como saludarías a un extraño, sin apenas dirigirte a él. Compórtate como siempre, altiva y discreta. Él tampoco querrá dar muestras de que te reconoce.

—No, claro que no.

—Y no tienes por qué contestar a sus preguntas. Será él quien esté nervioso. ¿Lista?

—Sí, vamos. En algún momento tengo que enfrentarme a ese caradura.

Lucano sonrió y la condujo hacia delante.

—Eso está mejor —dijo.

Los tres hombres los vieron acercarse: uno de ellos con expresión satisfecha, otro con recelo y otro boquiabierto de asombro. El último, un hombre con barba y cabello rubio, rondaba la treintena, lucía un gran bigote y sus ojos, bajo las pobladas cejas, eran de un gris parecido al pedernal. Era robusto y musculoso, pero no elegante, ágil pero tosco. Su boca roja se abrió y se cerró cuando se volvió para mirar atónito a Valens. Después, fijó la mirada en sus pies.

Consciente de la atenta mirada de Valens, Lucano les gritó:

—Hemos estado admirando los jardines mientras el tribuno hace sus curas. Debes estar muy orgulloso de ellos.

—Me alegro de verte, Lucano —dijo Valens—, y a ti, princesa. Permitid que os presente a mi amigo Helm. Nos conocemos hace mucho tiempo. Helm, este es el otro ayudante del tribuno, Lucano Décimo Gala. Los dos se alojan aquí fingiendo estar enfermos, pero se lo permitimos porque necesitamos el dinero.

Brighid se negó a sonreír, pero vio que Lucano y Helm se calibraban con la mirada como dos luchadores. Helm evitó en cambio su mirada, aunque Brighid notó de un vistazo que se había sonrojado.

—Y la princesa —añadió Valens— es la sanadora

del tribuno. Aunque si yo tuviera una sanadora como ella, no me molestaría en venir hasta Watercombe.

Se suponía que debían reírse de su broma, pero Tulo comentó que ya iban de camino allí cuando el tribuno había conocido a la princesa. Valens miró a Brighid dos veces de arriba abajo y ella, al igual que sus dos amigos, comprendió lo que estaba pensando. Helm, por su parte, hizo un esfuerzo por recuperarse de la impresión y saludarla como se esperaba de él:

—Bienvenida a Watercombe, princesa —dijo a regañadientes—. Estás muy lejos de tu territorio, si no me equivoco. Valens me ha dicho que eres de los brigantes.

—¿Conoces nuestra tribu, señor? ¿Tan lejos has estado de tu hogar? —Brighid sabía que era improbable que lo reconociera, pues tendría que dar explicaciones, y no creía que fuera lo bastante ingenioso para inventar una excusa convincente sin meterse en un lío.

—Eh... no —dijo él mirando a Tulo—. Nunca.

—Conocí a tu esposa ayer. Enhorabuena.

—¿Enhorabuena?

—Por tu nuevo hijo. ¿Hace mucho que conoces a tu esposa?

Helm no se estaba divirtiendo.

—Hará medio año —contestó, confuso.

Su error hizo sonreír a Brighid, que asintió con un gesto. El bebé podía nacer en cualquier momento. Como siempre, Tulo acudió al rescate.

—El tiempo pasa deprisa aquí, en estos valles —comentó— y los hombres nunca sabemos cuánto tiempo hace que conocemos a nuestras mujeres, prin-

cesa. Ah, mira, aquí viene, recién salido de la clínica
—saludó con una mano en el aire—. Ven a conocer al
amigo del que nuestro anfitrión nos habló anoche.
Helm de los dobunni, te presento al tribuno Quinto Tiberio Marcial.

Como si supiera cuánto ansiaba Brighid su apoyo
en aquel momento crítico, Quinto se fue derecho a su
lado, rodeó su cintura con el brazo y la atrajo hacia sí,
al tiempo que lanzaba una mirada retadora a Helm.
Para Brighid, aquello fue como un bálsamo curativo
aplicado al corazón. Puso la mano sobre la de él y sintió que su calor se extendía por su cadera. Quinto saludó a Helm con una inclinación de cabeza, sin sonreír.

—Bienhallado —dijo—. ¿Estás aquí por negocios
o por placer?

—Por placer solamente, señor. Para tomar las aguas
y ver a mi esposa. Y quizá para llevarla a casa conmigo.

A Brighid aquello le sonó bastante extraño teniendo en cuenta que Dora estaba allí para dar a luz
sana y salva. Pero no era asunto suyo y Quinto pareció
no encontrar nada que comentar al respecto. Los hombres conversaron amigablemente mientras recorrían el
jardín con Brighid agarrada del brazo de su amante.
Había, sin embargo, una tensión fruto de aquel encuentro inevitable para el que nada la había preparado,
y aunque mantuvo los ojos bajos, comprendió sin necesidad de mirarlo que Helm estaba perplejo y fascinado por el cambio que había sufrido, por su súbita
aparición en aquella parte del país y por su relación
con el tribuno, cuya presencia lo había inquietado
tanto como a Valens.

Su anfitrión hablaba a voz en grito, como si de ese modo quisiera impedir que la conversación derivara hacia otros asuntos, y solo cuando se mezclaron con un grupo de visitantes cerca del atrio sorprendió Brighid una mirada de Helm que parecía suplicarle que le concediera unos instante para hablar en privado. Ella parpadeó y desvió la mirada respondiendo a la presión de la mano de Quinto sobre su cintura. No le era posible hablar con él a solas. Math le había dicho que iban a matarlo, pero a ella le parecía que tanto Helm como Valens ya eran conscientes de que sus huéspedes se traían entre manos algún asunto secreto, un asunto que probablemente les concernía también a ellos.

Su prioridad era tener noticias de Math.

—¿Alguien ha visto algo? —preguntó tan pronto estuvieron solos.

Sus compañeros negaron con la cabeza.

—¡Por amor del cielo! —exclamó ella—. ¿Por qué no? ¿Ha ido alguien a la ciudad?

—Sí, Florian y uno de los guardias —respondió Quinto—. Volverán cuando tengan algo que contar. Los dos mozos todavía están buscando. Y también el otro guardia. Tulo también ha estado buscando, igual que Lucano y tú, supongo que sin éxito, mientras a mí me aporreaba un imbécil que no parecía tener ni idea de cómo dar un masaje. Ya está, princesa, ¿responde eso a tu pregunta?

Brighid lo miró con enojo.

—Sí, gracias. Voy a mandar a por comida.

—No puedo comer nada. Me han dicho que ayune.

Durante el breve silencio que siguió, Tulo se aclaró la voz.

—Lucano y yo iremos a cenar al comedor de los huéspedes si nos excusáis.

—Sí —dijo Quinto—, id y disfrutad del suculento jamón servido sobre un lecho de...

Lucano lo agarró del hombro.

—Tranquilo, hombre. Si sigues así nos dará asco y no disfrutaremos ni de un solo bocado. Seguiremos buscando, princesa, no te preocupes.

—Que no me preocupe —murmuró ella al cerrarse la puerta—. Claro que me preocupo.

En su tierra, cuando desaparecía un hombre, se enviaba de inmediato una partida de búsqueda con órdenes de no regresar hasta que encontrara al desaparecido. Allí, por lo visto, había que esperar pacientemente y sin preocuparse, y fingir que no pasaba nada. A su hermano parecía habérselo tragado la tierra. ¿Qué podía haber más importante que eso?

El aire vibró entre ellos, cargado de reproches que Brighid sabía injustos, pues nadie sabía mejor que el tribuno cómo abordar un problema como aquel. Sin embargo, su hermano podía estar sufriendo horriblemente en ese mismo instante, solo.

Quinto le tendió una mano.

—Ven aquí, muchacha. Ven y cuéntame qué ha dicho ese salvaje de los dobunni al verte.

Se dejó abrazar por él sin apenas resistencia, pero permanecieron callados un rato, satisfaciendo con sus bocas, de otro modo, el ansia que sentían el uno por el otro. Pero cuando Quinto hizo intento de seguir adelante y le apartó apresuradamente el vestido del hombro, Brighid protestó y se escabulló de sus manos.

—No puedo... no puedo, mi señor. Para, por favor.

Él paró de inmediato, suspirando.

—Sí, lo sé, soy un bruto insensible. Has tenido una mañana difícil, princesa, y tienes la cabeza puesta en otras cosas. Lo sé. No hacen falta explicaciones —la tomó entre sus brazos y la acunó contra sí con un beso en la frente—. Ahora, cuéntamelo. ¿Crees que lo hemos desconcertado?

Le contó lo poco que había que contar, le habló de las tumbas de bebés que habían encontrado Lucano y ella. Cuando Quinto le habló de sus experiencias de esa mañana y le dijo que había accedido a pasar la noche en el templo, quedó horrorizada por el peligro.

—No —dijo con firmeza—. No puedes. No debes hacerlo, mi señor.

—¿Por qué? ¿Porque vas a echarme de menos?

—Porque es una trampa. Valens ya sospecha y también Helm. Sin duda querrán aprovechar la oportunidad. La droga equivocada, una dosis excesiva, un paciente débil, y es fácil morir... Sé las cosas que usan, mi señor: raíz de mandrágora, estramonio, beleño y belladona, artemisa y opio. Las mezclan con vino para disimular el sabor, y solo se necesita una gota de más para que un hombre se vuelva loco. No solo inducen sueños. El paciente divaga y delira, y tienen que sujetarlo. Puede causar vómitos y... en fin, otras cosas. No sabrás lo que ha pasado hasta que te despiertes cubierto de sudor. Si te despiertas —estaba sentada muy derecha, con la cara crispada por la preocupación.

—Te importa, ¿verdad? —preguntó él acariciándole el brazo.

—¡Claro que me importa! ¿Cómo puedes dudarlo? —repuso ella, y le apartó la mano.

—Descuida, no tengo intención de tomarme sus pociones. Fingiré hacerlo y fingiré dormir, pero pasaré la noche vigilando. No tomaría ninguna droga que no procediera de ti.

—Prométemelo. No dejes que te engañen. Ni que te droguen. Hay algo maligno en este lugar, y Math ha desaparecido. ¿Quién será el siguiente? Que no seas tú, mi señor —agarró sus mangas y lo zarandeó con impaciencia, creyendo solo a medias que pudiera sobrevivir cuando otros no habían podido.

—Calla, muchacha. No va a pasarme nada. Me halaga saber que te preocupas por mí.

«Entonces no vayas. ¿Qué será de mí si te pierdo a ti también?».

—¡Ah, grandísimo... bruto! —gruñó, forcejeando.

Pero el recuerdo de su noche apasionada, de su iniciación y de la dicha que la había acompañado seguía presente en la mente de ambos, ardía todavía a pesar de las protestas de Brighid. En un rincón de su cabeza se agitaba sin embargo la siniestra amenaza de la noche que la aguardaba, una noche que había creído que sería de los dos y que ahora tendría que pasar sola y asustada. Por seguro que estuviera Quinto de que iba a salir indemne, no podía permitir que se marchara así, sin el amor que evidentemente ansiaba.

Dejó de forcejear y le rodeó el cuello con los brazos mientras susurraba dulces improperios junto a su boca.

—Grandísimo bruto —repitió en voz baja—. ¿Por qué me preocupo por ti? Ayudé a curarte la pierna solo porque me harté de tu mal genio. Y ahora que me tienes para ti solo una noche, te marchas...

—¡Ah, muchacha! Calla. No lo había planeado así —repuso él besando sus párpados, su nariz, sus labios.

—¿Y yo cómo lo sé? —murmuró con una mirada provocativa.

Quinto se lo explicó con actos, no con palabras. Besándola, la alzó en brazos y ella le rodeó con las piernas y se apretó contra su miembro palpitante. Solo sus túnicas los separaban. Cegados por el súbito torrente de pasión que los sacudió a ambos, Quinto la oyó gemir de placer y expectación. Sintió que tiraba frenética de la tela que los separaba, notó el repentino calor que produjo el contacto de sus pieles, la humedad que se abría para él. Notó que ella se deslizaba sobre él sin un solo asomo de pudor, gozó al penetrarla suavemente y se estremeció de placer cuando ella se acomodó sobre su miembro arqueando el torso, extasiada y gimiendo que la tomara sin más dilación.

Jadeantes de deseo, se aferraron el uno al otro, dando y tomando por igual, en perfecta sincronía. Solo se oía el jadeo entrecortado de sus gemidos y sus palabras. Luego, cuando la oleada de placer y locura amenazó con arrastrarlos a ambos, Quinto la giró y la apoyó en la pared para acelerar el ritmo y la apretó contra su pecho hasta el final cegador, el violento estallido de estrellas que los dejó temblando y riendo de euforia. No habían tardado más de tres minutos, pero el ardor y la espontaneidad de aquellos breves instantes mostró a Quinto otra faceta de la asombrosa mujer a la que sostenía en sus brazos: la inmensa pasión que abarcaba cada aspecto de su vida. Aquella mujer jamás sería una víctima pasiva de las circunstancias. Abrazados todavía, la llevó al diván, demasiado jadeante para hablar, y allí permanecieron entrelazados, acariciándose la cara y el pelo mientras reían.

Brighid quiso suplicarle que no se fuera, que se quedara con ella. Pasó el pulgar con ternura por sus negras cejas.

—Ten cuidado —susurro—. Mantente en guardia. Esos sacerdotes conocen muy bien su oficio, recuérdalo.

—Yo también el mío, cariño —murmuró él y, tomando su pulgar, se lo besó—. No te preocupes por mí. No voy a hacer ninguna tontería, créeme. Volveré por la mañana.

Florian y el guardia regresaron de Aquae Sulis esa tarde a última hora para informarles de que Math no se había presentado en sus antiguos aposentos. Su misteriosa desaparición les había afectado a todos. Pese a lo mucho que habían buscado los otros siete, no parecía haber ni rastro de él en Watercombe. De haberse dejado llevar por sus premoniciones, Brighid habría recogido sus pertenencias y se habría marchado de inmediato, pero faltando Math eso era imposible. Tendrían que quedarse hasta que lo encontraran.

—¿No puedes exigir que registren la finca? —preguntó Brighid cuando comenzó a oscurecer—. Tienes autoridad suficiente. ¿Y qué más da que sepan que estaba aquí? Evidentemente, alguien tiene que haberlo visto.

—Mañana —repuso Quinto—. Si por la mañana no ha aparecido, haré que pongan esto patas arriba. Esto se está volviendo ridículo.

Consciente de que cumpliría su promesa, Brighid tuvo que conformarse.

Tulo y Lucano quedaron en reunirse con Brighid para cenar y acompañaron a Quinto al templo después de darse un baño que, como de costumbre, les abrió el apetito y puso de muy mal humor al que tenía que ayunar. En realidad no hacía falta que cumpliera el ayuno, le dijeron Tulo y Lucano, si no pensaba cooperar en la experiencia. Pero Brighid sabía que se equivocaban. Los sacerdotes olerían la comida en su aliento. Y además habría otros indicios demasiado sutiles para explicarlos. Debía parecer que estaba hambriento. Quinto le dio la razón.

En su apartamento, Brighid recogió sus cosas de aseo y fue con Florian a los baños de mujeres, en cuyas bóvedas resonaban grititos y risas agudas y donde el eco de las sandalias al pisar las baldosas mojadas se mezclaba con el ruido de las manos de los masajistas al palmear las aceitosas espaldas de sus clientes. La aparición de un esclavo joven y guapo en la casa de baño de las mujeres no causó el menor revuelo, y con su habitual discreción Florian pareció fundirse con su entorno hasta que Brighid lo necesitó, como si fuera una doncella.

Había también allí una joven esclava que tuvo la osadía de preguntarle por el joven que había asistido a la princesa la noche anterior, un muchacho de cabello oscuro, ojos claros y nariz algo torcida. Le había dado a entender que volvería a la noche siguiente.

Florian tuvo que tragar saliva con esfuerzo para que no se le quebrara la voz al contestar.

—Ha... ha desaparecido —susurró sin ocultar su angustia—. No sabemos nada de él desde anoche. ¿Tú no lo habrás visto?

La muchacha, bonita, de pelo corto y piel clara, se puso aún más pálida y se mordisqueó el labio inferior.

—No —contestó, pero la preocupación nubló sus ojos azules—. Ay, por favor, amada Sulis, no permitas que le... —se tapó rápidamente la boca con la mano, pero Florian ya la había oído.

—¿No permitas que qué? ¿A quién te refieres? Tú sabes algo.

La muchacha negó con la cabeza.

—No, no sé nada. De tu amigo, por lo menos.

—¿De quién, entonces?

—Lo único que sé es que a veces desaparecen hombres jóvenes. Mira —dijo con una mirada implorante—, voy a meterme en un lío por contarte esto, pero vengo aquí con mi ama una vez al año y ella siempre nos advierte que no vayamos a ninguna parte solos, tanto a los chicos como a las chicas.

—¿A las chicas también?

—Las chicas no desaparecen, pero... Bueno, tú mismo puedes verlo —señaló con la cabeza hacia un grupo de mujeres jóvenes que acababan de entrar en la sauna envueltas en toallas blancas, a una de las cuales reconoció Florian—. El año pasado era esclava aquí, y ahora mira lo que le ha pasado.

—Pero si es Dora, la amiga de la señora Helena.

—La esclava de la señora Helena, chico. La han casado porque su ama no quiere que siga viviendo aquí cuando haya dado a luz.

—¿Por qué? ¿Es que no le gustan los niños?

La muchacha puso los ojos en blanco.

—Porque es de su marido —musitó.

—¿De Valens?

—¡Shh! Sí, de él —masculló sin apenas mover los labios—. Así que dile a tu ama que se ande con ojo.

—Lo haré. Pero ¿me estás diciendo que han obligado a Dora a casarse?

Ella arrugó el ceño como si lo compadeciera.

—¿Dónde has estado toda la vida? ¿Es que en tu tierra no hay esclavas? ¿De dónde te sacas la idea de que una esclava tiene derecho a elegir? Seguro que sabes lo que pasa cuando una esclava tiene un hijo y su amo no lo quiere.

—No. Dímelo.

—Arriba, en la colina, pasado el jardín, hay un calvero entre los árboles y varias hileras de tumbas diminutas. Sin marcar. No todos murieron de muerte natural, sino porque ni el padre ni sus amigos los querían. A todas las esclavas que trabajan aquí se las utiliza de la misma manera, les guste o no. Esa de allí

—señaló a Dora con la cabeza— tiene suerte porque era la doncella personal de su ama. Le han buscado un marido. Podrá llevarse a su hijo a casa.

—Puede que el novio se haya enamorado de ella. Es raro que acepte al hijo de otro hombre.

—O puede que le daba un favor a Valens.

—Sí, o la señora Helena —repuso Florian—. Imagino que no podrás encontrar a mi amigo, ¿verdad? Lo he buscado por todas partes.

—¿Es tu amante? —cuando Florian asintió, añadió—. Eso me parecía. No pasa nada, solo charlamos para pasar el rato. Yo no le interesaba, solo quería conversar. Es muy amable.

—Sí. ¿Podrías ayudarme? Tal vez tú conozcas otros sitios donde mirar.

—Sí, conozco un montón de sitios secretos —sonrió con malicia—. Veré qué puedo hacer. Y no me preguntes por qué desaparecen. Ninguno de ellos ha vuelto para contarlo y, a no ser que vengas a Watercombe año tras año, no te das cuenta de lo que pasa. Constantemente huyen esclavos y se mueren peregrinos.

—¿También en el templo? ¿Por la noche?

—Sí, con frecuencia. ¿Por qué?

—Porque mi amo está allí. Pero no pasa nada, es muy fuerte.

—Tu ama te está llamando. No te olvides tu toalla —se la alargó cuando Florian se puso en pie y reparó en sus bellas y rectas piernas y en sus musculosos gemelos.

—Gracias. Eres muy bonita.

Ella sonrió, preguntándose qué cumplidos le haría a su amante.

Florian sintió en un primer momento el impulso de contarle a la princesa lo que acababa de descubrir sobre el terrible destino de los hijos recién nacidos de las esclavas, arrancados de los brazos de sus madres como desechos de la lujuria de los hombres. La muchacha tenía razón. Había llevado una vida muy cómoda siendo el masajista del tribuno y lo que acababa de saber le daba náuseas. Le asqueaba pensar en cómo trataban los hombres a las mujeres vulnerables, sin el menor escrúpulo ni la menor responsabilidad. Dora tenía suerte, en efecto, por haberse librado, fuera cual fuese el motivo.

Pero la princesa tenía prisa y apenas reparó en el silencio de Florian, de modo que no surgió la oportunidad de hablar y el joven tuvo que resignarse a esperar a que se estuviera quieta y lo escuchara.

Tenía que informarla además de la extraña desaparición de hombres como Math, pero ¿qué podía decirle al respecto, salvo que no era la primera vez que sucedía? ¿En qué sentido podía ayudarles eso? Math no había ido al templo y Florian no creía ni por un segundo que su amo corriera peligro de sufrir un colapso allí esa noche. Nadie le había dicho qué entrañaba exactamente la experiencia en el templo, así que no había motivo para que se alarmara por el tribuno.

La ruta que llevaba desde la casa de baños a la parte de atrás de los aposentos de los huéspedes era la que había tomado Brighid el día anterior para ir al lavadero, pasando junto a una serie de cuartitos y rincones tapados con cortinas. Brighid y Florian fueron descorriendo algunas de aquellas cortinas por si acaso Math estaba tumbado en algún diván de masaje, drogado e inconsciente. O algo peor.

En un cuarto algo más grande que los demás había una sola lámpara encendida sobre un anaquel, una tablilla de cera y un estilo sobre la mesa, una cesta de mimbre abierta a su lado y otra más allá, cerrada con una tira de cuero.

—Vigila mientras echo un vistazo —dijo Brighid.

—Date prisa, *domina* —repuso Florian—. Todavía hay gente trabajando aquí.

La cesta abierta estaba medio llena de velas de cera de abeja, rollos de gasa y talegas de lino con ingredientes que Brighid reconoció fácilmente por su perfume: incienso, almizcle y nardo. Estaba a punto de desabrochar la tira del otro recipiente cuando Florian asomó la cabeza por debajo de la cortina.

—¡Rápido, *domina*! —susurró.

Era demasiado tarde. Nada más erguirse, se abrió la cortina y apareció Valens sujetando a Florian por el cuello, lo hizo entrar de un empujón y lo dirigió hacia la pared.

—Quédate ahí, granuja —dijo—. Princesa, ¿en qué puedo servirte? ¿Necesitas acaso algún perfume?

Brighid cobró conciencia por primera vez de su apariencia. Acababa de salir de la casa de baños e iba vestida apenas, tenía el cabello húmedo y despeinado y su piel relucía en contraste con su gargantilla y sus pendientes de oro. Para esconder su azoramiento, miró a Valens con expresión desafiante. Nadie debía verla así, y mucho menos Valens.

—No, gracias. Tengo que reconocer que a veces mi curiosidad puede conmigo. Es tan fácil entrar en estos cuartitos, tapados solo con cortinas... ¿No es cierto? Ahora confío en que me excuses. He de vestirme para la cena.

—Hay tiempo de sobra, princesa. Yo también tengo una curiosidad insaciable por descubrir qué se oculta detrás de esas telas. De hecho, es algo que me atormenta desde que nos conocimos.

—Puede que en otra ocasión, señor. Si no os importa...

Pero Valens no tenía intención de dejarla escapar tan fácilmente ahora que la tenía a solas y se plantó enérgicamente ante ella. Por encima de sus anchos hombros, Brighid vio los ojos asustados de Florian. El muchacho la miró fijamente y a continuación miró hacia un lado buscando una salida por la que escapar si ella conseguía distraer a Valens.

—Lamento que eso te haya atormentado, señor. Te aseguro que no hay nada más que lo que se ve a simple vista. ¿Es a eso a lo que te referías? —preguntó ella.

Florian avanzó lentamente, con sigilo felino, hacia la cortina de un lado de la pared, que parecía comunicar aquella cámara con la siguiente. Y mientras miraba fijamente a Valens, cuyos ojos se deslizaban ávidamente por su cuerpo, Brighid se maldijo a sí misma por su estupidez. Había dado a aquel canalla la oportunidad que estaba esperando de interrogarla sin interferencias. Se preparó para sus preguntas, decidida a responder cortésmente y a no darle pie para que se le acercara. Pero Valens era un hombre que maltrataba a su esposa y que posiblemente tenía tan pocos escrúpulos como su padre. Se negó a responder a su pregunta.

—¿Estabas buscando algo, princesa?

—Soy sanadora, señor. Me ha impulsado a entrar aquí el olor a sándalo y a incienso. ¿Es esta la sala de aromaterapia?

—Sanadora, dices. Me pregunto qué más eres para el tribuno. Su esclava, eso salta a la vista. Capturada, ¿verdad?

—¡No soy una esclava, señor! —picó tontamente en el azuelo y vio una sonrisa en sus ojos fríos—. Yo no tengo dueño —añadió, confiando en que bastara como explicación.

Valens siguió sonriendo.

—Ah, pero eso va a traerte muchos problemas, ¿no crees? Una mujer como tú ha de pertenecer a un hombre, preferiblemente a uno que pueda ofrecerle un hogar permanente con todos los lujos que exige su rango. ¿Te ofrece eso el tribuno? ¿Te ha ofrecido algo ya? ¿Puedes protegerte de los peligros mientras está ocupado con sus pesquisas tributarias? Es procurador provincial, ¿verdad? Cuando no está tomando las aguas, claro.

—¿Esas preguntas no deberías hacérselas al propio tribuno, señor? Hace muy poco tiempo que nos conocemos, es demasiado pronto para que hablemos del futuro.

—Entonces hablemos del pasado, princesa. ¿No es cierto que conociste a nuestro amigo Helm cuando estuvo en el norte?

Brighid sintió que palidecía y que un escalofrío de miedo recorría su cuero cabelludo. Valens estaba al corriente, pero ¿qué le había contado Helm?

—No conozco a tu amigo Helm —respondió—. Nunca hemos hablado —era la verdad. No habían cruzado palabra y no lo conocía. Era a su padre a quien le había hecho su oferta.

De modo que, puesto que Valens no se había referido a ninguna proposición matrimonial hecha por Helm, estaba claro que no sabía nada de tal proposición. Lo que significaba que Helm había ido a hablar con su padre con intención de recabar su ayuda contra el emperador. Helm se había servido de su oferta de matrimonio como excusa para ocultar un asunto más importante en el que seguramente estaba implicado Valens, puesto que conocía su visita al norte.

Brighid había visto cómo podían enturbiarse de deseo los ojos de un hombre, pero Valens tenía la lujuria pintada en cada línea de su cara, en la punta de la lengua que se pasó por la comisura de la boca, en las aletas de la nariz, que se hinchaban como las de un potro ante una yegua en celo. Comparado con el tribuno, Valens parecía tan primitivo como un jabalí, sin dominio alguno sobre sus instintos. Con razón Helena Coronis había acudido a pedir ayuda al templo sagrado de Sulis. ¿Qué había visto en aquel hombre, aparte de seguridad?

Valens no había hecho aún intento de acercarse a

ella y Brighid sabía que era porque creía que Florian seguía en el cuartito, con ellos, escuchando cada palabra. En cuanto descubriera su ausencia, sabría que disponía de poco tiempo.

—Lo cual me recuerda una cosa, señor —añadió ella—, ¿por qué tu amigo Helm fue a visitar a mi padre y por qué lo ocultó ayer? Resulta evidente que es de tu confianza.

Valens frunció ligeramente el ceño y sacudió la cabeza.

—Supongo que quería contactar con otros jefes de tribus. No habrá querido reconocerlo delante de un tribuno romano y sus esbirros, por si acaso veían indicios de conspiración. Imagino que tu padre participaba de vez en cuando en alguna conspiración, ¿no es así, princesa? Los jefes suelen hacerlo.

—Si te refieres a una conspiración contra las autoridades romanas, señor, creo que no. Ya tenía suficiente con las querellas con otras tribus para molestarse en pensar en eso. Y jamás le gustó desprenderse de dinero como no fuera a cambio de algún beneficio personal.

—¿De veras? Entonces tal vez te convenga hablar en privado con mi amigo Helm, princesa. Puedo arreglarlo.

—Creo que no. Tu amigo es un hombre casado. Sería impropio, y al tribuno no le parecería bien.

—¿Y haces todo lo que te dice? —en vista de que ella vacilaba, fijó de nuevo la mirada en sus pechos como si estuvieran desnudos—. Has dudado, princesa. Eso está bien. Confío en que le digas a ese muchacho que mantenga la boca bien cerrada sobre lo que vea y oiga aquí —miró hacia atrás—. No queremos que... —se giró de pronto, dejó escapar un juramento y, volviéndose hacia Brighid, entornó los párpados amenazadoramente—. ¡Tú lo sabías! —exclamó—. Muy bien. En otra ocasión, quizá, ¿eh?

No hizo falta responder, pues en ese instante oyeron acercarse un tumulto de pasos precipitados y un murmullo de voces preguntando dónde y cuál. Valens giró sobre sus talones y apartó la cortina en el instante en que el pasillo se llenaba de hombres. Adoptando rápidamente una sonrisa de sorpresa que no engañó a nadie, miró de frente a Lucano y Tulo.

—Ah, amigos míos, habéis venido a estropearnos la conversación. Qué lástima. Estábamos debatiendo las propiedades del manantial termal, cuya agua la gente se empeña en beber cuando es mucho mejor bañarse en ella. Pero es hora de cenar, princesa, y ya te he entretenido bastante. Discúlpame. Que disfrutes de la cena —se inclinó ante Brighid, invitándola a salir de la habitación como si hubiera sido ella la que lo había sorprendido allí y no al contrario.

Brighid sintió su calor al pasar a su lado y arrugó la nariz al notar el olor de su sudor. Habría querido tener tiempo de regresar a los baños para lavar de su cuerpo el recuerdo de los ojos lujuriosos de Valens. Cuando le preguntaron si estaba bien, solo pudo asentir con la cabeza, pero Tulo la sintió temblar cuando ella le dio el brazo y Lucano advirtió la palidez de sus mejillas y comprendió por su mirada que el momento de hablar llegaría más tarde, cuando el vino humedeciera su boca seca.

Once

Lucano se sirvió otra cucharada de suculentas verduras.

—Bueno —dijo—, ahora ya sabemos a qué atenernos.

—¿Sí? —preguntó Tulo dejando su cuchillo.

—Nuestro anfitrión sabe ya que somos de la oficina de tributos, ¿no es cierto? —añadió Lucano.

—Eso ya lo sabía antes.

—Pero ahora está seguro. No sé si importará algo, pero puede que sí. Y además Helm le ha hablado de su visita al padre de la princesa. Así que me pregunto por qué se molestó Helm en ocultarlo.

—Porque yo no di señales de reconocerlo —repuso Brighid.

—Eso indica también —continuó Lucano— que Valens está ayudando de algún modo a Helm a reclutar adeptos para su rebelión. ¿Qué es lo que necesita Helm para llevar a cabo sus planes de revuelta?

—Dinero y hombres —respondió Tulo—, imagino.

Florian había sido invitado a cenar con ellos como

recompensa por su ayuda y para consolarlo. Había guardado silencio hasta entonces.

—Tengo que deciros una cosa, mis señores —dijo. Había perdido el apetito. Su conversación con la muchacha de los baños lo había deprimido profundamente. Les contó lo que le había dicho la esclava y vio cómo, uno a uno, iban dejando a un lado sus cuchillos y olvidándose de comer al tiempo que fruncían el ceño y palidecían. A Florian y a Brighid se les llenaron los ojos de lágrimas al pensar en la desaparición de los jóvenes, y Tulo y Lucano se quedaron en silencio.

—¿Por qué hemos venido aquí? —musitó ella—. Yo sabía que era peligroso. Debería haber hecho caso de mi instinto. En esas tumbas, Tulo, acabaría el hijo de Dora si no se hubiera casado con Helm, de modo que algo de bueno debe de haber en él.

—Sí —contestó Lucano con sorna—, y uno no tiene más remedio que preguntarse qué le ha inducido a casarse con una esclava embarazada de otro hombre. Pero lo que más me interesa es esa historia sobre las desapariciones. ¿Quiénes son esos jóvenes exactamente? ¿Son todos peregrinos que necesitaban tratamiento y a los que se dio a beber pociones peligrosas?

—Mi señor está en el templo —dijo Florian—. ¿Intentarán envenenarlo?

Brighid le puso una mano sobre el brazo.

—No va a morir, Florian. No piensa beberse nada de lo que le den. No te preocupes. Mañana hará registrar la finca si esa chica no puede decirnos dónde encontrar a Math.

Había encontrado cierto consuelo en hablarles a

sus amigos de su alarmante encuentro con Valens, que había evidenciado su precaria posición como sanadora del tribuno. Desde su captura se había esforzado por vivir el presente para mantenerse centrada, pero de pronto había cobrado conciencia de que su relación con Quinto había cambiado. Quisiera él o no, tendrían que hacer planes para el futuro. Si un hombre de su rango no podía casarse con ella, tal vez pudiera devolverla a su hermano mayor, el nuevo jefe de su tribu.

Esa noche, aquellos sombríos pensamientos la mantuvieron despierta durante horas y, mientras acariciaba con la mano el lado de la cama en el que debería haber estado acostado Quinto, dejó vagar su mente recordando las lecciones de amor que le había enseñado ese día.

En uno de los estrechos reservados que rodeaban el Templo de los Sueños, Quinto se hallaba sentado al borde de su bajo lecho, buscando con los pies descalzos sus sandalias. Evidentemente, el colchón de pelo de caballo no estaba pensado para dormir, como no fuera con un sueño inducido por las drogas, y aunque Quinto había pernoctado en sitios muy extraños siendo soldado, le molestaba pagar un riñón por el uso de almohadas malolientes y dos mantas gastadas. Sobre la mesa, junto a la cama, había una pequeña lámpara encendida y un jarro vacío, cuyo contenido había vertido por una rendija entre la pared y el suelo de baldosas. La primera bebida, un vino amarillento, la había devuelto alegando que el borde de la copa estaba manchado. Pero tras una hora de rituales, cánticos y misteriosas abluciones llevadas a cabo por ayudantes vestidos de blanco, tal vez pensaban que ningún paciente, y menos uno hambriento, iba a fijarse en tales detalles.

Por fin él y los otros diez internos se habían retirado a sus reservados, bostezando. Después, los ayudantes habían pasado varias veces a echarles un vistazo y habían comentado en voz alta que Quinto parecía dormir muy tranquilo y que tal vez deberían haberle dado algo más fuerte. Los ruidos que le llegaban del reservado contiguo lo convencieron de que su vecino, un anciano, estaba haciendo mejor papel, pues mascullaba y gemía presa de alguna terrible pesadilla. También fueron a visitarlo los dos grandes perros blancos que habían tomado parte en el pintoresco ritual anterior. Los perros se pusieron a olfatearlo, pero dejaron la cortina entreabierta lo justo para que viera las lámparas que ardían sobre el altar del templo. El continuo ajetreo lo impulsó a investigar y ahora, sentado en su cama, vio que un hombre era llevado desde un reservado al lado contrario y que los ayudantes volvían unos instantes después con las manos vacías. El traslado fue tan silencioso y fácil que Quinto supuso que se habían limitado a ponerlo en otra cama.

Buscando todavía a ciegas sus sandalias, se dio cuenta que tendría que ponerse a gatas para encontrarlas en algún oscuro rincón. Estaban al otro extremo de la estancia. Tras ponérselas y para satisfacer una repentina curiosidad, acercó la lámpara al suelo para mirar bajo la cama, donde la suciedad llevaba años acumulándose.

Conteniendo la respiración, alargó el brazo para agarrar un bulto negro con la esperanza de que no fuera una rata muerta. Al sacarlo y acercar la lámpara, vio que era una bota de cuero rígido, de estilo muy distinto a las suyas, pero que le resultaba extrañamente familiar. Y cuando sopló la capa superior de polvo, vio que la bota había pertenecido nada menos que a su colega desaparecido y amigo de la infancia, Alexio Tito Gaditano. Aparte de Alexio, que siempre hacía las cosas a su modo, no conocía a nadie que llevara botas militares de ese estilo con ropa de civil, pues eran demasiado pesadas para parecer elegantes. Con aquellas botas, decía Alexio ignorando las bromas que se le dirigían, uno nunca tenía frío en los pies.

Quinto notó que le temblaba la mano. «Alexio, amigo mío, ¿dónde estás? Por las barbas de Júpiter, no dejaré piedra sobre piedra hasta que te encuentre. Lo juro».

En casa, Brighid estaba acostumbrada a salir de noche a observar la luna y las estrellas o a esperar a que el alba rompiera sobre las colinas. Su padre nunca se lo había prohibido porque sabía lo importante que era para ella. Ahora, en cambio, con los dos guardias apostados en la puerta, se sentía tan encerrada como en la celda de Eboracum, y ni siquiera tenía a su doncella para hacerle compañía. Podría haberle pedido a Florian que se quedara con ella, pero el muchacho se había ido a pasar la noche a la habitación de Tulo y Lucano. Estaba muy trastornado por lo que le habían dicho esa tarde en la casa de baños, y aunque había puesto flores en sus altares favoritos, pues eran las calendas de mayo, no había hallado en ello ningún consuelo.

En casa, recordó Brighid, al primer día de mayo se le llamaba Beltain. Esa noche, todos los jóvenes, hombres y mujeres, danzaban bajo el firmamento y retozaban alrededor de las hogueras invocando la fertilidad del ganado y una buena cosecha, o se escabullían al bosque para hacer el amor.

De pronto oyó un ruido procedente del otro lado de la puerta de la terraza. Alguien estaba murmurando. Alerta al instante, se sentó en la cama y aguzó el oído. ¿Era Valens, exigiendo que le abriera? Salió de la cama de un salto y, sin esperar a ver quién era, se abalanzó sobre la alta figura que acababa de entornar la puerta y que llevaba la cabeza cubierta con un extremo de la toga. Oyó que el aire escapaba de sus pulmones y que soltaba una exclamación que podría haber pasado por una risa, y un instante después sintió que sus brazos de hierro detenían la lluvia de golpes que descargó sobre él.

Frenética, se retorció y pataleó cuando la rodeó con sus brazos y la levantó como si no pesara nada, y solo entonces, al sentir su contacto y respirar el olor frío del aire nocturno sobre su piel, comprendió que se había equivocado. No era Valens.

El torrente de alivio, de rencor, de miedo y frustración que no había dejado de acumularse desde el día anterior estalló de pronto sobre él como si fuera el único responsable de lo que ocurría, y en lugar de darle la bienvenida comenzó a lanzarle improperios en su lengua, llena de indignación. Pero no solo lo agredió verbalmente: cuando Quinto la arrojó sobre la cama e intentó sujetarla, comenzó a aporrear su pecho y sus hombros, a intentar morderlo, a golpear sus piernas con los talones.

—No creas que puedes —dijo, furiosa— entrar aquí cuando quieras...

—Calla, muchacha. Ya puedes calmarte.

—De día... o de noche... y sencillamente...

—Claro que puedo, bárbara —agarró con una mano su gruesa trenza y la besó en la boca, dejándola demasiado débil y jadeante para continuar—. Ahora —añadió—, ¿me permites decir algo?

—No —siseó ella. Sintió su sonrisa en la oscuridad, junto a su mejilla.

—¿Así es como reciben las mujeres de las tribus a sus amantes la noche de Beltain?

—Recuérdame —replicó ella— qué soy en este momento. ¿Bárbara o romana? ¿Esclava, sanadora o concubina?

—Mía —gruñó él— para hacer contigo lo que me plazca.

—Entiendo. Entonces, ¿para eso has vuelto? ¿Para decirme eso?

—Muchacha —musitó él—, ¿no te alegras de verme?

Dejando escapar un sollozo, Brighid le echó los brazos al cuello.

—¿No acabo de demostrártelo, romano? ¿Crees que recibo así a todos mis amantes? —lo besó como había fantaseado durante esas horas de inquietud, cuando solo había tenido por compañía sus recuerdos, y Quinto, que se había echado sobre ella, comenzó a recorrer su piel con las manos.

En cierto momento, se detuvo para desatar la larga toga que amenazaba con envolverlos a ambos entre sus pliegues y regresó junto a ella desnudo y cálido para hacerla gemir de deseo, acariciándola con las manos como si tocara un arpa. Como había ocurrido ya otras veces, cada parte del cuerpo de Brighid cobró un nuevo significado, abierta a nuevas sensaciones por sus caricias, por sus labios y su lengua. Su piel se erizaba incluso al contacto de su cabello, cuando este le acariciaba los párpados, o al suave roce de sus orejas sobre sus labios. Quinto le había dicho que había otras formas de hacer aquello, pero para ella sentir su dulce peso era la experiencia mejor y más dulce que cabía imaginar, pese a que aquella deliciosa espera, antes de que la penetrara, provocara en ella emociones encontradas: una ansia de que la poseyera y, al mismo tiempo, un rechazo a dejarse someter.

Ni una sola vez, no obstante, mientras hacían el amor, dio a entender Quinto que ella no tuviera elección o que no fuera suficiente para él.

A pesar de su apasionado encuentro anterior, Brighid estaba de nuevo ansiosa de sus besos. Sus caricias, que el día anterior habían sido precipitadas, se alargaron ahora por su necesidad de sentirse reconfortada, y su mente, alejada ya de los peligros de la noche, de los que él no sabía nada, cayó en un vacío en el que solo había sensaciones. Después, cuando su cuerpo tembló de deseo y sus gritos le suplicaban satisfacción, Quinto la penetró con un gemido que reveló hasta qué punto había puesto ella a prueba su dominio de sí mismo.

—Ah, mujer —musitó—. Perdóname. No puedo ser delicado.

—Pues sé vehemente con tu mujer, mi señor.

—Pero todavía eres tan inexperta...

—No —repuso ella—. Tengo mucha experiencia. Y esta es la noche de Beltain. Una noche para la locura. Para el frenesí, no para la ternura.

Cerró los ojos, sintiendo que la embargaba una oleada de emoción cuyo empuje inundó su pecho, confirmándole lo que ya sabía: que aquello era amor, nada menos. Que vivir sin él después de aquello le rompería el corazón.

La pasión de Quinto la arrastró como una tormenta, y cada embestida la hizo cobrar conciencia de su propia ansia palpitante y la inundó de plenitud. Quinto, que no esperaba que alcanzara el clímax por segunda vez, como había sucedido la víspera, se sintió eufórico al comprender por sus gemidos que se equivocaba, y la pasión de ambos, embriagadora y febril, alcanzó cotas que nunca había experimentado antes con otra mujer cuando al fin encontró plena satisfacción.

—Quinto —dijo ella mientras acariciaba su cabello.

—¿Umm?

—¿Estás vivo?

—Más que vivo. Estoy en el cielo.

—¿Puedes volver, por favor? Te necesito.

Giró la cabeza para mirarla a la primera luz del alba que inundaba la habitación.

—¿Sí, princesa? ¿Para qué?

—Para que me digas por qué has vuelto.

Quinto se rio suavemente, rodó con ella en brazos y pasó la mano por su melena, desparramada sobre su cara.

—He vuelto... —dijo antes de besar su garganta húmeda.

«Porque no podía soportar esa farsa ni un segundo más, porque no tengo tiempo de pasarme toda la mañana hablando de sueños inexistentes, porque necesito encontrar a Math y a Alexio, y porque tengo que hablar con Valens, y posiblemente también detener a Helm».

—Porque —añadió— la idea de que estuvieras aquí sola, desnuda y deseable, se me hacía insoportable, pequeña salvaje mía. Y tú me habrías hecho trizas por tomarme esa molestia, ¿no es cierto?

—Las mujeres brigantianas estamos enseñadas a luchar, mi señor.

—Pues va siendo hora de que aprendáis a distinguir entre amigos y enemigos, o acabaréis matando a vuestros maridos.

—Estaba oscuro y no te esperaba.

—Evidentemente no. ¿Quién más creías que podía entrar aquí burlando la guardia?

—Valens.

Quinto se sentó y la miró.

—¿Qué quieres decir? —preguntó, muy serio de pronto.

Brighid le contó lo ocurrido y luego deseó no haberlo hecho, pues antes de que acabara Quinto comenzó a asearse y ella comprendió que tenía otros asuntos en la cabeza. Por desgracia, hasta que encontraran a Math no podían marcharse de allí. Y hasta que él averiguara qué había sido de Alexio, no podría ir a estrangular a Valens, que era lo que le habría gustado hacer en ese momento.

La solución a uno de sus problemas se presentó inopinadamente al amanecer, poco después de la llegada de los dos mozos cuya tarea consistía en preparar la ropa del tribuno y vestirlo presentablemente, limpiar la habitación e ir a buscar el desayuno a la cocina. Al ver dos sombras en la puerta del pasillo de atrás, pensó que eran los mozos, que le llevaban la comida que tanto ansiaba, y perdió la paciencia por su retraso.

—¡Vamos! —gritó—. ¡Traed la comida, por Júpiter! —luego, al mirar más atentamente, vio que eran Florian y una atractiva muchacha rubia. Entre los dos arrastraron a la silla más cercana a un joven medio desmayado y lo depositaron con todo cuidado en ella.

Dejando escapar un grito, Brighid corrió a su lado, se arrodilló a sus pies y abrazó al joven.

—¡Ay, cariño mío! ¡Estás a salvo! ¡Gracias a los dioses! ¿Dónde has estado? ¿Qué ha ocurrido? ¿Quién te ha hecho esto? Ay... tu cabeza.

Math tenía sangre seca en el pelo, a un lado de la cabeza, y un ojo morado. Estaba cubierto por una gruesa capa de polvo, y la muchacha explicó que lo había encontrado atado dentro de un saco, cerca del horno que alimentaba el hipocausto, el sistema de tubos que discurría bajo los suelos de la casa de baños.

Quinto estaba intrigado, pero también receloso.

—¿Cómo sabías dónde mirar? —preguntó.

—Ahí abajo hace calor —ella sonrió—. Llevan leña de la finca y hay un montón de sacos. Y nadie mira allí por las noches —miró a Math—. Había otro joven con él. Está en mi habitación, espabilándose.

El joven al que habían sacado del Templo de los Sueños esa noche.

—Tú pareces conocer esto muy bien —comentó Quinto.

—Sí, señor. Ya lo conozco perfectamente. Puedo mostrártelo.

Les habían enseñado las calderas y el hipocausto durante su recorrido por el balneario, pero no habían visto ningún saco, solo leña apilada.

—Buen trabajo —dijo—. Gracias. Estamos en deuda contigo —dio órdenes y pronto desnudaron y lavaron el cuerpo magullado de Math, le limpiaron la cabeza, le aplicaron ungüentos y lo vendaron, y los cuidados maternales de Brighid y la ternura de Florian saciaron en parte su hambre y su sed. Ya limpio, comenzó a parecerse más al Math que conocían.

Antes de que se llevaran su túnica manchada de sudor, sacó algo de ella y trató de sonreír.

—¡Aquí está! ¡Mirad! ¡La pulsera de Bridie!

—Pero es la que le ofrecí a Brigantia en el pozo sagrado —exclamó su hermana.

—Sí, cariño. Alguien la recuperó y la trajo aquí. Estaba en una cesta llena de joyas de oro, todavía mojada.

—¿Es tuya? —preguntó Quinto.

—Sí, no hay duda. Pero ¿por qué? ¿Y cómo lo han hecho?

Robar ofrendas valiosas de un pozo sagrado era un acto abominable. Quien lo cometiera tendría suerte de conservar la vida si lo descubrían. Brighid se sintió perpleja y enferma. La diosa estaría furiosa.

Quinto tenía una teoría con la que Tulo y Lucano se mostraron de acuerdo:

—Valens es el encargado del mantenimiento de los baños —dijo—. Es muy posible que haya estado mandando a sus hombres allí por las noches, con sus herramientas y sus cepillos. Nadie les habrá preguntado qué se traían entre manos. Ha de ser lo más fácil del mundo rebuscar entre las ofrendas y escoger las mejores piezas de oro, dejando unas cuantas monedas además del peltre y la plata. Después traen el oro aquí y lo acuñan.

—¿Qué? —preguntó la muchacha.

—Fabrican con él dinero para pagar los impuestos.

—Ah, también has encontrado monedas de esas, ¿verdad, Math?

—Muchas —contestó el joven—. Pero ¿la señora Helena no estaba también en el santuario, Bridie? ¿Ofrendó algo?

Brighid asintió con la cabeza.

—Creo que sí. Así que, si lo que ofreció lo han traído aquí con mi pulsera y Valens lo ve, sabrá que estuvo allí. Y ella no quiere que lo sepa. ¿Te acuerdas, Tulo?

—No te preocupes —contestó él—. Es poco probable que reconozca las joyas de su esposa.

—Aun así, ¿no deberíamos avisarla? Tal vez quiera recuperarla.

—Es un asunto peliagudo —contestó Tulo—. Rara vez es buena idea contarle a una mujer lo que su marido se trae entre manos. Es evidente que ella no sabe nada de sus robos o no habría ido al santuario, ¿verdad? Pero lo que quiero saber es si Valens está usando moneda acuñada para pagar sus impuestos o si la está empleando para otros fines.

—¡Ejem! —dijo Quinto—. Creo que ya es hora de que dejemos que nuestra joven amiga regrese con su ama.

—Sí, será mejor que me vaya. Estará preguntando por mí.

—Entonces escúchame, jovencita. Lo que has hecho por nosotros ha sido sumamente valiente, pero también peligroso. Y tienes en tu habitación a un joven sobre el que te harán preguntas.

La muchacha sonrió tímidamente.

—No sería la primera vez, señor.

—Aun así, voy a ordenar a dos de mis hombres que te acompañen y se lleven al chico. No puedo permitir que tu ama te castigue por esto —prefirió no explicar, sin embargo, que no quería que Valens hiciera preguntas sobre ella o sobre el joven.

—Gracias, señor. Mi señora quiere que volvamos a casa mañana.

—Me alegra saberlo —dijo Quinto—. Estamos todos en deuda contigo. ¿Aceptarás un pequeño regalo como muestra de gratitud?

—Claro que sí, señor. Gracias.

Florian, Math y Brighid la abrazaron y Quinto le dio dos denarios de plata. Después ordenó a los guardias que la acompañaran.

—¿Otros fines? —preguntó Quinto, retomando la conversación.

—Bueno —dijo Tulo, levantando su copa para que le sirvieran más vino—, lo que roba en el santuario no alcanzaría para llenar varios cofres de monedas, ¿no crees? Puede que esto no tenga nada que ver con los impuestos. Puede que tenga más relación con el pago de las turbias actividades de nuestro amigo Helm, por ejemplo.

—Si es así —dijo Quinto, ¿qué le ofrece a Valens a cambio?

—¿Protección? —sugirió Math.

Los demás se encogieron de hombros. Era difícil saber qué podía tener Helm que Valens no tuviera ya.

—¿No tienes ni idea de quién te atacó en el taller del herrero? —preguntó Brighid—. ¿No viste nada?

—No, nada —contestó su hermano—. Pero sea quien sea sabe cómo pillarlo a uno por sorpresa y darle donde más duele.

—Y es lo bastante fuerte —añadió Lucano— para llevarte hasta la casa de baños y meterte en un saco. Podría ser cualquiera.

—Entonces tal vez sea hora de que echemos otra ojeada —propuso Quinto—. Si había otro prisionero allí, quién sabe qué más podemos encontrarnos.

Llena de alegría por la aparición de Math sano y salvo, Brighid no vio razón para que siguieran en aquel peligroso lugar cuyo dueño cometía crímenes tan terribles. Sabía que, si se quedaban, solo conseguirían buscarse problemas. El tiempo que había pasado a solas con Quinto le había abierto las puertas de un gozo inimaginable y su vida había comenzado a llenarse de emociones y sensaciones nuevas, y de un anhelo de pasar más tiempo con él lejos de robos, infanticidios y secuestros. El tribuno, sin embargo, la había colocado muy a la cola de su lista de preocupaciones, y cuando estuvieron a solas y Brighid le dijo que debían regresar a Aquae Sulis, su respuesta fue predecible:

—No, princesa, todavía no. Hay cosas que tengo que resolver aquí.

—Pero esto es peligroso. Para todos nosotros.

—Entonces tal vez deba mandarte a ti de vuelta, hasta que haya acabado.

—¡No! No, olvídalo. Me quedaré mientras tú estés aquí. Pero deberíamos esconder a Math. No deben saber que está con nosotros.

—Lo dispondré todo para que se quede en la habitación de Tulo y Lucano. Es bastante grande y estará bien vigilado. Florian te acompañará a los baños.

—¿Puedo ir contigo, mi señor? ¿A tu tratamiento? —preguntó ella.

—Bueno, creo que sería decoroso.

«Así pues», pensó Brighid, «ahora pensamos en lo que es decoroso o no, después de una noche de amor apasionado. ¿Qué estoy haciendo aquí exactamente?». Su indignación se inflamó como yesca seca tocada por una chispa.

—¿No me digas? —dijo alzando la voz—. Pues permíteme que te diga, mi señor, que si una princesa brigantiana se ofreciera a acompañarme y a mirar mientras hago estúpidos ejercicios que no necesito, yo no pensaría que es «decoroso», sino que lo consideraría un honor. No hago ese tipo de ofertas muy a menudo. Pensándolo bien, creo que voy a ir a contar las carpas de los estanques. Seguro que es más interesante... —se había acercado a la puerta mientras hablaba, pero antes de que pudiera agarrar el picaporte Quinto se abalanzó sobre ella y la hizo volverse bruscamente.

No había sido su intención enfurecerlo, sino avergonzarlo y obligarlo a reconocer su valía. A fin de cuentas, era lo que le había inculcado su padre desde que tenía uso de razón. Levantó una mano para empujarlo, pero él la agarró por la muñeca y se la apartó. La miró fijamente, entornando los ojos.

—¡Ya basta! —gruñó—. Tranquilízate, mujer. Por las barbas de Júpiter, saltas a la primera. Escúchame, sé que este asunto te ha trastornado. Ha ocurrido todo más deprisa de lo que esperábamos. Pero si quieres quedarte aquí, vas a tener que calmarte y hacer lo que te diga. Lo último que necesito en este momento es una mujer que...

—Anoche necesitaste una mujer, romano. Y ayer también —le tembló la voz y de su ojo escapó una lágrima.

Quinto respiró hondo. Luego su tono se hizo más suave, aflojó la mano con que la sujetaba y le enjugó la lágrima.

—No llores, muchacha —dijo—. No era esa mi intención. Tú lo sabes.

—No estoy llorando. Me estás haciendo daño, nada más.

—Y crees que he olvidado tu valía. Pues no es así. Tú nos condujiste a Watercombe, ¿no es así? Nos hemos ahorrado semanas de búsqueda gracias a ti.

—Gracias. Me alegra saber que te he ahorrado algún tiempo, mi señor. Ya me has demostrado lo importante que eso es para ti.

Quinto comprendió por su mirada airada a qué se refería, pero no quiso entrar en esa discusión.

—No vamos a pasar ni un momento más del necesario en este lugar —afirmó—. Y vas a obedecerme como hacen los demás, princesa, o tendrás que regresar a la ciudad —previendo su réplica, la atajó con un beso apasionado, que dejó a Brighid sin respiración, pensado tanto para afirmar su dominio sobre ella como para impedirle reaccionar. No podía adivinar hasta qué punto había alimentado su resentimiento aquella muestra de autoritarismo.

Desgraciadamente, Quinto esperaba que ella entendiera sus métodos y, desgraciadamente también, Brighid, que había llevado hasta entonces la cómoda vida de una aristócrata, desconocía las maneras de hombres como él.

—Vas a acompañarme al gimnasio —aseveró él, viendo cómo se abrían lentamente sus párpados teñidos de violeta— y vamos a dejarnos de tonterías.

Brighid lo miró con enojo, sin dignarse responder. «Sí, tribuno. Vamos a dejarnos de tonterías».

Pero antes de que pudieran llegar al gimnasio, donde iba a dar comienzo la siguiente fase de su tratamiento, les salió el paso Helena Coronis, cuyo vaporoso quitón de lino exhalaba un delicioso perfume. Se tapaba la cabeza y el cuello con un largo pañuelo que colgaba casi hasta el suelo y cuyos pliegues no cubrían del todo el lustroso cabello castaño de encima de su frente ni sus pendientes de oro colgantes. Llevaba prendida al hombro una gran fíbula de oro en forma de media luna, y Brighid se preguntó si sería buen momento para hablarle de la joya que había arrojado al pozo de Aquae Sulis.

Pero Helena se le adelantó y, tras saludarles, les reveló que el sacerdote del templo había ido a verla para hablarle de la súbita desaparición del tribuno esa noche. Y aunque se alegraba enormemente de ver que seguía con ellos, creía que el sacerdote agradecería una explicación si el tribuno era tan amable.

Caminaron hacia el espacioso atrio mientras Quinto improvisaba una excusa convincente, alegando las malas condiciones higiénicas del lugar, muy alejadas de lo que esperaba. ¿Conocía la señora Helena el estado en que se hallaban las camas en las que supuestamente debían dormir? ¿Y las sábanas? ¿Y la suciedad? No quería armar jaleo, pero se había visto obligado a abandonar aquel tratamiento. Podía mostrarle, si ella necesitaba pruebas, la bota cubierta de polvo que había encontrado bajo su lecho. Y antes de que ella pudiera contestar, mandó a Florian a buscar la bota, sin pensar, como hizo Brighid, que tal vez aquel no fuera el mejor momento para ponerse a criticar el negocio de su anfitriona.

Brighid advirtió el profundo rubor que inundó el rostro de Helena antes de que sus bellos y tristes ojos comenzaran a llenarse de lágrimas. Volvió la cara y se llevó una mano temblorosa al pañuelo. Al ver que no respondía, Quinto se giró hacia Brighid y vio que lo miraba con reproche, desafiándolo a decir una sola palabra más.

Parpadeó y las condujo a un largo banco de mármol situado en un rincón, bajo el alero de un tejado. El ruido del surtidor que ocupaba el centro del estanque ocultaría su conversación. Tendió caballerosamente la mano a Helena para que se sentara y llamó con un gesto a un esclavo que había allí cerca para que les llevara agua y unas copas. Después, se sentó en el banco, volviéndose hacia Helena.

Al otro lado de ella, Brighid intentaba reconfortarla, consciente de que se hallaba al borde de la desesperación.

—No es nada —susurró—. El tribuno ha sido militar, sin duda ha dormido en sitios más... —se detuvo con un suspiro. Aquello no iba a servir para nada. Sirvió el agua cuando se la llevaron y le pasó primero una copa a su anfitriona.

Florian regresó llevando la bota vieja agarrada por una de sus tiras de cuero y la colocó justo delante de Helena Coronis.

—¡Recógela, *imbecillus*! —le espetó Quinto—. Tráela aquí.

—¿Esa es? —musitó Helena—. ¿Dónde la encontraste, tribuno?

Quinto lanzó una rápida mirada a Brighid buscando su aprobación. Después, dio la vuelta a la bota para mirar la suela.

—Debajo de la cama de mi reservado. Me pregunto si alguien sabrá qué habrá sido de la persona que salió del templo llevando solo una bota.

—Deduzco —comentó ella— que no aceptaste la bebida que te dieron. Verás, la ayuda que puedo brindarte tiene un límite. Te habría avisado de que no la bebieras, pero mi marido me impidió acercarme a ti o enviarte recado.

Quinto miró a su alrededor antes de decir:

—¿Valens podría vernos hablando, mi señora?

—Hoy no. Ha salido temprano a ocuparse de unos asuntos. Nunca sé cuándo volverá. ¿Esta noche? ¿Mañana?

—¿Y el mayordomo?

—Es un buen hombre. Está conmigo desde mi primer matrimonio.

—¿Y los sacerdotes?

—Son hombres de mi marido. No tienen nada que ver conmigo, tribuno.

—Pero creo recordar, mi señora, que nos recomendaste el templo y a los intérpretes de sueños cuando nos enseñaste el balneario.

—Entonces también recordarás que mi hija pequeña, Carina, estaba con nosotros. Se lo cuenta todo a mi marido.

—¿Porque él le pregunta?

—Sí, porque él le pregunta. Están muy unidos —de momento no había criticado expresamente a Valens, pero Quinto y Brighid no tenían ninguna duda de que intentaba decirles que las cosas no iban bien en Watercombe bajo la dirección de Valens. Saltaba a la vista que le tenía miedo y, aunque era menos evidente, estaba dejando escapar información que podía dañar a su marido, aunque, como ella misma había dicho, había un límite.

Quinto pensó, sin embargo, que tal vez pudieran persuadirla para que les contara algo más.

—¿Me equivoco al pensar que ya habías visto antes esta bota, mi señora? —preguntó—. ¿Era tal vez de unos de vuestros huéspedes?

Helena no necesitó volver a mirar la bota.

—Sí —musitó. Le tembló la mano al beber un sorbo de agua, y al deslizarse la tela pudieron ver los moratones de su muñeca—. Sí, sé a quién pertenece esa bota, tribuno. Las llevaba bajo la toga, y recuerdo que pensé que era extraño, aunque me pareció uno de esos hombres que viven conforme a sus propias reglas.

—¿Te acuerdas de su nombre, señora?

—¿Cómo era? Alex...

—¿Alexio?

—¡Sí, sí, eso es! Fue hace cosa de un año.

—¿Y a él le advertiste de que no bebiera el brebaje del sacerdote?

Helena exhaló un profundo suspiro y, pasado un momento, contestó:

—No es lo que crees, tribuno.

—Señora, tal vez ya hayas adivinado por qué estoy aquí con mis dos ayudantes —repuso Quinto, y se inclinó para apoyar los brazos en los muslos—. Sería de gran ayuda para nosotros que nos dijeras qué está pasando en este bello lugar. En otro tiempo os perteneció a ti y a tu primer marido, pero ahora parece haber escapado a tu control, y a tus deseos. Ya hemos descubierto cosas sobre Valens que contravienen las leyes y que bastarían para alejarlo de ti de por vida. Puedo garantizarte que, si nos ayudas a recabar pruebas de sus actividades, no serás imputada. Esta es tu oportunidad de enderezar las cosas. Piensa, además, en el bien de tus hijas.

Había tocado un nervio sensible. Helena dejó escapar un sollozo de angustia.

—Vosotros habéis visto —dijo intentando contener las lágrimas— cómo mira a Clodia, a mi querida Clodia, y lo que amenaza con hacer cuando quiere herirme. Hacer de mi encantadora niña una gladiadora, nada menos... Y podría hacerlo. Clodia haría lo que él quisiera. Lo adora y él lo sabe, y se aprovecha de ello. Tengo tanto miedo por ella...

—Entonces debes tomar cartas en el asunto —insistió él con suavidad—. ¿Puedes hablarme de los jóvenes que desaparecen de Watercombe? ¿De Alexio?

—Hace un año, tribuno, yo no sabía nada de ese asunto. De haber sabido que los sacerdotes iban a ser hombres escogidos por mi marido, no habría admitido que trabajaran aquí, pero él me aseguró que eran honrados y respetables y yo fui tan tonta que lo dejé pasar porque no podía enfrentarme a él. Luego descubrí que de cuando en cuando desaparecían hombres. Sabía que mi marido estaba metido en eso, pero no sirve de nada preguntarme para qué los necesita o qué hace con ellos, ni dónde los lleva. Yo no pregunto. Así no corro peligro. Lo único que sé con seguridad es que su amigo Helm también está involucrado. Viene a alojarse aquí un par de noches y luego vuelve a marcharse —miró a Brighid—. Y cuando apareciste tú, princesa, comprendí que era a ti a quien había conocido hacía unas semanas en el norte. No me dijo qué había ido a hacer allí, solo que había visto a una mujer muy bella con el cabello del color del fuego.

—Pero está casado con Dora —dijo Brighid, perpleja.

—Sí, por complacerme a mí. Dora está esperando un hijo de mi marido. Helm me ha asegurado que lo aceptará sea del sexo que sea.

—¿Por qué, señora? —preguntó Quinto.

—Como favor hacia mí —repuso ella mirándose las manos.

Quinto no quiso insistir, aunque no lograba entender por qué un bruto como Helm le debía un favor a Helena Coronis. En cuanto a que ella desconociera el motivo de aquellos secuestros, tampoco lo creyó, pues estaba seguro de que tenía que haberlo adivinado aunque no hubiera preguntado.

—¿Y los amigos de tu marido en la oficina de tributos, mi señora? Aparte de Nonio, ¿sabes quiénes son los demás?

—Entonces no te has enterado de la noticia, tribuno —repuso ella.

—¿De qué noticia?

—Sobre Nonio. Mi marido me dijo anoche que a Nonio lo sacaron del río en Aquae Sulis. Había muerto apuñalado.

—¿Asesinado? —Quinto hizo una pausa observando su cara—. ¿Tu marido parecía sorprendido?

—Cuando le conviene sabe ocultar sus sentimientos —murmuró ella.

Quinto confiaba en que dijera algo más, pero en ese instante Helena vio a su hija mayor, que la saludaba con nerviosismo mientras cruzaba corriendo el atrio. Se levantó para salir a su encuentro.

—¡Mamá! ¡Mamá! ¡Es Dora! Se ha puesto de parto.

—Sí, ya voy. ¿Dónde está? Por favor, discúlpame, tribuno. Creo que voy a estar ocupada el resto del día. Princesa, si haces el favor.

—¿Quieres que yo también vaya?

—Eh... ¿Puedo mandar a buscarte cuando necesitemos ayuda?

—Estaré en el gimnasio con el tribuno.

—Ah... Eh, mi señor, si me permites hacerte una sugerencia...

—¿Sí?

Se volvió para que su hija no la escuchara.

—Tal vez, después del tratamiento, te interese ver nuestros talleres. Lleva a tus guardias contigo —sin darle tiempo a contestar, se alejó para alcanzar a Clodia, que ya regresaba hacia la casa.

—Nonio asesinado —murmuró Quinto—. Bien, habrá que averiguar qué se esconde tras ese crimen. Vamos, princesa. Conviene que vean que me ciño a mi horario antes de que vayamos a investigar. Trae esa bota, Florian. Y no pongas esa cara de asco. No es más que una bota.

—¿Quién es ese Alexio que tanto te preocupa? —inquirió Brighid mientras salían del fresco atrio—. ¿Es uno de tus hombres?

—Un amigo muy cercano —contestó el tribuno—. Y pienso encontrarlo.

—Ah, ese es el asunto que tenías que resolver. ¿Crees que estuvo aquí?

—Esa bota es suya. Estuvo aquí, princesa.

—Entonces, ¿crees que el robo de oro, la falsificación de monedas y la desaparición de esos hombres del templo están relacionados de algún modo? ¿Y dónde entra Helm en todo esto?

—Necesita dinero y hombres, muchacha. Es evidente. Está involucrado, y tengo que averiguar cómo exactamente antes de detenerlo.

—Pero sin duda te das cuenta, mi señor, de que ahora que Valens y él saben quién eres y por qué estás aquí tu vida corre grave peligro. Y también la de Lucano y Tulo. Y la mía. Si Valens se ha librado de su amigo Nonio simplemente por sugerirnos que viniéramos aquí, entonces...

Quinto se detuvo y la agarró por los hombros.

—Sí, me doy cuenta de ello. Por eso tengo que darme prisa y resolver esto antes de que regrese Valens. Pero Nonio no me recomendó Watercombe, ¿recuerdas?, fue uno de los empleados jóvenes quien lo hizo. Hicimos creer a Valens que había sido su amigo quien nos había mandado aquí, pero la responsable de ese pequeño malentendido es Helena Coronis. Le asusta lo que su marido pueda hacerles a ella y a sus hijas, pero está intentando darnos pistas. Y tú debes tener mucho cuidado de no quedarte sola. ¿Me oyes?

—Sí, te oigo. Pero seguro que puedo serte de alguna ayuda.

—Ya me has sido de ayuda, ya te lo he dicho. Gracias a ti, Helm está tan preocupado que puede que dé algún paso en falso.

—Habría vuelto derecho a casa si su esposa no se hubiera puesto de parto —reflexionó ella en voz alta, mirando hacia el edificio que albergaba el paritorio y el gimnasio—. Pero ahora esperará a ver hasta qué punto es grande el favor que se le ha pedido. Niño o niña.

Quinto apartó las manos de sus hombros y siguió su mirada.

—Creo que en eso Helena Coronis está siendo demasiado optimista —dijo en voz baja.

—¿Qué quieres decir?

—Quiero decir, princesa, que si yo fuera un hombre como Valens y tuviera una hija y una hijastra, no me desharía de un hijo recién nacido entregándoselo a Helm, con favor o sin él. Si Helm depende de Valens en alguna medida, no está en situación de objetar, ¿no crees? Tal vez por eso estaba tan ansioso por forjar una alianza con tu padre, el jefe de una tribu poderosa. Necesita cuantos más amigos mejor. Y Valens solo necesita otros veinte años para que su hijo herede Watercombe. Si es que es un varón, claro.

—Qué panorama tan sombrío, mi señor. Me pregunto dónde estaré yo dentro de veinte años.

—Nos enfrentaremos a ese problema cuando se presente —respondió él ásperamente, y se alejó por la cuesta abajo, hacia el porche encalado.

Dolida, Brighid sintió que su ira se inflamaba de nuevo.

—El problema ya se ha presentado, mi señor, por si no eres consciente de ello. Y si no te enfrentas a él pronto, tendré que hacerlo yo misma.

Quinto se volvió para mirarla tan bruscamente que Brighid casi chocó con él.

—¿Se puede saber qué quieres decir exactamente? ¿Cuál es ese problema que no puede esperar?

Brighid deseó poder retirar sus palabras precipitadas, pero ya era demasiado tarde. Aquella no era una discusión que pudiera tenerse en medio de un jardín y al lado de Florian.

—Nada —murmuró—. Nada que tú entiendas. Por favor, sigamos.

—Me atribuyes una falta de comprensión que no creo merecer, princesa. Entiendo que no hemos hablado de tu futuro hasta ahora, pero eso se debe a que aún no se ha presentado el momento ni el lugar para decidirlo. A mí me basta que estés aquí. También debería bastarte a ti, habiendo tantas otras cosas en las que pensar.

—Tantas otras cosas en las que has de pensar tú —replicó ella—. Estoy de acuerdo en que tengo poca experiencia con los hombres, pero sé que no pueden pensar en más de una cosa al mismo tiempo mientras que las mujeres somos capaces de ocuparnos de un montón de problemas al mismo tiempo, sobre todo si está en juego nuestro porvenir. No te preocupes, tribuno. No estoy tan indefensa como te he hecho creer. Sigue con tu importante tarea, pero no te sorprendas si de pronto te giras y ya no sigo tus pasos.

—¡Ah! —gruñó él—. Hablas con adivinanzas,

279

mujer. ¿No te he dicho que eres mía? ¿No te han convencido mis besos? —la agarró de nuevo por los hombros con impaciencia y la atrajo bruscamente hacia sí antes de que ella pudiera zafarse.

Su beso no fue abrasador, como esperaba ella, sino tierno y delicado, y a pesar de sus emociones contenidas y de sus confusos planes de seguir su propio camino, se olvidó por completo de todo salvo de la seguridad que le ofrecían sus brazos y del deseo de ser suya para siempre.

—Espera un poco más, muchacha —susurró él para que Florian no los oyera—. Te llevaré a la cama en cuanto vuelva a la habitación, y no te dejaré ninguna duda de cuál va a ser nuestro futuro. ¿Puedes esperar o vamos ya? ¿Eh?

Ella se apartó dignamente de sus brazos y se alisó el vestido.

—Puedo esperar indefinidamente, tribuno, gracias. ¿Seguimos?

Quinto, como esperaba, no lo había entendido. Tendría que seguir su propio camino una vez aclararan aquel asunto. Se le encogió el corazón y notó un nudo en la garganta. Si no lo amara tan desesperadamente su camino sería mucho más sencillo, pensó conteniendo un súbito acceso de llanto.

Doce

No le enviaron recado de que acudiera al paritorio, pero Brighid dedujo que, si se presentaba sin que la invitaran, no rechazarían su ayuda. Le costaba aceptar que no pudiera ser de ayuda para alguien. Así pues, cuando llevaba un rato viendo a Quinto tirar de una polea en el gimnasio, se excusó discretamente y avanzó por la pared del edificio, esperando descubrir la puerta adecuada por el ruido. Se detuvo a escuchar.

—¿Princesa?

Se sobresaltó, llevándose una mano al pecho. No había oído acercarse a nadie, pero vio que, en un entrante de la pared, cerca de la puerta, un hombre acababa de levantarse de un taburete. Detrás de él, ante un altar consagrado a la diosa de los partos, ardía una vela, y Brighid dedujo que había estado rezando a Sulis-Minerva.

—¡Helm! —susurró—. ¿Qué...?

A la luz del sol le pareció menos tosco, menos agreste que antes. Se había cepillado el cabello rubio y llevaba la barba bien recortada. Había cambiado la túnica blanca por unos pantalones marrones de cuadros, una camisa de lino sin teñir y un cinturón de cuero del que colgaba su espada, al estilo de las tribus. Así lo había visto Brighid la primera vez, hacía semanas, en el salón de su padre, con un grueso collar de oro alrededor del cuello.

—Confiaba en que estuvieras aquí —dijo, mirando una de las puertas—. Deberíamos hablar en privado, princesa, antes de que regrese Valens.

Brighid se ciñó la toquilla de lana alrededor de los hombros, aunque la mirada de Helm no era tan lujuriosa como la de Valens.

—¿Sí? —dijo—. No creo que ya importe. Has tomado una decisión y debes atenerte a ella, aunque tu habilidad para negociar no me haya impresionado en absoluto.

—A mí tampoco. Tu padre era un hombre duro, princesa. Con él no iba a llegar a ninguna parte. Y luego todo se torció, ¿no es cierto? Habría sido una estupidez por mi parte quedarme después de tu captura.

—Fue una estupidez por tu parte ir allí.

—Me envió mi padre. Pero ahora que te he vuelto a encontrar...

—Eh... No, señor. Tú no me has encontrado. No estaba perdida. Y cuando te di la oportunidad, preferiste omitir que habías visitado mi casa. No esperarás que muestre ningún interés por ti ahora, sobre todo teniendo en cuenta que ya tienes una esposa. En realidad, no tenemos nada de qué hablar.

—Tenemos que hablar de tu hermano. Si quieres

que regrese vivo, creo que harías bien en concederme unos instante de tu tiempo.

—¿Mi... mi hermano?

—Sabía que eso te haría cambiar de opinión.

—¿Lo tienes tú? ¿Está bien? ¿Dónde está? —no se esperaba que Helm creyera aún que Math estaba cautivo. ¿Podría averiguar algo más? ¿Podría seguir fingiendo? Vio que los ojos de Helm se iluminaban y adivinó qué iba a ofrecerle a cambio de Math, que en realidad estaba escondido en la habitación de Lucano.

—Está a salvo, de momento —contestó él con una sonrisa satisfecha—. Imagino que tendrá hambre, pero sobrevivirá. Mira, tengo su daga —sacó la empuñadura de la funda de su espada y sujetó el arma sobre la palma de su mano. Brighid reconoció su pomo decorado con oro y esmalte.

—Espero que te hiriera con ella antes de que lo raptaras, señor.

—Lo hizo. Por eso llevo las calzas. Bien, ¿hablamos?

Brighid miró por el corredor.

—Que sea rápido.

—Mi plan es llevarme a tu hermano para que se una a mi tribu, los dobunni, si tú también accedes a venir. Si te niegas, tu hermano se quedará con Valens, que hará con él lo que suele hacer con otros jóvenes sanos y fuertes.

—¿Y qué es?

—Ah, eso debe decírtelo él, no yo. Tu hermano se unirá a mis tropas, se entrenará con mis hombres, se curtirá y, con el tiempo, luchará por Britania. Una buena vida para un hombre, princesa, pero me gustaría que también vinieras tú. Podrías velar por él.

—¿Puedo recordarte de nuevo, mi señor, que ya tienes esposa?

—Yo sí, pero mi padre no.

—¿Tu... tu padre? ¿Qué tiene él que ver con esto?

—¿Por qué crees que fui a ver a tu padre? ¿Creíste que...? Ah... ¡Ja! Lo creíste, ¿verdad? —puso los brazos en jarras y sonrió ampliamente mostrando sus dientes blancos y su lengua rosa—. Pensaste que había ido a pedir tu... No, muchacha, era con el jefe con quien debías casarte, con mi padre, no con su hijo. Piénsatelo. Ahora tienes otra oportunidad de ser la esposa del jefe de los dobunni y vivir a lo grande. Nosotros no vivimos en chozas de madera como vosotros, princesa. Vivimos en una villa tan grande como Watercombe. Por lo visto tu padre no te mantenía informada de tu futuro.

«Nadie me mantiene informada de mi futuro».

—Yo no fui la única que malinterpretó la situación —repuso—. Mis hermanos pensaron lo mismo. Ellos no habrían aceptado tu proposición.

—Pero ya no tienen nada que decir al respecto, ¿no es cierto? Puedes decidir por ti misma. Valens cree que eres la esclava del tribuno, pero yo sé que no. Una mujer como tú nunca será la esclava de nadie. Piénsalo, princesa. ¿Prefieres seguir a ese hombre recogiendo las migajas que te arroja o ser la esposa del jefe de nuestra tribu, disfrutar del respeto de todos y poder sentarte junto a tu marido y aconsejarlo? Eso es lo que yo llamo un futuro.

—¿Me estás diciendo la verdad? —a pesar de que

se sentía culpable, sopesó su propuesta. Sin duda aquello resolvería al menos uno de sus problemas.

—Lo juro ante Sulis-Minerva. Me llevaré a mi esposa a casa tan pronto pueda moverse, y te aconsejo que tú también vengas, o tu hermano y tú estaréis en poder de Valens.

—Eso es poco probable, Helm. El tribuno conoce el peligro que corremos y está preparado. Sabe cómo protegerme.

—¿De veras? —preguntó en tono burlón, y sonrió mirando por el corredor vacío—. Pues no ha podido proteger a tu hermano. Yo, en cambio, sí sé cómo proteger a una mujer. Voy a alejar a mi esposa de Valens. También podría llevarte a ti. Créeme, ese hombre sabe cómo exprimir a una mujer, y tiene sus miras puestas en ti, princesa.

—Gracias por tu advertencia. Creía que erais amigos del alma.

—Tenemos los mismos intereses políticos, eso es todo.

—¿Pero no los mismos escrúpulos?

—Digamos que mis escrúpulos son más transparentes que los suyos. Es un hombre muy astuto, pero necesita mi ayuda. Pero eso no dudará para siempre.

—Necesito algún tiempo —murmuró ella—. Dame más tiempo. Un día más.

—El tiempo se agota. Valens se mueve deprisa. En cuanto...

Al oír un ruido detrás de la puerta más cercana, Helm se pegó a la pared del entrante como una sombra. Allí no lo verían desde la puerta.

—Ah, princesa —dijo la voz de Helena Coronis—. Ahora iba a buscarte. ¿Te importaría darnos tu opinión? Está casi a punto.

La puerta se cerró tras ella y la sombra se alejó por la pared sin ser vista.

La sala de parto era sencilla y funcional, y no lo bastante grande para que cupieran las tres comadronas, Helena Coronis, Brighid y la larga mesa sobre la que yacía Dora para que la examinaran. Había también una extraña silla con el asiento cortado en la que se sentaría la madre para dar a luz. En los estantes había montones de toallas y sábanas, frascos y jarros, utensilios de metal, cuencos y copas. El olor de la lavanda y la menta se mezclaba con el acre olor a sudor y sobre el alféizar de la ventana ardía una vela perfumada para endulzar el aire. Dora, tumbada en la mesa y presa de una nueva contracción, dejó escapar un grito que fue in crescendo.

El murmullo de las conversaciones se detuvo y la parturienta agarró la mano de Brighid y la apretó con todas sus fuerzas, pese a lo cual Brighid aguantó sin dar siquiera un respingo. Dora, a quien no parecía importarle de quién fuera la mano que agarraba, se limitó a asentir con la cabeza cuando Brighid le preguntó si podía echar un vistazo. No esperaba que el parto fuera tan inminente. Las primerizas solían tardar muchas horas en dar a luz, pero el bebé de Dora no parecía dispuesto a esperar, y Brighid vio que ya no tardaría mucho en hacer acto de aparición. Entre contracción y contracción había poco que hacer, excepto ayudar a Dora a sentarse en el taburete de parto, masajearle la espalda y mantener sus pies calientes.

Si Brighid no hubiera tenido la cabeza ocupada por lo que acababa de contarle Helm y por la situación crítica a la que estaba asistiendo, tal vez hubiera encontrado el momento de llevarse a Helena Coronis aparte para advertirle que fuera a buscar la joya que había ofrecido en el santuario y que tal vez estaba aún en el taller. Pero se olvidó de aquello cuando el bebé de Dora llegó al mundo, y ante la alegría del nacimiento de un bebé sano y rollizo, todo lo demás pareció perder importancia. Después, mientras las demás se ocupaban de madre e hijo, Brighid salió sin que advirtieran su marcha.

Se detuvo ante el pequeño altar para dar gracias y se inclinó contra la pared para pensar. Habría sido fácil desdeñar la inesperada proposición de Helm por absurda, pero su creciente preocupación por su futuro había dejado un espacio vacío en el que cualquier oferta, por estrafalaria que fuera, podía echar raíces y prosperar aunque solo fuera por un tiempo. De todos modos no era una posibilidad tan descabellada, pues si su padre hubiera tomado una decisión firme en vez de jugar al gato y al ratón con todos ellos, tal vez ahora estaría instalada como esposa del jefe de los dobunni y sería la madrastra de Helm. Esas cosas podían ocurrir y ocurrían. Y, le gustara o no, era una alternativa viable a un futuro incierto como «sanadora» del tribuno. El asunto de su virginidad no había salido a relucir, así que daba por sentado que a Helm y a su padre les importaba poco, siempre y cuando no estuviera ya embarazada, como Dora. Había, no obstante, una solución brutal a ese problema que sabía que aquellos hombres no dudarían en poner en práctica. Había visto una docena de pequeñas tumbas que lo demostraban.

Por más que le desagradara la idea de dejar al tribuno, Helm había descrito con exactitud su situación, y por más que intentara ser optimista respecto a sus posibilidades de permanecer con Quinto, al que había llegado a amar, la pura verdad era que él no la había desflorado por amor, sino para impedir que llegara a casarse con el dobunni al que ambos andaban buscando. El tribuno ni siquiera quería pensar en su futuro. Le preocupaba más dar con el paradero de su amigo, uno de los motivos principales por los que había acudido a Aquae Sulis.

Ella no era más que un añadido, como lo había sido desde el principio. Mejor tomar las riendas de la situación ahora, se dijo, que dejarlo para más adelante. Se estaba agotando el tiempo, pues cuando Helm descubriera que no podía servirse de Math para negociar, era probable que retirara su oferta. Resultaba muy interesante, en cualquier caso, que Helm necesitara hombres jóvenes para su revuelta contra la ocupación romana, y que Valens los necesitara para otra cosa aún por especificar.

Al asomarse al gimnasio vio que Quinto se había marchado, seguramente creyendo que seguía ayudando en el parto de Dora. Era su oportunidad de subir a los talleres y buscar el lugar donde Math había descubierto su pulsera. Si encontraba la joya de Helena y se la devolvía, tal vez ella les ayudara a poner al descubierto los planes de su marido.

Desde el jardín, subió por la abrupta cuesta sin que la vieran quienes paseaban por los senderos de más abajo con la cabeza cubierta para protegerse de la llovizna y la brisa fresca que hacía combarse los surtidores de las fuentes. Pensaba seguir el sendero que le había descrito Math, y al hallarse detrás de la espesa pantalla que formaban los árboles, oyó el ruido de un torno de alfarero en la choza más cercana. Siguió adelante sin ser vista.

El siguiente taller estaba lleno de hombres sentados en el suelo, donde estaban armando un mosaico sobre una plancha de madera, tan absortos en su trabajo que no la vieron pasar. La siguiente puerta era la de un tejedor y su esposa, que se hallaban de pie frente a un gran telar vertical, con cestos de lana de colores a los lados.

Más allá de su choza había una puerta abierta en la que un hombre de barba cana sentado en un banco estaba limando cuidadosamente un pequeño objeto sujeto por un tornillo. ¿Sería el orfebre?

El hombre levantó la vista mientras Brighid dudaba y pareció lleno de curiosidad al ver a una encantadora pelirroja ataviada con ornamentos de oro que costaban una fortuna.

—*Domina* —dijo.

—Buenos días. ¿Harías el favor de mostrarme tu trabajo? —preguntó al acercarse.

El hombre dejó la lima, extrajo del tornillo el minúsculo objeto de peltre y se lo tendió para que lo viera.

Era una pierna en miniatura no más grande que el

dedo meñique de Brighid, igual a las que se vendían en los alrededores del santuario de Aquae Sulis.

Al lado del viejo había una bandeja con amuletos y talismanes hecho de peltre, latón y plata, y piezas de metal planas en las que podían escribirse peticiones.

Estaban representadas todas las partes del cuerpo: brazos y pechos, corazones y pies, ojos y oídos.

—Son preciosos —dijo—, como los que vendía un hombre en el santuario de Sulis-Minerva, en la ciudad. Dijo que también los hacía aquí.

El anciano asintió, echando la pierna a la bandeja.

—Es mi ayudante —explicó—. ¿Querías que hiciera algo especial para ti, *domina*? ¿Eres una de las huéspedes?

—No, gracias. Estaba buscando el taller del orfebre.

—No vas a encontrarlo. Ya ha cerrado.

—Ah. ¿Cuándo volverá tu ayudante?

Una sonrisa sagaz iluminó sus ojos azules.

—Ah, es a Gaditano a quien has venido a ver, ¿verdad? Solo lleva aquí tres lunas, y ya tiene a todas las damas preguntando por él. No tardará mucho en volver de Aquae Sulis. ¿Quieres esperarlo?

Brighid sonrió y negó con la cabeza.

—Te equivocas. Tu Gaditano no me conoce. Buenos días. Tus amuletos son una preciosidad. Si llevara algún dinero encima, compraría uno.

—Entonces acepta uno como regalo. ¿Cuál quieres? ¿Un corazón? No valen tanto como tus joyas, *domina*, pero parece que surten efecto. Aquí tienes. Acéptalo.

Brighid cerró la mano alrededor del suave corazón de plata.

—Me lo guardaré —dijo—. Gracias.

En los aposentos asignados a Quinto y sus ayudantes se oían portazos y gritos.

—Aquí tampoco. No, aquí no.

—Aquí no ha estado, señor —dijo Math.

Otro portazo.

—¿Dónde está entonces?

—¿En los talleres? ¿Habrá ido...?

—Ven conmigo —ordenó Quinto—. Iba a ir a mirar de todos modos. Trae a uno de los guardias. El otro es mejor que se quede aquí.

Salieron a los jardines y subieron por la ladera de la colina, y se detuvieron de golpe al ver que Brighid bajaba hacia ellos sonriendo todavía por la amabilidad del viejo herrero.

—Si vais al taller del orfebre —dijo—, ya ha cerrado. Pero hay muchos otros abiertos.

—Te ordené que no salieras sola —replicó Quinto sin sonreír.

Brighid se encrespó, sintiendo cuatro pares de ojos fijos en ella.

—Vaya, qué error por mi parte, mi señor. Creía que lo habías pedido. Bueno, aquí estoy. Ilesa.

—Gracias a la buena suerte, no a tu sentido común —masculló él exasperado—. Me pregunto si tendrías la amabilidad de permanecer en todo momento con uno de nosotros, princesa. Preferiblemente conmigo. No tengo tiempo de añadirte a mi lista de búsquedas.

—Le brindaré la debida consideración a tu petición, mi señor.

—Sí, hazlo. Ahora, si haces el favor de seguirme...

—Pero ya te he dicho que el taller del orfebre está cerrado.

Tulo y Lucano se miraron levantando una ceja cuando Quinto echó a andar de nuevo, arrastrando a Brighid con él como una hoja otoñal.

—Eso no va a impedir que echemos un vistazo —dijo tajantemente.

Brighid pensó que no lo decía en serio, y vio con asombro que el guardia abría la puerta cerrada de un empujón al segundo intento. La choza contenía todo lo que confiaban en encontrar: cofres de monedas recién acuñadas y estampadas, las herramientas y troqueles que se usaban para las falsificaciones y una cesta llena de objetos robados del santuario, a partir de los cuales se fabricaban las monedas. Aquello respondía al enigma de quién estaba pagando sus impuestos con moneda recién acuñada.

Dejaron el taller intacto y apostaron un guardia fuera hasta que pudieran regresar con refuerzos. Entre tanto, Brighid se mantuvo apartada. No decía nada pero estaba furiosa y daba una y otra vez vueltas al corazón entre sus manos.

—¿Qué es eso? —preguntó Tulo amablemente.

Ella se lo enseñó en silencio.

—Es bonito. ¿Dónde lo has comprado? ¿En el templo?

—En el taller del fabricante de amuletos. Me lo dio

el viejo. Pensó que estaba buscando a su ayudante, Gaditano.

—¿A quién? —preguntó Tulo atónito.

—A Gaditano. No estaba allí. Vende estas cosas en el... ¿Qué ocurre?

—¿Puedes decírselo al tribuno, domina? Creo que va a interesarle.

—No, no pienso decirle nada al tribuno hasta que me hable como es debido. Soy una princesa briganti...

—Sí, una princesa brigantiana, lo sé, pero creo que deberías decírselo. ¡Quinto! Ven aquí, hombre. ¿Qué significa para ti el nombre de Gaditano? ¿No es así como os llamáis los de Cádiz?

—De Cádiz, sí, ¿por qué? —Quinto lo miró con el ceño fruncido. Después fijó la mirada en Brighid—. Princesa —dijo—, cuéntamelo, por favor. Es importante.

Su tono autoritario no admitía discusión, pero Brighid sintió el fuerte impulso de hacerle esperar.

—Un hombre llamado Gaditano ayuda al viejo que hace y vende exvotos en el templo de Aquae Sulis. Lo conocí cuando estuve allí. Me dijo que trabaja aquí. El viejo me regaló esto —le mostró el corazón de plata, pero Quinto estaba mirando a Tulo como si hubiera visto un fantasma.

—¿Cuánto tiempo lleva trabajando aquí ese hombre? El viejo, no. El otro.

—Unas tres lunas, me dijo.

Quinto dejó escapar un suspiro tembloroso y volvió a tomar aire.

—Merece la pena echar un vistazo —dijo—. ¿Por dónde es?

293

—Pero no está allí —dijo Brighid—. Viene de vuelta de Aquae Sulis...

Pero Quinto ya había echado a andar por el sendero, y ella no tuvo más remedio que seguirlo hasta la casa del fabricante de amuletos, que pareció algo preocupado al ver llegar a la pelirroja con tres hombres fornidos. Contestó respetuosamente a las preguntas del tribuno, que al principio dedujo se debían al hecho de que hubiera empleado a un ayudante sin permiso de los propietarios de Watercombe. Ellos nunca habían visto a Gaditano, les dijo, pero lo había contratado durante los meses de invierno, cuando el trayecto hasta Aquae Sulis cargado con una pesada cesta era demasiado para sus fuerzas. Gaditano era fuerte, honrado y trabajador.

—Descríbemelo, anciano, si haces el favor —dijo Quinto.

—Es alto. Más o menos de tu edad, diría yo, y moreno igual que tú. Tiene una cicatriz reciente en la frente, aquí —se tocó la línea del pelo—, pero no me ha contado nada de su vida y yo nunca le he preguntado. ¿Crees que quizá lo conozcas, mi señor? No estará metido en líos, ¿verdad?

—No, nada de eso, pero sí, creo que tal vez lo conozca. ¿Puedes decirle que el tribuno Quinto Tiberio Marcial ha preguntado por él? Quizá recuerde mi nombre.

—Claro que sí, señor. Señores míos. *Domina* —el anciano correspondió a la sonrisa de Brighid y tomó otra pierna de plata para colocarla en su tornillo.

Brighid habría preferido volver a sus habitaciones

para cambiarse de ropa, pero Quinto la agarró con fuerza de la mano. No le sorprendió que no le diera las gracias por haberle ofrecido la pista que tanto ansiaba, pero al mirar de reojo su cara y ver sus ojos castaños, que escudriñaban los edificios mientras se acercaban, su corazón se llenó de amor y de pronto ansió que le dedicara una palabra amable, una mirada de ternura. El dolor que sentía en el corazón se hizo casi insoportable cuando recordó la terrible alternativa: la oferta de Helm, la posibilidad de disfrutar de seguridad y de una elevada posición, de que la valoraran por su propia identidad y de vivir con orgullo en vez de ser una esclava. Podía hacerlo. Sí, podía. No debía creer que el tribuno abrigaba sentimientos por ella. El padre de Helm necesitaba una esposa y el tribuno se casaría con una mujer de su clase. Debía dejar de intentar hacer realidad sus sueños, pues las cosas funcionaban así. Los brigantes eran realistas, no soñadores.

Intentó desasirse de su mano cuando entraron en la casa de baños para hombres, pero Quinto la retuvo, haciéndole una seña de que se mantuviera callada. Brighid pensó que iba a bajar los escalones que llevaban a la habitación de la caldera, en el nivel inferior, pero al oír voces airadas a lo lejos, Quinto se quitó las sandalias y les indicó a ella y a los demás que hicieran lo mismo.

—Es la voz de Valens —susurró Lucano—. Se suponía que no estaba.

—Y esa es la de Helm —añadió Brighid.

Tulo se había acercado a la puerta entornada que

daba directamente al *tepidarium* y de allí a la siguiente estancia, ocupada casi por completo por una piscina circular de agua fría al otro lado de la cual retumbaban las voces de los dos hombres. Aventurándose más allá, Tulo les indicó que le siguieran y levantó una mano para advertirles.

El propietario de Watercombe y su amigo no habían ido allí a bañarse, evidentemente, pues ambos estaban vestidos, sino en busca de un lugar donde hablar en privado a una hora en que la casa de baños estaba desierta. Valens estaba apoyado contra una pared pintada de rojo, con los brazos cruzados y actitud desdeñosa. Al otro lado de la piscina se hallaba Helm, cuya postura agresiva daba a entender que llevaba la voz cantante.

—Lo acordamos hace meses, Valens, como bien sabes, y no puedes hacer nada por cambiarlo. Es un niño y es mío.

—Te equivocas, amigo mío. Yo lo engendré. Va a quedarse aquí, conmigo.

Quinto miró a Brighid con el ceño fruncido sin soltarle la mano.

—No me lo has dicho —le dijo en voz baja.

Ella lo miró con enfado.

—No me lo has preguntado.

Tulo levantó de nuevo la mano en señal de advertencia. Los hombres solo tenían que volverse hacia la puerta para ver a las cuatro figuras que los espiaban. Helm estaba sacudiendo la cabeza.

—Te estás descuidando. Ya ni siquiera puedes retener a tus cautivos, ¿no es cierto? Has dejado escapar al muchacho que te traje la noche que llegué. Si su-

296

pieras lo que haces, a estas alturas ya lo tendría a medio camino de allí. Ahora lo hemos perdido.

—No, nada de eso —dijo Valens—. Te habrías quedado aquí esperando a que pariera tu esposa, y ese muchacho no te serviría de nada medio muerto de asfixia, ¿no? Y, de todos modos, ¿de qué me sirves, mi barbado amigo? Cada vez que necesito que lleves hombres a las minas estás por ahí, persiguiendo alguna quimera. ¿De qué sirvió tu viaje al norte? Volviste con las manos vacías. Jamás conseguiremos dinero si te llevas la fuerza de trabajo a tu ridículo campamento de reclutas. Es en las minas de Cambria donde se les necesita, hombre, no en tus campos de entrenamiento. Nos dividimos el oro entre los dos, ¿recuerdas? Yo para mis impuestos y tú para tu rebelión, pero tú por tu parte todavía no tienes nada que mostrar, ¿no es cierto, necio?

—Entonces proporcióname más hombres, Valens. La última vez que estuve en Cambria me dijeron que se había escapado uno de aquí, así que ¿cuánto crees que tardará en volver y arruinarnos el negocio? No puede durar para siempre, ¿sabes?, y si no me consigues más trabajadores, no puedo llevarlos a las minas y ninguno de los dos conseguirá lo que necesita para sus fines. Eso cualquier tonto puede verlo.

—Atente a las consecuencias si me insultas —replicó Valens poniendo los brazos en jarras—. Y si quieres conseguir oro más deprisa que en las minas, quítaselo a la pelirroja cuando la lleves a tu casa. Con eso podrás tirar un año o dos. Todavía no puedo creer que haya aceptado.

—Pues sí —contestó Helm, cuya voz resonó a través de la piscina.

—¿Te lo ha dicho ella?

—Sí, hace solo una hora. Le hice una oferta mejor que la del astuto tribuno, y ella lo sabe. Puede que ya no consiga al hermano, pero ella vendrá.

Brighid sintió que Quinto le apretaba con más fuerza la mano, tirando hacia él para obligarla a mirarlo. Como ella se negó, la agarró de la barbilla y le volvió la cara.

—No me lo has dicho —dijo en voz baja.

Ella lo miró a los ojos fijamente. «No me lo has preguntado».

—Ni se te ocurra —gruñó él con una mirada ardiente .

Tulo movió la mano para hacerles una advertencia. Pero era demasiado tarde.

—¿Qué ha sido eso? —dijo Helm, dándose la vuelta.

Sin soltar a Brighid, Quinto dio un paso adelante.

—Soy yo —dijo—, he venido a aportar algunos datos a vuestra discusión. Ha sido de lo más entretenida hasta ahora.

Valens pareció impertérrito, incluso divertido.

—Vaya, pero si es nuestro astuto tribuno y sus esbirros. Y la bella esclava. Helm, amigo mío —dijo sin mirarlo—, ya que están aquí estos entrometidos, te sugiero que vayas a la caja fuerte que hay en la habitación del tribuno y te sirvas tú mismo. Seguro que puedes arreglártelas con el guardia. Solo hay uno.

—Sí —dijo Helm—, mientras tú te quedas con mi hijo, Valens. Creo que no. Sé lo que prefiero, gracias.

Algo que tú nunca tendrás a pesar de todos tus contactos. Una esposa leal y un hijo varón.

Aquello enfureció a Valens como no podría haberlo hecho ninguna otra cosa. Dejó escapar un rugido de rabia que resonó en la cavernosa habitación y lanzó una andanada de improperios poniendo en cuestión el nacimiento de Helm, el de sus padres y, cómo no, la capacidad de Helm para engendrar un hijo. Aquello explicaba que Helm hubiera aceptado casarse con la esclava encinta de Helena.

—Bien, ya que hablamos de esposas, hijos e impotencia —dijo Quinto—, permitidme aclarar una cosa. Me serví de la princesa para que me condujera hasta el hombre que intenta rebelarse contra el emperador Septimio Severo. En aquel momento, no tenía otras intenciones respecto a ella. Así que si crees que va a preferir la estabilidad que le ofreces, Helm, en lugar de pasar el resto de su vida bajo mi protección, te aconsejo que lo olvides. Tienes un hijo y una esposa, pero no vas a tener a la mujer que va a ser mi esposa. En cuanto a ti, Publio Cato Valens...

«Mi esposa. ¿Mi esposa?». ¿Era eso lo que había dicho?

Brighid lo miró extrañada y luego miró a Lucano y Tulo, cuyas caras no le revelaron nada. Después fijó la mirada en Helm, cuyos ojos acusadores parecían dar a entender que lo había engañado. Quinto no la había mirado directamente, y Brighid pensó que estaba soñando mientras su voz retumbaba en la sala, hablando de cuestiones relacionadas con la evasión de impuestos, la falsificación de moneda, el asesinato y el secuestro de hombres para reducirlos a la esclavitud.

No se percató de qué desencadenaba la repentina explosión de actividad: hombres que corrían y se perseguían, gritos de furia cuando Valens y Helm se lanzaron al agua para abalanzarse el uno sobre el otro. El agua se agitó a su alrededor mientras luchaban, escupiéndose insultos. Se oyeron gritos pidiendo que pararan, relumbró la daga de Helm y Valens comenzó a forcejear frenéticamente, pues iba desarmado. Una nube rosa se mezcló con la espuma del agua y un instante después Valens lanzó un grito y se apartó, retorciéndose. Helm se zambulló como un delfín y nadó sumergido hasta el otro extremo de la piscina, donde Brighid permanecía junto a la puerta. Los hombres se acercaron al borde, listos para sacar del agua a Valens herido.

Pero Helm no esperó a ver qué sucedía. Chorreando agua, se fue derecho a la puerta. Brighid podría haberle puesto la zancadilla, haber cerrado la puerta, haber estorbado su huida de algún modo, pero se apartó y lo dejó pasar. Entonces Helm se tambaleó hacia atrás, empujado por un hombre que se lanzó hacia él de cabeza como un demonio, ignorando la daga y rugiendo de furia. Era Alexio Tito Gaditano, el amigo desaparecido de Quinto, el hombre risueño que vendía exvotos en Aquae Sulis y que de pronto se había transformado en una furiosa máquina de luchar. Rodando por el suelo, apretó con las manos el grueso cuello de Helm.

El grueso collar de oro que llevaba Helm lo protegió de su furia asesina y, al apartar a su oponente de un empujón, Brighid se metió entre ellos como una madre rabiosa intentando separar a sus hijos. Consiguió separarlos el tiempo suficiente para que Helm se alejara rodando y se pusiera de pie. Y antes de que Alexio lograra desasirse de sus manos, Helm se marchó dando un portazo.

Rápida como el rayo, Brighid se lanzó hacia la puerta y pegó su espalda a ella, con las piernas abiertas y la cabeza gacha apuntando directamente a Alexio con la daga mojada. Era la de su hermano, la que había robado Helm. Sabía cómo empuñarla, pero jamás se atrevería a usarla a sangre fría como hacían los hombres.

—¡Déjalo! —jadeó—. ¡Déjalo marchar! ¡Déjalo marchar, te digo!

—*Domina* —susurró Alexio señalando la puerta—, es mío. He esperado mucho tiempo esta oportunidad. Deja que vaya tras él.

—¡No! —gritó con voz ronca—. ¡No!

Quinto y Tulo ya estaban detrás de él, pero Brighid malinterpretó sus intenciones y les apuntó con la daga, dispuesta a salir en defensa de Helm.

—Muchacha —dijo Quinto suavemente.

Lágrimas ardientes llenaron sus ojos, cegándola.

—Tiene una esposa —gimió— y un hijo recién nacido... y no podéis privar a Dora de su protección cuando... cuando más... lo necesita. No... me importa... lo que haya hecho... Yo tenía una doncella... que no había hecho nada... para merecer... —la embargó aquel recuerdo, todavía tan reciente, y la daga cayó al suelo. Dándose la vuelta hacia la puerta, rompió a llorar, llena de dolor, de dudas y de esperanzas.

Unas manos la agarraron antes de que se deslizara hasta el suelo, presa de sus emociones, y la levantaron en volandas para depositarla en brazos del hombre al que amaba. Quinto la llevó al *tepidarium*, se sentó con ella sobre la mesa de masajes y, entrelazados, la consoló con sus manos y sus labios y con aquella profunda voz aterciopelada que tan bruscamente podía convertirse en voz de mando. Reconoció que, desgraciadamente, le faltaba práctica a la hora de mostrarse tierno, pero añadió que pensaba enmendarse en el futuro.

—¿Qué futuro? —sollozó ella, enjugándose las lágrimas con su túnica.

Oyeron voces a través de la puerta cerrada, pero Quinto siguió con la atención fija en la mujer a la que sostenía entre sus brazos, cosa que maravilló a Brighid, que había supuesto que volver a ver a su amigo después de tanto tiempo sería su prioridad absoluta.

—¿Qué futuro, cariño? Pues el nuestro, naturalmente. El tuyo y el mío. No puedo permitir que te marches con ese patán con barba. Cuando me empeño en algo, no me rindo fácilmente, y menos aún tratándose de una mujer tan maravillosa como tú. Las princesas brigantianas no abundan precisamente, ¿sabes? Si uno tiene la suerte de echar mano de una, no la deja marchar, se casa con ella.

—¿Casarnos? Pero a los senadores no se les permite...

—Has estado prestando oídos al enemigo, mi bella y terca muchacha. No tengo intención de convertirme en senador. Seguiré haciendo este trabajo un año o dos

302

más y luego, cuando tengamos familia, te llevaré a Cádiz para dedicarnos a criar caballos en la granja de mi padre en Jerez. Les impresionará mucho que mi esposa sea princesa, y yo me aprovecharé de ello. ¿Qué te parece, cariño?

—¿Lo dices de veras, Quinto? ¿Estoy soñando? Antes de despertar, ¿puedo decirte que te quiero? ¿Un militar convertido en recaudador de impuestos quiere saber esas cosas?

—Este sí —susurró él. Besó su cara y sus labios sin prisas—. Este ha encontrado a la mujer de sus sueños, una mujer inteligente e increíblemente bella, cariñosa, apasionada y responsable, extremadamente sincera y generosa incluso con sus enemigos. Eres todo cuanto desea mi corazón, y te deseo como no he deseado a ninguna otra mujer en toda mi vida, amor mío. No puedo dejarte marchar porque te quiero demasiado. Sé que pensabas convertirte en la esposa de Helm, pero yo no lo habría permitido. Eres mía. Siempre has sido mía, desde el principio. Te utilicé y te retuve amenazándote con venderte, pero tenía que conseguir que prefirieras seguir a mi lado que escapar. ¿Ha sido muy terrible, cariño? Nunca ha sido esa mi intención.

—Ha sido duro para mi orgullo —reconoció ella saboreando sus labios—. Pero me queda todavía mucho, e intacto. Pero, Quinto, yo deseaba saber...

—¿Cuáles eran mis planes para ti?

—Sí. Me sentía como si fuera a la deriva, sin ancla ni vela. Para una mujer criada como me criaron a mí, es casi imposible sobrevivir sin un hogar o un protector, aunque ese protector no la quiera. Y sin embargo la esclavitud jamás ha sido una alternativa, en mi caso. Ni siquiera contigo, Quinto.

—Lo entiendo. No tienes madera de esclava. Me lo has dejado muy claro, ¿no te parece? Casi a diario.

—Échale la culpa a mi padre. A pesar de todos sus defectos, era un hombre orgulloso.

—Sí, pero te habría vendido a los dobunni si le hubieran ofrecido lo suficiente. Quizás ahora serías la segunda esposa de Helm. Eso también tienes que agradecérselo a tu padre.

—Sí —repuso ella con una sonrisa—. Tienes razón.

Los ruidos de la otra sala se habían apagado, y mientras estaban a solas Quinto acarició su pecho magullado con la mano y procuró que se olvidara de su dolor con besos y palabras cargadas de ternura.

—Ahora, amor mío —dijo—, quiero que tengas paciencia mientras me ocupo de los asuntos que hay que resolver aquí, en Watercombe. He de hacer lo que me encargaron, o mi próxima entrevista con Septimio Severo será aún más incómoda que la anterior. Puede que tengamos que pasar un día o dos más aquí antes de regresar a Aquae Sulis y luego a casa. Prometo no descuidarte, amor mío.

—No vas a perseguir a Helm y a su esposa, ¿verdad?

—No, podemos detener sus actividades de reclutamiento ahora que sabemos con qué estamos tratando y de dónde ha obtenido dinero todos estos años. Vuelve a nuestros aposentos, amorcito mío, y dile a Florian que cuide bien de ti. Luego comeremos algo. Haremos un festín para celebrarlo.

La acompañó a la puerta y la vio llegar junto al guardia que esperaba junto a la sala. Después regresó a la casa de baños, donde sus tres colegas ya habían comenzado a atender al malherido propietario de Watercombe.

—¿Puede alguien decirme qué está pasando, por favor?

La voz de Helena Coronis llegó a oídos de los cuatro hombres que se hallaban de pie junto a la puerta exterior de la casa de baños, hablando todavía. Había dejado de llover y el sendero brillaba mojado, reflejando el azul claro del quitón de la dama que ondeaba tras ella, pensó Tulo, como el de una estatua de Astrea, la diosa de la justicia. Se pusieron en guardia al instante para impedir que se acercara a la puerta.

—¿Dónde está mi marido? —preguntó ella—. Helm acaba de irrumpir empapado en la enfermería, ha tomado en brazos a su mujer y al bebé y se los ha llevado sin decir palabra. ¿Puede saberse qué le ha ocurrido? ¿Han tenido unas palabras? ¿Es eso?

Quinto se acercó a ella.

—Sí, mi señora, creo que puede decirse que han tenido unas palabras, y algo más.

—¿Qué quieres decir, tribuno? ¿Qué ha pasado?

Tulo se acercó y le ofreció cortésmente el brazo para conducirla por el camino que llevaba al atrio.

—Creo, mi señora, que conviene que busquemos un rincón tranquilo. Será lo mejor. Algún sitio discreto donde podamos hablar. ¿Me acompañas?

Helena lanzó una mirada a la fila de rostros sombríos, uno de los cuales pareció sorprenderla. Después miró los ojos profundos y admirativos de su acompañante y comprendió que al fin había encontrado un hombre en el que podía confiar.

—Sí —musitó—. Voy contigo.

Celebraron en privado su banquete, donde los demás huéspedes no pudieran oírlos, pues por el balneario había corrido ya la noticia de que el dueño, Valens, había muerto como consecuencia de los vapores del *caldarium*, la sala más caliente y asfixiante de la casa de baños. Eran, decían, gajes de su oficio, y más aún teniendo en cuenta el cuidado que ponía Valens en que el estanque estuviera limpio y en buenas condiciones. Un pérdida terrible para la señora Helena y sus dos hijas, murmuraban. La esposa se había recluido en sus habitaciones presa del dolor, añadían al no tener pruebas de lo contrario.

Tras una mañana oscura y húmeda, el sol había vuelto a hacer brillar las hojas y sus rayos rebotaban en las piscinas, que espejeaban como diamantes y reflejaban las manos de aquellos que se habían reunido en torno a sus bordes para hablar acerca del año que Alexio había pasado en paradero desconocido. Mientras se pasaban la comida y sostenían en equilibrio copas de vino tinto, oyeron cómo, tras cometer la imprudencia de probar la poción narcótica del sacerdote, Alexio se había descubierto montado en un carro tapado, atado de pies y manos y con todo el cuerpo dolorido.

Los hombres sabían ya que Valens había estado proporcionando hombres jóvenes y sanos para que trabajaran en las minas de oro de Cambria, en las que Helm y su padre tenían participaciones.

—Entonces, ¿las minas no las lleva el estado? —preguntó Lucano.

—Solo en parte —respondió Alexio—. Tenemos hombres allí para vigilarlas, pero la mitad de los mineros esclavos son civiles secuestrados en otras regiones, como yo. A quienes proporcionan esclavos se les paga en oro. Helm era el encargado de llevar a los hombres hasta allí porque no está lejos de su territorio y hace esa ruta regularmente.

—Pero —añadió Quinto— de vez en cuando desviaba a algunos de esos hombres hacia su campamento. Y Valens había comenzado a sospechar.

—No se fiaban el uno del otro —repuso Alexio—. Pasé un par de meses trabajando como minero, hasta que no pude soportarlo más. Ese trabajo mata a los hombres tan deprisa que no les da tiempo a reemplazarlos.

—¿Así es como te hiciste esa herida? —preguntó Brighid. Estaba recostada cómodamente en el hueco del brazo de Quinto. Florian había aplicado un ungüento a sus moratones y se los había vendado.

—Sí, princesa. Los túneles son asfixiantes y hace mucho calor en ellos, y el trabajo es demoledor. Pero conseguí escapar una noche y regresé a Aquae Sulis con intención de descubrir quién estaba detrás de todo eso y si, como sospechaba, era así como Valens se las ingeniaba para acuñar su propia moneda. Me recogió en la carretera el viejo al que conociste. Me trajo aquí y me cuidó hasta que me recuperé.

—Espera —dijo Brighid—. El viejo dijo que Valens y la señora Helena no sabían que estabas aquí, pero no es así, ¿verdad? Ella tenía que sospechar algo, porque fue ella quien sugirió que Quinto subiera a ver los talleres después de ver tu bota. Confiaba en que te encontrara, aunque fingió no saber nada.

—No se le puede reprochar que actuara así —comentó Quinto—. Valens se habría cobrado una venganza espantosa si ella se hubiera entrometido en sus actividades.

—Y sin embargo lo hizo —dijo Tulo con calma—. En cuanto se dio cuenta de quiénes éramos, Helena buscó el modo de mostrarnos lo que estaba pasando aquí. Y os diré otra cosa respecto a nuestro amigo Helm, que ha desaparecido con su esposa y su hijo.

—Adelante —dijo Lucano—. Salta a la vista que gozas de la confianza de la señora.

Tulo le lanzó una mirada fulminante.

—Helm no le estaba haciendo un favor al casarse con Dora, su esclava encinta. Esa era la versión de Helm. En realidad, Helena insistió en ello amenazándolo con denunciar sus sórdidos asuntos si no accedía, aunque para ello tuviera que sacrificar todo lo que tenía. Confiaba en que se llevara a Dora de aquí mucho antes para alejarla de Valens, pero Valens no se lo permitió. Dijo que la muchacha tenía que quedarse hasta que diera a luz.

—Para poder quedarse con el bebé si era un varón —dijo Brighid—. Cosa que intentó.

—En efecto —repuso Tulo—. Pero Dora y Helm siempre se habían tenido mucho cariño, o eso dice Helena, y Helm se puso furioso, como es lógico, cuando supo que Valens se había aprovechado de ella.

—¡Ja! —gruñó Alexio con amargura—. Me alegra saber que alguien le tiene algún aprecio. A mí me habría gustado estrangular con mis propias manos a ese pedazo de... Perdón, princesa. Supongo que tendré que conformarme con haberme vengado de uno, en vez de los dos.

—Sí —contestó ella—. Piensa en lo que has ganado, no en lo que has perdido.

—Ha ganado una bota —comentó Quinto cáusticamente—. Y ha perdido la otra. Te está bien empleado, amigo mío. Ya te he dicho otras veces que no conviene dejarse las botas debajo de la cama.

Los hombres habrían querido seguir hablando hasta el amanecer, pero Quinto tenía cosas más importantes en la cabeza ahora que había pasado el peligro. Esa noche, cuando la tomó entre sus brazos, Brighid se sintió algo culpable pues acababa de descubrir que el tribuno no era un hombre corriente con un trabajo corriente, y que la villa de recreo a la que lo había conducido no era tal. Aquella había sido, le explicó Quinto, una de las situaciones más peligrosas a las que se había enfrentado desde que había abandonado el ejército, pues se habían metido en la boca del lobo sin saber qué debían buscar en ella.

—Lo siento —musitó, acurrucándose en sus brazos—. ¿Me perdonas por haberme portado tan mal a veces? Estaba celosa y te quería toda para mí. Eres el primer hombre al que he amado, ¿sabes?

—No hay nada que perdonar —contestó—. Volví del revés tu vida, amada mía, y esperé que te lo tomaras con calma. Fui muy poco razonable, y tú lo has hecho magníficamente.

—Hasta cierto punto.

—Tenías todo el derecho a rebelarte. Cualquier mujer orgullosa lo habría hecho. No cambiaría nada de ti. Ahora, ¿te quedarás conmigo para siempre? ¿Serás mi esposa, cariño? ¿Mi princesa brigantiana?

—Para siempre, mi señor, y de la manera que tú quieras.

—Excepto como esclava, muchacha. No volveré a hablar de eso, te doy mi palabra.

—Dijiste que no tenía madera de esclava. ¿Es por eso?

—Bueno, en parte sí. Pero además tendrías que cortarte el pelo, y eso no lo podemos permitir.

Riendo, la detuvo antes de que pudiera asestarle un puñetazo y la besó hasta hacerla callar. Luego, dejando escapar un gemido, Brighid deslizó las palmas de las manos por sus músculos y su cuerpo se inflamó de deseo al sentir sus largos y duros miembros sobre ella y su torso esculpido apretando tiernamente sus pechos.

—Te adoro, mi señor —susurró—. Mandé un mensaje a Brigantia en el santuario pidiéndole tu amor. Ella me devolvió la ofrenda y pensé que mi deseo no estaba destinado a hacerse realidad, pero después la diosa me lo ha ofrecido libre por completo de cargas. Soy muy afortunada.

—Quizá, querida mía, porque Brigantia sabía que yo ya te amaba.

Brighid sonrió. Le había mostrado el corazoncito de plata que había hecho Alexio y que ahora reposaba a buen recaudo bajo su almohada. Era muy extraño, había comentado Quinto, las vueltas que daba a veces el amor para llevar a las personas a su destino.

Epílogo

Fue Tulo, naturalmente, quien se quedó en Watercombe para ayudar a Helena Coronis a afrontar las consecuencias de la muerte de su marido. A pesar de que era unos años menor que ella, el vínculo que habían forjado desde el principio era lo bastante fuerte para que Helena reconociera en él a un buen hombre que al fin podía darle el amor y el respeto que anhelaba. Los tributos que debía la finca ascendían a una fortuna, de modo que Helena vendió Watercombe y compró una villa más modesta en Aquae Sulis, donde, con ayuda de Tulo, llevó una vida tranquila, feliz y atareada en compañía de Clodia y Carina. Tuvieron dos hijos gemelos.

Alexio regresó a Eboracum con Quinto, Brighid y Lucano para explicar su larga ausencia. El emperador Septimio Severo y su esposa, Julia Domna, asistieron a la boda de Quinto y Brighid, que se celebró solo un par de semanas después de su regreso, cuando la novia comenzó a sospechar que la familia que esperaban fundar ya estaba en camino. Un mes después estuvo segura. Fue un niño, nacido en Brigantia. Le siguieron dos hijas, ambas nacidas en Cádiz.

Math y Florian se hicieron inseparables y, dado que Florian pertenecía a Quinto, los hermanos permanecieron juntos, como había sido su destino desde el principio. Ninguno de los dos añoró su vida pasada: la nueva era mucho más de su gusto. Lucano también se fue a vivir con ellos cuando se mudaron a Cádiz, y con ellos siguió en calidad de amigo íntimo y tío adoptivo, sin casarse nunca pero nunca escaso de compañía femenina. Juntos, Alexio y él dirigieron un negocio mercantil en Cádiz, dedicado al comercio de bienes de lujo procedentes de Bizancio y Oriente Próximo, negocio que con el tiempo heredaron los hijos de Alexio.

Tras su huida por los pelos, no volvió a tenerse noticia de Helm ni de la rebelión que planeaba contra las autoridades romanas, seguramente porque el emperador permaneció en Britania hasta su muerte, acaecida tres años después en Eboracum, en el año 211. Puedo revelar, sin embargo, que la ofensa que Valens le lanzó durante su enfrentamiento fatal era un infundio, pues Helm y Dora tuvieron tres hijas preciosas, y Quinto siguió durante unos años ignorando la verdadera índole de su oferta matrimonial. Cuando Brighid se lo contó mientras Florian le daba su masaje diario, añadiendo que a esas alturas podía ser la esposa del jefe de los dobunni, comprendió por cómo se sacudían sus hombros que Quinto se estaba riendo. Como a esas alturas ya había aprendido casi tantas técnicas de masaje como Florian, así como algunas otras con las que el

313

muchacho estaba menos familiarizado, apartó a Florian suavemente y el joven esclavo comprendió que debía dejarlos a solas para que su ama se cobrara dulce venganza por aquel inoportuno ataque de risa. Como era de esperar, a Quinto no le molestó el castigo lo más mínimo.

Nota final

Cambria era el nombre romano de Gales, donde todavía existe y puede visitarse la mina de oro de Dolaucothi, propiedad de Patrimonio Nacional, cuyos tours guiados conducen al visitante a tiempos de los romanos y a otras épocas más recientes. Hay talleres y exposiciones, oro de Gales, muy raro, a la venta, lugares por los que pasear y un castillo cercano. La dirección es: Dolaucothi Gold Mines, Pumsaint, Llanwrda, Carmarthenshire, SA19 0US.

Los ingenieros romanos descubrieron el modo más eficaz de extraer el oro de las vetas verticales de cuarzo blanco sirviéndose de potentes chorros de agua que traían mediante acueductos a través del valle. Ahí es donde entra Valens, el personaje de esta historia, por su conocimiento del terreno, su capacidad para proporcionar trabajadores y sus habilidades técnicas, por no hablar de su avaricia y su sed de oro. Cruzando el estuario del Severn y los montes Brecon Beacons, el viaje desde Bath podría haber llevado dos días o más. En la actualidad solo requiere un par de horas.

MARGO MAGUIRE
La dama sajona

 HARLEQUIN™

Uno

Norte de Inglaterra
Principios de otoño, 1068

Lady Aelia recorrió las almenas de Ingelwald para enardecer el valor de sus arqueros y alabar sus proezas en combate. Era lo único que podía hacer para infundirles ánimos antes de la batalla.

—¡Hemos resistido al enemigo durante meses! —los arengó—. Sois valerosos guerreros, ¡los héroes de Ingelwald! No temáis a Fitz Autier, ese canalla normando que invade nuestras tierras. No se diferencia en nada de Gui de Reviers, ni de cualquier otro a quien hayáis dado muerte… ¡No puede hacer nada contra nuestra fuerza!

Aelia esperaba que fuera cierto. Las historias sobre las conquistas de Mathieu Fitz Autier eran tan abundantes como aterradoras. El rey Guillermo lo había enviado a Northumbria para conquistar lo que nadie más había conseguido, y su crueldad lo había convertido en una leyenda. Ningún hombre, mujer o niño estaba a salvo de Fitz Autier.

Aelia no podía dejar que conquistara Ingelwald.

La niebla cubría los campos al alba, impidiendo

ver la actividad que se desarrollaba ante las murallas de Ingelwald. Era obvio que Fitz Autier estaba colocando a sus hombres en posición, pero Aelia se negaba a dejarse amedrentar por un enemigo al que todavía no había visto.

Muchos nobles de Northumbria se habían refugiado en Ingelwald al perder sus propiedades, y le habían jurado lealtad a Wallis, el padre de Aelia. Y ahora que Wallis y muchos de esos formidables guerreros sajones habían muerto, recaía en ella la responsabilidad de salvar a su gente de la amenaza normanda.

Un repentino tirón en el brazo la puso en pie. Se giró bruscamente y se encontró con la enfurecida mirada de Selwyn, su prometido. Su rostro estaba cubierto por una espesa barba y carecía del garbo y la jovialidad de un hombre más próximo a la edad de Aelia. Y ahora carecía incluso de las tierras que habían convencido a Wallis para entregarle a su hija como esposa.

Wallis había querido aliarse con su vecino, quien contaba con grandes propiedades al sur, y al mismo tiempo quería mantener a Aelia cerca de él cuando se casara. Fue ésa la primera razón por la que le prometió a Selwyn que le entregaría a su hija en matrimonio.

—Baja ahora mismo con las mujeres y los niños —le ordenó, escupiendo gotas de saliva de sus oscurecidos labios.

Asqueada, Aelia se soltó de su fuerte agarre.

—No. Son los arqueros de mi padre. Necesitan que…

—Ingelwald es ahora mío, al igual que tú y el joven Osric —declaró Selwyn, no por vez primera.

—No fue ésa la voluntad de mi padre, y bien lo sabes —replicó ella. Wallis la había prometido a Selwyn sólo con la intención de aliarse con su vecino más poderoso... Pero el feudo de Selwyn ya había caído en manos de los normandos.

De modo que el compromiso quedaba ahora en suspenso, y Aelia estaba decidida a romper aquel repugnante acuerdo en cuanto ganara la batalla por Ingelwald.

Abajo, las mujeres y los niños se hacinaban en la casa señorial de su padre, rezando por ser liberados. Aelia no estaba dispuesta a unirse a ellos.

—Tampoco lo sería que te vistieras como una doncella guerrera —espetó Selwyn—. Y sin embargo aquí estás, con tu carcaj a la espalda y tu arco preparado. ¿Quién te crees que eres, mujer? ¿De verdad te consideras rival para ese granuja de Fitz Autier?

Nada complacería más a Aelia que ser ella quien matara al guerrero normando. Pero se quedaría satisfecha si cualquiera de sus hombres lo hacía por ella.

—¡Aelia!

Selwyn y ella se giraron y vieron al chico pelirrojo que corría hacia ellos. El hermano de Aelia sólo tenía diez años, pero poseía el valor y el arrojo de un hombre que lo doblara en edad.

—Es peligroso estar aquí, Osric —le dijo Aelia.

—¡Largo de aquí, chico! —exigió Selwyn.

Aelia no quería inquietar a los guerreros que vigilaban desde las almenas, por lo que se llevó a Osric a un rincón apartado y le habló en voz baja.

—¿No te había encomendado una tarea? ¿Una tarea muy importante?

—Sí —respondió el chico.

—Entonces, ¿qué haces aquí con los arqueros? ¿No tenías que estar ayudando a los caballeros con sus armaduras?

—No puedo, Aelia —protestó el chico—. Soy el amo de Ingelwald y debo…

—¡Bah! —se mofó Selwyn tras ella, pero Aelia lo ignoró.

—Tienes que volver enseguida con los jinetes, Osric. Necesitarán toda la ayuda disponible para prepararse para la batalla.

—Ya están en sus monturas —le dijo su hermano—. Mi lugar está aquí, contigo. Tengo mi arco.

Pero Aelia no quería que una flecha enemiga lo atravesara. Tenía que encomendarle una nueva tarea… algo que al chico no le pareciera demasiado trivial.

—¡Por el amor de Dios, mujer! —rugió Selwyn. Apartó a Aelia a un lado y agarró a Osric del cuello de la túnica para llevarlo hacia la escalera de mano—. ¡Fuera de aquí! Éste no es lugar para un mocoso.

—¡Suéltalo, Selwyn! Él no es tu…

En aquel instante el sol se asomó por el horizonte, y con sus primeros rayos llegó la primera lluvia de flechas enemigas. Los arqueros de Ingelwald respondieron al ataque, flecha por flecha, mientras los jinetes armados se preparaban para salir del recinto amurallado.

Aelia se olvidó de Osric y ocupó su sitio entre los arqueros. Al bajar la mirada vio a los normandos que acosaban su hogar. Apuntó con su arco una, dos, tres veces… antes de fijarse en un caballero alto a lomos de un impresionante caballo de guerra. Estaba conduciendo a sus hombres y colocándolos en posición para el inminente asalto.

Aelia no podía verle el rostro, ya que una armadura lo cubría desde el casco hasta las espuelas. Incluso la montura estaba protegida por una barda de acero. Al percatarse de que aquel caballero debía de ser Fitz Autier, Aelia volvió a levantar el arco y apuntó.

Pero su blanco no tenía ningún punto vulnerable. Aelia cerró un ojo y siguió apuntándolo, lista para arrojar la flecha en cuanto él levantara un brazo o se inclinara, de tal modo que alguna parte vital de su cuerpo quedara al descubierto.

Fue en vano. Era un guerrero curtido y experimentado, y no se expondría innecesariamente al peligro. Sus movimientos eran poderosos y controlados, y su dominio del caballo era impecable. Aun así, Aelia no le quitó ojo de encima. Y cuando el casco se le desplazó momentáneamente, vio el rostro que ocultaba.

Incluso a bastante distancia, pudo apreciar las líneas angulosas de su fisonomía y recia mandíbula. Tenía el pelo oscuro y demasiado largo para un normando, y caía en mechones mojados sobre una frente arrugada por la ira… o la frustración. Era tan atractivo que más de una doncella normanda lamentaría su pérdida, sin duda.

Aelia alzó el arco, pero su puntería se vio repentinamente afectada por un temblor en los hombros y un extraño mareo. Había olvidado las premonitorias palabras de su madre, pero cuando una figura normanda le llegó al alma las recordó claramente:

«La tierra se estremecerá y tu cuerpo temblará cuando veas por vez primera a tu alma gemela».

Aelia siempre había creído en esa predicción. Les había ocurrido a su madre y a su abuela, y a todas las demás mujeres de su familia. Pero… no podía ser un normando… No con un demonio como aquél.

Fitz Autier no podía ser hombre para ella.

Soltó la flecha y aguantó la respiración durante lo que pareció una eternidad. Cuando una explosión de sangre estalló en el rostro del normando, el corazón le dio un vuelco de alegría. Había conseguido lo que todo noble de Inglaterra anhelaba: la muerte de los jefes normandos que venían a tomar sus tierras.

Pero no… Fitz Autier no había caído. Solamente había sido herido. La sangre manaba de su mejilla, pero la flecha no se había clavado en el objetivo. Sólo debía de haberlo rozado.

Mientras lo observaba con frustración, él levantó la mirada hacia la almena donde ella estaba situada. Sus ojos se encontraron y entonces Aelia se dio cuenta de que Fitz Autier sabía que era ella quien lo había herido.

¿Sentiría el mismo temblor al mirarla que había experimentado ella?

La batalla siguió durante toda la mañana y la tarde, y Aelia casi consiguió olvidarse de que las proféticas palabras de su madre podían referirse a lo que había sentido al mirar a Fitz Autier.

Su madre, que falleció al dar a luz a Osric, no podía haber sabido que Aelia se encontraría un día cara a cara con aquel feroz enemigo normando. Y ésa era la única explicación posible para la extraña sensación que la invadía al mirarlo.

Aelia no volvió a tener la ocasión de matar al normando. Aunque los guerreros de Ingelwald habían conseguido asegurar la puerta, demasiados arqueros habían caído. Afortunadamente, los caballeros de

Northumbria que peleaban en el exterior lograron contener al enemigo, y al anochecer los normandos se retiraron a su campamento más allá del bosque, sin duda para prepararse para el día siguiente.

En el interior de las murallas, las antorchas iluminaban el patio y los edificios. Ingelwald se había expandido a lo largo de las últimas generaciones, y eran muchas las casas que quedaban fuera del perímetro amurallado, por lo que casi todos los aldeanos habían abandonado sus hogares y se habían refugiado en el castillo.

En el gran salón de su padre, Aelia atendía a los heridos de la leva de Ingelwald y a los nobles que habían llegado a Wallis después de haber perdido sus posesiones a manos de los invasores franceses.

—¡La victoria es vuestra! —los animó entre los gemidos de dolor y desdicha—. Vuestras heridas han merecido la pena, e Ingelwald se enorgullece de vuestro valor y sacrificio.

Aquellos cuyas heridas no eran mortales respondieron a las palabras de Aelia. Se pusieron en pie o se incorporaron para oír las alabanzas de su señora. Ésta permaneció con ellos hasta que todas las heridas fueron atendidas y la comida fue repartida, y entonces abandonó la casa para visitar a las familias que habían llegado desde la aldea en busca de cobijo y protección.

Las reservas de alimentos eran escasas, pero había agua fresca del pozo. Si al día siguiente la batalla se desarrollaba como Aelia había planeado, los normandos serían derrotados y la vida en Ingelwald volvería a la normalidad.

Se dirigió hacia el pozo y sacó agua para lavarse la mugre de las manos y la cara.

No había visto a Selwyn entre los nobles ni tampoco en las almenas. Aunque no tenía el menor deseo de casarse con él, quería agradecerle sus esfuerzos por haber comandado la defensa de Ingelwald más allá de las murallas.

Estaba tomando un trago de agua limpia y cristalina cuando oyó que alguien gritaba su nombre. Al momento siguiente, uno de los amigos de Osric aparecía junto a ella.

—¡Osric se ha ido!

Aelia se secó el agua del rostro.

—¿Cuáles eran sus órdenes?

—Modig nos dijo que subiéramos al tejado del almacén y diéramos la voz de alarma si veíamos a algún normando intentando escalar la muralla.

—¿Y Osric ha abandonado su puesto?

—Sí, pero…

—Cuando lo encuentres, dile que tendrá que responder ante mí —dijo Aelia, aunque sabía que Osric no le tenía ningún miedo. Era un muchacho muy obstinado, y su padre lo había mimado en exceso durante los dos últimos años, desde la muerte de Godwin, su hermano mayor. Aun así, Osric era consciente de que en una situación tan peligrosa como la que estaban viviendo su desobediencia sería severamente castigada.

—¡No! ¡Se ha ido, mi señora! ¡Fuera de las murallas!

A Aelia se le detuvo el corazón.

—¿Fuera? ¿Qué quieres decir, Grendel? ¿Adónde se ha ido?

—Se marchó por el túnel que pasa bajo la muralla este… ¡Dijo que mataría él mismo a Fitz Autier!

Aelia se apoyó en el tronco del joven roble, en cuyas ramas Osric y sus amigos habían pasado tantas horas de ocio. Había perdido a Godwin y a su padre. No podía perder también a Osric.

—¿Qué te ha dicho? —le preguntó a Grendel, intentando sofocar el pánico mientras se alejaba del pozo—. ¿Qué planes tenía?

—Quiere matar a Fitz Autier mientras duerma. Osric dice que Selwyn lo trata como a un trapo, pero que iba a demostrarle lo mucho que vale.

Aelia debería haber supuesto que Osric reaccionaría de aquel modo. Todo se lo tomaba como un desafío personal. Y aunque Selwyn le hubiera encomendado una tarea más digna, su hermano se habría sentido igualmente humillado por haber sido excluido del combate.

Tenía que dar la voz de alarma y reunir a un grupo de hombres para ir al rescate de Osric. Seguramente tendrían que pelear a oscuras, en un territorio que les era desconocido a muchos de los sajones que procedían de tierras lejanas. Podría ser un desastre.

O tal vez hubiera una mejor manera.

Mandó a Grendel a la armería a que avisara a los hombres, y ella se dirigió hacia la muralla este, donde un estrecho túnel había sido cavado una generación antes. No tenía sentido enviar un batallón de hombres al campamento normando, cuando un único guerrero podía conseguir lo mismo y con menos riesgo.

Aelia conocía bien la región. Se había criado en aquellas tierras, cabalgando por sus campos y cazando con su padre y Godwin.

Intentaría alcanzar a Osric antes de que su hermano pudiera llegar al campamento normando. Y si de algún modo conseguía esquivarla, pensaría en un plan alternativo.

La tenaz defensa de Ingelwald no había sorprendido a Mathieu Fitz Autier. Pero que enviaran a un crío como asesino era inconcebiblemente absurdo o increíblemente brillante. El niño decía ser el heredero de Wallis, y si aquello era cierto sería un magnífico rehén.

Pero el asunto podía esperar hasta el día siguiente. Sus hombres estaban agotados por la batalla y el niño estaba atado y amordazado para pasar la noche. Si Wallis quería recuperarlo, tendría que rendirse al amanecer. Entonces Mathieu haría prisionero al lord sajón, junto a sus hijos y su hija, lady Aelia.

Las órdenes del rey Guillermo habían sido muy claras. Mathieu debía custodiar a los prisioneros hasta Londres, donde serían públicamente exhibidos y ejecutados.

Todo estaba tranquilo en el campamento. Mathieu no creía que Wallis intentara atacar por la noche, pero aun así había apostado centinelas en el perímetro. Agarró una antorcha y se dirigió hacia su tienda. Era una enorme carpa donde, aparte de tener sus aposentos privados, se reunía con sus comandantes para preparar la estrategia de batalla.

Al entrar, se quitó la túnica y vertió agua en una jofaina para lavarse las heridas. Por primera vez, se permitió pensar en la arquera cuya flecha le había rozado la mejilla.

Una doncella.

Incluso desde lejos había podido apreciar su delicada belleza y su pelo dorado teñido de una tonalidad rojiza al sol del amanecer. Un extraño presentimiento lo había invadido al verla por primera vez, entre los duros soldados que defendían las almenas. Fue como si un puño de hierro le atenazara las costillas y la columna. La tierra había parecido temblar bajo sus pies. La sensación lo había desorientado lo bastante como para ponerlo en riesgo, y sólo recuperó el juicio cuando el yelmo se le desplazó. Un momento después, cuando la flecha lo rozó, levantó la vista y sus miradas se encontraron. Y fue como si…

No, él no era un joven pretendiente al que un rostro bonito pudiera cautivarlo. Además, ella era una mujer sajona. Una mujer que lo mataría a la menor oportunidad. Algo que casi había conseguido aquella mañana.

La herida del pómulo debería ser cosida, pero no pensaba molestar a sir Auvrai a esas horas. Estiró los hombros y la espalda y encontró más magulladuras. Era el precio de la guerra, ni más ni menos. Pero esa vez, cuando el enemigo del rey Guillermo fuera derrotado, se convertiría en el amo del botín.

La victoria en aquella batalla le aseguraría la tierra que había anhelado durante años y el matrimonio con la mujer más hermosa de Normandía… lady Clarise, la hija de lord Simon de Vilot.

Mathieu había servido a Guillermo durante muchos años. Siendo el hijo bastardo de un noble, disfrutaba de muchos menos derechos que sus hermanastros, y sus únicas posesiones eran su caballo

13

y su armadura. Aun así, se había ganado el respeto y el afecto de su señor feudal, quien era ahora el rey de Inglaterra.

Muy pronto Mathieu obtendría su recompensa. Como señor de Ingelwald y de las tierras vecinas, y como yerno de Simon de Vilot, estaría en la misma posición de nobleza que sus hermanos.

No, estaría por encima de ellos.

Aelia no pudo evitar burlarse de aquellos normandos ignorantes por haber acampado junto al río. ¿Acaso no sabían que el sonido de la corriente ahogaría cualquier ruido que pudiera hacer un intruso que se acercara sin ser visto?

Oculta, vio cómo los hombres se metían en las tiendas para pasar la noche. Entonces se deslizó silenciosamente bajo una tela abandonada, manteniendo una esquina levantada para poder ver sin que la descubrieran. Cerró los ojos y respiró hondo.

Tuvo que hacer un esfuerzo para calmar los nervios mientras se disponía a esperar. No había visto a Osric a la luz de las antorchas, pero todo el campamento estaba en silencio. Si su hermano hubiera matado a Fitz Autier, no se respiraría tanta tranquilidad. A menos que aún no hubieran encontrado el cadáver del normando.

¿Dónde estaría?

Un momento después apareció Fitz Autier, y aquella extraña sensación volvió a invadirla. Esa vez estaba segura de que los temblores se debían al miedo y la inquietud por saber qué habría sido de Osric. El normando atravesó el campamento y pasó delante de ella. Aquel guerrero despiadado cuya fama lo había precedido hasta Ingelwald solamente era un hombre, no una especie de dios con poderes sobrenaturales.

Y sin embargo, su físico y estatura eran más imponentes de los de cualquier sajón que Aelia hubiera visto en su vida. Sin su armadura, se apreciaba que su pecho era una sólida pared de granito y que sus brazos estaban esculpidos en fibra y músculo. Mientras caminaba intentaba desatar los lazos y hebillas de la túnica y las calzas, y Aelia deseó que desistiera en su intento. No podía desnudarse antes de llegar a su tienda. La noche era demasiado fría... y ella no tenía interés alguno en ver su piel desnuda.

Finalmente entró en la tienda. Aelia se dispuso a correr hacia ella, pero en ese momento se acercaron dos centinelas.

¿Estaría Osric esperando a Fitz Autier en el interior de aquella tienda? ¿Sería capaz de matar él solo al normando?

Osric se sobrestimaba, y aunque sabía cómo manejar un cuchillo, no era rival para un hombre adulto... y menos para un hombre como Fitz Autier, a quien le bastaría escupir al muchacho para dejarlo fuera de combate.

Tenía que ponerse en movimiento. Debía sacar a Osric de allí antes de que acabara como rehén de los normandos o atravesado por una espada. Pero, por muy impaciente que estuviera por abandonar su escondite, no le quedaba más remedio que esperar hasta que los centinelas se perdieran de vista. Así que se obligó a permanecer inmóvil y buscó con la mirada algún signo de actividad en el campamento, casi deseando ver a Osric salir furtivamente de la tienda con un cuchillo ensangrentado en la mano.

Pero si Osric no estaba en la tienda, ella misma se ocuparía de hacer lo que su hermano había pretendido. La idea de Osric era buena, aunque no para que un niño la llevara a cabo.

Cuando los guardias y sus antorchas desaparecieron, Aelia salió reptando de debajo de la tela y se arrastró hasta la tienda del normando. Prestó atención, pero no se oía nada. ¿Estaría Osric en el interior, esperando el momento perfecto?

El faldón de la entrada estaba suelto y Aelia se deslizó bajo el mismo, intentando mover la tela lo menos posible.

Una vez dentro, se quedó inmóvil hasta que sus ojos se adaptaran a la oscuridad. Las hogueras del exterior proyectaban un débil resplandor que se filtraba a través de las paredes de tela. Entonces vio la figura que estaba tendida sobre una piel.

Estaba inmóvil, pero no muerto. Y Osric no estaba allí. Aelia podía oír la respiración del normando, profunda y sosegada. Sacó el cuchillo de la vaina que llevaba a la cintura y se arrastró hacia él, pasando junto al poste central y la armadura que reposaba junto a la pared opuesta.

Cuando estuvo lo bastante cerca para ver la barba incipiente que le oscurecía la mandíbula, levantó el brazo y atacó.

Dos

Mathieu se movió con una velocidad imposible para un hombre de su tamaño. Agarró a la mujer por la muñeca y tiró de ella hasta aprisionarla bajo su cuerpo. Resultaba irónico que la herida que ella le había infligido aquel mismo día le impidiera dormir, posibilitando que hubiera advertido su entrada furtiva en la tienda.

—Lady Aelia, supongo.

—Suéltame… ¡maldita escoria normanda!

—Veo que tu puntería es mejor que tus modales. Por suerte, tu fuerza no está a la altura de tu habilidad con el arco, o habría sufrido una herida más grave de la que preocuparme.

Ella se retorció con violencia, pero Mathieu no cedió.

—¿Los sajones estáis planeando atacarme uno por uno hasta que os haya eliminado a todos?

—¿Uno por uno? —repitió ella con voz ahogada—. Mi hermano… ¿está aquí?

Hacía mucho tiempo que no tenía a una mujer bajo él, pero aunque se sentía excitado por la suave carne femenina, no era ningún violador. Incluso lo asqueaba la técnica favorita de su padre. Él prefería una pareja que le respondiera con entusiasmo y pasión, no una mujer sumisa o combativa.

—¿Te refieres a ese gusano pelirrojo que intentó clavarme su cuchillo de juguete? —preguntó—. Si Wallis se ha rebajado al punto de mandar a los niños a luchar contra el enemigo, hace que pierda todo el respeto que tenía por él.

—Mi... mi padre está muerto.

Sus palabras sorprendieron a Mathieu. ¿Quién comandaba entonces la defensa de Ingelwald? ¿El hijo mayor de Wallis?

—¿Entonces es Godwin el que gobierna en Ingelwald?

Lady Aelia no respondió, sino que reanudó sus esfuerzos por intentar liberarse. Levantó la rodilla con fuerza y golpeó a Mathieu en la entrepierna. Él gimió y rodó de lado, pero sin dejar de aferrarla por las muñecas.

—Ya me has hecho suficiente daño, *demoiselle* —masculló entre dientes mientras ella seguía luchando—. Estate quieta. No vas a ir a ninguna parte.

Se tumbó sobre ella, sujetándole las piernas además de las manos, y se preguntó cómo había conseguido eludir a los centinelas que patrullaban los límites del campamento. Tenía que admitir que su pequeña estatura le había sido de gran ayuda.

—¿Dónde está mi hermano?

—Vigilado en un lugar seguro —respondió con voz áspera. Tenía el rostro tan cerca del suyo que podía ver las pecas de su piel suave. Sus dientes eran muy blancos, y sus labios eran carnosos y rosados y estaban ligeramente separados. Unos centímetros más y podría saborearlos…

Por tentador que fuera, reprimió el impulso.

—¿Deberían mis hombres vigilar también a Godwin?

—¡Suéltame!

Mathieu no tenía intención de soltarla. Al menos, no hasta que la tuviera atada. De un rápido movimiento, la hizo girarse y la tumbó bocabajo en la piel. Le colocó la rodilla en la espalda y le apartó su larga melena rubia para sujetarle las manos por detrás. Con la mano libre agarró un trozo de cuerda, y volvió a darle la vuelta para atarle las muñecas por delante.

No era un hombre cruel. Su fama de guerrero implacable y despiadado había sido magnificada, pero había servido a su propósito mientras luchaba por el rey. Si Wallis se hubiera tomado en serio lo que se decía de Fitz Autier, seguiría estando en posesión de su burgo. Pero en vez se eso se había rebelado contra la autoridad de Guillermo, negándose a aceptarlo como su legítimo rey. A Guillermo no le había quedado más opción que enviar a su ejército para sofocar la rebelión.

Cuando terminó de atar a la mujer, le permitió sentarse y encararlo.

—¿Godwin se avendrá a negociar tu liberación?

Ella apretó los labios y apartó la mirada, negándose a responder. Pero Mathieu vio cómo tragaba saliva y percibió un ligero temblor en sus labios. No sólo estaba siendo obstinada. Su reacción era de angustia y dolor.

Su hermano estaba muerto.

Mathieu ignoró el arrebato de compasión que surgió de lo más profundo de su corazón. Así era la guerra. Tanto los soldados como los inocentes perdían sus vidas, sobre todo cuando los inocentes no se rendían pacíficamente al invasor. Mathieu había hecho de la guerra su modo de vida y no podía salvar a nadie… y menos a aquella muchacha sajona que se interponía entre sus deseos y él.

Se levantó y colocó el cuchillo de la mujer sobre su cota de malla mientras pensaba qué hacer con ella. Primero pensó en llevarla al carro de los suministros y dejarla allí junto a su hermano, pero decidió que era mejor mantenerlos separados.

—¿Quién está a cargo de Ingelwald? —le preguntó.

Ella levantó el mentón, pero sin mirarlo a los ojos.

—No importa —murmuró él, y arrojó otra piel al suelo, junto a la piel donde estaba sentada la mujer—. Mañana por la mañana, cuando llegues a la puerta de Ingelwald, atada en la grupa de mi caballo, alguien se mostrará dispuesto a tratar conmigo.

—¿Dónde está mi hermano? —espetó ella.

Mathieu se echó a reír.

—No estás en posición de exigir respuestas, *demoiselle*.

—No es más que un niño… Deja que vuelva a casa.

—No lo entiendes, lady Aelia —dijo él, agarrando el cuchillo—. Ese chico ya no tiene casa. Y tú tampoco.

Ella dejó escapar un resoplido, como si hubiera

recibido un puñetazo en el estómago. Si a Mathieu le quedara algún resto de compasión, tal vez se lo hubiera ofrecido a aquella mujer valiente y orgullosa que había desafiado al peligro por acudir al rescate de su hermano. Y si fuera un hombre de más bajos instintos, habría permitido que su belleza y sus curvas lo tentaran.

Pero sólo tenía un propósito. Conquistar Ingelwald para su rey, quien a cambio lo recompensaría entregándole el burgo como a su vasallo de confianza. Era una posesión muy preciada, y una recompensa mucho mayor que cualquiera de las que sus hermanos habían obtenido. De hecho, ya había sido nombrado barón de Ingelwald por el rey Guillermo.

Agarró otro trozo de cuerda y rodeó con ella la cintura de la mujer sajona, haciéndole un firme nudo a la espada. Entonces tomó los cabos sueltos y se los ató a una de sus propias muñecas para después tumbarse en la piel.

Aelia se retorció para agarrar la cuerda que lo ataba a él e intentó apartarse.

—Si crees que voy a quedarme aquí…

—Estoy muy cansado —gruñó él mientras ella seguía debatiéndose. Lo pateó e intentó golpearlo con los puños, pero Mathieu volvió a empujarla contra el suelo y la agarró del pelo por la nuca, donde empezaba su larga trenza rojiza. Se inclinó hacia ella y le habló suavemente al oído—. Puedo llamar a mis hombres, por si prefieres su compañía a la mía.

—¡Sólo un sucio normando haría una cosa así! —gritó ella—. Forzar a una mujer inocente…

—¿Inocente? —repitió él, haciéndola girarse para acercar el rostro al suyo—. Esta herida en mi mejilla no tiene nada que ver con la inocencia. Y las flechas que llovían sobre mis soldados no eran precisamente regalos de bienvenida, *demoiselle*. Agradece que sea más civilizado que tú y estate quieta. Puedes dormir o no, pero el descanso te vendrá bien… ¡Y lo que le pase a tu hermano dependerá de la conducta que tengas esta noche!

Aelia no veía ninguna salida. Fitz Autier se había dado la vuelta y estaba durmiendo, pero ella no podía descansar.

Ni tampoco podía escapar.

Bastaría un tirón a la cuerda que la ataba para que él despertara. De cerca era aún más imponente, y Aelia temía enojarlo.

De lejos le había parecido atractivo, pero ahora que podía ver sus rasgos y sus impresionantes brazos y torso desnudos, se daba cuenta de que Fitz Autier era mucho más que un rostro interesante. Su nariz tenía una ligera protuberancia en el puente, señal de que se le había roto alguna vez. Una estrecha cicatriz le cruzaba la frente, cortando su espesa ceja negra. Y desde aquel día tenía una nueva marca en la mejilla,

¡Ojalá la flecha hubiera acertado en el blanco! Entonces ella no se vería en aquel apuro.

Intentó aflojar las ataduras de las muñecas, pero fue imposible. Los nudos que él le había hecho a la espalda quedaban fuera de su alcance, y no podía traerlos al frente, donde al menos pudiera verlos.

Las paredes de la tienda estaban firmemente sujetas con estacas a la tierra, de modo que era imposible arrastrarse por debajo, ni aunque pudiera desatarse. Miró alrededor, buscando algo que pudiera usar como arma o que le sirviera para cortar las cuerdas. Como era lógico, Fitz Autier había dejado el cuchillo fuera de su alcance, y no podría agarrarlo sin pasar por encima de su cuerpo.

Un farol apagado colgaba del poste central, y más allá se veía un pequeño cofre de madera con una figura tallada de un lobo en lo alto. Además de la armadura y de las ropas del normando, no había nada más. Ningún modo de matarlo ni de escapar.

Pero aunque pudiera escabullirse, seguía sin saber el paradero de Osric. Si conseguía escapar de aquella tienda, tendría que rastrear cada palmo del campamento en su búsqueda. Y si no lo encontraba y lo llevaba de vuelta a Ingelwald, no tenía duda de que el normando cumpliría con su amenaza.

Osric sería asesinado.

Aelia suspiró con frustración y se tumbó incómoda detrás de Fitz Autier, observando cómo respiraba en sueños. Parecía sorprendentemente relajado para estar junto a una prisionera que pretendía acabar con él.

Estaba destapado, pero aun así su cuerpo desprendía calor. Los abultados músculos de sus hombros se flexionaban con cada respiración, y Aelia tragó saliva al fijarse en su enorme tamaño y recordar la fuerza de sus manos al agarrarla.

Podría aplastar a Osric, incluso a ella, con aquellas garras de acero.

No podía relajarse. Nunca había dormido junto a

un hombre, y no iba a hacerlo por primera vez con un normando. Se apartó lo más posible, pero sin querer tiró de la cuerda y lo despertó.

Maldijo los rápidos reflejos de aquel hombre cuando una de sus manos la agarró y tiró de ella hacia él, rodeándola con sus brazos.

—Te lo advierto, pequeña. Si no te estás quieta, te enviaré con los guardias. ¡No volveré a repetírtelo!

Aelia sabía que sería una estupidez resistirse. No era sólo su vida la que estaba en juego, sino también la de Osric.

Volvió a echarse sobre la piel, pero él no le dejó espacio. Permaneció de cara a ella, y Aelia se encontró atrapada entre su amplio pecho y la tensa pared de tela.

A medida que la respiración del normando se sosegaba, Aelia empezó a pensar en el día que se avecinaba. ¿Qué haría cuando la ofrecieran a cambio de Ingelwald?

A Selwyn no le importaría tanto su seguridad como la idea de quedarse con Ingelwald. Aelia había tenido que recordarle demasiadas veces desde la muerte de su padre que aquella plaza pertenecía legítimamente a Osric. El rey Harold había prometido que Wallis y sus herederos seguirían siendo condes de Northumbria. Tras la muerte de Godwin dos años antes, el honor recaía en Osric. De ningún modo en Selwyn, cuya categoría era insignificante en la jerarquía inglesa.

Intentó encontrar una postura cómoda junto a Fitz Autier y se estremeció, pero no supo si era por el frío o los nervios. Fuera como fuera, su cuerpo pareció moverse con voluntad propia y se acercó al calor que desprendía él, quien le puso un brazo sobre la cintura. El sonido de su respiración la tranquilizó y de repente se encontró con los párpados cerrados. Sus pensamientos empezaron a ser cada vez más inconexos.

Los soldados de Ingelwald se batirían hasta la muerte. Selwyn no se rendiría hasta que las murallas hubieran sido derribadas y todos los hombres, mujeres y niños hubieran sido masacrados.

Pero ¿y si Selwyn caía primero? Era posible que los hombres de su padre negociaran una rendición pacífica del castillo a cambio de ella y de Osric.

¿Cuántas vidas se salvarían si Ingelwald aceptaba las condiciones de los normandos?

El ejército normando sobrepasaba con creces las fuerzas del burgo, y además contaba con un suministro inagotable de armas y víveres, mientras que las reservas de Ingelwald cada vez eran más escasas. Apenas quedaban flechas y sacos de grano. ¿Cuánto tiempo podrían resistir antes de morir de hambre?

Aelia vio el rostro de Grendel, el joven amigo de su hermano, y los de sus hermanas y padres. Había otros muchos cuyas vidas le eran demasiado preciadas. Estaba Beorn, el carpintero, que hacía liras y arpas. Y Erlina, sorda como una tapia, que preparaba pociones y brebajes para cualquiera que los necesitara. Si Ingelwald se rendía, ¿permitirían los normandos que aquellas gentes vivieran en paz y siguieran cultivando sus tierras como habían estado haciendo durante generaciones?

Era una pregunta inquietante.

Fitz Autier la apretó con más fuerza, como si hubiera percibido su angustia y quisiera ofrecerle consuelo. La atrajo hacia él y deslizó una rodilla entre sus muslos. Temerosa de despertarlo, Aelia no intentó apartarse, pero contuvo la respiración mientras él le acariciaba la espalda y bajaba hacia sus nalgas.

Aelia mantuvo los ojos cerrados y no se resistió cuando el contacto se hizo más íntimo. No tenía fuerzas para luchar contra él, y el calor de su cuerpo masculino la atraía irresistiblemente, así como la sensación de estar segura y protegida. Hacía mucho que Aelia no se sentía segura. Había perdido a su hermano y luego a su padre en las escaramuzas contra los ejércitos del rey. Ahora tenía que resignarse con Selwyn, quien anhelaba arrebatarle Ingelwald a Osric. A veces parecía que la lucha jamás llegaría a su fin.

Fitz Autier emitió un ruido en sueños y cambió ligeramente de postura. No debía de ser consciente de lo que estaba haciendo, pero Aelia sentía cómo se le aceleraba el pulso. Y cuando la pierna de Fitz se deslizó más arriba, se quedó sin aire en los pulmones.

Nunca había estado tan cansada, pero la presión de aquel muslo le impedía dormir. La sensación de reposo y seguridad fue rápidamente desplazada por una extraña tensión y un placer tan intenso que tuvo que cerrar la boca con fuerza para no soltar un gemido. Sin darse cuenta de lo que hacía, le apretó la pierna con las suyas y se movió contra él, friccionando la parte más sensible de su cuerpo femenino.

Aún tenía miedo de despertarlo, pero no podía

detenerse. Todas sus terminaciones nerviosas parecían confluir en un solo lugar, y cuando el torrente de placer llegó a su punto culminante, Aelia creyó que el corazón iba a salírsele del pecho. Con los ojos fuertemente cerrados, dejó que aquella euforia desconocida la inundara y se abandonó a la exquisita sensibilidad ante todo aquello que la rodeaba.

Sentía el aliento de Fitz Autier en sus cabellos y los rizos del pecho contra su mejilla. Podía oír los poderosos latidos de su corazón y oler su fragancia limpia y masculina. Y de nuevo sintió la estremecedora sensación que había experimentado cuando lo vio por primera vez, bajo las murallas de Ingelwald.

¡Pero se trataba de su enemigo!

Aquellas sensaciones nada tenían que ver con las predicciones que su madre había hecho tantos años atrás, cuando Eduardo era el rey y Guillermo no era más que un francés alborotador. Su madre nunca se imaginó los desastres que azotarían sus tierras por la amenaza normanda. Ni pensó jamás que un normando pudiera ser el alma gemela de Aelia.

Era una idea ridícula.

Tres

Mathieu nunca soñaba de noche, pero decidió que tal vez le gustara hacerlo si todos sus sueños fueran tan excitantes como el que acababa de tener. Sin duda la cercanía de la mujer sajona había sido la responsable. Se había despertado en un enredo de brazos y piernas, oliendo la inconfundible esencia de la excitación femenina.

Cualquiera que hubiese sido su sueño no había sido más que una mala jugada de su mente. Si aquella mujer hubiera estado excitada, habría sido con ideas criminales y asesinatos, nada más.

La sajona seguía durmiendo, y su aspecto era sorprendentemente inocente. Pero Mathieu no se arriesgaría con ella. No tenía ninguna duda de que intentaría matarlo en cuanto tuviera ocasión.

Sin despertarla, alargó un brazo hacia el cuchillo y cortó la cuerda que la ataba a él. Ella batió los párpados, pero no se despertó mientras él se levantaba del improvisado lecho que habían compartido.

Las cosas no podían haberse desarrollado mejor. Que lady Aelia hubiera caído en sus manos era un regalo de Dios. Era obvio que los sajones no podían atacar cuando la vida de su señora estaba en juego. Ingelwald sería propiedad del rey Guillermo antes de que el sol se asomara sobre las murallas del castillo.

Invadido por el buen humor, Mathieu se quitó el brial con el que había dormido y buscó ropa limpia en el cofre mientras pensaba en la mejor manera de acercarse a Ingelwald. Si acudía con su ejército provocaría una batalla y nadie se daría cuenta de que llevaba prisionera a lady Aelia. Los arqueros de Ingelwald estaban preparados para arrojar las flechas, igual que lo habían estado el día anterior.

Tal vez lo mejor sería aproximarse con un heraldo y una pequeña escolta.

O también podía atar a la mujer a un caballo y mandarla en primer lugar para que…

Un gemido ahogado lo hizo girarse hacia la piel.

—¡Cómo te atreves! —masculló ella.

Él permaneció de pie y desnudo ante ella, pero la arrogancia de aquella mujer lo irritó. Aquélla era su tienda y ella era la intrusa.

—Olvidas que no has sido invitada a esta tienda, *demoiselle*.

—La decencia y el pudor…

—La decencia te habría impedido entrar aquí con el propósito de matarme —atajó él.

Ella se puso colorada y se dio la vuelta bruscamente. Sus movimientos eran torpes, debido a las cuerdas que aún la ataban. Era difícil creer que fuera la misma mujer que se había acurrucado contra él en busca de calor durante la noche. Ahora, por la mañana, volvía a demostrar la misma obstinación y rigidez que el día anterior.

Mathieu se puso un brial y se ató la prenda a la cintura. A continuación se sentó sobre el cofre y se puso las calzas, sin quitarle la vista de encima a la mujer sajona.

—Quiero ver a mi hermano, normando.

Mathieu no tenía intención de llevarla con el chico. No hasta que eso sirviera a sus propósitos. Siguió vistiéndose, deslizando los brazos en las mangas de una túnica y metiéndosela por la cabeza. Cuando agarró su cota de malla, la mujer volvió a girarse hacia él.

A la luz del amanecer pudo ver que sus ojos eran verdes y que destellaban de ira. O quizá de desesperación.

Se rascó la nuca para aliviar la extraña sensación que le provocaba el mirarla y vio cómo ella se ponía de rodillas.

—Suéltame y yo iré a ver a Selwyn.

—No insultes mi inteligencia, *demoiselle* —replicó Mathieu. Se metió el cuchillo de la mujer en el cinto y agarró la espada. Se volvió entonces hacia el faldón de la tienda y lo abrió.

—Puedo convencerlo para que se rinda.

—¿Quién es Selwyn?

—Es mi prometido… Se habrá hecho cargo de Ingelwald en mi ausencia.

—¿Y por qué quieres entregarme Ingelwald ahora?

Ella bajó la mirada al suelo.

—Mi gente… No quiero que nadie muera por mi culpa —dijo mientras él salía de la tienda.

Aelia oyó cómo los soldados normandos saludaban a su señor y cómo éste les daba órdenes. Agradeció al padre Ambrosius que le hubiera enseñado la lengua normanda, aunque no oyó nada que le fuera de utilidad.

Se levantó y se dispuso a salir de la tienda, pero chocó contra una sólida pared de malla y perdió el equilibrio. Estuvo a punto de caer, pero el fornido caballero que montaba guardia en la puerta de la tienda la agarró del brazo justo a tiempo. Su rostro era duro e inexpresivo, y su ayuda no se debía a la amabilidad, sino a la conveniencia.

Era más alto y corpulento que Fitz Autier, aunque su pelo era rubio, casi blanco. Sus facciones eran muy marcadas, estaba cubierto de cicatrices y le faltaba un ojo, pero Aelia se negó a dejarse intimidar.

El hombre la soltó y entró en la tienda, permitiendo que un soldado más pequeño pasara junto a ella con varias cosas en los brazos. Lo dejó todo en la mesa, recogió la armadura de su señor y se dispuso a marcharse.

—Comida y bebida —dijo.

—No tengo hambre ni sed —replicó ella, desafiante, deseando poder cruzarse de brazos. Pero por desgracia sus muñecas seguían atadas—. Tengo que... —miró hacia el perímetro del campamento y los árboles que lo bordeaban—. Necesito un momento de intimidad.

El caballero grande y rubio la hizo apartarse de la tienda y el joven soldado se marchó.

—No saldrá de esta tienda. El barón Fitz Autier le traerá cualquier cosa que necesite.

El hombre bajó el faldón de la entrada y Aelia vio que una gran olla había sido dispuesta para ella, junto a un cuenco de agua, un trozo de pan y una

31

jarra de cerveza. Agarró la olla con las manos atadas y, con un grito de frustración, la arrojó contra la pared de la tienda. Se oyó un ruido metálico, seguido de una risa masculina en el exterior.

La humillación le abrasó las mejillas, junto a la certeza de que su situación iba a empeorar a medida que transcurriera la mañana.

Seguía teniendo las manos atadas, pero Aelia vendería su alma al diablo antes de pedirle a uno de esos normandos que le cortara las ataduras.

—¿Desprecias nuestras escasas raciones, *demoiselle*?

Aelia levantó la cabeza al oír la voz de Fitz Autier y se encontró con sus ojos, tan azules como un cielo despejado. Sin ropa ofrecía un aspecto formidable, y sólo de pensar en su musculoso cuerpo desnudo se le secó la garganta. Pero enfundado en su armadura parecía un adversario temible y sobrecogedor.

Aelia decidió que ella podía ser igual de intimidatoria. Era la hija de un conde. En casa de su padre había tratado con todos los títulos de la realeza, incluyendo reyes y reinas. Un caballero normando apenas merecía su atención.

Levantó las manos atadas, sosteniéndolas delante de ella.

—Es de día. Seguro que no temes que pueda escaparme ahora. No con tus hombres montando guardia en torno a la tienda.

Él se sacó el cuchillo del cinto y deslizó la hoja entre las manos de Aelia. Ésta sintió su mirada en el rostro, pero no lo miró. Mantuvo los ojos en las cuerdas que la ataban. Con un rápido corte estuvo libre, pero no podía hacer nada con su libertad.

Fitz Autier se apartó y jugueteó brevemente con el cuchillo antes de devolverlo al cinto. Estaba provocándola, demostrándole quién tenía allí el poder.

—¿Podré ver a mi hermano esta mañana?

Él abrió la puerta de la tienda y Osric cayó al interior. Estaba amordazado y con las manos atadas a la espalda. Una soga le rodeaba el cuello como a una cabra.

Aelia corrió hacia él y se arrodilló a su lado. Se dispuso a quitarle la cuerda del cuello, pero la bota de Fitz Autier pisó uno de los extremos antes de que ella pudiera liberarlo.

—¡Eres un bárbaro! —gritó, mirándolo—. ¡Es sólo un niño!

El rostro del normando se endureció.

—¡Este niño casi le arrancó los dedos a uno de mis hombres con los dientes! Y a Raoul de Moreton le dio una patada en los testículos con tanta fuerza que hoy no podrá luchar. Y…

—¡Sólo se estaba defendiendo! —protestó ella. Le retiró la mordaza a Osric y éste dejó escapar una retahíla de insultos y maldiciones—. ¡Deja que lo desate!

Fitz Autier desenvainó su espada.

—Hazlo y lo lamentarás, *demoiselle*.

Estaba hablando en serio. Aelia le acarició el pelo a Osric y le hizo callar. Era importante mantener la calma y no permitir que aquel normando viera cómo los inquietaba.

—Aelia —le dijo Osric en lengua sajona—. Cuando te dé la señal, te echarás a un lado y yo agarraré la…

—No seas idiota —replicó ella—. En primer lugar, es posible que él entienda nuestra lengua. Y en segundo lugar, ¡estás atado! No tenemos ninguna posibilidad contra ellos. Están armados y nosotros no. Ellos son muchos y nosotros sólo dos. Tendremos que permitir que negocien nuestra liberación a cambio de Ingelwald.

—¡Nunca! ¡Ingelwald nos pertenece! Es…

—Cállate o conseguirás que nos maten —le ordenó ella.

Sabía que Osric nunca se sometería a sus captores. No era un chico fácil, ni siquiera en circunstancias favorables. Su padre y su hermano mayor lo habían mimado en exceso. Era un chico listo y espabilado, pero demasiado joven y testarudo. Aelia no quería ni imaginarse el revuelo que habría levantado en el campamento normando durante la noche.

—Prepárate para montar, muchacha —dijo Fitz Autier—. El chico esperará fuera.

Agarró a Osric por la soga del cuello y lo apartó de su hermana.

—Tú montarás con sir Auvrai d'Evreux —le dijo, sabiendo que el chico hablaba francés.

Osric se giró repentinamente y le dio una patada en la espinilla. Mathieu tenía la pierna protegida y no sufrió ningún daño, pero no siguió al chico mientras éste corría hacia los árboles cercanos. Dos centinelas lo atraparon sin dificultad y lo devolvieron al campamento. Lo arrojaron bruscamente a los pies de Mathieu. El crío farfulló las únicas palabras sajonas que Mathieu había aprendido y que no eran muy adecuadas para alguien tan joven.

—¿Todos los sajones son tan maleducados como tú, chico? —le preguntó, sin esperar una respuesta.

Sólo quería acabar con aquello cuanto antes y

negociar la rendición pacífica de Ingelwald a cambio de las vidas de la mujer y su hermano.

—Yo llevaré a lady Aelia —le dijo a Auvrai, el guerrero alto y rubio que era su lugarteniente—. Tú llevarás al chico. Quiero diez hombres en cada uno de nuestros flancos, y el resto de…

Toda la actividad y conversación en el campamento cesaron de inmediato. Mathieu siguió la mirada de sus hombres y vio que Aelia había salido de la tienda.

Podía haber llevado un vestido de la seda más pura con una diadema dorada, pero su atuendo consistía únicamente en una sencilla túnica y unas calzas. Se había arreglado la ropa y se había hecho algo en el pelo, que ahora le caía sobre los hombros y la espalda como una hermosa cascada de rizos dorados. También se había lavado la cara y podían apreciarse sus rasgos femeninos, desde las cejas delicadamente arqueadas al pequeño hoyuelo de la barbilla.

Pero Mathieu se negó a que su belleza lo afectara. Era su rehén, y su vida dependía de que Selwyn aceptase o no negociar.

Lady Aelia se acercó a él, tan digna como una reina, y se detuvo junto a Osric, que yacía acurrucado en el suelo.

—Estoy lista, normando —dijo, agachándose para ayudar a su hermano a levantarse. Le habló suavemente en lengua sajona y luego miró desafiante a Mathieu con unos ojos tan verdes como los fértiles campos de Inglaterra.

Mathieu apretó la mandíbula y se dio la vuelta, sin apenas fijarse en el escudero que llevaba a su caballo. No se dejaría engañar por los buenos modales de aquella mujer. Había mujeres mucho más hermosas en Normandía, una de las cuales se convertiría en su novia en cuanto volviera a Londres.

Se montó en su caballo y Auvrai aupó a lady Aelia a la silla, delante de él. Parecía pequeña e insignificante, y Mathieu sintió cómo temblaba ligeramente contra la armadura.

Tenía motivos para estar nerviosa. A menos que Selwyn estuviera empeñado en salvarla, no querría renunciar a Ingelwald sólo por ella. Siendo el caballero elegido para casarse con la hija de Wallis, Selwyn se había convertido en el legítimo señor de Ingelwald. ¿Le preocuparía más perder a Aelia y a su intratable hermano que perder el castillo en una sangrienta batalla?

Aelia era una mujer muy deseable. Después de haber pasado la noche soñando con su sensualidad femenina y viendo la altivez con la que acababa de dirigirse a él, Mathieu no podía creer que un hombre no la deseara.

Pero Mathieu no conocía a Selwyn, ni sabía cuál era la situación entre ese hombre y la dama.

Se bajó la visera del casco y esperó a que Auvrai montara en su caballo y se colocara a Osric delante. Un momento después el resto de la compañía estaba listo, y Mathieu los condujo hacia el burgo.

Pensó en lo que debería hacer si Selwyn se negaba a negociar. Había varios árboles junto a las murallas de Ingelwald, y Mathieu se había fijado en uno especialmente. Un árbol de ramas gruesas y horizontales, ideal para colgar a alguien. Si Selwyn no se rendía, Mathieu situaría a los dos sajones montados en un caballo bajo el árbol y los ataría a las ramas por el cuello. Entonces espolearía al caballo y todo Ingelwald presenciaría cómo morían por ahorcamiento.

Respiró hondo y aspiró el olor de Aelia. Sentía su suavidad contra él, y tuvo que endurecer sus pensamientos para no ceder a la clemencia.

Ella era su prisionera y nada más. Y no había excusa para estar continuamente volviendo al excitante sueño de aquella noche ni para preguntarse si podría hacer realidad aquellas fantasías sexuales. Lo mejor era pensar en lady Aelia con una soga al cuello.

O no pensar en absoluto.

Mathieu y Auvrai tomaron el sendero principal, mientras los hombres que los flanqueaban cabalgaron a través del bosque. Mathieu había decidido acercarse a Ingelwald con tan sólo algunos hombres visibles. El resto permanecería oculto en los árboles, esperando el resultado de la negociación con Selwyn. Ya le había transmitido su mensaje al heraldo, Gilbert de Bosc, para que lo tradujera al sajón.

—¿Me permitirás hablar con Selwyn? —le preguntó su prisionera.

—No soy estúpido, lady Aelia. Tanto si accede como si no, estoy preparado para tomar una decisión al respecto.

Ella tomó una temblorosa inspiración.

—Si accede, seremos tus esclavos. Y si se niega, tendrás que matarme. A mí y a Osric.

Cuatro

Aún era temprano cuando alcanzaron las murallas del castillo. La mañana era fría y despejada, ideal para que Selwyn y los demás la observaran sentada en el impresionante caballo del normando y fueran testigos de su derrota.

Aelia tragó saliva. Una ligera brisa sacudía sus cabellos, y los músculos se le tensaron a pesar de su determinación por aparentar serenidad. Sentía tanto odio por aquel maldito normando que sus huesos parecían a punto de quebrarse al menor movimiento.

El heraldo se adelantó e hizo sonar su cuerno.

—¡Escuchad, hombres de Ingelwald! —gritó.

Aelia apretó los puños al regazo y levantó la mirada hacia las altas almenas. Sin armas ni esperanza de huida, nada podía hacer salvo esperar la decisión de Selwyn. ¿Aceptaría entregar Ingelwald a cambio de su vida?

Sentía el aliento de Fitz Autier en sus cabellos y sus poderosos brazos rodeándola como barras de acero. Sus muslos le apretaban las caderas, haciéndola sentirse patéticamente diminuta. Fitz Autier estaba preparado para la batalla, pero ¿y ella? Ni ella ni Osric contaban con la menor protección. Si Selwyn ordenaba a los arqueros que dispararan, los dos acabarían heridos o muertos.

Miró a Osric, que luchaba denodadamente contra el caballero normando que lo sujetaba, y sintió un impulso casi irrefrenable de agarrarlo y echar a correr.

Era imposible. Estaban condenados, a menos que se le ocurriera alguna idea mejor.

Sabía que Selwyn nunca entregaría Ingelwald por ella. Si conseguía vencer a los normandos, el castillo sería suyo. Los normandos la matarían a ella y a su hermano y Selwyn no tendría a nadie que le disputara la propiedad de Ingelwald.

No había ninguna solución para ella.

—Selwyn no se rendirá por mí.

Fitz Autier no dijo nada, pero Aelia sintió que dejaba de respirar. ¿Sería por la ira o por la frustración? No lo sabía, pero era obvio que Fitz Autier había confiado en resolverlo todo pacíficamente. Ahora tendría que luchar para conseguir la victoria.

Y a ella tendría que ejecutarla.

—Cuando mi padre murió, le dije a Selwyn que no me casaría con él. No tiene ningún derecho a Ingelwald a menos que yo muera.

El normando aferró con fuerza las riendas e hizo girar al caballo, indicándole a sir Auvrai que lo siguiera.

—Debiste mencionarlo antes, *demoiselle* —murmuró.

Aelia respiró hondo y se agarró a la crin del caballo.

—Pensaba que...

La interrumpió el impacto de una flecha en la armadura de Fitz Autier. No le hizo ningún daño, pero lo obligó a retroceder tan rápido que Aelia no pudo ver si el otro caballero los seguía a la protección que brindaban los árboles. Estaban siendo atacados, y sintió cómo el normando se inclinaba sobre ella para protegerla de la descarga de flechas que llovían desde las murallas.

No lo entendía. ¿Por qué no se limitaba a arrojarla al suelo y dejaba que alguna flecha la alcanzara?

Los soldados a caballo de Fitz Autier avanzaron, pero se separaron para dejarle paso a su señor y retrocedieron tras la línea de batalla.

Fitz indicó a dos soldados a pie que se acercaran.

—¡Llevaos a la mujer y a su hermano al campamento! —les ordenó, y bajó a Aelia al suelo con sus fuertes brazos—. Atadlos y no les quitéis la vista de encima —añadió, y volvió a bajarse la visera mientras se volvía hacia Ingelwald.

Sir Auvrai dejó a Osric junto a Aelia y los dos normandos volvieron a la batalla. Ninguno de ellos miró hacia atrás.

Los cuernos de guerra y el sonido metálico de las espadas resonaron en los oídos de Aelia. Apenas se dio cuenta de que los guardias le ataban las manos, ni oyó el torrente de quejas y maldiciones que Osric profería mientras los ataban juntos. Sólo podía oír los gritos en la distancia, el choque del acero, el inconfundible silbido de las flechas...

Uno de los guardias la empujó y empezaron a caminar hacia el campamento normando. Había una ruta mejor, pero Aelia no pensaba revelarla. Tal vez Osric y ella aún pudieran aprovecharla, y no quería que los normandos se familiarizaran demasiado con el terreno.

Ingelwald acabaría cayendo. La escalofriante certeza estremeció a Aelia, haciéndola tropezar en el accidentado sendero que atravesaba el bosque. Su vida había llegado a su fin, pero tal vez su gente sobreviviera. No suponían ninguna amenaza para esos bastardos franceses. La guerra era entre los terratenientes sajones y los invasores normandos.

La gente de Ingelwald volvería a sus casas y granjas, pero Aelia no se atrevía a pensar en lo que les ocurriría a ella y a Osric. ¿Serían vendidos como esclavos a los escoceses, quienes atacaban las tierras de Ingelwald siempre que necesitaban ganado o mano de obra? Tal vez Fitz Autier los enviara a Normandía, para servir allí.

O quizá los ejecutara para dar ejemplo a los derrotados.

La lucha se había reducido al tercer piso de la casa solariega. Mathieu combatía mano a mano, con Auvrai a su lado, hasta que alcanzaron el último reducto de resistencia. Cinco hombres defendían la cámara principal, una torre circular con troneras en cada dirección. Mathieu estaba seguro de que el hombre que repartía órdenes era Selwyn, el prometido de lady Aelia a quien ella había rechazado.

No era un marido adecuado para una mujer tan hermosa como Aelia. Selwyn era mucho mayor que ella y no mostraba el menor respeto hacia la mujer cuya familia le había dado refugio. Mathieu sabía que las tierras de Selwyn habían sido confiscadas por el rey Guillermo, obligándolo a buscar refugio en Ingelwald.

—Éste es el gusano que no quiere negociar la vida de su señora —le dijo a Auvrai, dejando que sus palabras cargadas de odio dirigieran los movimientos de su espada—. Prefiere arrebatarle la posesión del castillo antes que mantenerla a salvo.

Auvrai no respondió, aunque tampoco Mathieu esperaba una respuesta mientras luchaban contra los hombres de Selwyn. El combate era encarnizadamente feroz, y cuando uno de los sajones descargó su hacha contra el lado ciego de Auvrai, Mathieu lo atravesó con su espada.

Siguió batiéndose sin descanso, empuñando su arma con ambas manos, hasta que otro sajón a punto estuvo de alcanzarlo con la maza en el cuello, donde el yelmo apenas ofrecía protección. Mathieu esquivó el golpe y empujó al sajón hacia la puerta, haciéndole caer rodando por las escaleras. Selwyn lo maldijo en su lengua sajona, pero Mathieu había tenido suficiente. Muchos de sus hombres habían muerto o estaban heridos. El patio del castillo ardía en llamas y el pánico dominaba a las mujeres y los niños. Se abrasaba de calor en su armadura y se le había acabado la paciencia.

—¡Rendíos!

Selwyn respondió algo, pero obviamente no se estaba rindiendo.

—¡Es mi última advertencia, sajón! ¡Rendíos ahora y puede que salvéis la vida!

Selwyn arremetió contra él, pero Mathieu lo

detuvo con una estocada letal. A sólo un aliento de la muerte, el sajón intentó blandir su espada de nuevo mientras farfullaba palabras incoherentes. Dio un último paso hacia Mathieu y cayó desplomado antes de poder levantar el brazo.

Aún quedaban dos sajones en pie, pero cuando vieron caer a Selwyn depusieron las armas.

—Levantadlo —les ordenó Mathieu, señalando el cuerpo con la punta de su espada.

Los hombres no lo entendieron, pero Auvrai les indicó con gestos lo que debían hacer. El mayor de los hombres se cargó el cuerpo de Selwyn al hombro y lo bajó al salón principal, donde los caballeros normandos seguían luchando para reducir a sus oponentes.

Uno por uno, los hombres de Ingelwald dejaron de pelear cuando vieron el cadáver ensangrentado de Selwyn. Pronto fueron sometidos por los soldados de Mathieu, quienes les quitaron las armas y los llevaron al exterior. La euforia se extendió entre los normandos, y Mathieu supo que tenía que actuar deprisa si no quería que sus soldados arrasaran el castillo.

—¡Auvrai, Gilbert! ¡Detenedlos! —gritó—. Osbern, busca la cerveza y algo de comida. Distraed a los hombres, que no los domine la sed de sangre. ¡No quiero que nada ni nadie sufra ningún daño! —ordenó. No empezaría su dominio ganándose el odio de sus vasallos.

Pasaron varias horas antes de que el control de Ingelwald fuese completo y de que todos los soldados estuvieran convenientemente ocupados. Las mujeres y los niños fueron respetados, así como cualquier hombre que se rindiera voluntariamente. Mathieu recorrió el burgo, comprobando los daños y tomando nota de todo lo que podía salvarse. Atravesó el salón de Wallis y dio instrucciones en relación a las posesiones del antiguo señor.

Entró en un dormitorio con vistas a un patio y se dio cuenta de que estaba en los aposentos privados de lady Aelia. Ningún otro ocupante podría llevar el vestido de cordobán ni la armadura de cuero que reposaban sobre el lecho de plumas. Al agarrar uno de los diminutos guanteletes le horrorizó pensar que podría habérsela encontrado en la batalla de no haberla hecho prisionera la noche anterior. Habría supuesto que estaba luchando contra un muchacho, no contra una mujer.

Tenía que decidir qué hacer con ella. ¿Debería colgarla, a ella y al mocoso pelirrojo, para demostrar su autoridad a los aldeanos? ¿O debería llevarla ante el rey Guillermo, donde sufriría la humillación pública antes de ser ejecutada?

Ambas opciones eran difíciles de considerar, aunque sabía que no debía importarle. Lady Aelia y su hermano no eran más que dos molestos obstáculos que se interponían en su objetivo. Y su objetivo era hacerse con el control de aquellas tierras, ganarse la admiración del rey y llevar al castillo a una novia hermosa y de alta alcurnia.

Vio un instrumento de cuerda contra la pared, y sobre un baúl a los pies de la cama había una flauta hermosamente tallada. Mathieu había pasado muchas horas trabajando con la madera y apreciaba la exquisita labor artesanal de la pieza, y no pudo evitar imaginarse los labios de Aelia en contacto con el instrumento y las notas que conseguiría sacar del mismo. Abrió el baúl y extrajo varias prendas de lana de lino. Colocó la flauta en el centro del montón y, tras envolverla haciendo un improvisado fardo con la ropa, salió de la cámara.

—Encuentra algo para guardar esto —le dijo a uno de sus hombres, tendiéndole el fardo—. Y ponlo junto a las cosas que volverán a Londres conmigo.

Las horas pasaban lentamente, sin noticias de lo que había pasado con su hogar y con su gente. Cuando el penetrante olor a humo impregnó el aire que la rodeaba, Aelia sintió que le escocía la nariz y que le ardía la garganta. Parpadeó frenéticamente para reprimir las lágrimas y juró venganza.

—¡La aldea! —le susurró a Osric—. ¡Han incendiado la aldea!

Las casas, los comercios, el ganado… Todo sería destruido por aquel demonio normando, que se apoderaría de las tierras de su padre y esclavizaría a su gente.

Osric se puso en pie de un salto, tirando de la cuerda que lo ataba a Aelia.

—Lo mataré —juró, pero uno de los guardias lo empujó otra vez al suelo—. ¡Y a ti también!

—Tranquilo, hermanito —dijo Aelia, luchando contra las lágrimas. Sería ella la que se vengara de Fitz Autier. No sabía cómo, pero de algún modo mataría a ese bastardo y devolvería Ingelwald a su gente.

Al caer la noche, dos jinetes volvieron al campamento y desmontaron.

—Tenemos que levantar el campamento —dijo uno de ellos.

—Y llevarnos a esos dos al castillo —dijo el otro.

¿Al castillo? Aelia casi se echó a reír. ¿A qué castillo? Les espetó las preguntas a los normandos, pero no tuvieron la cortesía de responder y se limitaron a ordenarles a Osric y a ella que se levantaran.

Osric estuvo increpándolos en inglés, en francés y en latín mientras avanzaba a través del bosque en dirección a Ingelwald. Aelia estaba demasiado furiosa y angustiada para pronunciar palabra.

¿Los mataría Fitz Autier? ¿Había esperado hasta asegurarse la victoria para ejecutarlos?

A medida que se acercaban al castillo, el humo se hizo más denso, flotando entre las ramas de los árboles. A Aelia le lloraron tanto los ojos que apenas pudo enfocar la mirada cuando llegaron al linde del bosque y entraron en la aldea que se extendía junto al castillo.

—¡Sigue en pie! —exclamó Osric.

Aelia se frotó los ojos, aunque su vista seguía empañada. Conocía bien las tácticas normandas, y sabía que llevaría años reconstruir lo que habían destruido.

Sin embargo, cuando la vista se le aclaró, pudo ver que la mayor parte de las casas y comercios permanecían intactos. La curtiduría, la tejeduría, la taberna… Ninguna había sido arrasada. Las gallinas y los cerdos corrían entre las casas, y la gente la llamaba desde las puertas.

Aelia se sentía incapaz de responder. Caminó a tropezones a través de la aldea hasta la entrada del castillo. La enorme puerta yacía en el suelo, hecha pedazos. En el interior de las murallas, oyó llantos y lamentaciones. Allí estaba la prueba de la brutalidad normanda.

El más pequeño de los edificios del castillo había sido reducido a cenizas. La casa de su padre permanecía intacta, pero sólo porque estaba construida en roca en vez de madera. Aelia no tenía la menor duda de que también acabaría arrasada.

Osric señaló el espacio que había junto a la armería, donde una larga fila de cuerpos yacía en la tierra. Un grupo de mujeres se abrazaban las unas a las otras, llorando.

A Aelia se le encogió el corazón. Sin hacer caso al caballero que le gritaba, caminó hacia las mujeres. Los cadáveres de normandos y sajones yacían juntos, como si no hubieran pasado sus últimas horas intentando masacrarse mutuamente.

—¡Mi señora! —gritó una viuda. La agarró por la manga y se arrodilló, presionando la frente contra la rodilla de Aelia. Las lágrimas empaparon la lana de las calzas—. ¡Mi Sigebert! ¡Es mi Sigebert el que yace a vuestros pies! ¿Qué voy a hacer? Nuestros hijos…

—Ven, Hilda —le dijo otra de las mujeres.

—¡No! Esos normandos lo han matado… Han matado a mi Sigebert…

La mujer se llevó a la viuda, mientras otras se arrodillaban para besar las manos de Aelia.

Aelia tragó saliva. Su odio se había convertido en algo casi palpable. Todo su campo de visión estaba nublado por una furia roja, y un irrefrenable deseo de violencia le abrasaba las venas.

Descargaría su ira, pero como haría cualquier normando. Cuando diera rienda suelta a su cólera, sería únicamente contra el jefe de aquella chusma.

El guardia intentó llevarla hacia la casa solariega, pero Aelia lo empujó con el hombro y se inclinó hacia Osric.

—Un arma —le dijo—. Tenemos que encontrar algo que podamos usar contra el enemigo.

—En los cuerpos —respondió Osric—. Alguno de ellos debe de tener un cuchillo o… Mira, Aelia. Es Selwyn.

Era cierto. El hombre elegido para ser su marido yacía entre los muertos. Aelia lamentó su pérdida, no porque le tuviera afecto, sino porque era sajón. No se merecía aquella muerte tan indigna. Aelia se juró que tanto él como los demás guerreros sajones tendrían el entierro que merecían.

Contuvo su temperamento y caminó junto a la hilera de cuerpos, deteniéndose ante cada uno de ellos para recitar una breve oración mientras buscaba discretamente algún arma. Cuando llegó junto al cuerpo de una mujer ahogó un gemido. Era Erlina, la vieja loca que vivía en una pequeña casa en el extremo más alejado de la aldea. En los últimos años había empezado a hablar consigo misma, farfullando palabras incomprensibles mientras caminaba por la aldea, y aunque su comportamiento se hacía cada vez más extravagante, era inofensiva.

—La han asesinado —le dijo Aelia a Osric.

—No tiene ni una sola herida en el cuerpo.

Aelia se volvió y se encontró con Fitz Autier, que estaba observándola de pie, con las manos en las caderas.

—No intentes convencerme de que no pensabas lo peor de mí y de mis hombres —dijo él, cubriendo la distancia que los separaba—. Pero nosotros no matamos a esta vieja.

—Entonces, ¿cómo ha muerto?

—Tal vez deberías examinar su cuerpo y decírmelo.

—No soy médico, normando. Pero ella tampoco era soldado.

Fitz llevaba una larga cota de malla, pero su cabeza estaba descubierta. No llevaba el pelo cortado al estilo normando, sino suelto y despeinado. Con la barba de un día y la horrible herida de la mejilla ofrecía un aspecto imponente y peligroso. Y sin embargo Aelia se sintió alarmantemente atraída hacia él.

Fitz sacó el cuchillo y cortó la cuerda que la ataba a Osric.

—Lleváoslo con los prisioneros.

—¡No! —gritó Aelia—. ¡Sólo es un niño!

—¡No soy un niño, Aelia! —replicó Osric, furioso—. Me quedaré con nuestros hombres hasta que llegue la hora.

—¿La hora para qué? —preguntó Fitz en tono amenazador—. ¿La hora para qué, chico?

Osric lo miró desafiante.

—Para mi ejecución, maldito bastardo —masculló entre dientes.

—¡Osric, no! —gritó Aelia con voz ahogada, y resistió el impulso de cerrar los ojos para no ver lo que estaba a punto de suceder.

Pero en vez de degollar al chico con el cuchillo, Fitz Autier le hizo una seña al guardia para que se lo llevara.

—¿Qué vas a hacer con él?

Fitz Autier agarró la cuerda que ataba las manos de Aelia y tiró de ella hacia él.

—Harías mejor en pensar lo que voy a hacer contigo, *demoiselle*.

Aelia tragó saliva y siguió al normando al gran salón de la casa de su padre. Un fuego ardía en la inmensa chimenea, suministrando la única iluminación en la cavernosa estancia. Varios franceses con heridas sangrantes yacían en el suelo, durmiendo o gimiendo de dolor.

Fitz Autier siguió caminando hasta las escaleras. Entonces colocó a Aelia delante y la hizo subir.

—¿Adónde me llevas?

—No te pares —respondió él.

—Te… tengo hambre —balbuceo. Y era cierto. No había comido en todo el día.

—¡Gilbert! —exclamó él sin detenerse—. Tráenos comida.

—No… no puedes…

—Di lo que piensas, *demoiselle* —la animó él—. Hasta ahora no has tenido ningún problema para hacerlo.

Llegaron al piso superior y entraron en el torreón que albergaba los aposentos de su padre. Allí, Fitz Autier le liberó las manos.

Aelia sintió que el corazón se le detenía al contemplar la habitación. Las pertenencias de Wallis habían desaparecido. El lecho de plumas había sido despojado del dosel, y tampoco se veían los cofres de su padre. Una fina manta yacía a los pies de la cama, y una gran armadura había sido colocada en el rincón, junto a un taburete de tres patas.

Su padre había muerto un mes antes, y aquel usurpador se había instalado en sus aposentos como si tuviera todo el derecho a hacerlo.

Como si su padre nunca hubiera sido el amo del castillo.

—¡Nada de esto te pertenece!

—¿Eso crees, milady? —preguntó él. La agarró del brazo y la llevó hacia la ventana—. Observa. Todo lo que ves es mío. Has sido derrotada, sajona.

Aelia se giró e intentó abofetearlo en la cara, pero él le atrapó la mano y la presionó contra la fría cota de malla que le cubría el pecho, donde latía un corazón frío y cruel.

Pero no le devolvió el golpe. En vez de eso, agachó la cabeza hasta que sus labios quedaron a un centímetro de los suyos.

Y entonces la besó.

Cinco

El beso estaba destinado a castigarla por su impertinencia y falta de respeto. Lady Aelia tenía que entender quién mandaba en Ingelwald... y que no era ella.

El deseo no tenía nada que ver. Únicamente le estaba demostrando su autoridad al obligarla a abrir la boca para tocarle la lengua con la suya y al inclinar levemente la cabeza para disponer de un mejor acceso a sus labios.

Y sin embargo, maldijo la cota de malla que le impedía sentir sus pechos suaves contra el torso, así como los acelerados latidos de su corazón. Sus hombros eran finos y maleables bajo sus manos curtidas. Su espalda era delgada y delicada, y su estatura era sorprendentemente pequeña para ser una mujer tan temperamental.

Y él quería devorarla. Deslizó las manos alrededor de su cintura y le tocó las caderas mientras descendía con la boca hacia su mandíbula, luego a su oreja y después por el cuello. Su sabor era un poderoso elixir que lo embriagaba, disolviendo su sentido común.

Cuando se percató de lo que le estaba pasando, se apartó, soltando a Aelia tan bruscamente que ella estuvo a punto de perder el equilibrio y caer hacia atrás. Tenía el rostro acalorado y en sus ojos verdes se advertía la perplejidad, pero en ese momento Gilbert de Bosc abrió la puerta y entró en la cámara antes de que ninguno de ellos pudiera decir nada.

—Vuestra cena, sir Mathieu —dijo, buscando un sitio para dejar la bandeja.

—Déjala sobre la cama —respondió Mathieu mientras entraban otros dos hombres. Portaban un baúl y una jofaina, que dejaron en un rincón.

Mathieu se sentó en la cama y se concentró deliberadamente en la comida. Aquel beso no significaba nada. Sólo había querido demostrarle cómo mandaba sobre ella.

—Hay sajones abajo que están listos para juraros lealtad, sir Mathieu.

—¡No!

La indignación y el horror se advirtieron claramente en el tono de Aelia, pero Mathieu la ignoró y se sirvió una jarra de cerveza.

—Ofréceles algo de comer y que me esperen.

—¡Los vas a sobornar para que te juren lealtad! —gritó Aelia—. Con ello no conseguirás nada, normando. No te serán fieles.

Mathieu se levantó bruscamente.

—¿Qué te hace estar tan segura, lady Aelia? ¿Qué ha cambiado para esa gente, además del nombre de su señor?

—Ellos…

—Nada —la interrumpió él mientras se dirigiría hacia la puerta—. Seguirán con su vida igual que

53

antes, pero a partir de ahora tendrán a un señor que los proteja.

—Un señor que se enriquecerá a costa de su trabajo.

—¿Acaso tu padre no lo hizo?

—¡Nuestra gente respetaba y veneraba a Wallis! Era un hombre justo y generoso…

—Que mimó en exceso a su vástago. Cállate ya y tómate la comida antes de que se la lleven.

Salió y cerró la pesada puerta tras él.

—Que no salga de aquí —le dijo a los guardias que lo esperaban.

—Sí, barón.

Bajó rápidamente las escaleras. Aquella mujer era imposible, y él tenía cosas más importantes que hacer que perder el tiempo con ella en el aposento que había pensado utilizar durante su estancia en Ingelwald. Le era indiferente a quién hubiera pertenecido antes de su victoria.

No había ningún arma en la cámara. Era lógico, aunque Aelia albergaba la esperanza de encontrar un puñal olvidado entre las pertenencias de Fitz Autier.

Abrió la puerta y se encontró con dos guardias normandos que no le permitieron salir.

—¿Estoy prisionera en mi propia casa? —les preguntó duramente.

—Sí, milady —respondió uno de los hombres.

Aelia soltó un resoplido de indignación y volvió a cerrar la puerta con fuerza, esperando que se desprendiera de las bisagras.

No fue así. Estaba confinada en los aposentos de su padre, y se puso a caminar de un lado para otro mientras maldecía una y otra vez a su captor.

Antes había tenido hambre, pero el beso le había quitado el apetito. ¿En qué había estado pensando para permitir que aquel normando se tomara tantas libertades? Aquel hombre había masacrado a su gente y les había arrebatado sus hogares. Había atado y encarcelado a su hermano, un niño. Y ahora había ocupado la cámara privada de su padre.

La verdad era que no había estado pensando en nada. El beso le había provocado un intenso hormigueo, calentándole el cuerpo a la vez que le congelaba el cerebro. No sabía que un simple beso pudiera provocar una reacción semejante, y se preguntó si Fitz Autier habría sentido lo mismo.

Seguramente no. De haber sentido lo mismo, no habría interrumpido el beso justo cuando ella empezaba a sentir las mismas sensaciones que había experimentado la noche anterior.

Respiró hondo e intentó pensar en algo más práctico. Era inútil analizar aquel beso o cualquier cosa que hubiera sentido mientras estaba prisionera en la tienda del normando.

Tenía que encontrar la manera de derrotar a su enemigo.

El ejército invasor era mucho más poderoso que el suyo, pero si pudiera matar a Fitz Autier, los soldados normandos no tendrían más remedio que rendirse y devolver Ingelwald a sus legítimos dueños.

Pero ¿cómo podría matarlo? Sin un arma era imposible.

Se sentó en el borde de la cama y observó la

bandeja. No había comido desde la noche anterior, pero la comida ya no le interesaba. El dolor que le corroía el estómago no tenía nada que ver con el hambre. Era la sensación de la derrota, de su cautiverio y su humillación. Deberían haberla matado cuando Selwyn se negó a rendirse. Pero le habían permitido vivir, mientras Selwyn yacía muerto en el patio.

El número de cadáveres no había sido tan alto como Aelia había esperado. Sólo habían muerto veinte hombres de Ingelwald, junto a otros tantos normandos. Pero ninguno de esos valientes sajones se merecía morir. Si Guillermo no hubiera enviado a sus caballeros a cada rincón de Inglaterra, no habría habido motivo para la muerte y la destrucción que azotaban al país desde hacía dos años.

Su padre seguiría vivo.

Nunca había necesitado tanto su consejo ni había deseado tanto que la abrazara. Volvía a sentirse como una niña perdida, frágil e indefensa. Wallis siempre la había protegido contra todo mal.

Se presionó una mano contra el pecho, como si quisiera contener la angustia, y se arrodilló junto a la cama. Su padre se había ido y ella apenas había tenido tiempo para llorar su muerte cuando lo enterraron. Pero ahora las lágrimas afluían libremente a sus ojos. Agachó la cabeza y lloró por su padre, por Godwin y por todo lo que se había perdido.

Mathieu estaba cansado de la guerra. Después de dos años de muerte y destrucción, no había nada que ansiara más que instalarse en Ingelwald y vivir en paz. Pero no era ningún ingenuo. Los sajones del ejército de Wallis que le habían jurado lealtad no le eran más fieles de lo que eran al rey Guillermo. Lo único que habían hecho era tomar la decisión correcta para poder seguir con sus vidas.

Auvrai d'Evreux se quedaría en Ingelwald para mantener el orden cuando Mathieu se marchara a Londres. Sería Auvrai quien supervisara el refuerzo de las murallas y las reformas en la casa señorial. Cuando Mathieu se casara con lady Clarise, podría ofrecerle un hogar digno en Ingelwald.

Agarró un farol y subió las escaleras hacia el aposento principal. Deseaba dormir, pero no sabía si podría descansar con lady Aelia en la habitación. Lo mejor sería buscarse una cama en alguna otra parte, aunque…

El chirrido del acero al ser desenvainado lo hizo girarse bruscamente y llevar la mano a la empuñadura de su espada. La figura del rellano estaba envuelta en sombras, pero su espada relucía a la luz del farol y la hoja apuntaba entre las hebillas sueltas de la cota de malla de Mathieu. Éste levantó la espada con un gesto de resignación.

Cuando el atacante se movió ligeramente hacia delante, Mathieu vio que no era más que un adolescente a quien apenas había empezado a salirle la barba. Pero Mathieu sabía que su corta edad no le impediría buscar la muerte.

—La señora… —dijo el muchacho—. No tienes derecho.

Su francés era pasable, aunque su acento inglés era muy marcado. La espada temblaba en su mano.

—¿Vas a proteger a lady Aelia de mí?

—Ella es la señora de Ingelwald… Todos los hombres la protegen y la… honran.

Todo lo que Mathieu tenía que hacer era arrojar el farol y apartarse de la punta de la espada. Pero arrojar una vela era muy peligroso, aunque estuviera encerrada en un farol. La casa solariega estaba hecha de madera, y los juncos del suelo eran extremadamente inflamables.

—Tu devoción es admirable —le dijo al muchacho. Sería muy fácil desarmarlo y matarlo. Pero su muerte provocaría más problemas de los que Mathieu deseaba, ahora que acababa de ganar la paz. Por otro lado, tampoco podía dejarse intimidar por un joven armado—. No tengo la menor intención de hacerle daño a la señora.

—¡Libérala! —exigió el chico.

Mathieu sintió la espada en su carne y apretó los dientes contra el dolor.

—Eso es imposible.

De repente hizo una finta a la derecha y se apartó de la espada. Alzó su propia arma y de un simple golpe desarmó al chico y lo empujó contra la pared.

Al oír el ruido, los guardias que estaban en el salón y en el piso superior se lanzaron hacia las escaleras. Para cuando llegaron al rellano, Mathieu ya tenía la situación bajo control.

—Haces honor a tu lealtad —dijo, sujetando los brazos del chico a la espalda—. Y por ello te perdono la vida.

El muchacho se puso lívido, ya fuera de miedo o de furia, pero no habló.

—¿Cómo te llamas?

—Halig.

Mathieu se volvió hacia los guardias.

—Encerradlo con los otros.

—Lady Aelia es una buena mujer —dijo el chico—. Tú la has...

—Nada le pasará mientras se comporte como es debido.

No podía culpar a Halig por intentar proteger a Aelia. Él hubiera hecho lo mismo por la reina Mathilda o por cualquier otra mujer inocente que estuviera en peligro. Pero Aelia no era inocente. Había atacado a sus hombres, y a él lo había herido en la mejilla con una flecha.

Sin embargo, contaba con el amor y la lealtad de sus súbditos. Mathieu se había fijado en el homenaje que le habían rendido cuando la vieron llegar a Ingelwald. Todos la reverenciaban, tanto jóvenes como viejos. Había sido su derrota, y no la de Ingelwald, la que otorgó la victoria a Mathieu.

Siguió subiendo las escaleras, más atento a medida que se acercaba al dormitorio. Uno de los dos guardias seguía en su puesto junto a la puerta. Mathieu pasó junto a él y entró en la habitación, casi esperando recibir un ataque a pesar de que no había dejado ningún arma al alcance de Aelia.

La luz de las velas parpadeaba al fondo de la estancia, proyectando sombras en su figura durmiente.

Tenía la cabeza apoyada en los brazos, cruzados sobre la cama, pero su cuerpo estaba acurrucado en el suelo. Sus ojos estaban cerrados y su respiración era lenta y regular. Era como si se hubiera sentado junto a la cama para esperar su regreso y se hubiera quedado dormida.

La comida estaba intacta, y Mathieu se preguntó cuándo habría comido por última vez. Antes se había quejado de que tenía hambre.

No era asunto suyo. Si ella no quería comer, él no podía hacer nada salvo ver cómo se moría de hambre.

Pero al menos la acostaría en la cama, antes de ocuparse de la herida que el joven le había hecho en la escalera. Se agachó para levantarla y ella emitió un pequeño sonido. Un suspiro y algo más. El gemido de la desesperación.

Y sus mejillas estaban mojadas.

Mathieu la levantó en sus brazos y puso una mueca de dolor cuando su cuerpo le tocó la herida del costado. Pensaba que Halig no le había hecho más que un rasguño, pero tal vez el corte fuese más profundo.

Dejó a Aelia en la cama y, tras colocar la bandeja sobre el baúl, la cubrió con la manta. Ella se agitó en sueños y él se apartó. Se quitó silenciosamente el cuerno de guerra que aún llevaba al hombro, dejó la cota de malla en el suelo y se acercó al farol para desatar los nudos de la túnica. El costado derecho estaba cubierto de sangre.

Masculló una maldición y se quitó la túnica para examinarse la herida. Era lo bastante profunda como para necesitar puntos, aunque no tanto como para preocuparse. Había sufrido heridas peores, pero iba a necesitar ayuda con aquélla.

Abrió la puerta y le ordenó al guardia que avisara a sir Auvrai, un hombre que sabía más sobre curación que cualquier médico que Mathieu hubiese conocido.

Cerró la puerta y se acercó a la jofaina, provista de agua limpia y toallas.

Los puntos en la herida lo molestarían bastante en el viaje a Londres, pero no podía hacer nada al respecto. No tenía intención de retrasar su regreso a la corte de Guillermo ni su boda. Cuanto antes se casara con Clarise y volviera con ella a Ingelwald, mejor.

—¿Qué ha pasado?

Mathieu se volvió y vio cómo Aelia se levantaba de la cama. Incluso a esa distancia podía ver que tenía los ojos enrojecidos e hinchados.

—Estás sangrando. ¿El ilustre caballero normando se ha cortado con su propia espada?

—Ha sido tu celoso pretendiente —murmuró él. Apartó la mirada y oyó cómo crujía el suelo bajo los pies de Aelia—. ¿Por qué no estás durmiendo?

—No era mi intención dormir.

Mathieu ahogó un gemido cuando ella le tocó la herida.

—Hay que coserla.

—¿Y qué sabes tú de eso?

—Más de lo que crees. Dame eso —dijo ella. Le arrebató la toalla de las manos y le frotó la herida con cuidado.

—No has comido nada.

—Tener a un normando en los aposentos de mi padre me ha revuelto el estómago —respondió ella mientras presionaba los bordes del corte. Su tacto era suave, pero experto.

—Se te da bien lo que haces, *demoiselle*.

—No fue mi elección aprender a curar, normando. Mi padre decía que el deber de una dama era atender a los enfermos y heridos. Lo aprendí todo de Erlina... la anciana cuyo cadáver yacía en el patio. Era una magnífica sanadora, antes de volverse loca —dijo. Tomó una toalla limpia y la mojó en la jofaina—. Quien te haya hecho esto no te alcanzó ningún órgano.

—Ha sido uno de tus admiradores, defendiendo tu honor —respondió él.

La mano de Aelia se quedó rígida.

—¿Lo has matado? —le preguntó, mirándolo con desprecio.

—Sólo era un muchacho. Claro que no lo maté, aunque... —un fuerte golpe en la puerta lo interrumpió—. ¡Adelante!

Era el mensajero, Gilbert de Bosc, que traía el zurrón con las medicinas de sir Auvrai. Gilbert no era soldado, pero hablaba con fluidez la lengua sajona. Mathieu nunca lo había visto blandiendo una espada en el campo de batalla, y no sabía si sería capaz de defenderse por sí mismo. Con todo, resultaba de gran utilidad, y no sólo como intérprete. Sus habilidades administrativas eran enormes, y siempre estaba disponible para atender a los heridos.

—Sir Auvrai llegará enseguida.

—Dile que no se moleste. Lady Aelia se ocupará de curarme.

Tomó el zurrón y se lo tendió a Aelia.

—Barón, ¿estáis seguro de...?

—Auvrai tiene cosas más urgentes que hacer, y la señora me ha convencido de que es muy competente.

De repente parecía hacer un calor sofocante en la habitación. Aelia abrió los postigos para que entrara el aire nocturno y se volvió hacia el pecho desnudo del normando. Era imposible doblegarlo por la fuerza. Pero su espada estaba cerca, y había dejado el cuchillo de Aelia sobre la jofaina. Si pudiera…

—Si estás pensando en aprovechar el momento para hacerme daño, *demoiselle*, te sugiero que lo reconsideres —le advirtió él. Agarró el puñal y lo clavó en la madera.

Aelia se mordió el labio y se arremangó la túnica.

—Será más fácil curarte si te tumbas en la cama.

Él arrastró el taburete de madera junto al farol y se sentó con las rodillas separadas.

—Empieza.

—¿Esperas que me arrodille delante de ti?

—Haz lo que quieras, *demoiselle*. Pero cúrame la herida.

Levantó el brazo derecho y lo apoyó en la jofaina, facilitándole el acceso a la herida del costado… así como una mejor vista de su pecho musculoso. Aelia no tuvo ninguna duda de que la vista de su cuerpo estaba destinada a intimidarla.

Miró la herida y luego la aguja que tenía en la mano. El corte necesitaba cinco puntos. Ella sabía cómo hacer diez. Había más de una manera para matar a un normando, y ella iba a descubrirla antes de que acabara la noche.

Seis

Mathieu cerró en un puño la mano izquierda y presionó la otra contra el muslo cuando Aelia le atravesó la piel con la aguja. Se concentró en su boca mientras trabajaba, en aquellos labios suaves y rosados que tan intensamente habían respondido a su beso.

Hasta ese momento había conseguido evitar esos pensamientos, y por su bien debía seguir evitándolo.

Pero ella estaba tan cerca que podía verle las pecas de la nariz y la pequeña cicatriz junto al ojo. Podía sentir su cálido aliento y ver cómo sus pechos se adivinaban contra la túnica de lana.

Soltó un gemido ahogado.

—Aguanta, normando —dijo ella, sin saber que él apenas sentía el dolor. Se inclinó más cerca y algunos mechones sueltos le rozaron el pecho—. Todavía no he acabado.

Mathieu apretó los dientes. Sería tan fácil volver a besarla, llevarla hasta la cama, tumbarla y hacerle olvidar que era su enemigo...

Pero debía concentrarse en la aguja que le traspasaba la piel. Acostarse con lady Aelia sería lo peor que podría hacer. La situación ya era bastante complicada.

—¡Ya basta, mujer! —exclamó. Apartó a Aelia y se levantó—. No soy ningún paño bordado.

En eso momento se oyeron gritos procedentes del patio. Mathieu corrió hacia la ventana.

—¡Santo Dios! ¡El granero está ardiendo! —exclamó. El granero era donde estaban retenidos los prisioneros. Se puso la túnica y, tras agarrar la espada, tomó a Aelia de la mano y salió corriendo de la habitación—. ¡Al granero! —le gritó al guardia.

—¡Osric! —gritó Aelia mientras bajaban las escaleras a toda velocidad—. ¡Mi hermano está en el granero!

—Quédate en el salón con sir Gilbert y los heridos mientras yo voy a por él —le ordenó Mathieu. Sabía que ella se resistiría, pero no tenía intención de permitir que se uniera al caos exterior. Necesitaría a todos sus hombres para apagar el fuego y sacar a los prisioneros. No habría tiempo para ocuparse de cualquier problema que provocara lady Aelia.

Se abrochó el cinto y la hizo sentarse en una silla. Vio cómo sus mejillas se encendían y cómo respiraba agitadamente por el miedo y la indignación.

—Voy a salir —dijo. Intentó levantarse, pero él se colocó delante de ella y pegó las rodillas a las suyas.

—*Demoiselle*, te quedarás aquí y no le darás ningún problema a Gilbert. Yo encontraré a tu hermano y lo pondré a salvo.

—¡No! ¡No puedes dejarme aquí!

—Sí puedo —replicó él—. ¡Gilbert! ¡Vigila a lady Aelia y que no salga del salón!

Un momento después, estaba corriendo hacia el granero.

La casa señorial de Ingelwald nunca había ofrecido un aspecto semejante, pensó Aelia mientras entraba en el salón.

La inmensa mesa de roble había desaparecido, al igual que casi todas las sillas. En su lugar, había diez o doce hombres tendidos en jergones, gimiendo o durmiendo. Aelia no perdió tiempo en fijarse en nada más y salió disparada hacia la puerta tras haber esquivado fácilmente a sir Gilbert. El desdichado normando la vigilaba de cerca, pero había desviado rápidamente la atención en cuanto uno de los heridos empezó a tener arcadas.

El humo llenaba el patio y Aelia se asfixió nada más salir al exterior. Aun así siguió avanzando hasta el origen del humo, el granero donde estaban encerrados Osric y los hombres de la leva. Ya se había formado una fila de hombres, mujeres y niños que se pasaban cubos de agua desde el pozo hacia el establo, que se levantaba junto al granero.

Tanto los normandos como los sajones se esforzaban por impedir que el fuego se propagara, pero las llamas parecían avivarse cada vez más. El calor era sofocante y el espectáculo era aterrador.

El fuego había empezado a consumir el tejado del establo, y los hombres estaban sacando a los caballos. Ya habían desistido de apagar las llamas que devoraban el granero sin remedio.

Aelia corrió hacia el extremo de la fila de agua, donde unos cuantos sajones yacían cubiertos de polvo y ceniza, tosiendo e intentado recuperar el aliento. Un soldado normando agarró un cubo vacío del tejado y lo devolvió a la fila para que lo llevaran hasta el pozo.

—¿Han salido todos del granero?

—No lo sé —respondió el soldado—. Han salido algunos, pero no sabemos si quedan más ahí dentro.

—¿Has visto a un niño… un niño pelirrojo?

El normando recibió el siguiente cubo de agua y se lo pasó al hombre que estaba en el tejado. Aelia lo agarró del brazo.

—¡El niño! ¿Has visto salir a un niño del granero?

—No. Apartaos o ayudad, señora. No os quedéis ahí mirando.

A Aelia se le formó un nudo en la garganta que nada tenía que ver con el humo. Si Osric seguía en el interior del granero, moriría calcinado.

Entonces oyó a Fitz Autier gritando órdenes y levantó la mirada. Estaba en el tejado del establo, ataviado con su túnica, arrojando el agua de los cubos que le llegaban.

Aelia se apartó antes de que la viera y agarró un trapo del suelo. Se cubrió la cabeza y la boca con él y, tras susurrar una oración, corrió hacia el granero en llamas.

Estando junto al fuego no creía haber sentido nunca tanto calor. Pero dentro era aún peor. La garganta le escocía horriblemente y los ojos se le llenaron de lágrimas mientras buscaba entre el humo.

Pero no podía ver a nadie. Ni siquiera había cadáveres.

—¡Osric!

Debido a que el verano casi había llegado a su fin, el granero estaba casi vacío, pero los montones de escombros obstaculizaban el avance de Aelia. Se presionó el trapo contra la nariz y la boca, pero pronto empezó a tener dificultades para respirar. Una viga crujió y cayó delante de ella, haciéndola tropezar.

—¡Osric!

Su voz apenas era un susurro áspero y casi inaudible. Tenía que seguir avanzando. Si su hermano seguía allí, era muy probable que estuviera inconsciente.

Entonces oyó un gemido cercano y se levantó de un salto.

—¿Dónde estás? —gritó con todas sus fuerzas.

—¡Aquí! —respondió una voz.

No era Osric, sino un anciano llamado Leof, quien sirvió una vez como guerrero en el ejército de su padre. Aelia reptó hacia él y lo ayudó a sentarse.

—¿Has visto a Osric?

—No, mi señora.

—¡Tienes que salir de aquí! —dijo ella, tragándose su frustración.

—No puedo caminar. ¡Me he roto la pierna!

El fuego los rodeaba imparablemente. Era imposible encontrar a Osric, y Aelia sabía que tendría suerte si ella misma y Leof conseguían salir del granero.

—Yo te ayudaré. ¡Apóyate en mí!

Otra viga calcinada cayó del techo. El tejado se desplomaría en cualquier momento. Había que salir de allí cuanto antes.

De alguna manera consiguió levantar a Leof. Se

puso su brazo alrededor de los hombros y soportó su peso mientras avanzaban cojeando en dirección a la puerta. Pero el humo impedía a Aelia ver hacia dónde se dirigían.

—No puedo respirar —se quejó Leof con voz rasposa.

—¡No te detengas!

Aelia oyó una voz masculina gritando su nombre y se preguntó si había sido su imaginación. Otra viga que cayó tras ellos la espoleó para seguir avanzando.

—¡Vamos, Leof! ¡Ya casi estamos!

—¡Aelia!

El rostro de Fitz Autier apareció ante ella. Sin perder tiempo, el normando se arrodilló ante Leof y se lo echó al hombro.

—¡Vamos!

Aelia parpadeó furiosamente para aclararse la vista y lo siguió, agradecida por la ayuda y confiando en que Fitz Autier los guiara hacia la salida. Al mismo tiempo se desesperaba por Osric. El edificio estaba a punto de derrumbarse y Aelia sabía que no podría volver. El calor era insoportable. Y seguramente Osric ya estuviera muerto.

Ahogó un sollozo y siguió ciegamente a Fitz Autier. Estaba desfallecida, necesitaba desesperadamente respirar aire puro y la cabeza le daba vueltas.

—¡Muévete, Aelia! ¡No puedo llevaros a los dos!

Aelia se estremeció de horror. Fitz Autier jamás tendría que llevarla en brazos. Haciendo un último esfuerzo, se puso a su lado y esquivó las brasas que caían del techo.

El fuego estaba a punto de alcanzarlos. Fitz Autier la agarró de la mano y tiró de ella hasta que salieron al aire libre. Aelia cayó al suelo, tosiendo angustiosamente.

Aún estaba intentando recuperar el aliento cuando el granero se derrumbó. Aelia oyó gritos de pánico a su alrededor, pero no les prestó atención y siguió tosiendo y resollando.

Fitz Autier dejó a Leof en el suelo y se arrodilló junto a ella, luchando por recuperar el aliento él también. Los brazos desnudos le relucían por el sudor y tenía el rostro cubierto de hollín.

—De todas las… ¿Se puede saber en qué estabas pensando? —le preguntó furioso, entre estallidos de tos.

—¡Osric! Está… —el impacto de la pérdida la golpeó de lleno y empezó a llorar. Había fracasado en la defensa de Ingelwald y ahora había sido incapaz de salvar a su hermano. Poco importaba lo que le sucediera a ella. Si Fitz Autier decidía ejecutarla allí mismo, se lo tendría bien merecido.

O tal vez el humo de sus pulmones la matara antes.

Intentó ponerse de pie, pero Fitz Autier se lo impidió al agarrarla del brazo. Aelia se soltó de su agarre y se levantó, tambaleándose, para mirar la tumba de su hermano. La emoción le hizo apartar la mirada del almacén calcinado. Las lágrimas le empeñaban los ojos, pero consiguió ver al enorme compañero rubio de Fitz Autier abriéndose camino entre la multitud… llevando de la mano a un niño que no dejaba de gritar y patalear.

¡Osric!

—¡Dile a este bastardo que me suelte! —gritaba su hermano, como si fuera el dueño y señor del castillo y no un crío que acabara de escapar de la muerte.

Aelia sintió que se mareaba, y si permaneció de pie fue sólo porque alguien la rodeó por la cintura y la sujetó.

—¡Osric! —gritó con voz ahogada.

Un inexpresivo Auvrai d'Evreux llevó al muchacho hacia Aelia y lo arrojó bruscamente a sus pies.

—Ha sido él quien ha incendiado el granero.

—Mientes, normando. Mi hermano nunca…

Osric se levantó y se apartó de sir Auvrai.

—¡Sabía que tendrían que liberarnos si el granero estaba en llamas! —declaró en tono desafiante.

Aelia se puso pálida.

—¡Osric, no! Podrías haber matado a muchos… —intentó tragar saliva, pero tenía la garganta seca. Tenía que haber una explicación a la imprudencia de Osric, quien ahora se exponía al castigo de los normandos—. Leof casi se muere ahí dentro.

—Y también tu hermana, chico —dijo Fitz Autier, manteniendo una mano en la cintura de Aelia mientras encaraba a Osric—. Vuelve a encerrarlo con los demás prisioneros, Auvrai. Este crío es una amenaza. Habrá que vigilarlo permanentemente.

—¡Por favor, deja que me quede con él! —suplicó Aelia, aliviada una vez más de que Fitz Autier no los matara a ambos.

—¿Y provocar más estragos? Ni hablar. Se quedará encerrado hasta que yo ordene lo contrario.

Auvrai levantó a Osric sin apenas esfuerzo y se lo cargó al hombro. El niño se retorció con furia y le propinó patadas y puñetazos, pero el caballero se mantuvo impertérrito y lo alejó de Aelia, quien de repente sintió que la abandonaban las pocas fuerzas que le quedaban. Si Fitz Autier no la hubiera estado sosteniendo, habría caído al suelo.

—Puedo encargarme de que no haga más daño.

—No, *demoiselle*. Ese chico ya no es tu responsabilidad.

—Es mi hermano. Y…

—¡Ya basta! ¡Mira a tu alrededor!

Sus súbditos se habían quedado en silencio, contemplando con desprecio cómo sir Auvrai se llevaba a Osric. Habían oído cómo Osric confesaba haber provocado el incendio, poniendo en peligro a tantos sajones. Su intención podía haber sido liberarlos, pero todo el pueblo podría haber sido pasto de las llamas. El granero había desaparecido y el establo estaba casi destruido.

Los sajones verían a Osric como un enemigo… mientras que Fitz Autier se había jugado la vida para apagar las llamas en el tejado del establo.

Un final horrible para un día espantoso.

Mathieu estaba furioso. Pero no sabía qué lo enfadaba más… si la imprudencia del mocoso sajón al provocar el incendio o la imprudencia de Aelia al entrar en el granero ardiendo.

Podría haber muerto.

Se obligó a sí mismo a soltarla. Cualquier cosa que hubiera sentido al verla entrar en el granero sólo era una distracción momentánea. Necesitaba que sus prisioneros estuvieran sanos y salvos para viajar a Londres. El rey Guillermo así lo quería.

—¿Adónde se lleva tu caballero a Osric?

El rostro y las ropas de Aelia estaban sucios y mugrientos. Una manga de la túnica colgaba del hombro desnudo, donde una gran quemadura relucía a la luz de las llamas. A Mathieu se le habían desprendido varios puntos, pero ésa era la menor de sus preocupaciones.

—Espero que Auvrai encuentre una jaula donde encerrarlo.

Aelia miró a su alrededor.

—Nuestra gente… miraban a Osric como si fuera un demonio.

—¿Cómo llamarías tú a alguien que intenta quemar vivos a cincuenta hombres?

—Él no pretendía hacer daño a nadie —replicó ella.

—Eso díselo al viejo —espetó Mathieu, señalando al sajón que había sacado del granero—. Seguro que le agradará saberlo.

Mathieu estaba aturdido por el desastre. Todos los hombres del granero podrían haber muerto. Y todas las casas de la aldea podrían haber ardido… Un comienzo nada favorable para la soberanía de Mathieu sobre la región.

Debería haber cumplido su amenaza y haber ejecutado al chico y a su hermana. Así se habría evitado todo aquello… desde el ataque de Halig en las escaleras, con el resultado de una problemática herida en el costado, hasta el deseo casi irrefrenable de tumbar a Aelia en la cama y penetrarla hasta no saber dónde acababa uno y comenzaba otro.

—Es muy joven —arguyó Aelia—. No entendió que…

—A ese chico le falta disciplina y sentido común —la atajó Mathieu—. Es peligroso y temerario.

—¿Qué vas a hacerle?

—Eso ya no es asunto tuyo, *demoiselle* —espetó él, y la hizo avanzar hacia la casa. Auvrai encontraría un lugar adecuado para encerrarlo y se ocuparía de que estuviera vigilado durante toda la noche. A Mathieu le correspondía hacer lo mismo con Aelia.

—Claro que es asunto mío —insistió ella, deteniéndose. Se giró hacia él y le puso las manos en los antebrazos.

Viendo su aspecto sucio y fatigado, y oyendo con cuánta vehemencia defendía a su hermano, Mathieu no debería sentir el menor deseo al recibir su tacto.

Pero ya la había probado una vez, y su cuerpo ansiaba más.

—¡Hugh! ¡Durand! —llamó a dos de sus caballeros, que habían llegado a Ingelwald con Gui de Reviers. Ignoró la mirada orgullosa y a la vez suplicante de Aelia y se volvió hacia ellos—. Buscad una cámara segura en la casa y encerradla. No la dejéis sin vigilancia.

Los dos hombres la agarraron por los brazos y se la llevaron sin preocuparse por su hombro lastimado. Aquellos dos no la dejarían escapar, como había hecho Gilbert.

Mathieu volvió al establo y subió al tejado, donde empezó a ayudar a sofocar las brasas antes de que pudiera cambiar de opinión sobre Aelia.

Siete

La pequeña prisión de Aelia apestaba, así como su ropa manchada y su cuerpo. La vela que le habían dejado se había consumido por completo. No había ventanas en la despensa, pero el lejano canto de los pájaros le decía que había amanecido.

Tenían que dejarla salir.

Lo único que había en la despensa eran los cuatro sacos de arpillera vacíos que Aelia había usado como cama una vez que el cansancio superó la angustia. Pero ahora que volvía a estar despierta no podía evitar pensar en Osric. Se acercó a la puerta y la aporreó con fuerza, ignorando el dolor del hombro.

—¡Abrid la puerta!

No hubo respuesta, de modo que empezó a andar de un lado para otro, igual que había hecho la noche anterior al ser encerrada en aquella habitación minúscula y oscura.

No había sido capaz de interpretar la expresión de Fitz Autier cuando ordenó a sus hombres que se la llevaran. Pero la preocupaba que hubiese decidido condenarlos a muerte a su hermano y a ella.

¿Qué otra cosa podía hacer? Osric había hecho lo

impensable. En su deseo por liberar a los prisioneros y obtener su propia libertad, había puesto en peligro a todo Ingelwald, no sólo a los soldados normandos.

Tenía que convencer a Fitz Autier de que no era más que un crío estúpido… en el caso de que no lo hubiese ejecutado ya.

Se apartó las lágrimas que afluían a sus ojos y volvió a golpear la puerta.

—¡Llevadme ante Fitz Autier! ¡Tengo que verlo!

Si había algún normando que fuera capaz de matar a un niño, ése era Fitz Autier. Su fama de cruel y despiadado lo precedía allá donde fuera. Durante meses se habían estado oyendo rumores sobre sus abusos y los altísimos tributos que les exigía pagar a los nobles sajones que caían en sus manos. Aelia se preguntaba qué podría hacer ella para impedir que matara a Osric.

No tenía nada que ofrecerle, pues Fitz Autier ya se había quedado con todas las riquezas de Ingelwald, desde la casa más modesta de la aldea a la casa solariega de su padre. ¿Qué más podría darle?

De repente oyó cómo retiraban la pesada barra de madera al otro lado de la puerta. Aelia avanzó un par de pasos y tiró de la manija, ansiosa por salir, ya fuera o no lo que sus guardianes pretendieran.

La puerta cedió y Aelia cayó hacia atrás.

Durand la agarró del brazo y la sacó de la despensa. Cuando los ojos de Aelia se adaptaron a la luz, vio que el hombre era tan moreno como Fitz Autier y que una cicatriz le atravesaba la mejilla, semejante a la que ella le había hecho a su señor. Pero en sus ojos grises brillaba una crueldad que no se parecía en nada a la expresión de Fitz Autier. Aquel caballero era tan fuerte y musculoso como el normando que había matado a su padre en la batalla contra Gui de Reviers. Pero el asesino de Wallis iba provisto de un yelmo, de modo que Aelia nunca sabría quién había descargado el golpe mortal contra su padre.

Retrocedió con asco al contacto con Durand y se soltó de su mano.

—Fitz Autier quiere verte —dijo el otro guardia.

—¿Dónde está mi hermano? ¿Qué le ha hecho?

Durand la golpeó, tirándola al suelo. Aelia se quedó aturdida por la brutalidad de aquel bárbaro, aunque no se esperaba menos. Esos hombres eran sus enemigos, y haría bien en recordarlo.

—¡En pie, bruja!

Aelia obedeció en silencio y los hombres la llevaron hacia el gran salón, donde Gilbert seguía atendiendo a los heridos. Aelia se mordió el labio para impedir que le temblara la barbilla mientras salían al exterior.

La mañana era fría y lluviosa, pero Aelia se alegró de estar al aire libre. Fitz Autier estaba delante de la panadería. Su aspecto era limpio e impecable, con un manto negro sobre la cota de malla y calzas oscuras. Parecía ajeno a la lluvia mientras le hablaba al caballero tuerto que se había llevado a Osric la noche anterior. Entonces se giró ligeramente y vio a Aelia. Por un momento pareció titubear, pero enseguida reanudó la discusión con sir Auvrai, como si no se hubiera percatado de la presencia de Aelia. Ella tropezó y a punto estuvo de caer, pero sus guardianes se mostraron insensibles y la empujaron en dirección al establo, donde esperaba una yegua ensillada.

—Monta.

Aelia respiró temblorosamente. No podía dejar Ingelwald sin preguntar otra vez por Osric, ni podía cabalgar sin saber su destino. Pero tenía miedo.

Maldijo su debilidad e intentó encontrar las palabras para formularles las preguntas a sus guardianes, pero el nudo de su garganta le impedía hablar. Sabía que cualquier pregunta provocaría la ira brutal del caballero normando, y no quería recibir otro golpe.

—Maldita sajona inútil... No puedes montar.

Aelia se tragó una respuesta que sólo le reportaría más dolor. Naturalmente que podía montar. Y si montar aquella yegua la alejaba de esos dos salvajes, lo haría por mucho que le costase. Iría ante Fitz Autier y le formularía las preguntas directamente.

Puso un pie en el estribo y se montó de un salto mientras sir Hugh aferraba la brida. Parecía que no podría escapar de sus guardianes. Cuando los hombres la condujeron a la panadería, Aelia se permitió albergar la esperanza de obtener respuestas, aunque sabía que no podía convencerlo para que liberase a Osric.

El barón normando no se dignó a mirarla siguiera, sino que se montó en su propio caballo castrado. Un contingente de soldados normandos cabalgó hacia la puerta y allí esperó a su señor. Aelia reprimió las lágrimas e intentó recuperar la compostura para preguntarle por Osric... y por su propio destino.

—¡Durand! ¡Hugh! —llamó Mathieu a sus dos caballeros, que acudieron presurosamente a su lado—. ¿Mis órdenes incluían abusar de mi prisio-

nera? —les preguntó con voz profunda y amenazadora. Siempre se preocupaba de mantener una disciplina estricta entre sus hombres, y aunque aquellos
dos dependían de las órdenes de Gui de Reviers,
que había caído antes de la llegada de Mathieu a
Ingelwald, se habían excedido en sus funciones.

A la pregunta de Mathieu, Hugh pareció aver-
gonzarse, pero la expresión de Durand se endureció.
Mathieu no se había fijado mucho en aquel hombre
con anterioridad, pero observó que hacía gala de
una actitud desafiante y orgullosa que no podía tole-
rarse de ninguna manera.

—No, señor —respondió Hugh, pero Durand
permaneció callado.

—Presentaos ante sir Auvrai. Tendréis que limpiar los establos. Desde la tierra hasta el tejado.

Mathieu sintió los ojos de lady Aelia fijos en él,
pero se volvió hacia la puerta de Ingelwald sin
mirarla.

—Se… señor —balbuceó ella.

La marca de su mejilla no lo preocupaba. Ya no
era una mujer de la nobleza. Era únicamente su prisionera, su esclava, y si el rey Guillermo no la eje-
cutaba en Londres, la mandaría sin duda a
Normandía, donde debería servir a algún noble.

Lady Aelia se puso a su lado.

—¿Mi hermano…?

—Permanecerá encerrado, *demoiselle* —espetó
él, y apartó la mirada para no ver la angustia en sus
ojos. Los problemas de lady Aelia no podían afec-
tarle—. Y gracias a tu cooperación el chico sigue
estando bien.

Una vez que Mathieu la dejara en manos de los

hombres del rey en Londres, se rompería todo vínculo que pudiera haber entre ellos. Él estaría muy ocupado celebrando su boda y la conquista de Ingelwald como para pensar en lady Aelia. Ni en el destino que la aguardaba.

—Es hora de que me enseñes Ingelwald.

—Pero…

—*Demoiselle*, eres la persona más cualificada para hacerlo, y contigo el idioma no será un problema. Quiero conocer mis propiedades antes de marcharme a Londres.

Ella dudó.

—Ingelwald es un condado muy grande —dijo finalmente—. Su frontera meridional está a dos días a caballo del burgo de mi padre.

—Muy bien. Entonces iremos hacia el norte.

—Cómo desees, mi señor —dijo ella, sentada rígidamente en la yegua.

La lluvia se había transformado en una llovizna muy molesta, y la ropa desgarrada de Aelia pronto quedó empapada. La temperatura era suave, pero Mathieu sabía que tendría frío.

—Toma esto —dijo, tendiéndole su manto—. Póntelo.

Ella lo aceptó y lo utilizó para cubrirse la cabeza como si fuera un chal.

—Gracias —murmuró—. El sendero discurre junto al río más allá de esos árboles.

—¿El río fluye hacia el sur?

—En parte. Sigue un curso muy sinuoso, pero sobre todo fluye hacia el este.

—Y pasa por el molino… y la muralla norte de Ingelwald.

—Sí.

—¿Y al oeste? ¿Qué hay tras esos campos?

—Las colinas que se ven en la distancia pertenecen también a Ingelwald. Nuestro ganado pasta allí. Y más allá está Grantham, bajo la autoridad de Fugol el Calvo.

Ya no. Fugol había sido llevado a Londres cuando el barón Richard Louvet conquistó sus tierras. Mathieu había visto cómo lo colgaban en Londres el año anterior.

Se aclaró la garganta antes de seguir hablando.

—¿Cuántas ovejas tenéis? —preguntó.

—Cientos.

No era extraño que Wallis hubiera luchado tanto por defender aquella tierra. Allí había más riqueza de la que Mathieu había esperado. Más incluso que en la propiedad de su padre en Normandía. A Autier de Burbage no le gustaría nada saber que uno de sus muchos hijos bastardos era más rico que él.

—¿Y qué me dices de las incursiones de los escoceses? —preguntó. No quería perder el tiempo pensando en su padre—. ¿Acosan vuestras fronteras?

Aelia negó con la cabeza.

—No. Mi padre mantiene… mantenía patrullas en los bordes.

—¿Y sin esas patrullas?

—Mientras vosotros nos asediabais, los escoceses bajaron de las colinas y se llevaron el ganado que estaba pastando. Creo que te faltan diez ovejas y cinco cabezas de ganado.

Mathieu ignoró el tono sarcástico y miró hacia las colinas. Las nubes se habían alejado y empezaba a hacer calor, pero apenas podía atisbar los puntos blancos en la distancia, las ovejas de Ingelwald. Tenían que estar alerta, empezando por aquel mismo día.

La situación se complicaba. Su plan inicial era volver a Londres con un gran contingente de hombres. Pero esos hombres deberían permanecer ahora en Ingelwald y proteger las tierras de los saqueos escoceses.

Si no tuviera que regresar a Londres… Tal vez fuera mejor viajar con menos soldados. Así podrían desplazarse más rápido y llamarían menos la atención. Pero tendría que ser muy cauteloso. Los bosques estaban plagados de proscritos sajones, dispuestos a atacar a los viajeros indefensos. Y también había daneses sin ningún afecto por los normandos.

Siguieron cabalgando hacia el norte, siguiendo el río hasta que éste se ensanchó considerablemente. El agua fluía rápidamente por el cauce, levantando brotes de espuma al chocar contra las grandes rocas del lecho.

—¿Dónde está la cascada?

Aelia se volvió para mirarlo con el ceño fruncido y una expresión de asombro.

—Nunca subestimes a tu enemigo, *demoiselle*. Tiene que haber una cascada cerca… cómo indica el ensanchamiento del cauce y la velocidad del caudal. Y el terreno se eleva bruscamente por delante. ¿A qué distancia está?

Aelia picó a su yegua y se lanzó al galope. Su movimiento fue tan rápido e inesperado que Mathieu no supo si era un intento por escapar o si lo estaba conduciendo a alguna trampa.

¿Sabría ella si había escoceses esperando en el

próximo recodo del camino? ¿O tal vez proscritos sajones que acamparan por allí cerca?

Nada de eso era probable. Era imposible que alguien hubiese planeado un ataque en aquel preciso lugar, ya que ni siquiera Mathieu sabía que iban a estar allí cuando salieron de Ingelwald.

—Raoul, quédate en el camino —le ordenó a uno de sus hombres—. Me reuniré con vosotros enseguida.

Se lanzó en persecución de Aelia, siguiendo las huellas que su yegua había dejado en el barro, hasta que oyó el fragor de una cascada. El sendero subía bruscamente y se apartaba del río, pero Mathieu no perdió el rastro de las huellas. Aelia no podía estar a mucha distancia.

Unos acantilados escarpados aparecieron más allá de las copas de los árboles, y Mathieu pudo ver la cresta de una amplia cascada. El rastro de Aelia se desviaba hacia el este, en dirección a la cascada, pero había abandonado el sendero y cabalgaba directamente hacia el agua.

Mathieu desmontó y condujo a su caballo a través de la maleza. El estruendo de la cascada ahogaba cualquier otro ruido, incluyendo cualquiera que pudiese hacer Aelia en su huida. Sin embargo, sus huellas eran muy recientes y claramente visibles. No la había perdido.

Aelia supo que era una estupidez alejarse al galope en cuanto espoleó a su montura. Pero aquellos instantes de libertad, lejos de Ingelwald y de la maldita despensa a oscuras, se le habían subido a la cabeza.

Al igual que el deseo de pillar desprevenido a Fitz Autier.

Él no se esperaba su repentina huida, y ella se había aprovechado de su desconcierto inicial. Lo único que esperaba era que no la alcanzara demasiado pronto. No había ningún sendero que condujera a la caverna donde Godwin y ella habían ido de niños con su madre, a bañarse en el estanque que se ocultaba tras la cascada.

Fitz Autier necesitaría al menos una hora para encontrarla.

Sentada en una roca tras la cascada, se despojó del manto de lana negra y se desató los cordones de los zapatos. Necesitaba aclarar sus ideas y asimilar todo lo que había pasado en las últimas semanas. El agua fría tal vez no la ayudara, pero al menos la refrescaría. Además, no podía seguir por más tiempo con el cuerpo sucio y maloliente, de modo que saltó al agua completamente vestida.

La sensación era maravillosa. De algún modo, consiguió frotarse la mugre de dos días… ¿Sólo habían pasado dos días? Parecía que habían transcurrido semanas desde que los hombres de Fitz Autier conquistaran Ingelwald. Meses desde que Selwyn murió. Años desde que perdiera a su padre.

No podía imaginarse lo que pasaría a continuación. Fitz Autier había amenazado con ejecutarlos a ella y a Osric si Selwyn no se avenía a negociar. La batalla había concluido y Osric y ella seguían vivos.

Ahora el normando planeaba llevárselos a Londres. ¿Fitz Autier era tan despiadado como para entregarlos al rey y que éste los ejecutara?

Aelia buceó hasta el fondo del estanque y apartó

esos pensamientos de su cabeza. No servían para nada ni podían cambiar el curso de acción que había elegido.

Puesto que era imposible matar a Fitz Autier, tendría que encontrar a Osric y liberarlo, y luego se marcharían de Ingelwald. Muchos de los pueblos vecinos habían sido conquistados por los normandos, pero Caelin de Thrydburg aún conservaba sus tierras. Su castillo estaba a tres días a caballo, pero Aelia estaba dispuesta a hacer el viaje a pie. Wallis había tenido sus diferencias con Caelin, pero cualquiera que hubiese sido la causa del enfrentamiento, ahora se trataba de permanecer unidos contra los normandos. Sin duda les ofrecería refugio.

El agua fría le alivió el dolor del hombro y la desesperación de los últimos días. Refrescada y reanimada, se impulsó en el suelo rocoso del estanque. Era una buena nadadora, pero se tomó su tiempo para alcanzar la superficie, disfrutando de la solitaria tranquilidad que la rodeaba.

Cuando salió a la superficie, miró rápidamente a su alrededor. No se percibía ningún movimiento salvo el de la cascada, lo que significaba que Fitz Autier aún no la había encontrado. Se echó hacia atrás y flotó de espaldas, contemplando el agua de la cascada con la mirada ausente. Sería muy fácil creer que todo iba bien, que ella y…

Un tentáculo la agarró del tobillo y tiró de ella hacia el fondo. Era fuerte y se aferraba a ella como una lapa, y Aelia supo que había llegado su hora. Podía estar sumergida un minuto más, pero se ahogaría si no conseguía soltarse de…

¿Qué la estaba agarrando? No había fango en el

fondo del estanque, por lo que no podía crecer ninguna planta trepadora. Aelia luchó contra la corriente para doblarse e intentar liberarse de lo que estaba tirando de ella.

Y de repente se vio libre de nuevo.

Se impulsó a la superficie como una flecha y se llenó los pulmones de aire mientras nadaba frenéticamente hacia la orilla. Hasta que no supiera lo que la había hecho hundirse no podía permanecer en el agua. Con tremendo esfuerzo, salió del estanque y se dejó caer sobre las piedras de la orilla... sobre un montón de ropa y una fría cota de malla que yacían junto a sus zapatos.

La indignación, la furia, la vergüenza... Todas esas emociones pugnaron por dominarle el corazón.

¡Fitz Autier! ¡Aquel sinvergüenza había estado a punto de ahogarla! Se había sumergido como una serpiente y la había zambullido para darle un susto de muerte.

Aelia agarró sus zapatos y empezó a alejarse, pero cuando oyó la maldita risa del normando se puso furiosa. Tenía que haber algo que pudiera arrojarle... una piedra lo bastante grande para romperle la cabeza y acabar con todos sus problemas. Soltó los zapatos y agarró un pequeño guijarro. Le demostraría que con ella no se jugaba.

Pero cuando se volvió, lo vio saliendo del estanque... completamente desnudo.

Se quedó boquiabierta mientras él caminaba hacia ella, con el agua resbalando por su poderosa musculatura. Se movía con la seguridad de un depredador, seguro de su fuerza. Aelia tragó saliva y dio un paso atrás, pero no pudo apartar la mirada de él. Era tan... hermoso. No era una descripción muy adecuada para un hombre, pero no se le ocurrió otra palabra mejor.

Debería de tener frío después de haber salido del agua, pero un calor vagamente familiar se desataba en su interior, haciendo que casi se olvidara de respirar. Las mejillas le ardían, pero no podía desviar la mirada. Aquel hombre la había besado. La había tomado en sus brazos y le había hecho olvidar su propio nombre.

Y, por todos los santos, ella quería que volviese a hacerlo.

Horrorizada por sus pensamientos, y temerosa de que él hubiera percibido algún deseo oculto en sus ojos, soltó la piedra y se dio la vuelta.

—¡No tienes vergüenza, señor!

—Y tú llevas demasiada ropa, *demoiselle* —dijo él, acercándose—. Está empapada. Pillarás un resfriado.

Aelia sintió su aliento en el cuello mientras el agua goteaba y formaba un charco a sus pies. No sabía qué sería de ella si él la tocaba. Dos noches antes, él la había abrazado mientras dormía, la había acariciado en sueños y le había provocado una experiencia increíble que no se parecía a nada que hubiese vivido.

Sintió que las rodillas le flaqueaban y que el corazón le latía con fuerza al pensar en lo que podría haber pasado aquella noche. ¿Habría sentido lo mismo si Fitz Autier hubiera estado despierto y hubiese sido consciente de lo que le estaba haciendo? Allí estaba, desnudo en toda su gloria... enorme y amenazante, y a la vez tan tentador.

Aelia se acercó a la pared de la caverna y se cruzó de brazos, evitando girarse hacia él. No se sentía atraída. Simplemente estaba confundida por la intimidad que había surgido entre ellos.

Tal vez fuera un buen momento para poner distancias y averiguar qué planes tenía Fitz Autier para ella y para Osric.

—¿Qué vas a hacer?

—¿Hacer? —preguntó él, acercándose a ella hasta casi rozarla.

Aelia se sobresaltó cuando la tocó en el hombro. La hizo girarse muy suavemente, pero ella presionó la espalda contra la fría pared rocosa cuando él agachó la cabeza.

—¿Qué me harás hacer, *demoiselle*?

Sus bocas estaban separadas por escasos centímetros, y la distancia se acortaba rápidamente. Aelia podía sentir su aliento en los labios y el calor que emanaba de su cuerpo desnudo. El pánico se apoderó de ella. Si volvía a besarla, estaría perdida.

Lo empujó con fuerza y saltó al estanque, dejando que el agua enfriara su sangre ardiente.

Ocho

Mathieu no podía explicar lo que le sucedía a su sentido común cuando estaba cerca de Aelia. Su cuerpo respondía a ella con una reacción feroz, casi animal, que le hacía hervir la sangre y le exigía satisfacción inmediata. Y ella tampoco se mostraba indiferente.

Era una combinación incendiaria.

Saltó al estanque para sofocar el fuego que lo consumía por dentro. Aelia ya se había montado en su yegua y se alejaba al galope, pero enseguida se encontró con Raoul y el resto de la escolta. Mathieu le hizo una seña a Raoul de Moreton para que se fueran sin él y dejó marchar a Aelia.

Necesitaba poner distancias entre los dos.

Por mojada y sucia que estuviera, podía hacerle perder la cabeza. Ya se había hecho una idea cuando le pidió que lo acompañara a recorrer sus dominios. Aelia era la persona más indicada para enseñarle las tierras, habiendo vivido allí toda su vida. Pero de nuevo había conseguido distraerlo.

Respiró hondo y metió la cabeza bajo el agua. ¿Podría visitar aquel lugar alguna vez sin ver el rostro de Aelia, sin recordar que sólo habían faltado unos segundos para tenderla sobre el frío suelo pedregoso y saciar su deseo?

Sólo era cuestión de tiempo poder sacarla de sus pensamientos. Había asuntos mucho más urgentes que demandaban su atención, como por ejemplo la defensa de Ingelwald durante su ausencia, o el número de caballeros que tendría que dejar para proteger el castillo y el ganado.

Había planeado regresar a Londres con la mitad de sus hombres, pero ahora parecía que tendría que partir con una escolta mucho más reducida.

¿Podría hacer el viaje con tan pocos soldados?

Tal vez fuera más seguro viajar con pocos efectivos. Un grupo reducido sería mucho más fácil de manejar, y al transportar menos suministros llamarían menos la atención. Por otro lado, serían mucho más vulnerables.

Pensaba dejar a Auvrai d'Evreux a cargo de Ingelwald. Auvrai era un viejo amigo, y el caballero más competente que Mathieu había conocido. Sin embargo, quizá fuera mejor dejar a otro en su lugar y llevarse a Auvrai con él.

Dio unas cuantas brazadas mientras consideraba las posibilidades. Al anochecer tendría que haber tomado una decisión sobre quién se quedaría en Ingelwald y quién partiría con él, puesto que su idea era emprender el viaje al amanecer. No había tiempo para nadar, e incluso era posible que aquel baño le empeorara la herida del costado.

Nadó hacia la orilla y salió del agua. Se examinó la herida, pero parecía tener mejor aspecto que aquella mañana.

Se vistió y observó la caverna. Nunca habría descubierto aquel lugar secreto tras la cascada de no haber visto a Aelia en el estanque. Era el escenario perfecto para una cita amorosa, y cuando volviera de Londres con Clarise, la llevaría allí para tal propósito.

Sería la mejor manera de sacarse a lady Aelia de la cabeza.

Los zapatos de Aelia estaban junto al estanque, y Mathieu se imaginó sus pies desnudos, tan pequeños y delicados para una guerrera tan feroz. No se había desnudado ninguna otra parte del cuerpo, pero la imaginación de Mathieu recorrió las suaves curvas que se escondían bajo su ropa andrajosa.

Sacudió la cabeza para apartar aquellas imágenes tan provocativas, que no servían más que para elevar su frustración a un nivel enloquecedor. Tal vez fuera el momento de buscar a una doncella complaciente en la aldea con la que desahogarse. Lady Aelia no tenía nada de especial. Cualquier mujer le serviría para saciarse.

Sus hombres estaban a bastante distancia por delante cuando emprendió el camino. Siguió el sendero que bordeaba la ladera y se detuvo un momento en la cima para contemplar la tierra que se extendía a sus pies.

Su tierra.

No estaba mal para el hijo bastardo de una sirvienta. El rey había estado convencido de que Mathieu triunfaría donde otros habían fracasado. La conquista de Ingelwald no sólo complacería a Guillermo y le reportaría más honores a Mathieu, sino que aseguraba su unión con la hija de Simon de

Vilot. Ya no había ninguna duda de que lady Clarise sería su esposa. Se casarían en cuanto él llegara a Londres, y luego volvería a Ingelwald con ella.

Aún tenía que conocer a lady Clarise. La había visto una sola vez en Rouen, y de lejos. En aquel tiempo él no era más que un mercenario del ejército de Guillermo. No era precisamente el pretendiente más digno para la hija de Simon de Vilot. Pero ahora que Ingelwald le pertenecía, la hermosa lady Clarise, con sus ojos oscuros y su pelo negro azabache, sería su mujer. Su padre y el rey lo habían honrado al elegirlo para que fuera su marido por delante de muchos nobles normandos. Aquel casamiento era más de lo que un hijo bastardo podía esperar. El rey lo había colocado en una posición más prestigiosa que la de sus hermanastros, todos ellos casados con mujeres de la nobleza y con ricas propiedades en Normandía.

Mathieu vio a sus hombres cabalgando en doble fila, con Aelia en el centro. Su rubia cabellera al descubierto contrastaba con los yelmos de los soldados. Montaba bien, adoptando una regia postura que contradecía su condición de prisionera.

Estaba impaciente por deshacerse de ella. Una vez que llegaran a Londres, la dejaría en manos de la guardia real y ya no tendría nada más que ver con ella. Sería todo un alivio.

Las colinas boscosas rodeaban a sus hombres mientras atravesaban un profundo valle. Entonces a Mathieu le pareció percibir un movimiento en los árboles y entornó la mirada, intentando distinguir si se trataba de un reflejo provocado por el sol en las aguas del río.

A esa distancia no podía estar seguro, pero cuando volvió a ver el destello, lejos del cauce fluvial, supo que estaban en problemas.

En los árboles había alguien escondido, quizá merodeadores escoceses. Si atacaban por sorpresa, sus hombres estarían en clara desventaja.

Tenía que ponerse en movimiento. Pero si les gritaba, alertaría también a los que estaban ocultos... suponiendo que su voz pudiera oírse a tanta distancia. Y lo mismo ocurriría si se lanzaba al galope tras ellos. Se originaría una batalla, y Aelia se vería en medio de la misma.

Pero no podía pensar ahora en ella. Se tomó un momento para observar el terreno y se convenció de que había proscritos acechando a sus hombres. No importaba que fueran escoceses, sajones o daneses. Tenía que actuar. Y deprisa.

Picó a su castrado y se lanzó colina abajo, inclinándose sobre la montura y manteniendo el cuerpo bajo. La cautela y la distracción eran su mejor estrategia.

Al llegar a la zona boscosa donde se escondían los proscritos, lo asaltaron los pensamientos de lo que podría ocurrirle a Aelia si no alertaba a sus hombres del peligro. Nunca se había preocupado mucho por los testigos de la guerra. Era inevitable que en cualquier conflicto hubiera víctimas inocentes.

Pero Aelia era diferente. Mathieu nunca había conocido a una mujer tan valiente. Sin embargo, Aelia iba desarmada. Si sufrían un ataque, no podría hacer nada para protegerse.

Mathieu siguió cabalgando hacia el noreste,

adentrándose en la húmeda oscuridad del bosque. Su paso era lento, ya que no había ningún sendero y la maleza era densa, y tenía todos sus sentidos en alerta, intentando percibir cualquier ruido que lo orientara en la dirección del enemigo. Estaba seguro de que habían visto a sus hombres y se preparaban para atacar.

Cuando oyó un ruido metálico supo que se estaba acercando. Desmontó en silencio y ató su caballo para seguir a pie, siguiendo los ecos del acero. Permaneció agachado y oculto, pero consiguió avanzar lo suficiente para ver el grave peligro que amenazaba a sus hombres.

Eran sajones. Iban vestidos con pieles y lanas, algunos llevaban cordobán y otros tenían cascos. Estaban afilando sus dagas y comprobando el filo de sus hachas, preparándose para la batalla.

Había muchos, casi el doble que sus hombres. Si estaban planeando una emboscada, podrían rodear fácilmente a los normandos y aniquilaros a todos.

Mathieu regresó sigilosamente a donde había dejado su caballo y volvió a montar. Subió a una pequeña loma que se elevaba al este de los sajones. Apenas había árboles que lo cubrieran, pero los sajones estaban tan concentrados en los soldados normandos que cabalgaban por el valle que no prestarían atención al terreno montañoso a sus espaldas.

Cuando se hubo alejado lo bastante, se llevó el cuerno a los labios y sopló con fuerza. La reacción fue exactamente la que esperaba. Los sajones se quedaron perplejos, y tardaron en comprender que no estaban siendo atacados por la retaguardia. En esos instantes cruciales, Raoul de Moreton advertiría el peligro y se prepararía para entrar en combate.

Aelia iba sentada rígidamente en la silla. No sabía dónde estaba Fitz Autier, ni se había girado para comprobar si se había unido a la comitiva.

Esperaba que se hubiera vestido. Aquel hombre ya la enervaba demasiado estando vestido, pero desnudo casi le hacía perder la cabeza.

¿Por qué su padre no la había casado con un guerrero tan fuerte y valeroso como Fitz Autier? Tal vez si estuviera casada con un hombre así, no se mostraría tan sensible al poderío físico que ese normando exhibía con tanta arrogancia. Parecía que no pensaba en otra cosa que en mostrase desnudo ante ella… como si no fuera más que una esclava boba y simplona, ansiosa por complacerlo.

Los normandos cabalgaban hacia el norte, a través de un profundo valle rodeado por espesos bosques y altos acantilados. A Aelia nunca le habían permitido ir más allá de la cascada. Según su padre y Godwin, el camino a través del valle era demasiado peligroso. Las tierras escocesas sólo estaban a un día a caballo, y Wallis siempre había hecho lo posible por evitar los problemas.

De repente se le erizaron los pelos de la nuca y supo que algo iba mal.

—Sir Raoul…

No quería parecer una doncella asustada entre aquellos normandos, pero tenía un mal presentimiento. Ya fuera por las advertencias de su padre o por la posibilidad de que estuvieran realmente en peligro, se sentía inquieta. Miró al este y al oeste, intentando ver algo entre los árboles. No se percibía ningún movimiento, pero la sensación de peligro le provocaba escalofríos.

—Creo que deberíamos dar media vuelta.

—¿Qué ocurre, *demoiselle*? —le preguntó Raoul, aunque él también parecía inseguro, como si estuviera sopesando los riesgos de continuar—. Mis órdenes son...

El eco de un cuerno de guerra resonó en la distancia. Los caballos reaccionaron y la yegua de Aelia se encabritó, arrojándola al suelo y alejándose al galope por el sendero. Los normandos no le prestaron atención y desenvainaron sus espadas, al tiempo que del bosque salían espeluznantes gritos de guerra. Descalza y magullada, Aelia corrió tras los soldados, que se prepararon para recibir el ataque. Al buscar su cuchillo recordó que lo tenía Fitz Autier. No tenía arco ni arma alguna que pudiera usar contra el enemigo que se ocultaba en el bosque.

Pero algo extraño sucedió. Las voces del bosque parecieron dispersarse, algunas se desplazaban hacia el norte y otras hacia al sur, acompañadas del inconfundible sonido de los caballos, las espadas y las armaduras. El cuerno volvió a sonar, pero desde una distancia mayor.

—¡Es el barón! —exclamó Raoul—. ¡Los está distrayendo!

Los normandos cargaron hacia el bosque, dejando atrás a Aelia. Estaba tensa y asustada, pero su único temor era por Fitz Autier. ¿Qué clase de loco intentaría enfrentarse en solitario a un ejército?

¿Y por qué le importaba a ella?

En realidad, no le importaba. Su única preocupación era su propia seguridad. Tenía que escapar del peligro que acechaba en el bosque y volver a Ingelwald con Osric. El destino de Fitz Autier no la concernía más allá de su capacidad para escoltarla a casa.

Y sin embargo, se sorprendió a sí misma esperando recibir alguna señal suya.

El ruido de las espadas entrechocando resonó en sus oídos. Se preguntó si debería huir por el sendero a través del valle hacia la cascada. Conocía bien el camino oriental, y podría llegar a Ingelwald sin ayuda de los normandos. Pero si se dirigía hacia el oeste, podría alcanzar los dominios de Thrydburgh... y la salvación. Sin duda Caelin le ofrecería refugio.

Su yegua había desaparecido. No podía ir a pie hasta Thrydburgh sin zapatos, y si abandonaba a los normandos ahora no era probable que volviese a ver a Osric.

¿Mataría Fitz Autier a su hermano si ella desaparecía? Era un guerrero despiadado, pero Aelia nunca le había visto hacer daño a las mujeres o los niños. Aunque después de lo sucedido la noche anterior, dudaba que alguien pudiera ver a Osric como a un niño inocente.

No le quedaba otra opción que quedarse y esperar el resultado de la batalla.

Era demasiado arriesgado permanecer al descubierto, así que avanzó con cuidado hacia los árboles, cubriéndose tras los matorrales. Se sentía desnuda sin su puñal, y sabía que su mejor protección era quedarse en un sitio desde donde pudiera observar la batalla sin ser vista. Siguió avanzando, manteniéndose agazapada y a cierta distancia del peligro. La lucha era caótica, pero los normandos estaban en clara desventaja numérica frente a una banda de guerreros sajones.

Una profunda tristeza invadió a Aelia. Por numerosos que fueran, los sajones no tenían ninguna posibilidad contra los normandos. Los ojos se le llenaron de lágrimas cuando Fitz Autier apareció de repente en el fragor de la batalla, blandiendo su espada como un implacable verdugo.

Aelia no pudo apartar la mirada de su poderosa figura. Se movía como un ciervo del bosque, rápido, ágil y letal. Aelia volvió a sentir el mismo calor que la inundaba siempre que lo veía desde lejos. Era difícil seguir respirando cuando lo veía así, cargando contra los enemigos sajones... su propia gente.

Fitz Autier les gritó órdenes a sus hombres y éstos empezaron a cercar a los sajones en un amplio círculo, sin dejarles espacio para maniobrar. Aelia no podía seguir mirando.

Retrocedió y sacudió la cabeza para borrar las imágenes de su mente. Su madre se había equivocado al hablarle de los sentimientos. Fitz Autier no podía ser su alma gemela... ni siquiera si bastaba su simple roce para acelerarle el corazón y derretirle los huesos.

Dominada por una tristeza sobrecogedora, se dio la vuelta y se dispuso a huir. Pero en ese momento alguien apareció tras ella y la empujó. Aelia cayó al suelo con dureza, y antes de que pudiera gritar, el agresor sajón descargó su hacha contra ella.

Aelia rodó hacia un lado y logró esquivar por

centímetros el golpe mortal. Se puso rápidamente en pie y echó a correr. Su destino no podía ser aquél... decapitada por un hombre que una vez había sido aliado de su padre.

—¡Muere, zorra normanda!

Las palabras la traspasaron como el acero de una espada y la hicieron tropezar. Pero aquél no era momento para lamentaciones. Tenía que concentrarse en sobrevivir. En un desesperado intento por mantener el equilibrio se lanzó hacia delante, pero el sajón cayó sobre ella y volvió a empujarla al suelo. Soltó su hacha y, agarrándola por el pelo, tiró de la cabeza hacia atrás y le puso un cuchillo en la garganta.

Aelia contuvo la respiración y permaneció completamente inmóvil, incluso cuando el sajón masculló otro insulto. No serviría de nada decirle que ella era también sajona. Si lo hacía, él la vería como una traidora.

Sintió el filo ardiente del cuchillo y el goteo de la sangre en el cuello. Pero antes de que pudiera reaccionar, el sajón la soltó y la dejó caer al suelo.

—¡Aelia!

Ella empezó a alejarse a gatas, pero la voz furiosa de Fitz Autier y el sonido metálico de las espadas la hicieron girarse. Estaba demasiado aturdida para hacer otra cosa que presionar una mano contra el corte del cuello. Apretó las piernas contra el pecho y las rodeó con un brazo, respirando temblorosamente mientras veía cómo el barón normando acababa con el hombre que había estado a punto de matarla.

Fitz Autier no le dio tiempo a recuperarse. La

agarró de la mano y la hizo levantarse de un tirón. Le puso un dedo en la barbilla y le echó la cabeza hacia atrás para mirarle la herida.

—No es profunda.

Aelia no podía hablar, y la exasperaba estar temblando frente al normando.

—No te muevas —le ordenó él. Le arrancó la manga que le colgaba de la túnica y la dobló para presionársela contra el corte.

Aelia deseó que no fuera tan amable. Quería odiarlo, no recibir ninguna muestra de compasión o benevolencia. Al mismo tiempo, deseaba que la sostuviera hasta que dejara de temblar.

—Vamos —dijo él, y la levantó en sus brazos para subirla a su caballo. A continuación, se montó él tras ella.

—Puedo montar yo sola —protestó ella, aunque con una voz casi inaudible.

—Esta vez no.

—He presenciando muchas batallas, señor. Y nunca…

—Lo sé, *demoiselle*. Siempre llevaré la cicatriz que me hiciste con tu flecha —dijo él. Se movió en la silla y le puso algo cálido en los hombros. Era el manto que ella había llevado antes, y se sintió agradecida por su calor.

—Me… me has salvado la vida —balbuceó. Al menos tendría que darle las gracias por ello.

—No pienses más en ello. Es lo que hubiera hecho por cualquier otra persona que estuviese bajo mi protección.

—Has distraído a los sajones… Avisaste a tus hombres con el cuerno.

—Es un arma muy útil.

—¿Tu cuerno? No es un arma.

Él la apretó contra su cuerpo. Aelia no entendió el motivo de aquel gesto, pero como su cota de malla estaba sorprendentemente cálida y ella tenía frío, no se quejó.

—¿No te parece que el cuerno sea un arma muy eficaz? Ha servido para apartar a los sajones de mis hombres, ¿no?

—Pero las armas son espadas, hachas, cuchillos… De acuerdo, tu cuerno desvío a los sajones de su presa. Tienes razón.

Las voces de los normandos y sajones se fueron apagando en la distancia mientras Fitz Autier guiaba a su caballo hacia el sendero del valle.

—¿Abandonas la batalla? —le preguntó ella.

—Ya he visto demasiadas muertes. Raoul se encargará de hacer prisioneros a los sajones que se rindan.

Aelia sintió que se le formaba un desagradable nudo en la garganta. Más sajones acabarían siendo esclavos, y ella no podría hacer nada por ayudarlos.

—¿Qué vas a hacer con ellos?

—Hay sitio en Ingelwald, ¿no?

—¿Para más sajones que te odian? —espetó ella. Enseguida se lamentó por hablarle así al hombre que acababa de salvarle la vida, pero no había podido evitarlo. La verdad no debía ocultarse.

Pero Fitz Autier se limitó a soltar una amarga carcajada y siguió cabalgando.

Lady Aelia necesitaba algo de ropa. Lo que llevaba puesto estaba manchado y hecho jirones, y completamente arrugado después del baño en el estanque... Aunque Mathieu apreciaba que se hubiera bañado vestida. Al menos así había habido un obstáculo entre ellos.

Los hombres y las mujeres estaban trabajando en el interior de las murallas cuando llegaron a Ingelwald. Los restos del granero habían desaparecido y el tejado del establo estaba reparado. Los normandos y sajones recogían los escombros de los caminos mientras sir Auvrai hablaba con un tendero sajón. Cuando vio a Mathieu, se giró y se acercó a él.

—¿Ahora hablas la lengua sajona, Auvrai?

El caballero se encogió de hombros.

—¿Qué ha ocurrido?

Mathieu le habló del ataque mientras desmontaba y ayudaba a Aelia a bajarse. Pensó que debería ordenarle a uno de los guardias que la encerrara con el resto de prisioneros.

Pero no estaba preparado para separarse de ella.

—A la señora le vendrían bien tus ungüentos, Auvrai.

—¿Y a vos? Aún tengo que ver la herida de vuestro costado.

—Parece tener buen aspecto —respondió él, tomando de la silla los zapatos de Aelia y el manto.

Auvrai volvió a encogerse de hombros.

—Encontraréis los ungüentos en mi fardo. Está en el salón principal —dijo. Nunca había sido un hombre de muchas preguntas, pero era más leal que ningún otro.

Aelia no esperó a Mathieu y se dirigió hacia la casa señorial como si aún fuera la hija del amo, a pesar de que iba vestida como una pordiosera.

Mathieu la siguió, deteniéndose en el salón antes de subir las escaleras para recoger la bolsa que contenía las vendas y los ungüentos de Auvrai. Pero al llegar al dormitorio principal, no vio a Aelia por ninguna parte.

Debería haber supuesto que Aelia no se retiraría a los aposentos que él había reclamado como propios. No, seguramente buscaría refugio en su propio dormitorio… el que él había despojado de todas sus pertenencias y comodidades, salvo un simple colchón de paja.

Estaba de pie junto a la ventana. Sus brazos descansaban a los costados, uno de ellos desnudo y el otro cubierto por una manga de lana arrugada. El pelo se le había soltado de la trenza, pero Mathieu no tuvo problema en imaginársela con un elegante vestido sajón y el pelo reluciente y suelto hasta las caderas.

¿Estaría recordando tiempos mejores, cuando era la señora de Ingelwald?

—Quiero ver a mi hermano —dijo ella, sin volverse.

Mathieu dejó caer sus zapatos al suelo.

—No.

Ella se giró, y aunque intentó mantener una expresión neutra, no pudo ocultar la furia que ardía en sus ojos.

—¿Mi colaboración no asegura el bienestar de Osric?

Él se pasó una mano por el rostro.

—Hasta cierto punto, *demoiselle*. Pero su propio comportamiento también ayuda a decidir cómo hay que tratarlo.

Ella se acercó a él en dos zancadas y le puso una mano en el brazo.

—¡Es sólo un niño! No se le puede hacer responsable de…

—No tiene disciplina.

—Pero es un buen muchacho.

Mathieu encontró el bálsamo en una pequeña bolsita dentro del morral. Desató el cordón que ataba el extremo y tomó la barbilla de Aelia entre el pulgar y el índice para hacerle levantar la cabeza.

Ella no lo miró, y Mathieu no pudo evitar fijarse en el rubor que le cubría las mejillas y en cómo se le aceleraba el pulso.

Carraspeó ligeramente e ignoró la delicada curva de su cuello. No quería pensar en lo cerca que había estado de morir.

—Gírate hacia la luz —le pidió.

Ella obedeció y él le aplicó la pomada de olor rancio en la herida. Cuando se detuvo, ella hizo ademán de retroceder.

—Aún no he terminado —dijo él, agarrándola de la mano.

Ella esperó pacientemente a que le envolviera el cuello con un trozo de lino blanco, y permaneció quieta mientras le examinaba el hombro.

—Esta pomada te sentará bien, pero te manchará la ropa.

—Eso no es ningún problema, señor —dijo ella, mirándose el desgarrón de la túnica que dejaba al descubierto su hombro y su brazo.

—Haré que alguien te busque algo de ropa.

—No te molestes —insistió ella. Se apartó de él

y se agachó para recoger sus zapatos—. ¿Para qué necesita ropa una esclava?

—Tú no eres una esclava.

—Una prisionera, entonces. Dime, Fitz Autier, ¿qué vas a hacer con nosotros... con Osric y conmigo?

Si su intención había sido sofocar la intimidad que empezaba a surgir entre ellos, lo había conseguido.

—Tengo órdenes de llevarte ante el rey, en Londres.

Nueve

Aelia no iría a Londres. La idea de enfrentarse a Guillermo, el asesino normando, hacía que se le revolviera el estómago. No tenía miedo del rey, pero no podía negar que las órdenes de Fitz Autier la sacaban de quicio. ¿Qué podía querer de ella ese rey?

Ingelwald era su hogar. Necesitaba estar allí, con los suyos. Su gente siempre había confiando en su padre y en ella para que los guiasen, y había muchos que debían pagar sus tributos. Ahora que Wallis se había ido, dependía de Aelia hacerse cargo de Ingelwald. Había cientos de acres que cultivar. Pronto sería el tiempo de la cosecha, y había que proveer de grano y carne a los fiadores.

Se tumbó de espaldas en el colchón de paja e intentó encontrar una postura cómoda. ¿Cómo podía negarse a acompañar a Fitz Autier a Londres? No tenía ningún poder. En eso no se diferenciaba en nada de una esclava.

Al menos se le había concedido un día de respiro. Fitz Autier no había podido marcharse de Ingelwald tan pronto como había deseado. Muchos de sus hombres habían resultado heridos en la emboscada de los sajones, y ahora había más prisioneros de los que ocuparse.

Pasó una noche inquieta en sus propios aposentos, y se despertó al oír unos golpes en la puerta. Era Rowena, una de las sirvientas. Era mucho más joven que Aelia, una muchacha muy guapa que atraía la atención de los jóvenes pretendientes de Ingelwald. Llevaba un montón de ropa en los brazos.

—El normando me envía con esto —dijo con desgana, sin ninguna expresión en el rostro.

Aelia tomó la ropa y se fijó en la palidez de la chica y en las manchas oscuras bajo los ojos.

—¿Te encuentras mal, Rowena?

La muchacha se mordió el labio y negó con la cabeza, cubriéndose ante el guardia normando que permanecía junto a la puerta, observando cada movimiento.

—Entonces, ¿de qué se trata? ¿Qué te…?

—No es nada, mi señora. No voy a hablar de ello.

Aelia frunció el ceño y entonces notó el arañazo en su cuello. No, no era un arañazo… ¡Era la marca de un mordisco!

—Te han atacado… ¿Te ha violado uno de esos bastardos?

Rowena se puso a temblar y las lágrimas empezaron a resbalar por sus mejillas. Aelia intentó meterla en la habitación, pero el normando se interpuso.

—¡Apártate, maldito cerdo! Voy a hablar con ella. ¡En privado! —espetó Aelia. Se colocó entre Rowena y el guardia y metió a la chica en la habitación, cerrando la puerta tras ella—. Lo siento mucho, Rowena —le dijo, invadida por una furia salvaje. ¿Por qué no habría elegido el hombre a una doncella mayor, con más experiencia y más complaciente? A Nelda, por ejemplo, conocida por entregarse libremente—. ¿Hay algo que pueda hacer por ti?

Aelia recordó el día en que su padre llevó a Rowena a trabajar a la casa solariega. El padre de la chica se había ahogado y no le quedaba a nadie que cuidara de ella.

—Pu… puede que esté embarazada, mi señora —balbuceó Rowena.

—Haré que castiguen a ese canalla. ¿Quién ha sido?

Rowena volvió a negar con la cabeza y soltó un sollozo.

—¡No podéis hacer nada! Ya está hecho…

—Si estás embarazada, me aseguraré de que ese sinvergüenza se ocupe de ti y de tu hijo.

—¡No! ¡No quiero volver a verlo!

—Dime quién ha sido.

—¡Un normando! Vos lo conocéis… Es muy grande. Moreno —se llevó una mano a la mejilla—. Con una cicatriz en el rostro.

La furia de Aelia se hizo incontenible. Abrió la puerta y pasó como una exhalación junto al guardia, dejando a Rowena gimoteando tras ella. Subió a los aposentos de su padre e irrumpió en la cámara tras esquivar al guardia.

—¡Fitz Autier!

Él se estaba abrochando el cinturón sobre una túnica azul oscuro.

—¿Cómo te has atrevido? —espetó ella.

Él levantó la vista y la miró con el ceño fruncido. El guardia empezó a disculparse, pero Fitz Autier lo hizo callar con un gesto.

—¿Cómo me he atrevido a qué?

—Rowena es sólo una niña. ¡Apenas tiene trece años!

—¿Rowena? —preguntó él, frunciendo aún más el ceño.

—Sabes muy bien de lo que estoy hablando, señor —dijo ella.

El puñal de Fitz Autier estaba en el extremo de la cama, junto a los guanteletes. Aelia lo agarró rápidamente y lo sostuvo en alto de modo amenazador, esperando que él intentara arrebatárselo. Godwin le había enseñado cómo enfrentarse a un hombre del tamaño de Fitz Autier. En cuanto él se acercara, se echaría velozmente a un lado y le pondría la zancadilla.

Cuando cayera al suelo, ella se arrojaría encima de él y le infligiría el castigo merecido.

Pero el único movimiento que hizo Fitz Autier fue cruzarse de brazos.

—¿He de suponer que alguien llamada Rowena ha sufrido alguna especie de abuso? —preguntó.

La ira impedía respirar con normalidad a Aelia, que aferró con fuerza el puñal.

—Ni siquiera sabías su nombre, ¿verdad?

—¿Cómo iba a saberlo, *demoiselle*?

—Así es como un normando toma lo que quiere… sin respeto…

—¿Estamos hablando de una mujer?

—¡De una niña! ¡Una niña inocente! —exclamó ella, y se abalanzó hacia delante.

Fitz Autier se movió tan rápido que Aelia erró el golpe, y antes de que pudiera levantar otra vez el brazo, él la agarró por la muñeca, le hizo soltar el cuchillo y le levantó el brazo para empujarla hacia la cama. Aelia cayó de bruces sobre el colchón y él se tumbó a su lado para sujetarla.

—Explícame de qué va todo esto.

—¡Suéltame!

—¡Habla!

—¡Es inútil! Los normandos jamás admitiríais haber violado a una niña, a menos que fuera para brindar entre vosotros —intentó levantarse, pero no podía hacer nada en esa postura.

—¿Violado?

—Sí. Me has oído muy bien —espetó ella con sarcasmo—. Es lo que hace un hombre sin honor cuando toma a una mujer contra su voluntad, sujetándola a la fuerza y...

Él la soltó bruscamente y se incorporó. Aelia también se levantó, y habría ido hacia la puerta si él no se hubiera interpuesto en su camino.

—¿Ella me ha acusado a mí? ¿Esa Rowena?

—¿Quién más es alto, moreno... y con una cicatriz en la mejilla?

Fitz Autier apretó amenazadoramente la mandíbula.

—Muchos de nosotros, *demoiselle*. Hemos estado en muchas batallas. ¿Qué soldado no tiene una cicatriz?

—¿Entonces lo niegas? —le preguntó, pero ambos sabían que su tono amenazante era fingido. Él le clavó la fría mirada de sus penetrantes ojos azules, pero ella no sentía miedo. ¿Se habría confundido Rowena... o quizá ella se había precipitado en sus conclusiones?

—Sólo hay una mujer en Ingelwald que me inte-

110

rese —dijo Fitz Autier en voz baja y siniestra—. Y la única razón de que su virtud permanezca intacta es que no tengo el menor deseo de forzar a una mujer contra su voluntad.

Su significado estaba muy claro y Aelia se quedó sin palabras. Vio cómo sus ojos le recorrían el cuerpo, como si fuera un hambriento mirando un festín. Se le cerró la garganta y, tras permanecer inmóvil durante un momento que pareció interminable, salió de la habitación.

Se encerró en sus aposentos y se apoyó de espaldas contra la pesada puerta de madera, escuchando los acelerados latidos de su corazón. El único motivo de su inquietud era Rowena, y ahora que sabía que Fitz Autier no la había violado, no se detendría hasta descubrir al culpable y castigarlo como se merecía.

Le habían dejado agua fresca, junto a un peine y una cinta de cuero para atarse el pelo. Se lavó y peinó rápidamente, y se puso el vestido verde que Rowena le había llevado. La venda de lino que Fitz Autier le había puesto en el cuello le escocía, pero se la dejó puesta y salió de sus aposentos para buscar a la doncella.

Tenía que hacerle preguntas específicas sobre su agresor.

La sorprendió que el guardia de la puerta le permitiera bajar al gran salón, puesto que esperaba recibir resistencia. Sir Gilbert seguía atendiendo a los heridos, junto al caballero alto, rubio y tuerto, pero Aelia comprobó con alivio que Fitz Autier no estaba presente.

La casa solariega de Ingelwald tenía dos cocinas,

y Aelia esperaba encontrar a Rowena en una de ellas. La primera estaba vacía, así que se dirigió hacia el edificio separado donde se cocía al horno, especialmente en verano.

—Estoy buscando a Rowena.

—¿No está con vos, mi señora? —preguntó Elga—. La envié a vuestros aposentos con la ropa que me entregó el barón normando.

Aelia negó con la cabeza.

—No. La vi hace un rato, pero… —dejó la frase sin terminar. Había abandonado a Rowena para ir a acusar a Fitz Autier de algo que no había hecho.

Aun así, él era responsable de lo que hicieran sus hombres. Y si uno de ellos había violado a Rowena, su afrenta no podía quedar sin castigo.

—Esperaba que estuviese…

Un grito agudo lanzó a Aelia hacia la puerta de la panadería. No era el chillido de un niño jugando, sino el alarido de una mujer desesperada.

Hombres y mujeres salieron a las puertas de sus tiendas y casas.

Una anciana señalaba la cerería, y cuando se oyó otro grito Aelia corrió hacia la tienda sin pensar.

Mathieu miró por la ventana y vio a Aelia. Se estaba dirigiendo a sus súbditos, pero parecía un guerrero preparándose para la batalla. Llevaba ropa de mujer y el pelo le caía suavemente hasta las caderas, pero Mathieu sabía que su atuendo no podía paliar su temperamento.

La vio girarse bruscamente y echar a correr, y él no tuvo más remedio que hacer lo mismo.

Algo iba mal, y la señora de Ingelwald tenía intención de arreglarlo. Mathieu bajó corriendo las escaleras y atravesó el gran salón. Oyó que Auvrai gritaba tras él, pero no se detuvo en su carrera.

Cuando llegó al patio, él también lo oyó... Alaridos de terror mezclados con los gritos de una mujer furiosa. Un fuerte estrépito lo empujó hacia la cerería.

Estaba desierta y casi a oscuras, pero Mathieu pudo oler la cera y distinguir los estantes llenos de velas. Más allá de las mesas de trabajo, en el rincón más alejado, vio la figura enfundada de verde de Aelia.

Se acercó a ella y vio que esgrimía una recia vigueta de madera.

—¡Eres un demonio! —gritó, y descargó la vigueta contra un hombre que estaba en cuclillas en el rincón. Cuando el tipo cayó desplomado, una joven salió arrastrándose de debajo de su cuerpo, llorando y sin apenas poder respirar. Sin apartar los ojos de su presa, Aelia le gritó algo en inglés a la muchacha. Ésta se alejó a tropezones hacia la puerta y se detuvo en seco cuando vio a Mathieu. Era una doncella muy bonita, pero apenas había llegado a la adolescencia. El corte sangrante del labio y el terror en sus ojos le revolvieron el estómago a Mathieu, que recordó el aspecto de su propia madre después de las visitas de su «noble» padre.

—Muévete, normando, y esparciré tus sesos por el suelo —dijo Aelia. Mathieu desvió la atención hacia ella y la aterrorizada niña aprovechó para salir corriendo de la cerería.

—Te arrepentirás de esto, zorra sajona —la amenazó el hombre en voz baja y grave. Mathieu reconoció a Durand, el hombre que había golpeado a Aelia cuando se le había encomendado su vigilancia.

—Aelia… —la llamó, avanzando hacia ella.

—Este animal violó a Rowena —dijo ella. Tenía el rostro cubierto de lágrimas, pero no parecía ser consciente de que estaba llorando—. ¿Esto es lo que hacen los normandos?

Durand se puso en pie e intentó arrebatarle la vigueta. Aelia volvió a blandirla con fuerza, pero falló el golpe.

Mathieu se movió velozmente. Apartó a Aelia y, agarrando la túnica de Durand, descargó el puño contra su cara, arrojándolo al suelo.

—Vete a las puertas del castillo y ayuda a los carpinteros. Y prepárate para salir por la mañana. Vendrás a Londres conmigo.

El hombre volvió a levantarse y salió con dificultad de la cerería, mascullando en voz baja.

Mathieu se volvió hacia Aelia y vio que el color había abandonado su rostro, salvo el cardenal amoratado del pómulo. Y estaba temblando. Cuando sus piernas empezaron a ceder, él se aprestó a sujetarla.

—Respira hondo —le dijo.

La levantó en sus brazos y la estrechó cuidadamente contra su pecho, como si fuera a romperse. Aelia tenía el rostro empapado por las lágrimas y parecía tan ligera y frágil como una pluma.

Mathieu la llevó a los aposentos de la cerería, al fondo de la tienda. Se sentó en una silla de madera junto a la chimenea y esperó a que los temblores cesaran. Le acarició el pelo, le deslizó la mano sobre el hombro y el brazo... y se contuvo para no restañar sus lágrimas con besos.

Tragó saliva antes de hablar.

—La chica está a salvo. Me ocuparé de que Durand no vuelva a acercarse a ella.

Ella asintió, moviendo la cabeza contra su pecho.

—Te... te acusé sin pruebas.

—Sí —afirmó él. Le hizo colocar la cabeza bajo su barbilla y la abrazó hasta que el corazón recuperó su ritmo normal.

—Si vuelve a acercarse a Rowena, lo mataré —susurró ella.

—Eso no ocurrirá —le aseguró él. Al día siguiente se marcharía de Ingelwald, con Durand entre los hombres que lo acompañaran. Hasta entonces, el insolente caballero estaría trabajando o sometido a una estrecha vigilancia. No volvería a crear más problemas en Ingelwald.

Pero el viaje a Londres era otra cuestión. Mathieu ya había decidido quién lo acompañaría, y el número de soldados sería muy reducido. Aelia y Durand estaría muy cerca el uno del otro durante varios días. Tendría que mantenerlos separados como fuera.

Había pasado una noche muy difícil encargándose de los nuevos prisioneros sajones y confiriéndole a Auvrai la autoridad sobre Ingelwald. En su ausencia, sería él quien se encargara de supervisar las reparaciones de las murallas y las reformas en la casa solariega de Wallis. Cuando Mathieu se fue finalmente a la cama, tuvo problemas para conciliar el sueño mientras trataba de buscar la manera para no llevar a

Aelia ante el rey Guillermo. Pero Aelia no podía quedarse en Ingelwald de ningún modo. Sus súbditos la amaban, y jamás aceptarían el dominio normando mientras su señora sajona estuviera con ellos.

Pero la certeza de lo que Guillermo les haría a ella y a su hermano menor hacía que se le revolviera el estómago. El rey los haría desfilar ante los abucheos de una multitud enardecida, humillándolos ante el propio pueblo sajón, así como ante los conquistadores normandos.

No podía ni pensar en su ejecución. Un repentino dolor en la mandíbula le hizo darse cuenta de que estaba apretando los dientes. Su obligación era llevar a Aelia y a su hermano a Londres, pero estaba decidido a convencer al rey Guillermo de que les concediera clemencia. Mathieu podía influir en el rey. Guillermo le había demostrado una gran confianza al nombrarlo barón y enviarlo allí para relevar a Gui de Reviers, prometiéndole las tierras de Ingelwald cuando sofocara la resistencia de Wallis.

—Has sido muy… atento —comentó Aelia—. No pensé que te importara lo que le sucediera a una mujer sajona.

—No es más que una niña, Aelia —dijo con voz dura.

—¿Y por qué una niña sajona te preocupa?

Aquella pregunta era demasiado complicada. Nunca había hablado de lo que él mismo sentía por ser el resultado de una violación brutal, y no iba a hacerlo ahora.

—Todos los habitantes de Ingelwald están bajo mi autoridad. El caos y la anarquía no me sirven para ningún propósito.

—¿Qué clase de compensación le ofrecerás a Rowena por la pérdida de su virginidad? ¿Por el hijo que tal vez lleve dentro?

—Durand pagará lo que su familia exija.

—No tiene familia —dijo ella. Se apartó de él y se levantó. Aún no parecía haber recobrado las fuerzas, pero Mathieu consideró que lo mejor sería guardar las distancias entre ambos.

—Entonces pagará el *wergeld* de rigor.

—A través de mí —exigió Aelia. Su aspecto era regio y poderoso, aunque sólo llevaba una simple túnica y el pelo estaba parcialmente sujeto a la espalda. Su rostro había recuperado el color, cubriéndose sus mejillas de un ligero matiz rosado y sus labios de un intenso arrebol—. Y ese salvaje no volverá a hablarle a Rowena. Nunca más.

—De acuerdo —aceptó Mathieu. Se levantó y le dio la espalda. Debía poner toda la distancia posible entre ellos. Millas si fuera posible.

Diez

Aelia no pudo quedarse más sorprendida cuando sir Auvrai la llevó a ver a Osric aquella tarde. Su hermano estaba retenido en un gran edificio que servía de alojamiento a los sirvientes junto a varios miembros del ejército de su padre… hombres que se habían negado a jurar lealtad al conquistador normando.

—Tienes buen aspecto para ser una prisionera —le dijo el chico en tono burlón.

Aelia se echó hacia atrás como si hubiera recibido una bofetada.

—Osric… sé que ha sido muy difícil para ti.

—¿Qué piensa hacer ese normando con nosotros? ¿Va a colgarnos?

—No —respondió ella—. Saldremos para Londres muy pronto.

Osric se dio la vuelta y se cruzó de brazos. Su pelo rojizo estaba sucio y enmarañado con la mugre del incendio del granero y de las horas de confinamiento. A Aelia se le encogió del corazón al ver su aspecto tan miserable.

—¿Por qué? ¿Por qué nos lleva a Londres? —preguntó él.

Aelia lo rodeó para mirarlo de frente.

—No lo ha dicho.

—Entonces la cosa no tiene buena pinta para nosotros, ¿verdad?

Aelia temía que su hermano tuviera razón. Pero ¿qué podía hacer ella? ¿Huir? Aunque su hermano y ella consiguieran escapar de Ingelwald, Fitz Autier no tardaría en atraparlos.

—No sé lo que significa esto para nosotros —dijo—. Pero no tenemos elección. Fitz Autier lo ha ordenado y tenemos que irnos.

—Me niego.

—Te atará a un caballo y te llevará de todos modos.

—Estás deshonrando la memoria de nuestro padre, Aelia.

—Eres un niño, Osric. Algún día comprenderás nuestra situación. Pero por ahora deberías alegrarte de estar vivo y hacer lo necesario para seguir estándolo.

Se volvió hacia el resto de prisioneros, que escuchaban su conversación sentados en el suelo.

—Hemos sido derrotados. Fitz Autier ha dicho que será clemente con cualquier sajón que le jure lealtad. Wallis ha muerto. Los días de dominio sajón han terminado. Haced lo que debáis... pero pensad en vuestras familias... en vuestras mujeres e hijos, que no quieren perderos.

—Hablas como una cobarde —gritó Osric.

—Hablo como una persona que ha visto demasiada muerte.

No había resuelto nada. Se giró para marcharse y llamó a la puerta, pero antes de que Auvrai pudiera abrirla dos de los prisioneros la llamaron.

—Mi señora… le juraré lealtad a Fitz Autier —dijo uno.

—Tenéis razón —dijo el otro—. Es inútil seguir resistiéndose. Hemos sido derrotados.

—Tenemos esposas e hijos.

—Y cultivos que cosechar.

Otros se unieron a ellos, y pronto sólo quedaron en silencio Osric y cuatro o cinco más.

Aelia tenía las emociones a flor de piel cuando un grupo de caballeros los llevó a ella y a los sajones que habían claudicado al gran salón. Osric se quedó con los prisioneros que se habían negado a reconocer la autoridad de Fitz Autier.

Aelia se separó de los sajones y atravesó el patio hacia la muralla. Subió hasta las almenas y contempló cómo el sol se ocultaba por el lejano horizonte. Podía sentir el otoño en la fresca brisa del crepúsculo. A la mañana siguiente partirían hacia Londres, por lo que aquél era su último día en Ingelwald. Sabía muy bien que jamás volvería a su hogar.

Sólo había un guardia patrullando por la muralla, sin apenas prestarle atención a Aelia. Fitz Autier no debía de considerarla una amenaza si le había dado permiso para visitar a Osric y a los demás prisioneros. Y ahora podía caminar libremente por el castillo.

Tal vez Osric tuviera razón. Tal vez era una cobarde, que aceptaba ir dócilmente a Londres sin saber lo que sería de ella.

Se dio la vuelta y contempló la aldea y las tierras que se extendían más allá de las murallas. Los fértiles campos de su padre que Aelia estaba cediendo a su enemigo. Durante los últimos meses había luchado incansablemente contra los normandos, resistiendo un ataque tras otro. Pero cuando llegó Fitz Autier, todas sus defensas habían sido aniquiladas.

El dolor, la angustia y la rabia traspasaron su corazón. La muerte de su padre había sido repentina y violenta. Aelia jamás olvidaría el momento en que lo vio caer al recibir la estocada mortal de una espada normanda. Ninguna de las flechas que ella disparó consiguió atravesar la armadura del asesino, ni ningún otro soldado sajón pudo vengar la muerte de Wallis.

Aelia ni siquiera había podido llegar hasta su cuerpo hasta horas después… cuando el cadáver ya estaba frío como el hielo.

Ahora necesitaba a su padre más que nunca. Su mundo se caía a pedazos y nada era como debería ser. Su gente se había rendido y se afanaban en reconstruir todo lo que había sido destruido. Osric estaba intratable. Y ella… no entendía ni a su propio corazón.

Fitz Autier era el conquistador de Ingelwald. No tenía sentido que pensara en él como en el salvador de Rowena. Cualquier caballero cristiano habría hecho lo mismo por una doncella en apuros.

Pero su abrazo y sus caricias le habían provocado una sensación ardiente en el pecho muy similar a la que había sentido la noche que pasó en su tienda.

Y, pára su horror y consternación, había deseado recibir más.

Su padre se sentiría asqueado…

Bajó la mirada y vio a Rowena alejándose del pozo, llevando un cubo de agua a la casa. La vida de aquella chica había cambiado drásticamente, igual que la de todos los demás, pero Rowena siempre había sido una muchacha alegre y jovial, llena de vitalidad femenina. Aelia dudada que alguna vez volviera a mirar a un joven con la misma inocencia, sin miedo a ser agredida.

Un joven mozo normando interrumpió sus labores y se acercó a la doncella. Aelia estaba a demasiada distancia como para poder oír lo que le decía, pero no era probable que Rowena lo entendiera. Sin embargo, la chica sonrió y le tendió el cubo de agua, y camino a su lado mientras él lo llevaba hacia la casa.

Aelia dejó escapar un suspiro de dolor y melancolía. Parecía que la vida seguiría su curso en Ingelwald aunque ella no estuviera. Sajones y normandos conviviendo juntos en paz y armonía.

—Casi todo seguirá siendo igual, *demoiselle*.

Aelia se giró y se encontró con Fitz Autier, quien se había acercado tan silenciosamente que no lo había oído. O tal vez ella había estado tan inmersa en su angustia que no se había dado cuenta.

Fuera como fuera, las palabras del normando no la tranquilizaron.

—¿Por qué tengo que ir a Londres?

Fitz Autier no respondió enseguida. Se acercó al parapeto y bajó la mirada mientras apoyaba los brazos en el pretil. Parecía relajado, pero Aelia vio cómo tensaba la mandíbula y supo que su pregunta no tenía fácil respuesta.

—¿Por qué no ejecutarme aquí directamente?

Él se apartó del parapeto y la agarró por los brazos. Su repentino movimiento la sorprendió y casi le hizo perder el equilibrio, pero él la sujetó con fuerza.

—¡Por amor de Dios, mujer! ¿Para qué serviría tu muerte?

Ella levantó el mentón y lo miró directamente a los ojos.

—No sabía que la muerte de un sajón tuviera que servir para algo.

Él la hizo girarse para contemplar la aldea. La gente había encendido antorchas y trabajaba rápidamente para acabar sus tareas antes de retirarse para pasar la noche.

—Esto es lo que importa. Ingelwald.

—Contigo como amo. Un francés bastardo.

—Sí —murmuró él, soltándola.

Aelia sintió frío y se abrazó a sí misma, frotándose los brazos mientras Fitz Autier la observaba inexpresivo.

—Esa vieja que murió… Erlina… tenía una casita fuera de las murallas, a poca distancia de aquí. Osric y yo podríamos… podríamos quedarnos allí, y Guillermo nunca sabría que…

Él se volvió y echó a andar, pero Aelia lo siguió y lo rodeó para cortarle el paso.

—Por favor, señor. No permitas que tu rey nos convierta en esclavos. Te prometo que…

—Di mi palabra, *demoiselle*. Debo llevarte ante el rey Guillermo.

Aelia buscó un rastro de amabilidad en aquel hombre, algún indicio de la compasión que había mostrado antes. Pero no encontró nada. Era un guerrero curtido en la batalla, un hombre que seguiría sus órdenes al pie de la letra, costase lo que costase.

Mathieu se dirigió hacia las puertas del castillo, donde los hombres estaban recogiendo las herramientas. El trabajo sería acabado al día siguiente y la puerta volvería a quedar intacta, y él podría marcharse con la seguridad de dejar Ingelwald bien protegido.

—¿Dónde está Durand? —les preguntó a los hombres.

Casi todos ellos se encogieron de hombros o respondieron que no lo sabían. Pero uno de los caballeros no dijo nada ni hizo ningún gesto.

—Sir Hugh. ¿Dónde está tu compañero?

—No lo he visto últimamente, barón.

Mathieu no lo creyó. Desde su llegada a Ingelwald, se había fijado en que aquellos dos hombres siempre estaban juntos, y en que Durand usaba a Hugh Picot cada vez que necesitaba que un tonto lo encubriera. Mathieu no sabía por qué Hugh permitía que se aprovechara tanto de él, pero tampoco le importaba. Lo único que quería era encontrar a Durand.

—Le ordené que viniera a trabajar aquí. ¿Cuándo se ha marchado?

Incluso a la débil luz de la antorcha, Mathieu vio que Hugh desviaba la mirada. Le estaba ocultando algo.

—Quiero una respuesta, Hugh. Ahora.

El caballero se aclaró la garganta.

—Ha estado enfadado todo el día y hablaba de dejar Ingelwald, barón. No lo he visto marcharse.

Mathieu habría reunido a un contingente de hombres para salir en su busca, pero era tarde y había que hacer muchos preparativos para su partida.

—¿Cuál era su destino?

—No lo sé. Seguramente se marchó hacia el oeste, donde hay una posibilidad de que… eh…

—Las tierras del barón Richard Louvet están al oeste de Ingelwald —dijo Mathieu—. ¿Es allí adonde se dirige Durand?

Hugh asintió.

—Tal vez. Durand quiere tierras, barón. Después de que matara al señor de Ingelwald, pensó que Gui de Reviers lo recompensaría generosamente. Pero cuando vos llegasteis para reemplazar a lord Gui…

—¿Durand pensó que no recibiría ningún trato de favor de mí y decidió buscarlo en otra parte?

—Sí, barón. Especialmente después del incidente de hoy con la moza sajona —respondió Hugh.

Mathieu dejó de hablar con Hugh y fue a los aposentos de los caballeros, donde encontró a Auvrai y a los hombres que lo acompañarían a Londres.

Le contó a Auvrai la deserción de Durand.

—Hugh cree que ha ido al oeste, al castillo de Richard Louvet, pero es posible que se haya quedado acechando por los alrededores.

—Estaremos alerta —dijo Auvrai—. No conseguirá perturbar la paz de Ingelwald.

Pero a Mathieu no le gustaba la posibilidad de que Durand estuviera cerca, esperando a que él abandonara el castillo.

—No, no lo hará. Iré tras él en cuanto amanezca.

—¿Vais a cambiar vuestros planes por esto?

Mathieu asintió.

—Prefiero tratar yo mismo con ese canalla.

No se sentiría cómodo marchándose de Ingelwald si sospechaba que aquel caballero sin escrúpulos rondaba cerca. Auvrai podía hacerse cargo, pero Mathieu no dejaría sus dominios si había problemas.

Volvió a salir al patio y levantó la mirada hacia las almenas, donde había dejado a Aelia. Si aún estaba allí, no consiguió verla. Seguramente fuera mejor así. Sólo con verla se ponía nervioso. Había conseguido evitarla durante casi todo el día, y su encuentro en las almenas no había sido precisamente agradable.

Pero aquel encuentro no había cambiado. Aún la deseaba en su cama.

Se pasó los dedos por el pelo. No tenía más remedio que llevarla ante Guillermo. No podía mentirle al rey, y sus órdenes eran muy claras: tenía que llevar a Wallis y a su familia a Londres si alguno de ellos sobrevivía a la conquista de Ingelwald.

Si Wallis aún viviera, el rey Guillermo lo habría humillado en público junto a los otros prisioneros sajones, y luego los habría ejecutado a todos, a menos que necesitara a Wallis como rehén para sofocar una posible revuelta.

Mathieu no creía que Guillermo ejecutara a Aelia y a su hermano menor. No podía creerlo. No estaba dispuesto a llevar a Aelia a Londres para que la mataran. Los vasallos de Ingelwald parecían haberse resignado a la soberanía normanda, por lo que ella no sería necesaria como rehén. Lo más probable era que Guillermo la casara con algún soldado normando para recompensarlo por sus servicios.

Mathieu apretó la mandíbula. Tal vez la casa de la anciana que Aelia había mencionado fuera una alternativa. El rey Guillermo se había interesado ante todo por Wallis, pero el lord sajón había muerto. No tenía ningún sentido llevarse a Aelia y al chico a Londres, y su presencia sólo serviría para complicar el viaje. Con ellos no podrían viajar tan rápido como sería deseable. Y alguien tendría que estar vigilándolos permanentemente.

Sólo podría llevarse a ocho de sus caballeros, pues debía dejar suficientes soldados para proteger la plaza. Mathieu y su escolta tendrían que desplazarse con rapidez y sigilo, intentando no llamar la atención de los bandidos que plagaban la campiña inglesa... como los que los habían atacado el día anterior.

Salió del castillo y se adentró en la aldea. Pasó por delante de la iglesia y la posada, por la curtiduría y otras tiendas. Había muchas casas y chozas con huertos y jardines, y un molino en el extremo del pueblo, junto al río. A esa hora no se veía un alma. Los aldeanos estaban tras los muros de Ingelwald o cenando en sus casas.

Llegó al límite de la aldea y siguió por un estrecho sendero que discurría por un prado de hierba crecida. Finalmente llegó a una choza aislada. Debía de tratarse de la casa donde había vivido la vieja y donde Aelia había pedido quedarse.

La puerta estaba entreabierta y Mathieu entró. Con las últimas luces del crepúsculo encontró una vela y la encendió.

La casa parecía llevar varios días deshabitada, y Mathieu puso una mueca de desagrado al oler el hedor de leche agria y comida podrida. Todo estaba cubierto de polvo, y podía oírse a los roedores corretear por los rincones. En un extremo de la habitación había un sucio jergón de paja junto a la chimenea. El resto del mobiliario consistía en un taburete roto y una pequeña mesa con cortezas y desechos.

No era un hogar digno para nadie, y mucho menos para una dama sajona.

La frustración le carcomió las entrañas. Aelia no podía quedarse en Ingelwald. Él tenía una novia asignada, y quería iniciar su vida matrimonial sin distraerse pensando en Aelia viviendo en aquel tugurio miserable. Quería tenerla lo más lejos posible.

Aunque Clarise pudiera ser la esposa más deseable del reino, Mathieu no sabía cuánto tiempo podría resistir su atracción hacia Aelia. Era una reacción absurda. A diferencia de las damas de la corte, Aelia no se preocupaba en parecer presentable. No lucía vestidos elegantes ni un peinado elaborado. Decía lo que pensaba y no ocultaba su temperamento.

Pero, a pesar de todo, Mathieu apenas podía reprimir el impulso de abrazarla y fundir los labios con los suyos. Quería tocarla, saborearla, sentir su alma salvaje mientras la poseía. Todo el cuerpo le ardía por el intenso deseo de traspasar la barrera de su inocencia y reclamarla para él solo.

Con un soplo tembloroso apagó la vela. Estaba atrapado. Nunca había experimentado un deseo semejante por ninguna mujer, ni siquiera por Clarise. Si pudiera enviar a Auvrai a Londres con Aelia y con el chico… Pero estaba obligado a presentarse en persona para desposar a Clarise, y si dejaba a Aelia en Ingelwald, no estaba seguro de que su anhelo por poseerla se hubiera extinguido a su regreso.

Su única opción era llevarla a Londres y dejarla allí. Y durante el viaje haría todo lo posible por evitarla.

Una llovizna había empezado a caer cuando Mathieu salió de la choza para volver al castillo. La aldea estaba desierta, salvo por dos personas, dos mujeres, que caminaban juntas delante de él. Una de ellas era Aelia. Intrigado por saber lo que se proponía, Mathieu siguió a la pareja hasta uno de los talleres.

La tienda pertenecía al maestro carpintero. Aquel mismo día Mathieu había visitado a todos los artesanos y había hablado con ellos valiéndose de sir Gilbert como intérprete. Pero el carpintero se encontraba enfermo y no pudo hablar con él. Su mujer y sus hijas temían que no pasara de aquella noche.

Se preguntó qué iría a hacer Aelia allí y la siguió al interior.

El taller contenía toda clase de objetos tallados en madera… mesas, sillas, taburetes, armarios y también varios instrumentos musicales. Pero lo que más interesó a Mathieu fueron las piezas exhibidas en los estantes.

El carpintero era un experto tallista. Mathieu agarró un crucifijo muy elaborado y deslizó los dedos sobre la madera, apreciando los cortes que hacían de aquella pieza una obra de arte. La siguiente figura representaba a una niña. Estaba tallada de tal modo que parecía surgir de un tronco retorcido. Mathieu nunca había visto nada igual. Le hubiera gustado pasar más tiempo observando cada pieza, pero las voces que salían de los aposentos privados le llamaron la atención.

La luz de la chimenea proyectaba un trémulo resplandor en la habitación, pero Mathieu pudo ver que estaba cómodamente amueblada. El sacerdote estaba presente, de pie junto al lecho del carpintero, y recitaba oraciones en latín para el moribundo. Su esposa estaba arrodillada, rezando entre sollozos, y lo mismo hacían dos chicas adolescentes, supuestamente las hijas. Aelia estaba sentada en un taburete bajo, agarrando la mano del carpintero agonizante.

Cuando acabaron las oraciones, el carpintero le habló a Aelia. Le costaba hablar y respiraba con mucha dificultad, pero Aelia le escuchó pacientemente y luego se dirigió a él en voz baja. Mathieu no pudo entender las palabras, pero su tono era amable y suave, y en su rostro se adivinaba la expresión de angustia que tantas veces mostraba.

Cuando Aelia se levantó, le pidió a la mujer del carpintero que se sentara junto a su marido. Ella se arrodilló junto a las hijas y agachó la cabeza para rezar hasta que la habitación quedó en silencio. El carpintero había exhalado su último aliento.

El sacerdote alzó la mano para bendecir al fallecido. Las hijas se derrumbaron y Aelia rodeó a cada una con un brazo. Luego, se puso en pie y abrazó a la viuda, hasta que vio a Mathieu junto a la puerta.

Se apartó las lágrimas de la mejilla con el dorso de la mano.

—¿Has venido por tu impuesto feudal, normando?

—Siempre piensas lo peor de mí, *demoiselle*. Por favor, transmítele mis condolencias a la viuda y pregúntale al sacerdote si puede ofrecer una misa por el carpintero cada semana durante un año.

—Lo haré, señor —respondió el sacerdote, con un francés impecable que sorprendió a Mathieu.

—El padre Ambrosius fue mi maestro —explicó Aelia.

—Y Beorn el carpintero te dio tu música —dijo el sacerdote.

—Sí —susurró ella, y volvió junto a las mujeres desoladas. Mantuvo la vista fija en Mathieu mientras les hablaba. Luego, se puso el chal sobre los hombros y la cabeza y se dirigió hacia la puerta—. No necesito que nadie me lleve a mis aposentos —dijo al pasar junto a Mathieu, y salió rápidamente del taller.

Él debería dejarla marchar. Acababa de decidir que lo mejor era mantener la distancia entre ellos, pero no pudo evitar seguirla bajo la lluvia. No tardó en alcanzarla.

—Te he dicho que estoy bien sola —insistió ella.

Nada más decirlo tropezó, y habría caído al suelo embarrado si Mathieu no la hubiese agarrado del brazo. La lluvia empapaba el chal que le cubría la cabeza y se mezclaba con las lágrimas que resbalaban por su rostro.

—Permíteme que te acompañe, milady.

—¿Tienes miedo de que huya durante la noche, Fitz Autier? ¿Temes que de alguna manera consiga escapar de tu yugo normando?

Lo más prudente sería dejarla marchar. En una noche como aquélla, sólo un tonto intentaría abandonar un refugio cálido y seguro, y Aelia no era ninguna tonta.

—¿Qué le has dicho a la familia del carpintero? —le preguntó él. Sospechaba que Aelia pudiera fomentar el recelo y la desconfianza entre los sajones y él—. ¿Les has dicho que exigí el pago del impuesto feudal antes de que el cadáver se enfriara?

—No —susurró ella.

—¿Qué les has dicho, entonces? ¿Que tendrían que abandonar la carpintería inmediatamente?

Ella negó con la cabeza.

—Solamente les he ofrecido palabras de consuelo y les he dicho que me iría de Ingelwald por la mañana.

—¿Eso fue todo?

A Aelia le tembló la barbilla.

—Les he dicho que no es probable que regrese... pero que pueden confiar en ti. Les he dicho que eres un hombre de honor.

Once

Con las primeras luces del alba, Mathieu estaba ensillando a su caballo cuando los guardias le llevaron al hermano de Aelia.

—Ah... Osric el Terrible —dijo él. El muchacho llevaba las muñecas atadas a la cintura, pero no paraba de retorcerse contra los guardias que lo habían sacado del establo.

—¡Prefiero mi celda, normando! —gritó.

Mathieu ató firmemente sus alforjas a la silla.

—Vas a acompañarme a buscar a un desertor.

Osric escupió en el suelo.

—¡Deja que todos deserten!

—Supongo que conocerás bien las tierras de tu padre —dijo Mathieu. Aelia las conocía, pero quería alejarse de ella lo más posible.

—¿Y a ti qué te importa?

Mathieu montó en su caballo. Uno de los guardias levantó a Osric y se lo tendió, pero el chico empezó a gritar como si lo estuvieran torturando. Mathieu lo sentó delante de él y le ató las manos a la perilla.

—Que no se te ocurra saltar. Sólo conseguirías matarte.

No era muy difícil dominar al chico, pero sus gritos llamaron la atención de la persona que Mathieu menos deseaba ver.

—¿Qué le estás haciendo a Osric? —gritó Aelia, corriendo hacia él—. ¿Adónde te lo llevas?

El niño llamó gritando a su hermana, pero Mathieu lo sujetó fuertemente.

—Quieto o lo lamentarás.

Aelia se acercó y puso una mano sobre la pierna de Osric. Mathieu desvió la mirada hacia la puerta del castillo. No quería ver cómo consolaba al pequeño demonio. Preferiría sentir esa mano sobre su propia piel acalorada.

—¿Adónde, señor?

—A una búsqueda exhaustiva, *demoiselle* —respondió él—. El chico no sufrirá ningún daño… al menos no de nosotros. Lo que él se haga a sí mismo es otra cuestión.

—Por favor, barón, deja que se quede aquí conmigo. Me aseguraré de que…

—Se viene con nosotros. Aparta, *demoiselle* —dijo con dureza, y espoleó a su caballo hacia la puerta sin dedicarle una sola mirada, seguido por siete de sus hombres.

Lo que ella pensara de él no tenía importancia. Había decidido buscar a Durand antes de abandonar Ingelwald, y si para ello debía usar a su hermano, lo haría sin contemplaciones. Aelia podría haberlo ayudado gracias a su conocimiento del terreno, pero Mathieu no tenía intención de pasar el día cerca de ella. Además, era necesario pasar tiempo con el chico, para comprobar hasta qué punto podría ser problemático durante el viaje a Londres.

Osric dejó finalmente de luchar y se limitó a hacer comentarios despectivos sobre los normandos y el rey Guillermo. Después guardó silencio durante un rato, negándose a responder a las preguntas que Mathieu le hacía sobre el terreno o las bifurcaciones del camino. Mathieu apenas tenía experiencia con niños, pero recordaba vagamente lo orgulloso que él mismo había sido de joven.

—Es una lástima que tu padre no te permitiera explorar sus dominios —dijo, tanto para distraerse a sí mismo como para provocar a Osric—. Debería haber traído a tu hermana.

—¡Yo conozco estas tierras tanto como Aelia! —protestó Osric de inmediato—. ¡Mejor que ella!

—No me lo creo. Si eso fuera cierto, sabrías mucho sobre estos caminos y senderos.

—Ese camino rodea un barranco —dijo Osric, señalando hacia la derecha—. Nadie sube allí, a menos que estén conduciendo al rebaño.

—¿Y ése de ahí? Seguro que nunca has visto adónde conduce.

—¡Claro que sí! Si sigues ese camino, pronto llegarás a un bosque.

A Mathieu le era familiar el terreno donde su ejército había acampado antes de atacar Ingelwald, y también conocía el camino norte, ya que lo había recorrido con Aelia. Pero con Osric descubrió el territorio del oeste y el sendero que Durand debía de haber seguido. Dividió a sus hombres en tres grupos, cada uno en una dirección, y les advirtió que avanzaran en silencio y que estuvieran alerta a las emboscadas. Él tomó la ruta oeste y cabalgó velozmente, con la intención de atrapar a Durand.

Por desgracia, la lluvia caída durante la noche había borrado las huellas y no era fácil seguir la pista. A mediodía seguía sin haber ni rastro de él. El pequeño grupo de Mathieu se detuvo en un bosquecillo y desmontó.

—¿Tienes hambre? —le preguntó Mathieu a Osric.

El chico se encogió de hombros.

—Un poco.

Los hombres sacaron las provisiones de sus alforjas y las compartieron con Osric. El chico comió en silencio y su actitud pareció mejorar, pero Mathieu se fijó en que poco a poco se inclinaba hacia un cuchillo que había sido dejado por descuido sobre un tocón. Le permitió agarrarlo y esconderlo bajo su ropa, y decidió esperar a que intentara usarla.

El momento llegó cuando Mathieu se dispuso a levantar a Osric para subirlo al caballo.

De un rápido movimiento, el chico sacó el cuchillo y atacó a Mathieu, quien no tuvo la menor dificultad en esquivar el golpe y desarmarlo.

—Has sido muy listo al apoderarte de un arma apta para tu tamaño —le dijo—. Pero tienes que aprender a usarla mejor. Raoul, dame tu daga.

Era un arma más corta que una espada, pero mayor que un cuchillo. Su tamaño la hacía más manejable para el chico, y Mathieu se la tendió y le mostró cómo agarrarla.

—¡Puedo empuñar una espada, normando!

—Ya lo veo, pequeño sajón —dijo Mathieu, reprimiendo una sonrisa. El temperamento del chico era tan fogoso y ardiente como su pelo rojo. Lo único que necesitaba para llegar a ser caballero era entrenamiento y disciplina—. Y ahora blándela como si quisieras atacarme.

—¡Claro que quiero atacarte! —gritó Osric, y arremetió una y otra vez contra él. Pero Mathieu esquivó fácilmente cada acometida.

—Espera… te enseñaré cómo hacerlo —le dijo.

Su única intención era demostrarle quién estaba al mando, pero la lección de autoridad se convirtió en una clase de esgrima y defensa, mientras Raoul y Guilliaume los animaban y ofrecían consejos a una distancia segura. El chico se esforzaba al máximo por herir a Mathieu, quien le daba las instrucciones precisas para conseguirlo.

Era algo absurdo.

Pero, de alguna manera, Osric se mostró más abierto desde ese momento.

—¿Has estado alguna vez en Grantham? —le preguntó Mathieu.

—Una vez —respondió el chico de mala gana—, cuando Fugol el Calvo era el amo. Pero no me acuerdo muy bien. Era demasiado pequeño.

—Entonces no sabrás a qué distancia está.

—Claro que lo sé. Está a más de dos días a caballo.

En el camino se apreciaban huellas recientes en dirección a Grantham, pero Mathieu no podía estar seguro de que pertenecieran a Durand.

—¿Qué opinas? —le preguntó a Raoul—. ¿Crees que Durand tiene intención de ir hasta Grantham?

—Eso parece, barón —respondió Raoul, pero parecía tan inseguro como Mathieu.

Entre su inminente viaje a Londres y la tarea de asegurar Ingelwald, Mathieu no podía emplear tiempo ni hombres en ir hasta Grantham. Tendría que confiar en aquellas huellas, que parecían indicar que Durand se había alejado. Ahora que la puerta del castillo estaba reparada y las murallas habían sido reforzadas, Ingelwald estaba a salvo.

Se llevó el cuerno a los labios y sopló, esperando reunir a los caballeros que se habían dispersado para encontrar a Durand. Con suerte, casi todos ellos podrían oír su llamada y no perderían más tiempo en una búsqueda inútil.

Dio media vuelta para regresar a Ingelwald, y pronto tuvo a Osric durmiendo contra su pecho. Mientras lo sujetaba para que no se cayera del caballo, tuvo que admitir que sentía admiración por aquel chico. Osric nunca había renunciado a luchar por la tierra de su padre. Y en su ingenuidad infantil, aún creía que tenía una posibilidad de liberar Ingelwald de los normandos.

El pequeño cuerpo de Osric se balanceaba sobre la silla, y Mathieu lo rodeó con el brazo. El niño se aferraba en sueños a sus guanteletes, como si presintiera que Mathieu podía protegerlo de la crueldad del mundo. Era difícil creer que aquel chico tan frágil fuera el mismo que se había deslizado furtivamente en el campamento normando para asesinarlo, el mismo que había prendido fuego al almacén para liberar a los prisioneros, el mismo que había luchado tan denodadamente por las tierras de su padre…

Sujetó con más fuerza al muchacho y siguió cabalgando hacia Ingelwald.

Aelia se levantó de la silla y volvió a cruzar el gran salón en dirección a la puerta. Fitz Autier aún no había regresado con Osric, y ya estaba anocheciendo. ¿Por qué estaba durando tanto su búsqueda?

¿Y si habían sufrido otro ataque como al norte de la cascada? ¿Conseguirían vencer a los agresores esta vez?

—Creo que deberíamos salir a buscarlos —le dijo a sir Gilbert.

El heraldo respondió a su sugerencia con un bufido y siguió vendando la cabeza de un normando.

Frustrada, Aelia salió de la casa y fue en busca de sir Auvrai. Tal vez pudiera convencerlo para que enviara una partida de hombres a buscar a su hermano y a Fitz Autier. Si algo le había pasado a Osric, no sabía cómo podría superarlo. Ya había perdido demasiado en los últimos meses.

Sofocó su angustia por el momento y se dirigió hacia los establos, donde Auvrai y otros normandos estaban reparando los daños causados por el fuego. No parecía que nadie más estuviese preocupado por Fitz Autier. Al contrario, reinaba un ambiente de buen humor mientras los normandos y sajones preparaban juntos un banquete.

Uno de los cerdos de la aldea se había ahogado en el río, y Auvrai había dado permiso para que lo asaran. Era un desperdicio. Habría sido mejor despedazar al cerdo y almacenar la carne, pero los normandos se habían apresurado a aprovechar aquel golpe de suerte.

Aquello no debería preocuparle a Aelia. Su destino era abandonar Ingelwald, y esos normandos acabarían muriéndose de hambre.

—¡Aelia!

—Hola, Freya —saludó a la hija de Beorn. Sus ojos enrojecidos no podían ocultar la pena por la muerte de su padre—. ¿Estáis todas bien en casa?

—Sí. Tan bien como podemos estar. Gracias por haber venido al entierro de mi padre. Y en cuanto a lo de anoche… Sé que aliviasteis sus últimos momentos.

—No tienes nada que agradecerme, Freya.

—Claro que sí, mi señora. Sabemos lo terribles que han sido las últimas semanas para vos. La muerte de vuestro padre, la pérdida de Ingelwald… —empezó a llorar y Aelia la abrazó—. Estáis en nuestras oraciones.

Aelia llevó a Freya a casa. Entró en el taller y se quedó un rato con la viuda y las hijas del carpintero. Juntas recordaron al buen hombre que había sido, y lo mucho que disfrutaba con la música que salía de sus instrumentos. Pero los dulces recuerdos estuvieron impregnados de pena y congoja. Cuando Aelia salió de la carpintería, ya había oscurecido por completo y una profunda sensación de pesar la embargaba, pero ya no le quedaban más lágrimas por derramar.

Mientras volvía hacia la casa, vio a Fitz Autier saliendo del establo, llevando un cuerpo pequeño e inerte en los brazos. Entonces distinguió el brillante pelo rojo y se llevó la mano a la boca, ahogando un grito de horror.

Lo peor había ocurrido… ¡Osric había muerto!

Sintió cómo volvía traspasarla el dolor, más agudo y desgarrador que nunca, cómo las piernas le flaqueaban y cómo se le formaba un nudo en la garganta que le impedía hablar.

—Se ha quedado dormido en el camino de vuelta.

Aelia parpadeó un par de veces y vio acercarse a Fitz Autier.

—¿Do... dormido?

—Sí, *demoiselle*. ¿Qué ocurre? ¿Ha sucedido algo?

—No. Pero habéis tardado mucho.

Fitz Autier siguió caminando y ella tuvo que correr para alcanzarlo. Un inmenso alivio la recorrió por dentro, pero fue rápidamente desplazado por la ira. ¿Cómo se atrevía Fitz Autier a llevarse a Osric y dejarla a ella muerta de miedo?

—Señor, no tenías derecho a...

—¿Es cerdo asado lo que huelo?

—¿Adónde te has llevado a Osric?

—Soy yo quien hace las preguntas aquí, *demoiselle*.

—Tendrás suerte de recibir alguna respuesta. ¡Lo has agotado!

—Es un chico fuerte y saludable —respondió él, y se distrajo al ver a sajones y normandos juntos en el patio—. ¿Qué están haciendo?

—Uno de los cerdos se ahogó —dijo ella, cada vez más furiosa—. Les diste permiso para que malgastaran la carne en un banquete.

Él no dijo nada y siguió caminando hacia los aposentos de los sirvientes, donde estaban encerrados los prisioneros.

—Deja que se quede en casa a pasar la noche —le pidió ella—. No se separará de mi lado.

—No.

—Pero, señor...

141

El guardia le abrió la puerta y Fitz Autier entró. Aelia había sabido que no permitiría que Osric pasara la noche con ella, pero aquella certeza no aliviaba la frustración. ¿Qué daño podía haber en que su hermano se quedara con ella? Sobre todo después del día tan largo que había pasado preocupándose por él.

Furiosa, tuvo que ver cómo Fitz Autier acostaba a Osric en su jergón. Se sorprendió cuando lo cubrió con una manta, pero aquel gesto no consiguió aplacar su ira. ¿Por qué tenía que ser tan obstinado?

Salió de la celda y se dirigió hacia la casa, ignorando la actividad que se desarrollaba en el patio. Aun así, no pudo evitar fijarse en las antorchas que habían sido encendidas en el perímetro del patio y en las mesas que habían sido dispuestas. Hombres y mujeres llevaban platos y bandejas de comida al centro, donde Modig el carnicero trinchaba la carne.

Y Aelia no pudo negar que no sólo se sentía aliviada por el regreso de Osric, sino también por Fitz Autier.

Siguió caminando hasta que llegó a la casa y subió las escaleras para encerrarse en sus aposentos. Era escalofriante que se preocupara por Fitz Autier. Aquel hombre era un invasor. Un enemigo normando y nada más.

Sin embargo, no podía olvidar cómo la había ayudado con Durand. O el hecho de que no hubiera ejecutado a los sajones que no le habían jurado lealtad. No parecía dispuesto a causar más daño innecesario.

Se acostó en el lecho de paja y cerró los ojos,

pero la música del patio le impedía dormir. Al poco rato oyó unos golpes en la puerta y se puso en pie.

Era Rowena, que portaba una bandeja de comida.

—Pensé que tendríais hambre, mi señora.

A Aelia la conmovió el gesto de la chica, y la verdad era que tenía hambre. Había estado tan preocupada por Osric durante todo el día que se había olvidado de comer.

—Entra y siéntate conmigo.

—No… no quería quedarme ahí fuera. Todos esos normandos…

Aelia asintió y las dos se sentaron para compartir la comida. Aunque el agresor de Rowena se había marchado, podía entender los temores de la chica.

—Están bailando —dijo Rowena—. Nuestras mujeres bailan con los normandos.

—Y también están vaciando los barriles de cerveza, supongo —murmuró Aelia.

Fue hacia la ventana y contempló el patio. Se presionó una mano contra el pecho, como si pudiera reprimir el dolor de ver a sus súbditos festejar la paz con sus enemigos. Debería haber sido su padre quien estuviera allí abajo, celebrando la victoria sobre los normandos, con ella y Osric a su lado.

Las lágrimas resbalaron por sus mejillas mientras escuchaba la música y veía cómo comenzaba el baile. Las mujeres y los hombres habían formado dos filas y avanzaban y retrocedían al ritmo de la música. Luego, unieron las manos y se movieron en círculo, riendo y cantando juntos como si no acabaran de salir de una guerra. Aelia sabía que aquello era lo mejor, pero eso no lo hacía menos doloroso.

Cuando no pudo seguir mirando se dispuso a darse la vuelta, pero entonces vio a Fitz Autier en el borde del círculo. Tenía una jarra de cerveza en la mano, y con el otro brazo rodeaba los hombros de Nelda.

—Así que ese bastardo quiere celebrarlo… —masculló.

—¿Qué decís, mi señora?

Aelia agarró el plato vacío y se dirigió hacia la puerta.

—Tengo más hambre de lo que creía. Voy abajo a por más.

Doce

Si Aelia no bajaba pronto, Mathieu se iría a la cama a descansar para el día siguiente. Le esperaba un largo y duro viaje por la mañana, y necesitaría todas sus facultades, no sólo para vigilar a Aelia y a Osric, sino también para protegerlos.

No quería sufrir otra emboscada como la que casi los había sorprendido al norte de Ingelwald.

—Lo siento, pero no estoy interesado, *demoiselle* —le dijo a la joven doncella mientras le retiraba el brazo de los hombros. Sabía que la muchacha no entendía sus palabras, pero seguro que podía comprender sus gestos.

Por desgracia, no parecía entender ni una cosa ni otra. Era una joven muy guapa llamada Nelda, con unos ojos azules y radiantes y una brillante melena negra. Su ropa era tan sencilla como la de Aelia, pero Nelda llevaba el corpiño más bajo y apretado. Y aunque la imagen de aquella voluptuosidad femenina debería haberlo tentado, no fue así.

Mathieu empezó a alejarse, pero Nelda lo siguió, le agarró el brazo y se lo puso alrededor de la cintura. Parecía tener tentáculos en vez de extremidades.

Se apretó contra él y le deslizó una mano por el cuello al tiempo que presionaba los pechos contra su torso.

—Esta noche no —dijo él, intentando apartarla con delicadeza.

Entonces levantó la mirada y vio a Aelia acercándose por el patio. Al verlo, le lanzó una mirada furiosa y se alejó en otra dirección.

Mathieu volvió a apartar a Nelda con un poco más de brusquedad y siguió a Aelia. Pero ella se unió al grupo de músicos y tomó una lira. Rodeada por los otros, parecía absorta en la música, por lo que Mathieu no podía aproximarse a ella. Aunque tampoco deseaba hacerlo.

No le debía ninguna explicación, y si él elegía intimar con una de las doncellas, era asunto suyo y de nadie más. Aunque Nelda no lo atraía, podría encontrar fácilmente a otra mujer sajona que saciara su deseo.

Miró a las bailarinas, la mayor parte de las cuales eran jóvenes y hermosas.

Ninguna lo tentaba.

Se sirvió otra jarra de cerveza y rodeó el círculo de baile para disfrutar de una mejor vista de Aelia.

Ella empezó a cantar una canción incomprensible para sus oídos normandos. Alcanzó a distinguir los nombres de Aethelstan y Edmund, pero del resto no entendió nada.

Los sajones dejaron de bailar y se congregaron en torno a Aelia, como si se hubieran quedado embelesados por su voz. Una voz pura y sentida, aunque Mathieu apenas la oía. Observaba su elegante cuello, los suaves movimientos de su boca, el

lento pestañeo de sus expresivos ojos. Su pelo rojizo le caía ondulante sobre los hombros, y cuando
sus hábiles dedos se deslizaron sobre las cuerdas de
la lira, Mathieu no pudo evitar imaginarse qué otros
talentos tendrían sus manos.

Aelia continuó cantando, pero cambió de idioma
y empezó a cantar sobre guerreros escandinavos y
sus heroicas gestas. Era una canción muy popular,
cantada a menudo en Normandía, y Mathieu se
obligó a apartar la mirada de su bella figura. Miró
alrededor en busca de Nelda, la doncella más apro-
piada para satisfacer sus necesidades. Pero Nelda se
había buscado a un soldado normando y los dos se
alejaban sigilosamente de la multitud.

Aelia acabó la canción y el baile se reanudó. El
ambiente era alegre y sociable, con normandos y
sajones comiendo y bebiendo juntos.

La decisión de sir Auvrai de asar el cerdo había
sido muy acertada. Podrían haber usado la fuerza
bruta para dominar a la gente de Ingelwald, pero
aquel banquete había reunido a sajones y normandos
en la misma mesa y en paz. Muy pronto empezaría
la cosecha. Los artesanos dejarán las armas y volve-
rían a sus tiendas, y la vida seguiría igual que antes.

Para todos, salvo para Aelia y su hermano.

Mathieu la recorrió con la mirada, más allá de
los bailarines. Su cuerpo pareció ponerse rígido de
repente, y se giró ligeramente para mirar hacia él.

Una ola de calor lo invadió cuando sus ojos se
encontraron, haciéndole dar un paso atrás. Era una
sensación similar a la que había sentido cuando la
vio por primera vez en las almenas, justo antes de
que su flecha le rozara el rostro.

Pero la sensación era mucho más intensa ahora. Le traspasó el pecho y la ingle, haciéndole perder el equilibrio. Al mismo tiempo, la lira se deslizó de las manos de Aelia, pero ella consiguió sujetarla antes de que cayera al suelo. En su rostro se adivinaba una expresión de confusión y, por un momento, permaneció de pie, vacilante, antes de dejar el instrumento y alejarse del grupo de músicos.

Mathieu se lanzó en su persecución.

Aelia se sentía mareada. Se escabulló de la fiesta y se dirigió hacia la puerta trasera de la casa solariega, junto a la panadería. Una vez que se alejara lo suficiente de Fitz Autier, su corazón se calmaría y se le despejaría la cabeza.

Empujó la puerta que daba acceso a la cocina, pero antes de que pudiera entrar, la puerta se cerró ante ella. No tuvo necesidad de girarse para saber de quién era la mano que la había cerrado. Sentía su brazo sobre el hombro, pero no quería darse la vuelta para mirarlo.

Contuvo la respiración mientras él deslizaba el brazo alrededor de la cintura y la apretaba contra su cuerpo. No llevaba cota de malla, pero su tacto seguía siendo duro y le provocaba un torrente de sensaciones que le hervían la sangre. No dijo nada. Aelia sintió su aliento en el cuello y las piernas le flaquearon, al tiempo que el corazón le latía desbocado.

Se puso rígida y cerró los ojos. Nada había cambiado. Él seguía siendo su enemigo e iba a sacarla de Ingelwald. No podía sucumbir a la seducción de su tacto, al calor de sus labios en la nuca o a las caricias de sus dedos en la cintura. Tenía que apartarse de él, detenerlo, impedir que la hiciera olvidarse de sus despreciables propósitos.

Pero él la hizo girarse lentamente y su determinación se hizo añicos. Se movió hacia ella y Aelia fue vagamente consciente de la puerta en su espalda y de la brisa nocturna que le acariciaba los cabellos.

Sintió el calor de la boca de Fitz Autier cuando descendió hacia ella. Su flujo sanguíneo se concentró en las regiones inferiores de su cuerpo cuando sus labios entraron en contacto y él deslizó la lengua en el interior de su boca. Fitz Autier emitió un débil sonido que avivó las llamas internas de Aelia, y ella le devolvió el beso con pasión desatada.

Él le tocó con los pulgares la parte inferior de los pechos, provocando que sus pezones se endurecieran. Tal vez era aquello lo que su madre había predicho... No se podía malinterpretar la intensa atracción que palpitaba entre ellos. ¿Sería posible que aquel normando fuera su alma gemela?

No.

Se apartó tan bruscamente que se golpeó la cabeza contra la puerta. Fitz Autier se tambaleó y la miró echando fuego por los ojos. Aelia se estremeció, sacudida por una emoción que no supo definir.

Incapaz de articular palabra, echó a correr.

Mathieu necesitó un momento para recuperar la compostura. No podía recordar la última vez que había estado tan aturdido por una mujer. Ni tan excitado.

Tal vez fuera la luna llena lo que le afectaba el cerebro.

Se alejó de la casa y del patio y de cualquier otro lugar donde pudiera toparse con Aelia. Pronto se encontró frente a la carpintería. La luz de las velas salía por la ventana, indicando que había gente en el interior. Mathieu llamó a la puerta.

Fue el padre Ambrosius quien abrió.

—¿Barón? —dijo, sorprendido—. Qué honor tan inesperado…

Inesperado y mal recibido, pensó Mathieu. Entró sin esperar invitación y saludó con una inclinación de cabeza a la viuda y las hijas del carpintero, que estaban de rodillas rezando. Se levantaron rápidamente al ser interrumpidas, pero no se acercaron a él.

—Diles que no se preocupen, padre —dijo Mathieu—. No he venido con malas intenciones.

El sacerdote se volvió hacia las mujeres y les habló, mientras Mathieu pasaba la mirada por la tienda. Lo que quería, lo que necesitaba, estaba allí, en una mesa de trabajo en algún armario.

—Mi señor, ¿habéis venido… para el impuesto feudal?

—¿El *heriot*? No. Bueno, sí —respondió él. El suelo estaba limpio de virutas y serrín y todo estaba muy ordenado. Las herramientas del carpintero colgaban de los ganchos que había sobre la mesa de trabajo. Mathieu vio varios montones de madera y tablas. Estaba seguro de que debía de haber un trozo adecuado para tallar.

—Pregúntale a la viuda si hay algún bloque de madera de manzano o de cerezo —le pidió al sacerdote.

El padre Ambrosius transmitió la pregunta y la mujer asintió y los hizo seguirla al exterior. Rodeó la parte trasera de la carpintería y abrió la puerta de un cobertizo de madera. Mathieu tomó el farol que la mujer le tendía y entró en el interior.

El carpintero había almacenado allí las piezas acabadas y la materia prima. Mathieu encontró varios trozos de madera. Eligió los trozos que quería y se volvió hacia la viuda.

—Esto es por el *heriot* —le dijo.

La mujer frunció el ceño y miró desconcertada al sacerdote. Los dos intercambiaron unas palabras y finalmente el padre Ambrosius se volvió hacia Mathieu.

—Mi señor… ¿estáis diciendo que estos pedazos de madera… son el pago de la viuda para el *heriot*?

Mathieu asintió.

—Así es. Junto con un cuchillo para tallar y un par de gubias.

El sacerdote y la viuda de quedaron absolutamente perplejos, y con razón. Pero aquello era lo que más necesitaba Mathieu, y le resultaría más valioso que cualquier otro pago que pudiera hacerle la viuda.

El tallado de la madera lo distraería de esos pensamientos sobre Aelia que no debería tener, y mantendría su mente y sus manos ocupadas durante el largo viaje al sur. Era un pasatiempo que había practicado con asiduidad en las horas previas a la batalla o en la corte. Había desarrollado la habilidad y tenía intención de tallar un regalo de compromiso a lady Clarise.

Le serviría para mantener la atención en la mujer que iba a convertirse en su esposa.

La viuda agarró un trapo en el que estaban envueltas las herramientas de su marido y se lo presionó contra el pecho. Reprimiendo las lágrimas, se lo tendió a Mathieu.

—Transmítele mis condolencias —le dijo él al sacerdote—. Beorn era un hombre con mucho talento, e Ingelwald ha sufrido una dolorosa pérdida.

Salió de la carpintería y pensó en la figura que tallaría para lady Clarise. Inmediatamente se sintió más tranquilo y relajado. Pronto se casaría con la hermosa normanda y nunca volvería a pensar en Aelia ni volvería a perder el control con una mujer.

Se detuvo en el establo, donde los fardos y las alforjas estaban listos para el viaje, y dejó allí la madera y las herramientas. Luego, se dirigió hacia los aposentos de los sirvientes, donde estaban los prisioneros.

—Robert, busca a un chico llamado Halig —le ordenó a uno de los guardias—. Quiero hablar con él.

Un momento después, el chico que lo había atacado en las escaleras era sacado de su pequeña celda. Estaba sucio y taciturno, y obviamente no quería hablar con Mathieu.

—Tu señora emprenderá mañana el viaje para Londres —le dijo Mathieu—. Necesitaré a alguien que la proteja en el camino.

—¿Qué pasa con los normandos? —espetó el chico—. ¿Es que no pueden protegerla ellos?

—Sí, pero tú has demostrado tu inquebrantable lealtad hacia ella. Quiero que seas tú quien la proteja.

Halig tragó saliva con dificultad. Era una tarea imposible la que Mathieu le estaba pidiendo…

Asegurar que lady Aelia llegase sana y salva a su destino. Mathieu tenía intención de ocuparse personalmente de su seguridad, pero una espada extra le resultaría muy útil. Y como sólo podía llevarse a ocho caballeros para el viaje, había decidido comprobar si Halig sería un guardián apto para la dama.

El chico asintió bruscamente.

—Aceptaré tu juramento de lealtad —afirmó Mathieu.

—No.

—Ésas son mis condiciones, chico. Si no puedes darme tu palabra de honor y acatar mis órdenes, permanecerás aquí encerrado hasta que decida qué hacer contigo. ¿Entiendes?

Un torrente de emociones enfrentadas se reflejó en el rostro del muchacho, pero Mathieu estaba convencido de que acabaría arrodillándose ante él. Su lealtad a Aelia era demasiado profunda como para eludir aquella responsabilidad.

Aelia se despertó mucho antes de que amaneciera. Se sentó en el suelo de la cámara, apoyada contra la pared, contemplando el sueño de Rowena. La chica no se sentía segura en ninguna otra parte, ni siquiera después de que su agresor se hubiera marchado, de modo que Aelia le había ofrecido su cama. A ella poco le servía, ya que no podía dormir. Aquel día abandonaría Ingelwald.

Un nudo en la garganta le impedía tragar para contener las lágrimas. Dejó que le resbalaran por el rostro hasta que la garganta le escoció. Entonces se secó la humedad del rostro y se acercó a la ventana.

Los restos del banquete eran visibles en el patio, así como varios guerreros de Fitz Autier que dormitaban en los bancos. Unas cuantas doncellas de Ingelwald reposaban junto a ellos.

Aelia echó un último vistazo a la habitación donde había dormido durante veinte años y recordó los días de su infancia. Su madre solía sentarse con ella y contarle historias de héroes sajones y de su propia vida. A Aelia le encantaba escuchar cómo se había enamorado de su marido. Wallis había sido elegido para Elena, pero aun así cuando ella lo vio por primera vez sintió que había encontrado a su alma gemela.

Aelia estaba segura de que ella aún no había experimentado esa sensación. No la había sentido cuando vio por primera vez a Selwyn, ni a ningún otro guerrero sajón. Tal vez fuera su destino no conocer nunca el sentimiento que su madre había descrito. De ningún modo podía ser lo que experimentaba al ver a Fitz Autier. Tenía que recordarse a sí misma que lo único que aquel normando le provocaba era repulsión.

El día amaneció fresco y despejado, y Aelia bajó por las escaleras de piedra para dirigirse hacia la puerta que los normandos habían destruido y luego reparado. Estaba abierta, pero vigilada, aunque los caballeros no le dijeron nada cuando ella la traspasó para entrar en la aldea que se extendía más allá de las murallas.

Los aldeanos habían llevado el ganado al castillo durante los ataques normandos. Todos a excepción de Erlina, que había permanecido en medio de la batalla blandiendo un pequeño cuchillo.

Aelia había deseado odiar a los normandos por la muerte de Erlina, pero hasta sus propios soldados sajones habían dicho que el destino de la vieja no podría haberse evitado. Alguien debería haberla llevado al interior de las murallas, pero todos le habían fallado. Incluida Aelia.

Aspiró profundamente los olores del otoño. La fragancia de la tierra que pronto daría sus frutos.

La iglesia se erguía delante de ella, y Aelia se cubrió la cabeza con el chal antes de entrar. El interior estaba en penumbra, escasamente iluminado por la poca luz que se filtraba a través de los ventanucos y por las velas que el padre Ambrosius encendía en el altar, pero Aelia pudo distinguir las cabezas de muchos feligreses que se arrodillaban ante el altar mientras el sacerdote recitaba la misa. Aelia se aproximó y también se arrodilló, rezando en silencio para que las fuerzas no la abandonaran en el viaje que la aguardaba. No le gustaba reconocer su miedo, pero había muchas millas entre Ingelwald y Londres, y no había manera de saber qué peligros acechaban ni lo que los esperaba a Osric y a ella al llegar a su destino.

Fitz Autier sólo decía que eran prisioneros de la corona y que estaban a merced de su rey. En el mejor de los casos, eso significaba que serían esclavos de los normandos.

Y en el peor de los casos… que serían ejecutados.

Cerró los ojos y rezó por que el rey normando considerase oportuno respetar sus vidas. Cuando acabó su oración y levantó la mirada, se encontró con los penetrantes ojos azules de Fitz Autier.

Estaba a cierta distancia, arrodillado entre varios de sus soldados y sajones, pero la miraba fijamente a ella. Aelia pensó que debía de ser la fatiga lo que la hacía estar tan sensible y apartó la mirada, intentando concentrarse en la misa. Pero cada músculo y hueso de su cuerpo eran conscientes de la presencia de Fitz Autier, y la piel le ardía al sentir su mirada. Cuando se acercó al altar para recibir la comunión, sintió que Fitz Autier estaba tras ella. Y ante Dios y sus súbditos, se ciñó a su cuerpo como si tuviera derecho a hacerlo.

A continuación, se puso de pie junto a ella. El padre Ambrosius detuvo el ritual de la comunión para ofrecer una bendición especial y se dirigió a él.

—Hijo mío, ¿es realmente necesario que te lleves a lady Aelia a Londres?

La pregunta pareció sobresaltar a Fitz Autier, que se aclaró la garganta antes de responder.

—Sí, padre. Es la orden del rey.

—Entonces te exijo que la mantengas a salvo, porque su vida nos es muy preciada a todos los habitantes de Ingelwald.

Trece

—Tú cabalgarás conmigo —le dijo Mathieu a Osric, cuyo comportamiento volvía ser tan impertinente como el día anterior. Aelia había hablado con su hermano y lo había tranquilizado, pero el chico no dejaba de retorcerse en la silla.

Mathieu avanzó hasta la cabeza de la fila, tras ordenar que Aelia y su guardián, Halig, permanecieran en el medio. Había conseguido que Halig le jurara fidelidad, y no tenía ninguna razón para dudar de la integridad del muchacho. Pero Aelia no le había prometido nada, y si decidía huir, el chico la seguiría sin pensárselo.

¿Y quién sabía lo que ocurriría entonces?

—Que tengáis un buen viaje, barón —dijo Auvrai—. Todo estará listo para vuestra esposa cuando volváis.

Antes de que Mathieu pudiera responder, Aelia espoleó a su caballo y se lanzó hacia la puerta. Estaba cerrada, y Mathieu sabía que sus hombres no la abrirían hasta que él diera la orden.

—Dentro de dos meses, Auvrai. Tengo intención de regresar antes del invierno.

—Sí, barón.

Los hombres de Mathieu lo siguieron, donde esperaban Aelia y Halig. La comitiva salió del castillo, despedida por los buenos deseos de los soldados normandos apostados en las murallas, pero Mathieu sentía el gélido muro de silencio que Aelia había levantado en torno a ella desde que saliera de su casa.

Hacía un día espléndido y recorrieron rápidamente las primeras millas. Mathieu ignoró el resentimiento de Aelia, consciente de que se debía a las palabras de Auvrai. Ella creía que tenía una esposa.

—¿Vas a matarnos de hambre, normando? —le preguntó Osric a media mañana.

—¿Tienes hambre, pequeño sajón?

Se detuvieron junto a una pared rocosa que bordeaba un campo de cebada. Mathieu observó cómo Aelia desenganchaba su alforja de la silla y se alejaba del grupo. Siguió la pared sin mirarlo hasta que alcanzó un pequeño grupo de árboles y se perdió de vista. Él decidió concederle un poco de intimidad... a menos que tardara más de lo estrictamente necesario.

—¿Debo... queréis que vaya con ella? —preguntó Halig.

Mathieu negó con la cabeza.

—Dejémosla en paz por ahora.

Le tendió a Osric un odre con agua y el chico bebió con avidez mientras Mathieu sacaba la comida y la dejaba en la cornisa rocosa. Entonces se apartó y miró hacia los árboles entre los que había desaparecido Aelia.

—Quiero practicar con la espada de sir Raoul —dijo Osric—. ¿Me enseñarás cómo atravesar a mi oponente?

—Con una condición —replicó Mathieu, contento de tener un motivo para dejar de pasearse nerviosamente de un lado para otro mientras esperaba a Aelia—. Tienes que prometer que jamás usarás lo que te enseñe contra mí ni contra ninguno de mis hombres.

El chico cruzó los brazos sobre su raquítico pecho.

—¿Cómo voy a prometerte algo así? ¡Eres mi enemigo! Haré todo lo que...

—Entonces no tiene sentido continuar con esta discusión —atajó Mathieu, y reanudó su marcha. Siguió mirando hacia los árboles, pero no vio ni rastro de Aelia.

Osric lo rodeó y le bloqueó el paso.

—¡Lo prometo! Prometo no herir a tus hombres con mis habilidades.

—Es tu palabra, pequeño sajón. ¿La mantendrás como un hombre de honor?

—Por supuesto. Y ahora enséñame.

Mathieu volvió a pedirle la daga a Raoul y se la tendió a Osric.

—Lo mejor será que te mantengas alejado de cualquier batalla.

—¡No soy un cobarde, Fitz Autier!

—Pero sí eres muy pequeño para un duelo mano a mano. Es mejor que aprendas a usar un arco.

—Ya sé disparar con un arco —declaró Osric, y lanzó una estocada con el arma.

Mathieu se apartó unos pasos.

—¿Lo ves? No podrías alcanzar a un hombre a corta distancia.

—¿Y si lo ataco mientras duerme?

Mathieu se echó a reír.

—Entonces no te harán falta estas enseñanzas. Sólo tendrías que clavarle el puñal entre las costillas.

—O en el cuello…

Mathieu pensó en el corte que había sufrido Aelia en el cuello y que a punto había estado de costarle la vida. Se estremeció al pensar en lo que podría haber ocurrido si él no hubiera estado allí para protegerla.

—Sí.

—Quiero estar preparado por si nos atacan.

—Viajamos con ocho guerreros veteranos, chico —dijo Mathieu, mirando otra vez hacia los árboles—. No tendrás necesidad de luchar.

—Pero…

—Quédate aquí.

Aelia estaba sentada en la tierra, apoyada contra la pared rocosa. Levantó la cabeza y dejó que el sol le bañara el rostro y le secara las lágrimas.

Abandonar Ingelwald era lo más duro que había hecho en su vida. Mientras los normandos se preparaban para el viaje, ella había caminado por la aldea, deteniéndose en cada tienda y cada casa, grabándose las imágenes en su memoria. Los recuerdos serían lo único que le quedara de Ingelwald.

Se había sentido horriblemente ultrajada al enterarse de que Fitz Autier tenía esposa. El normando la había humillado al tratarla como un pasatiempo, como un simple juguete con el que disfrutar a su antojo. Como si no tuviera a nadie esperándolo…

¿Estaría su mujer en Londres? La sangre le hirvió en las venas cuando comprendió las prisas de Fitz Autier por volver a Londres.

—¿A qué se debe este retraso?

La voz de Fitz Autier la sobresaltó, haciéndola apartarse de la pared.

—¿Hora de irse?

—¿Has comido?

—No tengo hambre.

—La tendrás cuando volvamos a detenernos. Deberías comer ahora.

—No tengo estómago para comer nada, Fitz Autier.

Pasó a su lado sin mirarlo y se dirigió hacia el claro, donde Osric y los caballeros la estaban esperando.

Fitz Autier la agarró del brazo y la detuvo.

—No quiero que caigas enferma.

—Eso no te importa —espetó ella, intentando soltarse, sin éxito.

—Claro que me importa. Nos queda un largo camino por delante y no quiero sufrir ningún retraso por tu culpa.

Aelia lo miró furiosa. No quería admitir que su atracción hacia él no se había visto mitigada por saber que estaba casado.

—Deja que me lleve a mi hermano —susurró en tono suplicante.

—Sabes que no puedo.

—Danos un par de caballos y partiremos hacia Thrydburgh. Lord Caelin nos ofrecerá…

Fitz Autier la agarró con más firmeza por los brazos.

—Aelia. Thrydburgh es ahora un dominio normando.

—Supongo que tomaste parte en su conquista.

—No, pero lo habría hecho si el rey me lo hubiese ordenado.

La sostuvo con fuerza, pero Aelia no sabía si el dolor se lo provocaba en la carne o en el alma. Aquel viaje era una equivocación, pero ella no podía hacer nada para impedirlo.

—¿Qué será de nosotros en Londres? ¿Qué pasará con Osric y conmigo?

Él tensó la mandíbula y le apretó los brazos un momento más antes de soltarla.

—Eso dependerá del rey Guillermo.

—¿Qué puede hacernos? ¿Qué les ha hecho a otros prisioneros sajones?

—Es hora de marcharse —sentenció él. Empezó a alejarse y ella lo siguió.

—Hará que nos ejecuten, ¿verdad?

Él se detuvo y se volvió para encararla con expresión severa.

—Por amor de Dios, mujer, ¿crees que os llevaría a Londres para que os mataran?

—¿Entonces? ¿Nos enviarán a Normandía como esclavos?

Vio cómo se pasaba los dedos por el pelo. Era un gesto que le había visto otras veces, cuando algo lo irritaba.

—No. Lo más probable es que Guillermo te entregue a uno de sus caballeros en matrimonio.

Aelia dio una honda y temblorosa inspiración y se apartó de él.

—Jamás me casaré con un normando.

Salió al claro y tropezó al ver a Osric subiendo al caballo de Fitz Autier desde la cornisa rocosa. El chico agarró las riendas y el caballo se lanzó al galope mientras Aelia se quedaba atónita y horrorizada. Se dirigió hacia el norte, en dirección a Ingelwald, pero el caballo era demasiado rápido para que Osric pudiera controlarlo. No conseguiría mantenerse en la silla mucho tiempo. ¡Caería sin remedio!

Fitz Autier pasó junto a ella como una exhalación y corrió hacia sus hombres, que habían sido pillados por sorpresa y estaban levantándose. Fitz Autier les gritó varias órdenes y montó rápidamente en la yegua de Aelia para salir tras Osric.

Aelia no podía moverse. Permaneció de pie, con la mano en la boca, viendo cómo Osric cabalgaba hasta perderse de vista, perseguido por el barón normando.

—Lady Aelia… —la llamó sir Raoul, tomándola del brazo y llevándola hacia el grupo—. Mis órdenes son reteneros aquí.

—Mi hermano… —susurró ella.

—El barón lo alcanzará y lo traerá de vuelta.

Aelia no estaba tan segura. Si Osric era arrojado al suelo por el caballo desbocado antes de que Fitz Autier pudiera alcanzarlo, la caída podría matarlo.

—¿No podemos seguirlos? Prometo que…

—No, milady. Las órdenes del barón son muy claras.

El crío tendría suerte si sobrevivía a su última fuga. Mathieu no sabía por qué no podía limitarse simplemente a que su imprudencia siguiera su curso natural y lo matara. Pero recordaba algunos incidentes bastante embarazosos de su propia infancia y ahora podía estar agradecido por la paciencia que había mostrado aquel caballero, quien lo había ayudado a convertirse en un valeroso guerrero y en un hombre de honor.

Y además, Mathieu no podría soportar la angustia que le provocaría a Aelia la pérdida de su hermano. Ya había perdido a su padre y su hogar, y cuando llegaran a Londres le arrebatarían a Osric. Era demasiado pronto para el golpe final.

El chico cabalgaba velozmente por delante, pero no tenía ningún control sobre el caballo. Había soltado las riendas y los pies le colgaban sobre los estribos. Se aferraba desesperadamente a la perilla con ambas manos, pero Mathieu podía ver que tenía serias dificultades en mantenerse sobre la silla. Una cerca cruzaba el camino, y Osric no podría sostenerse cuando el caballo la saltara.

Mathieu se inclinó hacia delante y espoleó a su montura para aumentar la velocidad. Cuando llegó al lado de Osric, picó una vez más a la yegua para el último tirón que necesitaba. Entonces alargó el brazo hacia las riendas que colgaban sueltas, pero las sacudidas de los dos caballos le impidieron agarrarlas.

—¡Osric!

El chico no giró la cabeza para mirarlo, pero Mathieu supo que lo había oído.

—¡Rápido, Osric! ¡Voy a agarrarte por la cintura! ¡Cuando lo haga, echa tu peso hacia mí!

Se aproximaban rápidamente a la cerca. Mathieu

torció a su derecha, obligando al caballo castrado a hacer lo mismo, pero con cuidado de que no tropezara. Entonces se inclinó y agarró la túnica de Osric.

—¡Inclínate hacia mí!

El chico obedeció y Mathieu lo agarró fuertemente por la cintura para levantarlo de la silla. Osric se deslizó peligrosamente, y habría caído si Mathieu no lo hubiera sujetado con firmeza.

—¡Agárrate a mi brazo!

Osric lo hizo y Mathieu lo retiró de la silla. A continuación tiró de las riendas para frenar a la yegua de Aelia, pero el otro caballo siguió galopando, dejando a Osric colgando al lado de Mathieu. Éste lo levantó sobre la silla, mientras el castrado desbocado llegaba a la cerca y saltaba por encima. Pero se oyó un fuerte impacto y un relincho espeluznante cuando el corcel no consiguió superar el obstáculo y cayó.

Osric presionó su tembloroso cuerpo contra Mathieu. Su respiración era agitada y temblorosa, pero de repente se detuvo.

—¿Dónde está?

Mathieu permaneció inmóvil, dejando que su propia respiración se normalizara y su furia se apaciguara. Con gusto le habría dado una paliza al crío, pero pensó que había un castigo más efectivo. Se acercó a la cerca, donde los agónicos relinchos de su caballo herido eran audibles, y buscó algún sitio para pasar. Cuando lo encontró, desmontó y bajó a Osric de la yegua. Lo agarró por la nuca y lo llevó a donde su castrado yacía en el suelo, con las patas rotas.

—¿Qué vas a hacer?

—Yo no. Tú —respondió Mathieu—. Vas a ocuparte del daño que has causado.

—¿Yo? Pero... es sólo un caballo. Es...

—¡Tienes que asumir la responsabilidad por lo que has hecho, chico! —espetó Mathieu. Desenvainó su espada y se la tendió a Osric—. Coloca la punta aquí.

—No. No...

—Has llevado a un espléndido corcel a la muerte... Lo menos que puedes hacer es conseguir que su muerte sea rápida e indolora.

Osric se puso pálido, pero Mathieu no cedió. Sólo los resuellos del caballo y los ocasionales relinchos rompían el silencio.

—Vamos.

Temblando, el chico hizo lo que se le ordenaba, pero Mathieu también llevó sus propias manos a la empuñadura, para añadir su fuerza a la estocada letal.

—Ahora.

Osric se estremeció, pero clavó la espada en el animal agonizante, provocándola la muerte de inmediato. Entonces dejó caer la espada y se volvió hacia Mathieu. Tenía el rostro cubierto de lágrimas, pero se puso a gritar como si tuviera derecho a estar furioso.

—¿Para qué ha servido esto? ¡Me has hecho matar a un buen caballo!

Mathieu tomó a Osric por los hombros y lo volvió hacia el animal, esperando que la imagen le provocara tantas náuseas como a él.

—Mira estas patas. Rotas sin remedio. ¿Crees que este caballo estaría ahora muerto si no hubieras intentando huir? ¿Y crees que tú seguirías vivo si hubieras saltado la valla?

No podía imaginarse lo que hubiera sido volver junto a Aelia para comunicarle que su hermano había muerto. Incluso ahora Raoul debía de estar reteniéndola para impedir que se lanzara en persecución de Osric.

—Tus acciones tendrán consecuencias muy serias.

—No eres mi padre, normando. ¡No puedes castigarme! —gritó el chico, pero en su voz había más congoja que furia.

—Soy la única autoridad que conoces —replicó Mathieu en voz baja y amenazadora—. Hasta que lleguemos a Londres, estarás a mis órdenes y no podrás hacer un solo movimiento sin mi aprobación.

—No puedes...

—Sí, sí puedo. Y lo haré —concluyó Mathieu, y empujó al chico hacia la abertura de la cerca—. Muévete.

Lo subió a lomos de la yegua de Aelia y él se montó detrás. Volvió al sendero y siguió el camino que habían recorrido a una velocidad frenética minutos antes.

—¿Habrías dejado que tu hermana se enfrentara sola al rey Guillermo?

Aún no se había calmado y tenía que decidir un castigo adecuado, pero primero quería avergonzar al chico por haber abandonado a su hermana.

—Dejé a Halig para que cuidara de ella.

—¿Eres el hijo de Wallis y dejas a tu hermana a cargo de un plebeyo?

—Es…

—El hijo de un noble no elude su responsabilidad.

—Pero…

—Has huido como un cobarde.

—¡No soy un cobarde!

—Tu familia te ha mimado demasiado. Conmigo aprenderás lo que es la disciplina.

—Yo no…

—Ya basta.

Mathieu se quedó gratamente sorprendido de que Osric se mordiera la lengua. No era propio del chico tragarse sus palabras, pero el resto del camino lo hizo en silencio mientras Mathieu intentaba controlar su furia.

Fue a Aelia a quien vio primero. La angustia se reflejaba en su expresión y en su rígida postura, y cuando los vio acercarse echó a correr hacia ellos.

Pero Mathieu se negó a dejarse conmover por su preocupación.

—¡Osric! —gritó ella, con el rostro acalorado por la carrera—. ¿Dónde está el caballo?

—Muerto —dijo Mathieu cuando Osric siguió callado, y refrenó ligeramente a la yegua para que Aelia pudiera caminar a su lado.

—¿Qué ha pasado?

Osric se cruzó de brazos.

—Díselo —le ordenó Mathieu.

—¿Osric? —lo apremió Aelia, poniéndole una mano a su hermano en la rodilla.

—Se cayó —dijo él finalmente.

—¿Se cayó? ¿Cómo?

—Al saltar una cerca.

Aelia se llevó una mano al pecho y se quedó inmóvil. Parecía estar a punto de desmayarse, y Mathieu habría desmontado para tomarla en sus brazos si no hubiera estado tan furioso.

Y si no hubiera estado prometido a lady Clarise.

—¿Cómo… cómo es que tú estás ileso? —le preguntó Aelia a su hermano con voz quebrada.

—El normando me agarró antes de que el caballo saltara.

—¿La caída lo mató?

—No. Fitz Autier me hizo clavarle la espada en el cuello.

A Aelia le cedieron las rodillas y se quedó rezagada mientras la yegua seguía avanzando hacia el grupo de caballeros que esperaban en la pared rocosa.

Nunca había visto a Fitz Autier tan enfadado, y sabía que tenía todo el derecho a estarlo. Pero no parecía que hubiera descargado su ira contra Osric. Sin duda tenía preparado algún castigo para él, pero Aelia no toleraría que azotara a su hermano. Por su parte, Osric permanecía sorprendentemente tranquilo mientras Fitz Autier le ataba las manos con una cuerda y lo subía al caballo de sir Raoul.

No había duda de que Fitz Autier le había salvado la vida a su hermano. Había arriesgado su propia vida al lanzarse al galope tras Osric y desmontarlo de un caballo desbocado. Pocos jinetes conseguirían una proeza semejante. Ella le debía un agradecimiento, pero las palabras murieron en su garganta al recordar el poco respeto que él le mostraba.

Fitz Autier le tendió la alforja de Aelia a sir Gerrard y ató la suya a la silla de la yegua.

—Monta —le ordenó a Aelia.

—Montaré con Halig.

—¿Y tener que aguantar más bufonadas sajonas? Creo que no, *demoiselle*.

A Aelia no le quedó más remedio que introducir el pie en el estribo. Él la agarró por la cintura y la levantó, para luego montar en la silla tras ella. Aelia se vio rodeada por sus brazos y piernas mientras él agarraba las riendas y enfilaba el camino hacia el sur.

—Te… te pido disculpas por el comportamiento de Osric. Él…

—No las acepto —la cortó Fitz Autier—. Llevas demasiado tiempo excusándolo. Será él quien asuma la responsabilidad por sus actos, así como el castigo que merece. Seguramente será la primera vez para él.

Catorce

Mathieu no tenía intención de ceder. El chico frotaría a todos los caballos y les daría de comer antes de que él mismo pudiera comer y dormir. Y lo haría cada noche hasta que llegaran a Londres.

No lo sorprendió que Aelia dejara su propia comida para ayudarlo.

—Aelia —la llamó, agarrándola del brazo antes de que pudiera alejarse de la pequeña hoguera, en el centro del campamento.

—Es demasiado pequeño para hacer ese trabajo —protestó ella.

Osric no había intentado volver a fugarse. El crío era ingenuo, pero no estúpido. Sabía lo cerca que había estado de morir y no quería repetir la experiencia.

Además, los hombres habían desensillando a sus monturas, y las sillas eran demasiado pesadas para él.

—Va a caer desfallecido.

—¿Por qué? ¿Acaso no ha levantado nunca una roca? —preguntó Mathieu, sabiendo que su tono despreocupado enfurecía aún más a Aelia.

—Estás siendo muy cruel con él.

Mathieu pasó la mirada por sus hombres.

—¿Qué pensáis vosotros? ¿Soy cruel?

—No, mi señor —respondió uno.

—Esto no es más de lo que el chico merece —dijo otro.

—¿Qué opinas tú, Halig? —preguntó Mathieu.

El joven sajón miró furtivamente a Aelia antes de responder.

—Mi madre me habría azotado por lo que Osric hizo.

Mathieu sintió cómo Aelia se ponía rígida a su lado, pero continuó comiendo tranquilamente, sin mirarla.

—¿Montamos las tiendas para esta noche? —le preguntó Gerrard.

Mathieu quería mantener a Aelia y Osric separados, pero no estaba dispuesto a que Aelia durmiera sola en una tienda. Le resultaría muy fácil escabullirse y crear problemas.

—No. Dormiremos al raso.

Si dormía entre sus hombres al aire libre, no lo invadiría la tentación de tocar a Aelia, de besarla en la boca, de hacerle el amor con la pasión que su cuerpo llevaba días conteniendo...

Se levantó bruscamente y abandonó el círculo. Agarró su alforja y sacó el trozo de madera y las herramientas que había recibido de la viuda del carpintero. Empujó con el pie un pesado tronco junto al fuego para tener un respaldo y volvió a sentarse. Se colocó el trozo de madera en el regazo y empezó a tallar. Era la mejor distracción que podía encontrar para no pensar en las noches que le quedaban por delante.

Siendo el primer lord normando de Ingelwald, había decidido que el escudo de su casa fuera un ciervo. Tallaría un blasón con la imagen de la fuerza, la velocidad y la resistencia, y se lo ofrecería a lady Clarise cuando se casaran como símbolo de todo lo que él era y de todo lo que poseía.

A la parpadeante luz de las llamas dedicó toda su atención a su obra, tallando las líneas superficiales que luego ahondaría con la gubia. No dedicó ni un momento a pensar en las lágrimas que Aelia había intentado ocultar, ni en cómo su cuerpo se había apretado contra el suyo mientras cabalgaban. Aelia había estado al límite de sus fuerzas cuando se detuvieron para acampar, y aun así le había suplicado que le permitiera ayudar a Osric.

—Ya he acabado.

Mathieu levantó la mirada y vio a Osric, encogido y mugriento, tan débil que apenas podía tenerse en pie. Sin embargo, su tono seguía siendo agresivo. Se cruzó de brazos y esperó a que Mathieu le respondiera.

—Ahí tienes comida —dijo él, asintiendo hacia Raoul y los demás, al otro lado de la hoguera. Habían terminado de comer y Aelia estaba apoyada contra un tronco, intentando infructuosamente permanecer despierta.

El chico no dijo nada más. Se unió a los hombres y aceptó la comida que le ofrecían. Mathieu acabó su labor por aquel día, envolvió la tosca figura en un pedazo de cuero y guardó las herramientas. A continuación, extendió una piel junto al fuego y puso encima una manta de lana.

Aelia se había quedado dormida en el suelo.

Mathieu se agachó junto a ella y se dirigió en voz baja a sus hombres.

—Gerrard, comprueba que los caballos están atados. Raoul, cuando el chico acabe de comer, amárratelo a ti para pasar la noche. Yo haré el primer turno de guardia. Gerrard, tú harás el siguiente.

—¡No! —exclamó Osric—. No intentaré escapar.

Mathieu lo ignoró y tocó a Aelia en el hombro, pero ella no se despertó. Entonces la levantó y la llevó hacia la piel, donde la cubrió con la manta. Sus manos permanecieron en contacto con su cuerpo más tiempo del necesario, arropándola con cuidado y tocándole los brazos.

Cuando ella giró la cabeza, Mathieu alcanzó a ver la herida en su cuello. El corte que había estado a punto de costarle la vida. Había llevado un poco del ungüento de Auvrai consigo, y procedió a aplicar un poco en la enrojecida piel de Aelia.

Entonces ella abrió los ojos y lo miró, aunque su mirada estaba velada por el sueño. Levantó un brazo y deslizó los dedos entre los cabellos de Mathieu, tras la oreja. Entreabrió ligeramente los labios y lo miró intensamente a los ojos.

Mathieu no podía respirar. Aunque sabía que Aelia no estaba completamente despierta, el ligero roce de su mano lo excitaba hasta un límite doloroso. Cerró los ojos y giró la cabeza para sentir la caricia de sus dedos en la oreja, antes de hacer un esfuerzo supremo por recuperar el control. Le tomó la mano y la bajó al suelo para volver a cubrirla con la manta.

Ella se tumbó de costado y volvió a quedar profundamente dormida. Mathieu respiró hondo y volvió al tronco donde había estado sentado antes, mientras sus hombres se disponían a pasar la noche. Incluso Osric permaneció tranquilo, demasiado cansado para protestar por estar atado a Raoul.

Mathieu se sentó con las piernas extendidas y se preparó para vigilar a Aelia y a todos los demás en el primer turno de guardia.

El viaje transcurrió sin novedad hasta el cuarto día, cuando Fitz Autier pareció más alerta y preocupado de lo habitual.

—¿De qué se trata? —preguntó Aelia—. ¿Qué ocurre?

—¡Gerrard! —gritó él.

El caballero llegó a su lado mientras se acercaban a un descenso rocoso del camino. Era tan abrupto que deberían desmontar para poder bajar.

—Quédate aquí con Roger y Guilliaume.

—Sí, barón.

Aelia se inclinó a un lado para mirar tras ellos. Sólo se veían árboles y el accidentado terreno por el que llevaban cabalgando todo el día.

—¿Hay alguien ahí?

—Quédate vigilando hasta el anochecer y luego síguenos —le ordenó Fitz Autier a Gerrard.

—¿Hay alguien ahí? —volvió a preguntar Aelia.

—Sólo estoy tomando precauciones —respondió Fitz Autier, pero ella no lo creyó.

Él la ayudó a desmontar y desenvainó la espada, y lo mismo hicieron los demás caballeros.

Incluso Osric permaneció en silencio mientras

los hombres guiaban a los caballos por el acantilado. Aelia pudo comprobar que aquel sendero era muy vulnerable. Sería muy difícil repeler un ataque. Aunque hasta el momento no habían tenido problemas, sabía que los caballeros normandos siempre estaban alerta. Sin embargo, aquello era diferente.

No hizo más preguntas y siguió caminando junto a Fitz Autier hasta que llegaron al pie del repecho y se adentraron en el denso bosque.

Al caer la noche, cuando Gerrard y los otros llegaron al campamento, informaron de que no habían visto nada en la retaguardia.

—Pero hemos traído esto —dijo Gerrard, y mostraron varios conejos que habían cazado. Los hombres procedieron a asarlos en la hoguera.

Pero Aelia se fijó en que Fitz Autier no se relajaba. Se paseaba por el perímetro del campamento, y cuando empezó a llover, ordenó que se levantaran las tiendas. Para entonces, Osric había acabado con sus tareas y se había quedado dormido bajo un árbol.

El barón normando se arrodilló junto al chico y lo llamó en voz baja. Osric se despertó y se sentó, con una actitud tan sumisa que sorprendió a Aelia. Obviamente, Fitz Autier estaba decidido a agotar al chico y que no le quedaran fuerzas para intentar ninguna diablura.

Normalmente la mantenía apartada de su hermano. Pero aquella noche llevó a Osric a su lado.

—Quédate junto a tu hermana y come algo —dijo—. Esta noche no habrá más movimientos.

—¿Por qué? —preguntó ella—. ¿Qué ocurre?

Fitz Autier sacudió la cabeza.

—Sólo son precauciones, nada más —dijo, y se alejó en la lluvia.

Había estado muy serio y taciturno durante todo el día, casi pegado a ella sobre la yegua. Aelia había sentido su aliento en el pelo y en la oreja, estremeciéndose al mínimo roce. Cada vez que la tocaban sus muslos o su cota de malla recordaba el beso y cómo había conseguido derretir su voluntad incluso estando dormido.

Aelia no sabía cuánto tiempo podría aguantar así, tan cerca de él durante el día y viendo cómo tallaba con sus hábiles manos cada noche.

Fitz Autier tenía una esposa esperándolo en alguna parte, en Londres quizá, y era posible que Aelia la viese.

La perspectiva de aquel encuentro la ponía muy nerviosa. No quería pensar en Fitz Autier y en esa desconocida que era su esposa, esa mujer que tenía derecho a tocarlo cuando y como quisiera. La mujer que podía dormir a su lado.

Cuando Osric terminó de comer se metió en la tienda donde pasaría la noche, aunque Aelia estaba segura de que Fitz Autier no lo dejaría sin vigilancia.

Ella se retiró finalmente a su tienda para escapar de Fitz Autier y de las emociones enfrentadas que le hacía sentir. Sabía que no le tenía más respeto a ella que a Nelda, la mujer de Ingelwald que compartía sus favores con cualquier hombre que le gustara, aunque no había hecho ningún intento de acercarse indebidamente a ella.

Pero no podía olvidar su beso ni sus caricias…

La noche era fría y Aelia se envolvió en su

manta para intentar dormir. Pero la inquietud que había visto en Fitz Autier durante todo el día la afectaba demasiado, y permaneció despierta y escuchando las gotas de lluvia contra el refugio de lona.

De pronto, Fitz Autier entró en la tienda.

—¡No puedes entrar aquí! —exclamó ella, sentándose bruscamente.

Él la ignoró y enrolló su manta para apoyar la cabeza.

—Sólo tengo unas horas, *demoiselle* —dijo mientras se acomodaba.

Ella podía sentir el calor de su cuerpo a través de la manta y la ropa, y tuvo que contenerse para no acercarse a él.

—Túmbate y descansa —le dijo él—. Mañana será un día muy duro, si sigue lloviendo.

Aelia sabía que era inútil discutir.

—Creía que esta noche no tenías que hacer guardia.

—Esta noche estamos doblando la guardia.

—¿Por qué?

—Por nada. Pero mi instinto me dice que tenga especial cuidado.

Permanecieron tumbados y en silencio durante un largo rato, pero Aelia sabía que él tampoco dormía. Se preguntó si el corazón de Fitz Autier latiría con tanta fuerza como el suyo en la oscuridad.

—¿Tienes hijos?

Él no respondió enseguida, y Aelia pensó y deseó que estuviera dormido.

—Será mejor que no hablemos de esto —respondió él finalmente.

Pero Aelia no estaba dispuesta a seguir callándose.

—Me habrías convertido en tu amante —susurró con vehemencia—. Me besaste. Me tocaste. Me trataste como un hombre casado trataría a una… prostituta.

Él permaneció completamente inmóvil, sin respirar siquiera. Aelia esperó su respuesta durante un rato, y cuando se dispuso a hablar de nuevo, él se giró rápidamente y le puso la mano en la boca para acallarla.

Se acercó a ella en silencio y presionó los labios contra su oído.

—No te muevas —le dijo en un susurro casi inaudible.

Se arrodilló y retiró ligeramente el faldón de la tienda. Entonces Aelia lo oyó: pisadas furtivas en la tierra húmeda. No las habría oído si Fitz Autier no la hubiera alertado. Él le puso algo duro y frío en la mano y Aelia se dio cuenta de que era su cuchillo.

Fitz Autier miró al exterior, agarró su espada y salió de la tienda. Aelia lo siguió, mirando a su alrededor a la luz de la hoguera. No se veía a nadie.

Ni siquiera a los caballeros que estaban de guardia.

Fitz Autier se internó entre los árboles y se perdió de vista. Aelia oyó un ruido tras ella y se giró bruscamente, pero no vio a nadie. Sin embargo, algo acechaba en la oscuridad, en cualquier parte…

Volvió a oír un ruido que procedía de los árboles, pero tampoco esa vez vio nada. Se aproximó en silencio a la tienda más próxima y levantó el faldón, y justo entonces oyó el entrechocar de las espadas a lo lejos.

—¡Ayuda! ¡Venid rápido!

No esperó a que los hombres salieran de sus tiendas y echó a correr hacia el ruido de los sables. Los normandos no tardaron en armarse y se adentraron en el bosque, donde Fitz Autier luchaba contra un asaltante armado. Los caballeros los rodearon, pero en vez de ayudar a su señor, desaparecieron en la oscuridad de los árboles. Sólo Halig y sir Gerrard se quedaron atrás.

El atacante de Fitz Autier llevaba un yelmo y una cota de malla, y blandía una espada como un guerrero veterano… igual que el hombre que había matado a Wallis. Aelia lo observó con ojos entornados. ¿Sería el mismo? El yelmo era el mismo que llevaba el asesino de su padre, y esgrimía la espada de igual manera.

Fitz Autier tenía la cabeza descubierta, y los movimientos de su atacante amenazaban con rebanarle el cuello. El mismo ataque que había matado a su padre…

De repente, Aelia sintió que se desmayaba. Se apoyó contra un roble y se llevó una mano al abdomen mientras observaba cómo Fitz Autier se batía por su vida.

—Somos ocho, Durand —gritó él—. ¿Esperas derrotarnos a todos?

—¡Puedes estar seguro, bastardo!

¿Era Durand? ¿El hombre que había violado a Rowena?

—¡Haz algo! —gritó Aelia.

—Él puede encargarse solo, lady Aelia —dijo Gerrard.

—Pero…

Osric apareció entre Aelia y Halig, y justo en ese

momento Fitz Autier pasó a la ofensiva. Agarró la espada con ambas manos y atacó a su contrincante. Durand retrocedió varios pasos, pero consiguió alcanzar a Fitz Autier en el hombro, haciendo que soltara la espada.

Pero ni siquiera entonces los hombres de Fitz Autier se aprestaron a ayudarlo. Aelia gritó, pero no podía hacer nada, salvo observar la lucha en silencio.

—¡Te venceré sin arma, Durand! —lo amenazó Fitz Autier, esquivando otra estocada—. No eres un hombre. Sólo eres un cobarde despreciable que acosa a las jóvenes. Vamos. Ataca si te atreves.

—¿Por qué lo provoca? —gritó Aelia, retorciendo la lana de su falda en las manos—. Sólo conseguirá enfurecerlo más.

—No os preocupéis, milady —le dijo Gerrard.

—No seas tonta, Aelia —dijo Osric—. Fitz Autier es el mejor.

Aelia apenas oyó a su hermano. Se le había secado la garganta y el corazón le latía desbocado mientras la lucha continuaba. Fitz Autier se movía con una agilidad increíble, esquivando estocada tras estocada, pero no podría retroceder indefinidamente. Durand, si efectivamente era él, no tardaría en propinar un golpe mortal.

—¿Y los otros? ¿Y si…?

—Raoul y el resto de nuestros hombres están comprobando que no haya más atacantes. Todo saldrá bien, lady Aelia —la tranquilizó Gerrard. Tomó a Osric por la barbilla y le hizo levantar el rostro—. En cuanto a ti, jovencito, has de mostrar respeto a tus mayores, especialmente a tu hermana.

Ignorando la lluvia y el terreno accidentado, Aelia se levantó las faldas y se cambió de lugar para observar mejor el combate. Parecía transcurrir una eternidad cada vez que Fitz Autier esquivaba un ataque. Los dos hombres respiraban pesadamente y gruñían por el esfuerzo, pero ninguno cedía, y Aelia pensó en todas las heridas de Fitz Autier... en el costado, en la cara, las incontables heridas que le había visto cuando salió del estanque. Tragó saliva y rezó en silencio para que sobreviviera a aquel combate.

Fitz Autier hizo un repentino movimiento que arrojó a su enemigo al suelo, y mientras Durand intentaba levantarse, aprovechó para recoger la espada.

—¡En pie, Durand! —gritó—. ¡Quiero matarte como a un hombre, no como a un perro!

—¡No sueñes con ello, bastardo!

Durand empezó a atacar, pero Fitz Autier se defendió hábilmente y luego pasó a la ofensiva. Sus certeras estocadas hicieron retroceder a Durand, que intentaba evitar torpemente los obstáculos que podrían hacerle caer. Lanzó un último y desesperado sablazo, pero fue Fitz Autier quien descargó el golpe mortal, atravesando a Durand en su punto vulnerable.

Por un momento todo fue silencio en el bosque, con Fitz Autier de pie sobre el cuerpo inerte de Durand, sosteniendo la espada al costado. Sus hombres volvieron de su búsqueda.

—Ha herido a Osbern y a Hugh —dijo Raoul. A Aelia le pareció que estaban hablando desde el fondo de un pozo—. Pero sobrevivirán.

—No hay nadie más —dijo sir Guatier. Su voz también le sonaba a Aelia extrañamente distante—. Durand ha venido solo.

—¡Sujétala! —oyó que Raoul gritaba, y entonces todo fue oscuridad.

Mathieu se movió rápidamente y tomó a Aelia de los brazos de Halig, que había conseguido agarrarla antes de que cayera al suelo. No sabía por qué le parecía tan importante ser él quien la sacara del bosque, pero aun así se encargó personalmente de llevarla al campamento y meterla en la tienda para resguardarla de la lluvia.

—Necesito un odre con agua —dijo—. Y un trapo limpio.

—Se pondrá bien —dijo Osric.

—No se podrá decir lo mismo de ti, a no ser que te vayas a tu tienda con Raoul —le advirtió Mathieu—. Ahora.

—¡Lo has vencido, incluso sin tu espada!

—No… Él me desarmó, pero conseguí aguantar hasta recuperar mi espada.

—Pero…

—Vete.

El niño gruñó y farfulló algo incomprensible, pero salió rápidamente de la tienda. También salieron el resto de caballeros, menos Halig.

—Quiero aprender, señor… Quiero entrenarme y convertirme en un caballero… como vos.

A Mathieu no lo enorgullecía el combate que había librado. Casi había permitido que el cansancio lo venciera. Durand nunca debería haberse acercado tanto.

—Sí —le dijo—. Cuando volvamos a Ingelwald, tendrás la oportunidad de convertirte en caballero.

Examinó a Hugh y a Osbern, que habían sufrido heridas en la cabeza. Parecía que Durand los había atacado por detrás, descargando un golpe en el cráneo que podría haberlos matado. Por suerte, ambos sobrevivirían, aunque no era probable que pudieran montar por la mañana.

Asqueado por los desagradables acontecimientos, Mathieu se quitó la cota de malla y se metió en su tienda. Durante todo el día lo había asaltado la sensación de estar siendo observado. Debería haber pensado en Durand y en la posibilidad de que el caballero renegado los atacara por sorpresa. Por su falta de previsión, Hugh y Osbern habían estado a punto de pagarlo con sus vidas.

Vertió agua en un trapo y limpió el rostro de Aelia. Ella emitió un ruidito y giró la cabeza.

—Aelia —susurró él, volviendo a lavarle el rostro. Sus ropas estaban empapadas. No podía pasar la noche así.

—Eh… hace frío.

—Sí, lo hace. Despierta.

Ella abrió los ojos.

—¿Qué ha pasado?

—Te has desmayado.

Aelia se sentó bruscamente, y de nuevo habría caído al suelo de no ser porque Mathieu la agarró por los hombros y la hizo tumbarse con delicadeza.

—No me he desmayado.

—De acuerdo, no te has desmayado —dijo él. Arrojó el trapo a un rincón y se acostó en su propia piel, tan lejos de ella como le fue posible.

Era absurdo suponer que ella se había preocupado por él. Ni siquiera podía aguantarlo. Apenas se habían dirigido la palabra en los cuatro días que llevaban de viaje… desde que salvara a su hermano del caballo desbocado.

—¿Era Durand?

—Sí. Durante todo el día he presentido que nos estaba siguiendo.

—¿Sabías que era él?

Mathieu negó con la cabeza.

—No, pero sí intuía que se trataba de un solo hombre, no de un grupo.

Aelia guardó silencio por un rato, pero él sintió cómo temblaba y oyó cómo le castañeaban los dientes.

—Durand mató a mi padre.

—Sí.

Se giró y la miró a la débil luz del fuego. Aunque no podía verla bien, conocía hasta el último de sus rasgos, desde las cejas ligeramente arqueadas hasta el pequeño hoyuelo de la barbilla. Conocía el dulce sabor a bayas de su boca y el tacto terso y suave de su piel…

—¿Lo sabías?

—Había oído algo. ¿Por eso te desmayaste? ¿Porque de pronto averiguaste que fue Durand quien mató a Wallis?

—Yo no me he desmayado.

—Entonces quizá estabas preocupada por mí.

—De ninguna manera. No me importa lo que le suceda al marido de una francesa.

Quince

Pero Aelia se preocupaba. No podía negar que había sido horrible ver cómo Fitz Autier se enfrentaba desarmado a Durand. Lo que sentía no tenía nada que ver con la gratitud por haber salvado a Osric ni por haber matado al asesino de su padre. Era una fuerza escalofriantemente poderosa que la atraía a Mathieu Fitz Autier, y si guardaba relación con algo era con su beso y sus caricias.

Aelia se dio cuenta de que estaba temblando y reprimió el impulso de acercarse a su calor masculino. Sabía que su tacto le calentaría la piel helada, pero ella no era ninguna prostituta. Fitz Autier no sólo pertenecía a otra mujer, sino que además era el enemigo de Aelia. La única razón por la que estaba en la tienda con ella era para asegurarse de que no volviera a escaparse y se llevara a Osric con ella.

Se arrebujó en la manta e intentó dejar de temblar.

—Gracias por vengar la… la muerte de mi padre esta noche, señor —dijo—. Mi… mi deuda contigo ha crecido aún más.

Habría sido mejor insultarlo, o incluso dormir a

la intemperie con tal de alejarse de él. Pero sabía que él no la dejaría salir de la tienda. La ataría de pies y manos si intentara escabullirse.

Pero estaba demasiado cerca de ella. Sus hombros ocupaban un espacio excesivo, y Aelia recordaba muy bien la sensación de su recio torso cuando ella se apoyaba de espaldas contra él a lomos del caballo, y cómo él la rodeaba con sus poderosos brazos por la cintura.

Pero era su enemigo. No debería sentirse tan segura en su presencia.

Y sin embargo, cuando él se giró hacia ella y acercó el rostro hasta casi rozar el suyo, Aelia fue incapaz de retroceder. No tenía espacio en la tienda para retirarse, pero tampoco quería hacerlo. Y menos cuando él llevó la mano a su mejilla y le tocó los labios con los suyos.

Aelia intentó recordar por qué aquello era imposible, pero no podía pensar con coherencia. No cuando los labios de Fitz Autier se deslizaban suavemente sobre los suyos. Suspiró y él intensificó el beso, haciéndole separar los labios para introducirle la lengua en la boca. La sedujo con su lengua, labios y dientes mientras desataba los lazos que mantenían cerrado el corpiño.

Aelia se derritió cuando él emitió un gruñido ronco y le tomó el pecho en una mano a través de la fina prenda de lino. Sus labios le trazaban un reguero de fuego por el cuello y el pecho, y cuando su lengua le tocó un pezón, sintió que se quedaba sin aire en los pulmones.

Lo que había sentido en la primera noche que pasó con él no podía compararse a lo que sentía ahora. Con un solo movimiento le abrió la camisa, dejándola completamente desnuda y expuesta ante él. Aelia sintió su barba incipiente contra la piel y la succión de su boca en el pecho. Se arqueó hacia atrás y entrelazó las manos en sus cabellos, sujetándole firmemente la cabeza.

Él la lamió y succionó ávidamente mientras con sus dedos le torturaban el otro pezón. Aelia deseaba que aliviara de una vez por todas la tensión que se extendía desde sus pechos hasta su entrepierna, que la tocara como ningún hombre la había tocado antes.

Selwyn nunca había conseguido que la sangre le hirviera de aquel modo. Ella nunca había tenido el deseo de besarlo ni de deslizar las manos sobre su piel desnuda. Sólo aquel normando tenía el poder para hacer que se olvidara de sí misma.

Pero no por mucho tiempo. Lo apartó y se sentó bruscamente, intentando cubrirse con la camisa.

Fitz Autier se arrodilló y se pasó los dedos por el pelo.

—Dios Santo… debo de haber perdido la cabeza —dijo.

Permaneció arrodillado en el reducido espacio por un momento. Entonces le tendió su manta a Aelia y salió de la tienda.

Sin pensar, Aelia se cubrió con la manta de Fitz Autier y se tumbó, sintiéndose aturdida en cuerpo y alma. Temblaba de frío, pero aquella vez el escalofrío era interior.

. Por la mañana había dejado de llover, pero los ánimos en el campamento eran sombríos. La herida en la cabeza de sir Osbern le impedía viajar.

—Ese cerdo de Durand debió de fracturarle el cráneo a Osbern —dijo Gerrard—. Al menos Hugh parece estar bien.

—También lo estará Osbern —replicó Raoul—. He visto a hombres con heridas peores recuperarse en pocos días.

Aelia no podía permitirse que le afectara nada de lo que le ocurriera a esos normandos. Ella y Osric eran sus prisioneros, y no importaba lo bien que la trataran.

—¿Dónde está mi hermano? —les preguntó a los dos caballeros.

—Está con el barón.

—¿Por qué? —no podía imaginarse lo que Osric había hecho ahora—. ¿Qué ha pasado?

—Yo no me preocuparía por él —dijo Raoul. Agarró una gran bolsa y se la tendió—. El barón ha dejado esto para vos.

Aelia la aceptó, pero estaba más preocupada por Osric que por el contenido de la bolsa.

—¿Adónde se ha llevado Fitz Autier a mi hermano?

—A los caballos —respondió Raoul—. Creo que el barón está inspeccionando…

Aelia no esperó a oír el resto. Era obvio que Osric volvía a estar en apuros. Corrió hacia el límite del campamento, donde habían atado a los caballos. Pero no vio a Osric ni a Fitz Autier. Ni tampoco a los caballos.

Atravesó rápidamente el bosque hasta llegar a un campo sin cultivar, y se detuvo en seco ante la imagen que tenía ante ella.

Los caballos pastaban libremente en la hierba, y

en el centro del claro estaban Osric y Fitz Autier frente a frente, con las espadas cruzadas.

A Aelia se le cayó el corazón a las rodillas, hasta que oyó las palabras de Fitz Autier.

—No, pequeño sajón —decía—. Tendrías que haberte aprovechado y atacar. Vuelve a intentarlo.

Aelia estaba segura de que sus ojos la engañaban. No era posible que Fitz Autier le estuviera enseñando esgrima a Osric.

Y sin embargo sus ojos no mentían.

Perpleja, observó cómo Fitz Autier repelía las estocadas de Osric y cómo le enseñaba técnicas más eficaces para alcanzar a su oponente.

—Si lleva casco y armadura, debes recurrir a tu velocidad. Mientras seas pequeño, ésa será tu fuerza.

Aelia se agachó tras una rama quebrada, en el linde del claro, desde donde podía observar sin ser vista. Fitz Autier y Osric se reían juntos, y el barón normando incluso le revolvió el pelo.

Aelia se aferró a la rama mientras todo su mundo giraba a velocidad vertiginosa a su alrededor. Su hermano no podía ser un aliado de Fitz Autier. Osric odiaba a los normandos, especialmente a su jefe. El barón estaba en lo cierto respeto a Osric. El chico se había comportado con una insolencia intolerable.

¿Sería posible que Fitz Autier se hubiera olvidado de todo… y que Osric estuviera aprendiendo de un normando los rudimentos del combate?

No. Lo más probable era que Osric intentara ganarse la confianza de Fitz Autier. De ese modo podría conseguir un arma y…

Aelia se puso en pie de un salto cuando Fitz Autier tiró a Osric al suelo. Pero en vez de explotar de furia, su hermano soltó una carcajada. Aquel combate era pura diversión.

—Nunca podrás vencerme si sigues atacando de esa manera, pequeño sajón —dijo Fitz Autier. Su tono era distinto, así como la expresión de su rostro. Parecía más joven y relajado.

—¡Apuesto a que gano el próximo asalto, normando!

—No tienes nada que apostar, pequeño sajón.

—Sí… tengo… ¡puedo hablarle bien de ti a mi hermana!

La declaración de Osric dejó a Aelia sin respiración. Vio cómo Fitz Autier le tendía la mano a Osric para ayudarlo a levantarse mientras su expresión se tornaba seria.

—¿Qué te hace pensar que quiero el favor de tu hermana?

—¡Ja! Puede que sólo sea un niño, pero he visto cómo la miras.

Fitz Autier se agachó para recoger del suelo la espada de Osric. Aelia esperó que negara la afirmación de su hermano, pero no dijo nada y le tendió el arma al chico.

—¿Y cuál sería tu precio si ganas?

—El puñal de Aelia —respondió Osric sin dudarlo—. Quiero devolvérselo.

—Concedido.

Aelia se cubrió la boca con la mano. Las emociones le henchían el pecho… Amor por su hermano, y confusión por lo que sentía hacia Fitz Autier. Era su enemigo, y sin embargo la protegía y le había salvado la vida. Lo que le hacía sentir excedía de su comprensión, y temía analizarlo con detenimiento. Tenía miedo de sentir algo más que odio por el normando.

Fitz Autier esperó a que Osric volviera a atacar, y de nuevo esquivó fácilmente el golpe. Aelia no temía por su hermano. Era evidente que el barón sólo empleaba una mínima parte de su fuerza para contenerlo. Fitz Autier siguió dándole instrucciones, y Aelia sintió que había una extraña conexión entre ellos.

Pero no tuvo oportunidad de ahondar en esa sensación, pues en ese momento un grupo de viajeros harapientos apareció al otro lado del campo. El grupo estaba compuesto de un hombre, dos mujeres y tres niños. A medida que se acercaban, Aelia vio que una de las mujeres llevaba en brazos a un niño pequeño.

Fitz Autier se puso a Osric a la espalda. Su postura indicaba que estaba listo para pelear. Aelia se fijó en que llevaba el cuerno al hombro, por lo que podría pedir ayuda si era necesario. Pero él le dijo algo a Osric y luego se dirigió al grupo.

Los viajeros no parecieron entenderlo.

Aelia se levantó y se acercó. Fitz Autier volvió a hablarles, pero ellos respondieron en inglés. Eran sajones. Desarmados, mugrientos y demacrados. Y parecían asustados. Los niños tenían los ojos hundidos y no hablaban.

Fitz Autier se inclinó ligeramente hacia Osric, sin apartar la vista de los sajones, y le dijo al chico lo que debía decir.

—¿Quiénes sois? —les preguntó Osric.

que Osbern dejara de tener arcadas cada vez que se movía. Su herida iba a retenerlos allí indefinidamente, pero Mathieu estaba impaciente por reanudar el viaje. Cuando antes llevara a Aelia a Londres, mejor.

Tras una corta conversación con una de las mujeres, Aelia se volvió hacia él.

—Wilda era sanadora en su aldea. Le he contado lo que le pasó a sir Osbern y me ha dicho que puede preparar una poción para aliviar el dolor.

—¿Una poción?

—Sí, a base de cortezas de árboles.

Mathieu asintió mirando a la mujer.

—Asegúrate de que no le hace ningún daño —le dijo a Aelia—. Guatier, recoge tu arco y ven conmigo.

Agarró el arco de Osbern y se alejó del campamento, dejando a Raoul al mando. Era el momento idóneo para cazar, y Mathieu estaba dispuesto a aprovecharlo. Ya decidiría más tarde si Osbern estaba o no en condiciones para viajar.

Guatier y él ensillaron a los caballos y cabalgaron hasta encontrar un buen lugar para espantar a un jabalí o cualquier otro animal. Ataron a sus monturas, se colgaron los arcos al hombro y subieron a un árbol para esperar a su presa.

Se apostaron en las ramas altas, a una altura suficiente para protegerse del peligro y al mismo tiempo idónea para disparar. Mathieu confiaba en que la caza les llevara todo el día. No quería volver al campamento, donde Aelia estaría cuidando al niño sajón.

Pasó la mirada por el bosque, intentando borrar a

Aelia de su mente. No quería pensar en ella, ni en cómo la había abandonado la noche anterior.

Y tampoco quería pensar en entregársela al rey.

Wilda parecía ser una curandera muy hábil, pensó Aelia. Sólo una hora después de que Osbern se hubiera bebido la poción, fue capaz de sentarse sin dolores, aunque de momento no podía hacer mucho más. Aelia le lavó la herida y le dio sorbos de agua mientras se recuperaba. El resto de los normandos se turnaban para dormir o para jugar a los dados mientras uno de ellos permanecía alerta. Halig se paseaba por el campamento, pero no confiaba en los otros sajones y se mostraba muy reservado.

Los recién llegados guardaban silencio, temerosos de los guerreros normandos, inseguros del papel que jugaban Aelia y Osric, y desconcertados por la devoción de Halig hacia Aelia. La imagen de la comitiva era extraña, sin duda.

Aelia abrió la bolsa que Raoul le había dado antes y encontró ropa para las dos mujeres. No había nada para Cuthbert, pero Odelia y Aelia consiguieron vestir a los niños con la tela de una túnica que Guilliaume le había dado.

Entonces descubrió su flauta en el fondo de la bolsa y se preguntó por qué Fitz Autier la había llevado. ¿Sería una muestra de atención?

Sacó el instrumento y lo acarició con veneración, y recordó las horas que había pasado contemplando cómo Beorn lo tallaba y luego aprendiendo a tocarla con su mujer. Sintió una punzada de nostalgia y dejó la flauta junto a sus recuerdos.

Fitz Autier estuvo ausente durante toda la tarde, pero la cabeza de Osbern parecía mejorar a cada hora. Aelia no tenía duda de que al día siguiente reemprenderían la marcha.

—¿Seguiréis hacia el norte? —le preguntó a Odelia. Tomó al pequeño de sus brazos y se lo puso en el regazo. Los otros tres niños permanecieron pegados a su madre. No sonreían ni jugaban. Eran tiempos difíciles, y en sus rostros inquietos se advertía el trauma de la guerra.

Odelia negó con la cabeza.

—Es muy peligroso viajar por estos caminos, y pronto llegará el invierno. No... no sé lo que será de nosotros.

—Pasaremos aquí una noche más, al menos —dijo Aelia—. Estoy segura de que Fitz Autier os permitirá quedaros con nosotros hasta que nos marchemos.

La mujer se puso pálida.

—¿Fitz Autier? ¿Ese hombre es el diabólico Fitz Autier?

—Es...

—Hemos oído hablar de sus atrocidades, Aelia. No podemos permanecer aquí entre...

—No, Odelia. No lo entiendes.

—Arrasó Ingelwald hasta los cimientos y mató a todos los hombres.

—Eso no es cierto. Ingelwald nunca...

—Claro que sí. Unos jinetes llegaron a Bruenwald —insistió Odelia. Empezó a recoger sus escasas pertenencias y le quitó el niño a Aelia. Su marido advirtió su inquietud y se acercó a ellas—. Nos dijeron que Fitz Autier había matado al señor y la señora de Ingelwald y que había colgado sus cuerpos…

—No sigas, Odelia. Yo soy la señora de Ingelwald.

—¡Ven con nosotros! —la apremió Odelia—. Podemos irnos ahora, mientras ese demonio está cazando. Encontraremos un lugar para escondernos.

—Por favor, escúchame. Es cierto que Fitz Autier conquistó Ingelwald, pero no se cometieron barbaridades. Y no mató a nadie.

—¿El barón es Fitz Autier? —preguntó Cuthbert en voz baja, con cuidado de no asustar a los niños.

Aelia podía ver que la supuesta crueldad de Fitz Autier era conocida en todos los rincones del país… no sólo en las tierras que él conquistaba. Y sin embargo no se correspondía con la realidad. Fitz Autier había intentando negociar pacíficamente con Selwyn, y sólo había lanzado su ataque cuando el sajón se negó a rendirse.

—Se dice que es un mercenario implacable y despiadado, un asesino de mujeres y niños.

—No mató a ninguna mujer o niño en Ingelwald —aseveró Aelia—. Ha sido bueno y justo con mis súbditos. Os puedo asegurar que Fitz Autier no os hará ningún daño. Se ocupará de que vuestros hijos coman bien y luego os permitirá seguir vuestro camino.

Mathieu Fitz Autier podía ser un guerrero feroz, pero no mataba a gente inocente. No se merecía la fama que lo precedía, aunque parecía ser que las historias sobre sus salvajes victorias se propagaban intencionadamente… seguramente para intimidar a los jefes sajones y conseguir que se rindieran sin presentar batalla.

Frustrada, se alejó de Odelia y abandonó el campamento para dirigirse hacia el campo donde había visto por primera vez a los sajones. No sabía por qué le importaba tanto lo que aquella gente pensara de Fitz Autier. Él no había sido justo con ella, sacándola de su hogar y de todo lo que le era familiar, y haciéndole sentir cosas que ninguna dama debería sentir por el marido de otra mujer.

Dieciséis

Mathieu fue recibido por las miradas recelosas de los sajones cuando volvió al campamento. Las dos mujeres ya no iban vestidas con harapos, sino que lucían la ropa que él había llevado para Aelia. Seguramente ella seguiría con el mismo vestido verde que había llevado durante días y que empezaba a presentar un aspecto lamentable.

Mathieu respiró hondo. Al menos Osbern tenía mejor aspecto. Seguramente podrían continuar el viaje por la mañana.

—Henri y Guilliaume, id a ayudar a Guatier con la caza —ordenó.

—¿Has matado a un ciervo? —preguntó Osric.

—No, a un jabalí. Es pequeño, pero dará bastante carne.

—Yo también quiero ir, barón —le pidió el chico.

No había formulado su petición con el respeto exigible, pero al menos lo había llamado «barón» en vez de escupir su nombre con desprecio, como era su costumbre. Empezaban a apreciarse los progresos.

Mathieu asintió y buscó a Aelia con la mirada.

—De acuerdo —le dijo a Osric—. Pero estarás bajo las órdenes de Guatier. Si causas algún problema, tendrá permiso para atarte de pies y manos y arrastrarte hasta aquí amarrado a su caballo.

—No causaré ningún problema —dijo Osric—. ¿Cuándo fue la última vez que…?

—Ya basta. Tienes mi permiso. Y ahora dime, ¿dónde está tu hermana?

El chico se encogió de hombros.

—Estaba aquí hace un momento.

Mathieu no la había visto mientras regresaba al campamento, de modo que fue a buscarla al campo donde se habían encontrado con los sajones. No era seguro que vagara sola por el bosque. Aelia tenía que comprender que había muchos que huían de la guerra, y no todos eran tan inofensivos como la familia de Cuthbert. Hombres como Durand, por ejemplo.

—¿Me buscabas, señor?

Él se giró rápidamente, pero no la vio hasta que levantó la mirada hacia los árboles. Estaba sentada en la rama de un viejo roble, apenas visible con su ropa verde oscura.

—¿Necesitas ayuda para bajar?

—Estoy más segura aquí arriba.

—¿Acaso dudas de mi protección?

Ella negó con la cabeza.

—Me puedes proteger de un agresor, sí…

Mathieu desmontó de un salto.

—¿Pero no de mí?

—Eres tú quien lo ha dicho, señor.

Era mejor que Aelia siguiera creyendo que estaba casado, ya que él parecía perder el control cuando estaba cerca de ella. Incluso ahora sentía un deseo casi irrefrenable de trepar al árbol.

—Les has dado tu ropa a las mujeres —observó.

Ella asintió y empezó a descender.

—Ellas la necesitaban más que yo.

—Hasta ahora —murmuró él cuando oyó que se le rasgaba el vestido con una rama—. ¿Seguro que no necesitas ayuda?

La imagen de Aelia apartándose las faldas mientras descendía era tan tentadora que Mathieu no pudo apartar la mirada. De repente se la imaginó sin ropa y se dio cuenta de que debía mirar a otro lado si no quería repetir el mismo error de la noche anterior. Sólo estaba allí para protegerla, no para seducirla.

Ella llegó a la rama inferior y se sentó, quedando sus caderas a la altura de los hombros de Mathieu, quien tuvo que contenerse para no rodearle la cintura con las manos y se dio la vuelta mientras ella saltaba al suelo.

—¿Cómo ha ido la caza? —preguntó ella.

—Tenemos comida suficiente para alimentar a los sajones y que sigan su camino bien provistos de carne.

—Eso es muy generoso por tu parte.

Él observó las manchas de su vestido.

—Estoy pensando en enviarlos a Ingelwald. ¿Hay algún otro carpintero en la aldea, ahora que Beorn ha muerto?

Aelia lo miró con el ceño fruncido.

—¿Enviarías forasteros a mi casa? —preguntó con voz temblorosa—. ¿Nos sacas a Osric y a mí de

Ingelwald y sin embargo permites que esos desconocidos vayan allí?

Los ojos se le llenaron de lágrimas, pero no dijo nada más. Se apartó de él y echó a correr entre los árboles.

Mathieu la alcanzó rápidamente. La agarró del brazo y la hizo girarse hacia él. Una lágrima cristalina resbalaba por su mejilla, pero se negó a apartarla. Los años de guerra habían endurecido su corazón, y no podía mostrar la menor compasión por nadie.

—¡No huyas de mí, *demoiselle*! No sabemos qué peligros acechan en este bosque.

—¿Qué te importa lo que me pueda pasar a mí?

Se soltó de su agarre y le dio la espalda, y a Mathieu no se le pasó por alto el ligero estremecimiento de sus hombros al respirar profundamente.

—Tengo que cumplir las órdenes del rey. Y no puedo fracasar —dijo. Volvió a agarrarla y la llevó hacia donde había dejado su caballo.

Ella guardó silencio durante todo el camino de vuelta al campamento, y Mathieu se dijo que era mejor así. Si se mostraba enfadada o distante, él no se veía tan tentado de tenderla sobre la hierba y besarla apasionadamente para hacerle olvidar su nombre y el motivo de aquel viaje.

Aelia nunca podría conseguir que Osric se fuera con ella. No cuando su hermano tenía la barriga llena de carne y judías. Mientras el chico se sentaba con Fitz Autier e imitaba al barón tallando un trozo de madera, ella se paseó por el perímetro del campamento, intentando tomar una decisión.

No les guardaba rencor a Cuthbert y su familia porque tuvieran la oportunidad de instalarse en Ingelwald. Al contrario. Se alegraba de que pudieran vivir allí. Pero ella también quería regresar a su casa. Echaba de menos su hogar y todo lo que le era familiar. Incluso a Nelda.

Y no podía soportar más tiempo con Fitz Autier, el maldito caballero normando que únicamente la veía como la misión que debía cumplir para el rey.

¿Podría robar un caballo durante la noche? Osbern estaría durmiendo, al igual que sir Hugh. Eso dejaba a seis caballeros y a Fitz Autier. Seguramente Halig le seguía siendo leal y la ayudaría.

—¡Aelia, mira lo que he hecho! —exclamó Osric, sosteniendo en alto el trozo de madera que había estado tallando. Se había sentado junto al barón normando y trabajaba a su lado como si fueran hermanos. O padre e hijo.

¿Cuándo se había suavizado la animadversión que se tenían mutuamente?

En los últimos días, Osric había abandonado su agresividad hacia los normandos. De no haberlo visto con sus propios ojos, Aelia no se habría creído que Fitz Autier le estuviera enseñando a su hermano a blandir una espada o a tallar pacientemente una figura en madera.

No entendía el cambio de actitud de Osric. Fitz Autier seguía siendo igual de duro con él, con sus castigos y su férrea disciplina. Aquella tarde, además de ocuparse de los caballos y otras tareas, el chico había ayudado a los hombres a trinchar el jabalí y a colgar sacos de carne de un árbol lejano para evitar que los depredadores se acercaran al campamento.

Se había convertido en uno de ellos.

Fitz Autier tenía las piernas extendidas mientras tallaba, con los tobillos cruzados y todo el cuerpo aparentemente relajado. Pero Aelia sabía que siempre estaba alerta, observando y escuchando para percibir cualquier posible amenaza.

—Está muy bien, Osric —dijo distraídamente.

—Ni siquiera has mirado —protestó su hermano—. Ven y míralo de cerca. Es un caballo. ¿Lo ves?

Aelia se acercó a regañadientes y tomó el trozo de madera al que su hermano le había dado la vaga forma de un caballo. No pudo evitar fijarse en la figura que estaba tallando Fitz Autier. No quería mirar ni reconocerlo, pero no podía negar que era preciosa.

Había tallado la cabeza y las astas de un ciervo, que parecía surgir de la madera. Una bestia fuerte y poderosa, un símbolo de la propia fortaleza de Fitz Autier.

Deslizó los dedos sobre el tosco caballo de madera que tenía en la mano y tragó saliva.

—Me gusta mucho, Osric.

—¡Mira lo que ha hecho el barón!

—Sí, ya lo veo.

—Va a ser el escudo de su casa. Un ciervo.

—¿De su casa, Osric? —repitió ella con voz tensa—. ¡Es nuestra casa! —exclamó, volviéndose hacia Fitz Autier—. ¿Dónde piensas colgar el ciervo, barón? ¿En el salón de mi padre? ¿Sobre la puerta del castillo? ¡O tal vez adorne la pared sobre tu cama!

Se dio la vuelta y se alejó, mientras las lágrimas de ira y frustración amenazaban con cegarla.

Mathieu no creía que Aelia hubiera dormido mucho. Les había dejado su tienda a los niños, y ella se había tendido bajo las ramas de un pino, en el borde del campamento. Vio cómo se despertaba y estiraba el cuerpo, y cómo se ponía rígida al recordar su situación y miraba a su alrededor.

Sus miradas se encontraron y ella la apartó rápidamente, como si el contacto visual le quemara.

Mathieu podía imaginarse deslizando las piernas entre las suyas, apretándola contra él y calentándola con sus besos...

Desesperado por encontrar una distracción, se levantó y se alejó del campamento. Primero fue a ver los caballos, como era su costumbre, y luego se dirigió hacia el árbol donde habían dejado la carne. Era el mismo árbol al que Aelia se había subido el día anterior, el árbol del que él la había visto descender, pasando de un rama a otra.

Sacudió la cabeza para borrar la imagen y siguió caminando hasta llegar al riachuelo, que discurría muy cerca de donde habían cazado al jabalí. Se quitó la túnica y se arrodilló junto al agua para lavarse la cara y refrescarse el pecho.

Nunca había pensado tanto en una sola mujer. ¿Por qué no podía arrojarla al suelo, separarle las piernas y poseerla de una vez por todas?

Se sacudió el agua de la cabeza y volvió al campamento con paso firme y decidido. No sería el primer conquistador que se aprovechara de una prisionera. Las protestas de Aelia serían inútiles... y las suyas propias. Era un ingenuo si creía ser mejor que sus hermanastros o que su padre, quienes habían poseído a cuantas jóvenes querían sin importarles las consecuencias.

La impaciencia de Mathieu creció a medida que se aproximaba al campamento. Podía llevarse a Aelia a la orilla del riachuelo, donde tendrían la intimidad necesaria para que él pudiera sofocar el deseo salvaje que lo consumía.

Oyó voces sajonas y cuando llegó al campamento vio a Osric y a los viajeros ingleses discutiendo acaloradamente. Aelia se mantenía alejada, recogiendo sus pertenencias con la ayuda de sir Guatier, mientras Henri sacudía las hojas de su manta y la doblaba para ella. Los otros hombres estaban ensillando y atando las alforjas a los caballos, sin prestar atención a la discusión entre Cuthbert y Osric.

—¿Qué pasa aquí? —preguntó Mathieu con severidad, apoyando las manos en las caderas.

—Quieren que Aelia y yo nos vayamos con ellos —respondió el chico.

—No.

—Ya les he dicho que no permitirías que nos fuéramos —dijo Aelia en tono desdeñoso.

Mathieu la fulminó con la mirada, pero ella siguió tranquilamente con lo que estaba haciendo. Se había recogido el pelo en una larga trenza que le llegaba a las caderas y se había puesto un vestido nuevo, del color de las flores silvestres que Mathieu había visto crecer en los prados. Tenía las mejillas encendidas, prueba evidente de su enojo.

Apartó la mirada y apretó los dientes.

—Sois mis prisioneros.

Oyó un fuerte ruido cerca de Aelia, pero no se giró para mirar qué lo había provocado. No era ella la única que estaba furiosa.

Sus hombres corrieron a ayudarla, y Mathieu supo que no podría poseerla. Sus propios soldados, y Halig, no permanecerían indiferentes si a él se le ocurría llevársela al río contra su voluntad.

Aunque de ninguna manera podría hacerlo. Porque él sí era un hombre mejor que su padre.

—Diles a estos sajones que pueden ir a Ingelwald —le dijo a Osric mientras Raoul traía la montura de Mathieu.

—¿A Ingelwald? Pero si es…

—Mi propiedad. Necesito a un buen carpintero allí.

Montó en la yegua y se dirigió a Raoul.

—Levanta el campamento y sígueme con los prisioneros hacia el sur.

—¿Barón?

—Os veré a mediodía.

—Pero lady Aelia…

—No la dejes sola con el chico.

Espoleó a su yegua y se alejó por el camino en dirección sur. A Londres.

Diecisiete

Fitz Autier lo había dicho con la intención de hacerle daño. Y lo había conseguido.

Iba a enviar a Cuthbert y a su familia a Ingelwald, mientras que ella estaría condenada a no volver jamás. Se sentía tan enferma que no podía comer, y si se mantenía a lomos del caballo era sólo porque sir Guatier la sujetaba con firmeza en la silla, mientras que Osric montaba con Henri. Halig permanecía cerca de ella, como de costumbre.

—¿Cuánto tiempo falta para llegar a Londres? —preguntó Aelia. La alegraba montar con Guatier, ya que era el más locuaz de los caballeros. No era tan fácil odiarlo, a pesar de ser un normando.

—Otra semana, al menos, si todo va bien. Pero creo que el barón querrá quedarse una o dos noches en Rushton.

—¿Por qué?

Guatier se encogió de hombros.

—El señor normando de Rushton es un viejo amigo de Fitz Autier.

Siguieron cabalgando en silencio, pero Aelia no pudo reprimir la pregunta por más tiempo.

—¿La esposa de Fitz Autier lo está esperando en Londres?

—¿Su esposa?

—Sí.

—El barón no está casado.

Aelia no supo cómo consiguió que su cuerpo no reaccionara a la respuesta de Guatier.

—Sir Auvrai mencionó a su esposa.

Guatier negó con la cabeza.

—He oído hablar de un compromiso, pero me habría enterado si el barón se hubiese casado antes de que dejáramos Rouen. O Londres.

Aelia estaba asqueada consigo misma por importarle si el barón estaba casado o no. Una esposa no cambiaba nada.

Y sin embargo, parecía haber una conexión entre ellos... ya estuvieran discutiendo o besándose.

No tenía sentido haberle hecho creer que estaba casado. ¿Cuántas horas se había pasado ella haciéndose preguntas sobre esa mujer, preguntándose si tendría hijos o no?

—El barón Mathieu tiene el favor del rey. Todo indica que pronto se casará —dijo Guatier.

Aelia no quería oír más, así que guardó silencio, y lo mismo hizo Guatier mientras continuaban su viaje hacia el sur. Empezó a llover y se detuvieron un momento para cubrirse con las capas.

Finalmente se pararon para comer, después de que Osric empezara quejarse, pero lo único que indicaba que Fitz Autier había pasado por allí era una tira de cuero que Raoul encontró colgando de una rama junto al estrecho sendero.

—El barón sigue avanzando —dijo Raoul.

—¿Está... todo va bien? —le preguntó Aelia—. Quiero decir... no parece que haya ningún problema...

—No. Es una señal para que sigamos adelante.

—¿Habéis decidido con antelación qué señales son ésas?

—Si. Si algo fuera mal, habría dejado una espuela.

El día se hizo más frío debido a un viento otoñal que soplaba del norte y que traspasaba sus capas empapadas. Y la lluvia arreciaba cada vez más. Guatier la protegía con su cuerpo, pero aun así Aelia temblaba tanto que casi podía oír cómo le rechinaban los huesos.

Pero la noche prometía ser peor. Aelia dudaba que pudieran encender un fuego, y las pequeñas tiendas apenas les ofrecerían protección contra la humedad.

Deseó que Fitz Autier estuviera con ellos, y así poder castigarlo por haberla sacado de Ingelwald y dejarla a merced de los elementos.

Continuaron la marcha durante horas, y Raoul impuso un ritmo más rápido una vez que los caballos hubieron descansado un poco. Aelia empezó a hablar para no pensar en el castañeo de sus dientes y en el frío que le entumecía los dedos.

—¿Siempre es así para los soldados normandos?

—¿Así cómo? —preguntó Guatier—. ¿Frío y lluvia?

—Y a lomos de un caballo día tras día.

—No, milady. El barón nos da permiso para hacer lo que queramos cuando no estamos bajo sus órdenes.

—Dudo que eso ocurra muy a menudo.

—Sí, bueno… no mucho desde que vinimos a Inglaterra con el rey Guillermo. Pero seguimos disfrutando de nuestra libertad, de vez en cuando.

—¿Y en qué la aprovechas tú?

—Er…

—¿En algo reprochable, quizá?

—Tal vez en opinión de una dama, milady.

—¿En beber?

—Sí.

—¿Prostitutas?

—A veces.

Aelia se estremeció. El frío se hacía insoportable.

—¿Nos detendremos pronto?

—No lo sé, milady. Es sir Raoul quien está al mando.

Aelia arrugó la nariz.

—Huelo a humo.

Oyó que Guatier olfateaba el aire tras ella.

—Creo que tenéis razón.

—Pregúntale a Raoul si podríamos detenernos un rato y calentarnos junto a ese fuego.

En ese momento giraron en un recodo del camino y se encontraron con una casa solariega que había conocido tiempos mejores. Había un establo y otras dependencias, junto a cuatro pequeñas chozas.

A Aelia no le importaba quién fuera el dueño. Sólo podía pensar en el calor que la aguardaba en el interior.

Mientras se acercaban a la entrada, dos hombres salieron de la posada. Uno era Fitz Autier, y la furia de Aelia se avivó al verlo. Apartó la mirada y dejó que Guatier la ayudara a desmontar. Las piernas le fallaron cuando dio el primer paso en el suelo, pero Guatier se apresuró a sujetarla. Sintió la mirada de Fitz Autier fija en ella y maldijo la debilidad de sus piernas.

—Henri, llévate los caballos al establo —dijo él—. Raoul, mete al chico en la posada. Pronto nos servirán una comida caliente, y hay habitaciones para todos.

Volvió a entrar en la casa y Aelia no dudó en seguirlo, pero fue abordada por una mujer antes de que pudiera llegar al fuego.

—¿Lady Aelia?

—Sí.

—Soy Diera, la mujer del posadero —se presentó ella, apartándola de los hombres—. Hablamos un poco de francés… lo suficiente para saber cuántos estabais en camino, y que vuestro hermano pequeño y vos necesitaríais calor y cobijo.

—Sí. Estamos calados hasta los huesos.

—Nuestra mejor habitación ha sido preparada para vos. El fuego está encendido y un baño caliente la está esperando.

—Que Dios te bendiga, Diera —dijo Aelia mientras seguía a la mujer a las escaleras. Pronto se les unieron dos muchachas, Eda y May, las hijas de Diera—. ¿Sabes adónde se han llevado a mi hermano?

—Al gran salón. Les serviremos a los hombres la cena allí. ¿Deseáis bajar a reuniros con ellos o preferís quedaros aquí? —preguntó Diera al tiempo que abría una puerta.

Un fuego ardía acogedoramente en la chimenea,

aunque la lluvia azotaba con fuerza los estrechos postigos. Aelia se estremeció, pero los ojos se le iluminaron cuando vio la cama, con sus cortinas apartadas revelando un mullido colchón de plumas.

Pero fue la gran bañera llena de agua humeante en el centro de la habitación lo que hizo que Aelia se olvidara de cenar con los normandos.

Además, no tenía ningún deseo de ver a Fitz Autier.

—¿Tenéis ropa seca? —le preguntó Diera.

—Creo que no —respondió Aelia—. Sólo tengo otro vestido y está en una bolsa que seguramente esté empapada.

Diera chasqueó con la lengua.

—Quitaos la ropa y me encargaré de secarla mientras Eda y May os ayudan a bañaros.

Con la ayuda de las muchachas, Aelia se quitó la ropa mojada. La habitación estaba caldeada, pero no dejó de temblar hasta que se metió en el agua caliente.

Usando unas tenazas de acero, Eda retiró varios ladrillos del fuego y los envolvió en trozos de tela para colocarlos bajo las mantas de la cama. Mientras, May encendía velas por toda la habitación.

Diera regresó al poco rato, portando una bandeja con comida: un potaje caliente, pan, queso y vino tibio. La colocó en una mesa junto a la bañera. Mientras May le frotaba la espalda y Duera servía una copa de vino, Aelia suspiró de placer. Había creído que jamás volvería a disfrutar de unas comodidades semejantes.

—Es suficiente —dijo—. Os agradezco vuestra

ayuda, pero me gustaría reposar un rato en el agua, antes de comer y acostarme.

—¿No hay nada más que podamos hacer por vos? El barón Mathieu ha pagado generosamente por hospedarse en la posada.

Aelia negó perezosamente con la cabeza.

—Tan sólo dejad cerca la ropa seca.

Se sentía satisfecha y feliz. Apenas había pensado en Fitz Autier y en sus mentiras, ni tampoco en el destino que la esperaba en Londres.

May le indicó un cubo de agua caliente junto a la bañera.

—Aquí tenéis agua para enjugaros, milady. Usadla cuando hayáis acabado. Nos llevaremos la bañera por la mañana.

Aelia suspiró y sonrió mientras las tres mujeres salían de la habitación.

Por primera vez desde que llegara a la posada, Mathieu pudo descansar. La tensión de los músculos se alivió, y se recostó en el banco que había frente a la escalera para esperar la comida.

Y a Aelia.

Otra clase de tensión se apoderó de él cuando pensó en ella y en cómo se había derrumbado contra Guatier al desmontar. Mathieu se había acercado para ayudarla, pero era obvio que seguía enfadada. Él le había hecho daño... intencionadamente, además. Y la jugada había salido bien. Aelia no quería saber nada de él.

Cuando Osric se sentó en el banco y se apoyó somnoliento contra él, Mathieu se preguntó si el chico podría permanecer despierto el tiempo suficiente para comer. Tenía que recordar que Osric sólo era un niño, aunque su fuerza de voluntad era la de un hombre.

Miró a Raoul, que se había quitado la capa empapada y se había sentado junto al fuego.

—Confío en que el viaje haya transcurrido sin incidencias.

—Sí —respondió el caballero—. Salvo por el frío y la lluvia, no ha habido ningún problema.

—Lady Aelia ha estado toda la tarde temblando de frío —dijo Guatier, quitándose la cota de malla mientras se acercaba.

Mathieu lo miró con dureza.

—¿No tenía una capa?

—Sí, y yo le di la mía, además. Pero aun así tenía mucho frío.

Mathieu volvió a mirar hacia las escaleras, pero no había ni rastro de ella.

—¿Se ha puesto enferma?

Guatier se encogió de hombros.

—No lo sé, barón. Sólo sé que temblaba de frío.

Las mujeres de la posada empezaron a servir la comida en el salón. Los hombres ya habían entrado en calor y empezaban a llenarse el estómago, pero Osric se había quedado dormido. Mathieu lo despertó para que tomara un bocado, y luego lo levantó y se lo tendió a uno de los hombres para que lo llevara a la cama.

—Llama a la puerta de lady Aelia y dile que quiero que nos acompañe —le ordenó. Quería asegurarse por sí mismo de que estaba bien. Parecía muy pálida cuando llegó a la posada.

—Sí, barón —dijo Henri, y se marchó con el chico.

Mathieu se sentó y empezó a comer, pero no disfrutó de la comida como debería. Escuchaba el aullido del viento y la lluvia contra las ventanas, y se preguntaba qué había pasado con el fabuloso clima otoñal que los había acompañado durante los primeros días del viaje. Aquel cambio tan drástico era muy difícil de soportar, incluso para soldados tan veteranos como ellos. Para una mujer y un niño pequeño debía de ser aún peor.

Quería verla.

Henri bajó las escaleras, se sentó en una silla libre y empezó a comer.

Mathieu miró hacia las escaleras y luego a Henri.

—¿Dónde está?

—Lo siento, barón —dijo Henri—. Ha dicho que no va a bajar.

—¿Le has dicho que se lo he pedido yo?

—Sí —respondió Henri. Se llevó la mano a la boca y tosió—. Ha… declinado la invitación.

Aquella mujer aún tenía la capacidad para enfurecerlo. Mathieu había pensado que toda su furia y frustración se habían apagado durante la larga cabalgada de aquel día, pero por lo visto se había confundido.

—Raoul, sube y dile a la señora que le ordeno que baje.

Se sirvió una copa de vino y se obligó a relajarse una vez más mientras la esperaba. No quería que Aelia viera su inquietud.

—¿Barón?

217

—¿Qué ocurre? —le espetó a Halig, dejando de tamborilear con los dedos sobre la mesa.

—Si mi señora está cansada… tal vez debe quedar en su habitación y… dormir —el acento francés del muchacho había mejorado, pero no su gramática. Y desde luego no su opinión.

—Yo soy quien manda aquí, y todos, mujeres y niños incluidos, harían bien en comprenderlo.

Halig no dijo nada más, y cuando Raoul bajó las escaleras, solo, Mathieu sabía lo que diría antes incluso de que abriera la boca. Aelia lo estaba desafiando.

—Mi señor…

Mathieu se levantó, y sin decir una palabra, se dirigió hacia las escaleras. Aelia le había desobedecido. Se había burlado de él ante sus hombres.

Llegó al final del pasillo, donde sabía que tenía su habitación, levantó el picaporte y empujó la puerta.

La habitación estaba bañada por un suave y parpadeante resplandor, y Aelia estaba de pie en el centro, en el interior de una bañera que le llevaba por las rodillas. Sostenía un cubo sobre la cabeza, dejando que el agua se vertiera sobre su cuerpo desnudo.

Mathieu se quedó clavado en el umbral. Su furia lo abandonó de inmediato… barrida por una sensación mucho más fuerte y primaria. La puerta se cerró tras él, pero ella no lo oyó debido al agua que le caía en la cabeza.

Desde su posición, tenía una gloriosa vista de su costado y sus curvas femeninas. Tenía una mancha amoratada en la cadera y múltiples cardenales sobre las costillas y en los brazos, pero no menguaban la belleza de su figura.

Ni el deseo que de él se apoderaba.

De repente, ella se giró y soltó un chillido al verlo. Intentó cubrirse, pero el desnudo que dejó al descubierto resultaba aún más tentador.

—¡Fuera!

Mathieu cubrió la distancia que los separaba, mientras ella se agachaba y parecía dudar si permanecer agazapada en la bañera o agarrar la toalla que estaba en una silla cercana. Intentó alcanzarla y a punto estuvo de perder el equilibrio y caer, pero Mathieu la sujetó.

Con cuidado de no tocarle las magulladuras, la sostuvo por los brazos y vio cómo tragaba saliva nerviosamente.

—Eres tan hermosa… —le susurró, acercándola a él.

—Tienes que salir de aquí —dijo ella con voz suave e insegura.

—¿Sí?

Ella se estremeció y él agarró la toalla. Le cubrió los hombros y deslizó las manos por su espalda.

—No, por favor…

Siguió temblando mientras él la acariciaba. A Mathieu se le dilataron los orificios nasales al oler la fragancia de su piel recién lavada. Su excitación creció hasta un límite insostenible, incitándolo a que la tumbara en la cama y saciara su deseo.

La levantó en sus brazos y sintió cómo se ponía rígida contra él.

—No tengas miedo —le dijo, rozándole la sien con los labios. La llevó hasta la cama y la dejó de pie en el suelo—. Disfrutarás tanto como yo.

—¿Las esclavas disfrutan con sus amos?

Él ignoró la pregunta y presionó la toalla contra su pelo húmedo. A continuación le secó la espalda, mientras ella permanecía rígida y con los ojos cerrados, permitiéndole que actuara a su antojo. Le deslizó la toalla suavemente sobre los hombros y luego bajó hasta sus caderas. Volvió a agachar la cabeza y la besó.

—Sabes a vino —le susurró contra su boca. En un esfuerzo por no ponerse a temblar como un muchacho inexperto, levantó la copa de vino y, tras tomar un sorbo, se la ofreció a Aelia. Pero ella la rechazó—. No has comido nada.

—No tengo hambre.

—Yo sí —dijo él—. Tengo hambre de ti.

Ella agachó la cabeza y respiró temblorosamente.

—Haz lo que desees, señor. Estoy a tus órdenes.

—Nunca le he ordenado a una mujer que se someta a mí —dijo él, sintiendo cómo aquellas palabras le escocían en la garganta.

—Soy tu prisionera. Tu esclava. Haré lo que me pidas —murmuró ella—. Sólo te pido que... seas paciente conmigo. Es mi primera vez.... Nunca he...

Entonces Mathieu vio sus lágrimas y la soltó. Dejó caer la toalla y apretó los puños. No era así como se había imaginado una relación sexual con Aelia.

—Tú no eres una esclava.

Ella levantó la mirada hacia él. Estaba completamente desnuda, salvo por el pelo húmedo que le cubría la espalda.

—¿Entonces puedo elegir?

Él la hizo callar con otro beso. Ella intentó apartarse, pero Mathieu la sujetó y le hizo separar los labios con la lengua.

Al cabo de unos frenéticos segundos, la soltó.

—Llegará un día, Aelia, en el que no quieras rechazarme.

Aquel día ya había llegado.

Aelia permaneció temblando en silencio cuando la puerta se cerró tras Fitz Autier. Cerró los ojos y se arrojó en la cama, cubriéndose con la manta.

¿Qué había hecho?

Había rechazado al hombre cuya sola presencia la hacía vibrar con una fuerza que no sabía definir. Era algo más intenso de lo que su madre había predicho. Aelia sentía un temor escalofriante cada vez que Fitz Autier se acercaba, pero al mismo tiempo sentía una fuerza igualmente poderosa que la atraía hacia él.

Permaneció tendida durante un largo rato, escuchando las idas y venidas por el pasillo, hasta que todo quedó finalmente en silencio y entonces pudo pensar.

Nada de lo que se decía sobre aquel hombre era cierto. No era un carnicero ni un bárbaro asesino. Fitz Autier había salvado tantas vidas como le fue posible en Ingelwald, y había empezado a reconstruir los edificios arrasados y a reparar las murallas, permitiendo que la gente volviera a su trabajo y a sus hogares. Incluso había perdonado las vidas de los sajones que conocieron el día anterior, enviándolos a Ingelwald para que estuvieran a salvo en vez de abandonarlos a su suerte. Había demostrado mucha paciencia con Osric, cuando cualquier otro normando habría matado al chico después del trágico accidente con el caballo. En vez de eso le había impuesto un castigo severo pero justo. Y al ocuparse de los caballos, Osric había aprendido a valorar a aquellos animales que los transportaban durante millas y millas cada día. El chico estaba madurando.

Y ella temía estar enamorándose de Mathieu Fitz Autier.

Ansiaba recibir su tacto, y su cuerpo aún temblaba por el beso. Había deseado más, pero no podía rendirse a él como su prisionera. Ella no era una prostituta.

Se arrebujó con la manta y formó un ovillo con su cuerpo. Había rechazado al único hombre que podría amar en su vida.

Pronto llegarían a Londres y él la entregaría a su rey, quien seguramente la casaría con un caballero normando. Y ella no tendría más remedio que aceptar.

¿Se preocuparía Fitz Autier por ella?

¿Por qué habría de preocuparse, cuando estaba destinado a casarse con una mujer normanda e instalarse con ella en Ingelwald? Era un condado rico y próspero, y ahora que Fitz Autier era el dueño, Aelia no le era de ninguna utilidad.

¿Y qué le pasaría a Osric? Fitz Autier no había dicho cuáles eran sus intenciones respecto al chico. ¿La separarían de su hermano? Aelia se sentó bruscamente. No lo permitiría. Osric sólo era un niño. La necesitaba.

Se levantó de la cama y se puso la camisa que le habían dejado, atándose los lazos al cuello. No era una prenda muy decente, pero la cubría lo suficiente y además no tenía otra.

Agarró una vela y abrió la puerta de su habitación para salir al pasillo.

Todo estaba oscuro y en silencio, y no parecía que hubiera nadie cerca. No sabía en qué habitación estaba Osric, y no quería empezar a llamar a todas las puertas para averiguarlo. En vez de eso, se dirigió hacia el salón, esperando encontrar allí a sir Guatier, o quizá a Diera, quien podría decirle dónde encontrar a su hermano.

Mientras bajaba por las escaleras, vio que la única luz del salón procedía de la chimenea. No vio a nadie, pero entonces oyó el crujido de la madera y un gemido ahogado. Con curiosidad, levantó la vela y entró en el salón.

Había un hombre recostado en una silla, con los pies sobre una de las mesas. Había dos jarras en la mesa y una más colgaba de sus dedos, muy cerca del suelo.

—Señor —dijo Aelia.

—Ah, aquí viene la hermosa Aelia... —murmuró Fitz Autier, arrastrando las palabras mientras levantaba la jarra de cerveza. Aelia nunca lo había visto tan relajado. Ni tan ebrio.

Recorrió la habitación con la mirada, pero no había nada más. Nadie que pudiera ayudarla a subir a Fitz Autier por las escaleras y acostarlo.

—Barón, es tarde —dijo. Las jarras de la mesa estaban vacías, y ella consiguió quitarle la que tenía en la mano antes de que se resbalara de los dedos.

Quedaba un poco de cerveza en la misma, pero era obvio que Fitz Autier había bebido demasiado. No conseguiría que le diera una respuesta sobre Osric aquella noche—. Deberías volver a tu habitación —sugirió, poniéndole una mano con suavidad en el hombro.

—¿Solo? No. Esta noche desearía tener la compañía de una hermosa doncella.

—Necesitas dormir.

—Pero no una doncella cualquiera —dijo él, tomándole la mano y besándola en la palma—. Sólo hay una cuyos labios querría besar...

A Aelia se le aceleró el corazón, pero sabía que aquellas palabras estaban provocadas por la cerveza. No podía creer nada de lo que le dijera en ese estado.

Lo agarró del brazo e intentó levantarlo de la silla, pero él no se movió. En vez de eso, tomó un mechón de sus cabellos y se lo presionó contra el rostro.

—Huele a flores silvestres...

—El jabón era aromático —dijo ella, quitándole el pelo de la mano—. ¿Puedes levantarte?

—Claro que puedo.

—Entonces, vamos.

—¿Es una invitación?

—No, señor. Sólo estoy...

Él hizo un movimiento rápido y engañoso y consiguió sentarse a Aelia en su regazo.

—Tienes una boca increíble...

Ella intentó levantarse, pero él la agarraba fuertemente por la cintura. Fitz Autier inclinó la cabeza hacia ella y la besó. No fue un beso para castigarla, como el que le había dado antes de abandonar su habitación, sino dulce y tierno.

—Barón…

—Mathieu. Mi nombre es Mathieu —susurró él con voz cálida y sensual, y la besó suavemente en la mandíbula y en el cuello. Aelia apenas podía respirar.

Tragó saliva con dificultad.

—Ma… Mathieu…

—Qué dulce suena en tus labios —dijo él—. Mucho mejor que la conmoción que sufro cada vez que te veo.

—¿Conmoción?

—Sí —murmuró, rozándole un punto especialmente sensible tras la oreja—. Cuando te vi por primera vez, sentí que la tierra se movía bajo mis pies.

Aelia se apartó de él.

—¿La tierra se movía? —repitió, pero apenas pudo pensar cuando él le tocó el pecho a través de la camisa—. Mathieu, tienes que parar…

—No. Eres mía. No pertenecerás a ningún otro.

Una corriente de placer la recorrió al oír sus palabras. ¿Acaso Fitz Autier había sentido al verla lo mismo que su madre había predicho? ¿O sólo eran las divagaciones de un borracho? ¿Cómo podía estar segura?

—Cada vez que te veo, es como si alguien prendiera fuego a mi sangre —siguió él, y volvió a besarla.

Sus labios la devoraron y su lengua le invadió la boca. Y esa vez ella no quiso resistirse.

Dieciocho

La lluvia seguía arreciando al día siguiente. Por desgracia, Mathieu no podía culpar al temporal de su dolor de cabeza. Apenas tenía un vago recuerdo de la lujuria desatada la noche anterior. Sin duda había bebido demasiada cerveza. Era la única explicación para imaginarse a Aelia en el salón con él… sentada en su regazo mientras él la besaba.

Entornó los ojos al recibir la pálida luz que se filtraba por la ventana de su habitación. Siempre había tolerado bien la bebida. Debía de ser la preocupación por Aelia lo que enturbiaba su mente.

Les había dicho a sus hombres que se quedarían otro día en la posada si seguía lloviendo. Y a juzgar por el ruido que hacía el agua contra la ventana, no parecía que fuera a escampar en breve. Pero no les vendría mal demorarse un día en la posada, especialmente al estar viajando con Aelia y el chico. Ninguno de los dos estaba acostumbrado a unas condiciones tan duras.

Unos golpes en la puerta le hicieron levantarse. Al abrir se encontró con Osric, quien entró en la habitación sin ser invitado.

—¡Es tarde, barón! ¿Me llevarás hoy al establo a practicar con las espadas?

La aguda voz del chico traspasó la cabeza de Mathieu, que puso una mueca de dolor.

—Más tarde, chico. Tal vez más tarde.

Entonces vio a Aelia y tuvo que apoyarse en el marco de la puerta para mantener el equilibrio. Ella parecía tener un aspecto distinto aquel día.

—Silencio, Osric. El barón no se siente bien, y tu cháchara sólo conseguirá empeorarlo —reprendió al chico, y levantó la mirada hacia Mathieu—. Te he traído esto... la misma poción que Wilda preparó para Osbern.

Él aceptó la taza que le ofrecía y se la llevó a los labios mientras intentaba definir qué había cambiado. La ropa de Aelia era la misma que había vestido el día anterior, pero ahora estaba más limpia, así como su rostro y su pelo.

Sin embargo, la expresión de sus ojos verdes no era la misma.

—Bébetelo de un solo trago, señor —lo apremió ella al verlo dudar—. Te prometo que no te hará ningún daño.

A Mathieu lo asaltó un pensamiento inquietante... ¿o sería un recuerdo? Aelia con la cabeza inclinada hacia atrás mientras él le besaba el cuello.

Vació la taza de un trago y puso una mueca de desagrado por el sabor amargo. ¿Cómo era posible que tuviera un recuerdo tan lúcido de las manos de Aelia rodeándole el cuello, si sabía que la había dejado sola en su habitación?

No quería analizar la furia que le había hecho alejarse de ella, pero sabía que era el motivo que lo había empujado a beber. No tenía por costumbre ahogar su frustración en la cerveza, pero la noche anterior había sido una excepción.

—¿Me dejas practicar con Guatier, barón? —le preguntó Osric—. ¡Seguro que sir Raoul me permite usar su espada!

—Márchate, Osric, y deja descansar al barón.

—Pero…

—Vamos.

Osric empezó a protestar, pero Aelia lo sacó de la habitación mientras Mathieu se dejaba caer en una silla y apoyaba la cabeza en las manos, agradecido de que lo dejaran solo. Hacía años que no se sentía tan desgraciado.

—Échate hacia atrás.

Mathieu levantó la cabeza tan bruscamente que los oídos le zumbaron.

—Lo siento. No pretendía asustarte —se disculpó Aelia, que obviamente no se había marchado con su hermano. Se colocó detrás de él y le puso las manos en los hombros.

—Sería mejor que me dejaras sufrir en paz.

—La pócima te hará efecto muy pronto, pero esto también te ayudará.

—No, yo…

Ninguna hechicera habría conseguido obrar una magia más potente. Aelia le masajeó los hombros y el cuello, y luego deslizó los dedos entre sus cabellos para presionarle el cuero cabelludo, haciendo que el dolor remitiera.

—Mi padre solía beber más de la cuenta —dijo ella—. Y yo lo ayudaba así.

Su tacto era demasiado bueno para ser cierto.

Mathieu le habría permitido seguir indefinidamente, pero el sentido común acabó prevaleciendo y se levantó para dirigirse hacia la puerta.

—No es buena idea —dijo, más para sí mismo que para Aelia. Era muy sospechoso que de repente ella estuviera dispuesta a ser su esclava personal.

Pero su cerebro no lograba encontrar una explicación.

Al cabo de una hora, sin embargo, su cabeza había mejorado bastante, y se pasó la mayor parte del día lejos de la posada... y de Aelia. Casi todos sus hombres se quedaron en el salón, jugando a los dados o al ajedrez, y él recogió sus herramientas del establo y encontró un lugar cómodo y tranquilo para sentarse a tallar.

—¿Nos iremos mañana, barón? —le preguntó Osric, que se había sentado a su lado a tallar su propia figura.

—Sí.

—¿Y si sigue lloviendo?

—Nunca he conocido a un caballero que se detenga por la lluvia.

—Entonces, ¿por qué nos hemos detenido aquí?

—Era el momento de hacer un descanso.

—¿Tus hombres se cansan de viajar?

—No insultes a mis hombres. Claro que no se cansan —respondió Mathieu, consciente de que se estaba contradiciendo a sí mismo.

—Pues no lo entiendo...

Mathieu se puso en pie y fue hacia la puerta abierta del establo.

—Hay muchas cosas que no entenderás hasta que no crezcas, chico —espetó. A pesar del frío otoñal y de la lluvia, en el establo hacía calor gracias a los caballos.

Mathieu permaneció de pie bajo el dintel y miró hacia la posada, una construcción de madera y piedra con estrechos ventanucos en las paredes de las dos plantas, y se preguntó si Aelia estaría con sus hombres en el salón. Tal vez añorara la compañía de sus amigos sajones y se hubiera unido a la familia del posadero.

—Te has detenido por mi hermana —dijo Osric con cierto desdén en la voz.

Mathieu apretó los dientes.

—Viajamos al paso que yo decido —dijo secamente—. Si nos detenemos es por una buena razón.

Lo irritaba que el chico tuviera razón y que sus motivaciones fueran tan transparentes. Nunca en su vida había modificado sus planes por una mujer.

—Saldremos mañana por la mañana. Sin importar el tiempo que haga.

La lluvia cesó durante la noche, lo cual animó ligeramente a Aelia.

Fitz Autier había estado fuera de la posada durante todo el día. Cuando llegó para cenar, con Osric a la zaga, comió rápidamente y se retiró a su habitación, sin apenas dedicarle una mirada a Aelia.

Tal vez lo que había experimentado al verla por primera vez no fue más que un arrebato de furia ciega, o de humillación al darse cuenta de que una mujer lo había herido en combate.

Los caballos estaban ensillados y listos para emprender el viaje cuando Aelia salió de la posada.

Descubrió entonces que el barón ya había partido, dejando órdenes a sus caballeros para que lo siguieran. Durante los dos días siguientes se mantuvo muy por delante de ellos, y sólo se unía a la comitiva para comer y dormir.

Era evidente que la estaba evitando.

Al tercer día llegaron a Rushton, un feudo amurallado que había sido conquistado por los normandos el año anterior.

—Es tan grande como Ingelwald —dijo Guatier.

—Nos quedamos aquí una noche cuando nos dirigíamos hacia el norte —dijo Henri.

Rushton estaba ahora bajo las órdenes del barón Roger de Saye, y cuando subieron por el camino que conducía a la puerta, Aelia pudo ver que había un gran número de soldados normandos.

Tembló al ver tantos hombres leales al rey Guillermo, muchos de los cuales se giraban para mirarla al pasar junto a ellos. Sus guardianes la trataban bien, pero seguía siendo una prisionera sajona. Y todos aquellos normandos lo sabían.

—¿Qué haremos aquí? —preguntó.

—El barón Fitz Autier nos está esperando —respondió Guatier—. Lo más probable es que pasemos aquí la noche y sigamos nuestro camino por la mañana.

—Sí —corroboró Henri—. Roger de Saye es un viejo amigo del barón.

Aelia se sintió muy incómoda cuanto cruzaron la puerta. Había soldados y trabajadores por todas partes, y se veía que varios de los edificios acababan de ser reconstruidos. El mayor de los cuales era una inmensa estructura de techo bajo que parecía servir de alojamiento a los soldados, que se contaban por centenares.

En el centro del burgo se levantaba la casa señorial. Era un edificio enorme que constaba de tres plantas y una torre. Estaba construida en piedra y de las alturas colgaban banderas y estandartes.

—Ahí está el barón —dijo Guatier.

Fitz Autier salía de uno de los edificios con otro hombre. Los dos vestían de modo similar, con cotas de malla y las espadas en sus costados. Pero no había más semejanzas entre ellos. Mathieu era mucho más alto y robusto, y sus rasgos eran más duros y atractivos. Aelia sintió una atracción familiar al verlo.

Era su captor y ella sólo debería sentir odio. Pero no podía.

Sir Guatier y el resto de la compañía desmontaron delante de la casa. Aelia puso las manos en los hombros de Guatier y entonces se dio cuenta de que Fitz Autier la estaba mirando. Pero él apartó rápidamente la mirada, como si no tuviera el menor interés en ella.

Aelia perdió el equilibrio y resbaló, pero Guatier la agarró del brazo para impedir que cayera.

—¿Os ocurre algo, lady Aelia?

Ella negó con la cabeza, pues no confiaba en su voz. En ese momento, una mujer mayor con un vestido oscuro y un tocado apareció en lo alto de la amplia escalera de madera que conducía a la casa y los llamó.

—¡Por aquí! ¡Por aquí!

Flanqueada por dos guardias, la mujer les hizo un gesto a Aelia y a su escolta para que entraran en la casa y desapareció en el interior sin esperarlos.

Aelia miró a Fitz Autier, pero él parecía concentrado en la conversación con su compañero y no le devolvió la mirada.

—¿Quién es? —preguntó Osric, tan receloso como Aelia. Ella había temido que su hermano empezara a acosar a preguntas al señor de la casa, pero la tutela de Fitz Autier empezaba a cosechar sus frutos. Osric no era el mismo crío maleducado que había dejado Ingelwald.

—Sé tan poco como tú —respondió ella mientras subía los escalones, temerosa de lo que pudiera estar esperándola.

—¿Por qué Fitz Autier no viene con nosotros para asegurarse de que nos traten bien? —preguntó Osric.

Aelia no respondió y entró en la casa solariega de Rushton. Siempre se había enorgullecido de la casa de su padre, pero el gran salón de Rushton era impresionante, con unos muebles que la dejaron sin respiración.

Una gran mesa con dieciséis sillas dominaba la estancia, y dos doncellas se ocupaban en limpiar el polvo y sacarle brillo. Otras dos mujeres barrían el suelo, mientras otras dos esparcían juncos frescos. También había hombres que instalaban mesas de caballetes, mientras otros añadían leña al fuego.

Aelia se quedó tan ensimismada con la actividad que se desarrollaba en el salón, que se sobresaltó al ver a la mujer con el vestido oscuro esperándolos con gesto de impaciencia.

Rápidamente le puso la mano en el hombro a Osric y siguieron a la mujer hasta el extremo del salón, donde una joven los esperaba junto a la gran chimenea.

Tenía una edad parecida a la de Aelia, pero su porte correspondía al de una mujer mucho mayor, y Aelia supuso que debía de ser la señora de Rushton. Vestida con una túnica azul hermosamente bordada, tenía un bonito pelo negro que llevaba parcialmente cubierto por un velo fino y diáfano. Gruesas cadenas de oro rodeaban su cuello y cintura, y joyas de brillantes colores adornaban sus dedos. Aunque sus rasgos eran atractivos, sus ojos pardos eran fríos y escrutadores, y Aelia supo que debía tener cuidado con aquella mujer.

—Lady Hélène, éstos son los sajones.

La mujer echó la cabeza ligeramente hacia atrás y entornó los ojos.

—Un par de mendigos harapientos, ¿no? —le dijo al ama de llaves mientras su mirada recorría la ropa de Aelia, desgastada por el duro viaje.

Aelia se ruborizó ante la grosería de lady Hélène, quien obviamente no sabía que tanto Osric como ella comprendían su lengua. Osric empezó a hablar, pero Aelia le dio un apretón en el hombro, esperando que entendiera la necesidad de guardar silencio. Contaban con una ventaja al conocer el idioma normando, y no quería que lady Hélène lo supiera. Al menos, no hasta que Aelia supiera lo que les tenía preparado.

—Quiero que sea mi criada para los festejos de esta noche.

—Pero, mi señora…

—Me encantará tener una esclava sajona —dijo Hélène—. Una mujer de noble cuna que atienda mis necesidades. No como esas campesinas ignorantes que sir Bernard me sigue enviando.

El ama de llaves hizo una reverencia y llamó a uno de los hombres.

—Beauvais, llévate al niño a los establos —ordenó, y luego le hizo un gesto a Aelia para que la siguiera.

—Ve con él, Osric —le susurró Aelia a su hermano—. Seguramente veas allí a Raoul y a los demás.

—¿Pero y qué pasará contigo?

Aelia miró a los ojos de la altiva lady Hélène.

—Sobreviviré.

—¿Por qué estás tan inquieto, Mathieu? —le preguntó Roger de Saye—. ¿Estás planeando ir otra vez a la guerra?

Mathieu negó con la cabeza.

—Espero haber terminado con eso.

—Sí. Ahora tienes Ingelwald. Y a lady Clarise. ¿Has sabido algo de ella desde que te marchaste de Londres?

—No.

Los dos hombres abandonaron la caldeada armería, con sus fuegos crepitantes y el resonar de los martillos sobre el acero, y salieron al aire fresco de la tarde.

—Bueno, supongo que es normal. Ningún viajero se ha detenido en Rushton desde que estuviste aquí la última vez, para desolación de mi esposa.

De Saye había hecho grandes progresos en el año que llevaba siendo señor de Rushton. Había ampliado la casa solariega, había expandido las murallas y había añadido espacio para albergar al gran número de caballeros que protegían esas tierras. Muchas de aquellas mejoras eran los cambios que Mathieu tendría que hacer en Ingelwald para asegurar su propiedad.

Mathieu se paseó por las calles con Roger, inspeccionando los nuevos edificios y discutiendo sus planes para la administración de las tierras. Le prestó toda su atención a Roger, consciente de que podía aprender mucho de la experiencia de su amigo.

Pero cuando sus propios caballeros cruzaron las puertas de Rushton, no pudo evitar buscar a lady Aelia con la mirada.

—Ésos son tus hombres, ¿no? —le preguntó Roger.

Él asintió mientras su amigo le explicaba dónde serían alojados. Aelia cabalgaba en el centro de la compañía, envuelta en el manto negro de Mathieu. A lomos del caballo de guerra de sir Guatier, parecía encogida y temerosa. Guatier se inclinó hacia delante y le dijo algo al oído.

Roger miró la expresión de Mathieu cuando vio que no lo estaba escuchando.

—¿Ocurre algo?

Mathieu puso una mueca e intentó contener el torrente de sensaciones que le provocaba la imagen de Aelia.

—No, yo... ¿qué decías?

Roger frunció el ceño.

—Parece que te hayas tragado un arenque podrido, Mathieu. ¿Estás seguro de que...?

—Sí —lo cortó Mathieu. Carraspeó y apartó la mirada de Aelia mientras los hombres la rodea-

ban— . ¿Qué me estabas diciendo sobre el alojamiento de los caballeros?

—¿Estás seguro de que quieres dejar al chico
sajón con tus hombres, Mathieu?

—Sí.

—¿Y la hija de Wallis? —preguntó Roger—.
¿Será seguro que se quede en una habitación?

—Se ha resignado a ir a Londres. No nos dará
ningún problema.

Mathieu volvió a mirarla y vio cómo se tambaleaba al bajar del caballo. Pero no acudió a ayudarla ni
vio cómo subía las escaleras de la casa solariega.

—Me ha entrado sed —dijo Roger—. Propongo
que nos pasemos por la taberna antes de volver a la
casa.

Mathieu accedió y siguió a Roger al interior de
la taberna. Se sentaron junto al fuego y un sajón
barbudo les llevó un par de jarras, seguido por una
joven criada que colocó un plato con pan y queso en
la mesa.

—Es una belleza, ¿verdad?

Mathieu miró a la chica, que sonrió y se plantó
ante él con las manos en las caderas y sacando
pecho. Se pasó la lengua por los labios en un gesto
de descarada provocación.

—¿Es sajona? —preguntó Mathieu.

—Sí —respondió Roger—. Al viejo no le importará si te la llevas arriba.

Era lo bastante bonita para seducir a cualquier
hombre, pero a Mathieu no lo tentaron su belleza ni
su buena disposición a satisfacer su deseo. Levantó
la jarra, pero el recuerdo de su última borrachera le
revolvió el estómago.

—Te vendría bien para liberar la tensión del viaje, Mathieu —lo animó Roger mientras tomaba un largo trago de cerveza.

—Esta noche no —declinó él, dejando su jarra—. Es hora de que nos reunamos con tu esposa en la casa.

Roger soltó una carcajada.

—¿He oído bien, viejo amigo?

Mathieu farfulló algo en voz baja. No sabía cómo explicar su falta de interés por la joven sajona.

—Ha sido un día muy largo —dijo. Tenía que ser la fatiga.

Roger dejó la jarra sobre la mesa y se limpió la boca con la manga.

—Entonces creo que haré los honores yo mismo —dijo mientras se levantaba. Agarró a la chica de la mano y se dirigió hacia las escaleras—. No me esperes.

—Sí —dijo Mathieu, encogiéndose de hombros—. Si la joven está dispuesta…

Roger se detuvo y se echó a reír.

—Se me olvidaba —dijo, soltando a la muchacha—. Hay muchas cosas que tengo que enseñarte. Luego volveremos juntos a la casa.

Se dirigieron hacia las puertas de Rushton y Roger le explicó las fortificaciones que había realizado en las murallas.

—No creo que lleguen problemas del este —dijo—. Pero Hélène tiene miedo de vivir aquí, tan lejos de… bueno, tan lejos de Rouen. Londres no le gustaba, y esta tierra está muy aislada…

—¿Tu esposa no es feliz aquí? —le preguntó Mathieu. No entendía cómo a lady Hélène podía desagradarle la propiedad de su marido. Eran unos dominios mucho más ricos que las exiguas posesiones de Roger en Normandía. Aquí, en Inglaterra, no estaba sometido a ningún señor feudal. Sólo le debía obediencia al rey.

El rey Guillermo lo había nombrado barón. Era una recompensa parecida a la de Mathieu: tierras ricas y una bella y noble esposa. Mathieu y Roger eran los nuevos señores del reino, y como tales levantarían sus casas a la vez.

—Mujeres —dijo Roger, sacudiendo la cabeza—. No se preocupan más que por sus propias comodidades y distracciones. Hélène está lejos de su madre y de sus amistades. Y... los prefiere a ellos antes que a mí —añadió, encogiéndose de hombros—. Antes que a Rushton.

—Se acostumbrará pronto a Inglaterra. Y a ti —le aseguró Mathieu. Él no esperaba menos con Clarise.

—Bueno, ahora es feliz, supervisando los preparativos para una fiesta en tu honor. Como ya te dije antes, no recibimos muchas visitas.

Mathieu frunció el ceño. No estaba de humor para celebraciones, pero cuando volvieron a la casa al anochecer, descubrió que la mujer de Roger había organizado una gran fiesta por todo lo alto.

Lady Hélène lo saludó afectuosamente, tomándolo del brazo para llevarlo hacia una mesa dispuesta con jofainas para lavarse. Roger los siguió y le indicó a un sirviente que se hiciera cargo de sus cotas de malla. A continuación, le pidió a Mathieu que tomara a lady Hélène de la mano y se uniera a la fiesta en el gran salón.

La señora de Rushton era preciosa, y su túnica vaporosa flotaba seductoramente sobre sus piernas al caminar. Su peinado era sencillo, cubierto por un velo transparente con pequeños y relucientes abalorios. Era tan elegante como él recordaba a lady Clarise, y sin embargo Roger se había fijado en la chica de la taberna. Y por la reacción de la joven, era evidente que Roger frecuentaba mucho el lugar.

Mathieu no ocultó su perplejidad cuando entraron en el gran salón y fueron saludados por los criados y doncellas. Los sirvientes estaban ocupados encendiendo velas sobre el estrado y sirviéndoles vino o cerveza a los presentes. Los trovadores afinaban sus instrumentos junto al fuego, pero no había ni rastro de los hombres de Mathieu.

Ni de sus prisioneros sajones.

No era extraño que Hélène no se hubiera adaptado a Rushton. Había muy pocas damas, y los soldados de Roger parecían groseros y lascivos. Al estar mucho tiempo sin entrar en combate, empezaban a mostrar una alarmante falta de disciplina, bebiendo demasiado y comportándose como brutos y patanes en el gran salón.

—Venid, tomad un poco de vino —le ofreció lady Hélène.

Mathieu aceptó la copa que le ofrecía.

—¿Dónde están mis hombres?

—Estoy segura de que llegarán de un momento a otro —respondió la dama.

—¿Y mis prisioneros?

Lady Hélène le dedicó una radiante sonrisa.

—No tendréis que preocuparos por ellos esta noche, barón.

Sus palabras deberían haberlo tranquilizado, pero no fue así.

—¿Habéis encontrado una habitación segura para lady Aelia?

—Naturalmente. Esta noche se quedará en mis aposentos. No es frecuente que una mujer noble venga a Rushton.

Mathieu no supo por qué, pero aquella respuesta lo dejó bastante incómodo.

—¿Qué les pasará a vuestros prisioneros cuando lleguéis a Londres? —le preguntó ella.

—No lo…

—Seguramente les pase lo mismo que a los sajones de Wessex —dijo sir Bernard, el mayordomo de Roger—. El rey Guillermo los hará desfilar desnudos por la ciudad.

—Si mal no recuerdo, la gente les tiraba coles y otras cosas —añadió Roger con una carcajada—. Fue muy divertido.

—La comida va a ser servida —dijo Hélène, poniendo su mano sobre la de Roger—. Si eres tan amable de acompañarme a la mesa, esposo mío.

Ella se sentó entre los dos hombres, y al cabo de unos minutos llegaron los hombres de Mathieu. Cada uno hizo una reverencia a sus anfitriones y se sentaron en una de las mesas junto al estrado. Los músicos empezaron a tocar una animada melodía y los platos de comida fueron llegando. Mathieu no podía dejar de pensar en Aelia, pero no hizo ninguna pregunta sobre ella.

—¿Cómo habéis encontrado Ingelwald, barón? —le preguntó Hélène—. ¿Tendréis que hacer muchas reformas, igual que mi marido ha hecho aquí?

—Sí —respondió él—. Las puertas y las murallas sufrieron muchos daños. Y hay que ampliar y reformar la casa solariega. Pero aparte de eso, dejaré que sea mi esposa quien decida.

—Ah, sí... Clarise de Vilot... Es mi prima, ¿sabéis?

Mathieu casi se atragantó con el vino, pero no supo si fue debido a las palabras de lady Hélène... o a que en ese momento había visto a Aelia, ataviada con un delantal, sirviendo la comida a los hombres de Roger.

Diecinueve

Mathieu estuvo a punto de levantarse para ir tras ella, pero se aferró al borde de la mesa para contenerse. Tenía que recordar que no era más que su prisionera.

Tomó una profunda inspiración e intentó calmarse.

—Pensaba que habíais confinado a lady Aelia a sus aposentos —le dijo a Hélène.

La dama se echó a reír.

—Es una esclava, ¿no? Y yo necesito ayuda adicional esta noche.

—Milady, os habéis extralimitado en vuestras funciones.

Las mejillas de Hélène se enrojecieron, ya fuera por vergüenza o por rabia.

—Sólo es una sajona, mi señor. El rey Guillermo hará que la cuelguen junto a su hermano.

Mathieu apretó los dientes. Hélène tenía razón. Aelia no era más que una esclava sajona y estaba sujeta a los caprichos de la nobleza normanda.

Pero a él le interesaba cada vez menos la compañía de sus semejantes. Intentó fijar la atención en los acróbatas que saltaban y hacían cabriolas delante del estrado y dejar que Aelia siguiera cumpliendo con su obligación. Pero no podía apartar los ojos de ella, viendo cómo se movía entre las mesas con bandejas de comida y jarras de cerveza.

Tomó un pequeño sorbo de vino mientras Roger bebía sin la menor moderación, riendo y batiendo palmas a los juglares. Por su parte, Hélène no mostraba interés alguno en la fiesta, como si su único deseo fuera retirarse.

—¿Dónde está el chico sajón? —le preguntó Mathieu cuando Aelia salió del salón.

—En los establos… barriendo, supongo.

—Eso es buscarse problemas —murmuró él.

—¿Cómo decís, mi señor?

—Nada.

Aelia no miró en ningún momento hacia el estrado. Sin duda debía de saber que él estaba allí, pero se negaba a mirar a los nobles normandos. Prestó atención a sus hombres, sentados en una mesa cercana. Debían de haber visto a Aelia haciendo de criada, pero no era probable que supieran dónde estaba Osric.

De pronto oyó unas risas a su izquierda. Desvió la mirada y vio a una criada rubia que era el motivo de las burlas. Su larga trenza se agitaba de un lado para otro mientras intentaba apartar las manos de los hombres, pero éstos la agarraban y empujaban sin piedad.

Entonces se le cayó la bandeja que llevaba. Horrorizada, se dio la vuelta y echó a correr.

Era Aelia.

Lady Hélène se echó a reír y les indicó a los soldados de Rushton que se acercaran.

—La prisionera sajona parece creerse demasiado importante para servir a nuestros hombres —les dijo—. Id a buscarla y enseñadle cuál es su lugar.

Roger soltó una estridente carcajada y besó la mano de su mujer.

—Bien hecho, cariño.

Con la vista empañada por las lágrimas, Aelia corrió hacia el establo. Pero cuando llamó a su hermano no recibió respuesta. No había nada que Osric pudiera hacer para ayudarla, pero sería un consuelo verlo.

No quería pensar en ese canalla de Fitz Autier, quien la había abandonado. No le importaba que estuviera sentado junto a lady Hélène, escuchando la cháchara de la mujer normanda y sin mover un dedo por ayudarla a ella. Pero su actitud tampoco debería sorprenderla. Era evidente que rechazaba lo que sentía al verla. Se negaba a reconocer que había una especial conexión entre ellos.

Le habían quitado su único vestido decente, y ahora no llevaba más que un sayal andrajoso que le había dado la vieja ama de llaves. Aelia había tenido que ayudar a lady Hélène a vestirse para el banquete y luego la habían mandado a la cocina con las otras criadas sajonas.

No era tan horrible. No debía llorar sólo porque Mathieu Fitz Autier no hubiera hecho nada por ayudarla. Y no podía seguir negando que no era más que una esclava.

En el gran cobertizo que había junto al establo estaban almacenados las carretas, las sillas de mon-

tar y los arneses. Aelia buscó un farol y volvió a llamar a Osric. Entonces oyó una voz tras ella, pero no
era la de su hermano.

—Ahí está —dijo un hombre desde la puerta.

Tres normandos se acercaron a ella. Uno de ellos
llevaba una antorcha. Aelia retrocedió hasta el
fondo del cobertizo, se metió por una puerta y la
cerró tras ella. Pero cuando se disponía a seguir
corriendo, se golpeó la rodilla contra algo duro y
gimió de dolor, mientras los tres hombres cantaban
al otro lado de la puerta. Estaban borrachos.

La puerta se abrió de golpe y los normandos
entraron, riendo y tambaleándose. Aelia retrocedió,
esperando encontrar una puerta o una ventana por la
que poder escapar. Si aquellos soldados habían bebido demasiado, tal vez fuera fácil darles esquinazo.

Pero no encontró ninguna vía de escape.

—¿Pensabas que te librarías de nosotros? —le
preguntó el más alto y ebrio de los tres.

Aelia fingió no entenderlo y siguió moviéndose,
tanteando la pared en busca de algún ventanuco.
Pero los hombres la rodearon, cortándole el paso.

—Esto te va a gustar —dijo el que llevaba la
antorcha. La arrojó al suelo para tener libres las dos
manos y se unió al juego con sus camaradas.

Porque para ellos no era más que eso: un juego.
Iban a aprovecharse de ella igual que Durand había
hecho con Rowena.

La rodearon por los costados y uno de ellos la
agarró del brazo para hacerla girarse y perder el
equilibrio. Otro tiró de ella hacia él. Aelia descargó
el puño contra su ojo. El hombre aulló de dolor y la
golpeó con fuerza, tirándola al suelo. Los otros se

rieron mientras ella pateaba y se revolvía, intentando desesperadamente apartar a su agresor.

—Eso es… ¡Arráncale la falda, Herve!

Aelia consiguió darse la vuelta y empezó a arrastrarse, pero uno de ellos la agarró por el tobillo y tiró de ella hacia atrás.

—¡No! —gritó, volviendo a patear con todas sus fuerzas.

Se recordó a sí misma que había estado en situaciones más peligrosas… Aún tenía la herida en el cuello como prueba. De alguna manera, iba a sobrevivir a aquello.

Uno de los hombres le rasgó el vestido por las piernas. Aelia gritó, aunque sabía que sus gritos eran en vano. Nadie podía oírlos, y a nadie le importaba dónde estuviera.

La luz de la antorcha proyectaba sombras espeluznantes sobre ellos, y Aelia se los imaginó como demonios salidos del infierno, que le mordían y desgarraban la piel. Le arrancaron el vestido y sólo se quedó con la camisa deshilachada que le había dado la criada de lady Hélène.

—¡Mirad lo que tenemos aquí! —dijo uno de ellos con una carcajada lasciva.

A pesar de estar borrachos, se mostraban sorprendentemente firmes contra los esfuerzos de Aelia. Le sujetaron las manos, pero cuando Herve se colocó encima de ella, el pánico le dio a Aelia una fuerza repentina y consiguió liberar un brazo.

Empujó a Herve y lo golpeó con la rodilla en la entrepierna. Él gritó de dolor y cayó de costado, y entonces Aelia le quitó el puñal de su cinturón y atacó al hombre que la estaba tocando.

—¡Me ha cortado! —chilló el normando mientras ella se ponía en pie sin dejar de blandir el puñal.

Mientras Henri se retorcía en el suelo, gimiendo, el hombre al que había acuchillado se levantó y observó desconcertado la sangre que goteaba de su mano.

Esgrimiendo el cuchillo delante de ella, y manteniendo la distancia con el único normando que permanecía ileso, Aelia retrocedió hacia la puerta. El hombre hizo un movimiento repentino para intentar atraparla, pero ella lanzó una estocada con el puñal y lo hizo retroceder.

Sin apartar los ojos de él siguió caminando hacia atrás. Pero al salir del cobertizo se topó con un obstáculo. Una muralla de fibra y músculo... otro normando.

—Ya te tengo, Aelia —dijo Mathieu, sujetándola por los brazos para tranquilizarla... y para reprimir el impulso de matar a aquellos tres salvajes que le habían arrancado la ropa.

Tenía la piel gélida y estaba temblando, pero Mathieu oyó cómo suspiraba cuando la apretó contra su cuerpo. No le pidió que soltara el cuchillo, pero la puso detrás de él y encaró a los tres atacantes.

—Voy a encargarme de que recibáis vuestro merecido.

—¡Ha estado a punto de degollarme, barón!

—¡Me ha dado un rodillazo en...!

—No es una doncella indefensa, mi señor —dijo

el que no había recibido ningún daño—. Su reacción ha sido muy exagerada. Solo estábamos jugando. ¡Esta zorra no sabe divertirse!

Mathieu le propinó un puñetazo, partiéndole el labio y arrojándolo al suelo.

—Presentaos ante vuestro barón —les ordenó en voz baja y amenazante—. Decidle que habéis atacado a mi prisionera y…

—Pero fue lady Hélène quien nos dio permiso…

—¡Nos dijo que le diéramos una lección a esta sajona!

Aelia soltó un chillido y se abalanzó hacia ellos con el puñal en alto, pero Mathieu la agarró y la levantó en brazos. Por furioso que estuviera, tenía que llevársela de allí antes de que cualquiera cometiese un asesinato.

El cuchillo cayó de las manos de Aelia cuando él se la cargó al hombro. Ella le estuvo dando patadas y puñetazos todo el camino hasta la casa, pero él se limitó a darle una palmadita en el trasero.

—Si vuelves a golpearme, *demoiselle*, me veré obligado a emplear la violencia.

Ella no cedió en sus esfuerzos por liberarse hasta que llegaron a la habitación que le habían dado a Mathieu y éste la soltó bruscamente en el suelo.

—¡No tenías derecho!

—¿No tenía derecho a impedir que mataras a esos hombres? Yo creo que sí lo tenía. Era mi deber.

Ella intentó salir de la habitación, pero él le cortó el paso. Un fuego había sido encendido en la chimenea, y Mathieu pudo verla bien por primera vez. Lo único que llevaba era una camisa de lino, sucia y descosida, y el arañazo en el hombro había empezado a sangrar de nuevo. Parecía una princesa guerrera, feroz y orgullosa.

—¿Tu deber? —exclamó, temblando de furia.

—¿Sabes lo que te habría hecho Roger de Saye si hubieras matado a uno de sus hombres? —le preguntó él. La sacudió brevemente y la abrazó—. Por Dios, Aelia...

Descendió con la boca hasta la suya, pero ella se resistió y se apartó de él, aunque seguía aferrándolo por la túnica.

—¡No quiero esto, normando!

—¡Ni yo!

Ella no lo soltó. Y entonces, echando fuego por los ojos, tiró de su cabeza hacia ella y lo besó con una pasión que dejó a Mathieu sin respiración.

Ladeó la cabeza para profundizar el contacto de sus labios, saboreando la furia y el deseo que ardía en ella. Al cabo de unos segundos, interrumpió el beso y apoyó la frente contra la suya mientras recuperaba el aliento.

—No perteneces a ningún otro, Aelia...

Ella entrelazó los dedos en su pelo. Mathieu sintió cómo le latía el pulso en la garganta y supo que estaba tan excitada como él.

Pero no tenía intención de apresurarse. Su deseo lo llevaba consumiendo demasiado tiempo. La cortejaría y la seduciría hasta que los nervios de Aelia estuvieran tan tensos como la cuerda de un arco.

Como los suyos propios.

Su sabor femenino era embriagador, más sensual que cualquier beso que hubiera compartido con mujeres más experimentadas.

Ella empezó a desatarle los nudos de la túnica en

el cuello. Mathieu se la quitó por encima de la cabeza y le deslizó la camisa desgarrada por los hombros. Entonces bajó la boca hasta su pecho. El pezón respondió de inmediato al contacto de su lengua, endureciéndose como un pequeño guijarro.

Ella dejó escapar un gemido suave y le rodeó la nuca con los dedos, sujetándole la cabeza mientras él deslizaba las manos hacia su vientre y su sexo.

Estaba húmeda y ardiente, y el pequeño botón carnoso listo para su tacto. Las rodillas le cedieron cuando él la tocó en aquel punto ultrasensible, pero le puso las manos en los hombros y consiguió mantener el equilibrio.

Mathieu se movió al otro pecho, y siguió lamiendo y succionando hasta que ella se estremeció de pura necesidad. Lo excitaba saber que era el único que la había tocado así. El único que la había llevado al límite de su resistencia. El único que poseía su cuerpo, su alma y su corazón.

Le tomó la mano y se la presionó contra sus calzas, estremeciéndose con el doloroso placer de su tacto. Aelia no sabía qué hacer y se mostraba dubitativa, pero antes de que acabara la noche sabría cómo complacerlo y conocería los límites de su propio placer.

Los ojos le relucían a la luz de las llamas cuando lo miró apasionadamente, y Mathieu pensó que nunca había visto nada tan hermoso.

Ni tan inocente. Aelia no dejaba de temblar, nerviosa e insegura.

—No tengas miedo de mí, *ma belle* —le susurró él.

—No tengo miedo de ti, señor —respondió ella.

Y se lo demostró desatándole el cinturón que sujetaba sus calzas y bajándoselas de un tirón. Pero cuando lo tuvo completamente desnudo, abrió los ojos como platos y empezó a temblar de nuevo.

Mathieu no le dio tiempo para pensar. La levantó en sus brazos y la llevó a la cama, acostándola suavemente.

—Eres tan hermosa... —le dijo, y la besó intensamente mientras descendía con una mano por su cuerpo, desde el cuello hasta los muslos. Nunca había tocado nada tan suave y delicado como su piel.

La besó lentamente por el cuello y presionó la boca contra cada pecho. Le rodeó la cintura con las manos y sintió cómo su carne se estremecía.

Ella le agarró la cabeza y lo hizo volver a su boca. Aunque apenas tenía experiencia, había aprendido de sus encuentros anteriores.

Su lengua era dulce y ardiente y se la introdujo en la boca con avidez. Le clavó las uñas en los hombros y luego en las caderas, presionándolo fuertemente contra ella mientras se movía sobre el colchón. Entonces Mathieu tomó una de sus manos y se la colocó sobre su dura erección.

—Tócame, Aelia.

Ella lo rodeó con la mano, pero lo soltó cuando él gimió.

—¿Te hago daño?

—No.

Volvió a intentarlo con más cuidado, y Mathieu puso la mano sobre la suya y la guió expertamente, enseñándole cómo debía darle placer.

La respiración de Aelia se aceleró mientras a él

lo hacía bullir de inconcebible deseo. Volvió a llevar la boca a su pecho para lamerle el pezón. Quería estar dentro de ella... pero el placer de Aelia era más importante que el suyo.

Quería que lo deseara tanto como él a ella.

De repente se arqueó y presionó los labios contra su vientre. Y cuando descendió hasta su sexo, ella ahogó un gemido y se abrió a él.

—Mathieu... —su voz apenas era un ronco susurro, pero el sonido de su nombre le traspasó el corazón como una flecha de fuego.

—Sí... Dilo. Di mi nombre otra vez.

—¡Mathieu!

Estaba preparada para recibirlo.

Mathieu se deslizó entre sus muslos y ella se aferró a sus hombros. Su único deseo era poseerla. Apoyó las manos a ambos lados de su cabeza y la besó mientras la penetraba lentamente, intentando causarle el menor daño posible.

Pero entonces ella hizo un movimiento inesperado y Mathieu se encontró envuelto por su calor femenino, tan ardiente y tenso que pensó que el corazón le iba a estallar.

Ella dejó escapar un débil gemido y él separó los labios.

—Aelia...

—Más —susurró ella, y con un suspiro de placer le rodeó la cintura con las piernas. Su mirada ardía de pasión y deseo. Mathieu nunca había compartido algo tan intenso e íntimo. Era como si Aelia se hubiera fundido con él, convirtiéndose en parte de su cuerpo... y de su alma.

Ella le tomó el rostro con las manos y el cerró los

ojos y la besó en la palma. Aelia le deslizó entonces las manos por los hombros y el pecho, encontrando sus pezones, y Mathieu se estremeció de placer cuando los acarició con la punta de los dedos.

Profundizó aún más en la penetración y Aelia gritó y se arqueó bajo su cuerpo cuando los espasmos la sacudieron. Y él también experimentó su propia liberación. Una poderosa culminación a la frenética escalada de placer que iba más allá de toda comparación.

Apartó su peso de ella, pero no se retiró. Sin dejar de besarla, se tumbó de costado y la apretó contra él.

—¿Estás bien?

—Sí —respondió ella con voz casi inaudible.

Al menos había alguien que estaba bien, pensó Mathieu. Porque él no lo estaba.

Aelia se despertó durante la noche y vio que el fuego de la chimenea casi se había consumido. No sabía cuánto tiempo había dormido. Ni tampoco le importaba.

Yacía junto a Mathieu, con la cabeza apoyada en su brazo y el corazón en sus manos.

Nunca había querido sentir por él nada más que odio y desprecio por haberle arrebatado Ingelwald.

Pero la verdad era que se había enamorado de él.

Lo oyó suspirar y sintió su aliento en el pelo. Se estremeció y él la apretó contra su cuerpo y susurró su nombre en sueños.

En su vida no había nada seguro… sólo lo que sentía por Mathieu.

Él se movió y con su mano libre le acarició un pezón. Y Aelia ahogó un gemido cuando bajó la mano hasta la entrepierna.

—Mmm… qué dulce —le murmuró él al oído.

Le rozó el cuello con los labios y le apartó el pelo para besarla en un punto especialmente sensible de la nuca.

Aelia se volvió hacia él. Tenía demasiadas preguntas que hacerle, pero no podía formularlas ahora. No cuando él la estaba tocando de esa manera.

Mathieu le hizo el amor con calma y suavidad, aumentando poco a poco el placer. La besó y acarició donde más la complacía, enseñándole los secretos de la intimidad.

—Has sido hecha para mí, *ma belle* —le dijo, mirándola a los ojos.

Y Aelia supo que era cierto.

Cuando acabaron y las últimas convulsiones de placer abandonaron el cuerpo de Mathieu, Aelia sintió otra especie de liberación mientras él la besaba… La sensación de que sus almas se habían fundido en una sola.

Sin embargo, no pudo evitar dudar de sus sentimientos cuando Mathieu se levantó bruscamente de la cama. Aelia vio cómo se pasaba la mano por el pelo antes de arrojar otro leño al fuego. De repente se sentía sola y perdida.

—Mientras dormías, he ordenado que recojan tus cosas —le dijo él, sin mirarla—. Pronto amanecerá, y tenemos que irnos de Rushton.

Aelia vio su vestido rosado sobre un banco de madera, junto a sus zapatos. Cuando Mathieu empezó a vestirse, ella se levantó e hizo lo mismo, sintiéndose fría y abandonada. Él ya no era un amante atento y cariñoso, sino un guerrero implacable con una misión que cumplir.

—¿Están listos Osric y los hombres? —le preguntó, poniéndose su propia camisa. No veía por ninguna parte los harapos que había llevado el día anterior.

Mathieu se sentó en la cama para ponerse las botas.

—No. Raoul y los demás nos seguirán en breve. Pero cuanto antes salgamos de aquí, mejor.

—¿Por qué? ¿Ha pasado algo…?

—No. Solamente que la mujer de Roger mandó a sus hombres que te acosaran —se levantó y se sujetó la vaina de la espada al cinto—. Y que te vistió con harapos para que sirvieras a sus vasallos.

Aelia respiró aliviada cuando él la hizo girarse para deslizarle el vestido por la cabeza, apartándole el pelo para atarle los lazos.

—Rápido. Casi ha amanecido.

Veinte

Seguramente fuera una descortesía marcharse de aquella manera, pero a Mathieu le parecía mucho menos grave que la afrenta sufrida por Aelia.

En parte él era responsable de lo sucedido. No les había aclarado a Roger y a su esposa que Aelia no sería convertida en esclava cuando la entregara al rey Guillermo, y así había abierto la puerta al maltrato y la humillación.

La furia hervía por sus venas. Estaba determinado a ser él quien decidiera el destino de Aelia. Y ese destino no pasaba por ser violada por tres soldados borrachos en un establo a oscuras.

Mientras Aelia dormía, Mathieu había decidido que se marcharían de Rushton antes del amanecer. Se había levantado de la cama y había ido en busca de Raoul, dándole instrucciones para que recuperase la ropa de Aelia y el resto de sus pertenencias, de modo que pudieran estar listos para marcharse antes de que saliera el sol.

Era muy temprano cuando Mathieu y Aelia salieron por la puerta de Rushton. La única persona que los vio fue el centinela, que los dejó pasar sin preguntar nada. Mathieu se apretó a Aelia contra el pecho y tomaron el camino en dirección sur.

Ella ladeó la cabeza y él se inclinó para besarla en la oreja. Habría preferido pasar esas horas en la cama, pero debía alejar a Aelia de Roger y Hélène cuanto antes.

Y no estaba preparado para dar ninguna explicación por lo que hizo la noche anterior.

El sol salió por el horizonte e iluminó los campos, pero la mañana era fría. El tiempo favorecía a Mathieu, sin embargo, ya que le daba una buena razón para apretar a Aelia contra él. Aspiró su olor y se deleitó con el tacto de sus curvas, y deseó que estuvieran al final de la jornada en vez de al principio.

A mediodía se detuvieron en un bosquecillo para comer. Mathieu decidió que era un lugar seguro, ya que no se veían huellas ni signos de presencia humana, y extendió su manta en la tierra para descansar un poco y compartir una comida frugal.

Aelia estaba en silencio, y apartó la mirada cuando él la miró. Mathieu se inclinó hacia ella y le tomó un mechón entre los dedos.

—Eres muy bonita.

Ella le apartó la mano.

—Me vas a hacer sonrojar, mi señor.

—No es mi intención incomodarte, Aelia —dijo él. No entendía aquella necesidad tan imperiosa por estar cerca de ella y tocarla. Nunca había necesitado tanto la compañía de una mujer, pero con ella era diferente.

—Mi hermano ha cambiado mucho desde que salimos de Ingelwald —dijo ella, deseosa de cambiar de tema.

Él asintió.

—Necesitaba disciplina. Yo me he limitado a inculcársela.

—Lo mimábamos demasiado. Después de que Godwin muriera, mi padre y yo... tal vez protegimos demasiado a Osric. Le dimos demasiada libertad —fijó la mirada en algún punto a lo lejos mientras hablaba. Mathieu no podía cambiar lo que le había sucedido a su familia. Ni siquiera sabía si podría protegerla ahora—. Tenías razón.

—Osric es muy joven. Pero ahora sabe que sus actos tienen consecuencias.

Un incómodo silencio siguió a esas palabras. Osric no era el único que tendría que vivir con las consecuencias de lo que había hecho.

Mathieu miró a Aelia. La deseaba. Quería saborearla, sentir su piel suave, oír sus gritos de placer... Incluso ahora, después de las horas nocturnas que había pasado haciéndole el amor, seguía deseándola como nunca había deseado a otra mujer.

Aelia no había perdido ni un ápice de su nobleza desde su derrota en Ingelwald, ni siquiera cuando la obligaron a vestir harapos y servir a las tropas de Rushton. Pero la conquista de Guillermo le había arrebatado casi todo lo demás, y Mathieu había completado la tarea él mismo, alejándola de su hogar y de su gente.

Pero no se sentía culpable por lo que había hecho. Era un soldado al servicio del rey Guillermo y había cumplido sus órdenes, cosechando una gran recompensa por su victoria.

Se inclinó hacia Aelia y le tocó la comisura de los labios con el pulgar justo cuando ella sacaba la lengua para atrapar una miga de pan. Una ráfaga de calor lo traspasó al ligero roce y le tomó el rostro entre las manos antes de besarla en los labios.

Debía de estar loco, continuando con aquella relación cuando sabía que no tenían ningún futuro. Él volvería a Ingelwald sin ella, y no tenía sentido avivar más el afecto de Aelia… ni sus esperanzas.

La expresión de puro deseo de Aelia dejó paso a la confusión cuando él se apartó bruscamente.

—Es hora de seguir —dijo con voz áspera—. Quiero acampar antes de que empiece a llover.

Aelia no entendía por qué Mathieu se mostraba de repente tan distante. Siguieron cabalgando hacia el sur, pero él ya no la abrazaba ni la besaba en la oreja o en la nuca como había estado haciendo durante toda la mañana. Era como si la noche anterior no hubiera pasado nada. Como si ella no le hubiera entregado su cuerpo y su alma.

Tenía que estar confundida. Lo más probable era que Mathieu estuviese más alerta al estar viajando sin escolta. Tal vez había percibido algo sospechoso y por eso parecía inquieto, como había estado cuando Durand los siguió. Se lo preguntó para salir de dudas.

—No —respondió él—. No parece que nadie haya pasado por aquí.

Aelia respiró hondo e intentó sofocar el dolor que sentía en el pecho.

—Me pregunto si Osric y tus hombres estarán a mucha distancia —dijo, en un esfuerzo por romper el incómodo silencio.

—A un par de horas, por lo menos.

Aelia se humedeció los labios.

—¿Podrá quedarse Osric conmigo cuando lleguemos a Londres?

Él tardó un rato en responder.

—No sé lo que decidirá Guillermo.

—Pero hasta que él lo decida... ¿Qué crees tú que...?

—Aelia, no sé lo que piensa el rey. No puedo prever lo que pasará.

Ella se volvió para mirarlo, para buscar algún rastro de consuelo, pero su expresión era dura e inescrutable.

—Está claro que no tienes hermanos. De lo contrario serías más...

—Tengo dos hermanos —respondió él—. Al menos, dos que sean legítimos.

—¿Es posible que tengas más?

—Supongo que sí. Mi padre se acostó con todas las mujeres que pudo, estuvieran ellas dispuestas o no.

El rencor que se adivinaba en su voz sorprendió a Aelia, quien se preguntó si la madre de Mathieu habría sido una de esas mujeres forzadas. Era bien sabido que Mathieu era un hijo bastardo...

Y obviamente no les guardaba mucho respeto a los dos hermanos que había mencionado.

—Tu familia era muy distinta a la mía.

—Sí, sin duda —afirmó él con dureza.

—¿Y tu madre? ¿Está esperando tu regreso?

—Está muerta.

—Lo siento.

—No pasa nada. Fue hace mucho tiempo.

—¿Cuántos años tenías cuando murió?

—Siete —respondió sin dudarlo, aunque lo dijo como si hubiera sucedido el día anterior.

—Recuerdo cuando mi madre murió —dijo ella—. Fue el mismo día en que nació Osric.

Mathieu no mostró ninguna reacción, salvó el ligero endurecimiento de su expresión.

—¿Tu padre…? ¿Qué fue de ti tras perder a tu madre?

—Me vi metido en muchos problemas. Y cuando mi padre se dio cuenta del pequeño guerrero que era, me mandó a Cartaret para convertirme en soldado.

Aelia sonrió.

—¿Te gustaba pelear?

—Los hijos de mi padre… mis hermanos… disfrutaban haciéndome la vida imposible. Y yo disfrutaba haciéndoselo pagar.

No era extraño que no comprendiera la defensa que ella hacía de Osric.

—Date la vuelta para cruzar este río, Aelia.

Ella obedeció y él la rodeó por la cintura, sujetándola con firmeza mientras vadeaban un río de poca profundidad pero de aguas rápidas. El lecho era rocoso y resbaladizo, y Aelia tuvo que levantar los pies para impedir que se le mojaran. Aunque su montura era de paso firme y alcanzaron la otra orilla sin problemas.

Pero el corazón de Aelia no estaba tan seguro.

Algo había cambiado en la actitud de Mathieu. La agarraba como a una prisionera… no como a su amante.

Aelia se dio cuenta de que debería haberlo sabido desde el principio. De repente entendía por qué

Mathieu la había ignorado durante el banquete en Rushton, y por qué sólo había ido en su busca cuando ella no volvió al salón.

No era una prisionera especial. Sólo era una posesión de Fitz Autier, una sajona sin derechos ni privilegios. Y era una ingenua por creer que sus sentimientos hacia el barón normando estaban siendo correspondidos más allá del acto sexual.

Se detuvieron antes de que anocheciera, aunque las nubes aún estaban muy lejanas.

—Acamparemos aquí —dijo él, desmontándola y ayudándola a bajar.

Apenas habían hablado desde que cruzaran el río, lo que corroboraba aún más la nueva opinión de Aelia sobre la situación actual.

Se sentía enferma, y deseaba volver a la seguridad y la comodidad de un hogar... salvo que no tenía hogar. No estaba en mejor condición que Cuthbert y su familia, vagando por los campos sin ninguna esperanza. Osric y ella no tenían familia ni amigos.

Y cuando Mathieu Fitz Autier la entregara al rey en Londres, su aislamiento de todo lo que le resultaba familiar sería total. Fitz Autier se casaría con su novia normanda y volvería con ella a Ingelwald, mientras que Aelia...

—Sujeta esta cuerda —le dijo él. Estaba colgando un toldo de cuero para guarecerse de la lluvia.

Aelia se sentía torpe y entumecida mientras lo ayudaba. La única conversación que mantenían eran las instrucciones que Mathieu le daba. Se habían acabado las palabras tiernas y las cariñosas caricias.

Era como si se hubiera imaginado la intimidad

de la noche anterior y de las primeras horas de la mañana. ¿De verdad la había besado en la oreja y el cuello mientras cabalgaban? ¿De verdad la había rodeado afectuosamente con sus brazos?

Sintió que se ahogaba por la angustia y se alejó del campamento para recuperar la compostura en soledad. No quería derramar lágrimas por él.

O al menos, no quería que él las viera.

Oyó cómo la llamaba, pero lo ignoró y siguió alejándose. Llegó a un estanque rodeado de sauces, cuyas ramas inferiores se hundían en el agua. Se sentó en un tronco carcomido y lloró hasta quedarse sin lágrimas.

Mathieu miró en la dirección que había tomado Aelia y se preguntó si debería ir a buscarla. No percibía ningún peligro por los alrededores, así que ella estaría bien.

Al menos de momento. No sabría qué sería de ella una vez que llegaran a Londres.

Añadió unas ramitas al fuego y se preguntó cuánto tiempo tardarían Raoul y los otros en llegar. No era conveniente que pasara mucho tiempo a solas con Aelia. No cuando ella estaba tan necesitada de recibir una seguridad que él no podía darle.

Mathieu podía hablar con el rey. Sin duda Guillermo aceptaría su consejo y elegiría un buen marido para Aelia, en vez de mandarla a Rouen o a alguna otra parte para que sirviera como criada. Ahora que tantos normandos se habían instalado en Inglaterra, sería fácil encontrar a un hombre adecuado. Y Mathieu estaba decidido a elegirlo para Aelia.

Empezó a colocar los leños de la hoguera y de repente se le cayó un ascua que había levantado por error. Maldijo en voz baja y se echó agua del odre en la quemadura, pero no sintió ningún alivio. ¿Cómo podía aliviarse, cuando estaba a punto de entregar a Aelia al rey Guillermo, quien la casaría con otro hombre?

El dolor de la mano se extendió hasta su garganta. La tarde había sido interminable. Aelia casi había conseguido ocultar el daño que él le había provocado, pero Mathieu la conocía demasiado bien. Su desprecio la había herido profundamente.

Dejó el odre y se alejó del campamento en la dirección que había seguido Aelia. No soportaba ver el sufrimiento en sus ojos.

Dios… Ella le pertenecía, y él no iba a entregársela a nadie. Aelia era su prisionera y debía permanecer con él.

Las huellas de Aelia eran claramente visibles en la hierba. Mathieu las siguió hasta que llegó a un gran estanque, donde la encontró sentada sobre un tronco, con el rostro oculto entre las manos. Ella se levantó en cuanto lo vio y le dio la espalda, pero él pudo ver cómo le temblaban los hombros y oyó el sollozo que escapó de sus labios.

—Aelia.

—Vete —dijo ella con voz quebrada—. Yo… yo iré enseguida.

Empezó a alejarse, pero Mathieu la atrapó y la apretó contra su pecho.

—No te vayas.

—Por favor, Mathieu… No…

—No te vayas —repitió él, y le deslizó las manos

sobre los pechos. Aelia colocó la cabeza bajo su barbilla, pero aún seguía rígida y con la respiración temblorosa.

—Entiendo lo que tienes que hacer… —dijo—. Te ruego que me dejes marchar. Deja que me lleve a Osric y…

Mathieu se movió rápidamente y, colocándose delante de ella, inclinó la cabeza y pegó la boca a la suya, reclamándola como propia.

La tomó en sus brazos y la tumbó sobre el musgo de la orilla. El corazón le latía desbocado mientras le acallaba sus sollozos con el beso.

—No llores, Aelia —le susurró, secándole las lágrimas con sus labios—. Eres mía. Nunca te dejaré marchar.

Veintiuno

Aelia estaba aturdida al regresar al campamento. Había creído que nada podía compararse a lo vivido con Mathieu la noche anterior, pero se había equivocado. Mathieu le había hecho el amor en el estanque con una pasión que le había estremecido el alma.

Incluso ahora el cuerpo le seguía temblando sólo de mirarlo.

Se sentó junto al fuego y él le tomó las manos y se arrodilló delante de ella.

—Te he hecho daño —dijo.

Aelia se inclinó hacia delante y lo besó con todo el amor de su corazón.

—No,no podrías hacerme daño, Mathieu. Simplemente… no estoy acostumbrada a hacerlo.

Él le tocó el rostro, deslizando los dedos sobre su boca y sus mejillas.

—No tuve tiempo de afeitarme esta mañana. Mi barba es demasiado áspera para tu piel.

Su mentón, normalmente afeitado, estaba oscurecido por una barba incipiente, pero a ella no le había provocado ningún daño. Cerró los ojos y se deleitó con sus tiernas caricias. La razón de su malhumor debía de haber sido la breve charla sobre su familia y sobre la muerte de su madre. En el futuro Aelia no volvería a sacar el tema, pues obviamente incomodaba a Mathieu.

Le cubrió las manos con las suyas y se las llevó al pecho.

—Te quiero —le dijo, mirándolo fijamente a sus intensos ojos azules—. Cuando te vi por primera vez, supe que cambiarías mi vida… a pesar de estar apuntándote con mi arco —le tocó la cicatriz de la mejilla—. Siento esto… y…

—Escucha —la interrumpió él, apartándose bruscamente—. Jinetes.

Se levantó y la tomó de la mano para ocultarla entre las sombras, lejos del fuego.

—Espera aquí —le ordenó mientras desenvainaba su espada.

Por suerte, Aelia no tuvo que temer por la vida de Mathieu, ya que los gritos de sus hombres anunciaban la identidad de los recién llegados.

Raoul llegó el primero al campamento, con Osric sentado tras él. El resto los siguió, a excepción de Halig, Guillaume y Foque.

—Enfermaron después del banquete —explicó uno de los caballeros.

Aquel imprevisto reducía la escolta a seis hombres, dos de los cuales estaban muy pálidos y debilitados. Sin perder tiempo, Hugh y Guatier empezaron a preparar los lechos bajo el toldo, cerca del fuego.

—Creo que fue la codorniz que comieron, barón.

—Por favor, no habléis de eso —dijo Hugh, gimiendo bajo las mantas.

Aelia surgió de las sombras y tomó a su hermano por los hombros. El chico tenía una costra en el labio inferior y un ojo amoratado.

—¿Estás bien, Osric?

—Sí —respondió él, apartándose—. No comí codorniz. Me tuvieron prisionero en el establo, retirando el estiércol.

Aelia miró a Raoul, quien se dio la vuelta y empezó a repartir órdenes entre los hombres. Era como si evitara hablar con ella.

—¿Habéis visto algún rastro de viajeros? —preguntó Fitz Autier.

—No, barón —respondió Raoul—. Ha sido una jornada sin incidentes.

—Aun así, quiero que se monte guardia. Osbern y Henri. Vosotros haréis el primer turno.

Los recién llegados llevaban abundantes provisiones, y se pusieron a preparar la comida bajo el toldo. Raoul, cuya actitud era normalmente amable y cordial, se mostraba frío y hostil. Incluso Osric estaba más callado que de costumbre.

Pero a Aelia no le quedaban fuerzas para pensar. Estaba físicamente agotada, y aún quedaba mucho por decir entre Mathieu y ella.

Tal vez cuando se encontraran en la tienda…

Acabó de comer y agarró una manta para prepararse el lecho en el interior de su tienda. A continuación, se fue sola al estanque para disfrutar de unos minutos de intimidad antes de acostarse. Los nubarrones seguían acercándose, pero la luna llena aún iluminaba el sendero que Mathieu y ella habían seguido antes.

Estaba muy claro lo que sentía por él, pero algo la incomodaba. No sabía si era el cambio de actitud de Raoul y los otros... o la certeza de que nada había cambiado entre Mathieu y ella después de hacer el amor.

Llenó su odre de agua y volvió al campamento, pero se detuvo cuando oyó unas voces que discutían en susurros. Había dos hombres junto a los caballos, y no parecía que la hubieran oído acercarse.

—Siempre me has considerado tu amigo, Mathieu —decía sir Raoul—. Y por eso debo hablarte con franqueza. Algún día habrás de pagar por tu ofensa a Roger de Saye.

—Eso es asunto mío, Raoul.

—¿Para ti es más importante satisfacer a tu esclava que ofender a un poderoso barón?

—Tú lo has dicho, Raoul. Es «mi» esclava —recalcó. A Aelia se le encogió el corazón al oírlo—. Lo que yo haga sólo me concierne a mí.

—Ahí es donde te equivocas, Mathieu. El rey Guillermo te la arrebatará. Sabes tan bien como yo que la enviará a Rouen y...

Las palabras de Raoul fueron interrumpidas por un alarido en la noche, seguido del ruido de sables. Medio cegada por las lágrimas, Aelia corrió hacia el campamento en busca de Osric.

Una docena de hombres a caballo habían invadido el campamento, lanzándose contra los normandos como halcones sobre su presa. Los hombres de Mathieu les hacían frente con sus espadas, pero no podían rivalizar con aquellos atacantes daneses armados con hachas y mandobles. Mathieu y Raoul llegaron enseguida y se unieron al combate, pero Aelia no veía a Osric por ninguna parte.

—¡Corre, Aelia!

Los atacantes proferían gritos en su lengua mientras sus caballos pisoteaban las tiendas. A punto estuvieron de aplastar a Hugh y Guatier antes de que los dos caballeros pudieran moverse. Aelia no podía obedecer a Mathieu. No podía escapar sin su hermano. No cuando Mathieu y sus hombres se batían contra un enemigo muy superior. Gritó cuando vio caer a Henri, y volvió a gritar cuando la sangre de Gerrard manchó la tierra. Observó horrorizada cómo Mathieu tiraba a un hombre del caballo y, tras atravesarlo con su espada, se lanzaba a la carga mientras el resto de sus caballeros luchaba por sus vidas.

—¡Osric! —gritó, muerta de miedo. Hasta entonces, esos normandos le habían parecido invencibles. Pero viéndolos luchar contra los salvajes daneses temía por ellos.

Y por la vida de Mathieu.

No podía pensar en lo que acababa de oír momentos antes. Ahora lo único que importaba era encontrar a Osric y alejarse de allí. Recorrió el perímetro de la batalla, buscando desesperadamente a su hermano entre árboles y arbustos mientras la lluvia empezaba finalmente a caer.

—¡Vete de aquí, Aelia! ¡No tenemos ninguna posibilidad! —le gritó Mathieu.

Hugh y Guatier apenas podían sostenerse en pie, pero aun así desenvainaron sus espadas para luchar contra un enemigo que los triplicaba en número. Los caballos se agitaban frenéticos, revolviendo el barro. Aelia estuvo a punto de tropezar al pisarse la falda empapada, pero consiguió mantener el equilibrio. De repente oyó a Osric profiriendo un grito de guerra. Y el corazón se le cayó a los pies cuando lo vio entre los daneses a caballo, blandiendo la espada que había usado en las lecciones de esgrima. Era imposible llegar hasta él, estando rodeado de caballos y guerreros.

Tembló violentamente al ver cómo lanzaba una estocada hacia arriba y derribaba a un enemigo. Perdió de vista a Osric cuando el hombre cayó de la montura. Entonces salió corriendo hacia su hermano, pero uno de los daneses la vio y giró su caballo hacia ella. Aelia dio media vuelta y corrió a refugiarse en el bosque.

El danés se echó a reír, burlándose de su patético intento por escapar. Consiguió agarrarla sin problemas y la subió al caballo.

Aelia gritó y luchó con todas sus fuerzas, pero no era rival para aquel bárbaro. El danés volvió a la refriega y les gritó a sus compañeros, tirándole del pelo a Aelia como si quisiera mostrarles lo que había capturado.

—¡Mathieu! —gritó ella inútilmente. Intentó agarrar su cuchillo, pero el danés la desarmó.

Llegó a ver a Mathieu justo cuando su rival descargaba un golpe terrible. Chillando de desesperación, vio cómo caía al suelo. Lo habían matado. Aquellos salvajes habían asesinado a Mathieu.

Se debatió para soltarse e ir con él, pero el bárbaro la sujetó con brutalidad, lastimándole los brazos y las piernas. La golpeó y Aelia quedó demasiado aturdida para seguir luchando.

Mathieu se levantó del suelo y sacudió la cabeza. Todo estaba oscuro y en silencio. La lluvia había apagado el fuego y…

¡Aelia!

Había visto cómo uno de los daneses la subía a su caballo. Cuando sus ojos se adaptaron a la oscuridad, distinguió los cuerpos que lo rodeaban. Eran los cuerpos de sus hombres y de muchos daneses.

¿Dónde estaba el chico?

¿Cómo iba a rescatar a Aelia?

Rápidamente volvió a encender el fuego, ignorando la sangre que le manaba de un corte en la cabeza y el dolor que le abrasaba el hombro izquierdo. Cuando dispuso de luz suficiente, empezó a examinar a sus hombres en busca de señales de vida.

Sólo habían sobrevivido Raoul y Osbern, y Osbern estaba tan gravemente herido que no era probable que viviera mucho tiempo. Mathieu le envolvió el corte de la muñeca con un trapo y se dirigió a Raoul.

—Intenta encontrar a Osric. Debe de estar por aquí, entre los muertos.

Hizo todo lo posible por aliviar el dolor de Osbern y luego se unió a Raoul en la búsqueda de Osric. Había visto al chico en la batalla, blandiendo la daga de Raoul como había aprendido, empleando su pequeña estatura y su rapidez para adelantarse al enemigo. Temía que el exceso de confianza del niño lo hubiera matado.

Lo encontraron medio escondido bajo el cuerpo de un danés. Estaba inconsciente, pero no parecía herido.

Mathieu lo despertó.

—Aelia... ¿Dónde está mi hermana?

—Se la han llevado —respondió Mathieu.

—Han desaparecido casi todos los caballos, Mathieu —dijo Raoul—. Sólo quedan tres. Uno pertenece a los daneses.

Mathieu agarró su espada y la envainó.

—Quédate aquí con Osbern. Cuando sea posible, llévate a Osric a Londres. Yo iré por Aelia.

—No puedes hacer eso —dijo Raoul, viendo cómo Mathieu agarraba las riendas del caballo danés, que era el único que estaba ensillado y con las alforjas llenas—. Estás herido y no sabes adónde se la han llevado. No puedes hacer nada por ella.

Mathieu montó sin hacerle caso.

—Es una esclava, Mathieu. Es una pérdida de…

—Cuéntale al rey lo que ha pasado aquí. Y pídele que acoja a Osric en su casa. El chico se convertirá algún día en un formidable guerrero.

Picó al caballo y se alejó del campamento, siguiendo el camino que los daneses debían de haber tomado. Cabalgó lentamente, buscando cualquier huella o rastro.

Se apartó la sangre del rostro y puso una mueca de dolor al palparse un chichón en la cabeza. También le dolía el hombro izquierdo, pero la cota de malla había evitado que el golpe fuera mortal.

Ocho daneses yacían muertos en el campamento, pero no sabía cuántos habían sobrevivido ni cuántos formaban el grupo que se había llevado a Aelia. Habían dejado un rastro muy claro, aplastando la hierba del bosque, y Mathieu lo estuvo siguiendo durante horas.

Pero finalmente llegó a un río crecido donde se perdía el rastro. ¿Habrían seguido la orilla hacia el norte o hacia el sur? ¿O habrían cruzado el arroyo?

Desmontó y vio huellas en el fango de la orilla. A pesar de la lluvia podía verse que varios caballos habían pasado por allí. Y parecía que habían atravesado el río.

Mathieu masculló una maldición. Era muy peligroso cruzar un río crecido por la noche. No sabía lo profundo que era ni podía ver lo rápida que era la corriente.

Se estremeció al pensar que Aelia lo había cruzado.

Pero no podía perder más tiempo pensando en lo que podría haberle sucedido. Tenía que creer que los daneses habían alcanzado la otra orilla y que ella seguía viva.

Impulsado por esa convicción, volvió a montar y entró en el agua. Ya estaba empapado por la lluvia, de modo que no le importó mojarse todavía más. La corriente era muy fuerte y el río era más profundo de lo que le hubiera gustado, pero de todos modos siguió adelante, obligando a avanzar a su caballo incluso cuando el agua le llegó a los muslos.

Estaba tan oscuro que apenas podía ver la orilla opuesta. Al caballo le costaba seguir avanzando contra la corriente, pero Mathieu no desistió y fijó la vista en un punto de referencia para no desviarse. Apretó las piernas contra su montura para aumentar el control y se inclinó hacia delante, acuciando al animal a mantener el paso.

Pero entonces el caballo resbaló y perdió el equilibrio, arrojando a Mathieu al agua.

El peso de la cota de malla lo empujaba hacia el fondo, y la corriente lo sacudía en todas direcciones. Luchó por desatarse el cinturón de la espada y la molesta cota, y cuando finalmente se desprendió del pesado metal, pudo salir a la superficie.

La corriente lo había arrastrado río abajo. Con poderosas brazadas intentó alcanzar la orilla opuesta, negándose a abandonar la búsqueda de Aelia.

Luchando frenéticamente contra la corriente, el frío y el horrible dolor del hombro, consiguió llegar a la orilla y se arrastró sobre la tierra firme. El terreno estaba más despejado, lo que facilitaría la búsqueda de huellas, pero no sabía lo lejos que lo había llevado la corriente.

Empezó a caminar siguiendo la orilla, agradecido de no haber perdido las botas, pues sin duda iba a ser una larga caminata. Pronto oyó el canto de un pájaro, seguido de un relincho que hizo girarse bruscamente a Mathieu.

Era el caballo que temía haber perdido.

Parecieron transcurrir horas antes de que su montura diera los primeros pasos hacia Mathieu, quien permaneció inmóvil hasta que el animal estuvo a sólo unos metros. Entonces se acercó lentamente al caballo, con cuidado de no asustarlo, pero consciente de los apuros en que se encontraba Aelia.

Tan pronto como le fue posible, agarró las riendas y tiró del animal mientras seguía buscando las huellas de los daneses.

Pasaron varios minutos antes de encontrar lo que buscaba. Río arriba se veía un área de hierbajos que habían sido recientemente pisoteados. Mathieu montó en el caballo y siguió las huellas de los cascos, convencido de que lo llevarían hasta los daneses que habían raptado a Aelia.

Al salir el sol pudo espolear a su caballo para que acelerara el paso. Los daneses se habían confiado demasiado. No se habían preocupado de borrar su rastro, convencidos de que no había quedado nadie con vida en el campamento normando. Mathieu iba a aprovecharse de esa arrogancia. Rescataría a Aelia de sus garras antes de que se dieran cuenta de que había desaparecido.

Veintidós

El hombre que había apresado a Aelia la tiró al suelo desde su caballo, riendo y gritándoles a los otros. Sólo se habían detenido una vez durante la noche, y fue para rescatar a Aelia del río en el que había caído cuando intentaron atravesarlo a la pálida luz de la luna.

Aelia se había dejado caer deliberadamente, sin importarle si sobrevivía o no. No tenía sentido seguir adelante, sólo para convertirse en esclava de esos bárbaros. Mathieu estaba muerto y también Osric. No habían dejado a ningún normando con vida.

Pero por desgracia uno de los daneses la había sacado del agua. Y ahora estaba a punto de convertirse en la distracción de todos ellos.

Estaban al pie de una empinada pendiente, rodeados de altos precipicios. Uno de los daneses bostezó y se estiró, y luego empezó a recoger leña para un fuego.

Aelia intentó escabullirse hacia los árboles cercanos, pero uno de los hombres la agarró.

—¿Adónde te crees que iba? —le preguntó indig-

nada. Se sacudió de su mano y se cruzó de brazos—.
Necesito unos minutos de intimidad, maldito cerdo
—espetó, aun sabiendo que no la entendían.

—¿Maldito cerdo? —repitió uno de ellos, frunciendo el ceño.

—Intimidad.

Aelia se giró y se adentró una corta distancia en
el bosque, sin importarle lo que pudieran decir o
hacerle. Pero los daneses se limitaron a reírse y le
permitieron alejarse.

Se sentía vacía por dentro.

Le había declarado su amor a Mathieu, y cuando
él había hablado con Raoul se había referido a ella
como «esclava».

Las lágrimas le impidieron ver dónde pisaba y
tropezó con una roca, cayendo al suelo. Pero en vez
de levantarse, permaneció con el cuerpo hecho un
ovillo sobre la tierra.

Su amor por Mathieu no había cambiado, a pesar
de lo que le había oído decir. No soportaba pensar
en su muerte a manos de los bárbaros que la esperaban. Ni podía permitirse pensar en lo que le había
sucedido a Osric.

Oyó que los daneses se acercaban y decidió que
no se sometería a ellos. Podrían violarla, pero
lamentarían hacerlo. Y también lamentarían haber
masacrado a los soldados normandos, a Osric... a
Mathieu.

Agarró una piedra y se la ocultó en el corpiño. A
continuación buscó una rama con el extremo afilado. Le habían quitado su cuchillo, pero no iba a
enfrentarse a ellos completamente indefensa.

Dos de los bárbaros se acercaron y la agarraron

de los brazos para llevarla de vuelta al campamento. Los caballos estaban atados y había un fuego encendido. El pequeño claro se asemejaba al tipo de terreno que Mathieu elegía cada noche para acampar. Pero en vez de extender mantas sobre el suelo para repartir la comida, aquellos hombres abrieron sus alforjas y vaciaron su contenido junto a la hoguera.

Obviamente estaban satisfechos con los bienes que habían saqueado: copas de plata, cuencos de bronce con joyas incrustadas, collares, puñales… Y Aelia sabía que ella formaba parte del trofeo. Los daneses rebuscaban entre el botín, riendo y gritándose los unos a los otros. Finalmente, volvieron a meter los objetos en las bolsas y se fijaron en Aelia.

Cuando el jefe la agarró y se dispuso a llevársela aparte, uno de ellos lo encaró con actitud desafiante. Se inició una discusión y pronto siguió una pelea. El jefe soltó de repente a Aelia, que perdió el equilibrio y cayó, pero consiguió golpearle el cráneo con la piedra que se había escondido y se alejó arrastrándose por el suelo cuando el resto de daneses se unieron a la reyerta.

Tenía que encontrar un lugar para esconderse.

Mathieu perdió el rastro al llegar a una planicie rocosa. Pero los daneses habían mantenido un rumbo constante hacia el este, de modo que siguió en esa dirección. Ya era mediodía, y no se había detenido desde que cayera al río. Había hurgado entre los objetos de oro y bronce que llenaban la alforja en busca de comida. Había un hacha atada a la silla. Él era mucho más hábil con la espada, pero la suya reposaba en el fondo del río. Tendría que conformarse con aquella arma.

El olor a humo lo atrajo hacia el borde de un terraplén. Desmontó y miró hacia el valle, y vio la columna de humo que se elevaba sobre los árboles. Esperaba que los daneses creyeran que nadie los seguía. Eso significaría que se habían detenido para acampar.

Descendió por la pendiente, haciendo el menor ruido posible. Ató el caballo al llegar abajo y siguió a pie, manteniéndose oculto entre los árboles. Pronto oyó gritos y los ruidos de una pelea. Parecía que los daneses se estuvieran peleando por su botín… o por Aelia.

Mathieu levantó su hacha y se preparó para la lucha. Se acercó cautelosamente al campamento, dispuesto a matar a cualquiera que se interpusiera entre Aelia y él.

Cuando salió al claro, no vio a nadie. Pero esparcidos sobre la tierra estaban los bienes que aquellos bárbaros habían robado. Mathieu los apartó con el pie y encontró un puñal, que se guardó en la bota. También encontró una espada, que tomó en lugar del hacha, y volvió a los árboles.

Fue directamente hacia los caballos y los soltó… a todos menos uno, en el cual se montó. Entonces se dirigió al galope hacia la pelea, que estaba teniendo lugar a varios metros.

Los pilló a todos por sorpresa. Eran siete daneses. Mató a dos antes de que pudieran levantar sus armas contra él. Buscando a Aelia por todas partes, liquidó a todos los que intentaron derribarlo, eliminándolos antes de que pudieran hacerle el menor daño.

¿Dónde estaría Aelia? ¿Se habría perdido por el camino... en el río, quizá?

¡No! Ni siquiera se permitió pensar en ello. No perdería a Aelia.

Uno de los daneses intentó tirarlo del caballo, pero le dio una patada en el pecho, arrojándolo al suelo.

—¡Mathieu, detrás de ti!

No tuvo tiempo de regocijarse al oír la voz de Aelia, pues se dio la vuelta rápidamente y mató al guerrero que se disponía a atacarlo por la espalda. Quedaban tres daneses en pie... hasta que Aelia derribó a uno golpeándolo con una piedra en la cabeza. El hombre se desplomó mientras Mathieu cabalgaba hacia ella.

Aelia extendió los brazos y él la agarró y la subió a la grupa del caballo. Ella se sentó a horcajadas y se abrazó fuertemente a la cintura de Mathieu, quien picó al caballo para alejarse al galope de los daneses, que vociferaban mientras intentaban encontrar sus monturas.

Sentía cómo Aelia temblaba contra su cuerpo, y lo que más quería era tomarla en sus brazos y sentir los latidos de su corazón. Pero no podía hacerlo. Antes debía poner varias millas de distancia entre los daneses y ellos.

Ninguno de los dos habló hasta que llegaron al pie de la colina, donde Mathieu había dejado su caballo. Allí desmontó y tomó a Aelia en sus brazos. La besó fervientemente y la estrechó contra su pecho.

—¡Creía que te habían matado! —exclamó ella entre sollozos—. Vi cómo te derribaban.

—Soy duro de pelar.

—Pero Osric…

—Está vivo y de camino a Londres con Raoul.

Aelia casi se desplomó, pero Mathieu la sostuvo con firmeza.

—Luchó como un guerrero sajón, Aelia. ¿Estás herida?

Ella negó con la cabeza y él le apartó las lágrimas de su sucio rostro.

—Unos cuantos arañazos, nada más.

—Tenemos que irnos —dijo él—. He soltado a sus caballos, pero no tardarán en recuperarlos y venir por nosotros.

No quería soltarla, pero no tenían más remedio que seguir adelante. Montaron cada uno en un caballo y se dirigieron hacia el sur, ya que les llevaría demasiado tiempo subir la pendiente. Mathieu quería estar muy lejos para cuando los daneses se hubieran reagrupado. Aelia estaba muerta de miedo, y los «arañazos» de su cuerpo no eran insignificantes.

Tenía que ponerla a salvo.

El único obstáculo que encontraron fue un arroyo poco profundo, el cual siguieron durante una milla para eliminar sus huellas, hasta que llegaron a un terreno rocoso donde confluían varios riachuelos.

El lecho del arroyo era resbaladizo y traicionero, por lo que Mathieu saltó al agua y ayudó a Aelia a desmontar.

—Si los daneses nos están siguiendo, podemos despistarlos aquí. No podrán encontrar nuestras huellas cuando salgamos del agua.

Por si acaso, sacó un puñal de la alforja y lo arrojó a la orilla opuesta, esperando que si sus perseguidores los seguían hasta allí, lo vieran y tomaran la dirección equivocada.

—Por aquí.

Siguieron vadeando el río hacia el sur, pero se quedaron en la orilla oriental cuando finalmente salieron del agua. Mathieu podía ver que Aelia estaba al límite de sus fuerzas. No podrían avanzar mucho más.

La subió al caballo y él se montó detrás, presionando el pecho contra su espalda.

—Duerme un poco, *ma belle* —le dijo, tocándole la frente con los labios—. Yo te sostendré.

Él también llevaba mucha distancia recorrida y necesitaría descansar pronto. Cruzaron un prado y pronto llegaron a un valle donde se veía una pequeña iglesia a lo lejos. Estaba en medio de un huerto, rodeada de varias construcciones de madera y piedra.

Guiando al caballo de Aelia tras ellos, se dirigió hacia allí. Aelia se despertó cuando tiró de las riendas.

—Es una abadía. Nos detendremos para pasar aquí la noche —dijo él.

Los monjes los rodearon cuando los vieron aproximarse. Al ser una población sajona, Mathieu se dirigió a ellos en latín.

—Hemos sido atacados por daneses —explicó—. Hemos conseguido escapar, pero mi mujer está agotada. ¿Hay algún sitio donde podamos dormir un poco?

—No queremos problemas con los normandos —dijo el abad.

—No pretendemos haceros ningún daño —replicó Mathieu—. Sólo pedimos cobijo hasta mañana. Nadie sabrá que hemos estado aquí.

El viejo asintió y les habló a varios de los monjes. Mathieu desmontó y ayudó a Aelia. Pero las piernas no la sostenían, así que él la tomó en brazos mientras seguían a los monjes a la casa que se levantaba detrás de la iglesia. Abrieron la puerta y uno de ellos encendió un farol.

—Podéis dejarla aquí —dijo otro monje, retirando las mantas de la única cama que había en la habitación.

—Os lo agradezco —murmuró Mathieu mientras otros dos monjes les llevaban las alforjas.

—Os traeremos comida más tarde —dijo uno—, pero ahora debéis atender a vuestra esposa.

—Sí, eso haré.

Los monjes salieron y cerraron la puerta. Mathieu cerró los postigos de la ventana y se acercó a Aelia, quien apenas se movió cuando él se arrodilló junto a ella y le quitó los zapatos. Le desató los cordones del vestido, manchado y rasgado, y le quitó suavemente la prenda. A continuación se desnudó él y se acostó junto a ella.

Había dicho que era su esposa. Lo que sentía por Aelia amenazaba lo que había esperado ganar cuando llegó a Inglaterra con Guillermo.

Presionó el rostro contra sus cabellos y deseó que hubiera alguna manera de mantenerla a su lado.

A Aelia le dolían todos los músculos del cuerpo. Se despertó, rígida y dolorida, y sintió el brazo de Mathieu alrededor de su cintura y el calor de su cuerpo calentándole la espalda. No sabía dónde estaban, pero parecía un lugar seguro. Estaban cálidos y secos, y estaban juntos. Al menos por ahora.

Pensó que debía de haberla despertado el hambre, pues su estómago no paraba de rugir. Con cuidado de no despertar a Mathieu, se levantó de la cama. Vio su vestido en una silla y, tras ponérselo y atarse los lazos, se acercó a la chimenea para avivar el fuego.

Las dos alforjas yacían en el suelo, junto a la puerta, y sobre la mesa había una gran cesta. Dentro había comida y dos jarras… una de cerveza y otra de agua.

Se sentó y comió el pan y la carne que alguien había dejado para ellos, mientras pensaba qué debía hacer.

Podría marcharse. Osric ya no estaba con ella. Le habían arrebatado todo lo que ella apreciaba. No tenía hogar, ni familia, ni amigos… Sólo tenía a Mathieu, quien la consideraba una propiedad suya. Cuando llegaran a Londres, se casaría con la mujer que había sido elegida para él.

Y Aelia no tendría lugar en su vida.

El corazón se le encogió al mirarlo. Dormía plácidamente. Había cabalgado toda la noche para rescatarla de los daneses, y sin embargo pronto la dejaría en manos de sus enemigos normandos.

Se estremeció ante la perspectiva de abandonarlo ahora. Lo amaba más de lo que nunca hubiera creído posible. No podía marcharse. Se aprovecharía de todo el tiempo que les quedara para estar juntos.

Se quitó el vestido y se lavó con el cubo de agua

que habían dejado para ellos, dando un respingo cada vez que encontraba un nuevo cardenal o arañazo. Al acabar, volvió a la cama con Mathieu.

Pero esa vez, tenía intención de despertarlo.

Apartó la manta y contempló su pecho. Era amplio y musculoso, cubierto por una tenue capa de vello oscuro.

Suponía que sus pezones debían de ser tan sensibles como los suyos propios, y se inclinó para comprobarlo con la lengua. La respiración de Mathieu se cortó, y hubo una clara reacción en la parte inferior de su anatomía.

A Aelia le dio un vuelco el corazón al ver una respuesta tan evidente y siguió lamiéndole el pezón mientras le acariciaba el miembro erguido.

—Aelia...

Sintió cómo la tocaba en la nuca, pero no se detuvo y siguió succionándole el pezón y recorriendo su sexo con la mano. Era nueva en esos juegos, pero cuando notó que sus músculos se tensaban, supo que lo estaba complaciendo. Y a ella misma.

Él empezó a girarse hacia ella, pero Aelia le sujetó los hombros contra la cama y se sentó a horcajadas sobre él, sin encontrar resistencia. Volcando todo su amor en el empeño, lo besó en los labios y luego bajó con la boca por su cuello y su pecho. Sintió cómo se le contraían los músculos del abdomen cuando pasó sobre ellos en su trayectoria descendente... y oyó cómo ahogaba un gemido cuando le tocó con los labios la punta de su erección.

—Aelia...

—¿Debo parar?

—No.

Aelia se sintió más poderosa que nunca, y tan excitada como estaba Mathieu. Su atrevimiento creció y le recorrió el miembro con los movimientos circulares de su lengua, mordisqueándolo ligeramente. Bajó el cuerpo y levantó la mirada hacia él, y vio en sus ojos la pasión que ella había desatado.

La sangre de Aelia se transformó en fuego líquido cuando él se arqueó y le deslizó los dedos en el pelo, suplicándole en silencio que continuara. Y ella continuó, hasta que su propio deseo consumió sus fuerzas.

De repente Mathieu se movió para cambiar de postura y ella quedó atrapada bajo su cuerpo.

—Mi hermosa Aelia… —susurró, al tiempo que se deslizaba en su interior.

Ella se apretó fuertemente contra él, vibrando de placer mientras él profundizaba cada vez más. Intentó pronunciar su nombre, pero la fuerza de su unión la había dejado sin voz y sin palabras. Él se retiró brevemente y volvió a hundirse en ella. Aelia levantó las caderas y se aferró a sus brazos mientras él incrementaba el ritmo.

Se veía desbordada por un torrente de sensaciones deliciosamente incomparables. Mathieu no era delicado con ella. Como fiero soldado, intentaba conquistarla. Y lo consiguió. Con una profunda embestida, llevó a Aelia a la cima del placer absoluto. Ella le rodeó las caderas con las piernas, como si quisiera mantenerlo allí para siempre. Y cuando el clímax la recorrió en una oleada estremecedora, Mathieu soltó un gemido ronco y prolongado y encontró su propia satisfacción.

Entonces él se apoyó en una mano y, tras contemplarla unos segundos, inclinó la cabeza para besarla. A Aelia le vibraron los nervios cuando Mathieu profundizó el beso, y un estremecimiento volvió a recorrerle el cuerpo cuando una nueva ola de placer la sacudió hasta los confines de su alma.

Finalmente, Mathieu se tumbó de costado y le apartó el pelo del rostro.

—¿Te he hecho daño?

—No —susurró ella. Sabía que el daño vendría más tarde.

—Estás llena de arañazos —dijo él, llevándose una mano a los labios para besarla.

Sus ojos brillaban de preocupación y con los últimos restos de pasión.

—Mmm... —murmuró ella, de nuevo invadida por el cansancio.

Mathieu la besó en la frente.

—Duérmete.

Aelia tomó una profunda y temblorosa inspiración.

—¿Puedes prometerme una cosa? —le preguntó medio dormida—. No quiero casarme con ningún caballero normando. ¿Podrás usar tu influencia con el rey y asegurarte de que se me destine a una casa donde no sea necesaria una esposa?

A Mathieu no le apetecía comer nada de lo que había en la mesa. Llevaba un rato sentado junto al fuego, mirando las llamas crepitantes y preguntándose cuánto tiempo podría retrasar el viaje a Londres. Oyó a Aelia moverse en la cama y vio cómo lo buscaba en sueños.

Al no encontrarlo junto a ella, se despertó y se sentó. Se envolvió con la manta y se levantó para acercarse a él.

—Vuelve a la cama —le dijo, tomándolo de la mano.

—No. Siéntate conmigo un rato —le pidió él. La sentó en su regazo y le acarició los hombros y el cabello hasta que ella se quedó adormilada a la luz de las llamas.

Había pasado por una experiencia terrible, y su calvario aún no había acabado. Mathieu no sabía lo que sería de ella cuando llegaran a Londres, ni sabía cuánto podría influir él en el rey.

Pero sí estaba seguro de una cosa. No podría entregar a Aelia a otro hombre. Algo extraño le sucedía cuando ella estaba cerca... como si fueran las dos partes de un todo. Sabía que le resultaría imposible separarse de ella.

—Lo has perdido todo —murmuró ella—. Incluso tu figura de madera. Era tan bonita...

Sus palabras lo complacieron.

—Sí. El ciervo iba a ser el emblema de mi casa.

—La madera era de la carpintería de Beorn —observó ella—. El padre Ambrosius me dijo que la reclamaste como pago del *heriot*.

Él asintió y la besó suavemente. Dudaba que pudiera soportar un matrimonio con Clarise. Aquella mujer apenas lo conocía, y si era como su prima, lady Hélène de Saye, Mathieu preferiría seguir soltero.

Quería a una mujer virtuosa que se ocupara de su casa con justicia y elegancia. Una mujer que comprendiera y aceptara las leyes, y, sobre todo, que le fuera fiel. Una mujer que le despertara el deseo con sólo mirarlo y que lo recibiera con agrado en la cama.

Una mujer que concibiera a sus legítimos herederos.

Los monjes encontraron ropa adecuada para ellos. Mathieu no preguntó cómo habían conseguido un vestido de mujer para Aelia, ni de dónde habían sacado una túnica para él. Era mejor que la que había llevado desde la noche del ataque, aunque Aelia había insistido en pedir hilo y aguja para enmendarla un poco.

Durante tres días, no hicieron otra cosa que comer, dormir y hacer el amor en la pequeña casita de la abadía. Se curaron las heridas mutuamente y evitaron hablar de Londres y de lo que los aguardaba allí. Mathieu esperaba oír otra vez las palabras... las que Aelia le había dicho antes de sufrir el ataque de los daneses.

Pero ella no volvió a pronunciarlas.

El abad solicitó la presencia de Mathieu el tercer día por la tarde. Siendo un clérigo sajón, lo preocupaban las posibles intenciones del rey Guillermo con los monasterios. Mathieu pasó una hora discutiendo con el abad, asegurándole que el rey era un hombre bueno y piadoso, e incluso le entregó varios de los objetos valiosos que había encontrado en las bolsas de los daneses. Cuando salió del monasterio el sol ya se había ocultado, y cuando entró en la casita la encontró vacía.

La chimenea estaba apagada y apenas quedaban

rastros de que Aelia y él hubieran ocupado la casa. El estómago se le revolvió. Volvió a salir y vio a un monje cortando madera. Se acercó a él y le preguntó si había visto a lady Aelia.

El monje asintió y señaló una colina boscosa tras la casita.

—Se marchó a pie, mi señor.

Mathieu sabía adónde había ido. La mañana anterior habían recorrido juntos ese camino hasta la cima, desde donde se divisaba una amplia vista de los alrededores. Era un lugar muy tranquilo.

Siguió el sendero que atravesaba el huerto y que subía por la colina. Cuando llegó a la cima vio a Aelia sentada en la tierra, con la espalda apoyada en una roca. Contemplaba la tierra que se extendía a sus pies, y no se percató de la presencia de Mathieu hasta que él se acercó.

A Mathieu se le encogió el corazón al verle el rostro.

—Has estado llorando.

—No seas tonto. Los ojos me escuecen por el viento, nada más —replicó ella, riendo.

Pero él sabía que no era cierto. Su estancia en la casita de la abadía estaba llegando a su fin, y mientras su propia vida seguiría como había planeado, la de Aelia cambiaría radicalmente.

—¡Intenta atraparme! —lo retó ella al tiempo que echaba a correr.

Pilló a Mathieu desprevenido y le sacó una buena ventaja. Él salió tras ella, pero dejó que lo esquivara una y otra vez. Ella se rió y chilló cuando estuvo a punto de atraparla, pero se levantó las faldas y volvió a alejarse.

Era preciosa. Su pelo relucía a la luz del sol y sus mejillas estaban coloradas por la brisa y el esfuerzo de la carrera. No había nada en el mundo que Mathieu deseara más.

Sólo a Aelia.

Finalmente la atrapó y la apretó contra su pecho. No se dejó engañar por su actitud jovial y juguetona. No era más que un intento de ocultar el hecho de que había estado llorando en la cima. Y sin embargo no podía hacer nada para consolarla. No podía prometerle que Guillermo le permitiera permanecer soltera, ni tampoco podía asegurarle que él cuidaría de ella.

Estaba sola en el mundo.

—Pronto empezará a llover —dijo, sin soltarla. No podía soltarla. No cuando ella se aferraba a él como si temiera que el viento se la llevara volando si él la soltaba.

La brisa nocturna era fría, pero Mathieu y Aelia estaban bien guarecidos en la casita. Después de cenar, se sentaron junto al fuego y Aelia cerró los ojos y se recostó contra el recio torso de Mathieu.

Tragó saliva para deshacer el nudo que se le había formado en la garganta. Al día siguiente partirían, y no quería arruinar con lágrimas su última noche juntos.

Ya había sido bastante malo que la sorprendiera llorando en la colina. No volvería a pasar.

Él se desató con suavidad los lazos del vestido y se lo deslizó por los hombros, inclinándose para besarle la piel desnuda. Ella permaneció con los ojos cerrados, disfrutando del momento, consciente de que nunca volvería a vivir nada igual. No habían vuelto a hablar de Londres ni de lo que ocurriría allí, y Aelia rezaba para que Mathieu pudiera convencer al rey de que le permitiera seguir soltera.

Jamás podría ser la mujer de otro hombre.

Mathieu la llevó en silencio a la cama y le hizo el amor en cuerpo y alma. Más tarde, Aelia tuvo dificultad en conciliar el sueño y en mantener a raya sus emociones, por lo que a la mañana siguiente estaba muy cansada cuando montó en su caballo para emprender la última etapa de su viaje.

Se despidieron del abad y los monjes, y Aelia se envolvió en su manto para protegerse del frío que azotaba el camino.

—Háblame de Londres —le pidió a Mathieu.

—¿Qué quieres saber?

—¿Es como Ingelwald sólo que más grande?

Mathieu frunció el ceño y asintió.

—Sí. Tiendas, gente… Hay muchas más calles y casas más grandes.

—Pero ya no es una ciudad sajona.

—No. Guillermo es ahora el rey, y así lo hace ver.

—¿Qué quieres decir?

—Los soldados normandos hacen notar su presencia —respondió él—. Y el rey está construyendo una nueva fortaleza junto al río.

Describió los mercados e iglesias de la ciudad, pero Aelia no podía imaginarse un lugar semejante.

—¿Dónde encontraremos a Osric?

Mathieu no respondió.

—¿Se me permitirá verlo antes de que el rey me

mande a…? —insistió ella, pero dejó la pregunta sin terminar y agachó la cabeza mientras intentaba contener las lágrimas—. Entiendo.

Él alargó un brazo hacia las riendas de Aelia y detuvo a los dos caballos.

—No, no lo entiendes.

Ella apartó la mirada y se mordió el labio para impedir que le temblara. Y Mathieu masculló algo incomprensible y soltó las riendas para continuar la marcha.

Veintitrés

Llegaron a Londres demasiado pronto para Mathieu. Desmontó frente al palacio del rey y fue recibido por un guardia.

—El rey Guillermo se encuentra en Barking, mi señor.

Mathieu ayudó a desmontar a Aelia y se acercó al guardia.

—¿Cuándo está previsto que regrese?

—Esta noche, barón. Hay una fiesta en honor de…

—¡Mathieu!

—Mi señor —dijo Mathieu, volviéndose para ver bajar por las escaleras a Robert, conde de Mortain. Como hermano del rey, iba elegantemente vestido, pero su ropa era más ostentosa que de costumbre.

Mathieu se puso rígido al ver a su padre, Autier de Burbage, igualmente bien vestido, bajando los escalones en actitud arrogante, como si acabara de volver victorioso de una batalla.

—Así que… has conseguido rescatar a la chica sajona. Raoul de Moreton nos contó tu desafortunado incidente con los daneses —dijo Autier.

—Sí —respondió Mathieu—. ¿Te sorprende que haya vuelto a Londres?

—No —dijo su padre—. Me sorprende que hayas perdido el tiempo y arriesgado tu vida por una mujer sajona.

Robert llamó a uno de los guardias.

—Llévala a Billingsgate.

Mathieu vio la expresión de pánico de Aelia.

—Mi señor… la dama esperaba ver a su hermano —le dijo a Robert.

—¿El chico que llegó con Raoul?

Mathieu asintió.

—Pronto podrán reunirse —dijo Robert con una carcajada. Le dio a Mathieu una palmada en la espalda y lo animó a subir los escalones, donde un grupo de nobles normandos se había congregado. Muchos de ellos lo saludaban con fuertes gritos.

Mathieu se detuvo y se volvió hacia Aelia, a pesar de que su padre lo miraba con reproche.

El guardia había agarrado a Aelia del brazo. No la trataba con dureza, pero Mathieu no tenía intención de separarse de ella.

—Lady Aelia se queda conmigo.

Fue el turno de su padre de echarse a reír.

—No lo creo, mi querido Mathieu. Es la hija de Wallis, ¿no? El rey obtendrá su satisfacción por la rebelión de su padre.

—¡No! Ella…

—Vamos, Mathieu —dijo Robert, mientras dos mozos retiraban las alforjas de las monturas para llevarlas a palacio—. Tus semejantes te esperan.

—Con vuestro permiso, mi señor. Enseguida me reuniré con vos.

Dejó al hermano del rey al pie de las escaleras y alcanzó al guardia que se llevaba a Aelia. No le quedaba más remedio que acompañar a lord Robert y no podía llevarse a Aelia con él, pero no podía dejar que se fuera tan asustada e insegura.

Ignorando la desaprobación de su padre, la sujetó por los hombros y la miró fijamente a los ojos.

—Todo saldrá bien, Aelia. Encontraré a Osric y solucionaré esto.

Aelia levantó la cabeza, pero apartó la mirada. Viendo cómo se esforzaba por mantener la compostura, Mathieu la soltó y dio un paso atrás. No quería avergonzarla allí, delante de todos esos normandos, ni complicar aún más su difícil situación.

Pero se prometió que la encontraría en cuanto pudiera salir del palacio real. El rey Guillermo tendría que recibirlos a los dos juntos.

—Responderás ante mí por lo que le pueda pasar —le advirtió al guardia.

Robert, Autier y los hombres congregados al final de la escalera observaban la actitud de Mathieu con abierto interés. Pero él no dio ninguna explicación y entró en el palacio, donde todo parecía indicar que iba a celebrarse una fiesta por todo lo alto.

Conocía a casi todos los nobles que se habían reunido en el salón. Entre ellos estaba Simon de Vilot, el padre de Clarise, y sus propios hermanos, Geoffroi y Thierri.

De pronto se sintió abrumado por todo lo que le había pasado. Había perdido a sus compañeros de viaje, a todos menos a Raoul y los dos que se habían quedado en Rushton. Había conquistado Ingelwald y se había hecho merecedor de la encantadora Clarise de Vilot como esposa. Todo lo que tenía que hacer era reclamarla.

Pero el precio era demasiado alto si a cambio tenía que entregar a Aelia. Billingsgate no estaba lejos. En cuanto tuviera la oportunidad de hablar en privado con Simon de Vilot, abandonaría el palacio e iría en busca de Aelia. Y juntos buscarían a Raoul y Osric.

Entonces tendría que pedirle permiso al rey Guillermo para casarse con Aelia. No quería tener a ninguna otra mujer.

Geoffroi le dio una palmadita en la espalda.

—¿Ahora eres dueño de tus propios dominios, hermano?

Antes de que Mathieu pudiera responder, oyó la voz de su padre tras él.

—Le dije a Guillermo que podía contar contigo, hijo mío —dijo. Una afirmación que Mathieu sabía que no era cierta. Su padre nunca le había hablado de él a Guillermo, pero sí que había alabado las proezas de Geoffroi y Thierri. A Mathieu no le importaba. El desprecio era mutuo—. ¡Bebamos por mi hijo, el conquistador de Northumbria! —exclamó Autier, tendiéndole una copa.

Pero a Mathieu no le interesaban los falsos elogios de su padre. Los nobles de la realeza bebieron a su salud mientras él apretaba los dientes. De alguna manera tendría que romper el acuerdo con Simon de Vilot y llevarse a Aelia de regreso a Ingelwald. Ella sería su esposa, y ninguna otra.

—¿Puedo hablar un momento contigo, Mathieu? —le preguntó lord Simon.

Mathieu lo siguió a la sala contigua, donde las

mesas estaban siendo preparadas para el banquete. Varias damas y nobles normandos departían junto al fuego, y Mathieu vio a lady Clarise, hablando y riendo entre un grupo de jóvenes admiradores.

Se preparó para enfrentarse a la furia de lord Simon cuando le comunicará que su acuerdo quedaba roto. No podía culparlo, pero no podía casarse con su hija.

—Vamos a la antecámara.

Una risa aguda de mujer llamó la atención de Mathieu, que giró la cabeza hacia Clarise. Cuando sus ojos se encontraron, ella dejó de reír y desvió rápidamente la mirada. Más decidido que nunca, Mathieu siguió al padre de Clarise a la antecámara, pero guardó silencio mientras lord Simon encendía varias velas.

—He oído que fuiste atacado en el camino —dijo Simon, visiblemente preocupado por el hombre que pronto sería su yerno.

Mathieu asintió.

—Un grupo de daneses. Habían estado saqueando las poblaciones normandas. El rey tendrá que ocuparse pronto de ellos.

—¿Cuántos días de viaje hay desde Ingelwald a Londres?

Mathieu respondió a ésa y otras preguntas mientras pensaba en la mejor manera de sacar el tema de su compromiso. Finalmente decidió que lo mejor era un enfoque directo, pero de nuevo fue interrumpido por el padre de Clarise.

—¿Conoces a Martin d'Ivry?

—Sí, lo conozco. Ha servido al rey casi tanto tiempo como yo. Creo que acabo de verlo…

—Sí. Está hablando con las damas —corroboró Simon—. El rey Guillermo le ha concedido una propiedad cerca de Windsor.

Mathieu entrelazó las manos a la espalda y se paseó por la sala.

—Es afortunado, mi señor.

—Windsor está muy cerca de Londres.

—Así es —afirmó Mathieu, sin apenas ocultar su impaciencia.

—Fitz Autier, estoy preocupado por la seguridad de mi hija durante el largo viaje a Northumbria. Y una vez allí, el aislamiento de Ingelwald...

—Sí. Es un lugar muy remoto —respondió Mathieu, comprendiendo finalmente adónde quería llegar lord Simon. De repente se sintió cómo si se hubieran desvanecido las sombras que oscurecían su corazón y su alma—. Ingelwald está muy aislado. Las poblaciones más cercanas están a muchas leguas de distancia.

Simon se pasó una mano por el rostro y apartó la mirada.

—Me encuentro en un serio dilema, Fitz Autier. Mi hija... bueno, se resiste a vivir tan lejos de... la civilización. Y d'Ivry se ha ofrecido para casarse con ella. No lo culpes... Él no sabía nada de nuestro acuerdo.

—Entiendo —dijo Mathieu sin molestarse en disimular su alivio—. Comprendo vuestra preocupación, mi señor. Pero vos y yo habíamos llegado a un acuerdo, aunque ningún documento lo refleje por escrito.

—Sí, teníamos un acuerdo —dijo Simon, mirando a Mathieu con el ceño fruncido. Su angustia era evidente—. Estoy dispuesto a compensarte, Fitz Autier. El rey Guillermo estaba tan convencido de que conquistarías Ingelwald que ya te ha concedido el dominio sobre la propiedad. No sé qué más puedes desear, pero usaré mi influencia para convencer al rey de cualquier otra cosa que se te ocurra.

Mathieu dejó de pasearse y lo miró fijamente.

—De acuerdo.

Simon se dejó caer en una silla.

—¿Qué deseas? No tienes más que pedírmelo.

—Quiero que le pidáis el rey que me conceda un único favor, por extraño que sea.

Aelia no comprendía por qué el guardia había recibido órdenes de llevarla a una casa junto al río y no a Billingsgate… donde Mathieu pensaba que estaría.

Estaba más asustada ahora de lo que había estado con los daneses.

El lord normando alto y de ojos azules había modificado la orden del primer lord por alguna razón, y su penetrante mirada le ponía a Aelia la piel de gallina. Se sacudió de la mano del guardia y se volvió para hablar con el noble.

—Por favor, señor…—dijo, intentando que la voz no le temblara—. ¿Os aseguraréis de que el barón Fitz Autier sepa adónde me llevan?

El noble permaneció en silencio, mirándola con curiosidad. Sacudió ligeramente la cabeza y murmuró unas palabras casi inaudibles. Y a Aelia se le hizo añicos el corazón cuando se dio cuenta de lo que había dicho.

—Deshazte de esta zorra sajona.

Los guardias se la llevaron antes de que pudiera reaccionar. Aquellos normandos habían conquistado sus tierras y sabía que no podía esperar clemencia. Sólo de Mathieu… en el caso de que pudiera encontrarla.

Les había preguntado a los guardias por sir Raoul y por Osric, pero no le habían respondido, ni tampoco accedieron a llevarle un mensaje a Mathieu. La dejaron en una gran mansión, donde otros dos guardias normandos la encerraron en una habitación.

Aelia se rebeló contra su cautiverio y aporreó la puerta y gritó hasta que se quedó afónica. Pero nadie respondió. La habían abandonado.

La habitación estaba vacía, salvo por una silla junto a la ventana. Aelia abrió los postigos y miró hacia la calle. Había demasiada altura para saltar.

Se rodeó el vientre con los brazos y se apoyó de espaldas contra la pared, deslizándose por la misma hasta que estuvo sentada en el suelo con las rodillas al pecho. No había esperanza. Mathieu había hecho lo que le habían ordenado: llevarlos a ella y a Osric a Londres. Ahora estaba a merced del rey, y Mathieu ni siquiera sabía dónde encontrarla.

No supo cuántas horas pasó en la pequeña y fría habitación, pero finalmente los guardias fueron a buscarla. Le ataron las manos y la sacaron de la casa. Cruzaron un patio rodeado por una valla bastante alta y entraron en un edificio más pequeño. Desde allí, ella y otra docena de prisioneros fueron subidos a una carreta que los sacó del patio. Desesperada, Aelia rezó por que Mathieu acudiera en su ayuda.

Pero cuando empezó a oscurecer, llegaron a un puerto donde estaban atracados los barcos más grandes que Aelia había visto en su vida. Y de repente supo cuál era su destino.

—¿Esto es el mar? —le preguntó a uno de los prisioneros.

—No, es el río. Pero desemboca en el mar. Van a llevarnos a Francia.

Aelia sintió que le faltaba el aire. Si Mathieu hubiese querido encontrarla, ¿no lo habría hecho ya?

—¡No puedo ir! ¡Dejadme marchar! —gritó, intentando alcanzar la puerta trasera de la carreta. Mathieu tal vez la hubiera abandonado, pero ella no haría lo mismo con Osric.

—¡Atrás! —le ordenó uno de los guardias. La hizo retroceder de un fuerte empujón, pero ella consiguió mantenerse en pie.

—¡Tengo que encontrar a mi hermano!

Los guardias hicieron bajar a los prisioneros y los condujeron al barco.

—¡Por favor! Me han traído aquí para ver a vuestro rey. Exijo que…

Los normandos se echaron a reír y la empujaron hacia delante.

—Cuando el rey regrese, nos aseguraremos de decirle que has estado aquí.

Pasó algún tiempo antes de que Mathieu obtuviera permiso del hermano del rey para marcharse, y sólo con la condición de que volviera a tiempo para la fiesta. Mathieu evitó a su padre y a sus hermanos y se marchó directamente a Billingsgate en busca de Aelia, pero no la encontró allí.

—Tiene que haber algún error. ¡Oí cómo lord Robert ordenaba que la trajeran aquí!

—Sí, mi señor, pero las órdenes cambiaron.

—Encontrad a alguien que sepa adónde se la han llevado —ordenó Mathieu en voz baja y amenazante.

Los caballeros de Billingsgate se apresuraron a buscar una respuesta, pero ninguno había visto a Aelia. Tan sólo habían oído rumores sobre la hermosa esclava sajona que Fitz Autier había traído de las tierras del norte.

Mathieu volvió a montar en su caballo. Seguramente Raoul supiera qué había sido de Aelia. Y de Osric.

Había una posada a una milla río arriba donde Mathieu y sus hombres habían pernoctado semanas atrás, antes de salir para Northumbria. Raoul había pasado la noche con una de las criadas sajonas, y Mathieu no tenía duda de que encontraría allí al caballero.

Efectivamente, cuando entró en la atestada y ruidosa posada, encontró a Raoul bajando por las escaleras. Su despedida tras el ataque de los daneses había sido muy tensa, pero ahora se abrazaron como hermanos.

—Necesito tu ayuda.

—Mathieu, te pido disculpas por todo lo que dije. Cuando se llevaron a la dama sajona, me di cuenta de que…

—Salgamos al exterior.

Abandonaron la posada y rodearon el edificio.

—Necesito que me ayudes a encontrar a Aelia.

—Sabía que tendría que haberte acompañado a buscarla. ¿Cuándo nos vamos?

—No lo entiendes —dijo Mathieu—. Está aquí, en Londres.

Raoul soltó un silbido.

—¿Quieres decir que la rescataste de aquellos daneses?

Mathieu asintió.

—Pero los guardias de Robert de Mortain se la llevaron antes de que pudiera detenerlos —dijo, lamentando no haber impuesto su autoridad en aquel momento—. Fui un estúpido por dejar que se la llevaran.

—¿Y desafiar a lord Robert? Mathieu, deberías llevarte bien con él. Es el hermano del rey.

—¿Adónde han podido llevársela?

—A Billingsgate.

—No, ya lo he comprobado.

Raoul se rascó la cabeza.

—Algunos prisioneros son encerrados en la nueva fortaleza que el rey ha levantado junto al río, al sur de Londres. Tal vez esté allí.

El alivio de Mathieu se esfumó cuando llegaron a la imponente torre y habló con los guardias. Aelia no estaba allí.

—Esto es absurdo —les dijo a los caballeros que estaban de guardia—. Lord Robert de Mortain ordenó que la llevaran a Billingsgate, pero no se encuentra allí. ¿Cómo puedo averiguar quién está cargo de los prisioneros del rey?

—Es… es vuestro padre, mi señor —respondió un guardia—. El barón Autier de Burbage.

—¿Mi padre?

—Sí. Lord Autier ejerce la autoridad sobre los prisioneros desde su llegada a Londres, hace quince días.

A Mathieu lo invadió la furia. Su padre había cambiado las órdenes de lord Robert. Y no era difícil intuir sus razones.

—¿Dónde está Osric? —le preguntó a Raoul mientras volvían a montar.

—Ha estado conmigo. Ahora se encuentra en la posada… los dueños son sajones.

—Raoul… no tengo elección —dijo Mathieu—. Debo ir al palacio del rey a ver a mi padre, mientras tú sigues buscando a Aelia. Cuando la encuentres, llévala con Osric y dile que me reuniré con ella en cuanto pueda.

—Así lo haré —respondió Raoul, y se dirigió hacia el norte mientras Mathieu regresaba al palacio real. Sabía que había puesto a su amigo en una situación difícil, pero no podía evitarse.

Además, si no se equivocaba, ahora tenía un rango superior al de su padre. Ingelwald era una propiedad mucho mayor que cualquier dominio de Autier de Burbage, así como las victorias de Mathieu en combate.

Autier no tenía derecho a decidir el futuro de Aelia.

Llegó al palacio real, pero no se encontró con el mismo tibio recibimiento de antes. El rey Guillermo había llegado con todo su séquito, y la música y el jolgorio invadían los salones. Mathieu vio la alta figura del rey en el centro, dirigiéndose hacia el estrado. Se celebraba una gran fiesta, pero a Mathieu no le interesaba la diversión. Sólo quería encontrar a su padre y averiguar qué había hecho con Aelia.

Pero de repente el rey lo llamó.

—¡Ven aquí, Fitz Autier! ¡Señor de Ingelwald!

Mathieu apretó los dientes. No podía ignorar a Guillermo. Por primera vez en su vida, estaba siendo honrado con unos privilegios que lo colocaban por encima de sus hermanos, pero no experimentaba ningún placer especial por ello.

Se abrió camino entre las damas y caballeros que atestaban el comedor y se acercó al estrado donde estaban el rey y sus consejeros. El rico botín que había encontrado en las bolsas de los daneses había sido esparcido en una mesa cercana.

Guillermo hizo callar a la concurrencia y felicitó públicamente a Ingelwald por sus victorias en Northumbria.

—Te concedo las tierras de Ingelwald, Mathieu Fitz Autier, y te nombró conde. Espero que me informes de tus posesiones a final de año.

—Gracias, señor —respondió Mathieu, buscando a su padre entre la multitud—. Es un gran honor para mí.

—Tus hazañas en el norte te preceden —continuó el rey—. Esta noche quiero concederte un favor especial. Pídeme lo que quieras.

Mathieu le echó una mirada fugaz a Simon de Vilot, quien asintió ligeramente, y se dirigió al rey.

—Habiendo sido liberado de mi compromiso con Simon de Vilot, sólo os pido que permitáis a Aelia de Ingelwald que sea mi esposa.

—¿Una dama sajona?

—Sí, señor.

—¿Para afianzar tu dominio sobre Ingelwald, Mathieu?

Mathieu lo corroboró. Si el rey quería creer que era una jugada diplomática, él mantendría en secreto lo que sentía por Aelia. No era necesario decirle al rey que la amaba más que a su propia vida, aunque lo haría si la situación lo requería. La amaba, e iba a decírselo a ella en cuanto averiguara adónde la había enviado su padre.

—Eres uno de mis mejores jefes militares, y ahora perteneces a mi más alta nobleza, Mathieu de Ingelwald —dijo Guillermo—. Te concedo lo que me pides. Trae a esa dama y despósala aquí y ahora.

—No puedo, señor —dijo Mathieu—. Está prisionera...

—¿Dónde? Podemos enviar hombres a rescatarla.

—Tengo que encontrar a mi padre y preguntárselo, señor. Él es su carcelero.

Veinticuatro

Autier de Burbage no recibió con agrado la interrupción, pero la joven criada a la que había arrinconado no ocultó su alivio y se escabulló mientras Mathieu y lord Robert rodeaban a Autier.

—¿Adónde has enviado a la mujer sajona? —le preguntó Robert.

Autier no se molestó en ocultar su frustración y fulminó a Mathieu con la mirada.

—He visto cómo miras a esa joven, y he oído los rumores. Lo único que pretendía era evitar que deshonraras mi nombre con tu...

—Demasiado tarde, Autier —lo interrumpió Mathieu, agarrando a su padre por la túnica—. Tú ya nos has deshonrado bastante a los dos. ¿Dónde está?

—Se ha ido —respondió Autier con una expresión de satisfacción en el rostro—. A Normandía.

—¿Qué dices? —espetó Mathieu.

—En barco, hace muy poco rato.

—Sé de dónde zarpan los barcos —dijo Robert—. Tal vez aún estemos a tiempo. Vamos.

Reunió a varios de sus hombres mientras Mathieu y él atravesaban el salón, ordenando que ensillaran sus caballos y que los llevaran a la puerta principal de palacio. Robert subió al estrado a hablar con el rey, pero Mathieu no lo esperó. Su caballo lo esperaba en el exterior. Montó rápidamente y partió al galope hacia el muelle.

Se encontró a Raoul por la calle.

—No he podido encontrarla…

—Van a embarcarla en un barco con destino a Normandía.

Raoul soltó una maldición y se unió a Mathieu. Los dos cabalgaron a toda velocidad hasta el muelle y vieron que había tres naves preparadas para zarpar.

—¿Cuál de ellas? —preguntó Raoul.

—Tú mira en ésa —dijo Mathieu, señalando la primera de las naves—. Yo subiré a la siguiente.

Cubrió la distancia entre los dos barcos y detuvo a su caballo justo cuando dos hombres estaban retirando la pasarela.

—¡Deteneos! —les gritó mientras desmontaba. Los dos marineros lo miraron desconcertados, como si no lo entendieran—. ¡Alto! ¿Hay prisioneros sajones a bordo?

—Sí —respondió uno de ellos.

Mathieu no llevaba ninguna insignia. Y sin yelmo ni armadura no podía demostrar su autoridad.

—¿Quién está al mando de esta nave?

—¿Quién eres tú para hacer todas esas preguntas? —preguntó un marinero de rango.

—Soy Mathieu Fitz Autier, de la corte del rey Guillermo —respondió, desenvainando su espada mientras subía por la pasarela. Había mucha gente en la proa, y aunque no podía ver a Aelia, vio que la inquietud reinaba en el barco.

—No podéis subir a bordo —dijo uno de los hombres, pero Mathieu lo ignoró.

—Sí, sí puede —respondió una voz desde el muelle. Era el conde Robert de Mortain, al que enseguida reconocieron los tripulantes del barco.

—Mi señor —lo llamó Mathieu—. ¿Podéis mirar en la otra nave?

Robert asintió y cabalgó hacia el barco restante, dejando a dos hombres en el muelle a las órdenes de Mathieu. Éste se dirigió hacia la proa y se abrió camino entre los guardias y los asustados sajones.

—¡Aelia! —gritó.

Uno de los guardias estaba a punto de azotar a una prisionera con una correa de cuero, pero Mathieu le agarró la mano y vio que era Aelia. Yacía bocabajo sobre la cubierta de madera.

—¿Qué…? —empezó a protestar el guardia.

—Detente o lo lamentarás —le advirtió Mathieu.

Aelia tenía las manos atadas, pero rodó de costado y las sostuvo sobre su cabeza para protegerse de los golpes. Mathieu tuvo que contenerse para no descargar su furia contra el guardia. En vez de eso, se inclinó sobre ella y la llamó por su nombre.

Ella no se movió.

—Aelia, he venido a por ti.

Entonces vio cómo los hombros le temblaban y la hizo girarse con cuidado. Su alivio fue tan grande como el que había sentido al rescatarla de los daneses.

—Aelia…

Cortó las cuerdas que la ataban y la levantó en sus brazos. Lo único que quería era abrazarla y detener las lágrimas que llenaban los ojos de Aelia.

—Ya pasó todo, *ma belle*, abrázame fuerte —le

susurró. Ella le echó los brazos al cuello y él la bajó al muelle—. Raoul tiene a Osric —le dijo, sintiendo cómo sollozaba contra su pecho—. Tu hermano está a salvo.

La subió a su caballo y montó rápidamente detrás de ella.

—He visto que has encontrado a tu dama, Mathieu —dijo Robert de Mortain—. ¿Se encuentra bien?

—Sí —respondió él, abrazándola con fuerza y sintiendo cómo se estremecía contra su cuerpo.

—En ese caso, el rey desea que te reúnas con nosotros dentro de una hora.

—De acuerdo.

Mathieu había recibido el permiso del rey para casarse con Aelia, y quería que todos los normandos, especialmente su padre y sus hermanos, fueran testigos de su boda. En una hora, volvería al palacio del rey con Aelia.

Se alejó de los muelles y se detuvo en una calle desierta. Giró a Aelia en sus brazos y la besó suavemente.

—Perdóname por haber permitido que te apartaran de mí —le dijo, rozándole la frente con los labios—. Fui un estúpido.

A Aelia le temblaba la barbilla y las lágrimas seguían resbalando por sus mejillas, pero no dijo nada. Se limitó a abrazarlo por la cintura, como si no quisiera soltarlo nunca más.

Aelia nunca se había sentido tan bien. El recio torso de Mathieu contra su rostro, sus brazos rodeándola… Le había dicho que Osric estaba a salvo, así que podía disfrutar de aquel momento como si fuera el último. Porque sólo tendría a Mathieu durante una hora.

Luego, él tendría que presentarse ante el rey.

Los dos permanecieron abrazados durante varios minutos, sin que ninguno hablara.

—Mathieu.

Era sir Raoul, pero Mathieu no soltó a Aelia.

—Deberíamos ir a la posada. Lady Aelia podrá ver a su hermano, y las mujeres le buscarán algo de ropa decente.

Aelia se imaginaba cuál debía de ser su aspecto. Estaba tan sucia como su andrajoso vestido, pero a Mathieu no parecía importarle. En realidad, él tampoco tenía muy buen aspecto. Hacía días que no se afeitaba ni se cambiaba de ropa.

Mathieu accedió a ir a la posada, y Raoul dijo que se adelantaría para que todo estuviese preparado para ellos.

Cabalgaron tranquilamente por las estrechas calles de Londres, y antes de llegar a su destino, Aelia oyó los gritos de un niño a lo lejos, llamándola.

—¡Es Osric!

Su hermano se acercaba corriendo por la calle, gritando a pleno pulmón. Aelia se bajó del caballo y recibió a Osric en sus brazos. Oyó que Mathieu desmontaba tras ella mientras abrazaba a su hermano, llorando de alivio y alegría.

—¡Aelia! Creía que nunca escaparías de esos salvajes…

Aelia se echó a reír y lo apretó contra ella, besándolo en sus alborotados cabellos.

—¡Me estás apretando demasiado! —protestó su hermano.

Ella volvió a reírse y lo soltó, y Mathieu la rodeó con un brazo y echaron a andar por la calle, tirando del caballo tras ellos.

—Entonces, ¿los mataste? —le preguntó Osric a Mathieu—. ¿Mataste a los daneses?

—No, no fue necesario —respondió él.

—¿Pero conseguiste arrebatarles a mi hermana?

—Sí, pero ésa es una historia para ser contada en otro momento.

—¡No! ¡Cuéntamela ahora!

A Aelia se le llenó el corazón de felicidad al oír la exigencia de Osric, tan obstinado como siempre, y ver la paciencia que mostraba Mathieu con el chico. No sabía qué futuro les aguardaba a su hermano y a ella, pero de momento se contentaba con aquellos instantes tan preciados.

Entraron en la posada y fueron recibidos por Raoul y por dos mujeres sajonas.

—Lady Aelia —la saludó una de ellas—, todo está listo para vos... o casi listo.

Se dispusieron a llevársela, pero Mathieu le sujetó fuertemente la mano.

—No sin mí —dijo.

Aelia reprimió las lágrimas y se aferró a su mano. Raoul se quedó con Osric y ella subió las escaleras con Mathieu y entró en la habitación que le indicó la mujer sajona.

—No es mucho, milady —se disculpó—. Pero espero que sea de vuestro agrado.

Mathieu le dio las gracias e hizo pasar a Aelia, cerrando la puerta tras ellos. Un segundo más tarde la tenía en sus brazos y la besaba como si hubieran estado separados durante meses.

—¿Cuánto tiempo debes quedarte con el rey? —le preguntó ella con voz jadeante mientras él la desnudaba. La besó en el hombro lastimado y le acarició la cintura.

—Bastante —respondió él.

—¿Se enfadará si llegas tarde?

—No puedo llegar tarde… a mi propia boda.

Un dolor agudo traspasó el pecho de Aelia. No se había preparado para el sufrimiento que le causaría la inminente boda de Mathieu.

—Entonces debes irte.

—¿Qué es esto? ¿Estás llorando?

Ella se soltó de sus brazos y se dio la vuelta.

—Por favor, no me pidas que te desee lo mejor, Mathieu —murmuró.

—¿Qué le ha pasado a mi intrépida dama sajona? —preguntó él, tomándola por los hombros para apretarla contra su pecho.

—Sabía que no eras cruel, pero…

—Ven conmigo, Aelia —dijo él tranquilamente—. Y conviértete en mi esposa, ante el rey y todos los nobles de la corte —le deslizó las manos alrededor de la cintura y la besó en el cuello—. No me casaré con otra mujer, Aelia.

—No… no lo entiendo… —balbuceó ella. Se apartó y se giró para encararlo, sintiéndose confusa y vulnerable—. Tu dama normanda…

—Su padre decidió que era mejor romper nuestro compromiso.

A Aelia le dio un vuelco el corazón.

—¿Es cierto? —susurró. Apenas podía creerse

316

lo que estaba oyendo—. ¿Quieres a una mujer sajona?

—Sí, *ma belle*. Pero sólo si esa mujer eres tú.

Aelia se arrojó en sus brazos y cedió a las lágrimas.

—Espero que sean lágrimas de alegría —dijo él.

Ella asintió contra su pecho.

—Lo eres todo para mí, Aelia… Vuelve conmigo a Ingelwald. Quédate a mi lado como mi señora. Quiero que seas la madre de mis hijos y que reconstruyamos todo lo que se perdió en la guerra.

La cama crujió cuando Mathieu se levantó para acercarse a Aelia, que estaba sentada junto a la chimenea de la cámara nupcial. Aún se sentía aturdida por los acontecimientos de aquella noche, y el cuerpo le vibraba por la pasión que habían compartido en aquella habitación de la posada.

Mathieu se colocó tras ella y le rozó la oreja con los labios.

—Me has prometido honrarme y obedecerme, esposa mía —dijo tranquilamente.

—Sí —respondió ella, sintiendo cómo él se enroscaba un mechón de sus cabellos en el dedo.

—Mis hombres me honran y obedecen.

Aelia sonrió.

—Claro que sí… igual que yo.

El tragó saliva.

—De mi esposa quiero otra cosa aparte de su obediencia —dijo, con la voz cargada de emoción.

Ella se volvió y lo miró fijamente a los ojos.

—Te quiero, Mathieu. Conquistaste algo más

que mis tierras cuando llegaste a Ingelwald. Eres el señor de mi corazón, de mi cuerpo y de mi alma.

Él cerró y los ojos y se inclinó hacia delante para apoyar la frente en la suya.

—Y yo te quiero a ti, Aelia… Te quiero con todo lo que soy, y con todo lo que espero ser.

Se levantó y tomó su mano para tirar de ella. Y cuando agachó la cabeza para besarla, Aelia supo que su madre había tenido razón.

La dama sajona había reconocido a su alma gemela a primera vista.

JULIET LANDON
La princesa esclava

Para el exoficial de caballería Quinto Tiberio Marcial el deber siempre era lo primero. Su próximo cometido, escoltar a una cautiva del emperador romano, debía ser fácil. Pero una sola mirada a la feroz esclava bastó para que Quinto deseara anteponer sus deseos a todo lo demás. Poderoso y curtido en la batalla, el romano hizo entrar en conflicto los sentimientos y la razón de la princesa esclava, que presa de emociones recién descubiertas, no tardó en preguntarse si quería salir de aquel peligroso viaje a Aquae Sulis con su virtud intacta…

No. 84

MARGO MAGUIRE
La dama sajona

El barón Mathieu Fitz Autier esperaba encontrar alguna resistencia al reclamar la tierra sajona que había ganado en la batalla. Pero nunca habría imaginado que la antigua señora de la mansión tuviera el valor para enfrentarse a él… lanzándole una flecha. Lady Aelia vio cómo se venía abajo cuando los normandos se hicieron con el control de su querido hogar. Pero lo más grave fue que se sintió irremisiblemente atraída por Fitz Autier, su peor enemigo. Y cuando la pasión surgió entre ambos supo que no podía abandonarse a ella porque él debía entregarla a un rey normando…

¡YA EN TU PUNTO DE VENTA!

JAZMÍN™

SHIRLEY JUMP
RIVALES

Claire Richards quería ganar aquel concurso porque la enorme casa sobre ruedas que obtendría como premio era la garantía para salir de Mercy, Indiana. Pero primero tendría que derrotar a los otros participantes, entre los que estaba Mark Dole, su guapísimo enemigo de la infancia. ¿Sería capaz de vivir en tan reducido espacio junto a aquel irresistible *playboy*?

CARLA CASSIDY
EL MATRIMONIO MÁS ADECUADO

Era el plan perfecto. Melanie Watters deseaba tener un hijo con todas sus fuerzas, así que decidió pedirle al soltero más empedernido de la ciudad, que casualmente era su mejor amigo, que se casara con ella. A cambio de dejarla embarazada, Bailey Jenkins conseguiría escapar de las insinuaciones de las participantes del concurso de belleza del que era juez. Y luego solo tendrían que divorciarse… o no.

N.º 581

JUDITH McWILLIAMS
UNA VIDA NUEVA

En cuanto el doctor Nick Balfour la vio, quiso rescatar a aquella hermosa e inocente mujer y mantenerla a salvo. Gina Tesserek se encontraba en apuros económicos, por lo que aceptó la oferta de Nick para ser su asistenta temporal. En poco tiempo, Nick se dio cuenta de que su acuerdo solo había sido una excusa para estar cerca de ella… y ahora no había vuelta atrás.

KIMBERLY LANG
A FAVOR DEL VIENTO

Ally Smith había roto con su novio por egoísta e infiel, pero no estaba dispuesta a desperdiciar la luna de miel en el Caribe que había pagado por adelantado.

Mientras intentaba salvar sus vacaciones, conoció al apuesto y seductor Chris Wells y se arrojó de cabeza a una tórrida aventura veraniega sin sospechar que aquel magnate de los barcos la había dejado embarazada.

JILL SORENSON
EMOCIONES TURBULENTAS

N.º 476

Una reserva de fauna exótica era un sueño hecho realidad para la bióloga Daniela Flores, hasta que descubrió que su exmarido era el jefe del equipo de investigación.

Sean Carmichael había ido a las remotas Islas Farallón a estudiar tiburones asesinos, pero un verdadero asesino andaba suelto amenazando a la mujer a la que nunca había dejado de querer. Y ahora sabía que debía protegerla.

JUSTINE DAVIS
LA MEJOR VENGANZA

Había algo en los intensos ojos azules de St. John que a Jessa Hill le recordaba a su amigo de la infancia. Pero Adam Alden había muerto veinte años atrás…

¿Podrían ser St. John y Adam la misma persona? ¿Y si lo eran, se marcharía, llevándose su corazón por segunda vez?

En tus brazos

Cuando Lucky Caldwell tenía diez años, su madre, Red, la prostituta más famosa de Dundee, Idaho, se había casado con Morris Caldwell, un hombre rico y mucho mayor que ella. Por supuesto, el matrimonio no había durado, pero la amabilidad de Morris había sido muy importante para Lucky.

Mike Hill, nieto de Morris, no sentía demasiada simpatía hacia Red ni hacia su hija; habían separado a su abuelo de su familia, e incluso este le había dejado en herencia a Lucky una mansión victoriana a la que ella no había hecho ningún caso durante años...

Buscando su lugar

Hacía diez años que Hope Tanner había escapado de su comunidad, y lo había hecho sola y embarazada. Después había dejado la adopción de su bebé en manos de Lydia Kane, la fundadora de una clínica de Nuevo México.

Ahora tenía que regresar a su ciudad para ayudar a su hermana a escapar y ¿qué mejor sitio para acudir con una embarazada en busca de ayuda que la clínica? Allí, su hermana Faith podría dar a luz en paz y ella podría volver a ver a los viejos amigos, como Lydia... o como el irresistible Parker Reynolds.

Pero Parker, padre viudo y administrador del centro, no parecía alegrarse de volver a ver a Hope...

DESEO

KATE HARDY
PASIÓN EN ROMA

Rico Rossi era un rico propietario de una cadena de hoteles. Cuando Ella Chandler, una preciosa turista inglesa, lo confundió con un guía turístico, no pudo resistirse a la tentación de seguir de incógnito y de enseñarle todas las maravillas de Roma. Entre ellos surgió un intenso deseo, pero Ella descubrió que Rico le había mentido... y ahora él tenía que demostrarle que la quería de verdad.

KIRA SINCLAIR
SECRETOS EN LAS VEGAS

Dominic Mercado cultivaba su falsa imagen de rico mujeriego desaprensivo adrede, le servía de tapadera para ayudar a mujeres en situaciones desesperadas sin que nadie se enterase. Pero el artículo que Meredith Forrester estaba a punto de escribir le delataría. Hacía años que Meredith, amiga íntima de su hermana, le gustaba. Pero ahora, ¿iba Dominic a atreverse a revelar la verdad a Meredith y arriesgarlo todo?

N.º 555

JENNIFER LEWIS
APOSTAR POR LA SEDUCCIÓN

Constance Allen era seria, formal e inocente. La intachable auditora debía asegurarse de que las finanzas del casino New Dawn estuvieran fuera de toda sospecha y, de paso, conseguir un ascenso. Hasta que John Fairweather, el millonario propietario del casino, la sedujo. Aquel conflicto de intereses hacía peligrar su trabajo, pero Constance era incapaz de controlarse.

DESEO
BARBARA DUNLOP

DESEOS A MEDIANOCHE

Nathaniel Stone, piloto de avionetas y ejecutivo de telecomunicaciones de Alaska, no estaba preparado para confiar en la impresionante desconocida que decía ser la hija biológica de su jefe. ¿De verdad la habrían cambiado al nacer? ¿O Sophie Crush estaba ejecutando una estafa brillante para introducirse en aquella adinerada familia? Nathaniel se acercó a ella para descubrirlo… Se acercó demasiado. Porque cuando bajó la guardia y se rindió a la pasión, las revelaciones amenazaron con destapar su propio engaño… y un secreto familiar sobrecogedor.

N.º 556

ESPOSO SOLO DE NOMBRE

Lo último que la ambiciosa arquitecta Adeline Cambridge deseaba en aquellos momentos era convertirse en una mujer casada. Sin embargo, tras una noche de pasión con el apuesto congresista Joe Breckenridge en la que se quedó embarazada inesperadamente, su familia insistió en que se unieran en matrimonio. Con los posibles escándalos que los amenazaban, un acuerdo secreto con Joe era la mejor salida para ambos. ¿Terminaría en lágrimas aquella unión entre dos poderosas familias o habría encontrado Adeline un apasionado compañero de vida?